HEYNE BÜCHER

W0346277

Fantasy

Herausgegeben von Wolfgang Jeschke

Von Alan Dean Foster erschienen in der Reihe
HEYNE SCIENCE FICTION & FANTASY:

* Die Eissegler von Tran-ky-ky · 06/3591
* Das Tar-Aiym Krang · 06/3640
* Die denkenden Wälder · 06/3660
Alien · 06/3722
* Der Waisenstern · 06/3723
* Der Kollapsar · 06/3736
* Die Moulokin-Mission · 06/3777
Kampf der Titanen · 06/3813
Outland · 06/3841
* Cachalot · 06/4002
* Meine galaktischen Freunde · 06/4049
* Auch keine Tränen aus Kristall · 06/4160
* Homanx Eins · 06/4220
Drei Romane in Kassette zum Sonderpreis
Das Tar-Aiym Krang
Der Waisenstern
Der Kollapsar
Der Bannsänger-Zyklus:
Bannsänger · 06/4276
Die Stunde des Tors · 06/4277
Der Tag der Dissonanz · 06/4278
Der Augenblick des Magiers · 06/4279
Die Pfade des Wanderers · 06/4508
Die Zeit der Heimkehr · 06/4509
Colligatarch · 06/4338
* Die Reise zur Stadt der Toten · 06/4308
El Magico · 06/4355
Das dunkle Land · 06/4407
Pfade des Ruhms · 06/4533
Afrikas dunkles Herz · 06/4559
* Die Flutsegler von Tran-ky-ky · 06/4618 (in Vorb.)
In der ALLGEMEINEN REIHE:
Das Ding aus einer anderen Welt · 01/6107
Krull · 01/6286
Starman · 01/6369
Pale Rider. Der namenlose Reiter · 01/6596
Aliens · 01/6839

Die mit * gekennzeichneten Romane und Erzählungen spielen in Alan Dean Fosters Homanx-Commonwealth.
Siehe dazu den Aufsatz ›ALAN DEAN FOSTERS HOMANX-UNIVERSUM. DIE COMMONWEALTH-KONKORDANZ‹ von Michael C. Goodwin, in: HEYNE SCIENCE FICTION MAGAZIN 12 (HEYNE SCIENCE FICTION & FANTASY, Band 06/4167).

ALAN DEAN FOSTER

AFRIKAS DUNKLES HERZ

Roman

Deutsche Erstausgabe

WILHELM HEYNE VERLAG
MÜNCHEN

HEYNE SCIENCE FICTION & FANTASY
Band 06/4559

Titel der amerikanischen Originalausgabe
INTO THE OUT OF
Deutsche Übersetzung von Ralph Tegtmeier
Das Umschlagbild schuf Boris Vallejo

Redaktion: E. Senftbauer

Printed in Germany 1989
Umschlaggestaltung: Atelier Ingrid Schütz, München
Satz: Kortsatz GmbH, München
Druck und Bindung: Elsnerdruck, Berlin

ISBN 3-453-03159-8

BILL und SALLY SMYTHE,

die uns an den Rand des Dorther mitnahmen
und es zu einem Vergnügen machten,
dem Schweiß, dem Schlafmangel und den Tsetse-Fliegen
zum Trotz,

ist dieses Buch in Freundschaft und Zuneigung gewidmet.

1

Tombigbee National Forest, Mississippi — 9. Juni

»Mann, schau dir mal die heiße Mutter an!«

»Schöner Anblick, ja.« Luther Vandorms Augen leuchteten.

»He, BJ!« Walter Conroy rief dem gedrungenen, unbeteiligt wirkenden Mann in der Nähe zu: »Tu mir einen Gefallen, ja?«

»Klar, Walter, alles, was du willst.«

Conroy schritt auf ihn zu, nestelte dabei in den Taschen seines aufgeblähten weißen Umhangs. Er mußte den kegelförmigen Hut festhalten, der ihm unsicher auf dem Kopf herumwackelte. Als er gefunden hatte, wonach er suchte, reichte er dem anderen die 35-mm-Kompaktkamera.

»Mach ein Foto von Luther und mir, ja?« Er erklärte seinem Freund die Kamera so einfach wie möglich. »Schau mal, das ist eine von den neuen japanischen Vollautomatikkisten.« Er legte einen Schalter um, die Kamera piepste einmal, und ein eingebautes Blitzlicht trat heraus. »Einfach nur warten, bis das kleine rote Licht im Sucher erscheint. Das bedeutet, daß das Blitzlicht geladen ist und das Knipsen losgehen kann.«

Der andere musterte die Kamera unsicher. »Ich weiß nicht recht, Walter. Verstehe nicht viel von Kameras.«

Conroy versuchte, nicht allzu gereizt zu klingen. »Ich hab es dir doch grade erklärt.« Er sprach langsam, sprach die Worte sehr sorgfältig aus und ließ BJ Zeit, ihm zu folgen. Jedermann wußte, daß BJ ein bißchen langsam war, aber er war immer sehr hilfsbereit und sehr viel kräftiger, als er aussah. »Da... Jetzt ist sie eingestellt. Du mußt das Objektiv einfach nur auf Luther und mich richten und diesen Knopf hier drücken, den Rest macht die Kamera schon allein. Du mußt nur darauf achten, daß du uns auch beide im Sucher siehst, okay?«

»Na ja, okay.« BJ nahm die Kamera mit unverhohlenem Zögern entgegen. Er war kräftig gebaut, trügerisch muskulös, mit einem Gesicht ohne besondere Merkmale und einem Haaransatz, der allmählich zurückwich. Im Augenblick hatte er den Gesichtsausdruck eines kleinen Schuljungen, der versuchte, mit einem Großrechner zurechtzukommen.

»Einen Augenblick noch!« rief Walter ihm zu, als er loslief, um sich neben seinen Kumpel zu stellen. »Warte, bis ich dir Bescheid gebe!« Dann stand er neben Vandorm, dem es gelang, seine Frau und seine Kinder auch noch mit ins Bild zu quetschen. Conroy legte den Arm um die knochigen Schultern seines Begleiters, und alle lächelten gequält in die Kamera.

Sie waren nicht allein. Hinter ihnen standen reihenweise ihre Freunde herum, grölend und blökend, als das riesige brennende Kreuz Glutbrocken an den Nachthimmel warf. Einige von ihnen lachten ein bißchen zuviel. Um das Kreuz herum war eine erkennbare Grenze gezogen worden. Sie bestand aus weggeworfenen Bierdosen und zertrampelten Zigaretten.

BJ blinzelte in die Flammen, lauschte dem Knistern des brennenden Kreuzes und wartete, während Vandorm seine Frau an sich drückte. Sie hielt Vandorm junior in den Armen. Der trug eine Miniaturkutte aus Bettlaken, die sie für ihn genäht hatte. Der zwölfjährige Mike stand unruhig vor seinem Paps und seiner Mami. Er sah aus, als wäre er lieber woanders gewesen.

Sie standen da und grinsten BJ an, bis sich ihre Mundwinkel verkrampften. Schließlich flüsterte Vandorms Frau ihrem Mann zu: »Wenn du diesem Idioten nicht bald sagst, er soll abdrücken, kriegen wir noch einen gerösteten Hintern. Ich kann nicht die ganze Nacht hier herumhängen, Luther. Die Wäsche in der Waschmaschine bekommt

Stockflecken, wenn ich sie nicht bald in den Trockner stopfe.«

»Leise, Frau! Sonst hört er dich.«

Ein kurzes scharfes Lachen. »Na und? Der versteht doch nicht mal zehn Prozent von dem, was er hört.«

»Du brauchst keine Angst zu haben«, teilte Vandorm BJ mit. »Einfach nur durch das kleine Suchfenster gucken und auf den Knopf drücken.«

»Na klar doch, Luther!« BJ winkte fröhlich, hob die Kamera und zielte damit. Er zögerte. »Ich habe vergessen, auf welchen Knopf, Luther.«

»Scheiße!« fauchte Vandorm. »Der Knopf auf der rechten Seite. Einfach einmal draufdrücken!«

»Okay.« Sorgfältig befolgte BJ die Instruktionen, und die Vandorms hörten das Klicken, als die Blende einrastete.

»Gelobt sei der Herr«, murmelte Mrs. Vandorm, »er hat es geschafft. Ach, verdammt, das Baby ist schon wieder naß. Mike, du bleibst hier bei deinem Vater.« Sowohl den Säugling als auch ihren Hut im Gleichgewicht haltend, schritt sie vom Feuer weg, auf eine Reihe von Lieferwagen und Kombis zu, die in der Nähe parkten, wobei sie das Baby sanft tadelte.

Walter Conroy nahm seine Kamera zurück. »Danke, BJ.« Mittlerweile klopfte Luther Vandorm seinem ältesten Sohn liebevoll auf die Schulter. In seinen Laken und dem Hut sah der Zwölfjährige wie eine verlegene, zu klein geratene Version seines Vaters aus.

»Na, wie findest du das alles, Sohn? Deinen ersten Kreuzbrand, meine ich.«

»Ich weiß nicht, Dad. Ich meine«, berichtigte er sich schnell, »es ist toll, wirklich toll.«

»So ist es recht.« Vandorm sah stolz aus. »Ist er nicht ein Prachtkerl?«

»Und ob«, pflichtete BJ ihm bei.

Vandorm beugte sich vor, um seinem Sohn ins Gesicht zu blicken. »Und was möchtest du einmal werden, wenn du erwachsen bist?«

Der Junge atmete tief durch und wandte das Gesicht ab, damit er seinem Vater nicht in die Augen zu blicken brauchte. Er wäre viel lieber zu Hause geblieben, um dort mit seinen Freunden Basketball zu spielen. In Mississippi konnte man das im Juni um zehn Uhr nachts durchaus tun. Selbst Wiederholungssendungen im Fernsehen wären noch besser gewesen als das hier. Aber seine Eltern hatten darauf bestanden, und er war zu klug gewesen, um diese Entscheidung anzufechten.

Daher rezitierte er mit so viel falschem Enthusiasmus, wie er nur aufbringen konnte: »Ich will Amerika retten, indem ich es von all den Jidden, Niggern und Itakern befreie, die die Regierung an sich gerissen haben.«

»So ist es richtig, mein Junge.« Vandorm hätte das sandbraune Haar seines Jungen am liebsten gezaust, doch hätte dies den weißen Hut abgerissen. Vorn auf seiner eigenen Kutte war ein dunkler Fleck, wo er die Coke verschüttet hatte, die sie im Dairy Queen gekauft hatten. Seine Frau hatte nichts gesagt, bis sie hier angekommen waren.

Während Mike Vandorm das Feuer musterte, überzog ein schelmisches Grinsen sein Gesicht. »Wäre noch besser gewesen, wenn wir ein paar Hot Dogs und Marshmallows mitgebracht hätten.«

Hart packte Vandorm die Schulter des Jungen. »Nun hör mir mal zu, Sohn, das ist eine ernste Sache, mit der dein Vater hier zu tun hat. Darüber werden keine Witze gerissen. Ich will nie wieder so etwas von dir hören, verstehst du? Sonst bekommst du meinen Gürtel zu schmekken.«

»Na klar, Dad. Habe doch nur Spaß gemacht. He, können wir bald gehen?«

Vandorm versteifte sich etwas. »Ich weiß zwar, daß es für dich schon ziemlich spät ist, Sohn, aber dies ist wichtiger als alles, was sie dir in der verdammten Schule beibringen. Es ist ein wichtiger Augenblick in deinem Leben, und ich wollte, daß es auch für dich eine große Nacht wird. Du weißt gar nicht, wie stolz ich darauf bin, daß du heute bei mir bist.«

»Na klar, Dad.« Mikes Stimme wurde zu einem Flüstern.

»Na ja, jedenfalls wird deine Mutter dich und Junior bald nach Hause bringen. Ich und BJ und Walter und Mr. Sutherlin haben heute nacht noch ein wichtiges Treffen zu Hause bei den Sutherlins. Wirklich wichtig.« Vandorm blähte sich auf wie ein Frosch und versuchte, größer auszusehen, als er wirklich war, nicht nur in den Augen seines Sohnes, sondern auch in denen von BJ.

Als er an das Treffen dachte, verschwand seine Laune väterlichen Wohlwollens. Seine Miene verzerrte sich zu etwas Blindem und Unintelligentem und Übelwollendem, es war ein Ausdruck, wie ihn ein Australopithekus vielleicht einst einem Gegner gewährt hatte. Hervorgerufen wurde er von einer Mischung aus Unsicherheit, Furcht und grimmiger Entschiedenheit, alles zusammengeschnürt zu einem Bündel aus Bigotterie, genährt von zwanzig Jahren körperlicher Arbeit und schlechter Zeiten.

»*Das* wird vielleicht ein Treffen! Nicht wahr, BJ? Endlich werden wir nicht nur reden.«

»Und ob«, erwiderte der einfältige Mann, der das Foto geschossen hatte. Anstelle von Bösartigkeit oder Gemeinheit offenbarte BJs Gesicht nichts als gelassene Erwartung.

Der arme alte BJ Tree. Der arbeitete als Nachtwächter am Junior College im nahegelegenen Tupelo, und wenn man die Dinge beim Namen nannte, so schien er kaum mehr Gehirn zu haben, als der Herrgott es einem Panzerkrebs zugestanden hatte. Aber er dachte und fühlte genau wie die anderen, war sehr viel kräftiger, als man glauben mochte, und – das Allerwichtigste – stets bereit und willens zu tun, was man ihm sagte.

Die Organisation, die Vandorm und Conroy und Sutherlin errichtet hatten, konnte einen solchen Mann bestens gebrauchen. Die drei besaßen sowieso genug Gehirn für vier, dachte Vandorm stolz. Niemand von der Ortsgruppe argwöhnte, daß es in ihrer Mitte noch eine sehr viel engagiertere Untergruppe gab.

»Kann ich jetzt gehen, Dad?«

»Klar, geh schon, geh rüber zu deiner Mama!« Wehmütig schüttelte Vandorm den Kopf, während er zusah, wie sein Sohn zu dem alten Lieferwagen hinüberlief, der am Ende der Wagenreihe stand. »Ich weiß ja nicht, BJ. Vielleicht ist er noch zu jung. Aber ich mußte ihn einfach mitbringen. Muß doch ein Gegengewicht gegen diesen ganzen Scheiß aufbauen, mit dem sie ihm den Kopf in der Schule vollstopfen. Dieser ganze Mist über Ökologie und Gleichheit, während sie den Kindern doch eigentlich die Grundlagen beibringen müßten – Lesen und Schreiben und gute alte amerikanische Erziehungstugenden. Heutzutage muß man schon selbst auf seine Kinder aufpassen. Die Hälfte der Schulen wird doch von Kommunisten und Homosexuellen geleitet.«

»Wem sagst du das«, erwiderte BJ. So war BJ eben. Stimmte allem zu. Hinter ihnen ertönte ein Krachen, und beide Männer wandten sich um. Einer der Balken des Kreuzes war endlich durchgebrannt und zu Boden gestürzt. Glutscheite verspritzend, die Warren Kennours Kutte beinahe in Brand gesetzt hätten. Er und Jeremy Davis und ein paar der anderen Jungen waren so betrunken, daß sie kaum noch aufrecht stehen konnten. Vandorm kicherte leise.

»Diese Geheimhaltung war ziemlich hart für Cecelia, BJ, aber sie hat sich nie beschwert. O nein, kein bißchen! Sie hat die Sache immer nur unterstützt. Es ist nur so, daß es uns bald das Kreuz bricht, für Mike das Geld für diese Patriotenprivatschule zusammenzukratzen. Aber lieber unterrichte ich ihn selbst, bevor ich mitansehe, wie er mit einem Haufen Nigger- und Mischlingskindern Fußball spielt. Gerade habe ich gehört, daß da jetzt sogar schon ein paar Vietnamesen auf die Schule gehen. Ich sage dir eins, BJ«, fügte er ernst hinzu, »irgend jemand muß mal anfangen, die Leute in diesem Land wachzurütteln, sonst geht es uns in zwanzig Jahren um keinen Deut besser als den streunenden Hunden; dann sind wir nur noch ein Haufen von Promenadenmischungen und Kötern, die niemand mehr respektiert.«

BJ nickte begeistert. »Da sagst du was, Luther. He, willst du ein Bier? Ich habe einen Sechserpack im Wagen.«

»Das ist aber wirklich nett von dir, BJ.« Luther bot dem anderen nie einen Drink an. Zum einen hatte es keinen Zweck, Geld darauf zu verschwenden, den großen Blödmann vollzutanken, bis er sich nicht mehr erinnern konnte, wer so großzügig zu ihm gewesen war, und zum anderen schien BJ immer jede Menge Bier dabeizuhaben. Sie schritten zu der Wagenreihe zurück. Ein paar Fahrzeuge parkten auf der anderen Seite des alten Zauns, abseits von den anderen.

Sie waren gerade fünf Yards von BJs zerbeultem Chevy-Lieferwagen entfernt, als zwei Männer aus der Dunkelheit heraus in das flackernde Licht des langsam ersterbenden Feuers traten. »Luther Vandorm?« Der Mann trug einen schweren, breitkrempigen Hut und Jeans, ein kurzärmeliges Hemd und Stiefel. Sein Begleiter trug einen Anzug. Der Blick des Mannes huschte nach links. »BJ Tree?«

Vandorms Augen verengten sich, als er die Fremden musterte. Er war eher verärgert als besorgt. Klar, Kreuze zu verbrennen war verboten, doch im ländlichen Mississippi bedeutete das noch immer kaum mehr als eine kleine Geldstrafe und vielleicht eine Standpauke von irgendeinem Bezirksrichter.

»Wer zum Teufel will das wissen?« Er kannte keinen der beiden. Sie sahen nicht aus wie die Jungs von Sheriff Kingman, die immer ein Auge zudrückten, solange keine öffentlichen Anlagen beschädigt wurden. Und für den Akzent des Mannes hatte er auch nicht viel übrig. Aus dieser Gegend kam er jedenfalls nicht, soviel war sicher.

Der Mann zog ein kleines Etui aus der Gesäßtasche. Als er es ins Licht hielt, klappte die untere Hälfte herunter. »Federal Bureau of Investigation. Sie sind alle verhaftet.«

»He, was ist das denn? Wer, zum Teufel, glauben Sie zu sein?« Innerlich zitterte Vandorm. Nicht, weil er befürchtete, wegen einer harmlosen kleinen Kreuzverbrennung verhaftet zu werden, sondern wegen gewisser Dinge, die in dem Lieferwagen neben BJs versteckt waren. Der war brandneu, besaß oben vier Hochintensitätsscheinwerfer, vorn Halogen-Nebelleuchten, einen verchromten Überrollbügel und an den Seiten eine strahlende Konföderiertenflagge. Walter Conroys Lastwagen.

Im Handschuhfach lag eine kleine Mappe. In dieser Mappe befanden sich die Pläne, die er und Conroy und BJ und Sutherlin in den vergangenen drei Monaten ausgearbeitet hatten. Die Pläne, die in allen Einzelheiten beschrieben, wie die vier gedachten, das Büro der amerikanischen Bürgerrechtsvereinigung in der Downtown von Jackson in die Luft zu jagen.

Außer den beiden Jagdgewehren, die in ihren Gestellen an der Heckscheibe ruhten, besaß der Lieferwagen auch noch ein geheimes Fach hinter den Sitzen. Vandorm hatte es persönlich dort eingebaut, nachts, als niemand mehr in der Werkstatt war. Das Fach enthielt zwei Maschinenpistolen vom Typ Uzi, die Conroy in New Orleans gekauft hatte. Wenn man alles zusammennahm, würden die Maschinenpistolen und die Pläne höchstwahrscheinlich etwas mehr einbringen als nur eine Standpauke, egal vor welchem Gericht des Landes sie dann stehen mochten.

Er tat einen Schritt zurück und stolperte. Der weiße Hut fiel herunter, und er stolperte erneut, wobei er auf seine Kopfbedeckung trat. »Lassen Sie mich nur meine Ausweiskarte holen.« Er drehte sich um und zeigte auf die anderen Wagen. »Sie liegt in meinem Lieferwagen dort drüben.«

»Einfach nur hiergeblieben, Freund!« Der Mann in dem Anzug zog eine kleine blaue Pistole mit Stummelschnauze. Er hielt sie locker in der Rechten – aber so locker nun auch wieder nicht.

»Aber mein Ausweis!« wimmerte Vandorm. Noch nie hatte jemand eine Pistole auf ihn gerichtet, und das nahm ihn ziemlich mit. Er spürte, wie ihm etwas Warmes am rechten Oberschenkel hinunterlief, und er sah den Ekel in den Augen des Mannes, der als erster gesprochen hatte.

Es gab keinen Ausweg. Inzwischen waren noch weitere Männer in Anzügen erschienen und trieben die restlichen Feiernden zusammen. Sein Lieferwagen war verschwunden, und er dankte Gott dafür, daß Cecelia und die Jungen noch vor der Razzia davongefahren waren.

Nun kamen zwei weitere Fahrzeuge den Feldweg herauf und hielten auf dem Parkplatz. Diese großen Busse hatten kleine Gitter vor den Scheiben, genau wie im Fernsehen. Das, was nun kommen würde, konnte er so deutlich vor seinem inneren Auge sehen, wie er den Pornofilm am letzten Wochenende bei Sutherlin gesehen hatte. Die gesamte Planung und sorgfältige Vorbereitung waren zum Teufel. Das Dynamit und die Sprengkapseln und die teuren Uzis würden beschlagnahmt werden. Kaum waren sie endlich bereit, etwas zu tun und das Land ein wenig aufzurütteln, da mußte das passieren.

Wie hatten sie es herausbekommen? Wer hatte sie verpfiffen? Er sackte zusammen. Vielleicht hatte sie ja niemand verpfiffen. Höchstwahrscheinlich war das hier nur eine Routinerazzia. Wahrscheinlich wußten die Regierungsleute gar nichts von den Plänen oder den Waffen. Aber sie würden schon alles verdammt genau erfahren, sobald sie den Lieferwagen filzten. Und den Lieferwagen würden sie sehr wohl filzen, darüber hegte Vandorm keinen Zweifel. Verdammtes, zum Himmel stinkendes, erbärmliches Pech!

Auf der gegenüberliegenden Seite des Wegs durchsuchten zwei von ihnen bereits Sutherlins Cadillac. Sutherlin stand daneben; in der säuberlich gebügelten weißen Kutte wirkte er steif und verlegen. Wahrscheinlich fragte er sich gerade, welche Folgen das für sein lukratives Steueranwaltsbüro haben würde, überlegte Vandorm. Im Cadillac befand sich ein identischer Satz der Pläne. Das einzige, worauf er und Conroy hoffen konnten: daß sie die Pläne finden und danach nicht auch noch den Lieferwagen durchsuchen und die Waffen entdecken würden. Seine Stimmung hob sich ein wenig. Es bestand immerhin die Chance, daß die anderen mit einem blauen Auge davonkommen würden, es sei denn, Sutherlin plauderte. Er wußte nicht, ob man sich auf das Schweigen des Steueranwalts verlassen konnte.

»Ihr Burschen macht da einen großen Fehler«, sagte er zu den beiden Agenten, die vor ihm standen. »Wir haben niemandem einen Schaden zugefügt. Haben lediglich unser verfassungsgemäßes Recht auf Versammlungsfreiheit wahrgenommen.« Es hatte den Anschein, als würden Hunderte von Agenten den Wald durchkämmen, obwohl es in Wirklichkeit weniger als zwei Dutzend waren. Männer in Weiß, seine Freunde und Saufkumpane, die Nachbarn, mit denen er Poolbillard zu spielen pflegte, wurden in die wartenden Busse verfrachtet. Einige von ihnen waren schon viel zu betrunken, um zu merken, was mit ihnen geschah. Bald darauf führte man ihn und BJ ebenfalls über die Lichtung.

»Habt ihr Leute eigentlich nichts Besseres zu tun?« fragte BJ wütend.

Vandorm war überrascht. Von allein war BJ sonst nie sonderlich gesprächig. Er reagierte eher, als daß er selbst etwas anregte. Offenbar hatte die Tatsache der Verhaftung irgend etwas in ihm ausgelöst. Vandorm war froh darüber, weil es die Blicke des Agenten von ihm ablenkte; diese anklagenden, angeekelt wirkenden Augen.

BJ war noch nicht fertig. »Warum seid ihr nicht draußen und laßt die Mafia hochgehen oder jagt Einbrecher, anstatt anständige Bürger zu belästigen, die niemandem etwas tun?«

»Gehen Sie einfach nur weiter«, erwiderte der Mann in den Jeans. Sein Begleiter hielt die Pistole nicht mehr auf Vandorm gerichtet. Sehnsüchtig blickte Luther zu der schützenden Dunkelheit des nahegelegenen Walds hinüber, doch er hatte das Gefühl, daß seine Beine allenfalls noch zu einem Zehn-Meter-Sprint fähig waren. Und was hätte es auch schon gebracht? Sie kannten seinen Namen, sie hatten ihn von Anfang an identifiziert. Davonlaufen würde überhaupt nichts bringen.

Plötzlich kam ihm der Gedanke, daß ihre Gruppe wohl schon eine ganze Weile unter Observation gestanden haben mußte. Jetzt war ihm die Sache nicht nur peinlich, er kam sich auch vor wie ein Narr.

Die Hintertüren des Busses klafften weit auf. BJ redete noch immer.

»Das ist ein verdammtes Unrecht, ist das. Ihr solltet alle eigentlich draußen sein und einer anständigen Arbeit nachgehen, anstatt ehrlichen Leuten Schwierigkeiten zu machen.«

»Steig einfach ein, BJ!« beschwichtigte Luther ihn. »Du brauchst diesen Leuten überhaupt nichts zu erzählen. Wart ab, bis Sutherlins Rechtsanwalt mit dir spricht!« Allmählich gewann er einen Teil seiner früheren Selbstsicherheit zurück. Ein Blick nach hinten zeigte ihm den großen Lieferwagen, der allein und undurchsucht am anderen Ende der Lichtung parkte. Vielleicht hatten sie sogar die Papiere in Sutherlins Caddy übersehen. Möglicherweise kamen sie aus der Sache doch noch heraus!

»Ihr Burschen begeht einen großen Fehler, ihr werdet schon sehen. Wofür macht ihr euch soviel Mühe? Damit ihr uns einen anhängen könnt wegen Trunkenheit und Erregung öffentlichen Ärgernisses? Ein bißchen Kreuzverbrennen auf dem Gelände des Nationalwaldes? Das ist doch *unser* verdammter Wald! Was soll uns das einbringen, eine Verwarnung und ein Bußgeld von fünfzig Dollar vielleicht? Das ist nichts als eine verdammte Verschwendung von Steuergeldern, ist das.«

»Nehmen Sie einfach nur Platz«, sagte der Jeans-Mann. Sein Begleiter spielte beiläufig mit der Pistole.

»Kommen Sie schon, Beeilung!«

BJ blieb stehen, wandte sich um und machte einen Schritt auf ihn zu. Er lächelte jenes dümmliche, klebrige

Grinsen, das Vandorm und die anderen in den vergangenen Monaten so gut kennengelernt hatten.

»Ich mag es nicht, wenn man mich hetzt, Mister – und schon gar nicht, wenn häßliche Leute das tun. Und ihr seid so ziemlich die häßlichsten Leute, die ich je gesehen habe.«

Die Pistole des Agenten schnellte hoch, schlug BJ ins Gesicht und ließ ihn zurücktaumeln. Hart polterte er neben dem rechten Hinterreifen zu Boden. Der erste Agent trat zwischen BJ und seinen Kollegen und packte diesen am Arm. Der Agent atmete schwer, wütend funkelte er den Mann am Boden an. Aus BJs Mundwinkel troff ein dünnes Blutrinnsal.

»Mann, Bill, immer mit der Ruhe!« murmelte der erste Agent. Der andere hatte sichtlich Mühe, sich wieder zu beruhigen. Seine Antwort kam leise, kaum beherrscht.

»Ruhe? Na klar. Hör mal, kümmer du dich um die beiden.«

»Sicher. Geh und hilf Dave mit dem Papierkram.«

Der Agent nickte und musterte BJ, als Luther seinem Freund beim Aufstehen half. Der Haß zwischen den beiden Männern vergiftete das bißchen frische Luft, das auf der Lichtung noch übriggeblieben war.

»Hör mir gut zu, Witzbold«, knurrte der Agent, »du kannst nur hoffen, daß ich dir nicht mal auf der Straße begegne, wenn ich gerade nicht im Dienst bin, Mann.«

»Das hängt wohl nur von mir ab«, erwiderte BJ locker, »weil ich dich nämlich schon von weitem riechen werde, wenn du kommst, Nigger.«

Vandorms Augen wurden groß wie Glühbirnen. »Heiliger... Steig in den verdammten Bus, BJ, komm schon, steig in den Bus!« Er drückte und schob an seinem großen Freund herum.

»Ja, steigt ein«, bekräftigte der erste Agent. »Hören Sie, wir sind zwar alle ausgezeichnet ausgebildet, aber wir sind auch nur Menschen. Sie sollten Ihren Freund besser in den Bus bringen«, sagte er in scharfem Ton zu Luther, »bevor er den Mund einmal zu viel aufmacht und wir hier wirklich eine ernste Situation bekommen.«

»Klar, ja, sicher.« Vandorm zerrte den grimassenschneidenden BJ förmlich in das Fahrzeug und sorgte dafür, daß sie Sitzplätze bekamen, die weit von der Tür entfernt waren.

»Jesus, BJ! Ich habe ja immer gewußt, daß du etwas langsam bist, aber für verrückt habe ich dich nie gehalten. Dieser Bursche hätte dich umbringen können!«

»Ach, vor dem hab ich doch keine Angst.« BJ zog die Brauen zusammen. »Hast du etwa Angst vor ihm, Luther? Du hast mir doch mal gesagt, daß du dich vor diesen Regierungsheinis nicht fürchtest.« Dann wurde eine weitere Gruppe Feiernder in den Bus geschoben, man schloß die Türen und verriegelte sie von außen.

In Kolonne fuhren die beiden Busse rumpelnd durch die Nacht, dem Weg folgend, der aus dem Wald hinausführte. Nach einer Weile schlossen sich ihnen weitere Fahrzeuge an, aus ihren Verstecken im Buschwerk hervorbrechend. Die meisten hatten Allradantrieb.

Schließlich blieben nur noch zwei übrig. Ihre Besitzer begannen mit einer gründlichen Durchsuchung der Wagen, die die Kreuzverbrenner zurückgelassen hatten. Zwei von ihnen besprühten das einstürzende Feuer mit Feuerlöschern, um sicherzugehen, daß sich der Brand nicht auf den nahegelegenen Wald ausweitete. Sie sollten noch viele Stunden bis in den Morgen hinein bleiben; dann würden auch sie davonfahren und eine Lichtung zurücklassen, die von einem gespenstischen Halbkreis verlassener Fahrzeuge eingeschlossen wurde, alle mit der Schnauze auf schwelende Asche zeigend.

2

Seattle, Washington – 9. Juni

Merry Sharrow nahm sich des letzten Kunden dieses Morgens an, und sie genoß es beinahe. Sie genoß es beinahe, weil Mrs. Gustafson, die Aufseherin, ihr nicht über die Schulter spähte, um sicherzugehen, daß auch jeder kleine Kasten und jede Zeile richtig ausgefüllt wurden. Ihre Schicht endete zwar zur selben Zeit, doch die Gustafson war schon lange genug dabei, um neun Minuten früher gehen zu können. Merry und ihren Mitarbeitern blieb es überlassen, weiterzumachen, bis Fred Travers und der Rest der Tagschicht ihre Stechuhren betätigten.

So konnte sie sich also entspannen, als sie den Auftrag des jungen Mannes aus Missoula entgegennahm. Der kaufte gerade seinen ersten richtigen Schlafsack und steckte voller Fragen über Leichtnylon und reißfestes Nylon und über die technischen Unterschiede zwischen Gänse- und Entendaunen. Sie war gern dazu bereit, ihm die entsprechenden Informationen zu geben (das war immerhin Teil ihres Jobs), aber keine Sekunde länger, als ihre Schicht dauerte.

Sie versuchte nicht, seine Entscheidung zu beschleunigen. Niemals einen Kunden drängen, hatte man ihr während der Ausbildung eingeschärft. Ein bedrängter Kunde ist ein verärgerter Kunde, und einen verärgerten Kunden hat man für alle Zeiten verloren.

Um zwei Minuten vor acht entschied er sich schließlich und kaufte ein Paar Himalaja-Gänsedaunensäcke, Bequemlichkeitslevel vierzig minus, fünf Jahre Garantie. Er ließ es seinem VISA-Kreditkartenkonto anschreiben und verabschiedete sich freundlich, erklärte noch, daß er schon jetzt zu spät zur Arbeit kommen werde. Dieser Refrain war Merry vertraut. Der größte Teil des Landes war auf dem Weg zur Arbeit, wenn sie gerade aufhörte.

Merry arbeitete in der Friedhofsschicht bei Eddie Bauer.

Von Mitternacht bis acht Uhr morgens. Für sie bedeutete die aufgehende Sonne den Beginn des frühen Abends. Es war nicht so schlimm, wie die Leute meist glaubten. Sie hatte sich darauf gedrillt, von sechs Uhr abends bis elf Uhr zu schlafen. Am Tag hatte sie immer frei. Alles ziemlich verkehrt herum, doch ihre Freundinnen verstanden das. Aus Notwendigkeit waren ihre meisten Freundinnen Frauen, mit denen sie zusammenarbeitete. Sie hatten die gleichen Probleme, den gleichen, zeitverschobenen Lebensstil.

Sie rechnete die Nachtanrufe und Quittungen zusammen und überprüfte noch einmal, ob alle Aufträge in den Zentralcomputer eingespeist worden waren, dann machte sie sich zum Gehen fertig. Es gab keine Eile. Wenn man nach acht Uhr morgens nach Osten fuhr, aus Seattle hinaus, gab es nicht viel Verkehr. Der Verkehr strömte in die Stadt hinein, nicht hinaus.

Ja, den größten Teil ihres Lebens hatte sie frei, auch wenn sie nichts damit anfing. Einkaufen und schlafen und Schnulzen anschauen und sich ausruhen; und wenn sie wenigstens den Anschein eines normalen gesellschaftlichen Lebens haben wollte, gab es ja immer noch die Wochenenden.

Ihr gesellschaftliches Leben bestand so gut wie ausschließlich aus ihrer Beziehung zu Donald. Der war ein Juniordesigner bei Boeing. Seit vier Jahren gingen sie zusammen (eine alberne Umschreibung für miteinander schlafen). Merry war achtundzwanzig und wurde langsam nervös. Gewiß, es war schon schwierig, so etwas wie eine normale Beziehung zu einem anderen Menschen aufrechtzuerhalten, wenn man diesen nur am Wochenende sah. Oder am Abend, wenn er lebhaft und voller Energie war, während sie sich nur nach dem Bett sehnte. Berichtigung: nach dem Schlaf.

Irgendwie kamen sie ja zurecht. Donald war aufgeweckt, fröhlich, attraktiv, alles in allem ein netter Fang. Die Sache hatte nur einen Haken. Langsam ahnte sie, daß er nicht eingefangen werden wollte.

Ihr ganzes Leben lang hatte sie getan, was man ihr gesagt hatte, war das gute Mädchen gewesen, die anpassungsfähige Frau. Vielleicht war es an der Zeit, etwas zu ändern. Nein... da gab es kein *Vielleicht* mehr. Achtundzwanzig. Niemand würde etwas für sie ändern. Das sagte ihre Freundin Amy immer zu ihr. Sie mußte ihr Leben schon selbst in die Hand nehmen, alle Veränderungen selbst erzwingen.

Leicht gesagt. Das Leben ändern. Es selbst in die Hand nehmen. Die eigene Welt verändern. Wie denn? Wo sollte sie das überhaupt anfangen?

Vielleicht, indem man nach Hause ging. Eddie Bauers Telefonleitungen waren vierundzwanzig Stunden am Tag zugänglich, sieben Tage in der Woche. Es gab sechzehn Empfangsstationen für die einlaufenden Bestellungen. Während der Friedhofsschicht waren nur drei besetzt. Von Merry, ihrer Freundin Amy und von Nikki der Katze, wie die Teilzeittänzerin sich gern nennen ließ. Nach 1.30 Uhr ließ das Geschäft meistens nach, um gegen 5.00 Uhr wieder aufzuleben, wenn es an der Ostküste 8.00 Uhr war. Dann wurden die Leute in Orten wie New York und Boston und Washington D.C., wach und wollten Geld ausgeben.

Washington, D.C. Sie hatte den größten Teil ihres Lebens im Staate Washington gelebt und die gleichnamige Stadt nie zu sehen bekommen. Nun, warum sollte sich das nicht ändern? Sie hatte noch einen Urlaub vor sich, die *schuldeten* ihr einen Urlaub. Aus irgendeinem Grund erschien ihr die Hauptstadt der USA als geeignetes Besichtigungsziel. Bei Gott, warum nicht? Tu es einfach, tu doch zur Abwechslung endlich selbst etwas! Frag Donald mal nicht, ob er mitkommen will.

Sie fühlte sich so gut wie schon seit Monaten nicht mehr. Sie hatte eine Entscheidung gefällt.

»Bist du in Ordnung?« Amy musterte ihre Telefonkollegin unsicher. »Du siehst komisch aus.«

»Nur zerstreut.« Sie griff unter ihren Tisch und holte ihre Handtasche hervor. »Fertig?«

»Klar.« Amy stand auf. »Bist du *sicher*, daß du in Ordnung bist?«

Merry gesellte sich zu ihr, und gemeinsam gingen die beiden Frauen zum Ausgang. »Prima. Ich hatte gerade eine großartige Idee.«

»Erzählst du sie mir?«

»Später.« Jetzt waren sie in der Garderobe und ließen sich ihre Regenmäntel und Schirme geben, um wie üblich den verrückten Sprint durch den Regen zu ihren Autos zu starten. Aus dieser kleinen Entfernung zum Parkplatz konnte man hören, wie das Wasser auf den Asphalt trommelte. Es regnete draußen schwer und gleichmäßig, und das tat es schon seit über einer Woche, ohne Aussicht auf Änderung. Die Freuden eines Lebens in Seattle.

Amy spannte ihren Schirm auf. »Vielleicht hat es ein wenig nachgelassen.« Sie öffnete die Hintertür.

Ein Himmel voller Blitze, eine Nacht voller Donner: beständiger schwarzer Regen, der in gerader Linie herabstürzte. Kein Wind, kein Unsinn, keine Überraschungen: einfach nur Wasser.

»Na, klasse«, knurrte Amy. »Weißt du, ich mache mir Sorgen, weil du so weit außerhalb der Stadt lebst und die ganze Zeit durch so ein Wetter fahren mußt. Du solltest in die Stadt ziehen. Matt und ich könnten dich unterbringen, bis du etwas gefunden hast.«

»Dieser Regen macht mir nichts mehr aus, seit ich diesen Wagen habe. Da werfe ich einfach nur den Allradantrieb an, stelle auf Geschwindigkeitsautomatik und fahre ganz gemütlich nach Hause. Außerdem läuft der Verkehr in die andere Richtung, so daß ich beide Ostspuren für mich habe. Ihr solltet vielmehr zu mir nach draußen ziehen. Ich verbringe meine Freizeit mit Rehen und Vögeln und Eichhörnchen anstatt mit Junkies und Pennern.«

»Richtig so, stauch mich ruhig zurecht, kein Pardon.« Amy nahm eine Fechterpose an und stach mit ihrem Schirm zum Himmel. »Und zum Schluß des Refrains – zustechen!« Sie jagte in das Gewitter hinaus, Merry dicht hinter ihr.

»Dafür hast du eben kein Gespür.«

»Gott sei Dank. Bis morgen.« Amy bog zu einem vereinsamt dastehenden Subaru ab, während Merry mit dem Türschloß ihres Jeeps kämpfte. Als sie erst einmal im Innern des trockenen Stahlkokons saß, konnte sie endlich loslassen. Der stechende Geruch von Fichten füllte den Wagen aus. Im hinteren Teil war alles voller Feuerholz.

Der Motor sprang sofort an. Sie legte den Allradantrieb ein, hupte Amy zweimal an und verließ in einer Rechtskurve den Parkplatz. Dank der dichten Wolkenschicht war es so finster wie zu Mitternacht. Sie fuhr die leere Stockton Road entlang, dem Zubringer der I-90 entgegen. Trotz allem, was sie Amy gesagt hatte, war sie müde und freute sich keineswegs auf die bevorstehende lange Fahrt.

Aber sie liebte ihr kleines Haus im Wald. Die Ruhe und die grüne Umgebung waren das Pendeln durchaus wert. Das Haus war gerade groß genug für sie und für Donald, wenn er die Zeit fand, um auf Besuch zu kommen. Anstelle von zwei Schlafzimmern hatte sie zwei Hektar Land, und so mochte sie es auch. Sie verstand nicht, wie Matt und Amy es schafften, am frühen Abend und am späten Nachmittag in der Stadt zu schlafen. Frieden und Ruhe waren eine kleine Autofahrt wert.

Die Haut um ihr linkes Auge juckte, und sie rieb es mit der linken Hand. Ich werde es zu Hause auswaschen müssen, sagte sie sich. Die Scheibenwischer schleuderten das Wasser nach links und rechts, so daß die Straße vor ihr halbwegs sichtbar war. Die Nebellampen blieben abgestellt. Da es auf der gegenüberliegenden Fahrbahn wegen des Gewitters kaum Verkehr gab, konnte sie mit Aufblendlicht fahren.

Nachdem sie den Wagen auf fünfundfünfzig hochgeschraubt hatte, stellte sie die Geschwindigkeitsautomatik ein und schlug die Beine übereinander. Die Allwetterreifen und der Allradantrieb würden schon dafür sorgen, daß das Fahrzeug gerade in der Spur blieb. Im Rückspiegel verschwanden die Lichter der Stadt Seattle.

Eine geschäftige Nacht. Sie dachte an ihre letzte Bestellung zurück, auf die sie fast fünfzehn Minuten Telefonzeit verwendet hatte. Vielleicht hätte sie den Kaufabschluß schneller zustande bringen können, wenn sie ein bißchen förmlicher und weniger gesprächig mit dem netten Mann aus Missoula gewesen wäre, doch sie hatte es genossen, mit ihm zu reden. Merry mochte nette Stimmen. Die des Schlafsackkäufers hatte besonders voll und sonor geklungen.

Wie alt er wohl war? An der Stimme allein konnte man so etwas nie erkennen. Er hätte alles sein können, von achtzehn bis fünfzig. Hätte sie raten müssen, so hätte sie gewettet, daß er in seinen Dreißigern war. Anfang dreißig, fast in ihrem Alter. Sie fragte sich, wie er wohl aussah. Eine Stimme war kein Hinweis. Am Telefon konnte man wie Burt Reynolds klingen und doch so aussehen wie W. C. Fields persönlich. Das gleiche galt für Frauen.

Sie wußte, daß sie eine gute Sprechstimme hatte, sonst hätte man sie gar nicht eingestellt. Ob der Mann aus Missoula auf seinem Weg zur Arbeit sich auch fragte, wie sie aussah? Sie blickte zu ihrem Bild im Rückspiegel hinauf. Amy hatte sie hübsch genannt, doch Amy war für alles zu haben, was ihr dabei half, das Selbstvertrauen ihrer besten Freundin zu heben.

Ihre Haut war weiß, wie Porzellan, und das haßte sie. Es gab nichts, was sie dagegen unternehmen konnte, außer ihre Vorfahren zu verfluchen. ›Farbe‹ war kein Wort, das im Familienvokabular der Sharrows vorkam, obwohl ›Sonnenbrand‹ darin häufig verwendet wurde. Blaßblaue Augen und weißgoldenes Haar, so fein, daß die ausgefransten Enden bei hellem Licht leicht verblaßten. Ein paar übriggebliebene verblassende Sommersprossen, die ein faltenloses Gesicht verunstalteten, das schmal war, ohne hager zu sein. Kleiner Mund, Lippen, die unter Lippenstift ihre doppelte Größe anzunehmen schienen, keine Grübchen. Also gut, zwar nicht schön, aber hübsch, ja. Eindeutig hübsch. Mit dieser Meinung konnte sie leben.

Amy jedoch – Amy mit ihrem langen roten Haar und ihrem magnetischen Lächeln –, Amy war schön. Und schön nannte Donald Merry. Was ihn betraf, so war sie die schönste Frau im Nordwesten. Auch wenn sie ihm nie glaubte, wurde sie nicht müde, es zu hören. Donalds mittlerer Name hätte eigentlich Charmeur sein müssen. Geschmeidig, gewitzt, intelligent, schlagfertig, war er ein junger Mann auf dem Weg nach oben.

Das Problem war nur, daß Merry sich nicht sicher war, ob er jemanden wie sie nach oben mitnehmen wollte. Wenn Amy recht hatte, würde Merry sich eines Tages am Wegesrand wiederfinden, während Donald – der gute alte, liebevolle, fürsorgliche, gutaussehende Donald – beschloß, einer anderen Frau die Lebensleiter hinaufzuhelfen. Sie dachte sehr häufig darüber nach, viel öfter, als sie Amy gegenüber eingestand. Denn trotz der Tatsache, daß sie hübsch war und ein eigenes Haus besaß und einen guten Job hatte und in bescheidenem Umfang über eine gute Schulbildung verfügte und an einem allgemeinen Gespräch teilnehmen konnte, ohne es gleich an sich zu reißen, trotz alledem lebte sie in der nackten Angst davor, Donald zu verlieren. Sie war alles – nur nicht selbstsicher. Donald war die einzige längerfristige Beziehung, die sie je gehabt hatte, und der Gedanke daran, diesen gefühlsmäßigen Anker zu verlieren, entsetzte sie. Sie war viel besser darin, Beziehungen zu Menschen am Telefon aufzubauen als in der persönlichen Begegnung.

Das war auch einer der Gründe dafür, weshalb sie die Friedhofsschicht mochte. Sie liebte die Nacht. Da gab es nicht so viel Druck und Streß, mit denen sie sich in einem Tagesjob hätte auseinandersetzen müssen.

Donald hatte sie nicht einmal dazu aufgefordert, bei ihm einzuziehen.

Na und? Wie lange würde sie es noch zulassen, daß immer nur andere Leute an ihren Fäden zogen, auf ihre Knöpfe drückten? Vielleicht war es Zeit, daß sie einmal ein paar wichtige Entscheidungen selbst traf. Zum Beispiel, ihren lange überfälligen Urlaub zu nehmen und nach Washington zu fahren. Auf ihrem Sitz richtete sie sich ein wenig auf. Merkwürdig, wie es einem sofort besser ging, wenn man selbst die Zügel in die Hand nahm — und sei es auch nur im Geiste. Das Gefühl freudiger Erregung, das sie durchströmte, kam völlig unerwartet. Als hätte sie irgendeine unvermutete, unsichtbare Schwelle überschritten. Und das alles, als sie sich einfach dazu entschloß, Urlaub zu nehmen. Dieses Treffen von Entscheidungen machte ja richtig *Spaß!* Und sie hatte nicht einmal erst eines von diesen Selbsthilfetaschenbüchern zu $ 4.95 kaufen müssen, von denen eins war wie das andere, um sich sagen zu lassen, wie sie es tun sollte. Sie hatte es ganz allein geschafft.

Sie fühlte sich so wohl, daß sie beinahe ihre Abfahrt verpaßte. Bald zu Hause. Das Planen im Geist, der Gedanke an eine Reise, die *sie* geplant hatte und nicht etwa Donald, hatte sie völlig abgelenkt. Sie nahm die Abfahrt, und die Reifen des Fahrzeugs blieben trotz des Regens fest auf der Straße.

Da huschte etwas vor dem Wagen dahin.

Sie trat auf die Bremse und riß das Lenkrad nach rechts, doch nicht annähernd schnell genug. Mit einem dumpfen feuchten Geräusch, das durch den ganzen Wagen hallte, schlug etwas — *klonk!* — gegen die vordere Stoßstange. Die Bremsen quietschten, als sie nur wenige Zoll vom Rand des Fahrstreifens entfernt zum Halten kam. Unter dem Aufblendlicht, das mit dem Regen kämpfte, befand sich ein fünfzehn Fuß tiefes Loch, das noch nicht dagewesen war, als sie am Abend zuvor zur Arbeit gefahren war.

Sie blieb im Wagen sitzen, nach Luft japsend, und lehnte sich vor, um das Loch zu mustern. Das verdammte Schnellstraßenamt hatte wieder zugeschlagen. Sie sah die Stelle, wo man die Leitplanke entfernt hatte. Wahrscheinlich verlegen sie wieder eine Wasserleitung oder etwas ähnliches, dachte sie. Gott sei Dank hatte sie erst vor zwei Wochen die Bremsbeläge auswechseln lassen. Sonst wäre die Straßenmannschaft am Morgen angerückt, nur um sie auszugraben. Sie sah sich selbst, wie sie in das steile Loch stürzte, ein Sekundenbruchteil des Erkennens, ihr Gesicht, das gegen die Lenksäule prallte, das unnachgiebige Plastikmaterial, die Nase eingedrückt, das Gesicht durchbohrt bis hinein in den Schädel...

Sie keuchte und spürte, wie die Galle aufstieg, übergab sich aber nicht. Und all das, um nicht irgendeinen Köter zu überfahren. Und nicht einmal dies war ihr geglückt. Schweratmend legte sie den Rückwärtsgang ein und fuhr langsam ein Stück von der Grube zurück, in die sie beinahe gestürzt wäre. Sie fürchtete sich vor dem, was ihre Scheinwerfer auf der Straßenoberfläche erhellen würden, doch obwohl sie mehrere Yards zurückrollte, war nichts zu sehen als regenüberspülter Asphalt. Kein großer pelziger Klumpen, der wie eine weggeworfene Teppichrolle vor ihren Rädern auf der Straße lag. Diese Entdeckung verschlimmerte alles für sie, machte es keineswegs besser. Sie hatte das Tier nicht etwa getötet, sie hatte ihm lediglich die Hüfte oder ein anderes Gelenk zerschmettert.

Ohne den Regen zu beachten, ließ sie das Fenster auf der Mitfahrerseite herab und starrte die Grube an, die das Straßenbett von dem dahinterliegenden Wald trennte. Es war beinahe neun Uhr, und trotz der dichten Wolkendecke setzte sich das Tageslicht allmählich durch. Es gab keinerlei Spuren des Wesens, das sie überfahren hatte.

Kaum zu glauben, daß es den Aufprall überlebt haben sollte. Sie war mit mindestens vierzig Meilen die Stunde die Abfahrt heruntergekommen und hatte es voll getroffen. Das Geräusch des Aufpralls ging ihr nicht mehr aus dem Kopf. Das Tier war weder vor ihr durch die Luft geschleudert worden, noch hatte sie es überrollt, doch nicht einmal ein sehr großer Hund konnte eine derartige Kollision überleben.

Es kam durch das offene Fenster, direkt auf ihre Augen zu, Krallen und schwarzes Blut, begleitet von einem kehligen Knurren, das ihr den Atem stocken ließ und die Eingeweide verkrampfte. Sie stieß einen einzigen Schrei aus und warf sich auf ihrem Sitz zurück. Die Pfote stieß wütend, enttäuscht ins Leere des Wageninnern. Die Schalter für die elektrischen Scheibenheber befanden sich auf der Mittelkonsole neben der Gangschaltung, und blindlings schlug sie auf alle ein. Durch äußerstes Glück und reinen Zufall traf sie den richtigen Schalter, und die Scheibe schloß sich schnurrend. Hätte sie den Schalter aus Versehen nach unten gedrückt, so hätte die Scheibe sich statt dessen gesenkt und es dem Etwas im Regen gestattet, durch die Öffnung ins Innere des Wagens zu gelangen.

Mit wütendem Heulen riß das Geschöpf den Arm hinaus und ließ sie auf dem Sitz liegend zurück. Sie schnaufte heftig, das Gesicht voller Regenwasser, und zwang sich zum Aufsitzen und zu einem Blick aus dem Fenster.

Da war es, es rannte gerade zur Baumlinie zurück. Sie blickte ihm unentwegt nach, bis es im Wald verschwunden war. Nach einer Weile fiel ihr ein, daß jeden Augenblick ein weiteres Fahrzeug kommen und auf ihr Heck prallen könnte, um sie doch noch in die Grube zu stoßen, der sie mit knapper Mühe entronnen war. Die Arme wollten ihr den Dienst verweigern. Mit Willenskraft zwang sie sie nach vorn, zwang die Hände dazu, das Lenkrad zu pakken. Der Motor wollte nicht anspringen.

Bitte, flüsterte sie ihm stumm zu, *bitte spring an! Laß mich nicht hier draußen liegenbleiben. Es könnte... zurückkommen. Starte gefälligst, verdammt noch mal!*

Der Motor knurrte, erwachte geschmeidig zum Leben. Sie legte den Gang ein und fuhr die Abfahrt hinunter bis zum Stoppschild. Dann zögerte sie. Sie mußte nach rechts abbiegen, aber sie wollte nicht nach rechts abbiegen. Cedar Falls, ihr Zuhause, lag rechts. Aber das war auch die Richtung, die der Besucher aus der Hölle eingeschlagen hatte, und sie wollte nicht dort entlangfahren, weil sie ihm dann wieder begegnen könnte.

»Nun sei kein Idiot!« sagte sie laut, und das erschreckte sie, weil sie es nicht gewohnt war, Selbstgespräche zu führen.

Du bist einfach nur müde. Du bist müde, und es regnet. Das war doch bloß ein Hund. Du hast ihm das Rückgrat gebrochen, das war nicht deine Schuld, du hast ihn nicht rechtzeitig gesehen. Er ist davongelaufen, um irgendwo tief im Wald zu sterben. Wahrscheinlich ein streunender Hund, vielleicht hat er gar keinem Kind gehört. Die anderen Dinge hast du doch nur wegen des Regens gesehen.

Als sie die vertraute Landstraße entlangfuhr, merkte sie, wie sie die Straßendecke mit ungewöhnlicher Intensität beäugte. Ihr Blick huschte unwillkürlich von der Straße nach links und nach rechts, während sie versuchte, die feuchte Dunkelheit zu durchdringen, die noch immer die Straßengräben und den Wald umhüllte. Der Regen verwandelte den Wald in eine feierliche, bedrohliche Mauer, die alles mögliche verbergen mochte.

Verrückt. Das Tier war bereits tot oder lag weit hinter ihr im Sterben, zwischen den Bäumen, aber nicht nahe am Weg. Es gab keine zornigen glühenden Augen, die die Fahrt des Wagens verfolgten, keine rachsüchtige verkrüppelte Gespenstererscheinung, die ihr, parallel zum Asphalt, nachpirschte. *Reiß dich zusammen!*

So sprach sie weitere zehn Minuten mit sich selbst, bevor sie sich endlich entspannen konnte. Sie mußte sich auch lockern, weil sie nun in Cedar Falls einfuhr und der Wagoneer mit unruhigen, gefährlichen siebzig Meilen pro Stunde dahinraste. Das war nicht vernünftig, auf dieser schmalen Straße. Bei dieser Geschwindigkeit würde sie noch von selbst zu Ende führen, was das Tier versucht hatte.

Was? Das war ja noch verrückter! Es hatte überhaupt nicht versucht, ihr weh zu tun. Es hatte vielmehr versucht, ihr aus dem Weg zu laufen, und war erst hinter ihr hergekommen, als sie es getroffen hatte.

Schon fast zu Hause. Nun nahm das Sonnenlicht den Schatten, die ihr Vorankommen verfolgten und an ihrem Denken nagten, immer mehr Substanz. Die dunklen Gestalten, die ihre Einbildungskraft heimsuchten, verblaßten unter dem Einfluß des Lichts. Sie würde ein ausgiebiges, heißes Bad nehmen und danach ins Bett steigen. Als erstes würde sie sich davon überzeugen, daß alle Türen und Fenster verriegelt waren.

In Cedar Falls? Wer in Cedar Falls brauchte denn seine Türen zu verriegeln? Ja, sie würde dafür sorgen, daß alles verriegelt wäre, auch der Kaminschacht, und dann würde sie vielleicht, nur vielleicht, endlich einschlafen können. Wenn sie dann wieder erwachen würde, würde es später Morgen oder Nachmittag sein. Die Sonne würde scheinen und die Erinnerung an den Vorfall verblaßt sein. Vielleicht war es ja ein tollwütiger Hund, sagte sie sich. Vielleicht hatte sie ihm und dem Rest des Bezirks sogar einen Gefallen getan, indem sie ihn überfuhr. Das hatte sie in der Dunkelheit nicht feststellen können. Mit Sicherheit war die Art und Weise, wie er versucht hatte, durch das Fenster an sie heranzukommen, ein Hinweis auf etwas, das jedes normale Tierverhalten überstieg.

Das Problem war, daß er nur wie ein Hund ausgesehen hatte, als sie ihn mit dem rechten Auge betrachtete. Als sie sich in diesem verzweifelten Augenblick umgedreht hatte und auf ihrem Sitz zurückgestürzt war, hatte sie mit dem linken Auge etwas ganz anderes gesehen. Etwas, das so schwarz war wie die Nacht und eine Schulterhöhe von vielleicht zwei Fuß besaß. Ohne Schwanz oder Pelz, so glatthäutig wie eine Babyratte, und mit bizarren dreieckigen Ohren, die sich gleichzeitig in verschiedene Richtungen stellten.

Und diese Krallen, die gehörten zu etwas wie Händen und nicht zu Füßen.

Es hatte sie geradewegs angeschaut, und das war schlimmer gewesen als die Krallen und als das gräßliche Geräusch, das es ausgestoßen hatte. Denn die Augen waren ein Paar feuriger Schmierflecken im Gesicht gewesen. Sie hatten einen Schädel aus geschmolzenem Gummi beleuchtet. Der Unterkiefer hatte schlaff herabgehangen, wie ein zahnbewehrter Schwanz, der am falschen Ende des Körpers befestigt war. Sie dachte, daß sie ihn wohl zerschmettert hatte, als sie mit dem Wagen daraufgeprallt war. Nur daß er nicht zerschmettert ausgesehen hatte. Er hatte auf groteske Weise natürlich ausgesehen, gegen die regenglatte Scheibe geifernd, als er versucht hatte, das Glas zu durchschaben. Es war kein Gesicht gewesen, das einem Hund ähnelte; eine solche Hunderasse gab es nicht. Es war weder das Gesicht eines Tieres noch das eines Menschen gewesen, sondern das Gesicht von etwas Bösem und Unnatürlichem, weit jenseits von Mensch und Tier.

Dann hatte sie sich wieder aufgesetzt und es mit dem rechten Auge betrachtet und wieder einen Hund gesehen. Was alles keinen Sinn ergab, überhaupt keinen.

Sie erschauerte, und dieses Gefühl rann ihr den Rücken herab wie Eiswasser. Es war doch nur ein verdammter, armer Hund, häßlich und verunstaltet und verlassen, und nun verreckte er draußen irgendwo im Wald, weil sie ihn angefahren hatte. Ein schlechter Instinkt, ausgerechnet vor dem einzigen Wagen hervorzuspringen, der im Umkreis von mehreren Meilen unterwegs war. Fast so, als hätte er es mit Absicht getan. Aber warum? Damit sie ihm auswich, der lebensgefährlichen Grube neben der Abfahrt entgegen? Die Phantasie ging mit ihr durch.

Am anderen Ende der Stadt bog sie in den Feldweg ein, der zu ihrem Haus führte. Eine flackernde, nach und nach schwächer werdende Erinnerung an jene glühenden Augen klammerte sich an sie. Augen, die so ausgesehen hatten, als habe man sie aus ihren Höhlen gerissen und als könnten sie jeden Augenblick zu Boden fallen. Das konnten keine Hundeaugen gewesen sein. Das konnten keine Menschenaugen gewesen sein. Sie hatten überhaupt nicht wie Augen ausgesehen. Aber sie hatte sie gesehen.

Sie mußte es ein halbes dutzendmal versuchen, bevor ihre zitternden Finger endlich den Schlüssel ins Schloß brachten. Das allerschlimmste war gewesen, daß das Ding ein Geräusch ausgestoßen hatte, als es in den Wald davongelaufen war. Kein Geräusch wie ein Kind oder ein Hund es verursachen würde. Sie fühlte sich schon etwas besser. Das bewies ihr, daß sie nicht geträumt hatte, als sie es mit dem linken Auge betrachtet hatte. Natürlich mußte sie es trotzdem geträumt haben, aber das Geräusch, das sie gehört hatte, bestätigte es. Kein Wesen, das gerade von einem Wagen angefahren worden war, verschwände mit einem Lachen im Wald.

Das Badezimmer lag direkt vor ihr, und der einladende Gedanke an ein dampfendes, heißes Bad half ihr, sich zu beruhigen. Ein Irrläufer von einem Gedanken ließ sie plötzlich kichern. Ach, wenn sie in die Grube gestürzt und umgekommen wäre, hätte sie ja gar nicht ihre Reise nach Washington machen können!

3

In der Nähe der Olijoro-Brunnen, Nordtansania — 10. Juni

Es ließ sich nicht sagen, wie alt der Baum war, doch mit seinem Stamm, der einen Durchmesser von dreißig Fuß aufwies, war er mit Sicherheit ein Großvater unter den Affenbrotbäumen oder Baobabs. Ein passender Ort für eine Sitzung des Ältestenrats. Die graue Rinde war von hungrigen Elefanten bis zur dreifachen Höhe eines ausgewachsenen Mannes abgerissen worden, und doch gedieh der Baum wie eh und je. Wie ein grauer Berg war er das Heim von Hunderten von Kreaturen, die durch die kahlen Äste flogen und kletterten und glitten. Die sich nach oben verjüngenden Äste hatten die Touristen veranlaßt, ihn den ›Umgekehrten Baum‹ zu nennen.

Für die Bantuvölker wie die Chagga und die Kikuyu, die die Regierungen Ostafrikas bildeten, glichen die Äste des Baobab den anmutigen Armen und Händen von Tänzern; Dutzenden von Tänzern, mitten im Sprung erstarrt.

Die Massai wußten es besser. Für sie war dieses Land einfach nur Massailand, de facto ein Land, wenn auch nicht von seinen Grenzen her. Vor Jahrhunderten hatten sie es mit Gewalt erobert, und noch immer beherrschten sie es durch ihre Beharrlichkeit und Entschiedenheit. Sie wußten um die Wahrheit des Baobab: daß er eine alte Hexe war, die tief in der Erde eingepflanzt worden war. Die Äste waren die wilden Strähnen ihres Haars. Daher schritten sie stets nur voller Vorsicht im Schatten des Baobabs dahin, um sie nicht zu erzürnen.

Der Baum hätte Schutz vor dem Nordwind bieten können, nur daß es um diese Jahreszeit keinen Wind gab. Die Regenzeit war noch nicht lange vorbei, und es war zwar heiß, aber noch nicht unerträglich. Um die Basis des großen Baums herum klammerte sich das Gras der afrikanischen Savannen noch immer an sein vergängliches Grün, obwohl sich bereits das Gelbbraun des Schlafs über das Grasland legte.

Die Landschaft war durch andere Baobabs markiert, alle in großem Abstand voneinander (die Massai wußten, daß die Hexen es nicht eng liebten). Akazien breiteten ihre laubreichen flachköpfigen Schirme über ausgesuchte Flekken Erde aus. Dicht neben den Brunnen selbst wuchs eine Vielzahl von Bäumen, die man normalerweise nur selten in der freien Ebene fand. Im Westen steckten riesige Herden von Zebras und Kuhantilopen, Thompsongazellen und Wildebeests die ungenau umrissenen Grenzen eines Nationalparks ab. Nur selten von Ausländern besucht, kaum durch Patrouillen kontrolliert, wäre dies ein Paradies für Wilderer gewesen; bis auf eine Sache: die Massai. Kein Wilderer ging das Risiko ein, auf eine Gruppe von Massai zu stoßen, denn die Massai mochten glauben, daß er hinter ihrem Vieh her sei. Die Wilderer besaßen Gewehre, die Massai Speere, Messer und Wurfstöcke. Die Wilderer blieben fern. So war es schon immer gewesen, und so würde es auch bleiben, bis zum Ende der Zeiten.

Weit im Norden lag die Stadt Arusha. Ein übriggebliebenes Produkt anfangs deutscher und später britischer Kolonialzeit; die überalterten Gebäude versuchten verzweifelt, an ihren Fassaden aus rosafarbenem und weißem Gips und Stuck festzuhalten. Während die Gebäude zerfielen, wuchs und gedieh die Gemeinde. Westlich von Tarangire, dem Park, gab es Hunderte Meilen von Nichts, nur gelegentlich von einem Dorf unterbrochen. Im Osten befand sich die riesige Leere der Massaisteppe, ein Überrest des alten Afrika. Hunderte von Meilen im Süden lag der große Witz, die neue ›Hauptstadt‹ Dodoma, nur durch eine zerrüttete und schlecht instandgehaltene Schotterstraße zu erreichen.

Hier, zwischen Tarangire und der Steppe, gab es nur Hitze und Fliegen und in der Ferne äsendes Wild.

Die dichte Vegetation, die das Wasserloch umgab, bot zwar gute Deckung für jagende Löwen, doch kein Löwe würde sich in Hoffnung auf Beute nähern, bevor die Massai nicht verschwunden waren. Da spielte es auch keine Rolle, daß alle zwölf Massai, die sich unter dem riesigen Baobab versammelt hatten, schon weit über die Blüte ihres Lebens hinaus waren. Ein Massai durchläuft zwar die Lebensstationen vom Kind zum Jungkrieger und zum Altkrieger, vom Altkrieger zum Jungältesten bis zum Altältesten, doch vom Tage seiner Geburt an ist und bleibt er ein Krieger, bis er seinen Gehstock beiseite legt und sich zum Letzten Schlaf niederlegt. Die Löwen wissen das. Daher grollen sie vor sich hin und halten sich von dem Wasserloch fern, auch wenn das junge Zebra dort trinkt.

Die Wildherden fürchteten die Massai nicht, weil sie wußten, daß die Massai nur das Fleisch von Rindern und gelegentlich das von Schafen oder Ziegen aßen. Da Gott den Massai alle Rinder der Welt als Besitz übertragen hatte, war es nur gerecht, daß sie kein Wild verzehrten, es auch nicht töteten, natürlich mit Ausnahme jener Tiere, die töricht genug waren, bei ihren Herden Beute machen zu wollen. Die Wildebeests und Gazellen und Strauße wußten, daß sie sich gefahrlos dem Wasserloch nähern konnten, um zu trinken, solange das Dutzend Massaiältester unter dem Baobab in Decken gehüllt dasaß und sich unterhielt.

Von den zwölfen war der jüngste zweiundsechzig. Niemand kannte das Alter des ältesten. Sie hielten die Gehstöcke griffbereit und hatten die grellgefärbten Umhänge eng um sich gezogen. Keiner von ihnen war gebeugt oder gebrochen, denn um unter den Massai Ältester zu werden, mußte man sowohl körperliche als auch geistige und seelische Vollkommenheit erreicht haben.

Bei der Zusammenkunft waren alle fünf Klans und die Mehrzahl der sechzehn Stämme der Massai vertreten. Moutelli war den ganzen Weg aus dem Norden Kenias angereist, um die Samburu zu vertreten, die man zwar nicht als echte Massai erachtete, weil sie den Boden beackerten, deren Meinung im Rat aber dennoch geschätzt wurde.

Wie es ihrer Stellung geziemte, waren die Köpfe der Ältesten kahlgeschoren. Viele von ihnen trugen leuchtende Ohrringe in den langgezogenen Ohrläppchen. Sie saßen in unregelmäßigem Kreis, Moutelli von den Samburu ein wenig im Abseits. Da es unter den Massai keine wirkliche Hierarchie gab, stand es jedermann frei, während eines Okiama – einer Ratssitzung – seine Meinung kundzutun, ob er ein Samburu war, ein Stadtmensch, ein vorbeiziehender Jugendlicher oder einBöstreff – ein Ausländer. Die Massai glaubten entschieden an die Gleichheit der Menschen. Alle Massai waren gleich (wiewohl vielleicht ein kleines bißchen besser als alle anderen).

Die Samburu hätten dies vielleicht in Frage gestellt, ebenso die Bantuvölker, die die Regierungen in ihrer Gewalt hatten. Doch stritt man sich mit einem Massai darüber nicht von Angesicht zu Angesicht, nicht einmal mit einem Ältesten.

Es war ein außerordentliches Okiama, eine Versammlung des Wissens, wie sie seit Menschengedenken nicht stattgefunden hatte. Gewöhnlich waren zwei Älteste mehr als genug, um jedes Problem zu lösen oder jede Meinungsverschiedenheit zu schlichten. Drei von ihnen dabei anzutreffen, wie sie ein Problem besprachen, war schon außergewöhnlich. Ein ganzes Dutzend jedoch überstieg jede Vorstellungskraft.

Denn jeder dieser Massai war nicht nur ein Ältester seines Stammes oder Klans, sondern zudem ein Laibon. Während andere Stämme Häuptlinge besaßen, hatten die Massai den Laibon. Der Laibon der Massai errang seinen Ruf und seine Stellung nicht durch Erbschaft, sondern durch seine Fähigkeiten auf dem Gebiet der Heilung und der Rechtssprechung, ganz zu schweigen von der Prophezeiung und der Wahrsagekunst. Laibon war ein Titel, der verdient, nicht aber geerbt werden konnte.

Die elf berühmtesten Laibon der Massai (und einer der Samburu) hatten sich an den Olijoro-Brunnen versammelt, weil jeder von ihnen die gleichen beunruhigenden Zeichen geschaut hatte. Sie waren hier, um darüber zu sprechen und um ein Enkitoongiwong durchzuführen, ein Aufspüren der Gefahr, eine Erkundung der Möglichkeiten.

Obwohl es zwischen ihnen keine Rangunterschiede gab und jeder sich mit seinem Bruder gleichrangig fühlte, gab es doch einen, dem sich alle unterwarfen, wenn eine endgültige Entscheidung verlangt wurde. Dieser Laibon war ein wenig gleicher als die anderen. Er war nicht besonders groß für einen Massai, die durchaus groß sind, doch nicht so groß wie die Watussi. Nur zwei Zoll über sechs Fuß. Mit Sicherheit war er der älteste der Gruppe, obwohl er nicht so alt aussah wie manche andere. Nun erhob er sich, gemächlich und mit Würde. Obwohl es hier keine Viehherden zu bewachen gab, nahm er doch die uralte Haltung des Massaihirten an, indem er sich mit einer Hand auf seinen Stock stützte und dabei auf dem rechten Fuß das Gleichgewicht hielt, während der linke Fuß hinter der rechten Wade ruhte, um dieser Haltung Standfestigkeit zu verleihen. Der Blick war gen Norden gerichtet, an den Baobabs und den Akazien vorbei, vorbei an der ausgedehnten Savanne bis zum fernen Dorf Loibor Serrit, wo der Feldweg begann, der nach Arusha führte. Dann richtete er den

Blick gen Himmel, wo der Mond hing, wo Sonne und Mond gemeinsam auf der Luft ritten. Eine günstige Zeit für ein Enkitoongiwong. Er hob an.

»Freunde und Brüder, wir alle wissen, weshalb wir hier sind.« Eine weiche und väterliche Stimme. »Wir wissen, was wir als Laibon tun müssen. Wir müssen heute die Steine werfen, weil keiner von uns bisher weiß, wie er mit dieser Angelegenheit umgehen muß. Ich weiß es auch nicht.«

Loqari, der zweitälteste unter den Versammelten, scheuchte sich mit einem Zebraschweifwedel die Fliegen vom Gesicht und blinzelte nach oben. Er war auf beiden Augen blind, doch das bedeutete nicht, daß er nicht sehen konnte.

»Können wir den Häuptlingen der beiden großen Stämme denn nicht die Gefahr aufzeigen, vor der sie stehen?«

»Wir könnten reden; sie würden uns nicht zuhören. Sie würden uns nicht glauben.« Der Mann, der mühelos auf einem Bein stand, fuhr mit seiner Musterung des nördlichen Horizonts fort. »Es sind keine Laibon, nur Häuptlinge. Mit solchen Leuten vernünftig zu reden, ist unmöglich.«

»Etwas anderes kann man nicht erwarten«, meinte ein anderer alter Mann. »Sie können nicht sehen.«

»Das stimmt nicht«, warf ein vierter traurig ein. »Sie können zwar sehen, aber sie glauben nicht, was sie sehen. Sie leiden, aber sie fühlen nicht. Sie werden erst zu spät begreifen, und wir können nicht auf sie warten. Wir müssen schnell handeln.«

»Wir zwölf müssen entscheiden, was zu tun ist«, erklärte der Mann auf dem einen Bein. »Wir müssen entscheiden, weil es unsere Pflicht als Laibon ist zu entscheiden. Uns obliegt es, die Welt zu retten.«

»Eine Bürde.« Avari war einer der jüngsten Ältesten. Er kratzte sich durch die leuchtende gelb-, rot- und blaugefärbte Amtsdecke hindurch am Körper. »Es bedeutet, daß wir auch die Böstreffs retten müssen. Ich sorge mich nur um das Vieh und die Menschen. Die Böstreffs ziehen es vor, sich um sich selbst zu kümmern. Dazu neigen sie stets.« Im Kreis lief ein Lächeln um, doch kein Gelächter, was unhöflich gewesen wäre.

Auch der hochgewachsene Redner lächelte. »Seid nicht so ungnädig mit den Böstreffs! Es gibt gute Leute. Es ist nicht ihr Fehler, daß sie keine Massai sind. Wir sollten sie nicht alle abtun. Wir haben entschieden, daß wir, um das Vieh zu retten, auch die Böstreffs retten müssen. Heute müssen wir lediglich entscheiden, wie dies geschehen soll.« Wieder musterte er den Himmel.

Auf den Gipfeln der Hügel war die Venus bereits zu erkennen. Während die Sonne sich zum Untergehen anschickte, erschienen weitere Lichter am Himmel. Anderswo würden die Nicht-Massai nun in ihre Häuser zurückeilen, um die Nacht auszusperren. Doch die Massai fürchteten sich weder vor der Nacht noch vor den Löwen. Sie verweilten unter dem uralten Baobab und setzten ihre Ratsversammlung fort.

Alle beobachteten das Eintreten der Nacht. Ein Laibon mußte die Sterne ebenso zu deuten wissen wie die Steine. Stumm und wortlos begannen sie mit dem Werfen, stellten Gurkenkalebassen voller Milch und Joghurt beiseite. Die Steine, die besonderen Steine, wurden aus kleinen Holzkästen und Stierhörnern hervorgeholt. Indem er die Muster deutete, die die Steine auf der Erde bildeten, konnte ein Laibon die Zukunft vorhersagen. Jeder von ihnen führte seine eigene Befragung durch, deutete das, was die Steine gesagt hatten, auf seine Weise. Danach wollten sie sich nach Art des Okiama beraten und ihre Entscheidungen treffen.

Das Werfen der Steine zog sich über Stunden hin. In der Ferne erkannte man die Kochfeuer des Engang, des provisorischen Massaidorfs, das den versammelten Laibon Gastrecht bot. In der Nähe lag das Manyatta oder Kriegerlager. Von der Anwesenheit so vieler angesehener Ältester geehrt, waren die Krieger der Manyatta in dieser Nacht besonders aufmerksam. Jeder Krieger wollte die Ältesten mit seiner Wachsamkeit und Tapferkeit beeindrucken und hoffte daher, daß irgend etwas – Mensch oder Löwe – versuchen würde, die Grenze des Dorfes zu durchbrechen, während er Wache hielt. Doch es kam kein Angriff.

Fledermäuse flatterten zwischen den großen Tamarinden, die das Wasserloch umgaben, und jagten Insekten. Mongozmakis zwitscherten leise vor sich hin, unten im Schilf, während die Laibon damit fortfuhren, die Lage ihrer Steine zu studieren. Gelegentlich nahm ein Ältester seine Handvoll Steine auf und spuckte darauf, um das Glück zu beschwören und die Genauigkeit der nächsten Deutung zu erhöhen. Sie hatten keine Fackeln dabei, doch das Licht des zunehmenden Monds, der über dem Grasland hing, bot ihnen genügend Helligkeit.

Ungeduldig und hungrig stöhnten die Löwen in der Ferne, warteten auf ihre Beute am Wasserloch. Es war ein langes gedehntes Geräusch, wie von einem Riesen, der sich im Schlaf streckte, während sie sich mit ihren Gefährten in Löwensprache unterhielten.

Endlich hatten alle bis auf zwei Älteste ihre Befragungen beendet: bis auf Umkoli und den ältesten Sprecher. Geduldig warteten die anderen zehn, bis auch sie fertig waren. Ein letzter Wurf, dann war es genug. Der angesehenste unter ihnen war sich seiner Verantwortung bewußt und erhob sich als erster, um zu reden.

»Ich habe die Steine viele Male geworfen und die Ergebnisse mühsam studiert.« Er zeigte gen Himmel, zog Muster zwischen den Sternen, bis die Finger auf die gelbe Kugel deuteten, die die Massaisteppe erleuchtete. »Ich sehe folgendes. Die Schwierigkeiten werden schlimmer, während diejenigen, die die Schwierigkeiten verursachen, kühner werden. Es wird keinen Monat mehr dauern, bis der Mond erlischt.«

Die Laibon nickten. Der alte Sprecher war nicht der einzige, der dieses Muster geschaut hatte. Alle hatten es gesehen. Jeder Massai wußte, was geschehen würde, wenn der Mond erlosch. Es war ein sicheres Zeichen für Tod in großem Ausmaß. Sie alle hatten diesen Tod in den Steinen geschaut, und das war genug, um sie zu beunruhigen und zu erschrecken. Nicht nur Vieh würde sterben, sondern auch Massai und die Böstreffs zu Millionen. Die Ursache dieses Todes war ihnen allen bekannt. Man brauchte kein Laibon zu sein, um zu erkennen, was in der Welt geschah. Jedes Kind hätte die Zeichen deuten können. Die Böstreffs würden genügend Tod für die ganze Welt herstellen, und sie würden nicht wissen, was sie dazu trieb.

Doch die Laibon wußten, wer die Übeltäter waren. Die Steine hatten es ihnen gesagt. Die Steine und die Sterne.

»Sie werden durchkommen«, sagte der älteste Sprecher, und die anderen Laibon nickten zustimmend. Der Sprecher kniete nieder und zeichnete Linien in den Sand, während die anderen sich vorbeugten, um zuzusehen. »Hier ist der Ort, der versiegelt werden muß. Es ist die Öffnung, die zu allen anderen Orten hier führt und auch in die Länder der Böstreffs. Es ist der besondere Ort, der gefährliche Ort. Schwierig zu erreichen, doch nicht unmöglich.« Er steckte zwei Steine in die Erde; der eine sollte die Stelle markieren, an der sie sich gerade befanden, der andere eine weitere, Hunderte von Meilen südlich.

»Dort werden sie durchkommen. Dort wurde das Wirkliche geschwächt und muß gestärkt werden. Wenn wir das tun können, sind sie eingeschlossen, und alle werden für einen weiteren großen Zeitkreislauf in Sicherheit sein. Es muß bald geschehen.«

»Das habe ich auch gesehen.« Agohna, der am gegenüberliegenden Rand des Kreises saß, ergriff das Wort. »Können wir uns jetzt dorthin begeben, um das Notwendige zu tun?«

»Ja«, warf ein weiterer ein, »gehen wir, und versiegeln wir den Ort noch heute nacht.«

Der Sprecher sah niedergeschlagen aus, als er den Kopf schüttelte. »Das ist nicht möglich. Ihnen ist bekannt, daß wir von ihnen wissen. Wir träfen auf Widerstand. Es muß ein Laibon allein gehen, denn einer wird nicht so viel Aufmerksamkeit erwecken wie mehrere. Doch der Weg ist lang und gefährlich, und selbst ein einzelner Laibon wird ihre Aufmerksamkeit auf sich ziehen, wo immer er auch hingehen mag. Er braucht Hilfe. Andere, die keine Laibon sind, nicht einmal Massai, müssen mitgehen, um ihn abzuschirmen. Sie müssen selbst voller Kraft sein und dürfen doch nicht darum wissen. Das Dreieck ist die stärkste Figur. Nur eine der Spitzen darf ein Massai sein.« Er hielt inne. »Die beiden anderen sollten Böstreffs sein.«

»Wie willst du die Böstreffs dazu bringen, an die Notwendigkeit dieser Maßnahme zu glauben?« fragte Egonin mit dem zerklüfteten Gesicht.

»Du kannst die Böstreffs nicht für ihre Unwissenheit verantwortlich machen. Gewöhnliche Menschen sind eher bereit zu glauben als große Häuptlinge, sogar gewöhnliche Menschen, die unbekannte Kraft und Macht in sich bergen. Diese Kraft wird denjenigen schützen und schirmen, der gemeinsam mit ihnen reist. Ihre schiere Unwissenheit wird als Schirm dienen, es gestatten, dicht an den Ort heranzukommen, der versiegelt werden muß.«

Darauf einigten sie sich schließlich, und alle hielten es für klug. Was nun die Frage betraf, wer von ihnen sein Leben aufs Spiel setzen sollte, um den Ort zu versiegeln, so bedurfte es keiner Abstimmung. Darüber gab es bereits einen Beschluß. Als weisester und ältester würde der Sprecher gehen. Irgendwie mußten zwei Böstreffs mit verborgenen Kräften von ihnen zum Mitgehen überredet werden, selbst wenn sie dabei ihr Leben riskieren mußten. Dieser Teil würde nicht leicht werden, doch wenn es irgendeinem von ihnen gelingen mochte, eine derart schwierige Aufgabe zu meistern, so war es der älteste Sprecher.

»Was wirst du tun?« fragte Warinn.

Der Sprecher überlegte. »Ich werde mich an den Ort begeben, wo einer der beiden großen Häuptlinge der Böstreffs lebt. Das ist ein guter Ort, um einen Böstreff ausfindig zu machen, der über verborgene Kraft verfügt. Jene, die ihre eigene Kraft und Macht nicht zur Schau stellen, sie aber gelegentlich in sich spüren, werden von solchen Orten angezogen.«

»Wie wirst du die beiden finden?« wollte Moutelli wissen.

»Sie werden sich mir offenbaren. Solche Menschen spüren es, wenn sie gesucht werden, auch wenn sie behaupten, nichts davon zu merken. Das ist der leichtere Teil. Sehr viel schwieriger wird es sein, sie davon zu überzeugen, daß sie mit mir hierherkommen sollen.«

»Und wenn sie sich weigern?« fragte Kokoriki, der Laibon, der nur einen Arm besaß, dafür aber genügend Skepsis für zwei.

»Dann muß ich einen anderen Weg finden. Morgen werde ich damit beginnen. Ich bin schon durch Länder der Böstreffs gereist und kenne einige ihrer Sitten, auch wenn es schon sehr lange her ist.«

»Welchen der beiden Häuptlingskraals wirst du aufsuchen?« fragte Moutelli.

»Den, der im Westen liegt, und nicht den nördlichen, glaube ich. Die Ältesten im Norden machen es Ausländern sehr schwer, sich frei zu bewegen. Mir macht es zwar nicht zu schaffen, aber es könnte jenen Schwierigkeiten bereiten, die mich aufsuchen müssen.

Also werde ich mich in die Stadt des großen Böstreffhäuptlings im Westen begeben und dort die beiden fehlenden Spitzen des Dreiecks der Macht aufsuchen. Ist das nicht am besten?«

Alle stimmten zu. Jeder von ihnen wäre gegangen, doch waren sie sich ja bereits darin einig, daß eine derartige Konzentration von Laibonkraft an einem Ort bei den Übeltätern zuviel Aufmerksamkeit erregen würde. Ein Laibon konnte es viel leichter mit begrenztem Widerstand aufnehmen als ein Dutzend Laibon mit einer großen Gegnerschaft. Da war es besser, den ältesten Sprecher auf eigene Faust reisen zu lassen.

»Außerdem werde ich zunächst nicht der Schwachstelle entgegenreisen, sondern vielmehr in die entgegengesetzte

Richtung, und wenn ich dann zurückkehre, werde ich einen überaus verschlungenen Weg wählen, den ich selbst festlege. Das wird sie von der Spur ablenken. Sie werden meine Witterung verlieren und sie bei meiner Rückkehr vielleicht nur sehr spät wieder aufnehmen.«

Nun erhoben sich die Laibon, da es nichts mehr zu beschließen gab. Manche standen mühelos auf, andere mußten sich ihrer Gehstöcke bedienen. Einige zogen die Umhänge fester um sich. In dieser Jahreszeit wurde es nachts kühl, daher war es ratsam, eine warme Decke um die Schultern zu tragen. Unten im Engang würden die Frauen auf ihre Männer warten, mit sauberen Schlafstätten und warmen Begrüßungsworten.

So schlurften sie fort von dem Wasserloch und dem alten Baobab, der sich hoch und gerade zwischen den Akazien emporreckte. Es gab keine Marschordnung, weil sich alle als gleichberechtigt empfanden.

Der junge Krieger, der den Eingang des Dorngestrüppzauns bewachte, der den Kraal umgab, gab sich alle Mühe, sie nicht anzugaffen, als sie an ihm vorbeischritten, doch das war unmöglich. Er wäre kein Mensch gewesen und noch viel weniger ein Massai, wenn er nicht wenigstens gelegentlich ein paar verstohlene Blicke auf diese beispielhafte Gruppe weiser Männer geworfen hätte.

Sie gingen getrennte Wege, zu zweit oder allein, auf die verschiedenen Hütten zu, die man ihnen zugewiesen hatte. Der älteste Sprecher überzeugte sich davon, daß die anderen elf bequem untergebracht waren, bevor er sich selbst zurückzog. So ziemte es sich, da dies hier sein Engang und er der Gastgeber war.

Am Eingang der Hütte erwartete ihn seine erste Frau. Im Inneren rührte sich unruhig eine Kuh. Die Massai schliefen bei den Tieren, die ihnen Nahrung und Kleidung bescherten, denn sie waren der Meinung, daß die Herde einen ebensogroßen Anspruch auf Schutz besaß wie die Hirten.

Sie nahm ihm seine Decke ab und sah zu, wie er die braune Toga von den Schultern gleiten ließ, bis sie auf den festgestampften Erdboden fiel. Er legte seinen Gehstock beiseite, kreuzte die Beine und setzte sich mühelos nieder. In beinahe völliger Dunkelheit musterten Mann und Frau einander.

»Du gehst fort«, sagte sie schließlich. »Ich sehe dir eine Reise ins Gesicht geschrieben.«

»Mach mir keinen Vorwurf daraus«, erwiderte er. »Es war unausweichlich, daß ich zum Gehen gewählt wurde. Ich bin am besten dazu geeignet.«

»Wo wirst du hingehen?« Seit fast fünfzig Jahren war sie die Frau des ältesten Sprechers. Sie kamen mit wenigen Worten aus.

»Ins Land des großen Stammes der Böstreffs im Westen, zum Kraal ihres großen Häuptlings. Ich muß zwei Böstreffs mit verborgenen Kräften ausfindig machen, die mir helfen müssen, sonst ist alles verloren.«

»Was wird geschehen?«

»Wenn der nächste Mond voll ist, wird er verschwinden.« Sie nickte verständnisvoll. Jeder Massai wußte, was das zu bedeuten hatte. »Das Sterben wird von den Böstreffs verursacht werden, und sie werden nicht begreifen, warum sie es verursacht haben. Ich muß versuchen, es zu verhindern.« Wieder nickte sie.

Er wandte sich um, griff unter eine niedrige Pritsche und zog einen zerbeulten blauen Koffer hervor. Im Licht des ersterbenden Kochfeuers legte er die Klammern um und warf den Deckel zurück. Viele Dinge befanden sich darin, die er auf seinen Reisen erworben hatte; einige davon wären einem Böstreff als sehr interessant erschienen. Das erste, was er hervorholte, war ein kleiner Lederbeutel. Er befühlte seinen Inhalt, bevor er ihn beiseite legte. Dicht hinter sich spürte er seine Frau.

Keeko legte ihm die Hand auf die Schulter. Ihre Finger waren faltig vom Alter, doch ihr Griff war noch immer kräftig. »Ich würde mit dir gehen. Was wirst du essen? Wer soll für dich kochen und saubermachen und waschen? Wo wirst du deine Leeleshwablätter finden, die du unter den Armen tragen sollst, damit du für die Böstreffs, mit denen du sprechen mußt, gut riechst?«

»Im Land der Böstreffs gibt es keine Leeleshwablätter.« Er warf einen Blick zu ihr hinauf und lächelte sie an. Nicht etwa vom Alter abgenutzt, sondern fein poliert, dachte er. Ihr rasierter Schädel glitzerte im Licht des Feuers. Sie war noch immer schön. »Ich bin schon früher zu den Böstreffs gereist. Sie benutzen kleine Stäbe und Wasser anstelle von Leeleshwablättern, um ihren Geruch zu verbergen. Sie schieben sie unter den Armen durch. Ich weiß, was ich tun muß, und es wird mir gut ergehen.

Und was die Nahrung betrifft, so kann ein Massai mit wenig Nahrung weit kommen. Es wird immer Milch zum Trinken geben und das Fleisch von Rindern zum Essen.«

Sie nickte feierlich. Die Fragen waren ihr Versuch gewesen, ihm das Fortgehen auszureden, obwohl sie von Anfang an gewußt hatte, daß er zum Scheitern verurteilt war, denn ihr Mann war zu wichtig. Er wußte auch, daß sie das wußte. Indem sie es dennoch versuchte, bewies sie ihm ihre Zuneigung.

Wieder untersuchte er den Inhalt des Koffers. »Morgen müssen wir einen Stier opfern. Alle Laibon werden von seinem Blut trinken, um Kraft zu erhalten. Sorg dich nicht um mich! Mir wird es gut ergehen.«

»Sorgen kann ich nicht verhindern, Mann, denn wer kann schon wissen, was dir im Land der Böstreffs zustoßen mag? Es sind seltsame Leute mit seltsamen Sitten.«

»Ich gebe zu, daß sie manchmal schwer zu verstehen sind, aber ich werde mich behaupten. Hier, hilf mir dabei!« Sie nahm die Gegenstände, die er ihr nach hinten reichte. Vor Mißfallen rümpfte sie die Nase, während sie sie begutachtete. So viele Kleidungsstücke, die alle gleichzeitig getragen werden mußten und den Körper einengten! Den wenigen Böstreffs nach zu urteilen, die sie gesehen hatte, begriff sie nicht, wie diese sich selbst ausstehen konnten — von anderen ihrer Art ganz zu schweigen.

Doch ihr Mann war tapfer und weise. Sie mußte ihm

glauben, wenn er sagte, daß es ihm gut ergehen und daß er bald zu ihr zurückkehren werde. Auch würde sie nicht in seiner Gegenwart weinen. Sollte seine dritte Frau das doch tun. Als erste Frau oblag es ihr, Verantwortungsbewußtsein und mehr Beherrschung zu zeigen. Aber sie *wollte* weinen.

Als Massaifrau hätte sie sich gegen sein Fortgehen sträuben können; dazu hatte sie das Recht. Doch sie würde es nicht anwenden, weil die Sache so wichtig war. So blieb ihr nichts anderes übrig, als stolz darauf zu sein, daß man ihren Mann dazu auserkoren hatte. Doch wer hätte es sonst sein sollen? War er nicht der größte Massai, der angesehenste unter den Laibon? Sie dachte darüber nach, während sie die seltsame Böstreffkleidung festhielt und den immer noch kräftigen geraden Rücken ihres Mannes musterte.

»Ich glaube, man kann alles noch tragen, aber ich sollte es wohl besser anprobieren«, murmelte er. »Es ist schon so lange her. Ich verspreche dir, daß es nur ganz kurz sein wird.«

Als er fertig war, wich sie zurück und versuchte, ihn nicht auszulachen. Das wäre unziemlich gewesen, doch konnte sie sich kaum beherrschen. Manchmal zogen die Stadtafrikaner sich so an, aber das waren auch keine Massai. Trotzdem behielt sie ihr Lachen für sich, während sie ihm versicherte, daß die Sohlen seiner Schuhe noch intakt waren und daß sie keinen Makel und auch kein Loch an seinem dreiteiligen Nadelstreifenanzug, dem weißen Hemd und an der Krawatte entdecken konnte, die er trug.

4

Tupelo, Mississippi — 10. Juni

Es war der Stimmung nicht gerade zuträglich, daß die Klimakühlung im Federal Building defekt war, als man die Männer in den weißen Kutten zum Verhör hereindrängte. Im Gegensatz zu ihrer betrunkenen Aufmüpfigkeit während der Kreuzverbrennung früh am Abend waren sie inzwischen weitgehend stumm geworden. Zum einen war es schon fast drei Uhr morgens. Zum anderen verflüchtigte sich die Art von Mut, die ein Sechserpack Bier und die Anwesenheit der eigenen Kumpel erzeugte, sehr schnell, wenn man in die krankenhausähnliche Umgebung eines großen Steingebäudes geführt wurde, dessen Gänge nichts als tadelnd dreinblickende Beamte und die Porträts großer Staatsmänner aufwiesen.

Nicht länger von den schützenden Fichtenwäldern verborgen, erlebten die Männer ein Spießrutenlaufen an Schreibtischen vorbei, hinter denen unbeeindruckte Gesichter sie maßen, mußten die Blicke von Augen erwidern, die Bildung verrieten. Ein paar solcher Begegnungen genügten, um viele von ihnen davon zu überzeugen, daß sie möglicherweise doch nicht nach göttlichem Recht gehandelt hatten. Die häufigsten Mienen, auf die sie trafen, waren weder zornig noch haßerfüllt. Sie wiesen lediglich eine Mischung aus Ekel und Langeweile auf.

Ein paar der Festgenommenen waren noch keck genug, um Flüche und Beleidigungen vor sich hinzumurmeln, doch nicht allzulaut, damit man sie nur nicht hörte. Jimmy Cousins, einer der ersten, der an die Reihe kam, hatte den Gesichtsausdruck eines Mannes, der gerade auf den elektrischen Stuhl geführt wurde. Er war so bleich wie jemand, der soeben einem Gespenst begegnet war. Und in gewissem Sinne hatte er das auch getan. Es war das Gespenst seiner Zukunft, das rasend schnell in der Ferne verschwand.

Cousins war neunzehn Jahre alt und lebte von einem Fußballerstipendium des Paar Junior College. Colleges hatten aber etwas dagegen, an Jugendliche mit Haftstrafen Stipendien zu vergeben. Die mögliche lobende Erwähnung bei der bundesweiten Vergabe von Stipendien, das volle Stipendium für die Staatsuniversität von Mississippi oder sogar Alabama, die Chance auf eine Karriere in der Football-Bundesliga — all das verblaßte immer schneller, nur weil er und ein paar der älteren Jungs sich in den Wäldern zusammengefunden hatten, um ein bißchen harmlosen Spaß zu veranstalten und ein paar Dosen Bier zu trinken. Es war seltsam, einen derart großen Mann winseln zu hören.

»Ich muß mal telefonieren. Ich habe doch ein Recht darauf, nicht wahr? Sie müssen mich telefonieren lassen, bitte, nur einmal!«

Die ernsten Gesichter, die seinen Blick erwiderten, männliche wie weibliche, wirkten nicht sehr mitfühlend. Cousins begriff allmählich, daß er da in etwas anderes verwickelt war als in das Zertrümmern von Fensterscheiben oder das Einwerfen anonymer Drohbriefe in irgendwelche Hausbriefkästen. Etwas ganz und gar anderes.

Seine Freunde hatten ihn nicht vorgewarnt. Niemand hatte so etwas überhaupt erwähnt.

»Komm schon, Jimmy, ein bißchen mehr Haltung!« Das war der alte Sutherlin, der ihm das zumurmelte. Sutherlin tat sein Bestes, um würdevoll auszusehen, wie es einem Anführer zukam. Er empfand ebensowenig Mitgefühl für den Jungen wie die Leute, die den Fall bearbeiteten. Für ihn stand verdammt viel mehr auf dem Spiel als ein lausiges Fußballerstipendium. Diese anklagenden Blicke waren im Begriff, seine wirkliche Zukunft auszulöschen und nicht nur die eingebildete Zukunft irgendeines Teenagers, und er mühte sich ab, Antworten auf die Fragen zu konstruieren, die man ihm wohl bald stellen würde.

Sei bereit. Das war kein einfaches Motto – Sutherlin hatte sein ganzes Leben damit verbracht, sich bereitzuhalten. Doch wie hätte er sich auf eine solche Katastrophe vorbereiten sollen? Was sollte er sagen, wenn sie in seinem Cadillac die Pläne und den Sprengstoff fanden und die Maschinenpistolen in Conroys Laster? Wie sollte man sich auf etwas vorbereiten, das gar nicht geschehen durfte?

Seine Gefährten sahen bewundernd zu, wie er steif und gerade den Gang entlangschritt. Was sie nicht wußten: Seine Ruhe entsprang nicht irgendeiner inneren Kraft oder Überzeugung, sondern der alte Mann befand sich in einem Schockzustand.

Dann kamen sie in einen großen offenen Raum, der bis auf zwei große Schreibtische unmöbliert war und in dem sich mehrere von den Männern aufhielten, die sie bei der Verbrennung festgenommen hatten. Auf einem Schreibtisch lief ein Tonbandgerät, und daneben bediente ein anderer Mann stumm eine Videokamera.

Einer der Männer sprach sie an, er klang müde. »Kommen Sie schon, alles aufstehen! Wir haben nicht die ganze Nacht Zeit. Je früher wir die Sache hinter uns bringen, um so früher werden die meisten von Ihnen auf Kaution wieder freigelassen.«

Sutherlin trat vor. »Sir, Sie wissen ja wohl, daß es Ihnen noch leid tun wird, wenn die Wahrheit über diese Angelegenheit ans Tageslicht kommt. Einen großen Fehler begehen Sie da. Ich kenne ein paar Leute in der Hauptstadt, und von denen werden Sie noch hören.«

Der Mann hinter dem Schreibtisch blickte auf seine Uhr. »Ich weiß nur, daß es schon nach drei Uhr morgens ist und daß es mir leid tut, daß die Klimaanlage defekt ist. Aber wir sollten alle dankbar dafür sein, daß wir jetzt den frühen Juni und nicht den späten August haben. Das ist ein erbärmliches Ende für einen erbärmlichen Abend, und ich will mich nicht auch noch mit einem so erbärmlichen Haufen wie dem Ihren herumstreiten. Also tun Sie alle gefälligst, was man Ihnen sagt, und beantworten Sie die Fragen.« Aus der Reihe der weißgekleideten Männer ertönten ein paar leise Protestrufe, doch keiner von ihnen hatte noch Kraft übrig.

Weitere Beamte betraten den Raum und nahmen sich einzelne Männer aus der Reihe vor, begleiteten sie zu kleinen Kabinen am Ende des nahegelegenen Ganges. Sie sahen ebenso verschwitzt und müde aus wie die Männer, die sie verhören sollten.

»Jeder von Ihnen wird Gelegenheit bekommen, zu Hause anzurufen, beim Anwalt oder wo auch immer«, sagte der Mann hinter dem großen Schreibtisch. »Man müßte Sie eigentlich auf dem Weg hierher über Ihre Rechte aufgeklärt haben.« Ein paar betretene Nicker. Jimmy Cousins fing tatsächlich an zu weinen. Der große Möchtegern-Linebacker sah aus wie ein Sechsjähriger mit einer Magenverstimmung.

Der FBI-Mann schnitt eine Grimasse in seine Richtung und betrachtete die Papiere, die seinen Schreibtisch bedeckten. »Man wird Ihnen bei Ihren Einzelbefragungen und -belehrungen die jeweiligen Anklagen vorlesen.« Während er diesen Satz beendete, blickte er zu Conroy und Vandorm auf. »Die Anklagen werden sich voneinander unterscheiden.«

Luther beugte sich vor, um seinem Kumpel etwas zuzuflüstern. »Erzähl ihnen nichts, BJ! Wir sind auch so schon schlimm genug am Arsch.«

»Ruhe in der Reihe, keine Gespräche!« rief ein Beamter, der daneben stand. »In wenigen Minuten haben Sie genug Zeit zum Reden.«

»Ja, wie lange soll das hier überhaupt noch dauern?« fragte einer der Männer am hinteren Ende der Reihe. »Ich muß in ein paar Stunden die Kühe melken. Wenn ich das nicht schaffe, kostet mich das eine Stange Geld, und dafür wird mir hier jemand geradestehen.«

Der Chefagent schüttelte den Kopf und murmelte dem neben ihm stehenden Kollegen zu: »Ist das noch zu glauben? So ein Misthaufen!«

Luther sah, wie jemand BJ eine Hand auf den Arm legte. Er blickte genauer hin und erkannte, daß es der schwarze Polizist war, mit dem sich BJ im Wald angelegt hatte.

»Na sowas aber auch!« Der Polizist lächelte humorlos. »Nun schau doch mal einer, wen ich hier zum Interview bekomme! Komm mal schön lieb und ruhig mit, mein Sportsfreund! Wir wollen doch nicht, daß du auf dem Weg zum Befragungsraum einen Unfall hast, oder?«

Zornig schüttelte BJ die Hand ab. »Behalten Sie gefälligst die Pfoten bei sich! Zeigen Sie mir nur, wohin ich gehen soll.«

»Oh, das werde ich dir schon erzählen, und ob.« Das

künstliche Lächeln des Agenten verschwand sofort. »Du brauchst mir nur eine Chance zu geben, nur den geringsten Vorwand, dann helfe ich dir sogar persönlich dorthin.«

»Erzähl ihnen nichts, BJ!« riefen Conroy und Vandorm im Chor, als ihr einfältiger Freund einen Seitengang entlanggeführt wurde.

»Zeig's ihnen, BJ!« schrie ein anderer. Einige der Kleinmütigen ließen sich vom Mut des Geringsten unter ihnen beflügeln.

»Schon in Ordnung, Jungs!« BJ winkte ihnen zu, während er zwischen dem schwarzen Polizisten und einem weiteren abgeführt wurde. »Macht's alle gut, dann sehen wir uns bald wieder!«

»Darauf würde ich mal lieber nicht zählen, Klugscheißer.« Das Grinsen des Polizisten war zurückgekehrt. »Du bist nämlich verhaftet oder hast du das schon vergessen?«

»Klugscheißer!« sagte BJ, laut genug, damit seine Freunde es noch hören konnten, als er um eine Ecke bog. »Gegen mich und meine Freunde habt ihr nicht das geringste in der Hand! Bis zum Mittagessen sind wir wieder raus.«

Conroy sah dem Nachtwächter hinterher, wie dieser von den beiden FBI-Männern grob abgeführt wurde. Guter Mann, dieser BJ. Kräftiger als die meisten, wenn auch nicht sonderlich helle. Hätte draußen im Wald lieber den Mund halten sollen. Conroy hoffte, daß der Hausmeister auch unter dem Druck durchhalten würde, den sie wahrscheinlich auf ihn ausüben würden. Physisch konnten sie ihn zwar wahrscheinlich nicht kleinkriegen, vorausgesetzt, daß so etwas immer noch gemacht wurde, aber sie konnten ihm Fallen stellen. Ja, sie konnten dem armen, begriffsstutzigen, gutmütigen BJ solang Fallen stellen, bis er alles ausgeplaudert hatte, was man sich nur ausdenken konnte.

Obwohl das nicht sonderlich viel Unterschied gemacht hätte. Die Gruppe war praktisch tot, egal was irgend jemand aussagte, denn nur ein Blinder hätte die Maschinenpistolen in seinem Laster übersehen.

Wem könnte er die anhängen? Er mußte irgend jemanden finden, sonst konnte er ihnen nichts erzählen. Angenommen, er sagte, daß er die Uzis nur als Gag gekauft hätte? Klar, das war die Lösung. Er und ein paar von den Jungs hatten hinausziehen und ein paar Schädlinge abknallen wollen, auf die leichte Tour. Einfach aus Spaß. Das würde die automatischen Waffen erklären. Sich einfach dumm stellen. Spielte doch keine Rolle, ob sie die Geschichte glaubten oder nicht. Klang doch haargenau nach einer Sache, die sich ein paar harmlose alte Jungs vom Lande ausdenken konnten. Ein Bundesrichter würde die Sache eher glauben als ein örtlicher, der es besser wissen mußte.

Es würde allerdings verdammt viel schwieriger werden, die genauen Pläne für das Attentat auf das Büro der Bürgerrechtsbewegung in Jackson wegzuerklären. Das würde auf Sutherlin ankommen und auf die Ausrede, die er für den Sprengstoff in seinem Wagen vorbrachte. Darüber machte Conroy sich sehr wohl Sorgen. Welche Verwendung hatte ein öffentlich bestallter Steueranwalt und Buchprüfer für fünfzig Pfund Dynamit?

Diese geistige Qual hätte Conroy sich ersparen können. Hinter schalldichten Türen waren seine Freunde bereits damit beschäftigt, ihren jeweiligen Vernehmungsbeamten alles zu erzählen, in der Hoffnung, so milde davonzukommen wie nur möglich. Vor allen Dingen Jimmy Cousins war bereit, alles zu tun, damit sein Name nicht in die Zeitung kam, und er hätte notfalls sogar unter Eid vor Gericht ausgesagt, daß Sutherlin und Conroy und alle anderen älteren Mitglieder der Gruppe Kinderschänder, Mörder und kommunistische Agenten waren. Wie die Leute vom FBI wußten, bedeuteten zwei Fanatiker jeglicher politischer Richtung bereits eine potentielle Armee. Allein für sich genommen, waren die meisten von ihnen nur verängstigte, hilflose Wracks. Bis auf wahre Fanatiker wie die Anarchisten, die nicht gegen irgend *etwas* waren, sondern gegen *alles*. Das war keine Grundbedingung der Politik, sondern der geistigen Gesundheit.

Es war eine lange Strecke bis zu dem Raum, in den man BJ schob, weit entfernt von allen anderen und gut außer Hörweite. Das Innere des Raumes unterschied sich auch von den anderen Verhörkabinen.

Hinter einem einsamen Schreibtisch saß ein erschöpft aussehender Mann mit braunem Kraushaar und hochgewachsener athletischer Statur. Diese Statur war keine falsche Maske, denn er hatte drei Jahre lang Profi-Basketball gespielt, bevor er sich eine Knieverletzung zugezogen hatte und ins FBI eingetreten war. Am anderen Ende des Büros standen weitere Männer.

Der Agent, der den Gefangenen hereingeführt hatte, schloß sorgfältig die Tür hinter sich. Der Mann hinter dem Schreibtisch stand auf, trat an BJ heran und blickte auf ihn hinab. Dann streckte er den Arm aus und schüttelte ihm die Hand. Sofort füllte sich der Raum mit Lärm und Gelächter.

BJ Tree, dessen wirklicher Name Joshua Oak war, tauschte die mürrische Miene, die er den größten Teil der Nacht gezeigt hatte, gegen ein entspanntes Lächeln, während er die Hand des Vorgesetzten schüttelte und die Glückwünsche der Kollegen entgegennahm. Unterm Rükkenklopfen und Grunzen drehte er sich zu dem schwarzen Beamten um, der ihn durch den Gang begleitet hatte.

»Ich hoffe, ich habe es da draußen nicht übertrieben, Elton.«

Der Agent warf den Kopf zurück, während er selbst laut losbrüllte. »Mann, machst du Witze? Alles hätte ich für eine Kamera gegeben, als du mich im Wald ›Nigger‹ genannt hast! Du hättest mal ein paar von den Gesichtern sehen sollen! Ich dachte, denen fallen gleich die Augen aus dem Kopf und rollen über den Boden, und wir müssen die Dinger eine halbe Stunde lang suchen, bis wir sie wieder haben. Dein Kumpel, der Bursche neben dir, sah aus, als würde er sich gleich in die Hose machen!« Er lachte so heftig, daß er innehalten mußte, um sich die Tränen aus den Augen zu wischen.

»Ich kann nur sagen, daß es für das FBI ein Mordstag war, Josh, als du dich dazu entschlossen hast, nicht nach Hollywood zu gehen, sondern unter die V-Leute.«

Weiteres Lachen in der Runde. Dann kehrte der Chefbeamte an seinen Sitzplatz zurück, legte die langen Beine auf den Schreibtisch und vollführte eine dramatische Gebärde.

»Jemand soll unserem Laurence Olivier mal einen Stuhl hinstellen. Bist du bereit für einen Drink, Josh?«

Oak setzte sich auf den angebotenen Stuhl. »Nichts Hartes. Wie wär's mit einem Bier?«

»Kein Problem. Red?« Einer der Beamten nickte und verschwand im Hinterzimmer. »Die Klimaanlage in diesem Steinhaufen ist zwar futsch, aber Strom haben wir noch.«

»Irgend etwas Kaltes. Bier ist schon in Ordnung. Nein, Kommando zurück! Heute nacht habe ich schon zuviel Bier riechen müssen.« Er drehte sich in seinem Stuhl um. »Red, bring mir lieber ein Cola oder was ähnliches.«

»Alles klar«, erwiderte der Mann, der im Hinterzimmer herumfuhrwerkte.

Bald kamen Getränke und Eis, wobei die anderen mehr als bereit waren, das Bier anzunehmen, das Oak ausgeschlagen hatte. Zehn Minuten lang machten sie noch Witze und lachten, schüttelten die Spannung der vergangenen Monate ab und erfreuten sich an gutgeleisteter Arbeit, bevor das Gespräch wieder ernst wurde.

»Wir haben das ganze Zeug genau dort gefunden, wo du beschrieben hast.« Der Chefbeamte neigte dazu, das Gespräch mit seinem Bier zu dirigieren. »Pläne, Karten, Munition, alles. Kaum zu glauben, daß ein paar Landpomeranzen etwas derartig Raffiniertes planen konnten. Hättest du dich nicht bei ihnen eingeschlichen, wäre die Sache möglicherweise losgegangen, während wir noch gar nichts Konkretes wußten.«

»Ich bin schon lange genug im Geschäft«, erwiderte Oak mißmutig, »um zu wissen, daß es gefährlich ist, diese Sorte von Leuten zu unterschätzen, egal wie einfältig sie sein mögen oder welchen Bildungsgrad sie haben. Ein Farmer ist ebenso dazu fähig, einen Präsidenten zu ermorden, wie jeder professionelle Killer. Dazu braucht man nur die richtige – oder vielleicht sollte ich sagen: die falsche – Verbindung von Fanatismus, Willenskraft und Glück. Dieser Haufen Bauernlümmel sieht vielleicht nicht grade wie das Material für eine Nobelpreisnominierung aus, aber sie besitzen Bauernschläue. Das sollte man nie vergessen.«

Der Mann mit dem Namen Elton saß unmittelbar zu Oaks Rechten und blickte nachdenklich drein. »Weißt du, wir haben in diesem Cadillac genug Dynamit und Sprengpulver gefunden, um die halbe Bundeshauptstadt in die Luft zu jagen.«

»Sutherlin betreut unter anderem eine große Baufirma am Ort. Er hat das Zeug seit Monaten heimlich von kleinen Angestellten aufgekauft. Aber das wißt ihr Jungs ja ohnehin schon.«

Der Chef nickte. »Wenn man deine Berichte liest, bekommt man den Eindruck, als würdest du deine Informationen direkt vom Ticker kriegen. Ich bin erstaunt, wie es dir gelungen ist, uns so regelmäßig auf dem laufenden zu halten und auch so gründlich, ohne daß diese Burschen mißtrauisch wurden.«

»War gar nicht so schwer. Wie ich schon sagte: Wenn man erst mal so lange im Geschäft ist wie ich... Sutherlin und die anderen glauben nicht, daß ich zu mehr imstande bin, als gerade so eben meinen Namen zu schreiben.«

»Trotzdem, Josh, das muß ich dir lassen: Ohne deine Hilfe wären die Kerle nie hochgegangen. Klar, wir hätten sie observieren können, aber ohne die leiseste Garantie dafür, daß wir sie abfangen, bevor sie ein paar Leute umbringen. So können wir zwar nicht allzu viele von denen auf Dauer festsetzen, aber du kennst ja das FBI. Wir wollten eben schon vorher eingreifen, noch bevor jemand zu Schaden kommt.« Er überlegte. »Besitz von automatischen Waffen, Besitz von Sprengstoff zu illegalen Zwecken – und natürlich diese wunderbar belastenden Pläne, die auch noch von jedem unterzeichnet wurden. Einschließlich ›BJ Tree‹.« Weiteres Gekicher unter Oaks Kollegen.

»Keine Sorge, das wird vor Gericht schon standhalten. Jetzt, da ich die Anführer aus der Nähe kenne, glaube ich, daß ein bis zwei Jahre in einem Ortsgefängnis genügen dürften, um in Zukunft alle ihre miesen Pläne zunichte zu machen.«

»Das glaube ich auch. Diese Jungs sind weiter gegangen, als sie ursprünglich vorhatten. Das war Sutherlins Werk. Er hat Vandorm und Conroy mit sich gerissen.« Oak ließ sich vom Eis in seinem Glas die Zähne betäuben. »Da ist allerdings noch eine Sache. Ich weiß zwar, daß es bei den Staatsanwälten nicht ziehen wird, aber ich habe trotzdem eine Bitte. Erinnert ihr euch an diesen großen Jungen, der mit dem Winseln nicht aufhören konnte? Das ist Jimmy Cousins. Er ist so etwas wie der örtliche Footballstar, kommt aus einer kaputten Familie. Sein Vater ist ein mindestens ebenso nutzloser Mistkerl wie alle anderen, die wir heute eingebuchtet haben. Wo seine Mutter ist, weiß niemand.

Ich glaube, daß er nur zufällig an diesen Mob geraten ist, weil er sich nach einer Ersatzfamilie sehnte. Der Junge möchte irgendwo dazugehören, und ich finde nicht, daß er dafür leiden sollte, nur weil er eine dämliche Entscheidung getroffen hat. Wenn ihr ihn ohne viel Aufhebens aus der Sache raushauen könntet, damit er sein Stipendium nicht verliert, würde ihn das wohl wieder in Ordnung bringen. Er ist sowieso schon wie gelähmt vor Angst.«

»In deiner Position ist ein weiches Herz etwas ziemlich Gefährliches, Josh«, meinte Elton.

»Wenigstens habe ich keinen weichen Schädel. Das weißt du auch, Laffler«, teilte Oak dem Chefbeamten mit.

Der Mann wirkte verlegen. »Elton?«

»Wenn Josh meint, daß aus dem Jungen noch was werden kann, dann sollten wir ihm helfen, so gut wir können.«

»Gut. Josh, du weißt, daß ich in der Abteilung nicht viel

mehr Gewicht habe als du. Es hängt völlig davon ab, was die Strafverfolgung daraus machen will. Aber ich werde deine Einschätzung weiterleiten. Von den Bombenplänen hat er nichts gewußt?«

Oak schüttelte den Kopf. »Er war nur ein Randmitglied der Gruppe. Gehörte nicht zum inneren Kreis. Sutherlin hat die Sache nicht vielen Leuten anvertraut. Hatte wohl Angst, daß die falschen Ohren es hören könnten.«

Laffler wackelte mit den eigenen übergroßen Ohren. »Raffiniert. Fies und heimtückisch. Mal sehen, ob wir unseren Steueranwalt nicht ein Weilchen länger hinter Gitter bringen können als seine Freunde.«

»Ich glaube, das ist eine gute Idee«, pflichtete Oak ihm bei. »Für die meisten dieser Jungen ist das nicht viel mehr als ein Spiel gewesen! Ein Freizeitspaß in weißen Kutten.« Elton gab ein Geräusch von sich. »Sutherlin ist anders. Bei dem hat sich der Haß schon seit fast vierzig Jahren aufgestaut. Er hat eine heimtückische Ader. Ein echter Kotzbrocken. Laßt ihn bloß nicht aus der Haft frei.«

Laffler nickte. »Keine Sorge. Und wir wollen mal dafür sorgen, daß dieser Cousins nicht im Gefängnis landet. Er ist ja noch nicht volljährig und wußte auch nichts über die Kanonen und das andere ... ja, vielleicht läßt sich da was machen.«

Nun fühlte Oak sich schon um einiges besser als jemals zuvor in den vergangenen Tagen. »Großartig.«

»Ach ja, und du mußt übrigens noch nach Washington, Josh.«

Oaks Glas blieb auf halber Strecke zum Mund stehen. »Veräpple mich nicht, Frank! Ich habe ab zehn Uhr heute morgen Urlaub.«

Laffler blickte entschuldigend drein. »Tut mir leid. Da ist mal wieder ein Unterausschuß, der nach den Segnungen deiner erhellenden Erläuterungen giert.«

»Scheiß drauf!« Oak sackte auf seinem Stuhl zusammen und blickte angewidert drein. Er richtete den Blick zur Decke. »Komm schon, Frank, nicht schon wieder so ein

Unterausschuß! Die können doch die Berichte lesen. Ich schreibe eine Zusammenfassung, und dann heißt es für mich ab nach Kingston. Genügt das nicht?«

»Du weißt genausogut wie ich, daß es nie genügt, wenn ein paar Kongreßleute vor der Wiederwahl stehen, Josh. Das solltest du inzwischen wirklich wissen. Du bekommst langsam einen Ruf. Nicht nur als guter Polizist, sondern auch als gute Theaternummer. Die Spannung, die schwarze Kapuze und alles das.«

»Eines Tages wird mich jemand trotz der Tarnung und des Stimmverzerrers erkennen. Das ist dann auch das Ende meiner Karriere als V-Mann.«

Laffler musterte ihn wissend. »Würde dir ein Schreibtischjob denn so zusetzen? Einfach nur herumsitzen und zur Abwechslung einmal Papier herumzuschieben, bis die Pensionierung kommt? Ich weiß, daß die Ausbildungsabteilung dich liebend gern als Ausbilder für ein paar Jahrgänge hätte, und Polizeischüler sagen immer nur ›Yes, Sir‹ und ›No, Sir‹ und schießen auch nicht zurück.«

Oak ließ ein Grunzen fahren. »Weißt du, die Idee ist gar nicht mal schlecht.«

»Hast du die Nase voll von den wechselnden Rollen, Josh?« Elton grinste ihn an.

»Schätze, so könnte man es ausdrücken.« Müde atmete er durch und rieb sich die Augen. »Also schon wieder eine Kommandonummer, wie? Im Senat oder im Repräsentantenhaus?«

»Diesmal im Senat. Eine richtig große, Josh, sonst hätte ich schon versucht, für dich ein paar Ausreden zu erfinden. Senator Baker führt den Vorsitz.«

»Baker.« Jeder wußte, daß der Senator aus Nebraska Präsidentschaftsgelüste hatte. »Gut. Dann wird der die meiste Zeit reden, und ich kann ganz oft ja und nein sagen. Sowas mag er.« Der stumme Star, überlegte sich Oak. Der ›Mann ohne Namen‹. Warum konnten sie nicht zur Abwechslung mal Clint Eastwood eine Kapuze überstülpen? Er fragte sich, ob man ihm wenigstens sein Hotelgeld erstatten würde. Aber das war natürlich eine unnötige Sorge. Das FBI würde ihn schon entschädigen.

»Warum tust du das nicht selbst, Frank? Oder laß doch Elton für mich hingehen. Verdammt, mit der Kapuze merken die Ausschußmitglieder doch sowieso nie den Unterschied.«

Elton hob abwehrend die Hände. »Nein, nein, nicht mit mir, Mann! Ich gerate immer ins Stottern, wenn ich vor einer Menge reden soll.«

Red Coleman, der älteste von ihnen, trat hinter Oak und legte ihm die Hand auf die Schulter. »Weißt du, Josh, wenn dir diese V-Mann-Tätigkeit wirklich zum Hals raushängt, brauchst du dir nur die Kapuze vom Kopf zu reißen und auf den Sprachverzerrer zu stampfen. Dann hast du es ein für allemal hinter dir.«

»Glaub bloß nicht, daß ich nicht schon darüber nachgedacht habe, aber ich bin eben einfach zu loyal. Wäre sowieso nicht die richtige Zeit und der richtige Ort. Mit etwas Glück würde dann wahrscheinlich gerade jemand im Kabelfernsehen den Kongreßbericht gucken, dessen Bruder oder Saufkumpan ich für eine Weile hinter Gitter gebracht habe. Der würde mich dann als einen alten ›Freund‹ wiedererkennen. Danach könnte ich niemals mehr in Sicherheit hinter diesem Schreibtisch sitzen bleiben, den Frank mir versprochen hat. In den letzten zehn Jahren bin ich schließlich für einen ganzen Haufen Kerle nicht eben das gewesen, was man einen treuen Verbündeten nennt.«

Noch mehr Gelächter, und das Trinken und Albern fing wieder an. Hinter dem Gefühl der Kameradschaft und der guten Zusammenarbeit in einem gefährlichen Beruf war auch die Bewunderung für den Mann zu spüren, der bei weitem den gefährlichsten Job von allen hatte. Während sie also ihre Witze rissen und Bier tranken, kamen Laffler und Coleman und alle anderen früher oder später auf denselben Gedanken.

Mann, Joshua Oaks Job möchte ich nicht für alles weißgewaschene Geld im District of Columbia und nördlich davon haben wollen.

Irgendwie müssen wir seinen Footballspieler raushauen, dachte Laffler. Das ist das mindeste, was das FBI ihm schuldet. Wie alle anderen fragte auch er sich, wie Oak es nur schaffte, eine gefährliche Sekte, einen Kult oder eine radikale Organisation nach der anderen ausfindig zu machen, sich unter die Mitglieder zu mischen, sich für die Fanatiker unentbehrlich zu machen, die er auftragsgemäß so lange beobachten sollte, bis die Zeit gekommen war, sie ans Messer zu liefern. Oak pflegte solche Fragen mit dem Einwurf abzuschütteln, dies sei alles nur gutes Schauspielern, aber die meisten Schauspieler arbeiteten für den Applaus. Und sie setzten auch nicht jedesmal ihr Leben aufs Spiel, wenn sie auf die beleuchtete Bühne traten.

Zehn Jahre waren eine lange Zeit, eine sehr lange Zeit für jeden Untergrundagenten. Joshua Oak reizte sein Glück aus, und mit jedem Auftrag wurden seine Chancen geringer. Früher oder später mußte ihn jemand erkennen oder enttarnen, und dann würde man nie wieder etwas von Joshua Oak hören.

Laffler wollte es nicht so weit kommen lassen. Das FBI würde dagegen sein — Oak war der beste Mann, den es auf diesem merkwürdigen Spezialgebiet gab. Nur noch ein einziger möglicherweise tödlicher Auftrag, nur noch ein einziger. Er würde darauf bestehen, wenn er das nächste Mal mit seinen Vorgesetzten sprach.

Schließlich mußte selbst die Zentrale einsehen, daß ein lebender Oak im Schulungsraum wertvoller war als ein toter Oak in den Wäldern.

5

Seattle-Tacoma International Airport — 17. Juni

Forsch schritten die beiden Frauen durch das Terminal. Merry Sharrow hatte noch mehr als genug Zeit, um ihre Maschine zu besteigen. Die Tatsache, daß sie das Einchekken bereits hinter sich und ihre Bordkarte bei sich hatte, konnte sie nicht bremsen. Weil sie in ihrem Privatleben ebenso pünktlich war wie im Beruf, hatte sie darauf bestanden, bereits zwei Stunden vor dem Abflug am Flughafen zu sein.

Amy hatte gelernt, den Pünktlichkeitsfanatismus ihrer Freundin zu ertragen, und beschwerte sich nicht. »Hast du deine Kamera?«

»Ja, und meine Tickets auch.«

»Und einen Regenmantel?«

»Machst du Witze?« Merry blickte auf die Uhr. Sie wollte ihre Maschine nicht verpassen. Das war ihr Urlaub, das war ihre Entscheidung. Ihr Blut rauschte. Sie konnte sich nicht erinnern, wann sie das letzte Mal so aufgeregt gewesen war. In Washington würden wunderbare Dinge mit ihr passieren. Sie konnte es spüren. Die Stadt rief nach ihr. Eigentlich alles ziemlich kindisch. Städte riefen nicht.

»Und deine Tampons?«

»Natürlich habe ich...«, begann Merry automatisch. Dann sah sie das Grinsen im Gesicht ihrer Freundin und streckte ihr die Zunge heraus.

»Sag mal«, fragte Amy, als sie den Gang zu Merrys Flugsteig entlangschritten, »warum denn ausgerechnet Washington, D.C.?«

»Ich weiß es wirklich nicht. Fiel mir einfach so ein. Denkmäler und Museen, und vielleicht etwas Aufregung.«

»Aufregung? Du?«

»Vielleicht überrasche ich dich noch. Ach, vielleicht überrasche ich sogar mich selbst.«

»Und was meint Donald dazu?«

»Ich habe ihn nicht gefragt. Ich habe ihm eine Nachricht auf seinem Anrufbeantworter hinterlassen.«

Amy gaffte sie an. »Oh, da haben wir unser Leben aber sehr plötzlich selbst in die Hand genommen, wie? Was hat denn diesen plötzlichen Ausbruch von Unabhängigkeitsstreben ausgelöst?«

»Schien mir, als wäre die Zeit reif dafür. Und außerdem

brauche ich Urlaub.« Plötzlich blieb sie stehen. Leute strömten an ihr vorbei wie an einem Felsen. »Amy, ich habe vor ein paar Tagen einen Hund angefahren. Das hat mich wirklich fertiggemacht.«

Sofort war Amy ganz Mitgefühl. »Du armes Ding! Warum hast du mich nicht angerufen? Ich weiß doch, was du für Tiere empfindest. Wo denn?«

»Als ich auf dem Nachhauseweg von der Straße abbog. An dem Morgen, als es so schlimm regnete. Aber das war es nicht, was mich völlig durcheinanderbrachte, Amy. Ich... ich habe das Ding mit dem rechten Auge gesehen, und da sah es genauso aus wie ein Hund, wie ein großer Wolfshund oder so etwas. Und dann habe ich es mit dem linken Auge gesehen, und es sah wie etwas völlig anderes aus. Überhaupt nicht wie ein Hund. Ich kann es nicht beschreiben.«

»Mit dem linken Auge?« Amys Blick musterte das Gesicht ihrer Freundin. »Jungejunge, du hast wirklich Urlaub nötig!«

»Das habe ich mir auch gedacht. Irgendwo ganz weit weg. Washington schien mir eine ebenso gute Wahl zu sein wie alle anderen Städte, und es war die erste, die mir einfiel.«

»Bist du sicher, daß es dir gut geht?«

Merry überlegte. Das Gesicht und die krallenbewehrte Pfote (Hand?) waren inzwischen nur noch blasse Bilder, wie sie auf der Netzhaut zurückblieben, wenn man den Fernseher abschaltete. Überall um sie herum eilten Männer und Frauen emsig ihren fernen Verabredungen entgegen. Jeder trug einen Aktenkoffer oder eine Reisetasche oder beides. Ihre Augen blickten leer, ihr Geist war woanders, und nur wenn sie auf ihr Handgelenk schaute, um die Zeit abzulesen, nahm sie etwas wahr.

Alles flößte Merry Angst ein, aber sie ließ es sich nicht anmerken. Es war, als wären alle im Flughafen tot, außer Amy und ihr selbst, nichtdenkend, nichtsehend. Zombies. Sie erschauerte.

»Kalt hier drin. Sollte wohl besser schon durch die Sicherheitskontrollen, sonst verpasse ich meine Maschine.«

»In Ordnung. Ich muß auch weg. Sonst fragt sich mein Alter noch, ob ich mit dir zusammen abgehauen bin.« Eine kurze verlegene Pause, dann umarmten sie einander heftig.

»Nimm's leicht!« Merry löste sich. »Ist ja nicht so, als würde ich nach Timbuktu oder so verreisen.«

»Ich weiß, aber es fühlt sich trotzdem komisch an, dich abreisen zu sehen. Postkarten will ich haben. Tonnenweise Postkarten. Und nun geh schon und steig in die Maschine, bevor ich noch durchdrehe.«

Washington D.C. – 19. Juni

»... und damit wollen Sie offensichtlich sagen, Mister Bush, daß Ihrer Meinung nach die Schwerpunkte der Polizeiaufklärung und Strafverfolgung in diesem Land anders gewichtet werden sollten, wenn es um Extremistengruppen geht.«

Nun herrschte Stille im Senatssaal, bis auf das Summen der Klimaanlage und das leise Surren der Videokameras, während der Mann, der unter dem Namen Bush bekannt war, sich seine Antwort überlegte. Er saß hinter einem langen ovalen Tisch, das Gesicht dem Podest zugewandt, auf dem die fünf Mitglieder des Senatsunterausschusses ›Kriminalität und Terrorismus‹ saßen. Eine Kapuze aus schwarzem Stoff bedeckte ihm den Kopf und die Schultern. Wenn er sprach, benützte er ein Spezialmikrofon, das seine Stimme sowohl verstärkte als auch elektronisch verzerrte. Das Ergebnis war ein theatralisches Wimmern.

»Verstehe ich Sie richtig, Senator, daß Sie mich um meine Meinung bitten?«

Der dienstalte Senator aus Nebraska nickte. »Absolut, Mister Bush. Denn wenn wir lediglich Tatsachen haben wollten, brauchten wir ja nur Ihre Berichte zu lesen, nicht wahr?«

Der Kapuzenmann unterdrückte eine instinktive Erwiderung und versuchte statt dessen, die Anhörung mit den Augen der Senatoren zu sehen. Man konnte nicht erwarten, daß sie ihn allzu ernst nahmen. Anhörungen zum Thema Kriminalität waren zwar gut für Medienenthüllungen, trugen aber nur wenig zur tatsächlichen Handhabung der Problematik in der Praxis bei. Zwei der Unterausschußmitglieder, Crawford aus Texas und Eggleston aus Michigan, waren auch im Streitkräfteausschuß, der heute am frühen Nachmittag zusammentreten würde. Sie waren begierig darauf, diese Sitzung zum Ende zu bringen.

Weshalb war er dann enttäuscht? So war es doch immer. Immer dieselben Fragen, auf die er mehr oder weniger immer wieder dieselben Antworten gab. Politische Radikale mochten sich durch ihre Philosophie zwar erheblich voneinander unterscheiden, doch ihre Methoden des gewaltsamen Umsturzes herrschender Regierungen ähnelten sich auf beschämende Weise. Man interessierte sich nicht wirklich für seine Meinung. Das war nur Teil der Show, des Theaters.

Dennoch mochte er den Senator aus Nebraska. Baker war eine Ausnahme; er zehrte von der Illusion, daß ein einzelner in Washington tatsächlich etwas bewirken konnte. Dieses Einzelgängertum war auch einer der Gründe dafür, daß die Wähler im Herzen Amerikas ihn immer wieder in seinem Amt bestätigten. Es spielte gar keine so große Rolle, ob er wirklich jemals irgend etwas veränderte, solange er nur für etwas einstand.

Das halbe Dutzend Fernsehleute war bereits damit beschäftigt, die Ausrüstung abzubauen. Sie sahen gelangweilt aus. Ebenso der junge Reporter von der *Washington Post*. Die wichtigen Fragen waren bereits gestellt worden. Baker hatte die Meinung des Informanten erbeten, weil diese Frage sich gut im Bericht machte.

Also gut, sollte es so sein. »Nun, Senator, wenn Sie mich schon um meine Meinung fragen, dann will ich Ihnen sagen, was wir meiner Überzeugung nach tun sollten, wobei ich mich auf meine Erfahrungen mit der dunklen Seite dieses Landes in den letzten zehn Jahren stütze. Als erstes müssen wir alle Verbrechen legalisieren, bei denen es keine Opfer gibt, angefangen bei der Prostitution bis zum Gebrauch von Marihuana. Ich bin sicher, daß die American Tobacco Company davon entzückt wäre, ebenso die Steuerbehörde. Das wären dann gleich zwei *große* neue Steuerquellen.« Crawford wachte plötzlich auf und sah so aus, als wünschte er sich, woanders zu sein. Der Reporter von der *Post* hielt sein Bandgerät hoch, einen schadenfrohen Ausdruck auf dem Gesicht. Der Mann mit der Kapuze war also doch noch nicht fertig.

»Als nächstes sollten wir mindestens die Hälfte unseres Polizeiapparats in den Krieg gegen die Wirtschaftskriminalität werfen. Wenn wir nur ein paar der Bastarde einsperren, die für die größten Firmen arbeiten, die jedes Jahr Milliarden absahnen und stehlen, würde jeder Bürger dieses Landes davon profitieren; nicht nur von der verringerten Kriminalität, sondern weil dann auch die versteckten Kosten entfielen, die diese Gauner auf alles draufhauen, was Sie und ich kaufen. Dann wären wir auch auf dem Überseemarkt konkurrenzfähiger.«

»Danke, Mr. Bush...«, begann Eggleston.

»Die zweite Hälfte unseres Apparats sollte sich besser auf die organisierte Kriminalität einschießen. Die richtet allein in New York mehr Schaden an als jährlich alle verrückten Bombenleger und hirnrissigen Neonazis im ganzen Land.«

»Ich verstehe«, murmelte Baker, ein bißchen überwältigt von der Wucht und dem Tiefgang der unerwarteten Antwort. Von Informanten, ob es Profis waren oder Amateure, erwartete man keine kriminologischen Analysen. Er fragte sich, wer der Mann mit der Kapuze wirklich war. »Danke für Ihre Meinung, Sir, obwohl ich gestehen muß, daß ich nicht mit einer vollständigen Neubewertung des gesamten Justizministeriums der Vereinigten Staaten und seiner Politik gerechnet habe. Leider ist dieser Unterausschuß nur dazu befugt, sich mit jenem Zweig der Kriminalität zu befassen, der Ihre Spezialität ist: mit jenen Terror- und Untergrundorganisationen, die nicht nur für unser finanzielles und moralisches Wohlergehen eine Bedrohung darstellen, sondern auch für das schiere Überleben unserer geliebten amerikanischen Institutionen.«

Der Kapuzenmann lehnte sich auf seinem Stuhl zurück und legte die Hände hinter den Kopf. »Ach was, Senator, ich glaube nicht, daß wir uns deswegen allzu viele Sorgen machen müssen. In letzter Zeit ist alles ziemlich ruhig geblieben. Wir wissen ganz genau, welche Mützen sich unsere Wirrköpfe aufgesetzt haben, und zwar wissen wir das von allen.«

»Ihre Flapsigkeit wird hier nicht sehr geschätzt, Sir«, knurrte der ungeduldige Crawford.

Baker beeilte sich, die Anhörung zu Ende zu bringen. »Was ich wirklich wissen möchte, Mister Bush: wie wir diese Radikalen ein für allemal auslöschen können, damit Anhörungen wie diese in Zukunft nicht mehr erforderlich sind und damit wir unsere mageren Mittel an anderer Stelle nützlicher einsetzen können, genau wie Sie es vorgeschlagen haben.« Interessiertes Murmeln in der kleinen, aber plötzlich zu neuem Leben erwachten Gruppe von Zuschauern.

»Senator, ich würde darauf gern eine Antwort geben, aber ich fürchte, daß uns die Extremisten immer begleiten werden, egal was wir tun. Das ist einer der Nachteile einer freien Gesellschaft. Wir können sie nicht auslöschen, also müssen wir unser Bestes tun, um sie unter Kontrolle zu behalten und ihren Einfluß möglichst klein zu halten. Wie Flöhe auf einem Hund. Schon vor der Revolution mußten wir uns mit gefährlichen Randgruppen auseinandersetzen. Das tut jeder freie Staat. Die sind wie Unkraut: Hat man erst ein Gebiet davon befreit, schießen sie anderswo wieder aus dem Boden.

Das ist ein immerwährender, niemals endender Job. Ich weiß, daß es teuer ist, und ich meine wirklich, daß wir das

Geld anders einsetzen sollten. Wer stellt denn eine größere Bedrohung für das Land da? Der Bursche, der eine Polizeistation in Topeka in die Luft jagt, oder jener, der jedes Jahr einige Millionen an Steuern hinterzieht?«

Baker hüstelte in die geballte Faust hinein. »Das werde ich wohl die Wähler in meinem Wahlkreis fragen müssen, Mister Bush.« Crawford beugte sich vor und flüsterte ihm etwas zu. Baker nickte, dann lächelte er und wandte sich wieder seinem eigenen Mikrofon zu. »Mister Bush, wir danken Ihnen für Ihre ausgezeichnete Arbeit. Sehen Sie, ich habe nämlich *tatsächlich* die Berichte über Ihre Aktivitäten gelesen. Wir möchten Ihnen auch für Ihre Meinung und Ihre offenen Bemerkungen danken. Leider sind wir Senatsmitglieder dazu gezwungen, uns ausschließlich mit der Realität zu befassen, und können es nicht zulassen, daß unsere Entscheidungen durch Gefühle beeinflußt werden.« Der Mann in der Kapuze murmelte etwas, das von seinem Mikrofon nicht übertragen wurde, doch das war wahrscheinlich auch besser so.

»Ich muß sagen, daß ich es persönlich als sehr erfrischend empfand, jemanden vor diesem Unterausschuß zu erleben, der sich nicht scheut, seine Meinung offen zu sagen, der sagt, was er fühlt, und zwar unverblümt.« Baker wühlte in den Papieren, die vor ihm lagen. »Die einzigartigen und außerordentlich schwierigen Dienste, die Sie Ihrem Land erwiesen haben, wissen wir sehr wohl zu schätzen. Wie man mir sagt, ist Ihre Leistung innerhalb eines begrenzten Bereichs geradezu phänomenal.«

»Ich bin nur ein ganz gewöhnlicher Mensch, der seinen Job tut, Senator.«

»Ich bitte Sie, in diesem Punkt anderer Meinung sein zu dürfen als Sie, Mister Bush. Was dem einen als gewöhnlich erscheinen mag, ist für den anderen sehr ungewöhnlich. Ich würde es sehr genießen, zur Abwechslung mit Ihnen von Angesicht zu Angesicht reden zu können, doch das ist leider unmöglich.« Der Mann in der schwarzen Kapuze nickte. Baker blickte erst nach links, dann nach rechts.

»Gentlemen, wenn Sie keine weiteren Fragen mehr haben...?« Eggleston musterte mit gefurchter Stirn seine Uhr. Noch jede Menge Zeit bis zur Sitzung des Streitkräfteausschusses, aber er wollte nicht zu spät zum Mittagessen kommen. Die Senatskantine bot Gourmetmahlzeiten zu Spottpreisen an, und Eggleston wollte dasein, solange es noch Hummer gab.

»Dann danken wir Ihnen noch einmal für Ihre erhellende und aufschlußreiche Aussage, Mister Bush. Damit ist die Sitzung des Unterausschusses beendet.« Baker stand auf und begann ein Gespräch mit Mark Delarosa, dem Jungsenator aus Oregon.

Unten erschienen zwei Agenten und begleiteten den Mann mit der schwarzen Kapuze. Zu dritt schritten sie aus dem Konferenzraum. Draußen gingen sie dreißig Fuß einen schmalen Korridor entlang, bevor sie sich zur Seite drehten und einen kleinen Fahrstuhl bestiegen. Er war gerade groß genug für drei. Der Fahrstuhl fuhr nach unten, auf die vorletzte Ebene des Capitol. Während er fuhr, nahm der Mann in der Mitte seine schwarze Kapuze ab und fuhr sich mit der Hand durchs Haar.

»Das hast du gut gemacht, Josh«, sagte der eine Agent. »Ich glaube, die haben deine Offenheit wirklich geschätzt, auch wenn sie mit dir nicht einer Meinung waren. Auf jeden Fall hast du sie aufgeweckt.« Er schürzte die Lippen. »Wie das FBI darauf reagieren wird, ist natürlich etwas anderes.«

»Sollen sie doch krähen«, brummte Oak. »Das interessiert mich nicht. Außerdem habe ich nichts gesagt, was dem Programm schaden könnte. Baker hat mich um meine Meinung gebeten, und die habe ich ihm mitgeteilt.«

»Ja«, meinte der andere Agent, »aber du weißt auch, was Nettles von Agenten hält, die in der Öffentlichkeit ihre Meinung sagen, erst recht vor einem Haufen Senatoren.« Ed Nettles war der gegenwärtige Stellvertretende Leiter der Abteilung für Feldoperationen. Beim Feldpersonal hielt er weder Unabhängigkeit noch Offenherzigkeit für lobenswerte Tugenden.

»Was sollte ich denn tun? Da fragt ein Senator mich geradeheraus, während ich unter Eid stehe, nach meiner Meinung. Vielleicht bin ich ein bißchen über seine Absichten hinausgeschossen. Jedenfalls ist er nicht wütend davongestampft. Was zum Teufel hätte ich denn sonst tun sollen?«

»Undurchsichtig bleiben«, meinte die Agentin, ein sehr hübscher Rotschopf namens Corcoran. »Das würde Nettles sagen. Bleib informativ und schmück nichts aus!«

Oak faltete gerade seine Kapuze zusammen. »Darin bin ich nicht besonders gut. Ich kann zwar meine Persönlichkeit und meinen Job tarnen, aber nicht meine Gefühle. Diese Art von Kriegslisten überlasse ich lieber den Schleimern in den oberen Etagen.« Er reichte dem Rotschopf die Kapuze.

Der Lift entließ sie in die Eingeweide des Capitol. Das war ein Teil des alten Gebäudes, den Besucher nie zu sehen bekamen. Niemand hätte darin ein Zentrum der Macht erkannt. Freiliegende Dampfrohre und Wasserleitungen zogen sich wie rostige Schlangen unter der Decke hin. Die große Zahl von Feuerlöschern an den Wänden war wegen etwaiger elektrischer Kurzschlüsse angebracht worden und nicht wegen Gebäudefeuern. Die Mauern waren aus festem Gestein.

»Irgend etwas macht dir doch zu schaffen, Joshua«, meinte Corcoran. »Komm schon, erzähl Mama Coco alles!«

»Nichts ist los«, murmelte er, als sie eine Treppe hinaufstiegen.

»Möchtest also nur fröhlich vor dich hinbrüten? In Ordnung.« Sie feixte ihn an.

»Du bist wohl auch erst zufrieden, wenn du es endlich erfahren hast, wie? Okay, ich werde dir sagen, was es ist. Ich bin ausgebrannt. Ich habe die letzten zehn Jahre damit verbracht, andere Leute zu sein. Meine Freunde waren Anarchisten, Attentäter, Revolutionäre und Mörder. Ich habe mit ihren Kindern gespielt, mich mit ihren Frauen angefreundet, mich in ihr Vertrauen eingeschlichen, gerade noch rechtzeitig, um sie im Namen der Wahrheit, der Gerechtigkeit und des amerikanischen Lebensstils den Behörden auszuliefern. Und all das war notwendig, das weiß ich. Aber es fängt langsam an zu stinken. Langsam haftet sich der Geruch auch dann an mich, wenn ich gerade mal nicht an einem Auftrag arbeite.« Er spuckte gegen eine nahestehende Mauer. Die Hausverwaltung wäre nicht erfreut gewesen.

»Nicht alle, denen ich begegnet bin, wollten irgendwelche öffentlichen Gebäude in die Luft jagen oder Minderheiten ausradieren. Viele von denen waren einfach nur verwirrt. Es gibt sehr viel Spielraum zwischen jemandem, der bloß verwirrt ist, und jemandem, der zutiefst bösartig ist. Aber die großen Herren berücksichtigen so etwas nicht, wenn sie ihre Urteile fällen. Die Verwirrten werden zusammen mit den Gefährlichen in die Gosse geworfen. Hat man erst einmal die intimsten Träume und Laster eines Menschen in der Ortspresse breitgetreten, damit alle Nachbarn es auch ja mitbekommen, dann spielt es keine Rolle mehr, ob die Jury ihn freispricht oder nicht; in seiner Stadt ist und bleibt er ruiniert.«

Corcorans Miene und die Härte in ihrer Stimme taten ihrer Attraktivität Abbruch. »Wenn man gegen Kakerlaken sprüht, wird man zusammen mit ihnen auch ein paar gutartige Insekten ausrotten. Das ist zwar hart, aber so ist es eben. Und das weißt du auch, Joshua.«

»Na klar weiß ich das. Aber ich muß es ja nicht mögen, und es fällt mir immer schwerer, es zu übersehen.«

»Zehn Jahre. Du solltest einmal mit Wayland reden«, meinte der andere Agent. Wayland war der Feldpsychologe.

»Ich brauche nicht mit Wayland zu reden. Ich werde nicht verrückt. Ich werde lediglich deprimiert. Manchmal wünschte ich mir, ich wäre ein bißchen verrückt. Das würde mir die Arbeit mit manchen von den Typen, mit denen ich mich abgeben muß, erheblich erleichtern.« Sie gelangten in eine mittelgroße saubere Halle; an den Wänden hingen gerahmte alte Fotografien. »Vielleicht wird es für mich einfach immer schwieriger, die wirklich bösen Burschen von den wirklich guten Burschen zu unterscheiden, je länger ich dabei bin.«

Sie näherten sich dem unteren Eingang des Capitol. Hinter ihnen lag das kleine Privatparkhaus für Besucher, die ihre Gründe dafür hatten, nicht erkannt werden zu wollenh. Vor ihnen lag ein Gang, der zu einer Treppe und dann zu den steinernen Stufen vor der Gebäudefront führte. Dahinter lag der spiegelnde Teich und die lange grüne Strecke der Capitol Mall.

»Wenn du die Nase so voll hast«, meinte Corcoran, »warum sprichst du dann nicht mal mit Nettles? Weiß doch jeder, daß Laffler dich für eine Beförderung vorgeschlagen hat. Bei deinen Leistungen und deiner Empfehlungsliste könntest du in jede beliebige Abteilung kommen.«

»Prima. Aber wer ist dann der arme Teufel, den sie an meiner Stelle nach New York schicken? Von wegen Tempowechsel. Aus Tupelo direkt hinein in den Big Apple.«

Sie furchte die Stirn. »New York?«

»Da gibt es einen neuen Haufen von Verrückten, die sich selbst Repellier nennen.«

Der Kollege sah ihn verständnislos an. »Nie davon gehört.«

»Kennt sonst auch noch niemand. Sie stammen alle aus der Karibik, manche von ihnen sind schwarz, manche weiß. Ihre Philosophie ist teils Rastafari, teils Rousseau und teils Marcus Garvey. Sie glauben, daß jeder sich nehmen sollte, was er zum Leben braucht. Ist einfach Pech, wenn es einem anderen gehört. Versteht ihr, sie haben das Recht, sich gegen alle Ungläubigen zu schützen. Ich soll dort oben hin, soll mir das Haar verfilzen lassen und das Gesicht schwärzen und rumsitzen und den ganzen Tag Pot rauchen, bis es Zeit ist, irgendeinen Wagen zu klauen, wenn man Transportmöglichkeiten braucht. Außerdem bin ich nicht gerade wild auf New York. Und wenn ich den Auftrag ablehne, was ich natürlich tun kann, schicken sie wahrscheinlich irgendeinen unerfahrenen armen jungen Blödmann hin, der eines Nachts in einer Seitengasse in Harlem endet, nur weil ihm ein einziges lausiges falsches Wort herausgerutscht ist.«

Nun befanden sie sich an der Kreuzung der Gänge. Zur Garage oder zum Fußgängerausgang?

»Soll ich dich ein Stück mitnehmen, Joshua?« fragte der Rotschopf mitfühlend. Sie war hübsch und verständnisvoll und sehr verheiratet. Das hätte zwar nicht viele von Oaks Freunden abgehalten, doch es genügte, um ihn zu bremsen.

»Danke, Coco, aber ich glaube, ich gehe mal zum Smithsonian hinunter und schau nach, was es Neues gibt. Grün ist gut für die Seele.« Das war das Beste an seinen zwei Jahren in Mississippi gewesen: das Heilmittel des unverwüsteten Landes, das immer dagewesen war, wenn er es brauchte.

»Wenn dir die Untergrundarbeit so stark zusetzt, solltest du aussteigen«, fügte sie hinzu.

»Du verstehst mich eigentlich nicht wirklich, glaube ich. Keiner von euch beiden tut das. Es ist nicht so, daß ich die Untergrundarbeit leid bin oder meine Aufträge. Es ist nicht so, daß ich das FBI leid bin.« Er drückte die gläserne Doppeltür auf und ging auf die breiten Steinstufen zu. »Leid bin ich nur mich selbst.«

6

Er ließ das Gebäude des Capitol hinter sich und schritt den Madison Drive entlang. Als er die Scharen gaffender Touristen musterte, die Stadtkinder, die den Frühsommer auf der Wiese genossen, die beschäftigten Bürokraten und die

Boten auf ihren Fahrrädern, fiel ihm wieder einmal die Schönheit der Stadt auf. Hatte man erst einmal die Beton- und Granitmauern des Kongreßgebäudes und anderer Regierungsbauten hinter sich gelassen und war hinaus in den Sonnenschein zwischen die Blumen und Bäume getreten, spürte man nicht mehr das erdrückende Gewicht der Macht. Dann war Washington nur noch eine Stadt voller geschäftiger Leute wie jede andere, nur daß sie schöner war als die meisten.

In der Ferne ragte der dünne weiße Speer des Washington-Denkmals in den strahlendblauen Sommerhimmel empor wie eine Wolke, die man umgedreht und mit Wurzeln in die Erde eingegraben hatte. Um ihn herum machten Leute ›Oh‹ und ›Ah‹, als sie die massiven Steingebäude betrachteten. Jeder Bau war ein Denkmal für sich, ein Denkmal der jeweiligen Sparte der gewaltigen Bürokratie, der er als Zuhause diente. Ehemänner lasen ihren durchaus des Lesens kundigen Frauen die Bezeichnungen auf den Schildern an den Gebäudefronten vor.

Straßenverkäufer boten Hot Dogs und Eiscreme und italienisches Eis an. Oak versuchte, in den Geräuschen und Empfindungen der Stadt unterzugehen, doch seine Gedanken ließen es nicht zu. War er wirklich so ausgebrannt? War es langsam an der Zeit, hinter einen Schreibtisch überzuwechseln, wo er, wenn er schon lügen mußte, es wenigstens auf dem Papier tun konnte, anstatt von Angesicht zu Angesicht einem anderen Menschen gegenüber? Wie konnte jemand wie Wayland ihm helfen? Indem er ihm riet, keine Lügen zu leben? Lügen zu leben war sein Beruf. Wohin führte das einen Menschen gefühlsmäßig?

Corcoran hatte recht gehabt, was die Empfehlungen anging. Was er tat, das tat Oak außerordentlich gut. Er konnte innerhalb des FBI um jede beliebige Versetzung bitten. Wie würde das wohl sein, mehr als nur ein paar Monate am Stück er selbst zu sein, anstatt Cletus White oder Andrew Booker oder BJ Tree? Seiner täglichen Arbeit nachzugehen, ohne den Gedanken daran, ob er vielleicht nicht am selben Abend plötzlich aufwachen würde, mit dem Gesicht nach unten im namenlosen Nebenarm eines Flusses oder eines Kanals treibend?

So etwas war schon passiert. Nicht ihm, aber anderen, die die Lüge weniger geschickt aufrechtzuerhalten vermochten. In einem einzigen Augenblick der Unbedachtheit hatten sie ihr Leben und ihre Nützlichkeit verpfändet. Was hielt ihn also noch an der Untergrundarbeit? Warum fuhr er fort, sein Leben davon abhängig zu machen, daß er eine falsche Identität makellos aufrechterhielt?

Verantwortungsgefühl. Das Wissen, daß der Job noch so widerlich und unangenehm sein mochte, daß er in diesem Job aber dennoch besser war als jeder andere. Vor vier oder fünf Jahren hatte er wirklich vorgehabt, aufzuhören und sich versetzen zu lassen. Drei Jahre war das Maximum für jeden gewesen, der in den Untergrund gegangen war. Nun waren es schon zehn, weil er es zehn Jahre lang getan hatte. Jeden Tag, den er länger im Untergrunddienst blieb, hob er die Meßlatte der eigenen Spezialität an. *Ich bin die Lüge,* dachte er, *und die Lüge ist gut.*

Er fühlte sich lausig.

Das FBI brauchte ihn. Sein Land brauchte ihn. Die Menschen brauchten ihn. Doch was war mit Joshua Oak? Gab es von ihm überhaupt noch irgend etwas, oder war er lediglich zu einer Mixtur der verschiedenen Pseudonyme geworden, die er im letzten Jahrzehnt angenommen hatte? Ein Name an einem Brieffach, eine Sozialversicherungsnummer: Soviel bezeugte gerade noch die irdische Existenz eines Mannes namens Joshua Oak.

O Gott, war er müde! Vielleicht hatte Corcoran recht. Vielleicht sollte er geradewegs zu Nettles gehen und sagen, daß er genug hatte, daß er rauswollte. Sollten sie ihm doch einen netten, ruhigen Job geben, wo er Entführungen und Verstöße gegen das Briefgeheimnis oder so etwas untersuchte. Er mochte Washington. Er konnte sich vorstellen, wie er den Rest seiner Jahre bis zur Pensionierung hier in der Stadt verbrachte. Keine Arbeit vor Ort mehr, keine Gefahr mehr, im Dienst angeschossen zu werden.

Er blieb stehen, blinzelte. Schon vor einer ganzen Weile war er an seinem beabsichtigten Ziel, dem Smithsonian Museum, vorbeigegangen. Irgendwann war er nach rechts abgebogen, über die Constitution Avenue und dann geradeaus durch die Ellipse. Dann kann ich auch gleich weitergehen, sagte er sich. Er schritt in die E-Street und merkte, wie er an der hinteren Seite des Grundstücks des Weißen Hauses entlangging. Der Anblick war von hier nicht so beeindruckend wie von vorn, wo der Springbrunnen und der große Fahnenmast standen, aber die Blumen und Bäume waren auf der E-Street ebenso hübsch wie auf der Pennsylvania Avenue.

Es war ein prächtiger Tag für Demonstrationen und auch ein guter Ort dafür. Die ernsthaften Demonstranten pflegten stets hinter dem Weißen Haus zu demonstrieren, wo es wahrscheinlicher war, daß sie von irgendeinem hochrangigen Regierungsbeamten gesehen wurden, der gerade hineingefahren wurde, um mit dem Präsidenten zu sprechen. Wenn man fotografiert werden wollte, demonstrierte man vorn. Wollte man jedoch seine Botschaft wirklich an den Mann bringen, hing man an der hinteren Zufahrt herum.

Eine ganze Menge Unzufriedener heute, überlegte Oak. Man brauchte keine Transparente, um zu erkennen, wer für was demonstrierte. Die Frauen in den Jeans und den schlabbrigen Hemden, die schon eine Woche lang ihre Haare nicht mehr gewaschen hatten, waren Radikalfeministinnen. Im Schatten eines großen Baumes standen, ordentlich aufgereiht wie bei einer Predigt, die Abtreibungsgegner. Auf der anderen Seite der breiten gepflasterten Zufahrtstraße waren die Befürworter der Abtreibung postiert und tauschten gelegentlich frostige Blicke mit dem Gegner. Yuppie-Fanatiker gegen Traditionalisten.

Eine große Gruppe schob sich auf der Straße dahin. Oak erkannte sie sofort. Beigefarbene Haut, kurzer Haarschnitt, sauber getrimmte schwarze Bärte, in den Mienen ein Hauch von Wildheit. Khomeini-Anhänger, Iraner, eine ordentliche Handvoll Hisbollahs, die ihr Recht wahrnahm, ihren Gastgebern mitzuteilen, wovon sie die Hände zu lassen hatten. Ein paar Oppositionelle hatten die sorgfältig organisierten Marschierer unterwandert und taten nun ihr Bestes, um den Marsch zu stören, daher auch das Geschiebe und Gedränge. Oak ging langsamer. Mittlerweile wurden aus Stößen die ersten Hiebe, als die Rhetorik immer hitziger wurde. Beide Gruppen nutzten voll und ganz die Gelegenheit, jene Rede- und Demonstrationsfreiheit auszuüben, die ihnen in ihrer Heimat nicht gewährt wurde.

Oak richtete einen amüsierten Blick auf die anderen Transparentträger. Die waren stehengeblieben und musterten nun den entstehenden Krawall. Diese guten Leute waren es gewohnt, stumme Mahnwachen zu veranstalten oder allerhöchstens einmal im Rhythmus einen Singsang vorzutragen; aber nicht zu laut oder zu unhöflich. Für die friedlichen Marschierer aus Des Moines und Cincinnati mußten die Iraner, die sich nie scheuten, ihren tiefsitzendsten und primitivsten Gefühlsregungen freien Lauf zu lassen, wie Marsmenschen erscheinen. Abtreibungsgegner standen Schulter an Schulter mit Zentralamerika-Demonstranten und Tierversuchsgegnern, um etwas zu erleben, was für die meisten von ihnen völlig fremdartig war: echte Gewalt, das Eindringen der Außenwelt in ihre vertraute kleine Welt des rein amerikanischen Protests.

Interessiert wartete Oak die Reaktionen ab. Immerhin waren dies die Leute, für die er die letzten zehn Jahre gelogen, gestohlen und sein Leben aufs Spiel gesetzt hatte. Hausfrauen, graduierte Studentinnen mit ihren intellektuellen Freundinnen, berufsmäßige Transparentschwenker, alle ganz unbewußt miteinander plötzlich verbunden, um die Farsi-brüllenden Leute aus dem Mittleren Osten zu mustern. »Wie wäre es mit einem Picknick – oder mit einem Strandausflug?« fragt er. »Ach nein«, erwidert das spröde junge Ding, »gehen wir doch mal rüber zum Weißen Haus und rufen dem Präsidenten ein paar Flüche ins Gesicht. Und wenn du unbedingt mußt, können wir danach ja ins *Sanssouci* zum Mittagessen gehen.«

Die Mittelklasse als Mikrokosmos, dachte er. Die Reichen waren zu sehr damit beschäftigt, Geld zu machen, um zu demonstrieren, und die Armen hatten Besseres zu tun, zum Beispiel sich zu überlegen, wie sie in dieser Woche genug zusammenkratzen konnten, um ihre Kinder zu ernähren. Da standen sie also, die Übergewichtigen und die Modisch-Appetitlosen, die Schwarzen mit ihren weißen Anhängern, die Weißen mit ihren schwarzen Anhängern, forderten ihr Recht ein, kanadischen Robbenjägern vorzuschreiben, was sie jagen durften oder nicht, forderten ihr Recht ein, daß der Staat dafür bezahlen sollte, damit sie ihre Kinder auf Privatschulen schicken konnten, forderten, forderten...

Die Vietnamveteranen, die gegen Kürzungen in den Veteranenprogrammen protestierten, waren die einzigen, die so etwas wie gesunden Menschenverstand bewiesen. Sie zogen die fadenscheinigen Drillichhosen höher und machten sich so schnell wie möglich von dem inzwischen gewalttätig gewordenen Mob davon. Oak nickte vor sich hin. Bei diesen Burschen machte es ihm nichts aus, schmutzige Arbeit zu leisten, weil sie auch für ihn schmutzige Arbeit getan hatten. Und was die übrigen anging – die konnten von ihm aus getrost in die Hölle fahren.

Nein, das war nicht fair. Es waren keine schlechten Leute, die versuchten ja immerhin, mitfühlend und verständnisvoll zu sein. Sie verstanden einfach nur nicht sehr viel von jener Welt, die außerhalb ihres eigenen Lebens lag. Ohne die Joshua Oaks dieser Welt als Beschützer wären sie völlig hilflos gewesen. Nun standen sie da und gafften, gelähmt von der Explosion der Gewalttätigkeit, die vor ihnen entstanden war wie aus dem Nichts.

Da kam etwas auf seinen Kopf zugeschossen. Aus einem durch lange Praxis entwickelten Instinkt duckte er sich nach links. Es zerschmetterte an dem hohen gußeisernen

Tor, das das Gelände des Weißen Hauses absperrte. Die Iraner waren nicht in den höflichen Formalitäten erhabenen amerikanischen Protests ausgebildet worden, sondern im Schmelztiegel der Leidenschaften der Dritten Welt, wo die Menschen ihre Brüder und Ehefrauen an gegnerische Interessen und nicht an Argumente verloren. Ihre Auseinandersetzung wurde langsam häßlich und drohte auch Unschuldige, Unbeteiligte in ihren Strudel hineinzureißen.

Durch das Eintreffen von Verstärkung, die mit unerwarteter Schnelligkeit in Bussen und Lastwagen herbeigekommen war – viel zu schnell, als daß es noch hätte zufällig sein können –, waren beide iranischen Fraktionen inzwischen angeschwollen. An die Stelle von wirbelnden Fäusten traten nun Steine, Keulen, Flaschen und Stöcke.

Zeit abzuhauen. Neugierig, welche Seite wohl die Überhand bekommen würde, suchte er sich eine Stelle relativer Sicherheit am Zaun. Für echte Panik gab es keinen Grund. Das FBI – von der städtischen Polizeibehörde einmal ganz abgesehen – behielt solche großen Gruppen möglicher Störenfriede ständig im Auge. Jede geplante Auseinandersetzung wäre schon im voraus bekannt gewesen. Oak erwartete, daß sie jeden Augenblick kommen würden, um aufzuräumen, es sei denn, daß diese Sache hier über die Ziele der Veranstalter hinaus eskaliert war. So etwas war schon vorgekommen. Es war durchaus möglich, daß die Demonstration ursprünglich friedlich hätte verlaufen sollen, daß sie aber den allerbesten Absichten der Teilnehmer zum Trotz aus dem Ruder gelaufen war.

Die Abtreibungsgegner sammelten ihre sauber gedruckten Plakate und Transparente ein und trieben ihre mitgebrachten Kinder aus dem Weg, giftige Blicke zurückwerfend. Das Gebrüll von Farsi-Parolen war nun einem voll ausgewachsenen persischen Krawall gewichen. Die Vietnamveteranen holten Bier aus Eiskästen hervor. Sie schienen die Show zu genießen. Doch viele der verbliebenen Transparentträger waren zu benommen, um noch zu wissen, ob sie sich zurückziehen, stehenbleiben, um Hilfe schreien oder sich in das Getümmel stürzen sollten. Das System ihrer Sinnesorgane war überreizt.

Oak sah einen Iraner mittleren Alters, der wahrscheinlich hier war, um seine ausgewanderten Kinder zu besuchen, zu Boden stürzen, die Hände vors Gesicht geschlagen. Aus Nase und Mund strömte Blut hervor.

Ein weiterer Stein segelte vorbei, diesmal in hohem Bogen über Oaks Kopf. Er flog über den Zaun und ging auf der perfekt gepflegten Wiese nieder. Etwas, was am nächsten Tag die Geländepfleger beschäftigen würde. Landschaftsverschönerung, mit den besten Empfehlungen aus Teheran.

Die Polizei ließ sich Zeit. Oak war etwas erstaunt über diese Langsamkeit. Natürlich bestand keine Gefahr, daß die Demonstration sich tatsächlich auf das Gelände des Weißen Hauses ausweiten würde. Dafür würde der Secret Service schon sorgen. Doch der würde seine Rechtsbefugnisse nicht überschreiten, um Unruhen zu unterbinden, die keine Bedrohung für den Präsidenten oder seine Familie darstellten.

Oak empfand Mitgefühl für einige der älteren Kämpfer, doch es ging nicht so weit, daß er sich eingemischt hätte. Das hier war nicht seine Auseinandersetzung, und das FBI hatte nichts dafür übrig, wenn seine Leute sich auf Außenaktivitäten einließen. Aber wenn die Polizisten nicht bald auftauchten, würden einige Unbeteiligte zu Schaden kommen. Ein paar von ihnen waren mittlerweile zwischen Ebbe und Flut des Mobs eingekesselt, hinter ihnen der unnachgiebige Eisenzaun. Zwei derart in der Falle sitzende Frauen begannen zu kreischen. Etwas seitlich davon hielt sich ein Trio von Zentralamerika-Demonstrantinnen tröstend aneinander fest. Sie sahen verängstigt aus.

Pfeif auf Nettles! dachte Oak unhd ging auf sie zu, wobei er einen Iraner beiseite schob. Der Mann sah mit mörderischem Blick zurück, merkte, daß das Individuum, das ihn geschoben hatte, kein islamischer Glaubensbruder war, und richtete seine Aufmerksamkeit wieder auf den aktuellen heiligen Krieg.

Zu beiden Seiten des Trios erschien je ein gutgekleideter junger Mann, und gemeinsam begleiteten sie die drei Mädchen aus dem Handgemenge hinaus. Oak blieb stehen und ließ den Blick über die Demonstranten schweifen, um festzustellen, ob es noch jemanden gab, der in Schwierigkeiten war. Den meisten Transparentträgern war es gelungen, aus der Kampfzone davonzuschlüpfen, eine Frau jedoch hatte offensichtlich zu lange in der Mitte verweilt. Sie kauerte mit dem Rücken gegen einen der Bäume, die auf dem Gehsteig wuchsen. Voller Begeisterung wurden neben ihr Flaschen und Knüppel geschwungen. Sie sah nicht nur verängstigt, sondern auch irgendwie verirrt aus. Wahrscheinlich nur eine Spaziergängerin mit Pech, überlegte Oak. Nicht einmal eine Demonstrantin. Nun gut, sie würde schon keinen Ärger bekommen, wenn sie klug genug war, dicht am Baum zu bleiben. Ein Pärchen Atomkraftgegner rannte an ihr vorbei, und ein Mann prallte gegen ihre rechte Seite. Er stolperte, gewann sein Gleichgewicht wieder und lief weiter. Der Aufprall hatte sie jedoch von der schützenden Masse des Baumes fortgeschleudert, hinaus in die Menge. Ihre Sonnenbrille flog in hohem Bogen davon, um schließlich von scharrenden, nach Halt suchenden Füßen zertrampelt zu werden.

Wo zum Teufel blieben die Polizisten? überlegte Oak, während er sich seinen Weg durch den Mob bahnte. Einer der Krawallmacher sah in dem auf ihn zukommenden Mann einen würdigen Gegner, ohne noch danach zu fragen, ob er für oder gegen Khomeini war, und hieb mit einer dünnen Metallpeitsche nach ihm. Eine Autoantenne, bemerkte Oak zerstreut, während er sich beiseite duckte und dem Mann den rechten Handballen gegen die Nase schlug. Der Demonstrant brach zusammen, ließ aber noch beide Hände vor Oaks Gesicht schießen. Oak bremste den Hieb ab. Er wollte dem Mann nicht die Nase brechen, andererseits war er auch nicht in der Stimmung, sich so etwas wie eine Autoantenne über das rechte Auge schlagen zu lassen. Niemand stellte sich ihm mehr entgegen, als er sich seinen Weg durch die laute zornige Masse bahnte, dem Baum auf dem Gehsteig entgegen.

Sie versuchte noch immer, ihre Brille zu finden. Er beugte sich vor, packte sie sanft an der Schulter und riß sie hoch.

»Vergessen Sie es! Sie ist weg.«

»Was? Meine...«

»Ihre Brille. Kaputt. Kommen Sie!«

Sie war offensichtlich nicht völlig gelähmt, denn sie nickte und folgte ihm. Trotz ihres benommenen Gesichtsausdrucks war sie recht attraktiv, dachte Oak. Schlank, von mittelgroßem Körperbau, nicht dürr.

»Sind Sie Polizist?« rief sie über den Lärm der Menge hinweg.

»Auch nur ein Zuschauer wie Sie.« Inzwischen liefen sie auf den Zaun zu. Oak wollte nicht draußen auf der Straße erwischt werden, wenn die Polizei schließlich eintraf und die Iraner in alle Richtungen davonstoben. »Zu welcher von diesen glücklichen Gruppen gehören Sie denn?«

»Gehören? Ich gehöre nicht... Ach so, Sie meinen die anderen Demonstranten. Ich gehöre zu niemandem. Ich bin nur eine Touristin. Ich habe nur da vorn ein paar Fotos gemacht, da hat mir jemand gessagt, ich solle mal um das Gelände gehen, weil es von hier hinten anders aussieht. Das Weiße Haus, meine ich.«

Er legte einen schützenden Arm um ihre Schulter und deutete nach vorn. »Da drüben ist ein Wachhaus. Wir können zwar nicht hinein, aber diese Leute werden sich davon fernhalten.«

»Okay.«

Er schob sie durch die Menge, bis sie schließlich dicht neben dem gepanzerten Wachhaus standen.

»Sind Sie in Ordnung?«

Sie nickte einmal und fügte dann, als sei ihr etwas eingefallen, was sie zu Hause vergessen hatte, ein Lächeln hinzu. »Ich bin okay, danke.« Sie ordnete ihr Kleid und durchwühlte dann ihre Handtasche. Während sie darin herumgrub, klopfte Oak hart gegen die Panzerglasscheibe des Wachhauses. Der Mann im Innern überhörte ihn, bis Oak seinen Ausweis zückte und gegen das Glas preßte. Noch immer zögerte der Mann; schließlich kam er herüber und öffnete das Fenster.

»Ich verstoße gegen die Sicherheitsregeln, wenn ich mit Ihnen spreche. Was wollen Sie?«

»Was *ich* will? Wo zum Teufel bleibt die Polizei?«

»Muß jeden Augenblick kommen«, erwiderte der Mann vom Secret Service.

»Warum so lang?«

»Verkehrsunfall Ecke New York und Zwölfte. Die müssen einen Umweg machen.«

»Leuchtet ein.« Soweit zum Thema Schnelligkeit der Sicherheitsorgane, dachte er.

»Hören Sie, eigentlich darf ich das ja nicht, aber da Sie zum FBI gehören, lasse ich Sie und Ihre Freundin herein. Die Tür ist hinten auf der Rückseite.«

»Das ist nicht meine Freundin. Nur eine Touristin, die ich da rausgezogen habe, bevor sie in Grund und Boden getrampelt wurde. Meine gute Tat für heute. Nein, danke, aber ich will Sie nicht in Schwierigkeiten bringen. Hier wird uns schon nichts passieren. Ich wollte nur sichergehen, daß wir nicht den ganzen Tag hier herumhängen müssen.«

»Müssen Sie nicht, hören Sie selbst.«

Deutlich hörte Oak die näher kommenden Sirenen. Noch eine Minute, und die Krawallmacher würden es auch vernehmen, und dann würde sich die Schlacht, in die sich alle mit soviel Begeisterung gestürzt hatten, so schnell in Dunst auflösen wie eine Wasserpfütze auf den Stufen von Persepolis. Die Teilnehmer würden im Gras der Mall oder im Schatten nahegelegener Regierungsgebäude dahinschmelzen, oder sie würden sich in die Wagen und Busse zurückziehen, die sie überhaupt erst ausgespien hatten.

»Passiert so etwas öfter?« fragte Oak den Mann vom Secret Service im Plauderton.

»Nö. Diese Burschen sind ziemlich raffiniert. Die Anhänger von Bahktiar stolzieren die ganze Zeit auf und ab mit ihren Plakaten, aber die Speichellecker des Ajatollah kreuzen nicht so oft auf. Die wissen, daß sie Gefahr laufen, ausgewiesen zu werden, wenn sie öfter als zweimal festgenommen werden. Also wenn es nach mir ginge, dann brauchte man mir nur mal für ungefähr dreißig Minuten einen Abramspanzer zu leihen, dann würde ich mit dem Haufen ein für allemal aufräumen, aber was soll's, ich bin ja nur ein Hilfssheriff und mache nicht die Politik, Sie wissen ja, wie das ist.«

»Ja, ich weiß, wie das ist.« Da zerrte etwas an seinem Arm, und er blickte in das besorgte Gesicht der Frau, die er gerettet hatte.

»Schauen Sie einmal dort hinten! Können Sie nichts dagegen tun? Kann nicht irgend jemand etwas dagegen tun?«

Oak versuchte zu erkennen, worauf die Frau zeigte. Dort, völlig im Freien, weitab von jedem Baum, jeder Mülltonne oder irgendeinem Gegenstand, der ihm zumindest vorübergehenden Schutz geboten hätte, lag ein alter Mann auf dem Boden. Er versuchte mit Hilfe eines langen Gehstocks wieder auf die Füße zu kommen, doch jedesmal wurde er von einem anderen Krawallmacher umgeworfen. Er würde nicht mehr lange durchhalten. Wenn er stürzte und liegenblieb, drohte ihm ein Tritt gegen den Schädel oder etwas noch Schlimmeres.

Oak versuchte sich vorzustellen, wie der Mann überhaupt in den Krawall hineingeraten war. Er sah nicht aus wie ein Demonstrant, aber auch nicht wie ein Tourist. Er war gut gekleidet, obwohl irgend etwas an seiner Kleidung dem FBI-Mann seltsam erschien. Er konnte ein kleinerer Regierungsbürokrat sein, andererseits sah er aus, als wäre er schon über das freiwillige Pensionsalter hinaus, und außerdem deckte sich das nicht mit dem knotigen Gehstock. Vielleicht war er ein Rentner, der früher in einer der nahegelegenen Bürokratien gearbeitet hatte. Oak kannte Leute, die unfähig waren, das Zentrum der Macht gegen die Langeweile der Provinz einzutauschen. Sie endeten meistens damit, daß sie bei ihren alten Arbeitsstellen herumlungerten, früheren Freunden auf den Wecker fielen und das Getriebe des Regierens noch mehr bremsten, als es ohnehin schon geschah.

»Der kommt schon wieder raus. An dem sind sie nicht interessiert; sie wollen sich nur gegenseitig die Schädel einschlagen.«

Sie schob ihm das Gesicht entgegen. »Wie können Sie einfach hier herumstehen und zusehen, wie er dort zertrampelt wird?«

»Der wird doch gar nicht zertrampelt.«

Sie schien zu zögern, mit sich selbst zu kämpfen. »Na schön, wenn ihm sonst niemand helfen will...«

Er griff nach ihr, konnte aber nicht mehr verhindern, daß sie sich in eben dieselbe Menge hineinstürzte, aus der er sie gerade erst gerettet hatte. Er sah, wie sie auf die beiden Iraner eindrosch, die über den alten Mann zu stolpern drohten, und mit ihrer Handtasche nach ihnen schlug. Einer von ihnen drehte sich um und holte blindlings nach ihr aus, wobei er sie lediglich streifte; doch war der Hieb kräftig genug, daß sie zurücktaumelte. Der nächste Schlag würde sein Ziel möglicherweise treffen und wirklichen Schaden anrichten.

»Mist«, murmelte er. Wie sollte er eine Frau retten, die nicht gerettet werden wollte? Zum zweiten Mal stürzte er sich in die Menge.

Es war nicht so schwierig, an sie heranzukommen, wie er zunächst geglaubt hatte, weil inzwischen Polizisten in ihren Straßenkreuzern nahten, die E-Street an beiden Enden blockierten und begierig darauf warteten, daß ein paar Iraner einem Polizisten einen Hieb verpaßten.

Doch die Krawallmacher waren dafür viel zu gewitzt. Wer es nicht mehr bis zu seinem Fahrzeug schaffte oder bis zu der dahintergelegenen überfüllten Mall, der ließ seine improvisierten Waffen fallen und ergab sich friedlich. Die meisten von ihnen waren schon früher in ähnliche Zusammenstöße verwickelt worden. Sie mochten zwar die meisten gesellschaftlichen Gepflogenheiten ihres Gastlandes mißachten, doch sie wußten, wie die Polizei arbeitete, und sie kannten auch die Polizisten selbst. Also heftete sich jeder ein breites freundliches Lächeln aufs Gesicht und ergab sich ohne Widerstand. Oak beobachtete, wie sich in den Gesichtern der Polizisten die Enttäuschung zusammenbraute. Man konnte schließlich auf keinen Demonstranten einschlagen, der immer nur lächelte, höflich die Hände auf den Kopf legte und sich ergab.

Die Frau schwang noch immer ihre Handtasche, als er ihr dabei half, den alten Mann zum Wachhaus zurückzubringen. Der Mann vom Secret Service hatte das Fenster inzwischen geschlossen und sprach in einen Telefonhörer; zweifellos erstattete er seinem Vorgesetztem im Weißen Haus Bericht.

Die Demonstration endete ebenso schnell, wie sie begonnen hatte. Noch fünf Minuten, und man würde weit und breit keinen einzigen Iraner mehr sehen. Noch eine Stunde, und die friedlicheren Posten würden wieder ihre entwürdigenden Mahnwachen vor dem Heim des Präsidenten aufnehmen.

Jeder von ihnen wäre empört gewesen, eines Morgens aufzuwachen und beobachten zu müssen, wie vor dem Schlafzimmerfenster Mahnwachen hin- und hermarschierten — doch wer dachte schon daran, daß das Weiße Haus auch ein Zuhause war? Es war ein Symbol, das man belagerte oder besichtigte, in dem man aber nicht lebte. Oak blinzelte. Der alte Mann sprach ihn an.

»Vielen Dank für Ihre Hilfe, Sir.«

Er schien in gutem Zustand zu sein, wenn auch noch immer von der Heftigkeit der Auseinandersetzung erschüttert, in die er hineingerissen worden war. Angesichts seines Alters hielt er sich noch recht tapfer, dachte Oak. Ein zäher alter Vogel. Seine Hände zitterten nicht, und es war ihm gelungen, während des Handgemenges seinen Gehstock zu behalten. Oak war sich sofort sicher, daß der alte Mann kein Bürohengst war. Das bezeugten die Muskeln unter der Jacke. In diesem Augenblick erkannte er auch, was ihm an dem alten Mann seltsam erschienen war.

Es war nicht die Tatsache, daß er offensichtlich Ausländer war. Sein starker englischer Akzent und seine kohlschwarze Haut waren dafür Beweis genug, ganz zu schweigen von den in die Länge gezogenen Ohrläppchen, die immer wackelten, wenn er den Kopf bewegte. Nein, es war die Tatsache, daß sein Anzug, wiewohl sauber und ordentlich, schon vierzig oder fünfzig Jahre aus der Mode war. Ebenso das weiße Hemd, das wie die Wiederbelebung einer Anzeige aus den zwanziger Jahren für Arrowkragen aussah. Gut, daß Oak sich eingemischt hatte, denn alles an dem Mann roch förmlich nach ausländischem Diplomaten, wahrscheinlich Repräsentant eines armen Landes. Möglicherweise hatte er soeben einen internationalen Zwischenfall verhindert. Vielleicht ergab das ja eine weitere Empfehlung auf der Liste, auf die Corcoran angespielt hatte.

Der Mann strich sich gerade den Schmutz von der Hose. »Die wollten mich nicht aufstehen lassen«, murmelte er.

Ganz eindeutig britische Schulbildung, entschied Oak. Zu dunkel für die karibischen Länder. Also Afrikaner. Er versuchte mühsam, sich an Geopolitik zu erinnern. Ostafrikanisch. Denn wenn er aus dem Westteil des Kontinents käme, hätte er mit französischem Akzent gesprochen, es sei denn, er war Nigerianer. Komplizierte Gegend, dieses Afrika.

Doch das spielte keine Rolle.

»Sind Sie okay, Mister?« Es war die besorgte Stimme der Frau, die Oak zweimal hatte retten müssen. Heute ist wohl mein Tag, um den Haien die Sardinen zu klauen, überlegte er zynisch. Sie half dem alten Mann, seinen Anzug abzuklopfen. »Ich habe versucht, Ihnen zu helfen. Ich fürchte, besonders erfolgreich war ich damit allerdings nicht.«

»Nun machen Sie sich nicht selbst kleiner, als Sie sind«, hörte Oak sich plötzlich sagen. »Sie haben es versucht. Das ist mehr, als man von all den anderen wackeren Bürgern hier behaupten kann. Ein derartiger Krawall kann selbst einem Soldaten Angst einjagen. Ich kenne diese Typen. Wenn sie in Wut geraten, ist es ihnen völlig egal, wer ihnen in den Weg kommt, und Geschlecht oder Alter kümmert sie auch nicht. Dann prügeln sie einfach in Allahs Namen drauflos. Was die anging, so waren Sie beide nur Teil der Landschaft und sind ihnen eben in den Weg geraten, Pech gehabt.«

»Gewalt«, murmelte der alte Mann, »soviel Gewalt auf der Welt, und soviel davon aus nichtigen Gründen.« Zum ersten Mal bemerkte Oak, daß der Alte ebenso groß war wie er. »Dort, wo ich herkomme, bringt man keine Schande über den Menschen, mit dem man sich nicht einig ist, indem man gegen ihn kämpft. Es gibt bessere Methoden, um einen Streit beizulegen.«

»Diesen Burschen geht es nicht darum, einen Streit beizulegen, die wollen vielmehr ihren geliebten Brüdern die Rechtschaffenheit einbleuen.«

»Das ist aber ein Widerspruch in sich.« Der alte Mann blickte Oak ins Auge.

Da geschah etwas. Es ging so schnell, daß es sich nicht erklären ließ, doch für einen winzigen Augenblick hatte Oak das Gefühl, in den Geist und die Seele eines Geschöpfs zu blicken, das riesig war und von dem eigentlich erwarteten kulturellen Ballast völlig unbehindert. Das erschütterte ihn, und er blinzelte. Dann pulsierte sein rechtes Auge, und alles war vorbei.

Der alte Mann wandte den Blick ab, und da war sich Oak nicht mehr so sicher, ob er überhaupt etwas gesehen hatte. Muß ich mir wohl eingebildet haben, dachte er sich. Der Mensch neben ihm war nichts anderes als ein großer alter schwarzer Mann in einem reichlich altmodischen Anzug.

»Und Sie.« Er besaß ein wunderbares Lächeln, das er

nun der Blondine gönnte. »Sie waren aufmerksam genug zu versuchen, mir zu helfen.«

Sie wirkte verlegen. »Ich hatte einfach das Gefühl, ich müßte etwas unternehmen. Das sieht mir gar nicht ähnlich. Normalerweise mische ich mich nicht ein. Und prügeln... das kann einfach nicht ich dort vorn gewesen sein.«

»Glauben Sie mir, das waren Sie durchaus«, versicherte Oak ihr. »Hätten Sie anstelle einer Handtasche ein Schwert geschwungen, wäre meine Hilfe unnötig gewesen.«

Sie sieht wirklich verblüfft aus, dachte er. »Aber es sieht mir einfach nicht *ähnlich.*«

»Warum haben Sie sich dann wieder hineingestürzt?« wollte Oak wissen.

Brüsk hob sie den Blick. »Ich... ich weiß es nicht. Ich *mußte* es einfach tun.«

»Es war nett von Ihnen beiden, an mich zu denken«, sagte der alte Mann.

Für Oak wurde es langsam Zeit, seinen unterbrochenen Spaziergang auf der E-Street fortzusetzen, sich bei der Zentrale zu melden, nach Hause zu gehen oder umzukehren, um sich zu seinem ursprünglichen Ziel, dem Smithsonian, zu begeben. Statt dessen bemerkte er, wie er die Frau ansah. Sie hatte ihm erzählt, sie sei Touristin. War sie Mitglied einer Touristengruppe, war sie verheiratet oder was? Sein gesellschaftliches Leben war alles andere als beneidenswert. Es war verdammt schwierig, ein bißchen Zeit für die oberflächlichste Beziehung zu einem Mitglied des anderen Geschlechts zu finden, wenn man den größten Teil seiner Zeit nicht nur fern von zu Hause, sondern auch fern von sich selbst verbrachte.

Es gab draußen im Feld genügend Gelegenheiten für flüchtige sexuelle Kontakte; doch konnte Oak ebensowenig eine Frau anlügen, um eine sexuelle Eroberung zu machen, wie er einem Theaterbesitzer etwas vorflunkern konnte, um umsonst eingelassen zu werden. Daher beschränkte sich das gesellschaftliche Leben, das er kannte, auf die kurzen Perioden, die er zwischen seinen Aufträgen zu Hause verbrachte. So wie jetzt.

Diese Dame war ganz eindeutig fremd in Washington, in dem Washington, das er kannte wie seine Westentasche. Er blickte auf ihre Hand hinunter. Kein Ehering — was nicht unbedingt bedeuten mußte, daß sie unverheiratet war; aber immerhin war es ein ermutigendes Zeichen. Sie war attraktiv und vernünftig. Trotz ihrer offensichtlichen Furcht hatte sie keinen hysterischen Anfall bekommen, als sie von der immer dichter werdenden Menge eingeschlossen worden war.

Vielleicht hatte sie ja Lust, das wirkliche Washington kennenzulernen. Vielleicht war sie ja allein und hatte Bedarf an etwas Begleitung. Er jedenfalls hatte durchaus Bedarf. Hübscher, als sie sich selbst einschätzte, überlegte er. Nur sehr wenig Schminke, und nichts, um die Schönheit des Gesichts zu betonen. Er rieb sich das rechte Auge. Einfache Frisur, was in jedem Fall verständlich war. Schließlich befand sie sich auf einem Spaziergang und nicht auf einem Debütantinnenball.

Ach, wozu die Mühe? Er war müde und fühlte sich schlecht, und der Krawall dieses Morgens war nicht dazu angetan gewesen, seine Meinung über seine Mitmenschen zu heben. Es wäre besser, seinen Spaziergang fortzusetzen, als die Ablehnung durch eine völlig fremde Frau zu riskieren. Und außerdem sollte er wirklich endlich mal etwas Zeit zu Hause verbringen. Schließlich war er selten genug dort.

Er brauchte Zeit für sich, um loszulassen und sich zu entspannen. Vielleicht würde er mal auf eine Partie Orioles nach Baltimore oder ein paar Tage lang die Küste hinunter fahren. Einfach nur am Strand sitzen und sich zur Abwechslung von den Wogen anbrüllen lassen, versuchen festzustellen, welche von ihnen sich am ehesten anhörte wie Senator Baker. Die würden ihn wenigstens nicht wegen leichter Antworten auf schwierige Fragen ausquetschen.

»Wenn Sie beide mich jetzt entschuldigen wollen«, hörte er sich plötzlich sagen. »Inzwischen ist die Polizei gekommen, und in ein paar Minuten können Sie völlig unbeschadet Ihren Spaziergang fortsetzen. Ich muß noch ein paar Dinge erledigen und...«

»Dann haben Sie sie gar nicht gesehen?« Der alte Mann blickte Oak scharf an, schließlich sah er zu der Frau hinunter. »Und Sie auch nicht?«

Sie schien Oak mit ihrem Blick um Rat zu fragen, doch der konnte ihr keinen geben. »*Wen* nicht gesehen?«

»*Sie.*« Der alte Mann war beharrlich. »Jene, die die Prügelei ausgelöst haben, die den Krawall inszenierten.« Er bekam einen listigen Gesichtsausdruck. »Oh, darin sind sie sehr gut, ja, da sind sie gut. Es ist eine ihrer Spezialitäten, die Leute dazu zu bringen, sich zu bekämpfen. Dann bauen sie sich abseits auf und lachen die Kämpfenden aus und machen unanständige Gesten. Wenn man sich in einer Menschenmenge befindet, muß man daher immer auf der Hut bleiben. Aber sie bewegen sich sehr schnell und leise, und ich habe sie erst erkannt, als es schon zu spät war. Inzwischen sind sie natürlich fort, deshalb kann ich sie Ihnen auch nicht zeigen.«

»Schön«, meinte Oak locker. »Freut mich, daß ich Ihnen helfen konnte. Es war mir ein Vergnügen, aber jetzt ist es für mich Zeit zu gehen.« Er machte einen Schritt die E-Street entlang, nur um festzustellen, daß der alte Mann ihm den Weg abschnitt. Seine Stimme hatte einen verschwörerischen Flüsterton angenommen.

»Mich haben sie aber nicht hereingelegt. Was die nämlich wirklich wollen, ist, dort hinein zu kommen.« Er zeigte auf das Weiße Haus. »Das hätte schlimme Folgen haben können.«

Oak wollte eigentlich nicht mehr länger bleiben, tat es aber dennoch. »Irgend jemand hat den Krawall als Ablenkung benutzt, um wo hinein zu gelangen?«

»In das Haus des großen Häuptlings. Bei Tageslicht habe ich die noch nie so tollkühn erlebt. Aber sie waren nur zu zweit und hatten nicht genug Deckung.«

»Ich verstehe. Guter Mann, da sorgen Sie sich aber umsonst. An dem Tor dort wären die nicht vorbeigekommen.« Er sprach, als wollte er einem Kind etwas erklären. »Sehen Sie, das ist nämlich schwer bewacht, die ganze Zeit. Die Sicherheitsbeamten machen es selbst den gerissensten Leuten unmöglich, ohne entsprechende Ausweise weiter als bis zu diesem Zaun zu kommen.«

»Oh, aber es sind keine Menschen, begreifen Sie denn nicht?« Er musterte Oaks Gesicht. »Nein, Sie begreifen es wirklich nicht, nicht wahr? Nicht vollständig.«

Das hätte Oak auf zweierlei Weisen auffassen können, statt dessen entschied er sich dazu, es zu ignorieren. »Nein, wahrscheinlich nicht. Und wenn Sie nichts dagegen haben, ich muß noch etwas erledigen.«

»Auch ich muß etwas erledigen. Ich muß dort hineingehen, um mit dem großen Häuptling zu sprechen.« Er schritt ans Wachhaus und klopfte mit dem Ende seines Gehstocks gegen das Panzerglas. »Entschuldigung?« Der Posten im Inneren ignorierte ihn.

Oak seufzte. Eigentlich hätte er kehrtmachen und davongehen sollen, doch was sollte es. Er hatte den alten Mann bereits einmal gerettet. Wenn er ein bißchen senil war, na schön, dann konnte man ihn nicht einfach hier mitten auf der Straße stehenlassen. Zum ersten Mal beschlich Oak der Verdacht, daß der wohlgekleidete Alte möglicherweise aus einem Pflegeheim entlaufen war. In der Nachbarschaft gab es einige davon, und wenn er genug Verstand gehabt haben sollte, um einen Bus zu besteigen, kam er möglicherweise sogar von sehr weit her. Vielleicht machten gerade irgendwelche Männer in weißen Kitteln Jagd auf ihn. Vielleicht hatte er aber auch nur Verwandte besucht und war von der Geburtstagsparty irgendeiner Enkelin davonspaziert. Er schritt zu ihm hinüber. »Es tut mir leid, aber Sie können dort nicht einfach hineingehen und dem Präsidenten hallo sagen. So macht man das nicht.«

»Sind Sie sicher?«

»Es tut mir wirklich leid, aber so ist das nun einmal.« Er blickte die Blondine an. »Sagen Sie es ihm.«

Die wirkte einen Augenblick ratlos, dann lächelte sie den alten Mann traurig an. Gütig und auch noch verständnisvoll, dachte Oak. Davon könnte er selbst im Augenblick eine ganz gute Dosis vertragen.

»Ich fürchte, er hat recht. Sie können dort nicht einfach hineingehen und den Präsidenten aufsuchen. Was haben Sie gemeint, als Sie sagten, daß die den Krawall verursacht hätten und daß es keine Menschen sind?«

Der alte Mann ignorierte die Frage. »Ich hatte gehofft ... Ich bin ja so weit gereist. Ich hatte gehofft, daß der Häuptling Ihres Stammes mir eine Verbindung zu bestimmten Leuten herstellen könnte. Zu besonderen Leuten.«

Er klingt verrückt, überlegte Oak, aber er sieht nicht verrückt aus und verhält sich auch nicht so. Allerdings müde. Er mochte gern glauben, daß der Alte sehr weit gereist war. Vielleicht war er ja mit dem Expreß von Philly heruntergekommen.

»Sagen Sie, alter Mann, dort drüben neben dem Baum gibt es eine Bank. Warum setzen Sie sich dort nicht mal hin und überlegen sich die Sache.« Mit einem Nicken bedeutete er der Blondine, was er vorhatte. Gemeinsam führten sie den alten Mann sanft zu der Bank hinüber. Die war mit Bolzen am Gehsteig befestigt, damit sie nicht von wildgewordenen Demonstranten, wie die Polizei sie soeben abgeführt hatte, zweckentfremdet werden konnte. Die Frau setzte sich neben ihn, während Oak an seiner Seite stehenblieb und sich ein wenig verlegen und fehl am Platze fühlte.

»Es tut mir leid, daß Sie den Präsidenten nicht aufsuchen können.« Sie lächelte den alten Mann an und der erwiderte es mit einem offenen Blick, den sie, wie Oak dachte, recht tapfer hinnahm. Aber es war wirklich ein wunderschönes Lächeln.

»Vielleicht spielt es keine Rolle. Vielleicht hätte es ohnehin nichts genützt. Es wäre schwierig gewesen, ihn von dem Ernst meines Besuchs zu überzeugen. Die Ignoranz des Beamtentums der Böstreffs ist manchmal wirklich fürchterlich.«

»Böstreffs?« murmelte Oak.

»Außenseiter, Fremde – jeder, der kein Massai ist.«

»Wie bitte?«

»Ich glaube, das ist ein Stamm in Ostafrika«, sagte die Frau unerwarteterweise.

»Sind Sie Professorin oder so was?« Oaks Bemerkung war ebensosehr ein Vorwurf wie eine Frage, und sofort tat ihm sein brüsker Ton leid. Immer mit der Ruhe, Joshua B., knurrte er sich an. Das hier ist schließlich keine Kampfsituation. »War nicht böse gemeint. Ich habe mich nur gefragt, woher Sie das wissen.«

»Ich lese ziemlich viel. *National Geographic, Smithsonian, Natural History.* So etwas eben.«

Der alte Mann war entzückt. »Ja, ich bin Massai. Waren Sie schon in Afrika?«

»Nein. Eines Tages vielleicht mal. Ich träume von Reisen und spare ständig mein Geld dafür. Weiter als bis hierher bin ich aus meiner Heimatstadt praktisch noch nie herausgekommen.«

Oak streckte ihr die Hand entgegen. »Wo liegt denn diese Heimatstadt? Ich bin übrigens Joshua B. Oak. Die meisten Leute nennen mich Josh. Und Sie?«

Höflich nahm sie die Hand entgegen. »Merry Sharrow, Seattle. Was bedeutet das B.?«

»Burton.«

»Ihre Eltern müssen sein künstlerisches Talent sehr bewundert haben.«

»Glaube ich nicht. Das ist ein häufiger Name. Stammt wahrscheinlich von irgendeinem Onkel oder so.«

Der alte Mann starrte ihn an. »Ihr Name ist Burton?«

»Nur mein zweiter Name.«

»Ein prachtvoller Mensch, Sir Richard Burton.«

»Tatsächlich habe ich nicht sehr viele von seinen Filmen gesehen.«

»Filme? Ach so, Sie sprechen von dem Filmschauspieler, der nach ihm benannt wurde. Ich meine aber den ersten Sir Richard Burton, der mein Land erforscht hat, wie auch viele andere. Ein brillanter und gelehrter Gentleman, der sich mit Wissensgebieten beschäftigte, die von seinen Zeitgenossen gemieden wurden. Er wurde von seinen Mitböstreffs sehr mißverstanden und unterschätzt, vor allem von seiner Frau, die eines der größten Verbrechen der Geschichte beging, als sie seine umfangreichen persönlichen Tagebücher verbrannte.«

Wenn das ein verrückter alter Mann sein soll, dann ist er jedenfalls ein verdammt gewitzter verrückter alter Mann. Dennoch, Oaks gegenwärtiges Interesse galt jetzt mehr denn je der Blondine. Man hatte Kontakt geschlossen.

»Sie sind aber sehr weit von Seattle weg, Mrs. Sharrow.«

»Miß, aber Merry reicht auch.« Sie lächelte ihn an. »Wie ich schon sagte, soweit wie noch nie. Ich bin dort geboren, aufgewachsen und arbeite auch dort. Hier bin ich nur auf Urlaub.«

»Vor einer Weile sahen Sie ziemlich verwirrt aus.«

»Mein erster Krawall. Es war ein sehr lehrreicher Morgen. Vielen Dank noch mal.« Das Lächeln wurde noch etwas breiter.

Oak zögerte. BJ Tree hätte gewußt, was er sagen sollte. Das galt auch für ein halbes Dutzend anderer Aliase. Joshua Oak jedoch wußte es nicht. »Habe das Gefühl, als wäre ich hier so eine Art fünftes Rad am Wagen. Schätze, ich werde mal gehen. Sie kommen aus Seattle, und er kommt aus Afrika. Ich dagegen, ich komme nur von außerhalb.«

»Bleiben Sie einen Augenblick, bitte«, sagte der alte Mann.

»Ich dachte, es geht Ihnen schon wieder gut, mein Lieber.«

»Es geht mir schon sehr viel besser, dafür danke ich Ihnen beiden. Burton. Ein interessanter Zufall, junger

Mann. Und Sie sind ganz sicher, daß Sie nicht nach dem verehrungswürdigen Forscher benannt wurden?«

»Ach, ich weiß es doch nicht, habe nie jemanden gefragt. Vielleicht war Burton auch bloß der Vorname von irgendeinem Bastardcousin in Boston. Aber da wir gerade bei Namen sind...?«

»Ah. Ich war unhöflich. Ich habe Sie nicht einmal danach gefragt, wie es Ihrem Vieh geht. Wie geht es ihm denn?«

Einen Augenblick klingt er ganz normal, im nächsten verrückt, dachte Oak. Wirklich ein seltsamer Kauz, woher er auch kommen mochte.

»Ich besitze kein Vieh.«

»Und was ist mit Ihnen, Miß Sharrow?«

»Ich habe eine Katze«, erwiderte sie entgegenkommend.

»Also kein Vieh. Dann sind Sie ja beide arm. Denn wer kein Vieh besitzt, der lebt in Armut.«

»Ich glaube, ich bleibe trotzdem lieber bei meinem Bankkonto«, meinte Oak.

»Was in einer Bank hockt, kann man nicht essen.« Der Alte zeigte mit einem wackelnden Finger auf ihn. »Damit können Sie Ihre Kinder nicht ernähren. Und ich bin immer noch unhöflich. Ich bin Mbatian Oldoinyo Olkeloki, was auf Massai bedeutet ›Mbatian der Berg der hinübergeht‹.«

»Das ist ein schöner Name«, meinte Sharrow. »Wo hinüber gehen Sie denn?«

»An andere Orte. Beispielsweise in Ihr Land hier, das ganz gesund und wohl aussieht, aber voller vieler kalter, toter Dinge ist, die Sie nicht verstehen können.« Er wandte den Blick wieder auf Oak, und die Zufriedenheit in seiner Stimme war nicht zu überhören. »Vielleicht brauche ich den großen Häuptling doch nicht aufzusuchen. Ich wußte schon, daß jene, die ich brauche, sich mir offenbaren würden. Die Prophezeiung ist erfüllt worden. Hier sind Sie also.«

»Hier sind wir?« Oak meinte, daß Merry sich jetzt doch ein bißchen vorsichtiger anhörte.

»Einer, der Burton heißt, und eine andere, die von einem fernen Ort gekommen ist, und beide waren in einem Augenblick der Krise da, um mir zu helfen. Weshalb hätten Sie mir sonst helfen sollen? Was bedeute ich denn für Sie beide? Es gab viele Böstreffs, die an dem Kampf nicht teilnahmen. Warum haben ausgerechnet Sie sich dazu entschlossen, mir zu helfen?«

»Sie sind alt«, erwiderte Oak prompt, »und Sie lagen am Boden. Ich habe selbst schon am Boden gelegen. Ich weiß, wie das ist, wenn man kurz davorsteht, zertrampelt zu werden, und das ist etwas, das ich keinem Menschen wünsche.«

»Ist das der einzige Grund? Sind Sie da ganz sicher, tief in Ihrem Herzen?«

»Jeder, der ein gutes Gewissen und ein Herz hat, hätte das gleiche getan wie wir«, erklärte Merry Sharrow.

»Möglich, möglich, aber sie haben es nicht getan, Sie beide dagegen sehr wohl.« Er ließ den Blick in alle Richtungen schweifen. »Sie sind alle verschwunden. Ihre Anwesenheit schirmt mich vor ihrer Aufmerksamkeit ab. Das ist der Beweis. Nein, ich brauche Ihren Häuptling nicht mehr aufzusuchen. Ich habe die Leute gefunden, die zu suchen ich gekommen bin.«

»Na prima«, meinte Oak fröhlich. »Sie beide können sich ja noch nett unterhalten, aber ich muß mich jetzt wirklich langsam auf den Weg machen.«

»Was tun Sie, wohin gehen Sie, daß Sie es so eilig haben, jemanden zu verlassen, der mit Ihnen Freundschaft schließen will, Joshua Oak?«

»Ich arbeite für die Regierung. Ich habe noch zu tun.«

»In welcher Funktion?«

»Das geht Sie nichts an.« Langsam hatte er genug davon. Der Unterhaltungswert des alten Mannes sank immer tiefer.

Olkeloki jedoch sah einfach nur zufrieden aus. »Das habe ich mir gedacht.« Er wandte sich an Merry Sharrow. »Und Sie?«

»Ich bin Versandhausangestellte. Ich nehme Telefonbestellungen für Eddie Bauer in Seattle an, eine Ausrüstungsfirma für Sport und Freizeit.«

»He«, sagte Oak überrascht. »Bei denen habe ich mal eine Jacke gekauft.«

»Wirklich? Vielleicht habe ich ja Ihre Bestellung bearbeitet.«

»Eine gute Jacke.«

»Freut mich, daß sie Ihnen gefällt. Wir sind sehr stolz auf unsere Produkte.«

»Vielleicht kaufe ich eines Tages noch mal eine dazugehörige Weste. Ich hoffe, daß der Rest Ihres Aufenthalts ein bißchen friedlicher verläuft.«

Mit unerwarteter Schnelligkeit erhob sich der alte Mann und packte Oaks Arm. Joshs natürliche Reaktion wäre es gewesen, den Alten über die Schulter zu werfen. Es gelang ihm, sich noch zu beherrschen. In der Miene des Afrikaners war keine Bedrohung, keine Gefahr zu erkennen.

»Bitte, Sie müssen ... eines müssen Sie noch für mich tun.«

»Na ja ... worum geht es? Ich meine, ich muß wirklich los und ...«

»Ich weiß. Ich weiß, daß Sie ein beschäftigter Mann sind, Joshua Oak. Ich weiß, daß Sie beide beschäftigt sind. Aber das, worum ich Sie bitte, wird Sie nur wenig Zeit kosten, es wird für Sie sehr aufschlußreich sein und wird Sie möglicherweise auch interessieren.

Wollen Sie sich eine Geschichte anhören? Ich bin Zehntausende von Meilen gereist, um jemandem eine Geschichte zu erzählen.«

7

»Es ist das mindeste, was wir tun können«, sagte Merry Sharrow schließlich, als es klar war, daß Oak nicht antworten würde. Ihre Erregtheit, von ihrer Naivität ganz zu schweigen, wirkte erfrischend in einer Stadt, in der sonst nur Routine und Zynismus vorherrschten. Dennoch zögerte er.

»Ich werde Ihnen was sagen, alter Mann – Olkeloki. Ich höre mir Ihre Geschichte an, wenn Sie mir beweisen können, daß Sie tatsächlich aus Afrika zu Besuch sind und nicht aus dem General Marshall Hospital am anderen Flußufer.«

»Ich verstehe. Es ist nur natürlich, daß Sie Zweifel an mir hegen.« Er nestelte in einer Tasche, dann in einer weiteren. Es war, als sei er mit seiner eigenen Kleidung nicht vertraut. Schließlich holte er ein kleines, ledernes Paßetui hervor. Das graue Leder war abgenutzt und zerschabt, aber noch intakt. Als der alte Mann ihm das Etui reichte, fragte Oak sich, woraus es wohl gegerbt worden war. Irgend etwas, das sehr viel kräftiger war als Stierleder. Büffel vielleicht, oder Elefant.

Das Etui enthielt eine Reihe staubiger, ausländisch aussehender Dokumente und einen Paß in zwei Sprachen, Englisch und Suaheli. Das Paßbild zeigte den alten Mann, doch anstelle seines Anzugs trug er Perlenketten und kleine, geprägte Metallpfeilspitzen in den Ohren sowie eine gelborangefarbene Toga, die den Oberkörper bedeckte. Oak musterte das Bild einen Augenblick, dann reichte er die Dokumente zurück. Roter Staub blieb an seinen Fingern haften, und er rieb sie, um ihn abzuwischen.

»Die Erde Afrikas.« Olkeloki verstaute das Etui wieder in seiner Jackentasche. »Egal wieviel Mühe man sich machen mag, sie hinter sich zu lassen, sie folgt einem doch, wo immer man auch hingeht.«

Oak nickte geistesabwesend, sah nachdenklich drein und sagte plötzlich: »Wenn Sie den Präsidenten sprechen wollten, warum haben Sie das dann nicht über Ihre Botschaft erledigt?«

»Ich bin kein Regierungsbeamter. Nur das, was Sie wohl einen besorgten Bürger nennen würden. Als solcher habe ich keinen Zugang zu den hohen Beamten meines Landes.

Dennoch hätte ich vielleicht das eine oder andere Gespräch in die Wege leiten können, aber das hätte zuviel Zeit gebraucht. Wir haben nicht mehr viel Zeit.«

Dieses ›wir‹ schien auch auf Merry Sharrow abgefärbt zu haben. »Bitte, Josh, spielen Sie das Spiel mit uns. Es wird Spaß machen. Ich habe noch nie einen Afrikaner kennengelernt.«

»Und ich habe noch nie eine Böstreffdame aus Seattle kennengelernt, daher glaube ich, daß wir quitt sind, Merry Sharrow. Bitte hören Sie mir zu, Joshua Oak.«

Warum nicht? Er konnte es ja als glücklich-zufällige Verlängerung seines geplanten Besuchs im Smithsonian buchen. Ein anthropologischer Seitensprung. Und abgesehen davon mußte sich irgend jemand ja um dieses arme, unschuldige Kind aus dem Nordwesten kümmern, sonst brachte sie es noch fertig, irgend etwas wirklich Dämliches zu tun, etwa, dem alten Mann Geld zu geben.

»Das sind Sie mir schuldig, Joshua Oak«, meinte Olkeloki.

»Ich bin es Ihnen *schuldig?* Wie kommen Sie denn darauf?«

»Sie haben sich mir offenbart.«

»Ich verstehe, und wenn ich Sie dort auf dem Straßenpflaster hätte liegenlassen, damit man Ihnen die Rippen eintritt und die Nase einschlägt, wäre ich Ihnen nichts schuldig, ist das richtig?«

»Ganz genau.« Olkeloki sah sehr zufrieden aus. Er hob seinen Gehstock, der fast so groß war wie er selbst. Oak zeigte darauf.

»Nehmen Sie dieses Ding überall mit, wo Sie hingehen?«

»Das ist ein Begleiter meiner Jugend und ein nützlicher Freund. Kommen Sie, ich kenne einen guten Ort. Ich habe ihn am Tag nach meinem Eintreffen in dieser Stadt ausfindig gemacht. Auf seine primitive Art erinnert er mich an zu Hause. Das Essen ist nicht außergewöhnlich, aber der Raum liegt beruhigend hoch.«

»Sie mögen Restaurants mit Ausblick?« fragte ihn Merry Sharrow.

»Ausblick? Nein, der Ausblick ist nicht wichtig. Aber je höher wir sind, um so mehr sind wir in Sicherheit, weil nur wenige von ihnen Bäume hochklettern und noch weniger von ihnen fliegen können.«

»Noch weniger von wem?« Kaum hatte er die Worte ausgesprochen, als Oak sich auch schon deswegen verwünschte.

»Die Gnome, natürlich.« Merry Sharrow hatte ein Glitzern in den Augen. Sie sah genauso aus wie Dorothy, nachdem sie in ein Abenteuer geraten war, das nicht in den Reiseführern stand. Ein nettes, harmloses Abenteuer von kurzer Dauer, denn heute abend würde sie wieder in der Sicherheit ihres kühlen Hotelzimmers sein. Amy wäre stolz auf sie gewesen.

»Gnome«, murmelte Olkeloki ernst. »Ja, das kommt der Sache schon sehr nahe. Sie haben eine scharfe Beobachtungsgabe, Merry Sharrow.«

»Das kommt nur daher, daß ich immer erahnen muß, was die Leute wirklich wollen, wenn sie bei mir ihre Bestellungen aufgeben.«

Oak bemerkte, wie geschmeidig der alte Mann ging. Er humpelte nicht zaghaft, wie alte Männer es taten. Wahrscheinlich entwickelte man beim Marschieren durch Afrika ausgezeichnete Beinmuskeln.

»Dieser Gehstock ist keine schlechte Idee. Ganz nützlich, um sich in der U-Bahn Platz zu verschaffen, und vielleicht hält er sogar den einen oder anderen Anmacher ab.«

»Anmacher?« Olkeloki hatte Mühe mit diesem Ausdruck. »Ich fürchte, ich kenne nicht alle neuen Wörter. Ihre Sprache ist etwas Lebendiges, etwas, das ständig weiterwächst und sich ausdehnt und seltsame neue Zweige und Knospen hervorbringt. Es ist schwierig, alle die neuen idiomatischen Ausdrücke zu verstehen.« Er gestikulierte liebevoll mit dem Gehstock. »Ja, dieser Stab hat mir schon viele lange Jahre nützlichste Dienste erwiesen.«

»Sagen Sie das mal ganz schnell dreimal hintereinander«,meinte Merry und kicherte völlig unerwartet. »Haben Sie damit schon einmal Räuber abwehren müssen, Mr. Olkeloki?«

»Nein, ich mußte meinen Stab noch nie gegen Räuber einsetzen, obwohl ich einmal damit einen Löwen getötet habe.«

Oak prustete hinter seiner lächelnden Miene, erstickte jedoch das abfällige Lachen, das in seinem Inneren zu explodieren drohte. »Machen Sie keine Witze! Sie haben wahrscheinlich nicht viel Lust, uns zu erzählen, wie Sie diesen kleinen Trick vollbracht haben?«

»Aber sicher doch. Ich war damals noch ziemlich jung und es erwischte mich ohne meinen Speer, als ich die Herde meines Vaters bewachte. Der Löwe hatte das gesehen und dachte, er könnte sich mit einem Kalb davonmachen, solange ich unbewaffnet war. Aber ich besaß diesen Stab, den mir ein berühmter Ältester geschenkt hatte. Als der Löwe aus dem Busch auf mich zusprang, blieb ich stehen, als wartete ich auf meinen Tod. Allerdings stand mir der Sinn nicht nach Sterben. Es war ein alter männlicher Löwe, aber er war immer noch recht groß und kräftig, mit einer schwarzen Mähne, die an einigen Stellen schon grau geworden war. Als er durch das Gras auf mich zusprang, konnte ich erkennen, daß in seinen Augen mein Tod geschrieben stand. Das ist nichts, was man vergißt.

Ich stand da, als würde ich resigniert auf eben diesen Tod warten, doch als er mich dann ansprang, als seine Krallen nach meinen Schultern griffen und sein Maul nach meinem Hals, ließ ich mich zu Boden fallen und schob diesen Stab so hart, wie ich nur konnte, zwischen seine Beine. Er sprang über mich hinweg, prallte auf den Boden und überschlug sich. Während er nach Atem rang, sprang ich ihn an und rammte ihm den Stab in den Rachen. Er schleuderte mich mehrere Fuß weit von sich, aber ich fiel auf die Füße und rannte davon, um meinen Speer zu holen. Das war gar nicht nötig, denn als ich zurückkam, sah ich, daß der Löwe bereits im Sterben lag. Die Furcht hatte mir große Kraft verliehen. Ich hatte ihm den Stab bis in die

Lungen gestochen, und daran war er schließlich erstickt.« Er hob den Stab vom Straßenpflaster, hielt ihn parallel zum Boden und zeigte Oak das andere Ende. Das obere Drittel wies mehrere tiefe Markierungen auf.

»Das ist Eisenholz. Sehen Sie dort, das sind die Spuren der Zähne des alten Löwen.«

»Lassen Sie mich mal sehen«, sagte Merry atemlos und drängte sich heran. Der amüsierte Oak ließ sie gewähren. Es war eine Freude, in einem anderen Menschen soviel Begeisterungsfähigkeit zu sehen, soviel spontane Akzeptanz.

Der alte Mann führte sie weiter, bog in eine Seitenstraße ein, die von Bürogebäuden neuester Bauart eingefaßt war. Sie betraten eine Bank und nahmen einen der Fahrstühle, mit dem sie zehn Stockwerke hinauf bis zum obersten fuhren. Er öffnete sich auf einen kurzen Gang. Am gegenüberliegenden Ende lag der Eingang zum Restaurant. Oak sah auf die Uhr. Drei Uhr nachmittags. Das Restaurant würde leer sein.

Es war grün, mit Topfpalmen und Bambus geschmückt. Die Decke war mit falschem Strohwerk verziert, und die Bezüge wiesen lauter Blumenmuster auf. Das Schild, das in eine der Türen aus Glas und Mahagoni eingeätzt war, gab den Namen des Restaurants wieder:

Zum Messingelefanten

Es war kein Etablissement, das Oak frequentierte, doch der Name war ihm vertraut. Einige seiner Kollegen hatten dort schon einmal gegessen. Soweit er sich erinnern konnte, hatten sie das Restaurant gelobt.

Die junge Empfangsdame ließ ihren Blick ein wenig länger auf Olkeloki ruhen, als es noch höflich war, dann sagte sie schließlich »Kann ich Ihnen behilflich sein?«

»Einen ruhigen Tisch, bitte«, sagte der alte Mann. »Abseits von den Fenstern und der Tür.«

»Also gut. Sie wissen aber, daß wir kein Mittagessen mehr servieren und daß es erst ab halb sechs Abendessen gibt?«

»Das ist gut so. Wir möchten nur etwas Kaltes trinken.«

»Okay. Wenn Sie mir bitte folgen würden?«

Sie setzten sich in eine große, matterleuchtete Nische mit hoher Rückwand, umringt von Pflanzen und geschnitzten Kokosschalen. Oak bestellte Gin Tonic, Merry einen Pink Squirrel, und Olkeloki überrasche Oak ein weiteres Mal, indem er nämlich einen Midori on the rocks verlangte.

»Verstehe nicht, wie Sie das Zeug runterkriegen«, meinte er, als die Drinks eintrafen. »Viel zu süß für mich.«

»Habe nie davon gehört«, bemerkte Merry.

»Wird aus Honigmelonen gemacht.«

»Verstehen Sie viel von Alkohol?«

Er zuckte die Schultern. »Ein bißchen. Zum Beispiel bin ich Bierexperte. Das wird in meinem Beruf verlangt.«

»Klingt wie ein interessanter Job.«

»Das denken wohl viele. Hab ich auch mal geglaubt, aber die letzten paar Jahre geht er mir langsam auf die Nerven. Ödet Sie das nicht auch nach einer Weile an, acht Stunden am Tag Telefonanrufe entgegenzunehmen?«

»Bisher nicht. Sehen Sie, ich bin nicht das, was man ehrgeizig nennen würde. Noch nie gewesen. Ich wollte immer nur einen sicheren, nicht zu anspruchsvollen Job haben, und den habe ich gefunden. Die Bezahlung und die Zusatzleistungen sind gut, und die Arbeitsbedingungen sind ideal – jedenfalls für mich. Ich unterhalte mich mit vielen interessanten Leuten, auch wenn ich sie nie persönlich kennenlerne. Man könnte wohl sagen, daß ich einen großen Kreis von Bekannten, aber nur wenige enge Freunde habe.«

»Also noch nicht verheiratet?« Er sagte es wie beiläufig.

»Nein, noch nicht.«

»Verlobt?«

»Gewissermaßen.« Aus irgendeinem Grund schien es ihr unangenehm zu sein, das zu sagen, und er beschloß, das Thema zu wechseln, indem er sich wieder Olkeloki zuwandte.

»Ich verstehe, weshalb es Ihnen hier gefällt.«

»Ja.« Der alte Mann wirkte unsicher, während er sich in dem kühlen, dunklen Raum umsah. »Obwohl es heute anders riecht als gestern, als ich hier aß. Ich nehme an, das liegt daran, daß im Augenblick keine Leute hier essen.« Er legte den Kopf zurück und beschnüffelte die Luft.

»Besser oder schlimmer?« fragte Oak ihn.

»Oh, sehr viel besser, obwohl die Fäule nachhängt.«

»Fäule.« Oak schnüffelte ebenfalls. »Ich rieche keine Fäule.«

»Das ist nicht Ihre Schuld. Sie können auch nichts dafür, wie Sie riechen. Es ist weniger Ihr Körpergeruch als Ihre Art von Kleidung. Es ist sehr viel schlimmer, soviel Kleidung zu tragen, wenn man nicht im Freien ist. Wir nennen die Ausländer nicht nur Böstreffs, sonddern auch iloridaa enjekat. Das bedeutet ›Leute, die ihre Fürze zurückhalten‹. Weil sie sich so kleiden.«

Darauf reagierte Merry mit einem lauten Prusten, das sich schon eher wie ein Wiehern anhörte als ein Lachen. Schnell legte sie eine Hand auf den Mund und beugte sich dicht über den Tisch, wobei sie sich hastig umblickte, um festzustellen, ob jemand im Restaurant sie gehört hatte. Doch bis auf ihren Tisch war das Restaurant leer.

»Sie haben aber vielleicht eine Lache«, meinte Oak milde.

»Ach, seien Sie doch still!«

»Wir glauben«, fuhr Olkeloki fort, »daß es besser ist, den Körper in lockere Gewänder zu hüllen, damit der Wind die unguten Körpergerüche fortwehen kann.«

»In Ostafrika mag das prima funktionieren, aber versuchen Sie das mal in Vermont im Januar.« Oak nippte an seinem Drink. »Da weht Ihnen der Wind nämlich sehr viel mehr weg als nur Ihren Körpergeruch. Ist das die Geschichte, die Sie uns erzählen wollten?« Olkeloki lächelte. »Was denn? Irgendein teures Entwicklungshilfeprojekt, das gescheitert ist? Das wäre nichts Neues. Oder vielleicht wollen Sie nur etwas für Ihr Volk tun?«

»Für mein Volk, ja«, erwiderte er aufgeregt. »Sie sind scharfsinniger, als Sie zugeben, Joshua Oak.«

»Lassen Sie mich raten. Es geht um einen Damm, nein, um irgendein Bewässerungsprojekt.«

»Ich bin auf einem Enkitoongiwong im Auftrag eines besonderen Okiama der Laibon.« Als er ihre Mienen wahrnahm, lächelte er entschuldigend. »Es tut mir leid. Manche Worte lassen sich nicht so ohne weiteres in Ihr Englisch übertragen. Ja, ich bin hier, um Hilfe zu suchen, aber nicht nur für die Massai. Auch für die Böstreffs. Das ist meine Pflicht als Laibon.«

»Was für Hilfe?« Merry hatte sich wieder vorgebeugt.

»Wenn nicht irgend etwas geschieht, um sie aufzuhalten, und zwar bald, dann werden sie die Welt, wie wir sie kennen, vernichten. Sie sind von Natur aus anarchistisch. Alles würde sich in Chaos auflösen. Jene Menschen, die in der Katastrophe nicht umkämen, würden danach nur noch als Sklaven oder als Amüsierwesen weiterleben.«

»Also werden Sie versuchen, diese weltweite Machtergreifung ganz allein zu verhindern, natürlich mit unserer Hilfe.« Oak war froh, daß er ein volles Glas und sehr viel Geduld hatte. »Meinen Sie nicht, daß das eine ziemlich große Nummer für einen Laibon und zwei gewöhnliche Böstreffs ist?«

»Es ist die einzige Möglichkeit.« Olkeloki reagierte auf Oaks Sarkasmus mit äußerster Ernsthaftigkeit. »Eine größere Gruppe wäre wahrscheinlich auch nicht effektiver, und mit Sicherheit würde sie Vergeltungsschläge provozieren. Ich allein bin zu auffällig. Ich muß gewisse ausgesuchte Böstreffs dabeihaben, die mich decken und meine Magie vor ihren Beobachtern abschirmen, wie auch, um die drei Spitzen des Dreiecks zu vervollständigen.«

»Wer sind denn ›sie‹?« wollte Merry wissen.

Oak warf ihr einen Blick zu, als wollte er sagen: Haben wir nicht schon genug vom Nachmittag hier verschwendet, und würdest du nicht lieber mit mir das Smithsonian besichtigen, da wollte ich nämlich gerade hin, als die Iraner uns zusammengebracht haben, und vielleicht hieß zwar keiner von denen Omar Khajjam, aber dennoch...

»Die Shetani.« Olkeloki flüsterte es. »Die Shetani sind die Geister, die in unsere Welt herüberkommen können. Nicht häufig, aber wenn sie einmal herüberkommen, können sie sehr viel Schaden anrichten und Ärger machen. Die Böstreffs leiden unter ihren Aufmerksamkeiten, weil sie nicht wissen, wie sie sie sichtbar machen können. Ich bin mir nicht einmal sicher, ob die meisten daran glauben würden, selbst wenn sie sie sähen.

Es ist etwas Schlimmes geschehen. Es gibt eine Stelle, wo die Mauer zwischen der Wirklichkeit und dem Dorther schwach geworden ist und...«

»Entschuldigen Sie«, warf Merry ein, »aber was ist denn das ›Dorther‹?«

»Das ist der Ort, wo alles herkommt. Alles muß von irgendwoher kommen, daher ist es das einfachste, es das Dorther zu nennen. Das ist der Ort, wo nichts hineingeht und alles herauskommt. Eine Art Zufall. Die Menschen kamen zuerst aus dem Dorther, die ersten Menschen, die Dr. Leakey an einem Ort studierte, der nicht weit von dort entfernt ist, wo ich lebe, die sogenannte Olduvai-Schlucht. Das Dorther befindet sich eine weite, aber nicht unüberwindbare Strecke südlich von diesem uralten Ort. Die Menschen kamen daraus hervor und viele Tiere und Pflanzen. Vielleicht befanden sie sich vor sehr langer Zeit auch auf der Flucht vor den Shetani. Das ist ein Gedanke, der noch älter ist als die Legenden, die die Laibon ihren Schülern erzählen. Ich weiß nicht, ob es stimmt.

Aber das Dorther ist wirklich, und die Shetani sind wirklich, und sie werden in ganzen Heerscharen an dieser geschwächten Stelle hereinkommen, bis wir sie wieder versiegeln können.«

»In Heerscharen?« Oak nippte an seinem Drink. »Was für Heerscharen?«

»Milliarden, und das werden nur die Kundschafter der

Heere sein, die darauf folgen. Sie werden die ganze Erde überrennen. Sie werden die Menschheit vernichten.«

»Sie haben von Geistern gesprochen.« Merry spielte mit ihrem Glas. »Meinen Sie damit so etwas wie Gespenster oder Djinnen?«

»Nein, sie sind nichts dergleichen. Sie wissen nichts von ihnen, daher können Böstreffs sie auch nur an ihren Taten erkennen. Ein paar wenige Böstreffs können sie auch sehen, aber die sind sehr selten.« Merry rutschte unruhig auf ihrem Stuhl hin und her.

»Sie haben schon damit begonnen, ernsten Schaden anzurichten. Ich glaube, sie versuchen schon seit Jahren, die beiden großen Böstreffstämme gegeneinander aufzuhetzen, damit sie sich bekämpfen. Die Shetani sind von Natur aus faul. Wozu lange und angestrengt kämpfen, wenn sie die Böstreffs ebensogut dazu bringen können, sich gegenseitig zu schwächen? Ich weiß, daß die Regierungen der beiden großen Stämme den Laibon nicht zuhören würden, daher bin ich gekommen, um andere Hilfe zu suchen.« Er schüttelte traurig den Kopf. »Ihr Böstreffs glaubt, daß ihr alles wüßtet, was es zu wissen gibt, aber ein großer Teil des Kosmos bleibt euch ein versiegeltes Buch. Euer Einstein besaß den Schlüssel zum Dorther, schlug aber eine andere Richtung ein, um an seinen Relativitätstheorien zu arbeiten. Ich könnte mir vorstellen, daß vielleicht ein Shetani an seinen Formeln herummanipuliert hat. Das würde denen ähnlich sehen.«

Oak hustete laut und versuchte, über den Tisch hinweg zu lächeln. »Alles sehr interessant, gewiß.«

»Und wie sollen wir diese Shetani aufhalten, Mr. Olkeloki?« Merry beugte sich vor. »Sie haben gesagt, daß Sie unsere Hilfe brauchen. Ich möchte Ihnen gern helfen, wenn ich kann.« Oak musterte sorgfältig den Boden seines Glases.

»Man muß sich ihnen an dem Ort entgegenstellen, wo die meisten von ihnen versuchen einzudringen. Das ist die einzige Möglichkeit, sie aufzuhalten. Sich an die Durchbruchstelle zu begeben und sie dauerhaft zu versiegeln. Und das muß sofort geschehen.«

»Durch Sie?« fragte Oak.

»Ja, durch mich«, erwiderte Mbatian Olkeloki. »Ich bin zwar nicht der einzige, der das tun kann, aber der qualifizierteste.«

»Wo ist denn diese Dorther-Stelle?« fragte Merry. »Und von woher gelangen diese Shetani in unsere Welt?«

»Die schwachen Linien treffen sich an einem Ort knapp nördlich des Großen Ruaha-Flusses, in einem Wildreservat, das dicht neben einem Park des gleichen Namens liegt. Das ist ein riesiges und schwer zu erreichendes Gebiet, das sich Hunderte von Meilen südlich vom Massailand befindet.«

Sie nickte. »Das ist in Tansania, nicht wahr?« Und noch bevor er antworten konnte, blinzelte sie, musterte die Decke und sagte im selben Atemzug »Finden Sie beide nicht auch, daß es hier drin sehr dunkel geworden ist?«

Oak folgte ihrem Blick nicht. Vielleicht war es ein bißchen düsterer als vorhin, als sie eingetreten waren, vielleicht aber auch nicht. »Möglicherweise ist der Himmel draußen bewölkt, oder die drehen das Licht zwischen Mittag- und Abendessen herunter, um Strom zu sparen. Hat ja auch keinen Zweck, üppiges Dekor anzustrahlen, wenn keine essenden Gäste da sind, um es zu genießen. Tansania liegt in Ostafrika?«

»Am Indischen Ozean.« Mit einem langen braunen Finger zog Olkeloki Umrisse auf der Tischplatte nach. »Südlich von Kenia, nördlich von Mosambik, östlich vom Rest der Welt.«

»Die hiesige Geographie entspricht mir mehr. Ich erinnere mich zwar noch, daß die Hauptstadt von Kenia Nairobi ist, aber ich fürchte, das war es auch schon.«

»Das ist schon mehr, als die meisten Vertreter Ihres geographisch unwissenden Volkes wissen«, meinte Olkeloki lobend. »Südlich von Nairobi liegt die Steppe, dann kommen das Grasland und die Wälder. Und nach Süden müssen auch wir reisen, um den Ort zu finden, wo die Shetani sich sammeln.«

Oak sprach ganz sanft. »*Wir* nicht, glaube ich. Ich habe gesagt, daß ich mir Ihre Geschichte anhören würde. Und jetzt, da ich es getan habe, wird es Zeit für mich zu gehen.« Er griff nach seiner Brieftasche, obwohl er es besser wußte, wollte den alten Mann aber auch nicht im Stich lassen. »Wenn Sie das Taxigeld für die Heimfahrt brauchen sollten, wo immer Ihr Zuhause sein mag, komme ich dafür auf, bis zu fünf Dollar.«

»Sie heißen mich einen Lügner,« Olkelokis Ton klang gelassen. »Wenn das hier mein Land wäre, müßte ich Sie jetzt umbringen.« Er sprach ohne Bösartigkeit, als würde er noch immer seine Geschichte erzählen.

Ich werde dir eine Geschichte erzählen, ich werde dir einen Drink ausgeben, ich werde dich töten, wenn du mich einen Lügner nennst. Armer alter Bursche, dachte Oak. »Ich schätze, dann habe ich wohl Glück, daß das hier Washington ist und nicht dort, was Sie auch immer Ihr Zuhause nennen.«

»Sie sind jung. Die Jungen sind frech. Sie hüllen sich in Selbstsicherheit, um ihren Geist vor dem zu schützen, was er nicht erkennt.«

»Ich verstehe; ein bißchen wie Ringkämpfe im Fernsehen oder wie kreolische Küche ohne Pfeffer.« Er blickte zu Merry hinüber. »Wie würde es Ihnen gefallen, meine Stadt kennenzulernen? Ich kenne diese Stadt von vorn bis hinten. Könnte Ihnen ein oder zwei interessante Orte zeigen, die Sie auf Ihrer Touristenkarte nicht finden werden.«

»Das ist schon in Ordnung. Ich möchte Ihnen noch einmal dafür danken, daß Sie mir während des Krawalls geholfen haben, aber ich glaube, ich werde lieber noch bleiben und Mr. Olkeloki etwas zuhören.«

Oak begann, seinen Stuhl zurückzuschieben. »Danke für den Drink.«

Der alte Mann streckte eine Hand vor, um ihn zurückzuhalten. »Bitte! Sie sind mit mir bekannt gemacht worden, wie es verheißen war. Sie tragen als zweiten Namen den Namen eines Vorgängers in meinem Land.«

Obwohl er einen freundlichen Abschied vorzog, begann sich Oaks Mißmut langsam zu zeigen. »Hören Sie, ich habe es Ihnen schon einmal gesagt, ich bin nicht nach irgendeinem seit ewigen Zeiten toten, obskuren Forscher benannt worden.«

»Sie sind der richtige Mann.« Olkeloki blickte Merry an. »Sie ist die richtige Frau. Zwei, um mich abzuschirmen, zwei, um die beiden anderen Spitzen des Dreiecks zu vervollkommnen. So muß es sein. Sie müssen mit mir kommen, Joshua Oak. Es ist Ihr Schicksal. Ihres, meins, ihres, alle sind miteinander verwoben.«

»Tut mir leid, aber der einzige Ort, wohin ich muß, ist mein Zuhause. Ich bin geschäftlich auswärts gewesen und muß mich um einen sechs Fuß hohen Stapel unerledigter Post kümmern.« Sanft, aber entschieden löste er die Finger des alten Mannes von seinem Arm.

»Ich werde für Ihre Hilfe bezahlen«, sagte Olkeloki unerwartet. »Wie es sich gehört, mit Vieh.«

Oak mußte trotz allem feixen. »Das geht schon in Ordnung. Erzählen Sie Miß Sharrow hier den Rest Ihrer Geschichte und bezahlen Sie sie danach mit Vieh dafür, daß sie mit Ihnen um die halbe Welt reist. Ich fürchte, in meiner Nachbarschaft ist das Halten von Kühen leider nicht erlaubt.«

»Gut, wenn ich Sie also nicht mit wahrem Reichtum überzeugen kann...« Olkeloki griff in seine Jacke, und Oak spannte sich, die Muskeln in seinen Händen und Armen wurden fest. Doch alles, was der alte Mann hervorholte, war ein kleiner Lederbeutel, der oben sorgfältig verschnürt war und ein ansprechendes Zierperlenmuster in Rot, Gelb und Blau aufwies. An dem Beutel hing eine Wolke roten Staubes und schwebte umher wie ein durchbrochener Heiligenschein. Afrikanische Erde, hatte Olkeloki gesagt. »Da Sie kein Vieh annehmen wollen, kann ich Sie vielleicht hiermit bezahlten.« Indem er dies sagte, drehte er den Beutel um und lockerte die Zugriemen etwas. Worauf ein Haufen unförmiger Murmeln, eine Handvoll unsymmetrischer Steine auf die Tischplatte fiel.

Selbst im matter gewordenen Licht erhellten sie noch die ganze Nische. Es waren Edelsteine in der Größe von Oaks Daumennagel. Manche waren von einzigartigem Lavendelblau. Andere waren von tiefem Grün, dessen winzige Einschlüsse ihnen das Aussehen von Luftaufnahmen des Regenwaldes verliehen. Es war auch Gold in Form von Nuggets da, die größer waren als die Edelsteine, und noch weitere Kristalle, manche transparent, andere von fahlem Gelb, wiederum andere von leichtblauer Tönung.

Oak musterte den Beutel. Olkeloki hatte weniger als die Hälfte seines Inhalts auf den Tisch geschüttet. Vielleicht bestand der Rest im Beutel ja nur aus bleiernen Angelgewichten oder schlichten Steinen, doch er hegte den Verdacht, daß dem nicht so war. Er schob seinen Stuhl wieder an den Tisch. Merry Sharrow musterte mit aufgesperrtem Mund den Haufen. Der Ausdruck in ihrem Gesicht hätte aus einem Kinderbuch stammen können.

»Die sind doch wohl nicht echt, oder?«

Oak hob mehrere der Nuggets auf, nahm einen langen davon zwischen Daumen und Zeigefinger. Er ließ sich mühelos biegen, und schließlich gelang es ihm, ihn entzweizubrechen. Wenn er aus gefärbtem Blei bestehen sollte, so hatte man dieses nicht nur außen, sondern auch innen durchgefärbt. Er legte die Nuggets beiseite und nahm einen der großen lavendelfarbenen Steine auf.

»Saphir?«

Der alte Mann schüttelte den Kopf. »Den gibt es nur in meiner Heimat, er heißt Tansanit.«

Oak legte ihn ab und berührte einige der grünen Kristalle mit dem Zeigefinger. »Und die hier? Smaragde?«

Wieder das Kopfschütteln. »Tsavorit.«

Oak gab eine Handvoll der kleineren, durchsichtigen Edelsteine hinzu. »Auch aus Ihrer Heimat?«

»Alles, was ich mitgebracht habe, stammt aus meiner Heimat. Das dort sind Diamanten.«

Das hatte er schon vermutet. Oak verstand ein wenig von Diamanten, weil eine Gruppe Radikaler, in die er sich vor sechs Jahren eingeschleust hatte, damit finanziert worden war. Er hatte es vermutet, hatte aber kaum gewagt, es zu glauben. Ein paar der Steine mußten mindestens zwanzig Karat oder mehr wiegen. Was den Tansanit und den Tsavorit anging, so vermutete er, daß sie wohl nicht soviel einbringen würden wie die Diamanten, andererseits war das nichts, womit man den Boden eines Aquariums ausschmückte. Und außerdem war da auch noch das Gold.

»Damit würden Sie uns bezahlen?« fragte er langsam.

Olkeloki nickte einmal. Er sah gelangweilt und ungeduldig aus, als sei dies ein Aspekt seiner Geschichte, den er gern hinter sich brächte. Als die Steine wieder im Ledersack verstaut waren, blickte er Merry Sharrow an.

»Sie können alles haben, ich habe keine Verwendung dafür.«

Gold und Edelsteine gestatten es jedem Menschen, seinen Unglauben beiseite zu schieben, zumindest für eine kurze Weile. »Sie sagen, daß diese Shetani, diese Geister von einer anderen Welt, in unsere Welt eindringen, um Ärger zu machen, und daß die meisten davon, Milliarden von ihnen, nur auf den richtigen Augenblick warten, um hereinzuströmen und uns alle zu vernichten?« Olkeloki nickte feierlich. »Es sei denn, wir können irgendeine Art Durchgang versiegeln, der in einem abgelegenen Teil von Tansania liegt?« Wieder das Nicken. »Ich hätte nicht gedacht, daß Gespenster und Foltergeister Menschen absichtlich schaden. Ich dachte immer, die würden sich damit begnügen, mit ein paar Ketten zu rasseln und Toastscheiben durch die Küche zu schleudern.«

»Ich glaube, daß Sie wissen, was Menschen einander antun können, Joshua Oak, aber was die andere Welt angeht, die Orte, die der dunklen Seite der Wirklichkeit anhaften, davon verstehen Sie nur sehr wenig. Sie brauchen sich deswegen nicht zu schämen. Das gilt für die meisten Böstreffs.«

Oak wollte ihn eigentlich nach dem ersten Teil seiner Aussage befragen, doch Merry ergriff als erste das Wort. »Inwiefern sind diese Shetani gefährlich für uns?«

»Sie können viele Verkleidungen annehmen, manchmal als Tiere, manchmal als scheinbar unbelebte Gegenstände. Ganz selten können sie sich auch als Menschen verkleiden. Aber solche Transformationen gelingen ihnen nur bei fehlendem Licht. Damit meine ich nicht einfach nur Dunkelheit. Der Kugelschreiber in Joshuas Tasche«, und Oak blickte nachdenklich auf den Schreiber hinab, der in seiner Hemdtasche steckte, »ist schwarz. Das könnte ein Shetani sein, der auf den richtigen Augenblick wartet, bis Sie Ihren Namen unter einem wichtigen Dokument falsch schreiben oder sich die Finger brechen.«

Oak holte den Schreiber hervor. Es war ein ganz gewöhnlicher Kugelschreiber. Er lächelte den alten Mann an.

»Es könnte aber auch keiner sein«, fuhr Olkeloki fort. »Die Shetani sind sehr schlau, heimtückisch und schlau. Ich weiß, daß sowohl Ihr Land als auch jenes des großen Stammes, der Ihr Gegner ist, voll von Shetani ist, viel mehr als jemals zuvor. Sie sind die Ursache vieler Schwierigkeiten, die zwischen beiden herrschen. Sie neigen dazu, sich in bestimmten Unterstämmen zu konzentrieren, wie CIA und KGB.«

Oak wußte nicht, ob er jetzt lachen oder die Stirn runzeln sollte. Immerhin war es ein origineller Gedanke. Das mußte man sich einmal vorstellen: Bösartige Poltergeister, die in Langley, Virginia und in Moskau umherwanderten, um Unruhe zu stiften, um Unzufriedenheit zu schaffen, die vielleicht wichtige Akten an der falschen Stelle ablegten und sich an Geheimdokumenten zu schaffen machten.

»Ich weiß nicht, was Sie mir zu sagen versuchen, alter Mann, und ich weiß auch nicht, wie Sie dazu gekommen sind«, er zeigte auf den Lederbeutel mit seinem kostbaren

Inhalt, »aber eines kann ich Ihnen sagen: Ich bin schon sehr vielen seltsamen Leuten begegnet, aber Sie sind einzigartig. KGB und CIA, eh?«

»Was ist denn mit den ganzen Fehlern, die die in den letzten dreißig Jahren gemacht haben?« Merry musterte ihn herausfordernd. »Nicht einmal ihre eigenen Regierungen konnten sich immer einen Reim auf all die Dinge machen, die sie getan haben.«

»Jede Organisation, die auf Geheimhaltung fußt, muß gelegentlich über die eigenen Beine stolpern. Das können Sie mir glauben. Ist etwas ganz Natürliches. Hat nichts mit Infiltratoren aus der Geisterwelt zu tun. Ich weiß es, weil...« Abrupt brach er ab. Grinste Olkeloki ihn tatsächlich an? »Nun hören Sie mal, alter Mann, das...«

Plötzlich verschwand das flüchtige Lächeln und wich einer völligen Veränderung in Miene und Körperhaltung des alten Mannes. Es war, als hätte jemand dem Afrikaner eine Ohrfeige verpaßt. Anstatt entspannt und zuversichtlich auszusehen, saß er nun aufrecht und steif da. Seine Augen waren geweitet, und die Lider zuckten nicht, als er erst nach links schaute und dann nach rechts.

»Was ist denn?« Auch Merry blickte sich um.

»Es sind Shetani hier«, erklärte Mbatian Olkeloki.

Oak musterte die leeren Tische, das verlassene Restaurant. »Ich kann nichts sehen.« Er versuchte, sanft mit dem alten Knaben umzugehen.

»Sie sind hier.« Olkeloki reagierte nicht auf Oaks Kommentar. »Haben Sie nicht bemerkt, wie dunkel es geworden ist? Sie bringen die Dunkelheit mit, auf ihren Rücken. Im Hellen sind sie nicht gut funktionsfähig.«

»Wie ich schon sagte, es gibt keinen Grund, die Beleuchtung anzulassen, wenn man in so einem Restaurant ohnehin nichts mehr serviert.« Das war allerdings auch kein Grund, sie völlig abzudrehen, sagte er sich.

»Sie sehen sie nicht?«

»Tut mir leid«, erwiderte Oak, und das stimmte auch.

»Und Sie, Merry Sharrow?«

Sie versuchte an den künstlichen Palmen und den echten Topfpflanzen vorbeizusehen, drehte den Kopf oft hin und her. »Es tut mir leid, aber ich kann auch nichts erkennen.«

Ihre Negativbescheide setzten der Phantasterei des alten Mannes kein Ende. »Das ist gut. Es bedeutet, daß sie zwar unsere Gegenwart spüren, uns aber noch nicht präzise geortet haben. Bei Tageslicht leisten die Augen der Shetani nur schlechten Dienst.«

Man mußte ihn bewundern, überlegte Oak. Nichts brachte ihn aus der Fassung. Es gab hier zwar Shetani, aber wenn man sie nicht wahrnehmen konnte, bedeutete das nur, daß sie einen nicht gefunden hatten. Sauber. Wie der Junge, dessen Hund Flugzeuge jagte, und der, als seine Freunde ihn deswegen aufzogen, erwiderte: »Seit wir den Hund haben, ist auf unserem Hof noch nie ein Flugzeug gelandet.«

»Wir sollten besser gehen«, flüsterte Olkeloki.

»In diesem Punkt stimme ich mit Ihnen überein.« Oak schob seinen Stuhl zurück, erhob sich und reichte Merry Sharrow gentlemanhaft die Hand. Sie ignorierte es und glitt auf Olkelokis Seite heraus. Oak zuckte die Schultern.

Dann geschah etwas, das seine selbstzufriedene Sicherheit so unweigerlich zum Bersten brachte wie ein Bleigeschoß einer Ente den Hals zerbricht. Es war nichts besonders Beeindruckendes, und sehr laut war es auch nicht. Nur ein Zwischending zwischen einem Husten und einem Grunzen.

Er hatte es sich auch nicht eingebildet. Oak verdankte sein Überleben der Tatsache, daß seine Sinne gut ausgebildet waren. Er war nicht einer von jenen Leuten, die Geräusche hörten, wo es keine gab. Scharf sah er nach links, konnte jedoch nichts erblicken.

»Ruvu Shetani«, murmelte Okeloki. »Wir müssen uns beeilen.« Merry trat dichter an Oak heran, vielleicht unbewußt. Die Finger des alten Mannes umklammerten fest den Stab.

Immer mit der Ruhe, Josh, sagte sich Oak. Laß dich

nicht gleich von jedem kleinen Geräusch — da war es schon wieder! War das ein Rascheln dort, hinter den dichten Seidenblumen und den gutgewässerten Dieffenbachia?

»Muß eine Kellnerin sein.« Seine eigene Stimme klang ihm unnatürlich dünn. Er trat einen Schritt auf die Gruppe aus echter und künstlicher Vegetation zu. Die sollten eigentlich wirklich nicht das ganze Licht ausmachen, solange noch jemand im Restaurant ist, sagte er sich.

»Bitte, Josh, gehen Sie nicht dorthin.« Merry blickte zu Olkeloki zurück, der das Grünzeug ebenfalls beobachtete. »Ihre Geschichte hat mir gefallen, wirklich. Aber es war doch nur eine Geschichte, nicht wahr? Sie erzählen den Leuten einfach nur gerne Geschichten, stimmt's?«

Olkeloki gestikulierte mit seinem Gehstock. »Ein Stück weiter rechts, glaube ich.« Während er es sagte, ertönte wieder das raschelnde Geräusch.

Oak war hin- und hergerissen zwischen dem Verlangen, seine 38er mit dem Stummellauf hervorzuziehen, die er immer im Schulterhalfter trug, und einem ebenso starken Verlangen, sich nicht zum Idioten zu machen. Wenn irgendein Laufbursche oder Kellner sich absichtlich dort hinten herumbewegen sollte, um ihnen einen Schrecken einzujagen, würde Oak ihm diesen Scherz kräftig heimzahlen.

Die Pistole blieb unter seinem Arm. Mit seiner Waffe in einem Restaurant in der Innenstadt herumzufuchteln, das war keine Methode, um sich bei seinen Vorgesetzten beliebt zu machen. Und außerdem war dort überhaupt nichts.

Merry hörte sich recht klein und verloren an, als sie in das Schweigen hineinsprach. »Ich rieche etwas. Dort drüben.«

Oak hatte es auch gerochen, war aber so damit beschäftigt gewesen, zu versuchen, etwas hinter dem Gebüsch zu erkennen, daß er es nicht erwähnt hatte. Es war ein seltsamer, beunruhigender, unangenehmer Geruch, so als hätte jemand eine einen Monat alte Leiche ausgegraben und in Brandy getränkt. Er war leicht übelkeiterregend, im einen

Augenblick süßlich und im nächsten stechend. Parfümiertes Aas.

Olkeloki trat heran und legte Oak eine Hand auf die Schulter. »Kommen Sie, kommen Sie schnell!«

»Es ist doch nur eine Geschichte, nicht wahr?« Merry wiederholte es immer wieder, und Olkeloki antwortete kein einziges Mal darauf, als sie sich von den dunklen Nischen des Restaurants abwandten. Er hielt den Stab mit beiden Händen, und seine Blicke huschten unentwegt von rechts nach links, während er versuchte, zwischen den Tischen etwas zu erkennen.

Sie waren allein im Restaurant. Der Bambus, der mitten zwischen Beton und Stahl wuchs, die Fächerpalmen in ihren Töpfen, die Schlingpflanzen, die von der Decke herabhingen, alle waren sie Zeugnisse der Kunstfertigkeit eines Meisterdekorateurs. Die Tische wurden weniger, verschwanden hinter ihnen.

Verunsichert blieb Oak stehen. »Einen Augenblick mal. Wir sind dort hinten hereingekommen, da bin ich ganz sicher. Auf jeden Fall sind wir zu weit gegangen. So groß ist dieses Restaurant doch gar nicht.«

»Sie haben recht. Wir sind zu weit gegangen.« Olkeloki machte auf dem Absatz kehrt und schritt auf demselben Weg wieder zurück. Schon bald fing er an zu laufen, was absolut verrückt war. Es hätte bei weitem nicht einmal eine Minute gedauert, hindurchzulaufen. Merry und Oak rannten ebenfalls, rannten angestrengt zwischen Sträuchern und Pflanzen dahin. Denn nun waren die hustenden, grunzenden Geräusche überall um sie herum, und das Rascheln der Sträucher wurde immer heftiger.

Irgend etwas in unseren Drinks, dachte Oak unbeherrscht. Er hat unsere Blicke abgelenkt und uns dann etwas in die Drinks getan. Denn dieses Laufen war völlig unmöglich. Inzwischen hätten sie bereits das ganze Gebäude durchquert haben müssen. Dann blickte er nach unten, und das war wie damals, als er in seine Dusche gestiegen und der Durchlauferhitzer defekt gewesen war und ein kräftiger Strahl reinen Eiswassers ihn mitten auf dem Rücken getroffen hatte, die Wirbelsäule hinunterlaufend, um die Spalte zwischen seinen Hinterbacken zu vereisen. Er war nicht nur benommen, er hatte sogar Angst, mehr Angst als jemals zuvor, vielleicht mit Ausnahme jenes Ereignisses damals in Idaho, als die Gruppe Neonazis ihn enttarnt hatte und er sicher gewesen war, daß man ihn erschießen würde.

Er hatte Angst, weil er auf Grasboden lief.

8

Dann war das Gras verschwunden, so schnell, als hätte ihm jemand eine neue Brille vor die Augen geschoben, und er bewegte sich wieder auf weichem, niedrigem Teppichboden. Grüner Teppichboden, bemerkte er zerstreut. Er war so erleichtert, die Tische wieder zu sehen, säuberlich gedeckt mit Servietten und Besteck, daß er fast geweint hätte. Und noch immer kam das erwartungsvolle, nervöse Rascheln und Grunzen aus der Vegetation um sie herum näher.

»Nach rechts.«

»Nein, geradeaus«, widersprach Merry, »immer geradeaus!«

»Sind Sie sicher?«

»Ich arbeite nachts«, erwiderte sie, von dem endlosen Sprint mächtig keuchend. »Ich habe einen ausgezeichneten Orientierungssinn im Dunkeln.«

»Nein«, sagte er abrupt und blieb stehen. »Noch nicht.«

Merry blieb neben ihm stehen. »Bitte, gehen wir einfach.«

»Nein, nein. Ich will wissen, was hier los ist. Herrje, ich *muß* wissen, was hier los ist, Merry. Ich muß wissen, ob das hier irgendeine Art Test ist, den das F... den meine Firma mir aufgebrummt hat oder ob das hier irgendeine neue Form von Geisterbahn ist oder so.« Diesmal zog er die 38er tatsächlich aus dem Halfter, es war ihm egal, was andere Gäste oder Restaurantangestellte denken mochten, falls sie ihn sahen. Sollte der Manager doch die Polizei rufen, wenn er wollte.

Weitere Geräusche und Rascheln aus einer Gruppe von Palmen und Calatheen, und dann das Aufblitzen einer Vielleicht-Bewegung. Ein Hilfskellner? Die Blätter hörten auf sich zu bewegen, als er sich der Gruppe näherte und stehenblieb. Es muß irgendein Schabernack sein oder ein komplizierter Gag, der schon nicht mehr komisch war. Aber vielleicht hatte er auch einfach nur zu viele Filme gesehen

Er streckte den Arm vor und schob die oberste Blätterschicht beiseite.

In der Dunkelheit sprang ihn ein riesiges, grauschwarzes Gesicht an, mit feurigen, orangeroten Augen, die wie Kohlen glühten. Kiefer klappten auseinander, um ein Maul freizugeben, das riesig genug war, um einen ganzen Volkswagen verschlingen zu können. Aus dem schwarzen Schlund trat ein wütendes Grollen hervor. Oak taumelte zurück und gestikulierte schwach mit der Pistole, von dem Anblick viel zu schockiert, um noch zielen und feuern zu können. Dann war es verschwunden.

Hinter der Gestrüppgruppe schlitterte etwas von der Größe einer Hauskatze hervor, um zwischen zwei Tischen zu verschwinden. Merry Sharrow hatte hinter ihm scharf eingeatmet, war aber unfähig gewesen, einen Schrei auszustoßen.

Langsam wichen die drei zurück. Oak wartete mehrere Minuten, bevor er die Pistole wieder unter seinem linken Arm verstaute. Er hätte sich dafür verwünschen können, daß er nicht geschossen hatte, tat es aber nicht. Und würde eine .38er überhaupt etwas gegen einen Besucher aus dem Hades ausrichten können?

»Was zum Teufel war das?« murmelte er, dann sah er Olkeloki scharf an. »Was ist hier los, alter Mann?« Er war sich der Furcht in seiner Stimme bewußt und war deswegen verlegen bis zur Verzweiflung.

»Das war Ihr Löwe«, erwiderte Olkeloki sanft.

»Ich habe Sie gefragt, was zum Teufel hier los ist! Bitte keine Rätsel!«

»Kein Rätsel. Ihr Löwe. Jeder hat seinen Löwen. Ich habe meinen, Sie haben Ihren, sie hat ihren. Die meisten Menschen bekommen ihren Löwen nicht zu sehen, bis er kommt, um sie zu holen. Das erste Mal ist auch meistens das letzte.«

»Das war kein gottverdammter Löwe. Es war einfach nur eine große, dunkle Gestalt.« War es das wirklich nicht gewesen? Oder war dieser schmutziggelbe Rand um das entsetzliche Gesicht herum etwas anderes? Eine Mähne vielleicht? Er blickte Merry an. »Sie haben es auch gesehen?«

»Nein, aber ich habe das andere Ding gesehen.« Sie deutete zwischen die beiden Tische, wo der Katzenschatten verschwunden war. »Es kam hinter den Büschen vor Ihnen hervor, dort unten. Es sah aus wie, es sah aus wie... Ich glaube, ich habe schon einmal so etwas gesehen.«

Olkeloki sprach, ohne den Blick von ihrer Umgebung abzuwenden. »Ja, Sie sind die richtigen. Ich habe recht getan, Sie auszuwählen, so wie Sie mich ausgewählt haben.«

Oak ignorierte ihn und starrte Merry an. »Wovon reden Sie da? Sie können es doch unmöglich schon einmal gesehen haben.«

»Nicht ›es‹, sondern etwas Ähnliches. Ungefähr vor einer Woche, zu Hause, außerhalb von Seattle. Ich fuhr gerade in einem schlimmen Gewitter nach Hause, und als ich eben von der Staatsstraße abbog, bin ich gegen etwas geprallt. Ich dachte, es wäre ein großer Hund, ungefähr so groß wie ein Collie. Ich habe mir immer wieder eingeredet, es sei ein Hund. Aber es sah nicht aus wie ein Hund. Es sah aus wie das Ding, das unter die Tische gerannt ist.«

In Joshua Oaks Schädel rasten alle möglichen Formen

der Verrücktheit umher, bizarre Gedanken stießen zusammen, prallten von der Vernunft ab und durchbrachen die Logik, brachten seine gewöhnliche kühle Berechnung durcheinander. Raus hier, egal, was hier los ist. Raus aus diesem Restaurant, raus aus diesem Gebäude, zurück in den klaren, völlig vernünftigen Junisonnenschein, hinunter auf die Straße, wo die Leute Zeitungen verkauften und Eiscreme und Riesenbrezeln. Weg von den riesigen Löwengesichtern und verzerrten Parodien der Menschheit, die unter Restauranttische huschen.

Zur Rechten ertönte ein neues, deutliches Grollen aus einer Bambusgruppe. »Wir müssen jetzt von diesem Ort verschwinden«, sagte Olkeloki angespannt. »Hier ist es viel zu dunkel. Je länger wir bleiben, um so stärker werden sie.«

Normalerweise hätte Oak sich auf seine eigenen Sinneswahrnehmungen verlassen, um hinauszufinden, doch diesmal war er so benommen von dem, was er gesehen und gehört hatte, daß er es gestattete, sich führen zu lassen. Was auch ganz gut so war. Merry Sharrow hatte nicht einfach nur geprahlt, als sie behauptete, im Dunkeln einen guten Orientierungssinn zu besitzen. Das Restaurant wurde ein wenig heller, als sie in Sichtweite der breiten Panoramascheiben gelangten, durch die man einen Blick auf die Stadt hatte. Er war außerordentlich erleichtert, als er sah, daß die Scheiben noch dort waren.

Die Kasse war abgeschlossen, und von der Empfangsdame, die ihnen den Tisch zugewiesen hatte, war nichts zu sehen. Der Teppich hinter ihrem kleinen Podest war fleckig. Wahrscheinlich vergossene Cola, obwohl Oak bemerkte, daß er keinerlei Bedürfnis hegte, den Fleck allzu genau zu untersuchen. Er versuchte, sich zwischen Merry und diesem Teil des Bodens zu bewegen, damit sie den Fleck nicht sah. Vielleicht würde die Empfangsdame kommen, wenn sie nach ihr riefen, vielleicht aber auch nicht, vielleicht folgte auch etwas anderes dem Geräusch ihrer Stimmen.

Raus. Er wollte hinaus, sofort, *auf der Stelle.*

Im obersten Stockwerk des Gebäudes gab es keine Büros, nur das Restaurant. Eilig schritten sie durch den kurzen Gang auf die wartenden Fahrstühle zu. Oak war sicher, im Laufen zu hören, wie die Geräusche hinter ihnen lauter und deutlicher wurden. Neben dem Grunzen und Knurren war noch etwas da, etwas Neues, ein scharfes, zwitscherndes Geräusch, ein trunkenes, verzerrtes Lachen wie eine Wolke gedämpfter Hornissen es hätte hervorbringen können.

Wuss, wuss – rann, rann!

Er versuchte, seine Aufmerksamkeit sowohl auf die Lichter zu richten, die an der Tafel zwischen den Fahrstühlen auf sie zukamen, als auch auf den dunklen, inzwischen fast schwarzen Restauranteingang. Zwei Stahltüren teilten sich, und sie rannten hinein. Oak stach mehrfach auf den Knopf mit der Aufschrift ›O‹, der sie ins Parterre bringen würde.

Erst nachdem die Türen sich geschlossen hatten und der Fahrstuhl in die Tiefe fuhr, gestattete er es sich, sich zu entspannen. Dann sah er Olkeloki an. Der Afrikaner behielt die Leuchtanzeigen im Auge.

»Ich will eine Erklärung, alter Mann. Irgendeine Erklärung, aber ich will eine. Und keinen Shetani-Bockmist mehr, verstanden?«

»Er hat es Ihnen doch bereits erklärt,« Merry klang ebenso wütend wie verängstigt. »Sie haben es gesehen, Sie haben es gehört.«

»Ich habe keine Ahnung, was ich gesehen und gehört habe«, murrte er, er war aufgebracht und versuchte, es zu verbergen. »Ich habe *etwas* gesehen, aber das heißt nicht, daß ich tatsächlich gesehen habe, was ich glaube, gesehen zu haben.« Er dachte wieder an die Anstrengung der Anhörung vor dem Unterausschuß zurück, an die Art und Weise, wie er sich aus dem Capitol geschlichen hatte. »In letzter Zeit habe ich unter ziemlich viel Streß gestanden.«

»Ich auch«, erwiderte sie.

Nun wich etwas von der Verspannung von ihm. »Sehen Sie! Ich wette, das wird es sein. Wir sind beide unter Druck gewesen, und das hat unsere Wahrnehmung beeinträchtigt. Wir haben uns eine wilde Geschichte in einem leeren Restaurant angehört, das auch noch passend zur Geschichte dekoriert war, dann haben wir etwas Alkohol getrunken und uns ein paar Sachen eingebildet.« Diese Offenbarung kam ihm schnell und unerwartet, und er grapschte danach, wie es ein Steuerzahler mit einem Sonderabzug getan hätte.

»Klar, jetzt weiß ich, was passiert ist. Irgend jemand hat einen Haufen Geld darauf verwendet, den Schuppen aussehen zu lassen wie Afrika, oder zumindest irgendwie tropisch. Pflanzen, Teppiche, alles. Ich war zum ersten Mal dort, Sie waren zum ersten Mal dort. Ich wette, die haben irgendeine Art raffiniertes Audiosystem eingebaut, um Dschungelgeräusche einzuspielen, damit die Gäste mehr Atmosphäre bekommen. So etwas wäre völlig natürlich. Ich wette, wenn die gerade kein Mittag- oder Abendessen servieren, überprüfen sie das Ambiente, testen die Elektronik.«

Sie sah unsicher aus. »Und was war mit dem Löwen? Wie erklären Sie den Löwen?«

»Großbildvideo, Rückwandprojektion.« Jetzt fühlte er sich schon sehr viel besser. »So etwas kann man leicht machen.« Das Katzending – vielleicht eine große Ratte. Oder vielleicht auch eine wirkliche Katze, ein Küchentiger, den man zwischen den Küchenzeiten herumlaufen läßt, damit er die Ratten fernhält. Und dieser kurzzeitige Grasboden unter seinen Füßen? Seine eigene Einbildung, oder auch Schweiß, der ihm ins Auge gelaufen war. Eine leichte Erklärung für alles.

»Ich muß Ihnen ein Kompliment machen, alter Mann. Arbeiten Sie für diesen Schuppen? Sitzt Ihr Chef jetzt da oben und gratuliert sich selbst zu der Wirksamkeit seiner auf den neusten Stand gebrachten Elektronik? Oder wartet er unten auf uns? Sie haben mich dazu gebracht, meine Pistole zu zücken. Ich finde, dafür sind Sie uns mindestens ein Essen schuldig.« Merry zupfte gerade an seinem Arm. »Sie sollten nach Hollywood gehen. Hier vergeuden Sie nur Ihre Talente.« Das Zupfen wurde drängender.

»Josh.« In Merrys Stimme klang Furcht.

»Was ist denn jetzt los?«

»Der Fahrstuhl«, sagte sie kleinlaut. »Der Fahrstuhl.«

Sie fuhren noch immer nach unten. Das Gebäude besaß nur zehn Stockwerke, und noch immer fuhren sie nach unten. Die Leuchtanzeige war unter ›O‹ gefallen und blokkiert. Unregelmäßig blinkte sie auf ›B‹. Basement — Kellergeschoß. Blinkte, während sie geradewegs tiefer sanken — aber wohin? Was lag unter dem Kellergeschoß? Tief unter dem Kellergeschoß, unter dem Erdboden, unter dem unmarkierten Unterkeller mit seinen Kabeln und Röhren und elektrischen Leitungen?

Wo fuhren sie hin, und was würden sie erblicken, wenn sie schließlich hielten und die Türen sich öffneten?

Plötzlich fiel irgend etwas mit dumpfem Knall auf das Dach der Fahrstuhlkabine. Was immer es sein mochte, es war jedenfalls groß und wuchtig. Mit Sicherheit handelte es sich jedoch um nichts, was aus irgendeinem verborgenen Lautsprecher oder einem Rückwandprojektor kam. Merry Sharrow stöhnte leise und drückte sich in die Ecke der Kabine, während diese ihren steten, tiefen, unmöglichen Abstieg fortsetzte. Die Kabine begann zu klappern und zu wackeln, als würde sie beschleunigen.

»Was ist hier los?« fragte sie ganz leise. »Was geschieht hier mit uns? Ich will nicht mehr hierbleiben. Ich möchte woanders hin, bitte, ich möchte woanders hin.«

Oak beobachtete die Kabinendecke. Die .38er hielt er fest in der rechten Faust. Nun ging irgend etwas auf der anderen Seite des Dachs herunter. Es war schwer genug, um den Fahrstuhl am Ende seines Stahlseils zucken zu lassen. Man konnte hören, wie sie sich dort oben bewegten, was oder wer immer *sie* sein mochten. Er meinte, erneut das zwitschernde Lachen zu hören, war sich aber nicht sicher, weil der Lift zuviel Lärm machte.

Wie tief waren sie inzwischen abgesunken? Tausend Fuß? Zweitausend? Was war das für ein unvermuteter Fahrstuhlschacht, der unter der Stadt Washington lag? Hatte man dort vor langer Zeit irgendein Loch gegraben und es schließlich sich selbst überlassen? Die Regierung vielleicht oder der KGB?

Die Kabine hallte wie eine Glocke, als etwas Riesiges und Mächtiges durch die Decke schlug. Das Metall beulte sich einwärts, als wäre es von einem herabstürzenden Träger getroffen worden, und das dekorative Maschennetz aus Plastik zerbrach, den Boden mit Brocken übersäend, die aussahen wie überdimensionale weiße Corn Flakes. Das Licht der freigelegten Leuchtstoffröhren durchflutete den Fahrstuhl. Eine der Röhren hing schaukelnd und knisternd von zwei Kabeln herab. Merry Sharrow schrie und versuchte, ihr Gesicht mit den Händen zu bedecken.

Olkeloki versuchte, seinen Stab waagerecht über den Kopf zu stemmen, doch die Kabine war nicht breit genug dafür. Wieder hallte ein Schlag in ihren Ohren, und an der Decke erschien eine zweite Ausbeulung neben der ersten. Der Fahrstuhl klapperte an seinem Stahlseil, und die Lichter flackerten und drohten auszugehen.

Der zweite Schlag oder Hieb oder was immmer es gewesen war, hatte das Metalldach durchschlagen. Oak meinte, in der Dunkelheit über ihnen etwas Riesiges sehen zu können, das sich bewegte. Er hielt die Pistole mit beiden Händen fest, zielte sorgfältig und feuerte, drei schnelle Schüsse hintereinander. In der engen Metallkiste des Fahrstuhls war das Geräusch der feuernden .38er ohrenbetäubend. Merry stieß wieder einen Schrei aus.

Irgend etwas oben auf der Kabine machte ein Geräusch wie ein Rülpsen — vielleicht war es auch ein Stöhnen. Oak hoffte, daß es ein Stöhnen war. Auf jeden Fall bremste der Fahrstuhl nun ab und kam langsam zum Halten. Das einzige Geräusch, das jetzt noch zu hören war, war Merrys schnelles Schnaufen in der Ecke.

Vorsichtig trat Oak unter den Riß im Dach. Den Finger um den Abzughahn gespannt, versuchte er hinauszusehen. Oben gab es kein Geräusch, keine Bewegung. Was immer dort oben gewesen war und versucht hatte, ihnen den Garaus zu machen, feststofflich oder ätherisch, hatte jedenfalls nicht viel für ein Geschoß aus einer .38er übrig. Plötzlich wurde ihm bewußt, daß es im Fahrstuhl richtig heiß war. Er schwitzte am ganzen Leib. Zweifellos die ganze Angespanntheit. *So* tief konnten sie ja wohl kaum abgestiegen sein.

Was nun? Irgendwie glaubte er nicht daran, daß es ihnen sehr viel weiterhelfen würde, wenn er den roten Alarmknopf drückte. Die Leuchtanzeige blinkte nach wie vor ruhig und regelmäßig hinter dem Buchstaben ›B‹. Da er ein ordentlich konditioniertes Lebewesen mit an die Technik angepaßten Gewohnheiten war, drückte er reflexartig den Knopf ›O‹. Zuerst geschah nichts, dann machte der Fahrstuhl einen Ruck wie der Köder am Ende einer Angelschnur, um sich schließlich auf wunderbare, auf herrliche Weise an seinem Stahlkabel wieder in die Höhe zu bewegen. Das beruhigende Wimmern der Maschine war durch den Riß in der Decke klar zu vernehmen.

Mbatian Oldoinyo Olkeloki wandte den Blick nicht vom Dach ab, als er sprach »Glauben Sie immer noch, Joshua Oak, daß ich der Vertreter irgendeiner Regierungsbehörde oder eines Freizeitparks bin?«

»Ich habe keine Ahnung, wer zum Teufel Sie sind oder worum es hier überhaupt geht.«

Merry Sharrow hatte es geschafft, ohne fremde Hilfe wieder auf die Beine zu kommen. »Es war wirklich.« Alle drei beobachteten nun die Decke. Keiner sah seinen Nachbarn an, noch nicht.

»Es war alles wirklich. Ich konnte es sehen und... Sie konnten es riechen. Ich kann es noch immer riechen.«

Oak auch. Parfümiertes Aas. Er zwang sich dazu, langsam und ruhig zu atmen, seinen Herzschlag wieder zu harmonisieren, bis der Lift endlich langsamer wurde und die Leuchtanzeige auf der Tafel von ›B‹ auf ›O‹ übersprang. Merry drängte sich ein bißchen enger an ihn.

Die Türen gingen auf.

»Mann, Kumpel, ganz ruhig bleiben!«

Ein junger Mann mit sauber gestutztem Haar, rotblau gestreifter Krawatte, die die Vorderseite eines blauen Anzugs teilte, hob beide Hände in die Höhe und torkelte ein paar Schritte zurück. Oak blinzelte ihn an, plötzlich wurde ihm bewußt, welchen Anblick er bot: Kleider, die nach Schweiß und Angst stanken, zerzaustes Haar, ganz zu schweigen von der .38er, die er jetzt hastig wieder in ihr Halfter steckte. »Entschuldigung«, murmelte er. »Ein Versehen.«

Der junge Mann ließ die Hände stufenweise wieder sinken. »Das war aber ein verdammt gefährliches Versehen.«

Ein etwas älterer Mann trat neben den ersten. »Was ist los, Dave?«

Oak stolperte in die Halle hinaus. Die war voller junger Bürokraten und älterer Papierhengste, männlichen und weiblichen, die hin und her eilten. Das grelle Licht ließ seine Augen tränen. Merry Sharrow und Mbatian Olkeloki blieben dicht hinter ihm, als sie sich ihren Weg den Gang entlang bahnten.

»Der Bursche hatte eine Kanone«, stammelte Dave, als er mit seinem Freund dem mitgenommenen Trio nachsah. »Und sah bekifft aus.«

Sein Begleiter wollte sich nicht damit auseinandersetzen. »Was erwartest du denn anderes in einer solchen Stadt? Komm schon, sonst verpassen wir noch die Sitzung.« Gemeinsam betraten sie den Fahrstuhl.

Oak sprang durch die offene Tür hinaus auf den Campus der George Washington University. Die Luft war angefüllt vom an- und abschwellenden Verkehrsdröhnen auf der nahegelegenen Pennsylvania Avenue. Im intensiven Sonnenlicht drehte er sich um, blickte das Gebäude wieder an, aus dem sie geflohen waren. Ein ganz normaler Bürobau. Obendrauf ein Restaurant, das mit tropischen Motiven dekoriert war, darunter Büroräume und ganz unten irgend etwas Unmögliches und Unerwartetes. Vielleicht irgendein Lagerraum, der für den Fall eines Atomangriffs eingerichtet worden war? So verrückt der Gedanke auch sein mochte: Jedenfalls wäre der Zugang dazu scharf kontrolliert worden. Und selbst wenn es einem zufällig gelingen sollte, an Alarmanlagen und Sicherheitspersonal vorbeizugelangen, würde man auf Wachen treffen. Und nicht auf etwas, das viel größer war als ein Mann und fähig, in das Stahldach einer Fahrstuhlkabine ein Loch zu schlagen.

Merry Sharrow lehnte sich gegen ihn. Mit einer Hand packte sie seine Jacke. »Ich... mir geht es nicht gut.«

Oak fühlte sich auch nicht gerade topfit. Er packte sie mit beiden Händen und richtete sie auf, blickte nach links und nach rechts. Einen halben Block entfernt sah er ein paar Straßenverkäufer. »Warten Sie. Wir holen Ihnen eine Coke oder so etwas.«

»Wir müssen reden.« Olkeloki sah zwar besorgt aus, ansonsten schien ihm der Alptraum in dem Fahrstuhl jedoch nichts ausgemacht zu haben.

»Darauf können Sie Ihren Arsch verwetten, daß wir reden müssen! Aber nicht hier draußen und auch in keinen Restaurants mehr. An irgendeinem Ort, wo ich weiß, daß ich mich auch unterhalten kann, ohne dabei gleich zu riskieren, dem Irrsinn anheim zu fallen. Wo wohnen Sie?«

»Ich habe ein Hotelzimmer genommen, aber nun, da ein paar von ihnen mich aufgespürt haben, fürchte ich, daß es observiert werden könnte.«

»Observiert?« Er erinnerte sich an das, was er gesehen hatte oder glaubte gesehen zu haben, durch das Loch im Dach des Fahrstuhls. Gestalten, Umrisse, unmenschliche Silhouetten. Häßliche Dinger. Und dieser Geruch. Da hatte er plötzlich das verzweifelte Verlangen, wie wild zurückzulaufen in die Vernunft und Sicherheit der Büroräume des FBI oder ins Capitol oder ins Smithsonian. Vielleicht hätte er es sogar getan, nur daß Merry Sharrow sich jetzt an ihn klammerte.

»Gehen wir zu mir. Das ist ein Stück außerhalb der Stadt, und ich glaube, die Fahrt würde uns guttun.« Er blickte die Avenue entlang, hielt Ausschau nach einem Taxi.

»Etwa zu Ihnen nach Hause?« Merrys Reflexe waren noch nicht alle gelähmt.

Oak sah auf seine Uhr, er war ein bißchen überrascht, daß sie noch immer ging. Es war weniger als eine Stunde her, seit er Olkeloki und Merry aus der aufgebrachten Menschenmenge vor dem Weißen Haus gerettet hatte. Es kam ihm vor wie Tage.

»Machen Sie Witze? Selbst wenn ich etwas anderes im Sinn hätte, wäre immer noch Olkeloki bei uns. Glauben Sie mir, im Augenblick steht mir der Sinn nach nichts anderem als Erklärungen. He!« Er winkte und stieß einen scharfen Pfiff aus.

Der Taxifahrer bemerkte seinen Arm und fuhr geschickt an den Gehsteig heran. Oak und Merry stiegen hinten ein. Olkeloki setzte sich neben den Fahrer und sah zu ihnen zurück. »Ich habe zwar alles schon einmal erklärt, werde es aber gern wiederholen. Diesmal wird es leichter sein, weil Sie es selbst gesehen haben.«

Oak nannte dem Taxifahrer eine Adresse. Es würde eine teure Fahrt werden, doch das war ihm egal. Ganz plötzlich wirkte die Stadt auf ihn nicht mehr vertraut und freundlich.

»Gesehen? Ich habe überhaupt nichts gesehen«, erwiderte er abwehrend. Es war keine seiner üblichen glatten, wirkungsvollen Lügen.

Olkeloki lächelte ihn einfach nur an. »Sie sind nicht blind, Joshua Burton Oak. Und dumm sind Sie auch nicht, so sehr Sie sich das vielleicht auch wünschen mögen. Sie sind der richtige Böstreffmann. Merry Sharrow ist die richtige Böstrefffrau. Sie wurden mir offenbart. Sie können nicht verhindern, was geschehen wird.«

Das werden wir noch sehen, dachte Oak, als sich das Taxi in Bewegung setzte.

9

Nähe Burke Lake, Virginia — 19. Juni

Für Oaks Kollegen war es eine Quelle endloser Belustigung, daß jemand von seinem Temperament und mit seinem Beruf ausgerechnet an einem Ort mit dem unwahrscheinlichen Namen Butts Corners wohnen wollte. Ihm war es so lieber. Der lange Anfahrtsweg störte ihn nicht, weil es ohnehin nur selten vorkam, daß er ihn nehmen mußte, denn seine Aufträge bedingten, daß er meist für lange Zeit fern von Herd, Heim und Stadt war. War er zu Hause, so war er auch meistens nicht im Dienst. Von seinem Haus aus konnte er zum Burke Park gehen und zu dem See, wo er ganz allein zwischen den Ulmen und Eichen dasitzen und einfach nur das Wasser und seine Bewohner betrachten konnte. Für Joshua Oak war das schnelle Leben nichts. Wenn er einen Auftrag endlich beendet — nein, überlebt — hatte, brauchte er Ruhe und nicht Aufregung.

Er bezahlte den Taxifahrer und führte Merry und Olkeloki den Steinplattenweg entlang zu dem bescheidenen Haus mit den zwei Schlafzimmern. Die Mauern waren dicht mit Bäumen bewachsen, die das Haus gegen neugierige Augen abschirmten. In der offenen Garage sah man das Heck eines Kombis mit imitierten Holzverzierungen aus Plastik. Die geöffnete Garagentür war ein Zeichen dafür, daß seine Haushälterin, Mrs. Hernandez, dagewesen war. Die schiere Normalität des Hauses wirkte beruhigend.

Das Haus sah in keiner Hinsicht ungewöhnlich aus, doch war das besondere, schlüsselfreie Zugangssystem von der Straße auch nicht zu sehen. Oak wollte gerade die Kombination eintippen, die das Doppelschloß öffnete, als Olkeloki an ihm vorbeischritt.

»Warten Sie.« Der alte Mann streichelte den Türknauf mit langen, runzligen Fingern, fuhr mit ihnen die Kanten des Pfostens ab und nickte schließlich. »Jetzt ist es gut.«

»Das hört man gern.« Oak gab die Kombination ein, und die Schlösser klickten. Als er die Tür aufschob, fragte er sich, weshalb er so nervös war, obwohl er doch sein eigenes Heim betrat. *Jetzt ist es gut.* Merry sprach gerade mit Olkeloki.

»Das Ding, das ich auf der Straße angefahren habe, von dem ich glaubte, es wäre ein Hund? War das ein Shetani?«

»Nach Ihrer Beschreibung ein N'tedi. Die haben sehr helle, leuchtende Augen hoch oben am Kopf, wie viele Insekten auch, und lange Schwänze. Die rechte Seite des Mundes hängt herab und schleift über den Boden.«

Oak hörte gedankenverloren zu, während er hinter ihnen die Tür schloß. Die Ereignisse des Morgens hatten ihn bös mitgenommen. Seine ordentliche, rationale Weltsicht war nun voller Risse. Er verbrachte sein Leben damit, sich mit irrationalen, unlogischen Menschen abzugeben. Es gab immer irgendeine Möglichkeit, sie in Kategorien einzuteilen, sie zu klassifizieren. Doch wie sollte man klassifizieren, was im Fahrstuhl oder im Restaurant geschehen war? Was geschah gerade mit ihm?

Das erste, was Merry Sharrow an Oaks Hausinnerem auffiel, war die Sauberkeit. Sie hatte zwar schon vermutet, daß es eine Haushälterin gab, war aber dennoch überrascht. Der Zustand des Hauses war schon beinahe antiseptisch.

Hier und dort kleine Glasplastiken, säuberliche Schallplattenreihen (alle nach Komponisten oder Interpreten alphabetisch sortiert, wie sie bemerkte), Bücherregale voller Bücher, die tatsächlich gelesen worden waren, und eine Küche, die so sauber war wie das Badezimmer. Ohne es zu wollen, ertappte sie sich dabei, wie sie es mit Donalds typischer Junggesellenwohnung verglich, mit den in Ecken geworfenen Kleidungsstücken, der Sportausrüstung im Kühlschrank und ihrer allgemeinen Aura eines gemütlichen Chaos. Oaks Haus war ordentlicher als ihre eigene Wohnung.

Olkeloki schenkte seinen Gefährten kaum Aufmerksamkeit. »Ich muß erst jedes Zimmer und alle Möbel überprüfen. Erst dann können wir uns ausruhen und uns unterhalten.«

»Bitte schön, fangen Sie ruhig an.« Oak ließ sich in einen Sessel plumpsen, der sich aus der sauberen Reihe der anderen Möbel unpassend hervorhob. Er war anscheinend in den dreißiger oder vierziger Jahren gebaut und seitdem drei- oder viermal neu gepolstert worden. Den späteren Polsterern war es nicht gelungen, stets den gleichen Farbton der Bezüge zu treffen. So hatte der Sessel einen merkwürdigen Charme bekommen, der von seinen sich beißenden Farben und seinem verrückten Flickenmuster herrührte.

Merry nahm auf einem Sofa daneben Platz. Die Bücher sahen abgenutzter aus als der größte Teil der Möbel. Zusammen mit Oak sah sie zu, wie Olkeloki die Wohnung inspizierte, unter Tische spähte, hinter den Fernseher, ja wie er sogar einige der größeren Bücher hervorholte, um dahinterzublicken. Wortlos schritt er ins nächste Zimmer weiter.

»Josh, wie erklären Sie, was uns passiert ist?«

»Wie?« Er war in Gedanken verloren gewesen und blickte nun scharf zu ihr hinüber. »Was zum Teufel soll ich davon halten? Was halten Sie denn davon?«

»Ich habe zuerst gefragt.«

Er setzte sich gerade auf. »Okay. Was im Restaurant geschehen ist, das kann ich noch rational erklären. Sie haben ja gehört, wie ich es getan habe. Aber was den Fahrstuhl angeht«, er zögerte, »was im Fahrstuhl geschehen ist, das kann ich nicht erklären. Ich glaube, der einzige, der das erklären kann, ist der dort drüben.« Er zeigte auf die Küche, von wo man Olkeloki hörte, wie er sich zwischen den Geräten und Utensilien umherbewegte. »Und seine Erklärung kann ich nicht akzeptieren.«

»Sie waren dort. Sie haben dieselben Dinge gesehen, Sie haben dieselben Dinge gespürt wie ich.«

»Oh, natürlich ist uns in diesem Aufzug etwas passiert. Wir haben nicht geschlafen, und wir waren auch nicht hypnotisiert. Ich bin vielleicht ein Skeptiker, aber ein Vogel Strauß bin ich nicht.« Er sah verloren aus, und das erschreckte sie. Irgendwie wußte sie, daß Joshua Oak noch nie so verloren gewesen war.

»Ich weiß nicht, was hier geschieht, Merry. Ich bin mir auch nicht sicher, daß ich es in den Griff bekommen kann. Bisher habe ich immer alles in den Griff bekommen können, was mir in den Weg kam, und ich war schon in einigen ziemlich schwierigen Situationen.« Er betonte das Wort ›schwierig‹ auf eine merkwürdige Weise. »Aber das hier... Wie soll man mit so etwas umgehen?«

»Es gibt Zeiten, da müssen wir die Dinge einfach hinnehmen, Josh. Ich meine, wenn heute nacht eine fliegende Untertasse auf Ihrem Hinterhof landete...«

Er beugte sich vor und legte den Kopf in die Hände. »Bitte, nicht auch noch über fliegende Untertassen reden! Nicht jetzt!«

»Ich will damit ja nur sagen, daß die Welt voller unerklärter Phänomene ist. Oben, wo ich herkomme, glauben die Leute an ein menschenähnliches Wesen namens Bigfoot oder Sasquatch. Niemand hat seine Existenz jemals beweisen können, aber das bedeutet nicht, daß es nicht existiert. Und diese Shetani vielleicht... vielleicht sind die auch so etwas.«

Oak fand etwas Erleichterung in der deduktiven Logik. »Wie kommt es dann, wenn sie schon so viel Ärger machen, wie Olkeloki behauptet, daß niemand sie bisher gesehen hat?«

»Vielleicht muß man sie auf besondere Weise anschauen. Vielleicht flattern sie in unsere Wirklichkeit herein und aus ihr heraus wie die Schatten, nur daß sie jetzt kräftiger werden, wegen dieses Risses oder der Schwächung des Dorther, von der er immer redet. Josh, *ich* habe etwas gesehen. Ich habe es mit meinem Wagen angefahren und habe mitangesehen, wie es im Wald verschwand. Ich habe versucht mir einzureden, daß es ein Hund war, aber es war kein Hund. Jetzt habe ich noch einmal etwas Ähnliches gesehen, dieses kleine Ding, das im Restaurant unter den Tischen verschwunden ist. Und Sie haben es auch gesehen.«

»Ja, ich habe es gesehen.« Eine Weile herrschte Stille. Sie lauschten Olkeloki, der in den hinteren Zimmern herumwühlte. »Erinnern Sie sich an das, was der alte Mann gesagt hat? Daß er unsere Hilfe braucht und daß wir uns ihm offenbart hätten?«

Sie nickte. Auf dem Kaffeetisch stand eine Schale mit Knabbereien, und sie fing an, die Kokosnußstücke und die Rosinen herauszupicken. »Er sagte, es sei ihm prophezeit worden.«

»Richtig. Nun glaube ich aber noch weniger an Prophezeiungen und an Hellseherei als an diese Shetani oder was das sein mag.«

»Wie erklären Sie denn die Tatsache, daß Sie uns vor dem Weißen Haus zusammengebracht haben? Ihn, der den ganzen Weg aus Afrika gekommen ist, und mich aus Seattle?«

»Ich erkläre es gar nicht. Ich kann es ebensowenig erklären, wie ich den Rest der heutigen Ereignisse erklären kann. Aber Sie kann ich verstehen. Sie sind schon einmal einem dieser Dinger begegnet. Vielleicht reagieren Sie sensibel auf die oder so etwas. Aber was ist mit mir? Warum ich? Wie passe ich in das Bild?«

»Er sagte, daß Sie als zweiten Namen den Namen eines berühmten Erforschers seines Landes tragen.«

»Reiner Zufall, und selbst wenn nicht, na und? Inwiefern soll mich das für eine Rolle in dieser Verrücktenoper qualifizieren?«

»Josh? Womit verdienen Sie Ihren Lebensunterhalt?«

»Ich habe Ihnen bereits erklärt, daß ich Ihnen das nicht sagen darf.«

Sie musterte ihn scharf. »Wäre das für jemand in Olkelokis Lage nützlich?«

»Nein. Ja. Ich weiß nicht, Merry.« Nützlich für Olkeloki? Wie denn? Er war ein professioneller Informant, der sich unbemerkt unter gefährlichen, labilen Leuten bewegen konnte, der es vermochte, ihr Vertrauen zu erringen, bis die Zeit gekommen war, sie zu verraten, sie unschädlich zu machen. Ergab so etwas Sinn? Genügte es, um ihn an einen alten Mann aus Afrika zu binden und an all das, was sich daraus ergeben hatte?

Merry bemerkte die Unsicherheit und Verwirrung in seinem Gesicht. Sie schluckte und zwang sich zu einem Lächeln.

»Sie haben es wunderschön hier. Während des Krawalls haben Sie mich ja praktisch hierher eingeladen.«

Soviel zum Thema ›subtiles Vorgehen‹, dachte er.

»Ich schätze, Sie sind nicht verheiratet«, fragte sie ihn.

»Nein, ich bin nicht verheiratet.«

»Schon mal gewesen?«

»Zweimal.« Er merkte, daß sie das überraschte. »Was halten Sie davon?«

»Dazu habe ich überhaupt keine Meinung. Hat beide Male wohl nicht geklappt, wie?«

»Sie haben es beide versucht. Erst Susan und dann Jessica. Susan hat zwei Jahre durchgehalten, Jessica zweieinhalb. Keine Kinder. Ich war auch nie lange genug zu Hause, um in aller Ruhe Kinder machen zu können. Das war auch ein Teil des Problems, vielleicht der größte. Es ist ziemlich schwierig, mit jemandem zusammenzuleben, der ständig mitten in der Nacht Telefonanrufe erhält, aus denen er erfährt, daß er monatelang fort muß; und wenn man dann zu Hause zwar angerufen wird, der Partner einem aber nicht sagen darf, wo er ist oder was er tut oder wann er vielleicht wieder zurückkommt. Viele Paare haben Schwierigkeiten, sich beim Abendessen miteinander über irgend etwas zu unterhalten. Ich habe es kaum jemals bis zum Abendessen gebracht.« Seine Mundwinkel verschoben sich leicht nach oben. »Susan hat immer geglaubt, daß ich eine Geliebte hätte.«

»Und, hatten Sie?«

»Nein. Ich wünschte, ich hätte eine gehabt. Dann wäre vielleicht alles besser gelaufen. Jessica hat das nie geglaubt. Sie hat sich wirklich Mühe gegeben, Jessy. Wissen Sie, ich habe diese Frau geliebt. Vielleicht hätten wir es schaffen können. Das Problem war nur, daß sie mir zu ähnlich war.«

»Wie meinen Sie das?«

»Eines Tages kam ich nach Hause, und sie war weg. Ich schätze, sie hatte wohl das Gefühl, daß sie jetzt an der Reihe wäre, mal für eine Weile zu verschwinden. Nur daß sie nie zurückgekommen ist.«

»Das tut mir leid«, sagte Merry leise.

»Mir auch. Und was ist mit Ihnen? Eine Frau, die so hübsch ist wie Sie, war doch mindestens schon einmal verheiratet?«

»Schlichte Schmeicheleien sind immer die besten, ja, ja. Nein, aber ich bin«, fast hätte sie ›verlobt‹ gesagt, entschied aber, daß ihr nicht nach Lügen zumute war, »mit einem bestimmten Typen zusammen. Seit vier Jahren.«

»Vier Jahre? Was zum Teufel stimmt denn bei dem nicht?«

»Nichts«, erwiderte sie scharf. »Es ist nur... es ist nur noch nicht die richtige Zeit, das ist alles.«

»Vier Jahre?« wiederholte Oak und dämpfte sein Erstaunen ein wenig. »Was will er denn? Sichergehen, daß Sie nicht irgendein schlimmes Zahnleiden haben oder so was?«

»Wenn zwei Menschen daran denken, sich fürs Leben zu binden, sollten sie sich auch sicher sein.« Ach, Scheiße, dachte sie. »He, ich wollte damit nicht sagen...«

»Vergessen Sie es.«

»Was ich sagen will, ist, daß sich Absicht und Resultat nicht immer decken. Eines Tages werden wir schon heiraten, wenn wir beide der Meinung sind, daß die Zeit dazu reif ist. Da bin ich ganz sicher.«

»Sie sind sich ganz sicher?«

»Sicher bin ich mir sicher. Ich muß mir ja sicher sein.« Da zerbrach irgend etwas Kleines in ihrem Inneren, und die anderen Worte perlten hervor, die Worte, die sie oft dachte, aber niemals laut aussprach. »Wissen Sie, was ich noch gern wäre, außer sicher? Ich wäre gern verlobt.« Sie hielt ihre rechte Hand hoch. »Einen lächerlichen, kleinen, billigen Ring, das hätte ich gern.«

Olkeloki unterbrach sie, bevor sie richtig in Fahrt kam. »Das Haus ist sicher. Ich glaube, wir können wohl die Nacht hier verbringen, aber morgen müssen wir dann gehen.«

Oak stand von seinem alten Sessel auf. »Sie verlangen von mir, daß ich meine Weltanschauung grundlegend ändere. Das ist sehr viel verlangt.«

»Nach dem, was Sie heute gesehen und erfahren haben, glauben Sie mir doch aber sicherlich?«

»Ich kann nicht sagen, was ich glaube. Ich bin mir nicht sicher, was ich gerade glaube. Eines habe ich aber inzwischen ziemlich akzeptiert. Sie stecken in irgendwelchen Schwierigkeiten.«

»Wenn das alles ist, was Sie im Augenblick glauben können, wird das schon genügen. Ja, ich bin in Schwierigkeiten. Sie sind in Schwierigkeiten, Merry Sharrow ist in Schwierigkeiten, die ganze Welt ist in Schwierigkeiten.«

»Ich weiß nichts über die ganze Welt, und was Miß Sharrow und mich angeht, da bin ich mir auch nicht so sicher«, sagte er ungeduldig. »Aber ich kann schon erkennen, daß Sie Hilfe brauchen.« Er fügte nicht hinzu, daß er immer noch nicht genau wußte, welcher Hilfe der alte Mann eigentlich bedurfte. »Ich mag es nicht, wie man alte Leute heutzutage herumschubst. Bin immer dazu erzogen worden, meine Eltern zu ehren und so weiter. Habe das immer ernstgenommen. Wenn Sie also in irgendwelchen Schwierigkeiten stecken und der Überzeugung sind, daß ich Ihnen helfen kann, nun...« Er streckte eine Hand vor.

Olkelokis Griff war überraschend kräftig. »Danke,

Joshua Oak. Glücklicherweise können wir die Sache mit Ihrer Hilfe meistern. Und auch mit Merry Sharrows Unterstützung.«

Oak blickte zu ihr zurück. »Sie kommen nicht mit.«

»Nun ersparen Sie mir doch bitte die falsche Ritterlichkeit! Was glauben Sie, was ich vorhatte? Nach Seattle zurückzukehren? Und außerdem, was geht es Sie eigentlich an? Vergessen Sie nicht, daß wir uns erst heute morgen kennengelernt haben.«

Sie zieht mich auf, dachte Oak. Irgendwie hat dieser alte Knacker uns dazu überredet, ihn nach Afrika zu begleiten, und jetzt sitzt sie da auf meinem Sofa und zieht mich auf. Verdammt, aber hübsch ist sie, wenn sie so lächelt. Nein, nicht hübsch. Schön. Verdammt.

»Sie muß mit uns kommen«, erklärte Olkeloki. »Das Dreieck muß vollständig sein.«

»Warum ich? Wenn die Hälfte von dem, was Sie da in diesem Ledersack mit sich herumschleppen, echt ist, könnten Sie doch ein Dutzend gutbewaffneter Söldner anheuern, die Ihnen überallhin folgen würden. Ich könnte Ihnen ein paar Telefonnummern nennen, die Sie anrufen können.«

»Zahlen sind nicht wichtig. Die Spitzen des Dreiecks müssen von jenen ausgefüllt werden, die gezeichnet sind. Von mir, von Merry Sharrow, von Ihnen.«

»Quatsch. Ich bin nicht gezeichnet.«

Olkeloki ignorierte seinen Widerspruch. »Sie sind mir offenbart worden.«

Oak seufzte resigniert. »Ich habe doch schon gesagt, daß ich versuchen werde, Ihnen zu helfen. Wohin geht es?«

»Nach Kenia. Wir können nicht über Dar-es-Salaam fliegen, was zwar schneller wäre. Denn als ich dort abflog, waren dort Shetani, die den Flughafen beobachteten. Sie können zwar nur die Form ganz bestimmter Menschen annehmen, aber Polizisten können sie recht gut nachahmen. Ich bin sicher, daß sie mich haben abfliegen sehen. Sie werden dort auf meine Rückkehr warten. Wir kämen niemals lebend aus der Stadt heraus.

Also werden wir sie narren. Wir werden aus dem Norden Kenias ins Massailand vorstoßen. Wenn wir uns erst einmal im Norden unter die Leute gemischt haben, werden wir nicht mehr so auffallen.«

»Sie haben gut reden. Meinen Sie nicht, daß Merry und ich doch ein bißchen auffallen werden?«

»Das glaube ich nicht. Oh, Sie meinen wegen Ihrer Hautfarbe? Die Shetani sind farbenblind. Sie spähen viel tiefer in einen Menschen hinein, um ihn zu identifizieren. Wenn Sie die Gelegenheit erhalten, in einen von uns hineinzusehen, werden sie die Gefahr wahrnehmen, die ihnen droht, und Maßnahmen ergreifen, um sie zu eliminieren. Aber ich glaube, wir können ihnen schon aus dem Weg gehen, wenn wir erst einmal wieder am Boden sind. Ich fürchte mich nur vor den Chuni Shetani, während wir fliegen.

Seien Sie nicht mutlos. Es ist nicht alles gegen uns. Die Shetani bekämpfen sich gegenseitig ebensosehr wie sie es mit den Menschen tun. Außerdem sind sie auch nicht besonders gut organisiert, weshalb sie bisher auch kaum mehr sein konnten als ein Ärgernis. Aber wenn sie in solchen Mengen herüberkommen, wird die fehlende Organisation allein sie nicht mehr aufhalten können.«

»Verrückt, das ist völlig verrückt.« Oak lächelte bei sich. Noch heute morgen hatte ihn die Indifferenz eines weiteren Unterausschusses angeödet. Seitdem hatte er im Wachzustand zwei Alpträume in einem ganz gewöhnlichen Bürogebäude der Innenstadt überlebt. Und nun fand er sich in seinem eigenen Heim wieder, in seinen Allerheiligsten, und hatte eingewilligt, eine Verkäuferin aus Seattle und einen alten Mann, der in Schwierigkeiten steckte, um die halbe Welt zu begleiten, um Krieg gegen einen Haufen Gespenster zu führen... Nur daß Gespenster nicht unter Restauranttische huschten oder Löcher in die Dächer von Fahrstuhlkabinen schlugen.

»Ich werde alles tun, was ich kann, um Ihnen zu helfen«, sagte Merry, ebensosehr zu sich selbst wie an Olkeloki gewandt. »Alle sagen ständig, daß ich nie mal etwas versuche, das schwierig ist. Na ja, ich wollte schon immer mal nach Afrika.«

»Dort ist es wahrhaft schön«, versicherte Olkeloki ihr, »solange die Shetani unter Kontrolle gehalten werden.«

Sie wandte sich an Oak, erwiderte gelassen seinen Blick. »Was immer uns dort drüben erwartet, langweilig wird es jedenfalls nicht sein. Außerdem bin ich in zehn Tagen wieder hier.«

»Wieso in zehn Tagen?«

»Dann endet mein Urlaub. Wenn ich in zehn Tagen nicht zurück bin, verliere ich meinen Job.«

Er sah zu Olkeloki hinüber, sein Ton war scherzhaft. »Wie steht es, alter Mann? Können wir die Welt in zehn Tagen retten?«

»Wir können es nur versuchen.«

»Merry, sind Sie sicher, daß Sie auch wissen, auf was Sie sich da einlassen? Ostafrika ist nicht Washington. Hier haben wir Krawalle, dort hat man Kriege. Hier schließen die Restaurants um neun, dort drüben verhungern die Leute. Ich bin mir zwar nicht sicher, in welchen Schwierigkeiten unser Freund hier tatsächlich steckt, aber ich glaube kaum, daß die Sache ein Kinderspiel ist.«

»Das mag Sie zwar jetzt etwas schockieren, Josh, aber ich bin schon ein großes Mädchen. Ich lebe seit sechs Jahren allein, seit vier Jahren besitze ich eine eigene Wohnung, und ich kämpfe die ganze Zeit allein draußen in der Wildnis.«

»Wildnis, wie schön! Wenn Sie in Schwierigkeiten geraten, rufen Sie doch einfach nur die Parkaufsicht.«

»Milliarden von Menschen werden nicht wissen, wie sie Ihnen für das danken sollen, was Sie tun, Joshua Oak«, warf Olkeloki ein. »Ich bin dankbar für Ihre Hilife. Die Anwesenheit eines Burton wird in Afrika stets respektiert.«

»Mir wäre es lieber, wenn Sie das nicht ständig zur Sprache brächten. Zum letzten Mal: ich weiß nicht das geringste über diesen Burschen, und ich bezweifle, daß meine Eltern mehr wußten. Ich komme mit, um Ihnen ein bißchen zu helfen, das ist alles. Belassen wir es dabei.«

Wieder dieses irritierende Lächeln. »Wie Sie wünschen.«

Merry beobachtete ihren gemeinsamen Gastgeber aus dem Augenwinkel. Ein prächtiger Mann, dieser etwas mysteriöse, sanft sprechende Joshua Oak. Sie gestattete es sich zu glauben, daß er ebensosehr mitkam, um sich um sie zu kümmern, wie um Olkeloki zu helfen. Das war zwar eine rein romantische und rein törichte Vorstellung, aber sie war zu köstlich, um ihr widerstehen zu können. Das Größte, was Donald jemals für sie getan hatte, war damals gewesen, als ihr Jeep spät in der Nacht auf der Landstraße vor Tacoma zusammengebrochen und er aus dem Bett gekrochen war, um sie abzuholen...

»Wann geht es also los?« fragte Oak gerade.

»Morgen früh fliegen wir nach London. Dort steigen wir in eine Maschine nach Nairobi um. Sollten irgendwelche Shetani meine Spur aufgenommen haben, müßten wir sie abhängen können, wenn wir in Heathrow die Maschine wechseln.«

»Ich muß noch meine Sachen aus dem Hotelzimmer holen«, meinte Merry nachdenklich. »Wieviel soll ich mitnehmen?«

»So wenig wie möglich. Nur einen Satz Kleidung zum Wechseln, und solche persönlichen Gegenstände, ohne die Sie nicht auskommen. Wir werden uns schnell fortbewegen, und zwar mit möglichst leichtem Gepäck.«

»Wissen Sie, mitten in Afrika werden Sie wohl kaum Strumpfhosen kaufen können«, bemerkte Oak.

»Toll, daß ich schon von ganz allein darauf gekommen bin.«

»Ich habe ein paar kleine Rucksäcke, die wir nehmen können. Ist wohl besser, als sich mit Koffern abzuschleppen.«

Nun, da alles entschieden war, wirkte Olkeloki zufrieden. »Es wird wohl das beste sein, die Nacht hier zu verbringen. Vielleicht haben die meine Spur bis zum Hotel zurückverfolgt, aber ich glaube, im Restaurant haben wir sie abgehängt.«

»Also gut. Merry, Sie können mein Schlafzimmer haben. Ich habe noch ein zweites und werde im Wandbett schlafen.« Fragend blickte er Olkeloki an.

»Um mich brauchen Sie sich keine Sorgen zu machen, ich werde auf dem Boden schlafen und Wache halten, so wie ich früher auch immer die Rinderherde meines Vaters bewacht habe. So habe ich auch in meinem Hotelzimmer geschlafen. Eure Böstreffbetten sind zu weich für mich. Wenn ich mich auf eins lege, fühlt sich mein Rückgrat an, als würde es sich in Butter verwandeln.«

»Es wird zwar nicht gerade eine Bombenparty werden, aber wir kommen wohl schon zurecht. Ich bestelle beim Chinesen etwas zu essen, das man uns bringen soll, und vielleicht gibt es im Fernsehen sogar eine sehenswerte Sendung.«

Oak überlegte sich, daß er und Merry sich vielleicht ein bißchen näher kennenlernen könnten, während der alte Mann ›Wache hielt‹. Einfach nur ein netter, ruhiger Abend zu Hause, während er und Merry sich Johnny oder David oder CNN anschauten, während dieser hochgewachsene Flüchtling aus dem Bela-Lugosi-Film die Augen offenhielt, damit keine Monster kamen, um sie aufzufressen, bevor das letzte Popcorn alle war.

Eines mußte er allerdings noch tun. Er sah auf die Uhr. Gerade noch Zeit, um durchzukommen. Er wählte eine Nummer in Washington. Das Speichertelefon hatte zwanzig Nummern gespeichert, aber nicht diese. Sie war zu wichtig, um sie einem elektronischen Speicher anzuvertrauen, den man mit der richtigen Ausrüstung auch aus der Ferne anzapfen konnte.

Während der Anruf durchgestellt wurde, sah er zu, wie Merry Sharrow sich in der Küche zu schaffen machte. Er hörte den Wasserhahn laufen. Eine angenehme weibliche Stimme trällerte am anderen Ende der Leitung.

»Name?«

»Joshua B. Oak.«

Pause. »Code?«

Er rasselte eine Reihe Buchstaben und Zahlen herunter und wartete, während sie sie mit dem unvermeidlichen Computer überprüfte. Schließlich »Wen wünschen Sie zu sprechen?«

»Den Stellvertretenden Leiter Kilbreck.«

»Tut mir leid. Ich weiß nicht, ob Mr. Kilbreck im Augenblick zu sprechen ist. Kann ich ihm etwas ausrichten?«

»Ach, kommen Sie schon, Julianna«, sagte Oak ungeduldig, »hören Sie doch auf damit. Kilbreck sitzt gerade in seinem Büro und liest in einem Comic oder so etwas. Zwischen vier und fünf ist er immer dort und tut so wenig wie möglich, so sicher, wie die Sonne im Osten auf- und im Westen untergeht. Stellen Sie mich durch. Es ist wichtig.« Jedenfalls für mich, fügte er stumm hinzu.

»Na schön, na schön, bekommen Sie nicht gleich Schaum vorm Mund. Ich versuche, Sie durchzustellen.« Während er darauf wartete, kam Merry Sharrow aus der Küche. Sie hatte sich Gesicht und Hände gewaschen und trocknete sich an einem seiner alten Handtücher ab. Olkeloki beschäftigte sich mit mehreren Bücherregalen, die eine Wand des Wohnzimmers bedeckten. Oak wurde noch immer nicht schlau aus ihm.

»Oak, sind Sie das?« Kilbreck hatte nichts für Vertraulichkeiten zwischen Untergebenen und Vorgesetzten übrig. Trotzdem klang sein Ton freundlich genug, wenn auch rein geschäftsmäßig.

»Guten Nachmittag, Sir. Sind Sie beschäftigt?«

»Beschäftigt, die Zeit totzuschlagen, was wenigstens nie zu Mordanklagen führt. Ich habe das Band mit Ihrer Starnummer vor dem Unterausschuß gesehen. Das haben Sie gut gemacht, obwohl es in Zukunft vielleicht klüger wäre, Ihre persönlichen Meinungen etwas mehr für sich zu behalten. Nur weil Senator Baker danach gefragt hat, brauchten Sie nicht gleich so ausgiebig darauf zu antworten. Aber das FBI ist stolz auf Sie.« Womit Kilbreck auf seine Weise ausdrückte, daß er zufrieden war.

»Danke, Sir. Dann werden Sie wohl auch nichts dagegen haben, wenn ich ein paar Wochen Urlaub nehme. Ehrlich gesagt, Sir, ich bin völlig ausgepumpt. Die letzten paar Jahre im Süden unten waren ziemlich schlimm. Ich würde ganz gerne für eine Weile einfach nur verschwinden und das FBI völlig vergessen.«

»Ich würde sagen, Sie sind schon überfällig, Joshua. Wenn ich mich richtig erinnere, so haben Sie seit Ihrem Eintritt ins FBI nie mehr als fünf aufeinanderfolgende Tage Urlaub genommen.«

Kilbrecks Gedächtnis war legendär. Oak wäre nicht überrascht gewesen, wenn er ihm die genauen Urlaubstage genannt hätte, die sein Informant in den letzten zehn Jahren genommen hatte. Vielleicht nutzte er aber auch nur seinen Tischcomputer, um Oaks Akte durchzugehen.

»Ja, nehmen Sie ruhig Urlaub. Einen Monat, wenn Sie wollen. Urlaubstage haben sich bei Ihnen ja genug gehäuft, und wie Sie wissen, ermuntern wir alle unsere Leute, die in stressigen Funktionen tätig sind, sich zu erholen, wann immer sie Gelegenheit dazu haben.«

»Was ist mit der Geschichte in New York?«

»Nichts, was nicht warten oder vorübergehend von jemand anderem erledigt werden könnte. Mir ist es lieber, wenn Sie so etwas frisch und diensteifrig angehen, als mürrisch und erschöpft. Bleiben Sie in der Gegend von Washington, oder wollten Sie etwas weiter weg, um sich zu erholen?«

»Eigentlich dachte ich, ich könnte mal ein wenig nach Großbritannien, Sir. Ich bin noch nie dagewesen, und es wird langsam Zeit. Ich wollte immer schon mal Stonehenge und Westminster Abbey und solche Orte besichtigen.« Bildungsgut. Fast sah er, wie Kilbreck am Telefon anerkennend nickte.

»Meine Frau und ich waren ein paarmal dort. England wird Ihnen gefallen. Aber meiden Sie bloß Pauschalreisen. So lernen Sie nie interessante Menschen kennen.« Beide lachten. Wenn Joshua Oak in den letzten zehn Jahren irgend etwas im Überfluß erlebt hatte, dann waren es Begegnungen mit interessanten Menschen. Das war es, worüber Kilbreck jetzt auch lachte.

Oak dagegen lachte, weil er sich gerade vorstellte, wie Martin Kilbreck in einem ländlichen Pub saß und versuchte, sich unter die Landbevölkerung zu mischen. In fremder Gesellschaft wirkte Kilbreck ungefähr so entspannt wie ein Telefonmast. Der Stellvertretende Leiter war ein merkwürdiger Kauz. Zugleich war er auch einer der tapfersten und höchstdekorierten Altagenten in der Geschichte des FBI. Im Laufe seiner Karriere hatte Oak gelernt, daß die wahrhaft tapferen Männer in der Regel eher so aussahen wie der Drogist aus der Nachbarschaft als wie Conan der Barbar.

»Wann reisen Sie?«

»Morgen, Sir.«

»Ist das nicht ein bißchen plötzlich?«

»Ich sehe keinen Sinn darin, noch länger hier herumzuhängen. Ich habe schon seit Monaten das Bedürfnis, mal wegzufahren. Ich konnte mich nur nicht entscheiden, wohin. England war einfach so eine Idee, die plötzlich kam. Und jetzt, da ich mich entschieden habe, ist es wohl besser, wenn ich gleich damit ernstmache, sonst rede ich es mir selbst noch aus.«

»Leuchtet ein. Ich wünsche Ihnen eine schöne Zeit, Joshua, eine schöne Zeit. Vergessen Sie mal eine Weile die Arbeit. Wenn Sie zurück sind, unterhalten wir uns über mögliche weitere Aufträge.«

»In Ordnung. Danke, Sir.«

»Sie brauchen sich nicht zu bedanken. Sie haben sich Ihren Urlaub mehr als verdient, Oak, mehr als verdient.«

Oak stieß einen Seufzer der Erleichterung aus, als die Verbindung von der anderen Seite unterbrochen wurde. Das war gar nicht übel verlaufen. Keine schwierigen Fragen, keine auszufüllenden Formblätter mit doppeltem Durchschlag. Jetzt konnte er sich einfach zurücklehnen und die bevorstehende Reise genießen, die er zusammen mit einer naiven, ihm völlig fremden Frau aus Seattle und einem verrückten alten Mann aus Afrika antreten würde.

Ja, das konnte er.

10

Nähe Burke Lake, Virginia — 20. Juni

Am nächsten Morgen hatte Oak Gelegenheit, unter Beweis zu stellen, daß er nicht nur mit randalierenden Iranern und mit Geistern, die Fahrstühle überfielen, zurechtkam, sondern auch kochen konnte. Zu dritt saßen sie um seinen kleinen Frühstückstisch und aßen, wobei sie durch das Fenster auf den üppigen grünen Wald hinter seinem Haus blicken konnten.

»Sie halten Ihr Haus sauber, Sie schmücken es aus, Sie kochen.« Merry beendete ihren Toast. »Sie sind kein typischer Junggeselle, Joshua Oak.«

»Der typische Junggeselle hat auch nicht zwei gescheiterte Ehen hinter sich. Und was meinen Lebensstil angeht, so meine ich, wenn man sein Privatleben nicht gut organisieren kann, kann man auch seine Arbeit nicht organisieren, und wenn ich meine Arbeit nicht organisiere, dann ... bin ich in Schwierigkeiten.«

Was tust du denn nur für die Regierung, Josh? überlegte sie. Bist du bei irgendeinem supergeheimen Spionagedienst, von dem noch nie jemand gehört hat? Bist du die Wahrheit, die seltsamer ist als die Dichtung? Du kochst hervorragenden Kaffee, und das ist schon seltsam genug.

Er war wirklich ein interessanter Mann. Wenn er doch nur etwas offener gewesen wäre. Donald war offen, und gelegentlich konnte er sogar romantisch sein, aber wenn er irgend etwas ganz und gar, ganz bestimmt nicht war, dann geheimnisvoll. Bisher waren das einzige Mysterium in Merry Sharrows Leben jene Fensterbriefumschläge gewesen, die gelegentlich mit dem aufgedruckten Stempel VERTRAULICH! IHR GEWINN! in ihrem Briefkasten lagen.

Olkeloki hatte einen halben Liter Milch aus Mrs. Hernandez' Vorräten verputzt. Er weigerte sich, Eier oder Speck anzurühren, verzehrte dafür aber begierig eine Lage Frühstücks-›Steaks‹, die Oak unten in der Kühltruhe gefunden hatte.

»Bis auf Rind essen wir kein anderes Fleisch, die Ausnahme ist gelegentlich mal ein Schaf oder eine Ziege, die zu zeremoniellen Zwecken geschlachtet werden. Andere grasende Tiere töten wir nicht. Die wilden Graser sind uns anvertraut.«

»Aber Löwen töten Sie«, erinnerte Merry ihn.

»Um uns selbst und unsere Herden zu schützen. Mit unseren Speeren und Messern. Die Massai tragen keine Gewehre. Das wäre nicht fair.«

»Mit Sicherheit ist es jedenfalls sportlicher.« Oak schaufelte Rührei und Corned Beef in sich hinein.

Olkelokis Augen verengten sich. »Sportlich? Am Töten ist nichts sportlich. Das ist auch wieder so eine merkwürdige Sitte der Böstreffs. Ich habe sie viele Jahre studiert und kann noch immer keine philosophische Grundlage für eine solche Einrichtung entdecken. Nur unreife Kinder empfinden das Töten als Sport.«

»Hoppla, ich habe ja nicht gesagt, daß ich dafür bin. Tatsächlich bin ich sogar dagegen. Was man tötet, das soll man auch essen.«

»Das ist menschlich.«

»In welchem Hotel wohnen Sie, Merry?«

»Im Sheraton. Ich glaube, das liegt auf dieser Flußseite.«

»Prima.« Er wischte sich den Mund ab und knüllte die Serviette zusammen. »Dann machen wir hier mal Schluß, und ich packe ein paar Sachen in einen meiner Rucksäcke.

Danach sausen wir rüber und holen Ihr Zeug.« Er wandte sich an Olkeloki. »Und was ist mit Ihnen?«

»Ich habe einen Koffer. Ich hänge ein bißchen an ihm.«

Oak nickte. »Dann holen wir den auch und fahren zum Flughafen hinaus. Wie steht es mit Buchungen?«

»Das wird nicht erforderlich sein. Wir kaufen einfach Flugscheine für die nächste geeignete Maschine nach London.«

»Das ist möglicherweise gar nicht so einfach.« Oak unterdrückte ein Lächeln. »Die Schulferien haben angefangen, und das ist die Jahreszeit, in der viele Amerikaner Urlaub nehmen.«

»Ich habe die Erfahrung gemacht, daß die nicht mit einem Flugzeug namens Concorde fliegen. Das fliegt höher als die Shetani.«

»Die Sitzplätze in der Concorde kosten aber fünfzig Prozent mehr als die erste Klasse auf einem Linienflug. Wie wollen Sie das bezahlen? Sie können doch nicht einfach ein bißchen Geld und Diamanten auf den Flugscheinschalter werfen.«

»Ich habe auch viele Reiseschecks mitgebracht, Joshua Oak, das Geschäftsgebaren der Böstreffs ist mir nicht unbekannt, und entsprechend habe ich meine Reise auch vorbereitet. Wie, glauben Sie, bin ich sonst von London in Ihre Stadt gekommen? Ich wünschte mir nur, daß dieselbe Maschine auch zwischen London und Nairobi flöge, doch das wäre leider keine profitbringende Strecke. Ihr Böstreffs seid ja nur auf Profit aus. Wir könnten eine Maschine nach Riad in Saudi Arabien nehmen, aber das würde ich lieber vermeiden.«

Das konnte Oak nachempfinden. »Erinnerungen an den Sklavenhandel, wie?«

»An dem die Massai nicht beteiligt waren. Wir waren nicht kooperativ genug. Nein, ich möchte einfach nur den zusätzlichen Maschinenwechsel vermeiden, den das bedeuten würde. Und die Verbindungen sind auch sehr schlecht. Ich will mich in London nicht unnötig lange aufhalten.«

»Schön, ist ja Ihr Geld. Dann holen wir erst Merrys Sachen und dann Ihre und fahren danach hinaus nach Dulles. Wie war Ihr Frühstück?«

»Die Milch hatte einen seltsamen Geschmack und war am Anfang zu kalt. Das Fleisch war gut, wenn auch nicht frisch.«

»Vielleicht war es abgehangen. Ist Fleisch denn nicht besser, wenn es abgehangen ist?« fragte Merry.

»Ein weitverbreiteter Irrtum der Böstreffs.«

Oaks Haushälterin hatte den Kombi benutzt. Er startete sofort, und die Nadel der Tankuhr schwang nach rechts bis zum Zeichen ›F‹. Die Stoßzeit klang langsam aus, und sie brauchten nicht lange bis in die Staddt, hielten an den beiden Hotels und fuhren dann zurück nach Westen zum internationalen Flughafen. Der Sommer war noch zu jung, um wirklich heiß und feucht zu sein. Noch immer blühten einzelne Frühlingsblumen zwischen den Bäumen an den Straßen.

Oak war erstaunt, als er feststellte, daß ihm die Sache Spaß zu bereiten begann. Zwar mochte sich eine immer noch undefinierte Gefahr an ihre Fersen geheftet haben, doch mit diesem alten Gefährten konnte er leben. Bei Gott, er hatte Urlaub! Und wurde dafür auch noch fürstlich bezahlt. Dafür konnte er dem alten Mann danken, während er zugleich versuchte, offen zu bleiben, was seine Shetani anging.

Und er war nicht nur in Urlaub, neben ihm saß auch eine hübsche Frau. Merry Sharrow blickte aus dem Fenster, der Anblick eines zwischen Bäumen gelegenen, zurückversetzten Hauses entzückte sie ebensosehr wie das Weiße Haus oder die Kongroßbibliothek. Er fragte sich, ob sie wohl eine ähnliche Begeisterung für die Freuden des Schlafzimmers aufbringen würde.

Der Kombi rollte auf die Auffahrt, und er zwang seinen Blick resolut zurück auf die Straße.

Es war nur wenig Verkehr, als sie von der Staatsstraße 66 auf das Autobahnstück abbogen, das die Bezeichnung

Dulles Airport Access Road trug. Der schwere Kombi mochte zwar technisch ein Anachronismus sein, doch bescherte er ihnen eine reibungslose, bequeme Fahrt, mit der es kein Kompaktwagen hätte aufnehmen können. Bei jeder neuen Szene stieß Merry wieder ein ›Oh!‹ oder ›Ah!‹ aus und versprühte genug Energie, um den großen Ford ganz allein anzutreiben.

Sie hat wirklich nicht die leiseste Vorstellung, auf was sie sich da einläßt, überlegte er. Eine gewöhnliche Frau (na ja, hübscher als gewöhnlich) aus der Wildnis des Nordwestens auf einem gewöhnlichen Urlaub, die in etwas hineingeraten war, das für sie nach James Bond aussah. Im Augenblick war sie von der Vorstellung viel zu aufgeregt, auf ein echtes ›Abenteuer‹ auszuziehen, um sich zu überlegen, daß es voller wirklicher Gefahren stecken konnte. Wahrscheinlich konnte sie nur daran denken, daß sie jetzt in ein exotisches Land reiste, wo sie all die komischen Tiere sehen würde, denen man normalerweise nur in Zoos begegnete.

Sie rasten gerade an der Abfahrt Wolftrap Center vorbei, als er den Mann auf dem Rücksitz ansprach.

»Wie sehen diese Shetani aus?« Während er die Frage stellte, erinnerte er sich daran, wie er den Wagen beladen hatte. Erst seinen eigenen Rucksack, dann Merrys und schließlich den Koffer des alten Mannes, der älter und mitgenommener aussah als jedes andere Gepäckstück, das er je zu sehen bekommen hatte. Entweder war Olkeloki sehr viel mehr gereist, als er erzählt hatte, oder dieser Koffer war jahrelang der afrikanischen Sonne ausgesetzt gewesen. Er erinnerte ihn an den alten Werbespot für ›American Tourister‹ Reisegepäck, wo ein Gorilla mehrere Minuten damit verbrachte, den Koffer in seinem Käfig umherzuschleudern. Es lag Ironie darin, daß Olkeloki der einzige Mensch war, dem er je begegnet war, dem dies mit seinem Gepäck tatsächlich hätte passieren können.

»Das weiß niemand genau«, beantwortete der alte Mann seine Frage. »Es gibt Hunderte, möglicherweise sogar Tausende verschiedener Arten von Shetani. Eine haben Sie ja selbst gesehen.«

»Alles, was ich gesehen habe, war etwas Kleines, das über einen Restaurantfußboden huschte. Es hätte eine Hauskatze sein können. Das, was oben auf unserem Fahrstuhl saß, hätte ein Mann sein können.«

»Und was ist mit meinem Hundeding?« warf Merry ein.

»Sie haben selbst schon gesagt, daß es große Ähnlichkeit mit einem Menschen hatte, der sich auf allen vieren bewegte.«

»Es gibt Shetani, die mehr als einen Kopf haben«, sagte Olkeloki gerade, »und die beiden Köpfe müssen sich nicht unbedingt gleichen. Es gibt Shetani, deren Gesichter anstelle von Händen an den Enden ihrer Arme herabbaumeln, und Shetani mit Mündern, die größer sind als ihr Körper. Es gibt Shetani, die sind so groß wie Giraffen, beispielsweise die Likutu, oder auch gefährlich spielerische wie die Adinkula. Manche Shetani praktizieren Hexerei. Die Liyama essen nur Tonerde und Wasser.

Die Siwawi essen Fisch und leben im Meer, kommen aber an Land, um einander Energie aus der Zunge zu saugen, und die Chingwele essen nur Schlangen. Die haben scharfe Klingen, die aus ihren Köpfen und Armen hervorwachsen. Es gibt drei Arten von Chamäleon-Shetani: jene, die gewöhnlichen Reptilien ähneln, jene, die so groß sind wie Ihr Arm, und jene, die bis zu der Größe einer Kuh heranwachsen. Denen sollte man besser niemals begegnen.«

»Warum nicht?« fragte Merry.

»Wissen Sie, wie ein Chamäleon frißt?« Er begann damit, es in allen Einzelheiten zu beschreiben, bis Merry einigermaßen angeekelt aussah und Oak sich entschloß, diesen Phantastereien ein für allemal ein Ende zu setzen. Es war Zeit, ernst zu werden, Zeit, die Masken abzulegen und festzustellen, mit wem sie es tatsächlich zu tun hatten.

»Was ich nicht verstehe«, sagte er wie beiläufig, »ist, weshalb wir diese Shetani nicht öfter sehen, wenn sie doch die ganze Zeit um uns herum sein sollen?«

»Sie wissen eben nicht, wie man nach ihnen Ausschau halten soll. Und außerdem bewegen sich die meisten Shetani nur bei Nacht, wenn die Leute schlafen. Meistens meiden sie die Menschen. Jetzt aber, da der Zugang aus dem Dorther leichter wird, beginnt sich das zu ändern. Aber wenn Sie einen davon erst einmal deutlich gesehen haben, werden Sie sie immer sehen können. Das ist ein Segen und ein Fluch zugleich, denn wenn man dazu fähig wird, sie zu sehen, werden sie auch auf einen selbst aufmerksam. Manchmal ist es besser unwissend zu bleiben. Doch das ist ein Luxus, den wir uns nicht mehr leisten können.« Er blickte rechts aus dem Wagen und sprach weiter, bevor Oak seinen nächsten, sorgfältig durchdachten Vorwand einbringen konnte.

»Noch nie habe ich so viele Shetani gesehen, so kühne und so zahlreiche. Sie müssen sich schon viele Jahre gesammelt haben, um in solcher Anzahl in einem Böstreffland vorhanden zu sein.«

Oak blickte scharf nach rechts, entdeckte nichts Ungewöhnliches und überflog mit dem Blick schnell das vor ihnen liegende Gelände und die linke Seite. Der Wagen schlingerte etwas, und Merry warf ihm einen Vorsicht gebietenden Blick zu.

»Dort draußen gibt es nichts außer Bäumen und Autobahn, alter Mann.«

»Sie hüllen sich in Dunkelheit. Deshalb bevorzugen sie auch die Wälder und die Nacht. Aber sie sind hier, jawohl. Sie sind überall um uns herum. Richtige schlaue, kleine Killer. Ich glaube, daß sie die warme Sonne genießen. Sie müssen lange und mühsam daran gearbeitet haben, um ihre Verkleidung so zu vervollkommnen.«

Ein zweites Mal musterte Oak die Autobahn, doch er sah nichts als Asphalt, Bäume, gelegentlich ein Haus. Auf der gegenüberliegenden Spur jagten Wagen und Laster vorbei.

»Nächstes Mal, wenn wir an einem von diesen Dingern vorbeikommen, dann zeigen Sie es mir bitte.«

»Na schön. Es könnte gefährlich für uns werden. Wie ich schon sagte, die Shetani lassen die Menschen bei hellem Tageslicht meistens in Frieden – es sei denn, daß sie spüren, daß andere sich ihrer Anwesenheit bewußt sind. Dann könnte es sein, daß sie reagieren.«

»Das Risiko werde ich in Kauf nehmen.«

»Sind Sie sicher, Josh?«

»Hören Sie, meine Liebe«, sagte er zu Merry in einem keinen Unfug duldenden Tonfall, »begreifen Sie denn nicht, was hier geschieht? Das ist kein gottverdammtes Spiel. Wir sind im Begriff, in eine Maschine zu steigen, um um die halbe Welt zu fliegen, und zwar mit einem alten Mann, dem vielleicht eine Tasse im Schrank fehlt, vielleicht aber auch nicht, weil irgend etwas oder irgend jemand ihm und seinem Stamm Schwierigkeiten macht. Ich bin davon überzeugt, daß uns gestern in dem Restaurant und im Fahrstuhl etwas passiert ist, aber ich weiß immer noch nicht genau, was. Und bevor ich über den Atlantik düse, wäre ich mir meiner Sache lieber sicher.«

»Ich verstehe nicht alle Ihre Vokabeln, Joshua Oak.« Olkeloki hatte die Stirn in Falten gelegt.

»Das ist kein Problem. Zeigen Sie mir nur einfach den ersten Shetani, an dem wir vorbeikommen.«

»Wenn Sie darauf bestehen.«

Wenn Oak nun ein langes Schweigen erwartet haben sollte, wurde er jedenfalls enttäuscht. Der alte Mann blickte aus dem Fenster und deutete nach rechts. »Dort, drei von ihnen, im Winterschlaf, wie sie es gern tun.«

»Was, wo?« Oak trat so kräftig auf die Bremse, daß Merry sich mit beiden Armen abstützen mußte, um nicht gegen das Armaturenbrett geschleudert zu werden. Zum Glück fuhr niemand hinter ihnen, sonst hätte es mit Sicherheit einen Auffahrunfall gegeben.

Schlitternd hielt der Kombi am Rande der Fahrbahn, schwarze Streifen hinter sich auf dem Beton zurücklassend. Oak legte den Rückwärtsgang ein und fuhr so weit zurück, bis sie sich parallel zu der Stelle befanden, auf die

Olkeloki gezeigt hatte. Jenseits des dicht mit Flachs und Ambrosia bewachsenen Straßengrabens lag ein Privatwald, waren Sträucher und Gras zu sehen.

»Wo? Ich kann nichts erkennen. Sind die dahinten zwischen den Bäumen?«

»Nein, sie sind ganz nahe.« Oak schnaubte, wollte seine Tür öffnen.

»Das würde ich nicht tun«, wandte der alte Mann hastig ein. »Inzwischen sind die vielleicht auf Sie sensibilisiert.«

»*Was* ist vielleicht auf mich sensibilisiert? Hören Sie, das geht mir jetzt langsam wirklich zu weit. Ich weiß nicht, was in dem Restaurant passiert ist, aber eines weiß ich mit Sicherheit: daß hier keine gottverdammten afrikanischen Mißgeburten rumlaufen.« Er ignorierte die Warnung des alten Mannes, stieg aus und schritt nach vorn zur Schnauze des Wagens. Merry Sharrow sah besorgt zu, musterte die Bäume. Das Hundeding war zwischen Bäumen verschwunden, an jenem regnerischen Morgen zu Hause. Sie ließ das Fenster herunter.

»Josh, vielleicht sollten Sie besser wieder einsteigen.«

Das einzige, was sich im Gras und zwischen den Sträuchern bewegte, waren Vögel und Käfer. Ein paar Wagen, die in Richtung Flughafen fuhren, sausten auf der Überholspur vorbei. Am Himmel flog eine 747 gen Süden, wahrscheinlich in Richtung Südamerika. Als er auf die Fahrbahn getreten war, hatte er sich erst nervös gefühlt, dann albern. Nun wurde er wütend.

»Warum? Sehen Sie irgend etwas, Merry?«

»Nein«, gestand sie.

Olkeloki glitt vom Rücksitz und schritt zu Oak hinüber. Er zeigte mit seinem Gehstock, doch nicht zum Wald hinüber, sondern hinunter in den Graben. Merry bemühte sich, etwas zu erkennen. Oak brauchte sich nicht erst zu bemühen. Die Sache war so traurig, daß er am liebsten laut losgelacht hätte. Dann war die ganze Geschichte gestern also doch nur eine Art Illusion gewesen oder eine raffinierte Verkleidung.

Am Rande des Grabens lagen drei große, verbogene schwarze Gegenstände. Es waren Brocken aus Reifengummi, jene Art Müll, wie man ihn am Rande aller Schnellstraßen und Autobahnen im ganzen Land fand. Immer, wenn ein großes, achtzehnrädriges Fahrzeug einen Reifen verlor, zerfetzte das Gummi und wurde in alle Richtungen verstreut. Nach und nach schoben oder schleuderten die späteren Fahrzeuge die Überreste an den Straßenrand, bis schließlich die Reinigungstrupps kamen, um sie aufzulesen.

»Und ich vermute, daß die leeren Bierdosen dort hinten in Wirklichkeit Rieseninsekten sind«, fauchte Oak. »Vielleicht wird es ja langsam mal Zeit, daß Sie uns sagen, was für eine Bühnennummer Sie hier tatsächlich abziehen?«

»Manches davon ist Reifengummi.« Olkeloki sah nicht aus wie jemand, den man bei einem Betrug erwischt hatte. »Beachten Sie die Farbe.«

»Schwarz. Was sollte es denn sonst sein, rosa etwa?«

»Schwarz ist die Farbe der Shetani, die Farbe der Nacht, die einzige Farbe, mit der sie sich maskieren können. Man muß sie bewundern. Wie schlau von ihnen, sich in den Ländern der Böstreffs zu verbergen, bis die Zeit reif ist, da sie sich erheben und ihr Chaos verbreiten können. Auf diese Weise können sie sich vor allen Augen verstecken und sogar bewegen. Die Shetani sind wirklich sehr raffiniert gewesen.«

»Natürlich waren sie das.« Er ließ sein Bein zurückschwingen, um den nächstgelegenen Gummiklumpen in den Graben zu schleudern. Merry sog scharf die Luft ein.

Das Reifenstück segelte über den Graben und landete dahinter im Gras.

Oak wandte sich zum Wagen zurück. »Haben Sie das gesehen, Merry? Haben Sie die Gefahr gesehen, in der wir alle schweben? Schauen Sie mal, afrikanische Killergespenster, direkt hier auf der Autobahn.« Er brach ab und verpaßte dem nächsten Klumpen einen Tritt.

Wenn er nicht seine Wanderstiefel angehabt hätte, hätte

er wahrscheinlich den Fuß verloren. Wie der Blitz bog sich der schwarze Streifen herum. Flache, rasiermesserscharfe Zähne packten mit hartem Biß den Knöchelteil des Stiefels und drangen ungefähr ein Viertelzoll tief in das Leder ein. Schockiert taumelte Oak rückwärts gegen die Motorhaube des Kombis, reflexartig trat er mit dem Bein aus, doch die basketballgroße Figur klammerte sich mit ihrem geradezu obszön riesigen Maul an seinen Fuß. Sie besaß einen langen Leib, einen bleistiftdünnen Hals, lange, dünne Arme, keine Beine, zwei Augen auf Stengeln, die sich auf der rechten Seite des abgeflachten Schädels befanden, und ein Maul voller vier Zoll langer Zähne.

Da es weder Fleisch noch Knochen zu packen bekam, löste das kleine Ungeheuer seinen Biß und biß ein Stück höher zu. Dort war das Leder dünner, und Oak spürte die Kanten der Zähne. Wieder trat er aus, wedelte mit dem Bein in der Luft herum. Das grausige Ding blieb an ihm haften, trotz seiner heftigen Verrenkungen. Eine lange, dünne Zunge, die von winzigen, pfeilähnlichen Zähnen umrandet war, schoß aus dem oberen Teil des Mauls hervor und fuhr sein Hosenbein empor. Sie war gute zwei Fuß lang und lag normalerweise tief im Inneren des kugelförmigen Körpers zusammengerollt.

»Holen Sie es runter«, stöhnte eine Stimme, die Oak kaum als seine eigene erkannte, »holen Sie es *runter!!!*«

Olkeloki machte einen Schritt nach links, hob seinen schweren Gehstock über den Kopf und ließ ihn hart auf den Rücken des Shetani prallen. Für Oak sah es so aus, als würde der Stab einfach nur von diesem unglaublich zähen Körper abprallen, doch die Augenstengel des Ungeheuers wirbelten herum, um den Laibon böse anzufunkeln. Ein zweites Mal fuhr der Stock nieder und krachte gegen den schmalen Schädel. Die Augen wurden eingefahren, und der Shetani ließ los.

Einen Augenblick stand er da, funkelte und knurrte sie an. Dann machte das Ding kehrt und jagte auf den Graben zu, wobei es auf seinen beiden Händen lief und sich gelegentlich mit der widerlichen Zunge abstützte. Es sprang über einen Haufen zerbrochener Flaschen, schoß durch einen Sack voller Müll und verschwand in einem Abflußkanal.

Ein riesiger Safeway-Lastwagen donnerte vorbei. Der Fahrer ließ zum Gruß dröhnend die Lufthupe ertönen. Oak lehnte an der Motorhaube seines Wagens und lauschte, wie sein Herz gerade versuchte, sich hämmernd aus dem Brustkorb zu befreien.

Olkeloki legte ihm die Hand auf die Schulter, und er zuckte zusammen. Der alte Mann lächelte nicht. »Kommen Sie. Die wissen, daß wir hier sind. Jetzt werden Sie sich sammeln, um uns aufzuhalten.«

»Ich weiß nicht, was ich sagen soll. Ich... es tut mir leid... dieses *Ding*...«

»Sie können sich später noch entschuldigen. Jetzt müssen Sie fahren. Wir wollen nicht hier draußen im Freien erwischt und aufgehalten werden, noch bevor wir angefangen haben.«

»Nein... nein.« Er machte kehrt und hinkte zur Fahrerseite zurück. Dort, wo die Zähne des Wesens das Leder durchdrungen hatten, schmerzte die Stelle über seinem Knöchel. Noch immer sah er im Geiste, wie es sich entschlossen an seinem Bein festhielt, wie die roten Augen ihn seelenlos anfunkelten, spürte, wie diese groteske Zunge über seine Haut scharrte. Langsam wurde seine Socke feucht von Blut.

Der Kombi ließ eine Reifenspur zurück, als er quietschend auf die Fahrbahn fuhr. Der Toyota Celica, den Oak im Rückspiegel nicht gesehen hatte, kreischte auf, als sein Fahrer ihn mit wilder Geste im letzten Augenblick um den Kombi herumlenkte. Der Mann schüttelte die Faust und schrie ihnen Beschimpfungen zu, die sie jedoch nicht hörten. Oak ignorierte ihn.

Merry beugte sich vor und musterte sein rechtes Bein. »Ich kann die Zahneindrücke erkennen, an der Stelle, wo er oben Ihren Stiefel durchgebissen hat.«

Er nickte gedankenverloren, jagte den Wagen bis auf fünfundsiebzig hoch, bevor er schließlich wieder das Gas zurücknahm. Er wollte nicht von einer Polizeistreife angehalten werden. Nicht hier. Es dauerte ein paar Minuten, bis er seine Stimme wiedergefunden hatte.

»Was zum Teufel war das?« fragte er heiser. »Was war das, alter Mann?«

»Ein Namangonye Shetani, glaube ich. Normalerweise interessieren die sich nur dafür, Nahrung aus Gärten zu stehlen, Menschen lassen sie in Ruhe. Aber das sind jetzt keine normalen Zeiten mehr. Nicht nachdem die Grenzen zwischen der Wirklichkeit und dem Dorther so durchlässig werden. Ah, da sind wieder zwei.«

Verbissen blickte Oak unentwegt nach vorn, aber Merry sah nach rechts und folgte den Gegenständen mit ihren Blicken, bis sie hinten verschwunden waren. »Die sehen wirklich wie Reifenstücke aus.«

»Die meisten sind nichts anderes als das, was sie zu sein scheinen. Es läßt sich schwer unterscheiden. Die Shetani sind hervorragende Nachahmer und können...«

»Ach, Scheiße.« Hart riß Oak das Lenkrad herum. Merry stieß einen Schrei aus, als der Kombi schlingerte, rutschte und über etwas hinwegholperte. Oak blickte in den Rückspiegel. »Gleich ein ganzer Haufen von denen, liegen mitten auf der Straße und warten auf uns.«

»Und was, wenn es nur Reifengummi gewesen wäre?« fragte Merry vorwurfsvoll. »Sie hätten uns umbringen können!«

»Haben Sie es denn nicht gespürt?« erwiderte er mit wölfischem Grinsen. »Wir sind glatt durchgefahren, hat sich nicht angefühlt wie Gummi.« Schon waren die Gegenstände, die sie überfahren hatten, außer Sichtweite.

»Aber woher konnten die das so schnell wissen?«

»Die sind sich jetzt unserer Gegenwart bewußt«, erklärte Olkeloki. »Sie haben ihre eigenen Mittel der Kommunikation, die zu verstehen ich mir nicht einbilden kann, aber ich glaube, wenn wir erst einmal im Flugzeug sitzen, sind wir in Sicherheit.«

Merry antwortete, indem sie einen weiteren Schrei ausstieß und versuchte, sich in ihren Sitz hineinzugraben. Vorn kroch etwas über die Kühlerhaube und kam langsam auf sie zu. Dieses Ding besaß Beine. Es besaß auch ein aufgesperrtes Maul, das von der rechten Seite seines Gesichts herum und den linken Kiefer entlang verlief, um an der Stelle zu enden, wo eigentlich ein Ohr hätte sein müssen. Aus dem Kopf staken vier Dornen. Sie waren umrahmt, als trügen sie Fell. Die Augen traten aus dem Schädel hervor, und an der rechten Gesichtsseite blähte sich eine einzelne Nüster. Das riesige Maul war voller spitzer Zähne, die so groß waren wie die von Menschen.

»Kibwenge Shetani«, sagte Olkeloki. »Die sind sehr beharrlich.«

»Verjagen Sie es!« wimmerte Merry.

Nun hatte das Ding die Windschutzscheibe erreicht, starrte zu ihnen hinein, auf seinen dünnen Beinen kniend und sich an den Scheibenwischern festhaltend. Es riß sein unmögliches Maul unglaublich weit auf und biß unmittelbar vor Merry zu. Die Zähne ließen das Glas zwar splittern, durchdrangen es jedoch nicht. Inzwischen versuchte Oak, den heftig schlingernden Wagen in seine Gewalt zu bringen, während er an der Pistole in seinem Schulterhalfter nestelte.

»Konzentrieren Sie sich aufs Fahren. Bleiben Sie auf der Straße, sonst sind wir verloren!« sagte Olkeloki in einem Befehlston, den Oak bei ihm noch nie gehört hatte. Der alte Mann griff in seine Jacke und holte wieder einen kleinen Beutel hervor. Doch dieser war nicht mit Gold und Edelsteinen gefüllt, sondern mit irgend etwas Trockenem und Übelriechendem.

Er holte eine Prise getrockneter Kräuter und Staub hervor, beugte sich über Merrys Schulter und rammte seine staubbedeckte Handfläche gegen die Windschutzscheibe, als der Shetani gerade wieder zubiß. Ein Stakkato aus Hustengeräuschen drang bis zu ihnen durch das Glas hindurch. Sowohl Hände als auch Füße des Shetani zogen sich in dem vergeblichen Versuch zusammen, dieses gewaltige Maul zu bedecken. Ohne verbleibenden Halt stürzte das Wesen rechts vom Wagen, prallte einmal gegen den Unterboden und war auch schon verschwunden. Im rechten Außenspiegel konnte Oak erkennen, wie es hinter ihnen die Fahrbahn entlangrollte und -hüpfte.

»Jesus!« murmelte er. »Das muß zu denen gehört haben, die ich überfahren habe. Wahrscheinlich hat es eine Achse zu packen bekommen oder etwas. Dabei bin ich doch mit sechzig Meilen in der Stunde gefahren.«

»Manche Shetani sind sehr schnell und sehr kräftig.«

Er blickte zu dem alten Mann zurück. »Wie haben Sie das Ding dazu gekriegt, loszulassen?«

Olkeloki war damit beschäftigt, den winzigen Sack wieder vorsichtig in einer Jackentasche zu verstauen. »Ich habe es zum Niesen gebracht. Die Shetani niesen nicht gern. Sie können daran sterben. Daher hat es losgelassen. Das war kein Reifengummi, den Sie überfahren haben, Joshua Oak. Langsam nehmen Sie sie wahr. Sie sind sensitiver, als Sie glauben.«

Inzwischen schlug Oaks Herz langsamer, seine Atmung wurde wieder normal. »Vielleicht, aber im großen und ganzen schaue ich mir wohl lieber die Skins beim Spiel gegen die Cowboys an.« Er spürte die Wärme seines Bluts in der rechten Socke. Die Wunde blutete zwar, ging aber nicht tief. Wenn Hunde Tollwut haben konnten, was übertrugen dann Shetani? Er gelangte zu dem Schluß, daß er es gar nicht wissen wollte.

»Und Sie sagen, daß Millionen von diesen Dingern überall erscheinen werden, wenn wir sie nicht aufhalten?«

»Nicht Millionen«, erwiderte der alte Mann ruhig, »Milliarden. Gehe ich recht in der Annahme, daß wir ab nun nicht mehr diesen Böstreffunsinn zu hören bekommen werden, was denn nun wirklich sein mag und was ein

Traum, und daß ich meine Energie auf die wichtige Aufgabe konzentrieren kann, die vor uns liegt?«

»Darauf können Sie Ihren Arsch verwetten, alter Mann.« Er sah zu Merry hinüber. »Sind Sie in Ordnung?«

»Häßlich. Sie sind so *häßlich.* Wie Parodien von Menschen und Tieren, alles durcheinander. Ich würde viel lieber ein gemütliches altes Gespenst sehen.«

»An ihren Zähnen ist auch nichts auszusetzen. Jedesmal, wenn mich jetzt wieder die Skepsis packt, wird mich der Schmerz in meinem Bein schon zur Vernunft bringen.«

»Werden Sie gehen können?« Olkeloki beugte sich über den Vordersitz.

»Die Blutung hat praktisch aufgehört. In meinem Rucksack habe ich etwas dabei, womit wir die Wunde verbinden können. Von nun an werde ich immer erst zweimal hinsehen, bevor ich *irgend etwas* einen Tritt verpasse.«

11

Wolgodonsk, UdSSR — 20. Juni

Petrownitsch war außer Atem, als er das Büro schließlich erreicht hatte. Das war an sich noch nichts Besonderes. Der Ingenieur hatte großes Übergewicht. Doch sein Gesichtsausdruck ließ den Chefingenieur sich schnell aufsetzen und die Automobil-Ersatzteilrubrik der Zeitung beiseite legen, in der er gelesen hatte. Petrownitsch hatte einen scharfen Blick, er war nervös und viel zu fanatisch, was seinen Beruf anging, als daß es dem leichtfüßigen Alexijew gepaßt hätte. Andererseits konnte man sich darauf verlassen, daß Petrownitsch immer dann, wenn irgend etwas schieflief, die Ursache aufspürte und beseitigte. Das war sehr wertvoll, vor allem dann, wenn der Chefinspektor aus Kiew auf einer seiner seltenen, aber immer beunruhigenden Inspektionsreisen vorbeikam.

Während Alexijew also keine besondere persönliche Vorliebe für Petrownitsch hegte, hatte er doch großen Respekt vor den Talenten des Mannes. Und sein Untergebener war auch niemand, der gern Zeit vergeudete.

»Genosse Chefingenieur, ich muß leider berichten, daß es eine undichte Stelle gibt...«

»Eine undichte Stelle?« Das war ein ungebräuchlicher Ausdruck, ein ausländischer Ausdruck, ein Ausdruck, der in seinem Büro keinen Platz hatte. »In der Herrentoilette? Das meinst du doch wohl, Petrownitsch. Gibt es schon wieder eine undichte Stelle in der Herrentoilette?«

»Ach, wenn es doch nur so wäre, Genosse Chefingenieur. Das Leck befindet sich auf der Vorderseite, genau in der Mitte, auf ungefähr zwei Dritteln der Strecke nach unten. Ich bin die Flußstraße entlanggegangen und habe zufällig in die Richtung geschaut. Die Sonne stand gerade richtig, sonst hätte ich es überhaupt nicht bemerkt, und deshalb wurde es wahrscheinlich auch noch nicht gemeldet, wie ich annehme. Es ist eindeutig ein Leck.«

»In diesem Fall«, murmelte Alexijew, und jeder Gedanke daran, ein paar Ersatzteile für seinen Laika zu ergattern, war schnell vergessen, »werden wir uns die Sache wohl mal anschauen müssen, nicht wahr?«

Der Tsimljansk-Staudamm durch den Don war einer der größten der Sowjetunion, eines jener gewaltigen nutzbringenden Projekte, die die Sowjetregierung den Würdenträgern unter ihren Gästen immer so stolz vorführte. Er war ein Beweis sozialistischer Hingabe und ein Zeugnis moderner Ingenieurskunst. »Da bin ich«, schien der Damm zu erklären, »und wie die Menschen, die mich gebaut haben, wird man auch mich nicht mehr beiseite räumen.« Er war so solide wie die Erde, aus der er bestand, riesig und breit, eher eine Erdfalte als ein von Menschen geschaffenes Bauwerk. Der gewaltige See dahinter bescherte den Städten der südlichen Ukraine sowohl Strom als auch Wasser für die Bewässerung und diente der Flutkontrolle.

Auf der Station Tsimljansk waren die Chefingenieure

gekommen und gegangen. Alexijew war der Neueste, und er war von der Endgültigkeit des Dammes kein bißchen weniger beeindruckt als davon, wie dieser das südliche Strömen des Don regulierte. Und doch hatte dieses unbewegliche Objekt, dieses unbestrittene Wunder der Ingenieurskunst, das in den Jahrzehnten seit seiner Erbauung niemandem jemals irgendwelche Probleme bereitet hatte, sich anscheinend, wenn Petrownitsch zu glauben war, ein Leck zugezogen.

Chefingenieur Alexijew hing locker in den Sicherheitsgurten, nachdem man ihn vom oberen Teil des Dammes an einer Winde hinuntergelassen hatte. Die Winde und die Männer, die sie bedienten, waren weit oben über ihm, unsichtbar, der gezähmte Fluß immer noch in schwindelerregender Entfernung unter seinem Gesäß. Seine Füße traten gegen den Erdwall vor ihm. Links von ihm hing Petrownitsch in einem ähnlichen Gurt, er wirkte zimperlich, aber entschlossen. Petrownitsch war nicht schwindelfrei.

Alexijew hatte inzwischen mehrere Minuten lang die Stelle angestarrt. Noch immer starrte er völlig ungläubig auf den steten Wasserstrom, der an genau derselben Stelle aus dem Damm hervorschoß, die der stellvertretende Chefingenieur ihm genannt hatte. Aus dem unsichtbaren Riß trat weniger Wasser hervor als aus einem Gartenschlauch an einem heißen Sommertag. Das stellte an sich noch keine Gefahr dar. Bedrohlich war vielmehr das, was dieser Wasserstrom zur Folge haben konnte.

Vielleicht war es nicht viel mehr als ein dünner Riß, das Ergebnis von Millionen Tonnen von Gestein und Erdreich, die sich im Laufe der Jahre nur ungleichmäßig gesetzt hatten. In diesem Falle würde das Leck schon bald von allein verheilen. Dann war die bauliche Sicherheit der etwa dreißig Millionen Kubikmeter Füllmasse nicht bedroht. Das wäre auch wirklich besser so. Nein, was tatsächlich wichtig war, war nicht dieser dünne Strom kalten Wassers. Was viel wichtiger war, war die Tatsache, daß es so aussah, als befände sich das eigentliche Leck auf der gegenüberliegenden Seite des Damms. Er würde Taucher hinunterschicken müssen, und das wollte er nicht, denn Taucher anzufordern bedeutete, zeitraubende, komplizierte Formulare ausfüllen und zudem einen Bericht nach Kiew schicken zu müssen. Möglicherweise bedeutete es einen Besuch des ungeliebten Chefinspektors.

Nicht daß er sehr viel Auswahl gehabt hätte. Da war das Leck, so deutlich zu sehen wie eine Träne auf der Wange eines Filmstars. Er konnte schließlich nicht einfach irgendeine Münze werfen, um über Wohl und Wehe der Tausenden von Menschen zu entscheiden, die flußabwärts unterhalb des Damms lebten.

Die Taucher trafen am selben Nachmittag ein. Sie begaben sich in das kalte Wasser nahe des Fundaments des Damms, Stromkabel für ihre Hochintensitätsunterwasserlampen mit sich führend sowie zahlreiche Sicherheitsleinen. Sie waren von ihrer Aufgabe nicht eben begeistert. Gerüchten zufolge gab es unten im See Fische, die so groß waren wie Traktoren.

Die Taucher bekamen keinen dieser sagenhaften Riesen zu sehen, doch das Gesicht des Cheftauchers, eines sehr kräftig gebauten jungen Mannes namens Sascha mit sandfarbenem Haar, wies darauf hin, daß er etwas anderes gesehen hatte. Alexijew stellte sich auf das Schlimmste ein.

Wie sich herausstellte, war es nicht ganz so schlimm, in mancherlei Hinsicht dafür aber noch sehr viel schlimmer.

»Nun?« Er sprach den Taucher an, als dieser mit Hilfe eines Assistenten gerade die Sauerstofftanks abstreifte. Das Gesicht des Mannes war von dem langen Aufenthalt im kalten Wasser gerötet.

»Es gibt dort unten tatsächlich ein Loch, Chefingenieur.«

Alexijew schluckte. »Wie groß?«

Der Taucher hielt beide Hände mit einander zugewandten Handflächen etwa einen halben Meter voneinander entfernt. Eine Woge der Erleichterung durchflutete den Chefingenieur.

»Das ist *alles?* Bist du sicher?«

»Ja.« Sascha begann damit, den Reißverschluß seines Taucheranzugs zu öffnen. »Sie sind alle ungefähr gleich groß.«

Ein Teil von Alexijews Erleichterung wich einem weniger fröhlichen Gefühl. »Alle? Gibt es denn etwa mehr als ein Loch?«

Sascha nickte langsam. »Genosse Chefingenieur, es gibt Dutzende davon.« Plötzlich fühlte sich Alexijew gar nicht mehr sicher auf den Beinen. »Alle in gleichem Abstand voneinander und einen Abschnitt der inneren Dammauer von ungefähr dreißig Metern Breite und zehn Metern Höhe bedeckend. Wenn ich es nicht besser wüßte, würde ich glauben, daß der Damm von riesigen, steinfressenden Termiten befallen wäre. Genauso sieht es nämlich aus – wie ein Haus, das von Termiten zerfressen wird.

Außerdem verlaufen die Löcher, soweit sich das mit Hilfe unserer Lampen feststellen ließ, alle völlig gerade. Sie sind glatt und an den Seiten sowie oben und unten völlig gleichmäßig. Ich kann mir nicht vorstellen, daß das durch Erosion entstanden sein soll. Ich verwette meinen Ruf als Berufstaucher darauf, Genosse Chefingenieur, daß diese Löcher ausgegraben oder gebohrt wurden, wie immer man es nennen will. Irgend jemand hat dort Löcher in euren Damm gebohrt. Das ist an genau der richtigen Stelle geschehen, um einen katastrophalen Zusammenbruch des Bauwerks zu bewirken.« Alexijew erkannte, daß der junge Mann nicht verängstigt war. Er war nur wütend.

Der Chefingenieur war zu sehr mit Denken beschäftigt, um wütend zu werden. Normalerweise war er zwar kein schneller Denker, doch an diesem Nachmittag funktionierte sein Gehirn fast mit Lichtgeschwindigkeit.

»Du bist dir all dessen ganz sicher, was du mir gesagt hast, Genosse Sascha? Du bist dir auch klar, was du da behauptest?«

»Wie ich schon sagte, ich verwette meinen Ruf darauf. Meine Männer werden es bestätigen. Du kannst auch andere Taucher hinunterschicken, wenn du willst. Ich möchte selbst gern noch einmal hinunter, zusammen mit Gregoriov und einem weiteren Mann, sobald unsere Sauerstofftanks wieder gefüllt sind. Diesmal wollen wir Kameras mitnehmen.«

»Ja, ja, natürlich.« Alexijew hörte kaum noch, was der junge Mann sagte. Er spähte über die riesige Ausdehnung des Dammes hinweg und versuchte, seine scheinbare Festigkeit mit dem zu vereinbaren, was die Taucher gesehen hatten.

Er dachte an die Hunderttausende von Menschen, die flußabwärts an den Ufern lebten, an die Bauernhöfe und Fabriken, die durch einen Einbruch des Dammes binnen weniger Minuten alle davongeschwemmt werden würden. Er konnte sich niemanden vorstellen, der so etwas geschehen lassen wollte. Damit jemand sich so etwas auch nur überlegte, mußte er bereits jegliche Menschlichkeit verloren haben.

»Natürlich, geht auf jeden Fall mit Kameras hinunter, Genosse Sascha. Macht jede Menge Fotos von den ... Löchern. Ich werde sie brauchen.«

»Du sollst sie bekommen.« Er wandte sich ab, zögerte lange genug, um noch einmal zurückzublicken. »Noch etwas, Genosse Chefingenieur. Ich glaube, da man sogar Fotografien in Zweifel ziehen kann, wäre es vielleicht eine gute Idee, ein paar Leute von der Armee hinzuzuziehen.«

»Ja. Die wird man informieren müssen. Alle werden informiert werden müssen.«

San Onofre, Kalifornien – 20. Juni

Carrington blickte auf die weite, metallgraue Wasserschicht, die den Pazifischen Ozean bildete. Es war vierundachtzig Grad Fahrenheit im Schatten, und der heißeste Teil des Tages stand noch bevor. Er zwang sich dazu, sich von dem Fenster und dem kühlen Wasser abzuwenden. Noch Stunden, bevor seine Schicht endete. Seine Freunde zogen ihn sehr häufig damit auf, daß er soviel Zeit im Wasser verbrachte, so nahe an den Abwässern des Kraftwerks, doch er pflegte immer in gleicher Münze heimzuzahlen.

»Wenn mein Brett anfängt zu glühen, werde ich mich vielleicht ein wenig zurückhalten – aber auch das hängt davon ab, ob es gerade gute Wellen zum Surfen gibt oder nicht.«

Um ihn herum summte die große Anlage mit voller Kraft, speiste Energie in das ausgedehnte Netz des südlichen Kalifornien, sorgte dafür, daß die Klimageräte in Los Angeles und San Diego ununterbrochen liefen. Wie üblich, war der Kontrollraum überbelegt. Er wußte nicht, warum man so viele Leute brauchte. Wenn die offiziellen Stellen der Industrie ein kleines bißchen mehr Spielraum ließen, könnte man dem Steuerzahler sehr viel Geld ersparen.

Aber nein. Es mußte ja Reserveleute geben, die die Reserveleute im Auge behielten, die wiederum die jeweilige Schicht im Auge behielten. Das Ergebnis sah so aus, daß er einen Spitzenlohn dafür bezog, daß er so gut wie nichts tat, daß er einen Nukleonik-Abschluß vergeudete, obwohl er mit seiner Zeit doch wahrlich Sinnvolleres hätte anfangen können. Sein Blick schweifte zurück zu dem Fenster, das auf den darunterliegenden leeren Strand hinausging. Als würde er auf seinem Brett sitzen und auf eine Welle warten, die eine Pipeline in sich barg.

Durch den Raum winkte er Charlie zu, sah auf die nächste Uhr (der Raum war voller Uhren). Nicht mehr lange, dann konnte er sich abmelden, in einen Anzug steigen und noch ein oder zwei Stunden im Wasser verbringen, bevor die Sonne unterging und es Zeit wurde, nach Hause, nach San Clemente zu fahren.

Über all dies dachte er gerade nach, als er sich auf den Schreibtischrand eines Kollegen setzte und das Erdbeben zuschlug.

Es schien nicht aufhören zu wollen. Das war eine Eigenschaft jeder Erderschütterung, die länger als fünf Sekunden dauerte. Diese erschütterte die Landschaft fast eine volle Minute lang. Das Beben leerte Schreibtische, ließ Bleistifte und Kugelschreiber, Bücher und Handbücher durch die Luft fliegen. Kurz vor Ende des Bebens schien der Boden sich einmal gewaltig aufzubäumen, als hätte eine Riesenhand von unten gegen den Rand des Kontinents gedrückt, um ihn acht Zoll hochzuheben, bevor er wieder auf den darunterliegenden Basalt krachte.

Überall erschollen Alarmglocken, Sirenen heulten und Menschen fluchten und brüllten einander wechselseitig an. Es war genau der Alptraum, dem Carrington in den vier Jahren, seit er in San Onofre arbeitete, bisher hatte entgehen können. Der Alptraum der roten Lampen.

Jetzt blinkten sie, einzeln und in Gruppen, an den Wänden, die den Kontrollraum umschlossen.

»Jesus Christus!« murmelte Fossano, eine riesige, kahlköpfige Fettkugel von einem Mann, der nichts mehr glich als einem Schneemann, der im halbtropischen Südkalifornien völlig fehl am Platz war. Er schwitzte, doch das kam nicht von der Anspannung des Erdbebens. Seine Blicke musterten ein Meßgerät nach dem anderen, seine Hände bewegten sich wie die eines Konzertpianisten über die darunterliegenden Schalter. Alles, was er im Augenblick vom Leben begehrte, war, daß die roten Lampen doch wieder grün werden mochten. Während er arbeitete, flehte und bettelte er, ging die halbe katholische Liturgie durch. Gelb. Er würde sich auch mit Gelb zufriedengeben. Mit allem, außer Rot.

Doch die Klang-und-Licht-Show weigerte sich zu kooperieren, obwohl es ihm tatsächlich gelang, einige der roten Lampen zum Erlöschen zu bringen. Doch dafür blitzten immer weitere auf, schneller, als er arbeiten konnte. Immer und immer wieder murmelte er »Christus!«

Boseler, besser unter der Bezeichnung ›der Alte‹ bekannt, steckte mittendrin, rannte von einer Station zur anderen wie eine Ratte, die in einem Labyrinth nach einem

Ausgang suchte. Er bewegte sich schnell und sprach ruhig, zeigte genau die Beherrschung, die alle anderen im Raum am liebsten bewiesen hätten, aber nicht besaßen. Auch er schwitzte, wie Carrington bemerkte, als er sich auf seinen Stuhl fallen ließ. Das war wirklich beängstigend.

»Reserven eins bis sechs online und funktionsfähig!« schrie er, während er seine Instrumente musterte.

»Also gut, machen wir uns jetzt an die Quadratur des Kreises, meine Herrschaften.« Boseler sprach, während er zwischen den Stationen auf und ab ging. Er war ein Kettenraucher, der im Dienst nicht rauchen durfte, daher kaute er Bleistifte. Carrington stellte sich vor, daß die Lippen des Alten inzwischen von Splittern durchbohrt sein mußten.

Über den ganzen Raum hinweg rief Sallyanne Rogers in ihrer unwahrscheinlichen Mädchenstimme, die keinerlei Hinweis auf die drei akademischen Grade bot, die sie innehielt:

»Einheit Nummer Zwei: Temperatur fällt ab!«

»Schneller! Das muß schneller gehen.« Boseler kaute auf seinem Bleistift und blickte besorgt drein. Rogers erwiderte nichts und machte sich wieder über ihre Arbeit her.

Langsam, schmerzerregend langsam wurde es im Kontrollraum ruhiger, als das Scheppern der Glocken und Sirenen dem Chor professioneller, gutgedrillter Stimmen wich. Boseler dirigierte sie wie ein ruhiger Dämon. Die Finger des Schneemanns wurden langsamer, als die roten Lampen zögernd erloschen und hinter dem Glas von grünen ersetzt wurden.

Eine Anzeige sprang Carrington schreiend ins Gesicht: »Probleme in Einheit Drei.«

»Wie schlimm?« wollte Boseler wissen. »Egal, die Zahlen sehe ich auch von hier aus. Jetzt haben wir keine Wahl mehr, also los. Notkühlung, alles abstellen! Komm schon, Steve, flutet das Drecksdings!«

»Noch nicht, noch nicht!« Fossano fuhr sich mit der Zunge über die Lippen, während er Schalter und Knöpfe bearbeitete. »Den können wir noch retten.«

»Carl, ich habe keine *Zeit*, um...«

»Ich kann das Wasser von Zwei und Eins nach Drei leiten, indem ich den Druck auf allen Notsystemen umkehre. Wir brauchen die Einheit nicht zu fluten.«

»Das ist aber ein verdammtes Risiko, Carl«, erwiderte Boseler. »Wenn es nicht funktioniert, verlieren wir möglicherweise die ganze Anlage und die Mannschaft in Drei. Du weißt, was passiert, wenn wir alle drei Blöcke verlieren?«

»Ja. Dann seid ihr alle viel schneller in Japan als ich. Denn ich bin ein miserabler Schwimmer. Aber es müßte funktionieren. Die Parameter passen alle.«

»Scheiße«, murmelte Boseler. Er zögerte nicht. Leute, die zögerten, bekamen so einen Job nicht. »Versuch's, Carl. Gott steh uns bei, wenn du dich irren solltest.«

»Gott steh uns allen bei«, hörte Carrington jemanden murmeln.

Wieder traten die Hände des Schneemanns in Aktion. Carrington zwang sich, den Blick auf seine Instrumente zu heften. Da kam das Wasser aus Eins und Zwei, nach Drei zurückgeleitet. Es war bereits doppelt so heiß als es für eine richtige Kühlung hätte sein dürfen, aber wenn es sich mit dem vermischte, was sie gerade wie verrückt in das ganze System hineinpumpten, könnte es genügen. Es *mußte* einfach genügen.

Eine fürchterlich große Anzahl von Meßinstrumenten leuchtete gelb auf und blieb auch dabei. Dann wurden sie wieder grün, eines nach dem anderen. Als immer mehr kaltes Wasser in das System eingespeist wurde, schwenkten die Meßinstrumente um, nicht nur in Eins und Zwei, sondern auch in Drei. Inzwischen wurde das heißeste Wasser ausgestoßen, sehr viel davon als Dampf.

Sie sahen zu und quälten sich eine halbe Stunde lang, bevor Boseler sich sicher genug fühlte, um Halt zu befehlen. Carrington wußte, daß sich irgendwo vor den Abflußrohren des Kraftwerks jetzt ein paar Fische befinden mußten, für die das Leben äußerst ungemütlich geworden war. Er glaubte nicht, daß er heute surfen gehen würde, und morgen wohl auch nicht. Keinen Fuß würde er mehr in das Wasser unter dem Kraftwerk setzen, bevor der eisige kalifornische Strom, der die Küste bespülte, genug Zeit gehabt hatte, seine notwendige Reinigung zu vollbringen.

Neben Fossano stand eine ältere Technikerin. Ihr Bauch wogte auf und ab, und sie benutzte gerade sein Taschentuch. Der Schneemann war der einzige Mann, den Carrington kannte, der tatsächlich jeden Tag ein Taschentuch mit zur Arbeit brachte. Gott segne dich, Fossano, dachte der jüngere Mann. »Das war aber absolut verdammt knapp«, murmelte er.

»Wie knapp war es?« fragte Charlie und imitierte täuschend einen bekannten Fernsehansager. Carrington lächelte, und Sallyanne Rogers kicherte nervös.

Dann lehnte sich Boseler über seine Schulter und fragte leise: »Wie kommen wir voran, mein Sohn?«

»In Eins und Zwei waren wir schnell genug, Sir. In Block Drei waren wir nur noch zwei Minuten vom Schmelzpunkt entfernt.«

»Three-Mile-Island war dagegen ein gottverdammtes Picknick«, meinte jemand im Raum. »Ach, klopfendes Herze, sei doch stille!«

»Hätte schlimmer kommen können. Sehr viel schlimmer.« Wie er dort stand und sich über seine Konsole beugte, sah der Schneemann plötzlich weder dick noch dumm aus. Statt dessen glich er eher einem Erlöser, was der Sache auch schon sehr viel näher kam, wie Carrington wußte. Wessen Erlöser, das wußte allerdings noch niemand im Raum zu sagen. Der von San Onofre mit Sicherheit. Vielleicht auch von San Clemente, Oceanside unhd Dana Point.

»Häng dich ans Horn, Carrington. Stell fest, wie wir im Vergleich zum Rest des Landes stehen. Schäden wird es die Küste hinauf und hinunter gegeben haben.«

Nun, da die Krise im Kraftwerk vorüber war, fingen alle an, sich Sorgen um ihr Zuhause und ihre Familien zu machen. Ein Erdbeben von einer Stärke, wie es das Kraftwerk erschüttert hatte, mußte mächtig genug gewesen sein, um Schulen und Häuser dem Erdboden gleichzumachen, selbst im erdbebenbewußten Kalifornien. Er rief das Scripps Institute in La Jolla an. Vorausgesetzt, daß die Telefonleitungen überhaupt noch funktionierten, war das der nächstgelegene Ort, der am wahrscheinlichsten bereits einen vollständigen Bericht vorlegen konnte. Die hatten ihre eigene seismographische Station. Die hatte das Kraftwerk zwar auch, aber sie war von dem Erdbeben zerstört worden.

Er kam reibungslos durch, ohne jedes Zischen und Knistern. Schnell stellte er seine Fragen. Lange Zeit lauschte er der Antwort, bevor er schließlich aufhängte.

Alle starrten ihn an. »Junge, nun behalte nicht alles für dich«, ermahnte ihn Boseler.

Er blickte erst zu dem Alten empor, dann hinüber zu Rogers und Charlie und den anderen Menschen im Kontrollraum. »Das war Scripps.«

»Wir haben auch nicht geglaubt, daß du die Zeitansage anrufst«, meinte Boseler barsch.

»Sie sagen ... sie haben gesagt, daß es kein Erdbeben gegeben hat. Überhaupt keins.«

Fossano sprach als erster. »Seit fünfzig Jahren lebe ich schon in diesem Staat. Mein ganzes Leben lang. Ich habe schon haufenweise Beben miterlebt, manche waren klein, manche groß. Das hier war das allergrößte. Mindestens Stärke sieben.«

»Vielleicht ist deren Seismograph ja ausgefallen«, warf jemand ein.

»Ja, aber ihre Hintern müßten eigentlich noch funktionieren«, bellte Rogers. »Da unten hätten sie es eigentlich ordentlich fühlen müssen.«

»Gib dich doch nicht mit diesen Wichsern ab«, meinte Charlie. »Die interessieren sich sowieso nur für Fisch. Ruf das Richter Center am Caltech an.«

Carrington nickte, wandte sich benommen seinem Telefon zu und betätigte die Tasten. Man konnte alle atmen hören, und alle wiederum hörten die Fragen, die er stellte.

»Ja, ich verstehe. Sie sind ganz sicher? Na ja, das *ist* schon komisch. Nein, wir haben es alle gespürt. Hat die ganze Anlage hochgehoben.« Eine lange Pause. »Natürlich werden wir das aussagen.«

Er legte auf, wandte sich wieder seinen Freunden und Mitarbeitern zu. »Es hat durchaus ein Erdbeben gegeben.« Erleichtertes Seufzen im ganzen Raum.

»Dann sind wir also noch nicht verrückt geworden?« Fossano hatte sich inzwischen gesetzt.

»Nein, aber die Leute am Caltech werden es bald werden«, erwiderte Carrington grimmig. »Sie sagen, daß wir ein Beben Stärke sieben Komma acht miterlebt haben. Das Epizentrum befand sich ungefähr zehn Meilen direkt unterhalb des Kernkraftwerks. Ich meine, ganz direkt unter uns.«

»Nur zehn Meilen?« Rogers furchte die Stirn. »Das ist aber außerordentlich flach für ein Beben dieser Größenordnung.«

»Das haben die Leute am Caltech auch gemeint.« Carrington sah sich um. »Zehn Meilen unter San Onofre gibt es keine Erdbebenfalte. Das weiß jeder. Die nächste Falte von nennenswerter Größe befindet sich fünfunddreißig Meilen landeinwärts, und die ist sehr klein.«

»Etwas derartig Offensichtliches hätten die Vermessungsmannschaften gar nicht übersehen können.« Boseler sah außerordentlich beunruhigt aus. In kurzer Zeit würde er sich mit der Presse abplagen müssen. »Das können sie gar nicht getan haben.«

»Caltech ist auch der Meinung. Unter dieser Anlage gibt es keine Bodenfalte. Daher hätte es auch kein Erdbeben geben können, und schon gar nicht so ein starkes und örtlich begrenztes. In El Toro hat man es kaum gespürt.« Alle nahmen stumm Platz, versuchten, die beunruhigenden Konsequenzen dieser neuen Informationen zu verdauen. Die große Marinebasis in El Toro lag keine halbe Autostunde landeinwärts. Das Beben hätte dort wie eine Ohrfeige zuschlagen müssen. Hätte.

Herrrje, ein Beben Stärke sieben Komma acht hätte man noch weit im Norden bis San Francisco kräftig merken müssen, und erst recht dreißig Meilen die Straße hoch. Die geologischen Untersuchungen, die in San Onofre dem Bau des Kernkraftwerks vorausgegangen waren, waren außerordentlich umfangreich gewesen. Unter der Anlage gab es keine Erdbebenfalte.

»Und was geschieht jetzt?« überlegte Rogers laut.

Boseler sprach, als würde er im Geiste die wichtigsten Punkte an den Fingern abzählen. »Wir haben hier ein Erdbeben gehabt, das wissen wir. Caltech hat es bestätigt. Sieben Komma acht. Niemand außer uns scheint es gespürt zu haben. Das ergibt keinen Sinn. Wir wissen auch, daß es weder unter uns noch irgendwo in der Nähe eine Erdbebenfalte gibt.«

»Und was bedeutet das wiederum?« murmelte Fossano.

Boseler blickte ihn an. »Daß irgend etwas anderes als Mutter Natur für das verantwortlich ist, was hier vor kaum einer Stunde geschehen ist. Kein Naturereignis wird in diesem Teil der Welt besser dokumentiert als das Erdbeben, und das, was hier heute nachmittag passiert ist, paßt zu keiner Dokumentation. Soviel hat Caltech bereits gesagt. Die merkwürdige Aussage von La Jolla bestätigt das nur noch.«

»Ich weiß, was es hätte auslösen können.« Alle wandten sich Rogers zu. Die sah aber nicht so aus, als wollte sie aussprechen, was sie dachte.

»Sag es schon, Sallyanne«, sagte Boseler.

»Eine Bombe. Eine Bombe, die groß genug war. Die hätte auch nicht zehn Meilen unter der Erde liegen müssen, um den Eindruck zu erzeugen, daß sie so tief detoniert ist.«

Der Alte nickte, wandte sich wieder an Carrington. »Drück mir mal eine Sieben-sechzehn-Nummer, ja, Steve?«

Der Schneemann erkannte die Nummer in D.C. Ebenso

ein oder zwei andere Mitarbeiter im Raum. Alle hingen ihren eigenen Gedanken nach. Noch immer leuchteten ein paar gelbe Lampen. Nichts, was die Automatik nicht in den Griff bekommen würde. Der Rest der Anzeigen leuchtete weiterhin grün – aber wie lange noch? Wann würde das nächste Erdbeben, das kein Erdbeben war, zuschlagen? Und wie würde es das nächste Mal sein? Stärke acht? Wenn das geschah, dann würde ein prächtiger, wenn auch viel zu wenig genutzter Abschnitt der kalifornischen Küste möglicherweise auf Dauer unbewohnbar werden.

Washington würde vor allem zwei Dinge wissen wollen. Zu allererst: Wie? Und zweitens, noch wichtiger: Wer?

12

Heathrow International Airport, England – 21. Juni

Das einzige, was Merry Sharrow an vergleichbarer organisierter Hysterie bisher gesehen hatte, wie sie die internationale Abflughalle von Heathrow erfüllte, war ein kleinerer Krawall nach einem heißen Footballspiel in ihrem letzten Jahr auf der High School gewesen. Josh, der auch kein Weltreisender war, wirkte ebenso irritiert. Als sie das bemerkte, fühlte sie sich schon besser. Nur Olkeloki sah inmitten des hin und her eilenden Völkergemisches völlig ruhig und gelassen aus. Er wußte genau, wo er hinging. Merry und Oak trotteten hinter ihm her, schleppten ihre Rucksäcke durch die Menge. Merry prallte von Savile-Row-Anzügen ab und war überzeugt davon, daß sie, sollte sie den alten Mann aus den Augen verlieren, von der plappernden Menschenwoge fortgerissen werden würde, um dann später am Abend in irgendeiner Ausläuferpfütze neben dem Geschenkshop oder dem Einunddreißig-Aromen-Eiscremestand angespült zu werden.

Vier Frauen unbestimmbaren Alters glitten an ihr vorbei wie eine Ölwoge aus Arabien, mit lebendigen und suchenden Augen, während der Rest ihrer Körper unter dicken schwarzen Schleiern verhüllt war. Ein Trupp japanischer Geschäftsleute watschelte vorbei, schnatternde Gänse in austauschbaren Dreiteilern. Sie bildeten eine Insel für sich, ein kleines Stück stabiles Nippon, das der Brandung undisziplinierter Menschheit trotzte. Natürlich wirkte die Anarchie des Flughafens verglichen mit der abendlichen Stoßzeit in Tokio oder Kyoto oder Yokohama nicht schlimmer als gewöhnlich.

Der Rucksack wurde nicht gerade leichter, und sie war froh, daß Olkeloki darauf bestanden hatte, so wenig Gepäck wie möglich mitzunehmen. Es war schon unglaublich genug, daß sie mit nur einem Fünftel dessen auf dem Weg nach Ostafrika war, was sie von Seattle nach Washington, D.C., mitgenommen hatte. Der größte Teil ihrer Kleidung lag in Oaks Schlafzimmerschrank und wartete auf ihre Rückkehr. Olkeloki hatte ihr gesagt, daß sie nur wenig brauchen würde. Tansania im Winter war ähnlich wie D.C. im Sommer.

Über ihnen hingen die Schilder mit den Nummern der verschiedenen Flugsteige wie Markierungen, die das Ende eines Marathonlaufs anzeigten. Da sie ihre Tickets, die Buchungsbestätigungen und ihr gesamtes Gepäck mit sich trugen, war es ihnen sogar gelungen, dem schlimmsten Gedränge im Erdgeschoß zu entgehen. So konnten sie sofort zum Wartesaal schreiten. Dort würde Merry sich ausruhen können.

»Es ist ganz gut, daß Sie müde sind«, sagte Olkeloki zu ihr. »Sie beide werden im Flugzeug schlafen. Es ist ein langer Flug bis Nairobi. Eine Schande, daß die Strecke nicht von der Concorde beflogen wird. Statt dessen müssen wir eine dicke Maschine nehmen.«

»Das nennt man einen Jumbo Jet«, berichtigte ihn Oak.

»Ach ja? Ich reise leider nicht oft genug, um umgangssprachlich ständig auf der Höhe zu sein. Das ist sowohl eine Freude als auch ein Fluch des Englischen.« Er führte sie durch ein Labyrinth aus Glas und Stahl, dem verheißenen Land entgegen, Flugsteig 42, wo sie sich endlich würden ausruhen können.

Olkeloki sah nachdenklich aus, wie er seinen zerbeulten alten Koffer in einer Hand trug und den allgegenwärtigen Gehstock in der anderen. »Als ich das letzte Mal von Nairobi geflogen bin, hatten die Flugzeuge noch Propeller. Jets sind unendlich viel besser. Wir fliegen nonstop, während ich das letzte Mal von London nach Rom fliegen mußte, von Rom nach Kairo, von Kairo nach Khartum und von dort nach Nairobi.«

»Kein Wunder, daß Sie sich hier richtig auskennen«, meinte Merry. »Was haben Sie denn in England gemacht?«

Der alte Mann lächelte sie an. »Ich bin zur Schule gegangen. Ich habe meinen Abschluß in Oxford gemacht. Als Führer meines Volkes fühle ich mich dazu verpflichtet, meine Bildung von Zeit zu Zeit auf den neuesten Stand zu bringen, deshalb versuche ich, so oft wie möglich an die alte Schule zurückzukehren.«

Das erklärte sehr viel, überlegte Oak. Olkelokis Benehmen in fremder Umgebung, seine ausgezeichnete Beherrschung der Sprache und seine Fähigkeit, sich an Sitten anzupassen, die sich radikal von seinen eigenen unterschieden. Er mochte zwar ein Viehhirte und ein Hexendoktor sein, aber immerhin war er ein *gebildeter* Viehhirte und Hexendoktor. Nichts geringeres als ein Oxfordabsolvent.

»Wo haben Sie denn dann vor der Universität Ihre Ausbildung genossen?«

»Lassen Sie mich überlegen. Das ist schon eine Weile her. Meinen Abschluß habe ich, glaube ich, achtunddreißig gemacht. Warum wollen Sie das wissen?«

»Aus reiner Neugier«, erwiderte Oak, »und außerdem sollten Sie weiterreden.«

»Gewiß doch. Worüber?«

»Über irgend etwas. Damit wir den Mann nicht beunruhigen, der uns verfolgt.«

Merry Sharrow reagierte bewundernswert, ihre Stimme blieb gelassen, und sie blickte sich nicht einmal mit einem Ruck um. »Shetani?«

»Woher soll ich das wissen?«

»Das wäre äußerst ungewöhnlich«, meinte Olkeloki wie beiläufig und widerstand gleichfalls dem Verlangen, seinen Blick über die Menschenmenge schweifen zu lassen, die sich hinter ihnen im Gang drängte. »Es ist sehr schwer für sie, Menschen nachzuahmen.«

»Sind Sie sicher, daß man uns verfolgt?« fragte Merry ihn.

»Ziemlich. Ich sehe viel zu oft dieselbe Gestalt. Wenn wir stehenbleiben, bleibt er auch stehen. Wenn wir weitergehen, folgt er uns. Eindeutiger kann es kaum sein. Wie raffiniert sind denn Ihre Shetani?«

»Wenn es um Shetani geht«, erwiderte Olkeloki ernst, »dann ist nur eins gewiß, daß nämlich nichts gewiß ist.«

»Sehr beruhigend. Ich hätte schwören können, daß uns jemand beobachtet hat, als wir durch den ersten Geschenkeladen gingen, und dann wieder bei den Sicherheitskontrollen. Bleiben Sie beide mal hier. Ich gehe zurück und hole mir ein Brötchen oder so etwas. Hier, passen Sie darauf auf.« Er reichte Merry seinen Rucksack. »Reden Sie einfach weiter, als wäre nichts geschehen.«

Er machte kehrt und bahnte sich seinen Weg durch die Flut wartender Passagiere. Ihre Gespräche waren belanglos, und er konnte sie ohne große Mühe ignorieren. Die meisten von ihnen waren Touristen, die zum ersten Mal nach Afrika reisten. Sie plapperten endlos über das große Abenteuer, das vor ihnen lag, und darüber, wer das bessere Hotel hatte. Die Kinder wollten wissen, wann sie denn endlich die Tiere zu Gesicht bekämen, die Frauen stritten sich darüber, ob sie mit der Hitze und dem Essen zurechtkommen würden, und die Männer fingen bereits an, die Kosten des ganzen Unternehmens zu bedauern.

Oak ließ seinen Blick über jeden von ihnen streifen, wie ein Zollinspektor auf der Jagd nach illegalem Elfenbein.

Ein guter Inspektor konnte einen Schmuggler auf den ersten Blick erkennen. Ob er einen verkleideten Shetani ebenso mühelos aufspüren konnte? Oder wurde er einfach nur nervös und bildete sich Dinge ein? Ein überfüllter Flugsteig erschien ihm als ein recht unwahrscheinlicher Ort, um dort den scheuen, bösartigen Geistern zu begegnen. Olkeloki jedenfalls war dieser Meinung. Doch der alte Mann wußte auch nicht alles, was es über ihre Gegner zu wissen gab, und Oak hatte Erfahrung damit, wie es sich anfühlte, observiert zu werden. *Irgend jemand* beobachtete sie. Hatte Olkeloki nicht behauptet, daß Oak inzwischen für die Shetani sensibilisiert war?

Blödsinn. Oak war für jedermann sensibilisiert. Das hatte ihn die letzten zehn Jahre am Leben erhalten. Und was die Nervosität anging, so hatte es in diesen zehn Jahren drei Gelegenheiten gegeben, bei denen er scheinbar unprovoziert davongesprungen war. Zweimal hatte er danach wie ein absoluter Narr ausgesehen. Beim dritten Mal jedoch wäre er tot gewesen, hätte er nicht so reagiert. Da war es wohl klüger, gelegentlich den Narren zu spielen.

Schnell ging er am Geschenkeshop vorbei, ohne die Blikke von Fremdweltlern im Nacken zu spüren, blieb an der winzigen Snackbar dahinter stehen und bestellte Kaffee und ein einfaches Brötchen. Während er kaute, blickte er auf seine Uhr. Es war eine Uhr, die zwei Zeitzonen anzeigte, voll billigen Schnickschnacks und nützlicher Funktionen, so daß er sie nicht hatte neu stellen müssen, als sie von Dulles abgeflogen waren. Keine halbe Stunde mehr, bis sie die 747 besteigen mußten. Er hatte also nicht mehr viel Zeit, um seine Ahnungen zu überprüfen.

Er war etwas unruhig bei dem Gedanken, Merry der Obhut von Mbatian Olkeloki zu überlassen. Der alte Mann wirkte zwar harmlos genug, aber Harmlosigkeit war eine Sache, Vertrauenswürdigkeit eine andere. Trotz allem, was auf der Autobahn zwischen seinem Zuhause und dem Flughafen geschehen war, war er immer noch nicht völlig dazu bereit, dem Alptraum des alten Mannes gänzlich zu glauben. Sein rechtes Bein pulsierte an der Stelle, wo etwas, das in einem Augenblick noch ein Stück Gummi von einem Lastwagenreifen gewesen war und im nächsten ein Ungeheuer aus einem schlimmen Traum, versucht hatte, seinen Fuß zu amputieren. Es *mußte* eine andere Erklärung für das geben, was sie an diesem Morgen gesehen und erlebt hatten, doch sie fiel ihm beim besten Willen nicht ein. Aber daß sie ihm nicht einfiel, mußte noch längst nicht bedeuten, daß es sie nicht gab.

Da erstarrte er kurz, um reflexartig wieder an seinem Kaffee zu nippen, damit man ihm nichts anmerkte. Es waren zwei, dessen war er sich sicher, und beide waren sehr geschickt darin, sich nicht zu erkennen zu geben. Oak, dessen Wahrnehmung in einem Jahrzehnt der Auseinandersetzung mit gefährlichen Radikalen und Extremisten geschärft worden war, erkannte sie dennoch.

Nur ein kurzes Aufblitzen zweier großer Gestalten, dann hatte die Menge sie schon wieder verschlungen. Oak ließ den Kaffee stehen, nahm aber aus irgendeinem unerfindlichen Grund den Rest seines Brötchens mit, um ihnen nachzugehen. Gerade noch rechtzeitig sah er, wie einer von ihnen zur Linken in der Herrentoilette verschwand. Das ließ ihn zögern. Unter seinem linken Arm gab es im Augenblick nicht die vertraute beruhigende Ausbuchtung. FBI hin oder her, die örtlichen Behörden wären alles andere als erfreut darüber gewesen, wenn er versucht hätte, eine Handfeuerwaffe nach England mitzubringen, erst recht auf einem internationalen Flug. Seine Unruhe fand ihr Gegengewicht in dem brennenden Verlangen zu erfahren, wer ihre Reise hierher beschattete. Er konnte sich nicht vorstellen, wie Geister oder sonst etwas ihre Spur über den Atlantik hinweg hätten aufnehmen können. Olkeloki behauptete, daß manche Shetani flugfähig seien, aber ein Flug mit doppelter Schallgeschwindigkeit? Das bezweifelte Oak. Die wahrscheinlichste Erklärung lautete, daß er sich etwas einbildete und daß sie überhaupt nicht beschattet wurden, andererseits glaubte er unerschütterlich an die Instinkte, die ihn im Laufe seiner Arbeit für das FBI am Leben erhalten hatten, und er hegte keinerlei Absicht, diesen jetzt zu mißtrauen.

Ein zweiter Blick auf die Uhr teilte ihm mit, daß er gerade noch genug Zeit zum Austreten hatte. Wenn er noch länger hier herumhing, würde das Flugzeug ohne ihn starten. Damit war die Sache entschieden. Er bahnte sich seinen Weg in die Toilette.

Dort war nicht viel los. Sein Blick schweifte sofort zu einem Engländer hinüber, der sich gerade die Hände wusch. Der Mann hielt seine Hände unter einen elektrischen Trockner, dann drehte er sich um und ging. Oak war allein in der Herrentoilette.

Vorsichtig schritt er die Pissoirs entlang, beugte sich vor, um die gegenüberliegenden Kabinen zu überprüfen. Auf der anderen Seite des Raums befand sich eine zweite Reihe, und sobald er die erste abgeschritten war, ging er weiter, um auch die zweite zu inspizieren. Dabei schritt er mit dem Rücken zu den Urinierbecken und beugte sich nur so weit vor, wie es nötig war, um unter die Schwingtüren zu spähen.

Die Außentür klapperte, als jemand eilig den Raum verließ. Wer immer es gewesen war, mußte auf einer der Toilettenschüsseln in der ersten Kabinenreihe gestanden haben. Der älteste Trick der Welt. Lautlos fluchend wirbelte er herum und rannte den Weg zurück, den er gekommen war. Als er auf Höhe des ersten Gangs stand, den Blick fest auf die Tür geheftet, traf ihn etwas wie ein Bleirohr unter dem Haaransatz. Hinterher wußte er nicht mehr sicher, ob der Hieb ihn von vorn oder von hinten getroffen hatte, und schon gar nicht, womit er erfolgt war, er wußte nur, daß er mit Sicherheit nicht gegen die Wand gelaufen war. Ganz kurz erblickte er verschwommen eine hohe Gestalt, obwohl er nicht zu sagen vermochte, ob es ein Mensch oder ein Geist war.

Er verlor das Bewußtsein nicht völlig. Das Licht der nackten Neonröhren an der Decke schmerzte. Irgendwo ganz in der Nähe sagte ein kleiner Junge gerade deutlich. »Papi, warum liegt der Mann da auf dem Boden?« Dann beugte sich eine andere Gestalt über ihn, sie klang besorgt.

»Sagen Sie, Freund, sind Sie in Ordnung?« Starker Akzent, dachte Oak. Der Mann hörte sich italienisch an.

Als ihm Wasser ins Gesicht gespritzt wurde, setzte er sich schnell auf und blinzelte. Inzwischen hatten sich außer dem Vater mit dem Kind mehrere andere Männer um ihn geschart. Keiner davon war Polizist, wofür Oak dankbar war. Er fragte sich, was wohl geschehen wäre, wenn Papi nicht in diesem Augenblick zum Pinkeln hereingekommen wäre.

Vor allem war er wütend auf sich selbst. Zu Hause wäre ihm so etwas nie passiert. Er hatte in seiner Wachsamkeit nachgelassen und dafür sofort die Quittung bekommen.

»Ich bin okay. Ich bin ausgerutscht und mit dem Kopf aufgeschlagen, das ist alles.« Willige Hände halfen ihm auf die Beine. »Jetzt geht es schon besser.« Er brachte ein Lächeln zustande, während er zur Tür taumelte und in den geschäftigen Gang dahinter hinaustrat.

Draußen blieb er lange genug stehen, um sich zu orientieren und seinen Hinterkopf zu betasten. An dem, was ihm den Hieb verpaßt hatte, war nichts Geisterhaftes gewesen. Er hatte das Gefühl, daß es ein Mann gewesen war. Ein Shetani wäre ihm an die Gurgel gefahren anstatt seinen Schädel zu bearbeiten. Was für ein hübsches Bild das doch vor dem geistigen Auge abgab: Oak, wie er mit gespreizten Armen und Beinen auf schmutzigen Fliesen lag, die Halsschlagader zerfetzt und überall Blut verspritzend. Wie der kleine Junge kreischte, anstatt Fragen zu stellen.

Ein Blick auf die Uhr ließ seinen Kopf schnell wieder klar werden. Er hatte das Gefühl gehabt, nur ein oder zwei Minuten auf dem Boden der Herrentoilette gelegen zu haben, tatsächlich war es aber sehr viel länger gewesen. Wenn er sich jetzt nicht beeilte, würde er das Flugzeug verpassen. Plötzlich verlangte es ihn sehr danach, auf diesem Flug zu sein, nicht nur, um auf Merry Sharrow zu achten und um Olkeloki zu helfen, sondern weil Josh dabeisein wollte, wenn der alte Mann die Shetani dem bösen Auge aussetzte oder was immer er geplant hatte.

Und sollten hinter allem, was in den letzten paar Tagen geschehen war, irgendwelche Menschen stecken, wollte er diesen auch liebend gern noch einmal begegnen.

Als er sich in der Maschine neben die besorgte Merry und Olkeloki setzte, beruhigte er sich etwas. »Irgend jemand hat mich niedergeschlagen, als ich gerade nicht hinsah, in der Herrentoilette.«

»Haben Sie sie erkennen können?« fragte Merry. »Sind Sie in Ordnung?«

»Erstens, nein, ich habe sie nicht erkennen können, und zweitens, ja, ich bin in Ordnung.«

»Ich verstehe nicht, wie uns irgend jemand seit Washington auf der Spur geblieben sein kann.«

»Ich auch nicht. Es ergibt nicht den geringsten Sinn, was wiederum bedeutet, daß es prima zu allem paßt, was bisher passiert ist.«

»Die Wege der Shetani sind nicht die Wege der Menschen.«

»Was Sie nicht sagen!« erwiderte Oak. »Also, das nenne ich wirklich tiefgründig!« Seine Hand fuhr zu der Beule, die sich an seinem Hinterkopf zu bilden begann. »Was immer mich dort getroffen hat, war feststofflich und kein Geist.«

Sie wurden durch die üblichen endlos langen Sicherheitsinstruktionen vor dem Abflug unterbrochen, diesmal in der Form eines Films, der auf die Filmleinwand projiziert wurde. Das bescherte Oak etwas Ruhe, um seine Gedanken zu sammeln. Der Flug müßte eigentlich sehr bequem werden, dachte er. Das Abteil erster Klasse in der Schnauze des großen Flugzeugs war kaum halbvoll. Er kam sonst nie dazu, erster Klasse zu fliegen. Das FBI mochte seinen Agenten im Außendienst keinen derartigen Luxus bezahlen, und es hätte sich auch nicht mit seinen verschiedenen Untergrundidentitäten vereinbaren lassen.

Nur ein einziges Mal hatte das FBI sich einen Flug erster Klasse kosten lassen. Das war damals oben in Idaho, als er schwer verwundet worden war. Es würde nicht lange dauern, dann würde man das Essen servieren. Er freute sich auf den obligatorischen heißen Karamelbecher.

Menschen oder Shetani, Geister oder Skelette, wenigstens würde ihnen niemand in den nächsten gut zehn Stunden irgendwelchen Ärger machen können, überlegte er, als er sich in die Lederpolsterung zurücksinken ließ.

»Sind Sie sicher, daß alles in Ordnung ist?«

Er lächelte zu Merry hoch. »Ich bin schon öfter niedergeschlagen worden. Wenn man eine Skala von eins bis zehn anlegt, würde ich diesem Hieb die Note fünf geben.« Er schloß die Augen.

Sie blickte ihn weiterhin an. Darauf möchte ich wetten, daß dir das passiert ist, Joshua Oak. Wirst du jemals so offen sein, mir zu sagen, was du eigentlich für unseren gemeinsamen Onkel tatsächlich tust? Mit Sicherheit war er zumindest der beherrschteste Mann, dem sie je begegnet war. Da hatten Ungeheuer sie aus Washington, D.C., gejagt, irgend jemand oder irgend etwas hatte kurz vor dem Start versucht, ihm den Schädel einzuschlagen, und nun lag er da und schlief schon fast, ruhte sich aus wie ein kleiner Junge. Olkeloki blickte gerade aus dem Fenster. Der alte Mann schien niemals müde zu werden.

Gut für ihn. Die Atlantiküberquerung hatte sie stärker erschöpft, als sie erwartet hatte, und die Menschenmenge in Heathrow hatte ihr den Rest gegeben. Sie ignorierte die Demonstration der vertrauten Sicherheitsbestimmungen und ließ die Rückenlehne ihres Sitzes zurück. Als der Jumbo eine scharfe Rechtskurve flog, um über den Kanal zu gelangen, schlief sie bereits ebenso tief und fest wie der Mann neben ihr.

Mbatian Oldoinyo Olkeloki warf einen Blick auf seine Böstreffbegleiter und lächelte. In den Tagen, die vor ihnen lagen, würden sie zum Schlafen nur wenig Gelegenheit bekommen. Was ihn selbst betraf, so sehnte er sich danach, ihnen schlafend Gesellschaft zu leisten, doch das durfte er nicht. Er mußte aus dem Fenster spähen, mußte wachsam bleiben.

Er hatte nicht vor, es zuzulassen, daß sich jetzt, da er bereits so weit gekommen und so viel erreicht hatte, jemand von hinten an sie heranschlich.

13

Über dem Sudan — 22. Juni

Afrika.

Merry Sharrow stand neben dem leeren Sitz und blickte aus dem Fenster. Über dem Indischen Ozan ging gerade die Sonne auf, und die anderen Passagiere in der ersten Klasse schliefen noch immer. Die Kabinencrew würde das Licht erst wieder anschalten, wenn man das Frühstück servierte. Merry jedoch war schon eine Stunde wach. Den größten Teil davon hatte sie damit verbracht, von Fenster zu Fenster zu gehen, um verschiedene Aussichten auf den sechs Meilen unter ihnen liegenden Boden zu erhalten. Schließlich war es ja nicht dasselbe, als würde man über Boise und Des Moines fliegen. Es war zwar unmöglich, Einzelheiten zu erkennen, was ihr jedoch sofort aufgefallen war, war die Tatsache, daß es unten am Boden keinerlei Lichter zu sehen gab.

Ein Blick nach hinten zeigte ihr Mbatian Olkeloki, wie er in seinem weit zurückgelehnten Schlafsessel lag. Er hatte noch immer dasselbe gütige, zufriedene Lächeln, das vor Stunden bei Eintritt in den französischen Luftraum auf seinem Gesicht erschienen war, und er hatte noch immer dieselben Kopfhörer auf. Inzwischen mußte er sämtliche Musikprogramme der Maschine mindestens dreimal gehört haben, überlegte sie, und noch immer lauschte er.

Oak lag ausgestreckt unter seiner leichten Flugzeugdekke, er schlief fest. Sie konnte nicht begreifen, wie er so völlig abschalten konnte. Schließlich war Afrika für ihn ebenso neu wie für sie. Sie dachte daran ihn zu wecken, doch dann überlegte sie sich, daß das Licht des Morgens dies schon bald genug für sie erledigen würde.

Genaugenommen würde das Licht alle Passagiere wekken, und dann würden sie alle auch dieselbe Örtlichkeit aufsuchen wollen. Bevor die Toiletten von jedermann frequentiert wurden, sollte sie erst einmal ihr Gesicht und ihre Hände waschen gehen.

Ihr Rucksack lag oben in einem der Fächer. Sie öffnete den Deckel und suchte in dem unvertrauten Gepäckstück, bis sie die kompakte Handtasche gefunden hatte, auf deren Mitnahme sie bestanden hatte, dann schloß sie das Fach wieder. Eine der Flugbegleiterinnen machte ihr Platz im Gang, als sie an ihr vorbeikam; sie sah schläfrig aus.

Alle vier Toiletten der ersten Klasse waren leer. Merry betrat die erste und verriegelte die Tür hinter sich, dann begann sie in der Handtasche nach ihrer Haarbürste zu suchen. Als ihre Finger sich um das Plastik schlossen, wurde sie von hinten hart gepackt und tiefer in das Innere der Toilettenkabine gerissen. Eine Hand legte sich um ihren Mund, weitere Hände um Hüfte und Arme, während sie zurücktaumelte. Die Finger auf ihrem Mund gehörten einem schwarzen Skelett.

Eigentlich hätte sie gegen die hintere Wand der Toilette prallen müssen, doch das tat sie nicht. Als sie den Grund dafür erkannte, weiteten sich ihre Augen noch mehr. Die Toilette hätte eigentlich nur ein paar Fuß lang und ebenso breit sein dürfen. Statt dessen fand sie sich in einem Raum wieder, der mindestens zehn Fuß lang und sechs Fuß breit war. Die kleine Drucktoilette hing an der hinteren Wand, unmöglich weit entfernt. Wenn die Kabine tatsächlich so groß gewesen wäre, wie sie aussah, wäre sie mindestens fünf Fuß über die Außenhaut der 747 hinausgeragt.

Mit ihrer rechten Hand kratzte sie heftig nach einer zehn Fuß langen Frisierkonsole. Darüber hing ein ebenso langer

Spiegel, in dem sie das Abbild ihrer Peiniger erkennen konnte. Das Spiegelbild wirkte nicht so fremdartig, wie die unglaublich groß gewordene Toilettenkabine, weil sie so etwas schon einmal gesehen hatte.

Sie sahen aus wie das Hundeding, das sie an jenem verregneten Morgen östlich von Seattle angefahren hatte.

Nicht zwei von ihnen glichen einander völlig. Alle besaßen zwar die gleichen dürren, langen Gliedmaßen, doch manche hatten richtige Füße anstelle eines zweiten Handpaars. Im matten Licht der einzelnen Leuchtstoffröhre über dem Spiegel sah sie, daß sie weder Kleidung noch irgendwelchen Schmuck trugen.

Die Köpfe der Weibchen sahen beinahe normal aus, bis auf die Kiefer, die vorragten wie bei Affen. Die riesigen Mäuler wiesen alle kleine, spitzgefeilte Zahnreihen auf. Die männlichen Schädel waren langgezogen und schmal wie jene der Statuen auf den Osterinseln, nur daß sie an den Seiten und oben nicht scharfkantig waren, sondern abgerundet. Keines der beiden Geschlechter besaß Ohren, und nur die Männchen hatten sichtbare Nüstern. In der aufgeblähten Toilettenkabine hatte sich mindestens ein Dutzend von ihnen zusammengedrängt. Während sie hinsah, trat ein weiteres Paar langer Arme aus dem Inneren der Toilettenschüssel hervor. Mit einem Grunzen kam der dritte Shetani aus den rostfreien Stahltiefen empor.

Sie waren ebenso groß wie Merry, doch mit ihren unglaublich dünnen Körpern und skeletthaften Gliedmaßen konnte selbst der massigste von ihnen kaum mehr als hundert Pfund wiegen. Sie versuchten, ihr von hinten die Arme an den Leib zu drücken. Merry riß ihren linken Arm frei und schlug damit auf den grinsenden Shetani ein, der gerade versuchte, auf sie zu klettern. Ihre Faust krachte in das aufgesperrte Maul und schleuderte ihn rücklings davon.

Der Lärm, den sie machten, war ohrenbetäubend, und sie fragte sich, warum noch niemand gekommen war, um nachzusehen. Kugelige Augen glotzten sie wild an, während sie versuchten, sie zu Boden zu reißen, dabei zwitschernd und grunzend. Das Gesicht eines der Weibchen schlug unentwegt von unten gegen Merrys Wange. Die straffe Haut war so kalt wie Eis. Der Shetani funkelte sie böse an und griff nach ihr, vergrub seine langen Finger in Merrys rechter Brust. Vor Schmerz aufkeuchend, stieß Merry ihren Ellenbogen nach hinten. Der Druck ließ nach, als die widerliche kleine Kreatur zu Boden ging.

Sie waren nicht sehr kräftig, aber es waren so *viele!* Dann glitt die Hand, die sich auf ihren Mund gelegt hatte, von ihr ab, und sie schrie so laut sie konnte. Die Shetani kicherten wahnwitzig und machten vor ihrem Gesicht obszöne Gesten. Wieder schrie sie los, laut genug, um die schlafenden Passagiere bis zur Touristenklasse zu wecken, doch niemand kam, um nachzusehen. Was immer den Raum in der Toilettenkabine ausgedehnt hatte, schien auch sämtliche Geräusche darin zu dämpfen.

Inzwischen bearbeiteten zwei der Männchen ihre Beine, versuchten sie auseinanderzuzerren, während ein dritter am Gürtel ihrer Jeans nestelte. Alle drei hatten gigantische Erektionen.

Das muß doch ein Traum sein, jammerte sie stumm. Doch es war nichts Traumartiges an dem Druck auf ihren Armen und Beinen, nichts Eingebildetes an den entsetzlichen, kichernden Geräuschen, die auf ihre Ohren einprasselten. Inzwischen hatten sie den Gürtel gelöst. Lange, spinnengleiche Finger zerrten die Levi's die Schenkel herunter und grapschten nach ihrem Slip.

Am Riegel der Schiebetür ertönte ein leichtes Schnappen, und ein fragendes Gesicht blickte herein, als die Tür aufging. »He, was ist denn hier los?«

Es war die Flugbegleiterin, der Merry im Gang begegnet war. Wenn sie noch irgendwelche Zweifel gehegt hätte, daß das, was mit ihr gerade geschah, wirklich sei, wurden sie jetzt durch den Gesichtsausdruck der anderen Frau restlos beseitigt. Das ganze Grauen ihrer Lage spiegelte sich in den Augen der Flugbegleiterin wider.

Mehrere Shetani, die versucht hatten, Merry zu Boden zu reißen, ließen sie nun los und sprangen die Frau an. Sie legten ihr rechtzeitig Hände über den Mund, um ihren Schrei zu ersticken, während andere hastig die Tür hinter ihr schlossen. Auf der Schulter eines der Shetani saß ein Chamäleon. Die Echse war ebenso schwarz wie ihr Herr, nur daß sie unabhängig voneinander bewegliche rote Augen besaß. Ihre lange Zunge schnellte hervor und traf die Flugbegleiterin im Gesicht, riß ihr das linke Auge so säuberlich aus dem Sockel, als hätte sie einen Käfer getroffen. Mit offensichtlichem Genuß verschlang das Chamäleon seine Beute.

Die Flugbegleiterin drehte durch und schleuderte die Shetani in alle Richtungen von sich, als der Schmerz sie packte. Weitere Spinnenfinger ließen von Merry ab, um sich der größeren Frau zuzuwenden. In diesem Augenblick ließ Merry ihren rechten Arm vorschießen und schleuderte einen der Shetani mit so viel Wucht über die Frisierkonsole, daß das Sicherheitsglas des Spiegels zerbarst. Mit einem Tritt schleuderte sie ein weiteres Scheusal beiseite.

Nun stand sie wieder auf den Beinen; zwei der verunstalteten Ungeheuer hingen ihr an den Schultern, während sie auf die Tür zutorkelte. Eines davon legte ihr den Arm um den Hals und begann sie zu würgen, während es gleichzeitig herumschwang, um sich zwischen sie und den Ausgang zu schieben. Merry versteifte die Finger, wie sie es im Selbstverteidigungskurs gelernt hatte, und zögerte auch nicht, sie nach vorn in das grinsende Gesicht zu stoßen. Beide hervortretenden Augen platzten und ließen schwarzes Gelee über knochige Wangen spritzen. Doch zeigte dies keine Wirkung auf den Shetani, der nach wie vor an ihr zerrte und riß.

Ein weiterer Stich, und der Griff löste sich, das Wesen fiel seitlich von ihr ab. Mit beiden Händen griff Merry nach hinten, packte ihren verbliebenen Angreifer und riß ihn sich von der Schulter. Sie warf ihn in das Waschbekken. Der Schädel zerbarst, als er auf den Ausguß prallte.

Schwarzes Blut und Hirn verspritzend, versuchte das Wesen wieder auf die Beine zu kommen.

Merry war frei, hinter ihr die Tür. Die anderen Shetani waren mit der Flugbegleiterin beschäftigt, rissen ihr die Kleidung in Fetzen vom Leib, während das Trio, das Merry hatte vergewaltigen wollen, um einen Stand zwischen den Beinen der jüngeren Frau kämpfte. Matt rüttelte Merry am Türknauf.

Bitte, Gott, laß ihn bitte nicht klemmen, laß ihn sich öffnen!

Das letzte, was sie von der Flugbegleiterin sah, war, wie sie die Shetani mit dem Kopf voran in die Toilettenschüssel am anderen Ende der unvorstellbar verlängerten Toilettenkabine zerrten.

Dann stand sie draußen im Gang zwischen dem Vorratslift und der Toilette. Die Tür wurde ihr aus der Hand gerissen und zugeschlagen. Schluckend stand sie im ruhigen Gang da und versuchte wieder Luft zu bekommen. Die kleine Lampe über dem Türknauf leuchtete und erhellte ein einziges Wort:

Besetzt

Ein paar schläfrige, gerade erwachte Passagiere blickten in ihre Richtung, als sie den Gang entlangtaumelte, ihre Jeans dabei hochziehend. Sie stürzte praktisch auf Oaks Schoß, als sie seine Schultern packte.

»Josh, Joshua! Um Gottes willen, wachen Sie auf!«

»Hmph, was?«

Keine Zeit, dachte sie verzweifelt, und vielleicht auch der falsche Mann. Sie ließ ihn fahren und riß Olkeloki die Hörer vom Kopf. Bei dem alten Mann brauchte sie wenigstens nicht darauf zu warten, daß er wach wurde.

Sofort riß er die Augen auf, wachsam und erschreckt. »Frau, was haben Sie...?«

Sie zerrte bereits an seinem Arm. »Mbatian, Sie müssen mitkommen, unbedingt! Wir müssen ihr helfen!«

Vielleicht war es der Klang ihrer Stimme, die immer noch vom Entsetzen gefärbt war, vielleicht aber auch etwas, das er in ihrem Gesicht sah. Jedenfalls sprang der alte Mann sofort auf und folgte ihr den Gang entlang, während sie ihren Gürtel wieder verschloß.

»Shetani«, murmelte sie, halb weinend.

Er legte ihr tröstend eine Hand auf die Schulter. »Ich weiß. Jetzt kann ich sie riechen.«

Vor der Toilette blieben sie stehen. Noch immer leuchtete stetig das Besetzt-Zeichen. Von drinnen war nichts zu hören. Olkeloki drehte am Türknauf. Er ließ sich zwar bewegen, doch die Tür war von innen verriegelt.

»Stellen Sie sich bitte dort drüben hin.« Sie trat beiseite und sah zu, wie er den Knauf mit beiden Händen fest packte. Während er daran drehte, traten die Adern in seinen Armen hervor, und seine Gesichtshaut spannte sich angestrengt. Sie hörte ein gedämpftes *Ping!*, als etwas auf der Innenseite der Tür zerbrach. Der alte Mann sackte ein Stück zusammen, holte tief Luft und drückte.

Merry wich zurück, als die Tür nach innen schwang, doch nichts sprang hervor, um sie oder den alten Mann anzugreifen. Olkeloki blickte lange Zeit hinein. Dann schloß er die Tür leise und ließ den zerborstenen Riegel wieder einrasten. Wieder leuchtete das Besetzt-Zeichen auf. Doch es log. Erwartungsvoll sah sie ihn an, während er sie fest packte, zu ihrem Sitz zurückführte und sie Platz nehmen ließ. »Was haben Sie gesehen? Sie haben doch auch gesehen, daß es da drin viel zu groß ist, nicht wahr? Viel zu groß für irgendein Flugzeug. Sie... sie haben auf mich gewartet. Sie sind aus der Toilette gekrochen und haben mich gepackt, und erst konnte ich nicht schreien, und dann *konnte* ich schreien.«

»Aber es hat Sie niemand gehört.«

»Nein, bis Andrea – das war der Name auf ihrem Schild – nach mir schaute. Sie haben sie auch gepackt, aber sie hat sich gewehrt, und dann hat ihr ein Chamäleon das Auge herausgerissen, und sie drehte durch, und dann haben sich alle auf sie gestürzt. Deshalb konnte ich mich überhaupt nur befreien und entkommen.«

Sie wollte wieder aufstehen. »Aber Andrea, die Flugbegleiterin, die ist immer noch dort drin, und sie haben sie und werden sie... werden sie...«

Sanft drückte Olkeloki sie wieder in ihren Sessel. »Die Frau, von der Sie sprechen, ist nicht dort drin. Und die Shetani auch nicht. Sie sind alle fort. Alle.«

Merrys Finger zuckten und verbogen sich. »Die haben meine Jeans heruntergerissen. Sie wollten mich vergewaltigen. Und gegrinst haben sie und gelacht, und es war entsetzlich, entsetzlich, und...«

»Beschreiben Sie sie gefälligst.« Olkeloki war absichtlich barsch zu ihr. Er mußte alles tun, um ihre aufkeimende Hysterie zu bremsen.

Sie hatte keine Schwierigkeiten, die Wesen zu beschreiben. Schwierig würde es vielmehr werden, sie wieder zu vergessen.

»Ukunduka«, sagte er, als sie fertig war. »Sehr gefährliche Shetani. Ich weiß nicht, wie sie an Bord des Flugzeugs gekommen sind, aber es ist klar, daß wir doch nicht in Sicherheit sind, wie ich dachte. Sie müssen auf Ihrem Sitz bleiben, bis wir aussteigen, Merry Sharrow.«

»Keine Sorge. Aber was ist mit der Flugbegleiterin, was ist mit ihr?«

Olkeloki sah sie grimmig an. »Die Ukunduka ernähren sich nur durch Geschlechtsverkehr.«

»Ernähren? Sie meinen... Nein, sagen Sie es mir nicht, ich will gar nicht wissen, was Sie meinen.« Wenn er es ihr erklärte, würde sie diese Erklärung vielleicht auf den letzten Anblick der zum Verderben verurteilten Stewardeß anwenden, und dann würde sie von diesem Flug noch mehr Alpträume mit nach Hause nehmen. Es war nicht nötig, die auch noch auszuschmücken.

»Fühlen Sie sich nicht wohl, Miß?« Merry zuckte zusammen. Neben ihr im Gang stand eine weitere Flugbegleiterin und blickte sie besorgt an.

»Sie hatte nur einen schlimmen Traum«, warf Olkeloki geistesgegenwärtig ein.

»Oh.« Es war offensichtlich, daß die Frau nicht damit gerechnet hatte, daß der große Massai an Merrys Stelle antworten würde. »Das tut mir leid.« Nun kehrte ihr professionelles Lächeln zurück. »Wir werden in Kürze ein komplettes englisches Frühstück servieren, und danach landen wir in Nairobi. Ich hoffe, daß Sie sich bis dahin besser fühlen.«

Inzwischen mußten Merrys Reflexe wieder eingesetzt haben, denn es gelang ihr ein Nicken. Sie bemerkte, daß ihre Hände zitterten. Interessantes Phänomen, dachte sie bei sich. Die Flugbegleiterin nahm Olkeloki beiseite.

»Das muß aber ein fürchterlicher Traum gewesen sein.«

»Sie wird sich schon wieder fassen. Ich kümmere mich um sie.«

»Also gut«, erwiderte die Stewardeß zögernd. Natürlich ging sie das Leben der Passagiere nichts an. Im Geiste zuckte sie die Achseln und ging weiter den Gang entlang. Es gab noch andere Fluggäste, die geweckt werden mußten.

Merry mühte sich angestrengt, ihr Zittern zu beherrschen. »Ich bin überhaupt nicht auf die Toilette gekommen.« Olkeloki fand eine Decke, schlug sie unter ihren Armen ein. Das Zittern wurde schwächer. »Ich glaube nicht, daß ich jetzt noch einmal gehen könnte.«

»Sie dürfen denen keine neue Gelegenheit bieten. Bleiben Sie an Ihrem Sitzplatz, bis wir gelandet sind. Ich werde Joshua Oak ermahnen, daß er dasselbe tun soll. Die Ukunduka unterscheiden nicht zwischen den Geschlechtern.«

Das brauchte er ihr wohl nicht noch einmal zu sagen, dachte sie. Sie fragte sich, ob sie überhaupt jemals wieder in einem Flugzeug auf die Toilette würde gehen können. Wenn es sein müßte, würde sie hier auf ihrem Sitzplatz bleiben, bis ihr die Blase platzte.

So hungrig sie auch war, ließ sie das Frühstück trotzdem ausfallen. Als das Licht in der Kabine wieder anging, setzte sie sich in den freien Sessel neben Oak. Der hörte sich ihre Geschichte ruhig an, dann sah er zu Olkeloki hinüber, um sie sich bestätigen zu lassen. Der alte Mann nickte düster.

»Und Sie sind sicher, daß Sie da drin etwas gesehen haben?« fragte er schließlich.

»Josh! Wie können Sie so etwas noch sagen?« Sie hatte ihre Stimme kaum in der Gewalt. »Nach allem, was uns in den letzten zwei Tagen passiert ist, wollen Sie immer noch mehr Beweise haben? Dann gehen Sie doch los, stehen Sie auf, und gehen Sie auf die Toilette!«

»Ich bin stark versucht, das zu tun, nur daß ich davon überzeugt bin, daß Sie dort etwas gesehen haben. Vielleicht Shetani, vielleicht auch etwas anderes, aber was immer es war, es hat Sie gezeichnet. Sie sind ja so bleich wie ein Bettlaken. Wenn Olkeloki also meint, daß wir nicht mehr pinkeln gehen sollten, bevor wir gelandet sind, werde ich mich nicht mit ihm streiten. Ich bin zwar stur, aber kein Narr. Er hat schon viel zu oft recht gehabt, sonst säße ich jetzt nicht hier.« Er unterbrach sich, als die Stewardeß Eier, Wurst und Brötchen servierte.

»Sie wissen natürlich, daß es unmöglich ist, eine Toilettenkabine von den Ausmaßen, die Sie beschrieben haben, in irgendeinem Flugzeug beliebiger Bauart unterzubringen.«

»Das weiß ich«, gab sie zu und zog die Decke hoch um ihren Hals. »Und es ist auch unmöglich, daß ein Lebewesen mit einem Hals von vielleicht vier Zoll Durchmesser durch eine Kloschüssel kommt. Zumindest sind das Dinge, die ich alle mal genau wußte. Inzwischen weiß ich aber auch etwas anderes. Erinnern Sie sich noch an die eine Stewardeß? Größer als ich, blond, ganz hübsch? Mit dem Namen Andrea? Warum fragen Sie *die* nicht, was sie gesehen hat? Wenn Sie sie finden können.«

Oak zögerte. »Sie haben gesagt, daß die Shetani sie mit sich ins Klo gerissen haben.«

»Ganz genau, Sie Neunmalkluger. Wenn sie sich also nicht gerade einen Fallschirm geschnappt und sich dazu entschlossen hat, ein bißchen früher mit der Arbeit aufzuhören, müßte sie doch eigentlich noch an Bord sein, nicht wahr? Ist sie aber nicht. Warum suchen Sie nicht nach ihr, Josh? Ich flehe zu Gott, daß sich herausstellen möge, daß ich nur völlig durcheinander bin und daß Sie sie finden. Olkeloki glaubt nicht, daß Ihnen das gelingen wird. Er glaubt nicht, daß irgend jemand sie jemals wiederfinden wird, weil diese Ukunduka ...«

»Ersparen Sie mir, was Olkeloki Ihnen erzählt hat. Es hört sich nicht gerade lieblich an.«

»Es war auch nicht lieblich«, wimmerte sie. »Um ein Haar wäre es mir passiert. Wenn sie nicht gekommen wäre, um nach mir zu sehen ...« Merry ließ den Gedanken verfliegen.

»Wollen Sie nach Hause? Ich bin sicher, daß es mehrere Maschinen gibt, die heute von Nairobi starten. Nach allem, was Olkeloki erzählt hat, muß das ein ziemlich frequentierter Flughafen sein. Wir könnten Sie in die nächste Maschine setzen.«

»Ich gehe nicht nach Hause.«

»Nicht? Nicht einmal nach dem, was Ihnen dort drin passiert ist?« Mit einem Nicken wies er in Richtung Toilette.

»Nein, eben *wegen* der Dinge, die mir dort drin passiert sind. Diese ... diese widerlichen Monster haben versucht, mich zu vergewaltigen.«

»Ich verstehe. In Washington haben sie nur versucht, Sie umzubringen, aber eine versuchte Vergewaltigung macht Sie noch viel entschlossener.«

»Da haben Sie verdammt recht. Am Anfang haben die mich nur erschreckt. Jetzt bin ich wütend. Ich glaube, Sie werden noch feststellen, daß ich verdammt rücksichtslos werden kann, wenn sich mir erst einmal der Kamm hochstellt, Josh.«

»Na, wenn Sie meinen. Ich habe noch niemanden gesehen, dem sich der Kamm hochgestellt hat.« Er lehnte sich zurück, als wollte er ihre Rückseite betrachten. »Wo liegt denn Ihr Kamm genau?«

»Das finden Sie wohl noch witzig, wie?«

»Entschuldigung«, sagte er ernst. »Ich wollte einfach nur ein bißchen Farbe in Ihr Gesicht zurückbringen. Sie wollen die Sache wirklich durchziehen, nicht?«

»Ja, und Sie werden mir jetzt bestätigen, daß Sie mir glauben. Gehen Sie schon, benutzen Sie diese Toilette. Olkeloki meint, daß die Ukunduka alles bumsen, was sich bewegt. Los, gehen Sie schon, Sie zäher Bursche!«

»Das Besetzt-Zeichen leuchtet noch.«

»Na und? Ist Ihnen nicht aufgefallen, daß es schon leuchtet, seit ich hineingegangen bin?«

»Die Zeit, die jemand benötigt, um sein Geschäft zu erledigen, ist noch kein Indiz dafür, daß da übernatürliche Kräfte am Werk sein müssen. Irgend jemand muß dort drin sein.«

»Oh, da ist durchaus jemand drin. Ganz viele Jemands. Gehen Sie schon, sehen Sie nach, Joshua Oak.«

»Ich habe Ihnen bereits gesagt, warum ich das nicht tun werde.«

Triumphierend hakte sie nach »Dann glauben Sie mir also *tatsächlich!*«

»Also gut. Also gut, verdammt, ich glaube Ihnen.« Vorsichtig musterte er die Tür. »Warum auch nicht, nach allem, was uns auf dem Wag nach Dulles passiert ist? Von nun an werde ich alles, was Sie sagen, wortwörtlich glauben.« Er grinste sie an. Sie erwiderte das Grinsen. Irgendein Kontakt wurde geschlossen, und beide wandten nervös den Blick ab. Oak richtete seine Aufmerksamkeit wieder auf sein schnell kalt werdendes Frühstück, während er gelegentlich zu der inzwischen bedrohlich gewordenen Toilettentür hinüberblickte. Die blieb verschlossen, und das Besetztzeichen blieb an. Merry entdeckte eine Illustrierte und versuchte, sich in ihren bunten Belanglosigkeiten zu verlieren.

Zeit, von anderen Dingen zu sprechen, hatte das Walroß gesagt. Oak wünschte sich, daß das Walroß in der gegenüberliegenden Reihe sitzen würde. Vielleicht könnte es ihm dabei helfen, irgendeinen Sinn in die letzten achtundvierzig Stunden zu bringen. Schon bald würden sie in einer Stadt landen, die erheblich weiter östlich lag als Baltimore, als der östlichste Punkt, den er auf seinen bisherigen Reisen jemals erreicht hatte. Und dann würde ihre Sicherheit und Orientierung von einem alten, und geistig vielleicht nicht allzu gesunden Gentleman mit unklaren Absichten abhängen, der es geschafft hatte, sich mit etwas Gefährlichem und Unbegreiflichem anzulegen.

»Wenn sie die Stewardeß mitgenommen haben«, sagte er plötzlich, »warum hat der Rest der Crew dann noch nicht reagiert?«

»Jumbos auf Langstreckenflügen wie diesem haben eine Kabinencrew von fünfzehn bis zwanzig Personen, manchmal sogar noch mehr.« Sie lächelte entschuldigend. »Dort, wo ich arbeite, erfährt man andauernd solche Sachen. Sie haben sogar ihre eigenen abgetrennten Schlafabteile. Wahrscheinlich glauben ihre Freunde, daß sie irgendwo ein Nickerchen macht oder vielleicht mit einem ihrer Kollegen oder einem Passagier ein Stelldichein hat. Vielleicht glauben sie aber auch, daß sie beim Piloten ist oder unten im Küchenraum. In diesen Maschinen gibt es einen Fahrstuhl, der in ein unteres Abteil führt. Und ich habe auch gehört, daß die Flugbegleiter der einzelnen Klassen nicht viel miteinander zu tun haben. Es wird noch eine Weile dauern, bis sie sie vermissen.«

Während er über diese beunruhigende Erklärung nachdachte, leuchtete das Besetzt-Zeichen der Toilette Nummer vier immer weiter. Es leuchtete noch immer, als der große Jet auf dem internationalen Flughafen Jomo Kenyatta landete. Das Lichtzeichen verfolgte ihn auch noch, als er und Merry und Olkeloki ihr Handgepäck zusammensuchten und ausstiegen. Sie machten einen großen Bogen um die Toilette. Merry blickte nicht einmal in ihre Richtung.

Kurz nachdem der letzte Passagier die Maschine verlassen hatte, schwärmte das Putzkommando an Bord. Die kräftige, gedrungene Frau, der die Säuberung der vorderen Toiletten oblag, fing mit Nummer vier an. Zur Nummer eins kam sie erst, als die erste Passagiergruppe schon lange durch den Zoll gegangen war. Dazu gehörten Oak, Sharrow und Olkeloki sowie zwei junge Reisende, die ebenfalls nur Handgepäck dabeihatten und daher nicht darauf warten mußten, daß der Laderaum der 747 entladen wurde. Sie saßen bereits in einem Flughafenbus und fuhren Richtung Stadt, als die Putzfrau die Toilette Nummer eins in der ersten Klasse erreichte.

Sie schenkte dem leuchtenden Besetzt-Zeichen kaum Aufmerksamkeit. Das wäre nicht das erste Mal gewesen, daß eines von den schlauen elektronischen Geräten des weißen Mannes kaputt war. Und tatsächlich ließ sich der Türknauf leicht drehen, als sie es versuchte. Beinahe zu leicht.

Sie hatte fünf Kinder aus erster und zwei aus zweiter Ehe, so daß niemand erwartet hätte, daß der Anblick von Blut sie sonderlich schockieren würde. Sie stürzte gegen die gegenüberliegende Trennwand und blieb dort stehen, den Rücken der rechten Hand über den Mund gelegt, schwer atmend.

»Was ist denn los, Mama?« fragte der müde Chef des Reinigungskommandos. Er war in Nairobi aufs College gegangen und war wütend darüber, daß er sich erst in einer derart untergeordneten Stellung bei der Luftgesellschaft beweisen mußte, bevor man ihn zum Mechaniker ausbilden wollte. Er warf einen Blick in die Toilette. Sofort drehte sich ihm der Magen um. Es gelang ihm noch mit letzter Mühe, die paar Fuß zu dem offenen Küchenwaschbecken hinüberzutaumeln, bevor seine Eingeweide versuchten, sich über das gesamte Innere des Flugzeugs zu verteilen.

Seine heftige Reaktion war der Katalysator, den die Putzfrau brauchte. Sie begann zu schreien und hörte nicht mehr auf, nicht einmal nachdem der Rest der Mannschaft sich um sie versammelt hatte. Sie mußte aus dem Flugzeug geführt werden. Inzwischen hatten die Flugbegleiter festgestellt, daß ein Crewmitglied fehlte, was völlig unmöglich war. Aus einer fliegenden 747 verschwanden einfach keine Leute.

Irgend jemand war so geistesgegenwärtig, die Polizei anzurufen. Als die schließlich eintraf, waren bereits fast alle Passagiere durch den Zoll gegangen. Die über dreihundert Menschen, die auf dem Flug von London nach Nairobi an Bord gewesen waren, hatten sich in alle vier Himmelsrichtungen Ostafrikas verteilt. Ohnehin wäre es schwierig gewesen, sie festzuhalten, weil es keinerlei Beweismittel gab. Nur die Flugbegleiter, die darauf bestanden, daß eine von ihnen fehlte. Kapitän und Kopilot bestätigten das.

Der Chef der Sicherheitskräfte des Flughafens wies darauf hin, daß es keine Leiche gebe, und selbst wenn man irgendwie eine Frau lautlos ermorden und in Stücke schneiden könnte, die klein genug gewesen wären, um sie eine Flugzeugtoilette hinunterzuspülen, hätte das die Toilette mit Sicherheit verstopft. Es konnte aber jeder sehen, wie er bereitwillig vorführte, daß die Toilette vollkommen funktionstüchtig war. Vielleicht hatte es die fragliche Dame vorgezogen, aus irgendwelchen Gründen ihre Uniform gegen Zivilkleidung zu tauschen, ohne ihren Kollgen Bescheid zu sagen, und war zusammen mit den ersten Passagieren von Bord gegangen? Vielleicht gehörten die Überreste, die sie gefunden hatten, irgendeinem Tier, das von einem reichen Passagier mit der Neigung zu einem der vielen primitiven Kulte, die in diesem Teil der Welt noch immer beliebt waren, rituell geschlachtet worden war?

Doch wie hatte man das dann völlig lautlos zustande bringen können? Und es hätte auch schon ein recht großes Tier sein müssen, denn es gab sehr viel Blut. Blut auf dem Boden und Blut an den Wänden, und was war überhaupt mit diesen blutigen, sehr menschlichen Handabdrücken an dem zerbrochenen Spiegel? Hätte der Sicherheitschef genauer nachgesehen, so hätte er vielleicht auch die blutigen Handabdrücke nicht nur auf dem Toilettensitz sondern auch auf dem leuchtenden Metall der Schüssel selbst bemerkt. Sie waren an einer Stelle, die den Eindruck vermittelte, als hätte jemand von unten den Rand des Sitzes gepackt. Seine Vorführung spülte diese Spuren jedoch fort.

Kein Körper, kein Knochen, nur Blut überall. Erst sehr viel später, als die Spurensicherung aus der Hauptstadt eintraf, entdeckte man die Fragmente von Fingernägeln und Haarsträhnen, dazu ein paar Fäden aus einem blauen Stoff. Die bescherten dem Leiter des gerichtsmedizinischen Instituts von Nairobi wochenlang Alpträume, weil man sie schließlich als zu der verschwundenen Flugbegleiterin zugehörig identifizierte. Und doch gab es keine Leiche, weder an Bord der Maschine noch auf dem Boden, ja nicht einmal Körperteile im antiseptischen Fäkalienbeseitigungssystem des Flugzeugs.

Der Chef der Gerichtsmedizin war ein moderner Afrikaner, sehr gebildet und in seinem Beruf sehr engagiert, doch er konnte machen, was er wollte, er konnte die grausige Szene in der Flugzeugtoilette einfach nicht mit etwas in Verbindung bringen, das niemals gefunden wurde.

14

Nairobi, Kenia — 22. Juni

Oak wußte nicht, mit welchen Unterkünften er zu rechnen hatte, daher war er nur milde überrascht, als Olkeloki sie durch die Tür des Nairobi Inter-Continental führte. Die Empfangshalle hätte ebensogut zu einem Spitzenhotel in Dallas oder New York gehören können. Der einzige, sofort wahrnehmbare Unterschied war die Tatsache, daß die Gesichter hinter dem Empfangsschalter ebenso schwarz waren wie jene der Pagen, die versuchten, ihnen ihre Rucksäcke abzunehmen und auf die Zimmer zu bringen. Ganz offensichtlich waren die Lobby und das danebenliegende Café beliebte Orte, wo sich wohlhabende Einheimische trafen und miteinander plauderten.

Die Zimmer waren ebenso komfortabel und modern, obwohl sich das Fernsehen auf einen einzigen örtlichen Sender beschränkte, der nur von fünf Uhr nachmittags bis zehn Uhr abends sendete, sowie auf einen hauseigenen Filmkanal. Obwohl Oak darauf drängte, hinauszugehen und sich die Stadt ein wenig anzusehen, wollte Merry nach den endlosen Stunden auf zwei Interkontinentalflügen nur noch eins: sich so lange in einer heißen Badewanne aufhalten, bis sie Schwimmhäute bekam. Olkeloki wiederum war damit beschäftigt, einen Fahrer aufzutreiben, der sie zur nördlichen Grenzstadt Namanga bringen sollte. Dort, so teilte er ihnen mit, würden sie das Fahrzeug aufgeben müssen, um mit ihrem Gepäck zu Fuß die Grenze zu überqueren und auf der anderen Seite ein tansanisches Matatu oder Taxi zu mieten. Fahrzeuge aus Kenia durften in Tansania nicht fahren um umgekehrt. Olkeloki fand diese Regelung zwar idiotisch, aber er war ja auch kein Politiker, sondern nur ein einfacher Laibon.

Oak wollte verdammt sein, wenn er den ganzen Tag in einem Hotelzimmer verbrächte. Er hatte schon viel zuviel Stunden seines Lebens in Hotelzimmern verbracht. Der Aufseher der Pagen besorgte ihm eine Karte von Nairobi und ließ ihn ziehen. Wenn man Joshua Oak eine Karte gab, konnte er sich auch noch im Hades zurechtfinden.

Durch den Restaurantausgang hinaus, bis er die erste Kreuzung erreicht hatte, dann nach links auf die breite geteilte Straße, die als Jomo Kenyatta Boulevard bekannt war. Weitab zur Rechten stand das hochaufragende internationale Konferenzzentrum gleichen Namens, das wie eine traditionelle afrikanische Hütte gebaut worden war. Scharen geschäftiger Afrikaner, Inder und auch gelegentlicher Touristen zogen an ihm vorbei. Ganze Horden von Schuhputzern versuchten, ihm eine Behandlung seiner Wanderstiefel zu verkaufen, Niedrig-Investment-Kapitalisten auf der Wanderschaft.

Der Verkehrsstau, den er umrundete, hatte internationale Ausmaße, er bestand aus einer Mischung von Volvos, englischen, japanischen und amerikanischen Wagen. Über letztere war er ein bißchen überrascht, die meisten waren Produkte von American Motors mit Allradantrieb. Und natürlich auch der allgegenwärtige Land Rover, der mit seinem flachen Dach über die neueren, glänzenden Fahrzeuge wie ein Vetter vom Lande herausragte, der mal eben in die Stadt gekommen war.

Die Geschäfte, an denen er vorbeikam, waren gut sortiert, und nur eine Minderheit davon war auf Tourismus ausgerichtet. Neugierig geworden, betrat er ein Elektrogeschäft und war von der Vielfalt der ausgestellten Produkte überrascht, zu denen auch die allerneuesten Fernsehgeräte mit Flachbildschirm und Videorecorder gehörten. Im hinteren Teil des Ladens gab es eine Abteilung, wo die Einheimischen Videokassetten mieten konnten. Die Hälfte der Titel waren in Tamil oder Hindi, ein Hinweis auf die große indische Kolonie, die Kenia nach seiner Unabhängigkeit von Großbritannien klugerweise nicht des Landes verwiesen hatte. Während er alles beobachtete, lieh sich ein hochgewachsener Afrikaner in einem säuberlich gebügelten Geschäftsanzug gerade *Die besten kleinen Hurenhäuser in Texas* aus.

Hier haben die Sowjets nicht die geringste Chance, sagte er sich, als er den Laden verließ und die große Hauptstraße in Richtung Zentralmarkt entlangging.

Als er in eine Gegend mit kleinen Geschäften kam, versuchten Straßenhändler, ihm geschnitzte Holzgiraffen oder -elefanten anzudrehen, Armbänder aus gewundenem Kupferdraht und kleine, offensichtlich gefälschte Massaimesser. Aber wenigstens gab es keine Aschenbecher, auf denen ›Willkommen in Kenia‹ stand, keine Pfeffer-und-Salz-Streuer mit ähnlichen Verzierungen, keine Mau-Mau-Speere aus Gummi – obwohl er den Verdacht hegte, daß er auch die würde auftreiben können, wenn er nur lange genug danach suchte.

Den größten Teil des Vormittags verbrachte er damit, über den Zentralmarkt zu schlendern sowie durch die um diesen herumliegenden Geschäfte, wobei es ihm ganz besonders um die Dose aus Malachit leid tat, die er auf einem glitzernden Verkaufstisch stehenlassen mußte. Vielleicht würden sie ja, nachdem sie Olkeloki geholfen hatten, nach Nairobi zurückkommen können, um sich wie ganz normale Touristen zu benehmen.

Als er wieder im Hotel war, schob er gerade seinen Schlüssel in das Schloß der Zimmertür, als die Tür des Nebenzimmers aufging. Merry trug ein Baumwollhemd mit kurzen Ärmeln und eine dazu passende Hose, nachdem sie die schwerere Levi's in ihrem Rucksack verstaut hatte. Sie leuchtete förmlich nach ihrem langen Aufenthalt in der Badewanne. Oak musterte sie einen langen Augenblick, dann sah er verlegen beiseite.

»Olkeloki ist nicht auf seinem Zimmer«, erzählte sie ihm.

»Er hat mir gesagt, daß er sich um eine Transportmöglichkeit kümmern will, damit wir morgen zur Grenze kommen, in dieses Nimga.«

»Mamanga«, korrigierte sie ihn. »Deshalb hat er also das Telefon nicht abgenommen. Ich habe mir schon Sorgen gemacht.«

Oak mußte lächeln. »Ich habe mich im Flugzeug nicht so vollgestopft wie Sie«, meinte sie. »Ich könnte ein gutes Frühstück vertragen, wenn unten noch etwas serviert wird.«

»Und ich könnte ein Mittagessen vertragen. Ob man hier wohl ein Omelett aus Straußeneiern bekommt?«

»Ich habe gehört, daß der einheimische Kaffee wunderbar sein soll. Ich glaube, das genügt mir für den Anfang.«

Der Sicherheitsbeamte auf ihrer Etage nickte höflich, als sie den Fahrstuhl bestiegen. Unten fühlte sich Merry sofort von einem der vielen Andenkenläden des Hotels angezogen.

»Gehen wir hinein, Josh.«

»Haben Sie vergessen, daß wir hier sind, um die Welt zu retten? Und nicht, um Kinkerlitzchen zu kaufen?«

»Ich will mir ja alles nur ansehen.«

Wie die meisten Ladenbesitzer innerhalb des Hotelkomplexes, war der Verkäufer ein Inder. Er duckmäuserte und katzbuckelte zwar nicht, lächelte aber sehr viel und versuchte, Merry ein Exemplar von allem anzudrehen, was er zu verkaufen hatte; anscheinend ging er davon aus, daß sie das leichtere Opfer der beiden sein würde. In diesem Punkt hatte er sich allerdings gründlich getäuscht, so wie er auch nicht merkte, daß er es mit einer Verkaufskollegin zu tun hatte.

Während er Merry erfolglos beschwatzte, ließ Oak den Schmuck aus Malachit und Lapislazuli abseits liegen, um sich die weniger nichtssagenden Waren anzuschauen. Da gab es Masken aus Westafrika und Schilde aus Büffelhaut, kompliziert geschnitzte Holztiere, einschließlich einer sechs Fuß hohen Filigrangiraffe, und mehrere beachtliche geschnitzte Afrikanerköpfe aus hochpoliertem Ebenholz. Ein Kopf sah sogar vertraut aus, und Oak brauchte eine Weile, bis ihm einfiel, wem er glich.

Dann merkte er endlich, daß die Ebenholzschnitzerei eine sehr gelungene Wiedergabe eines sehr viel jüngeren Mbatian Olkeloki war. Tatsächlich gab es ausschließlich Massaiköpfe.

Der glücklose Ladenbesitzer ließ Merry stehen, um sich auf sein neuestes Opfer zu stürzen. »Alles Massai.«

»Weshalb denn?«

Der Besitzer zuckte die Schultern und lächelte. »Die werden von den Holzschnitzern vorgezogen.« Er wählte einen Speer aus einer Tonne in der gegenüberliebenden Ecke aus und zeigte ihn Oak. Das Mittelteil bestand aus Holz. An seinem unteren Ende trat ein zwei Fuß langer Metalldorn hervor, während die Spitze, die den oberen Teil krönte, über einen Meter lang war und aus Stahl bestand.

»Läßt sich in drei Teile zerlegen.« Der Besitzer machte es vor. »Traditionelle Massaiarbeit, sehr raffiniert.«

»Alt?« fragte Oak beiläufig. Die ehrliche Antwort überraschte ihn.

»Nein, Sir, zeitgenössisch.«

»Für den Touristikmarkt?«

»O nein, Sir, überhaupt nicht. Das ist ein Löwenspeer der Massai. Deshalb hat er auch die lange Klinge, damit er bis zum Herzen des Löwen durchdringt. Erst letztes Jahr hat ein Massai Moran oder Krieger einen deutschen Touristen mit einem dieser Speere getötet. Der Tourist wollte ihn fotografieren. Der Moran hatte ihn gewarnt, er solle es sein lassen. Das war das letzte Bild, das er je geschossen hatte. Noch heute tragen alle Moran diese Speere.«

»Wozu?« Er dachte an das, was Olkeloki ihm über die gegenwärtige Politik ostafrikanischer Regierungen hinsichtlich des Erlegens von Löwen mit Speeren erzählt hatte. »Ich weiß aber zufällig, daß die Massai keine Löwen mehr töten dürfen, nur um ihre Mannbarkeit unter Beweis zu stellen.«

»Das stimmt schon, Sir, aber sie tragen die Speere trotzdem mit sich. Das ist ein Zeichen der Mannbarkeit unter den Kriegern. Er ist auch sehr nützlich, für den Fall nämlich, daß doch mal ein Löwe aus dem Busch hervorspringen sollte. Die Regierung kann einem Menschen schließlich nicht verbieten, sich selbst zu verteidigen.« Er reichte Oak den Speer. »Merken Sie, wie schwer er ist, Sir? Ein funktionelles Gerät, nicht nur irgend etwas, was man an seine Wohnzimmerwand hängt.«

»Josh.« Die Stimme ertönte von oben. Es war halb ein Flüstern, halb ein Stöhnen. Oak streckte den Kopf hoch und erblickte Merry oben auf der Treppe, die zu dem Miniaturzwischenstockwerk führte. Sie starrte irgend etwas an und sah so aus, als hätte sie gerade ein Gespenst gesehen. Wie sich zeigen sollte, lag er mit dieser Vermutung nicht ganz falsch.

»Merry?« Der Besitzer folgte ihm besorgt dreinblickend die Treppe hinauf.

»Geht es Ihrer Frau nicht gut?«

»Das ist nicht meine Frau«, sagte Oak zerstreut. »Merry, was ist los?«

»Schauen Sie mal.«

An der hinteren Wand standen zahlreiche Statuen aus Ebenholz und aus Schwarzholz. Nur wenige waren größer als ein Fuß, eine jedoch ragte über einen Meter vom Boden auf. Alle zeigten sie groteske, verzerrte Figuren, abstoßende Mutationen von Tieren und Menschen. Oak erkannte die Umrisse sofort.

»Die dort drüben.« Merry deutete auf eine bestimmte Figur. »Die sieht genauso aus wie das Ding, das ich damals morgens auf dem Weg nach Hause angefahren habe.« Oak wollte darauf zugehen, doch sie versuchte ihn abzuhalten. »Nicht.«

Er lächelte, als er sich von ihr losriß. Sie beruhigte sich nicht einmal, nachdem er die Schnitzarbeit aufgehoben hatte. »Sehen Sie? Nichts als Holz.« Interessiert studierte er die widerliche Parodie eines Hundemenschen, drehte die Schnitzerei zwischen den Händen hin und her.

»Shetani.« Inzwischen wirkte der Besitzer eher verwirrt als besorgt. »Wunderschöne Arbeit, die beste. Unten habe ich auch billige Imitationen, die hier am Ort angefertigt wurden. Diese hier stammen alle von der Südküste und aus dem Inneren Tansanias. Echte Makonde-Arbeit.«

»Makonde.« Oak stellte die Schnitzarbeit wieder ab. »Dann werden sie also nicht von den Massai hergestellt?«

»Nein, nein.« Der Inder wirkte überrascht. »Die Makonde sind ein kleiner Stamm, der hauptsächlich in Tansania lebt, obwohl ein paar von ihnen auch nach Kenia ausgewandert sind. Sie sind berühmt für ihre Holzschnitzereien, und sie sind die einzigen, die echte Shetani schnitzen können. Sie tun kaum etwas anderes.«

»Hat das Wort irgend etwas zu bedeuten?«

»In der Sprache der Makonde bedeutet Shetani soviel wie ›Geist‹ oder, noch öfter, ›Teufelsgeist‹.« Er grinste. »Dummer, primitiver Aberglaube, aber die Kunstfertigkeit ist beachtlich, nicht wahr?«

»Sehr beachtlich«, meinte Oak trocken. »Geht es wieder, Merry?«

Sie nickte. »Ich wünschte nur, sie würden es nicht anfassen, das ist alles. Ich brauche es nur anzusehen, dann dreht sich mir schon der Magen um.«

Oak fuhr fort, die Schnitzerei zu mustern. »Wie weit lassen sich diese Geschichten über die Shetani denn zurückverfolgen?«

»Es gibt Berichte, in denen ein griechischer Reisender im Jahre 450 vor Christus in diesem Teil der Welt derartige Geister beschreibt. Die Küsten-Makonde müssen ihn gründlich für sich vereinnahmt haben, denn er erwähnt die Shetani auf eine Weise, als seien es wirkliche Lebewesen. Ich glaube, er hieß Herodot. Die Makonde behaupten, daß es Hunderte, vielleicht sogar Tausende ganz unterschiedlicher Shetani-Arten gibt. Es gibt sie in allen Größen und Gestalten. Manche sind gutartig, die meisten aber nicht.« Wieder dieses halb entschuldigende Lächeln. »Aberglaube der Eingeborenen. In vielen Teilen Afrikas ist der Animismus immer noch weiter verbreitet als der Islam oder das Christentum.«

»Ich verstehe.« Oak befühlte eine große Elefantenschnitzerei. »Also benutzen die Makonde diese Geister jetzt nur noch, um den Kunsthandwerkmarkt zu beliefern?«

»O nein, sie glauben wirklich daran. Die Geschichten von Shetani, die tatsächlich gesehen wurden, werden vom Vater auf den Sohn vererbt, von einer Generation auf die andere. Wahrscheinlich um festzustellen, wer der größte und beste Fakir ist, stelle ich mir vor. Die Leute lachen sie wegen ihrer Geschichten aus, was sie mürrisch macht. Die anderen Stämme nennen sie die Maweea, das bedeutet ›die Zornigen‹.«

»Lachen die Massai sie auch aus?«

»Das weiß ich nicht, Sir. Ich bin kein Massai. Das ist eine seltsame Frage. Zornig oder nicht, es sind jedenfalls prächtige Holzschnitzer, auch ihre Shetani-Arbeiten sind mit nichts anderem vergleichbar, was man sonst in Afrika findet. Ihre Visionen stehen dem Spätwerk Picassos und der abstrakten Malerei des zwanzigsten Jahrhunderts näher als den Arbeiten ihrer Nachbarn.«

»Kennen Sie einen Ort namens Ruaha?« fragte Merry ihn plötzlich.

Er furchte die Stirn. »Nein. Warum?«

»Ich habe gehört, das soll ein großer Park in Tansania sein.«

Der Besitzer schüttelte den Kopf. »In Tansania kenne ich die Parks Ngorngoro und Kilimandscharo und Lake Manyara und die Serengeti, aber von diesem Ruaha habe ich noch nie gehört. Der muß sehr abgelegen und isoliert sein.«

»Wohnen dort vielleicht Makonde?«

»Wenn er im südlichen Teil des Landes liegt, vielleicht. Sie wollen also nach Tansania?« Sie nickte, worauf er mit einem mißbilligenden Stirnrunzeln antwortete. »Wenn Sie Ostafrika kennenlernen wollen, sollten Sie in Kenia bleiben. In Tansania sieht es schlimm aus, sehr schlimm. Nicht ganz so schlimm wie in Uganda, aber für alleinreisende Ausländer ist es dort sehr schwierig.

An der Oberfläche wirkt alles ruhig, aber darunter ...« Er ließ beide Hände in die Luft schießen, die Handflächen aneinandergelegt, und öffnete sie über seinem Kopf wie eine Blume. »Jeden Monat, jede Woche, vielleicht jeden Tag – bumm! Die Infrastruktur von Tansania ist wie ein Kartenhaus. Sie wird bei der leisesten Berührung zusammenbrechen. Und wer weiß, was dann mit diesen armen Leuten geschieht? Sie hätten Besseres verdient, aber sie sind sogar zu arm, um eine Revolution zu machen.

Deshalb sollten Sie auch jetzt eine prachtvolle Makonde-Schnitzerei kaufen, denn es ist möglich, daß die Schnitzer bald nicht mehr arbeiten können. Dann werden sie in die Armee eingezogen oder in irgendeine Terroristengruppe, und der Welt der Kunst geht ein faszinierendes Erbe verloren. Ganz zu schweigen davon, daß es auch ein lukratives ist. Ich habe immer noch eine gute Sammlung. Welches Stück darf ich Ihnen verkaufen?«

»Heute keins, fürchte ich.«

Der Besitzer seufzte. »Ich verstehe. Viele Touristen sind ganz aufgeregt, wenn sie die Schnitzereien das erste Mal sehen, doch dann überlegen sie es sich, ob sie sie wirklich die ganze Zeit zu Hause haben wollen, und danach läßt die Begeisterung nach. Sie haben etwas an sich, das viele Menschen beunruhigt.«

»Sie sagen, einige der Shetani seien gutartig?«

»Ganz wenige, jedenfalls den Geschichten zufolge, die die Holzschnitzer meinen Einkäufern erzählen. Den meisten würde man nicht einmal bei hellem Tageslicht gern begegnen wollen. Legenden!« Erneutes Achselzukken. »Sehen Sie, wie die Augen Ihnen mit ihren Blicken durch den ganzen Raum folgen, auch wenn es nur glatte schwarze Kugeln ohne Pupillen sind? Auch das macht die Leute unruhig. Ich verstehe das nicht. Ich lebe jeden Tag mit ihnen zusammen, und mir jagen sie keine Angst ein. Ich sehe darin nur die Kunstfertigkeit des Schnitzers. Für mich sind sie eher albern als beängstigend. Sind Sie sicher, daß Sie nicht doch eine mitnehmen wollen? Sie interessieren sich mehr dafür als die meisten meiner Kunden.«

»Vielleicht, wenn wir von unserer Reise aus Tansania zurückgekehrt sind«, flunkerte Oak.

»Ah, Sie gehen also auf Safari. Das erklärt die Sache. Da haben Sie natürlich keine Verwendung für eine sperrige Holzschnitzerei. Ich werde zu Ihrer Verfügung stehen, wenn Sie genug davon haben, Tiere und Armut zu besichtigen. Aber ich wünschte, Sie würden nicht über die Grenze gehen.«

»Wir haben einen guten Führer«, erzählte Merry ihm.

»Dann wird es vielleicht gut.«

»Danke, daß wir uns bei Ihnen umsehen durften.«

Er zwinkerte ihr zu. »Eine hübsche Dame ist hier immer willkommen, auch wenn es nur zum Plaudern ist. Wir können auch alles für Sie verpacken und per Fracht in die ganze Welt verschicken.«

Während Merry und Oak die Treppe zum Restaurant

hinaufgingen, stand der Ladenbesitzer im Eingang seines Geschäfts und sah ihnen nach. Sie wirkten nicht wohlhabend, aber das täuschte wahrscheinlich. Alle Amerikaner reisten mit dicken Bündeln Reiseschecks oder, noch besser, Kreditkarten. Hoffentlich kamen sie zurück.

Oben in dem kleinen Zwischengeschoß, von dem Ladenbesitzer und seinen jüngsten Besuchern unbemerkt, bewegte sich etwas hinten an der Wand, die von verzerrten, verkrümmten Ebenholzfiguren bedeckt war. Es besaß einen runden Mund wie ein Neunauge. Zwei langgezogene Ohren sackten auf den Boden herab. Es hatte die ungefähre Größe eines Pudels und besaß zur zwei Arme.

Auf seinen kräftigen Fingern balancierend, tänzelte es zum Treppenabsatz hinüber und starrte finster in die Tiefe, wobei es sich mit seinen starken Fingergliedern an der Kante der ersten Stufe festhielt. Sein Mund pulsierte und puckerte wie der eines Karpfen. Aus einem Mundwinkel hing eine Zunge heraus, die so lang war wie die Schlappohren; beiläufig leckte sie das Linoleum. Jedesmal, wenn der ovale Mund puckerte, stieß er ein leises, saugendes Geräusch aus.

Als Merry und Oak hinter dem Empfangsschalter verschwanden, machte der Besitzer kehrt und trat wieder in seinen Laden. Der Shetani sah ihn kommen, wirbelte herum und hüpfte zu der Stelle im Regal mit den Holzschnitzereien zurück, die er kurz zuvor geräumt hatte. Das Wesen sah genauso aus wie seine hölzernen Vettern, doch diesmal ahmte es nicht ihre erstarrten Posen nach. Statt dessen kletterte es einen Vorhang hinauf, bis es die Decke erreicht hatte. Dann packte es mit langen Armen einen der offenen Schächte der Klimaanlage. Es ließ den Vorhang los und schwang sich hinüber, um schließlich in der Öffnung zu verschwinden.

Eine hohe Mauer trennte den Swimmingpool des Hotels von der dahinterliegenden Straße. Das Café, das halb im Gebäude, halb im Freien lag, blickte auf das türkisblaue Rechteck und war überfüllt von Touristen, die begierig auf eine letzte Mahlzeit aus vertrauten Speisen warteten, bevor sie solch exotischen Zielen wie Amboseli oder Tsavo entgegenreisten. Vereinzelte Einwohner Nairobis leisteten ihnen Gesellschaft, überwiegend Geschäftsleute, die sich in der Mittagspause trafen, oder elegant gekleidete Ehefrauen, die auf einem Einkaufsbummel unterwegs waren. Abgesehen von der Hautfarbe war es auch sonst nicht schwer, die Einheimischen von den Touristen zu unterscheiden. Die Einheimischen waren weitaus förmlicher gekleidet.

Oak studierte die Speisekarte nicht ohne bange Vorbehalte. Im Laufe seiner verschiedenen Tarnpersönlichkeiten hatte er manches essen müssen, Bizarres wie Einfaches, aber alles war doch immerhin einheimische Kost gewesen. Je mehr er in der Karte las, um so mehr beruhigte sie ihn. Die internationale Klientel des Hotels verlangte nach Standardangeboten wie Clubsandwiches und Spiegeleiern mit Speck, die solche Überraschungen wie Gazelleneintopf ergänzten.

Ihr Essen traf zusammen mit dampfenden Bechern kenianischen Kaffees ein, der tatsächlich so gut war, wie Merry behauptet hatte. Sie saßen am Tisch und unterhielten sich über Belanglosigkeiten, als Oak plötzlich und unerwartet einen Lachanfall bekam. Ein einheimisches Ehepaar, das in der Nähe saß, musterte den Muzungu mit den schlechten Manieren mißbilligend, und Oak unterdrückte sein Lachen nur mit großer Mühe. Merry lächelte nur jenes unsichere Lächeln, das Leute aufsetzten, wenn sie einen Witz nicht mitbekommen hatten und darauf warteten, daß er sich von allein erklären würde.

»Was ist so komisch, Josh?«

Endlich hatte er sich wieder in der Gewalt. Tränen liefen ihm die Wangen herab, und er tupfte sie mit seiner Stoffserviette ab. Er konnte sich nicht erinnern, wann er das letzte Mal so herzhaft und spontan gelacht hatte. Sein Beruf war nicht eben dazu angetan, regelmäßige Heiterkeitsanfälle zu fördern.

»Machen Sie Witze? Ich meine, sehen Sie sich doch nur

mal um.« Merry blickte erst nach rechts, dann nach links, dann sah sie wieder zu Oak hinüber. »Schauen Sie doch nur, was wir hier tun, wo wir hier sitzen. Kaum hatte ich Sie in Washington aus diesem Krawall herausgezerrt, fiel mir auf, was für eine wirklich attraktive Frau Sie doch sind. Das, und Ihre erwiesene Naivität zogen mich an, daher überlegte ich mir, ich sollte Sie zu einem... ach, Rendezvous kann man das ja nicht nennen. Das wäre etwas für die High-School.«

»Zu einem Auftrag?« Sie versuchte, sich in seine gute Laune einzustimmen.

»Was auch immer. Ich wollte Sie jedenfalls zum Essen ausführen. Und gerade ist mir das wieder eingefallen. Da sitzen wir nun zusammen und essen gemeinsam, nur daß ich an die zehntausend Meilen reisen mußte, bis es endlich klappte.« Er hustete und wischte sich wieder über die Augen.

»Wissen Sie was, Josh? Das ist das erste Mal, seit wir uns kennengelernt haben, daß ich auf Ihrem Gesicht ein ehrliches Lächeln erblicke. Ich weiß zwar nicht, ob die Zurückhaltung, die Sie bisher zur Schau gestellt haben, persönlicher oder beruflicher Art war, aber ich bin froh, daß irgend etwas plötzlich einen Riß verursacht hat. Ich habe die ganze Zeit gehofft, daß es kein wirklicher Charakterzug von Ihnen wäre.«

»Ach, kommen Sie, Merry! Ich kann mich genau daran erinnern, daß ich auch vorher ein paarmal gelächelt habe.«

»Ich weiß«, stimmte sie düster zu, »aber das war kein echtes Lächeln. Das war Oberflächenlächeln. Es kam nicht aus Ihrem Inneren, Joshua Oak. Das war wie ein beiläufiges Händeschütteln. Es fällt Ihnen schwer, zu lächeln und es gleichzeitig ernst zu meinen, nicht wahr, Josh?«

Ein derartiger Scharfsinn beunruhigte ihn, und er senkte den Blick auf den Teller. »In den letzten paar Jahren habe ich nicht viele glückliche Zeiten erlebt, Merry.«

»Das tut mir leid. Ich weiß, daß Sie mit irgend etwas

Gefährlichem und Geheimem zu tun haben müssen, sonst hätten Sie mir inzwischen davon erzählt. Josh, sind Sie ein Spion?«

Nun war es eine andere Art Lächeln. »Nein, Merry, ich bin kein Spion.« Jedenfalls nicht so, wie du es dir vorstellst, dachte er. »Sehe ich denn so sehr wie James Bond aus?«

»Sie sehen nicht nur nicht wie James Bond aus, sondern auch nicht gerade wie Sean Connery oder Roger Moore. Sie sehen ja nicht einmal wie George Lazenby aus.«

»Ich dachte, daß alle diesen Film bereits vergessen hätten.« Oak versuchte gar nicht erst, seine Überraschung zu verbergen. »Sie mögen die Bond-Filme. Viele Frauen tun das nicht.«

»Viele Frauen führen auch ein beschäftigtes, interessantes Leben. Ich dagegen sitze die ganze Nacht vor einem Telefon und verkaufe Leuten Ausrüstung, die gerade eine Reise an interessante Orte vorbereiten, die ich selber aller Wahrscheinlichkeit nach niemals zu sehen bekommen werde.«

Er zeigte auf die hoch emporragenden Bürogebäude von Nairobi, die hinter der Mauer, die den Swimmingpool umgab, zu erkennen waren. »Wie nennen Sie das hier?«

»Ungeplant. Ich will darauf hinaus, daß ich alle eskapistischen Filme mag, die gut gemacht sind. Die Bond-Streifen, alles von Lucas oder Spielberg oder Zemeckis, sogar die halbwegs guten Disney-Filme. Ein Stellvertreterleben ist immer noch besser als gar keins. Ich würde alles hergeben, um etwas Aufregung in mein Leben zu bringen. Deshalb war ich auch so bereit, willig und eifrig, mit Olkeloki loszuziehen. Er wollte, daß ich mit ihm hierher komme, nach *Afrika.* Mir war es nicht so wichtig, weshalb er hierher wollte, nur daß er *hierher* reiste.« Sie hielt inne und beobachtete ihn. »Jetzt lachen Sie schon wieder. Meinetwegen?«

»Nein, nicht Ihretwegen, Merry. Das Komische ist nur, daß mein Leben das genaue Gegenteil von Ihrem gewesen ist. Seit drei Jahren versuche ich, etwas Ähnliches wie das zu finden, von dem Sie gerade wegwollen. Ich bin kein James Bond, nicht einmal ein George Smiley, aber ich habe ein bißchen von der Geheimdiensttätigkeit mitbekommen, und es ist ganz und gar nicht so, wie es in den Filmen gezeigt wird. Das meiste davon ist stumpfsinnig, langweilig und nur dann gefährlich, wenn man gerade davon überzeugt ist, daß alles reibungslos läuft. Es macht nicht sehr viel Spaß, sich niemals entspannen zu können, weil man immer damit rechnen muß, daß einem in einem unbedachten Augenblick die Kehle durchgeschnitten wird. Das ist nicht aufregend, das ist verdammt furchterregend. Bis vor ein paar Jahren mußte ich jede Woche etwas für meinen Blutdruck nehmen.«

»Was hat sich denn daran geändert? Ihren Job haben Sie ja offensichtlich nicht an den Nagel gehängt.«

»Nein. Ich habe mich einfach nur mit der Gefahr abgefunden. Ich bin zu dem Schluß gelangt, daß ich, wenn ich sterben sollte, wohl von der Hand eines anderen den Tod finden würde und nicht von meiner eigenen.«

»Das ist aber ganz schön hart.«

»Nicht so hart, wie in ein Flugzeug zu springen, das nach Afrika fliegt, mit einem halbverrückten alten Mann und einer Verkäuferin aus Seattle. Ich meine«, fuhr er fort, beugte sich vor und senkte die Stimme, »ich habe ständig dieses Gefühl, daß ich mit einem Bier in der Hand in Butts Corners aufwachen werde, wie ich irgendeinem Blödmann am Ort zuhöre, der während des Spätfilms Gebrauchtwagen verhökern will.«

»Dieses Gefühl habe ich überhaupt nicht. Ich kenne den Unterschied zwischen Fantasy und Wirklichkeit, Josh. Meine Filme sind Fantasy, das hier ist wirklich.«

»Ist es das? Ich wünschte, ich wäre mir dessen genauso sicher wie Sie. Aber ich gehe nicht eher nach Hause, bis dieser verrückte Zirkus mir igendeine Antwort gegeben hat. Ich wünschte mir nur, daß ich die Fragen besser im Griff hätte. Ich fürchte, daß ich möglicherweise einen Teil meiner geistigen Gesundheit in einem Fahrstuhl in D.C. zurückgelassen habe und den Rest auf einer Autobahn.«

»Und wie steht es mit der Errettung der Welt, von der Olkeloki spricht?«

»Die geistige Gesundheit kommt an erster Stelle. Alle Draufgaben werden dankbar angenommen.«

»Wissen Sie, was ich glaube, Josh?«

»Nein, aber ich habe so ein deutliches Gefühl, daß Sie es mir gleich sagen werden.«

»Ich glaube, daß Sie Angst haben.«

»Ha! Welch eine Offenbarung! Natürlich habe ich Angst. Ich bin verrückt vor Angst, Merry. Ich habe Angst, von meinem sich immer mehr zurückziehenden Haaransatz bis hinunter zu diesen alten Wanderstiefeln, die ihrerseits alte Ängste wiederaufleben lassen. Wollen Sie etwa behaupten, daß Sie keine hätten? Nach allem, was im Flugzeug passiert ist?«

»Vor diesem Ereignis hatte ich Angst«, gestand sie, »aber ich bin es gewohnt, Angst zu haben. Sie dagegen arbeiten für irgendeinen geheimen Staatsdienst. Von Ihnen erwartet man, daß Sie keine Angst haben.«

»Ich fürchte mich nicht vor Dingen, die ich verstehe. Aber diese Shetani verstehe ich nicht. Ich bin mir auch nicht sicher, daß Olkeloki das tut. Was meinen Sie damit, daß Sie *vorher* Angst hatten?«

Sie blickte zum Pool hinüber. »Mir macht alles Angst. Das war schon immer so, seit ich ein kleines Mädchen war. Ich habe Angst davor, irgendwelche längerfristigen Verpflichtungen einzugehen, weshalb ich meinen Freund auch nicht dazu dränge, sich auf eine solche einzulassen; und dann habe ich wieder Angst davor, daß er es *nie* tun wird. Ich habe Angst davor, meinen sicheren, stabilen, stumpfsinnigen, langweiligen Job gegen einen auszutauschen, der mir Geld bringen und auch noch anregender sein könnte.« Wieder traf ihr Blick den seinen, und in ihrem Ausdruck erkannte er die Kleine-Mädchen-Angst, aus der Merry Sharrow nie herausgewachsen war.

»Josh, ich habe sogar Angst vor dem Tag; vor den Menschenmengen, dem Gedränge, vor der wirklichen Welt. Deswegen habe ich mir auch einen Nachtjob ausgesucht. Da braucht man weniger Angst zu haben. Da kann ich mich leichter verstecken.«

Der Kellner traf zum richtigen Zeitpunkt mit dem Essen ein, so daß jeder Zeit hatte, zu verdauen, was der andere gesagt hatte. Die Eier waren etwas zu lange gebraten worden, doch Oak sagte nichts. Der Speck sah köstlich aus.

»Sind wir nicht ein prima Pärchen, wie wir gemeinsam ans Ende der Welt abgehauen sind«, murmelte er schließlich.

»Mbatian scheint zu glauben, daß wir genau die Richtigen sind.«

»›Mbatian Oldoinyo Olkeloki‹«, schnaubte Oak verächtlich, während er den Speck zersäbelte. Er nahm eine Scheibe Toast auf und gestikulierte beim Sprechen damit wie ein italienischer Verkehrspolizist, der mit seinem Schlagstock Fiats durch die Gegend leitete. »An diese Shetani glaube ich sehr viel mehr als an ihn. Die haben mir gezeigt, was sie können. Er hat uns nicht ein gottverdammtes Mal gezeigt, was er kann, außer, daß er sie wahrzunehmen vermag und daß sie ihn anscheinend ständig verfolgen. Alles, was er bisher getan hat, ist, davonzulaufen. Er ist von hier nach Washington gelaufen, ist durch die Stadt gelaufen, und nun ist er wieder hier, mit uns beiden im Schlepptau. Und dabei ist doch er es, der diese Alpträume, oder was immer sie sein mögen, daran hindern soll, unsere Welt zu infizieren oder was immer es war, was sie seinen Behauptungen zufolge hier zu tun versuchen.«

»Er hat uns immerhin gefunden, nicht wahr?«

»Welch eine Leistung! Ich habe keinerlei besondere Talente. Ich bin kein geheimer Hexer, und Sie sind es auch nicht. Dem hätten auch zwei beliebige andere Leute genügt, die leichtgläubig genug waren, um ihm hierher zu folgen. Wer weiß, vielleicht braucht er drüben im Massailand einfach nur zwei Leute für irgendeine besondere Zeremonie. Jungfrauenopfer.«

Sie errötete tatsächlich. Das letzte Mal, daß Oak eine Frau hatte erröten sehen, war auf einem Zeitschriftenfoto gewesen, und dort hatte man die Röte mit der Spritzpistole aufgetragen.

»In diesem Fall«, schoß sie mit gesenktem Blick zurück, »dürfte ja wohl keiner von uns dafür qualifiziert sein.«

Die Explosion erwischte ihn, als er den Toast bis zur Hälfte an den Mund geführt hatte. Er ließ ihn fallen, während er sich unter den Tisch duckte, dabei anstieß und Kaffee verschüttete. Sein Blick huschte in die Richtung, aus der das Geräusch gekommen war, voller professioneller Wachsamkeit, den ganzen Körper und jeden Muskel angespannt. Merry starrte einfach nur zu der Mauer hinüber, die den Pool umgab, genau wie alle anderen Touristen auch!

Sobald es klar war, daß auf die erste Explosion keine zweite folgen würde, hatte Oak genug Zeit, um zu bemerken, daß viele der afrikanischen Gäste in ihren teuren Anzügen und Kleidern ebenfalls in Deckung gegangen waren. Sie nahmen ebenso vorsichtig wieder Platz ein wie er. Nach und nach kehrten die Geräusche von sich unterhaltenden und essenden Menschen wieder, von Kellnern und Pagen, die hin und her schritten, von Besteck, das auf Tellern klapperte, und von Straßengeräuschen jenseits der Mauer.

»Ein Auspuff«, sagte Oak und schluckte. Er winkte einen Kellner herbei. »Was war das?«

Der Mann sah ihn entschuldigend an. »Vor ein paar Jahren gab es hier einen Putschversuch, Sir. Eigentlich eher eine Meuterei des Militärs. Sie wurde zwar niedergeschlagen, aber alle können sich noch sehr gut daran erinnern. Deshalb sind sie ein bißchen nervös.«

»Ich verstehe.« Der Kellner ging fort, um sich um seine Gäste zu kümmern. Merry jedoch nahm ihre Gabel nicht mehr auf. Sie starrte den Mann, der ihr gegenübersaß, einfach nur an.

»Sie sind auch in Deckung gegangen, Josh. Und dabei

waren Sie nicht vor Jahren hier. Auf Sie hat auch schon jemand geschossen. Ich wußte ja, daß Sie irgendeinen gefährlichen Beruf haben, und Sie haben gesagt, Sie wären kein Spion, aber geschossen hat man auf Sie.«

Er sah verlegen aus und erwiderte nichts.

»Ich habe noch nie jemanden so reagieren sehen. Passiert das jedes Mal, wenn Sie ein unerwartetes, lautes Geräusch hören?«

»So ziemlich.«

»Macht Ihnen das nichts aus? Ich fände es fürchterlich peinlich.«

»Ich bin lieber ab und zu peinlich berührt als einmal tot. Es würde auch keinen Unterschied machen, wenn es mir etwas ausmachte, Merry. Wenn man sich eine solche Reaktion erst einmal angewöhnt hat, wird man sie nur schwer wieder los.«

»Was verlangt Ihr Beruf denn noch für Reaktionen von Ihnen?«

Er erzählte ihr soviel, wie er durfte. Als er damit erst einmal angefangen hatte, stellte er fest, daß er ihr sehr viel mehr erzählte, als er vorgehabt hatte. Nicht etwa weil sie eine besonders gute Zuhörerin war, obwohl das der Fall war (und wieso auch nicht – Zuhören gehörte schließlich zu ihrem Beruf), oder weil er sich ihr gegenüber dazu verpflichtet fühlte, sondern weil sich im Inneren Joshua Oaks sehr viel mehr aufgestaut hatte, als er für möglich gehalten hatte, und weil es ihm unendlich viel Erleichterung verschaffte, wenigstens einen Teil davon loszuwerden.

Nach dem Essen gingen sie auf ihr Zimmer und unterhielten sich bis in die Nacht hinein. Nicht über seinen Job. Über sein Leben. Und über ihres.

15

Nairobi, Kenia — 23. Juni

Olkeloki bekamen sie in dieser Nacht weder zu hören noch zu sehen, und am folgenden Morgen ging er noch immer nicht ans Telefon. Oak fragte sich langsam, ob er nicht vielleicht doch recht gehabt hatte, daß sie nämlich in irgendeinen komplizierten Unfug verwickelt worden waren, dessen Ausmaß erst noch festgestellt werden mußte. Wenn der alte Mann sie im Stich gelassen hatte, würden sie für die Hotelrechnung aller drei aufkommen müssen. Merry war davon überzeugt, daß er einfach nur Schwierigkeiten hatte, einen guten Fahrer zu finden, und daß er wieder früh losgegangen war, um einen zu suchen. Doch seine fortgesetzte Abwesenheit führte dazu, daß sie nur voller Unruhe frühstücken konnten.

Oak hatte die Tasse gerade fast an den Mund gehoben, als er innehielt. Obwohl das Geplapper der Frühstückenden nicht gänzlich verstummte, war es doch merklich leiser geworden. Alle starrten — auf ihn. Merry auch. Als er genauer hinsah, bemerkte er, daß sie gar nicht auf ihn blickten, sondern an ihm vorbei. Also drehte er sich um, um das Ziel dieser kollektiven Aufmerksamkeit zu orten.

Weit mußte er nicht blicken. Jemand hatte sich so leise von hinten genähert, daß er den Mann nicht bemerkt hatte. Normalerweise spürte Oak es immer, wenn ein anderer Mensch in seinen persönlichen ›Raum‹ eindrang, doch diesmal hatten seine Sinne versagt.

Die hochgewachsene, herrschaftliche Gestalt war in eine schwere, rotgelbe Decke gehüllt, die knapp bis unter die Knie reichte. Darunter trug der Mann eine lockere Toga oder einen Kaftan in Königsblau, an einer Schulter verschnürt. Von seinem mit bunten Perlen verzierten Gürtel hing ein reichgeschnitzter Elfenbeinstab von ungefähr achtzehn Zoll Länge herab. Die Kalebasse, die an einem ledernen Schulterriemen herabhing, enthielt eine Flüssigkeit, die leise gluckste, wenn ihr Besitzer sein Körpergewicht von einem Fuß auf den anderen verlagerte. Die Füße waren mit schlichten Ledersandalen bekleidet. Von jedem der beiden gedehnten Ohrläppchen hing ein mit Perlen besetzter Ring herab, in dessen Schlaufe dünne, metallene Pfeilspitzen baumelten. Die Kalebasse war mit ähnlichen Zierperlen in den Farben Blau, Rot und Weiß besetzt.

Der einzige Teil der eleganten Ausrüstung, die Oak wiedererkannte, war der massive, handgeglättete Gehstock.

»Sie waren nicht auf Ihren Zimmern, also bin ich hierher gekommen.« Mbatian Olkeloki musterte den Tisch. »Sie haben genug gegessen. Eine lange Reise kann mit allzu vollem Bauch unangenehm werden. Wir sollten jetzt gehen. Unser Fahrer wartet.«

»Wo sind denn Ihre...?« fing Merry an, doch der alte Mann hatte ihre Frage schon geahnt.

»Meine Böstreffkleider? In meinem Koffer, der sich im Kofferraum des Matatu befindet, das ich gemietet habe. Ebenso wie Ihre Rucksäcke.«

Oaks Augenbrauen zogen sich zusammen. »Wie sind Sie denn in unsere Zimmer gekommen? Solange sind wir doch noch gar nicht hier unten.«

Ein weißes Gebiß blitzte auf. »Spielt das eine Rolle? Sie werden feststellen, daß nichts fehlt. Wir sollten das Tageslicht nutzen. In diesem Teil der Welt ist es nicht ratsam, nachts zu reisen.«

»Ich habe nichts gegen das Reisen bei Nacht«, meinte Merry. »Das tue ich ständig.«

»Das hier ist nicht Seattle. Die Hotelrechnung habe ich bereits beglichen. Ich werde jetzt Ihr Frühstück bezahlen. Sind Sie bereit?«

»Na ja, ich... klar doch, warum zum Teufel nicht?« erwiderte Oak und wechselte einen Blick mit Merry.

»Dann kommen Sie.« Olkeloki machte auf dem Absatz kehrt und schwebte aus dem Eßsaal, während ihm die belustigten Blicke der gebildeteren Nairobier und die entzückten Blicke der Touristen folgten.

Oak und Merry mußten sich Mühe geben, mit dem alten Mann Schritt zu halten, der durch seinen Kleidungswechsel verjüngt wirkte. Das Gesicht war zwar noch dasselbe, doch Haltung und Grundeinstellung schienen eine subtile Veränderung erfahren zu haben. Vom Hals abwärts waren seine Bewegungen die eines Dreißigjährigen. Decke und Toga umschwebten ihn wie eine rote und blaue Wolke, während er an der Kasse stehenblieb, um sie danach zum Vorderausgang zu führen.

Der Portier kam herbei, um zu helfen. Olkeloki ignorierte den jüngeren Mann und öffnete die Tür selbst. Für Merry hielt er sie nicht auf.

Der Fahrer war ein gedrungener, untersetzter Bantu in Jeans, T-Shirt und einem modischen Hut im Stil der vierziger Jahre, den er keck schräg in die Stirn gezogen hatte. Er lehnte gegen sein Fahrzeug und las in der Morgenzeitung. Als seine Passagiere näher kamen, legte er die Zeitung in den Wagen und richtete sich auf.

»Könnten wir vielleicht mal eben kurz in den Kofferraum schauen?« fragte Oak, als es ihm schließlich gelungen war, den alten Mann einzuholen.

»Wozu Zeit vergeuden? Wenn ich Ihre armseligen Habseligkeiten hätte stehlen wollen, Joshua Oak, warum hätte ich dann zurückkehren sollen? Und ich habe auch nichts dadurch zu gewinnen, daß ich sie im Hotelzimmer liegen lasse.«

»Nein, natürlich nicht.« *Idiot,* schrie er sich selbst an. *Der Mann mag vielleicht halb verrückt sein, aber ein Dieb ist er nicht. Beruhige dich endlich!* Er folgte Merry auf den Hintersitz des Matatu.

Das Taxi war ein Überbleibsel der frühen Sechziger, ein australischer Ford, der mit einem Sandstahlgebläse eine fahlgraue Farbe verliehen bekommen hatte, wenn man von jenen Stellen absah, wo Steine und Rost Löcher ins Chassis gerissen hatten. Das rechte Rücklicht hatte erst vor kurzem eine Auseinandersetzung mit einem großen Projektil unbekannter Herkunft verloren. Der Fahrer glitt hinter das stoffumspannte Lenkrad, schob den Schlüssel ins Zündschloß und startete zur Überraschung beider amerikanischer Passagiere den Motor auf der Stelle. Sie lernten sehr schnell, daß das Äußere in Afrika nur wenig zu sagen hatte, zumindest was Maschinen anging. Hier richtete sich die Funktionsfähigkeit nicht unbedingt nach der äußeren Form.

Nach den Maßstäben des afrikanischen Buschs war das Innere des Matatu sauber, was bedeutete, daß die Schicht ockerfarbenen Staubes, die Boden, Scheiben und Sitze bedeckte, relativ frisch war. Der Fahrer löste sich von der Hotelfront auf ganz ähnliche Weise wie ein Spaceshuttle von seiner Startrampe. So wurde die Beschleunigung auch erträglich, als sie erst einmal auf der Schnellstraße waren, und der Gravitationsdruck, den die Passagiere des Matatu aushalten mußten, ließ nach. Oak wünschte, daß er das gleiche von seinen anhaltenden Befürchtungen hätte sagen können.

Die Wegschilder, die über den Straßen hingen, waren identisch mit jenen, wie man sie zu Hause vorfand, und Oak fragte sich, ob die Straße vielleicht von amerikanischen Ingenieuren erbaut worden war. Der Fahrer wußte es nicht. Die Zeichen auf den Schildern waren jedoch alles andere als vertraut: Thika, Naivasha, Machakos. Man fühlte sich in Nairobi wie in einer großen, modernen Stadt, doch kaum hatten sie die Außenbezirke hinter sich gelassen, als dieses Gefühl auch schon verblaßte.

Ihr Fahrer war freundlich und fröhlich, besonders nachdem sie die Stadt weit genug hinter sich gelassen hatten, daß er die Geschwindigkeit des alten Matatu auf ein karosserieerschütterndes Niveau bringen konnte. Merry mußte das gleiche gedacht haben, denn sie beugte sich vor, um den Tacho zu mustern.

»Fahren wir tatsächlich mit hundertvierzig Stundenkilometern?«

»O nein, Missy.« Der Fahrer drehte sich grinsend zu ihr um und zeigte dabei nicht das geringste Interesse an der schmalen, zweispurigen Fernstraße, über die sie gerade jagten. »Sie glauben, wegen Tachometer?«

Merry nickte und sah zu, wie die Nadel am Ende der Meßskala zitterte.

»Keine Sorge wegen Tachometer. Ist kaputt.« Während er eine Hand locker auf dem Lenkrad hielt und mit dem Fuß das Gaspedal voll durchdrückte, wandte er sich zu Olkeloki hinüber und griff mit der Rechten an ihm vorbei. »Bitte um Verzeihung, Laibon.« Die Unterwürfigkeit in seiner Stimme stand in scharfem Gegensatz zu der Art und Weise, wie man Olkeloki im Hotel behandelt hatte, und doch war der Fahrer ganz offensichtlich kein Massai. Vielleicht hatte der alte Mann ihn auch aus diesem Grund angeheuert.

Er drehte einen Knopf, worauf das Radio aus dem Armaturenbrett hervorsprang und ein verborgenes Fach freigab, aus dem er eine Halbliterflasche mit einer klaren Flüssigkeit hervorholte. Oak, der zu Hause schon ähnliche Situationen erlebt hatte, wußte sofort, daß es kein Wasser war. Höchstwahrscheinlich Wodka oder möglicherweise Gin. Beides war falsch. Die Flasche wies ein faszinierendes Etikett mit Zebrastreifen auf.

»Zuckerrohrschnaps aus Kenia«, sagte der Fahrer, nachdem er einen Schluck aus der Flasche genommen hatte und Oaks neugierigen Blick im Rückspiegel bemerkte. »Wir nicht sein wie Rest von Afrika, nicht hier. Leute in Kenia wissen, wie man gute Dinge macht. Markt für Zucker schlecht. Markt für Alkohol immer gut. Ich selbst, ich glaube, Zuckerpflanzer brauen das hier für sich, weil Zukkermarkt so schlecht ist.« Er kicherte über seinen eigenen Witz.

Völlig unzurechnungsfähig war er also nicht. Jeder Mann, der ein altes Wrack von einem Wagen über eine ländliche Straße lenken konnte, während er gleichzeitig Zuckerrohrschnaps trank und sich über den Zustand der einheimischen Wirtschaft äußerte, mußte bei vollem Verstand sein. Zugleich war es aber auch offensichtlich, daß er nie eine offizielle Fahrschule durchlaufen hatte. Immerhin war er sehr geradeheraus. Das Gaspedal fest an den Boden gedrückt, den Wagen in die Richtung haltend, in die man wollte, und beide Dinge bloß nicht durcheinanderbringen, indem man etwa solch überflüssige westliche Errungenschaften wie Bremsen oder Blinker benutzte.

Zum Glück hatten sie nach einer Stunde die Straße praktisch für sich allein!

»Wo sind denn all die Leute geblieben?« fragte Merry. Ebensogut hätte sie fragen können, wo das ganze Land geblieben war.

Das Land um Nairobi herum war grün und fruchtbar gewesen. Nun fuhren sie jedoch über eine riesige, trockene Ebene, die von braunen Hügeln umgrenzt war. Vereinzelte Akazien winkten ihnen mit ihren dornigen Ästen zu, während sie gen Süden preschten. Sie sahen wie überdimensionale Zimmerpflanzen aus, die hier völlig fehl am Platze waren.

»Das ist Athi Ebene.« Der Fahrer schnüffelte. »Von hier bis zur Grenze kein gutes Land, aber ich kein Bauer oder Hirte, also ist mir egal. Bald kommen wir durch Isinya. Ist nichts, nur Jauchegrube. Aber in Kajiado gibt es Café, und dort kann ich anhalten, um tanken. Von dort ist es noch ungefähr eine Stunde bis Namanga und Grenze. Vielleicht weniger. Laibon sagt, ihr habt es eilig. Keine Sorge. Manu und sein Bibio wird euch hinbringen.« Liebevoll tätschelte er das Armaturenbrett mit der Handfläche.

»Ah, dort schauen.« Er zeigte nach links.

In diesem Augenblick kam bei Merry Sharrow der Durchbruch. Bis der Fahrer nach links gezeigt hatte, hatte alles für sie eine leise Aura des Unwirklichen gehabt, schon seit Washington. Der Anblick der beiden erwachsenen Giraffen, die neben der Straße liefen, vertrieb die letzten leisen Zweifel. Instinktiv hielt sie Ausschau nach Mauern und Gittern, doch hier gab es keine, sowenig wie es einen

Nationalpark oder ein Wildschutzgebiet gab. Nur das dahinjagende Matatu, die Akazien, die leere braune Ebene und die beiden laufenden Giraffen wie Markierungen aus irgendeinem vergangenen Zeitalter.

»Auf Swahili heißen Twega«, informierte sie der Fahrer. Merry klatschte in die Hände wie ein kleines Mädchen und drehte sich nach den Giraffen um, die sie langsam abhängten.

»Das ist ja wunderbar.«

»Ich werde noch was Besseres erzählen. Leopard heißt Chui, auf englisch ausgesprochen chewy, also ›kaut gern‹.« Sogar Oak mußte lächeln, als er das hörte.

Olkeloki blickte sich nicht um, entschlossen sah er nach vorn. »Die Sprache ist ein zerfranster Verbindungsfaden zwischen den Völkern, aber ein faszinierender.«

Oak fragte sich, was wohl seine Aufmerksamkeit so unentwegt erregen mochte. Wie er ihn so da vorn auf dem Sitz sah, neben dem völlig verstädterten Fahrer, in seine leuchtende blaue Toga und die rote Decke gehüllt, den Gehstock an die rechte Schulter gelehnt, fiel es schwer zu glauben, daß es noch derselbe Mann war, den Oak aus einem Krawall hinter dem Weißen Haus gerettet hatte. Derselbe Mann, der ihnen in aller Gelassenheit von unglaublichen Kreaturen und von einer unvorstellbaren Gefahr aus dem Jenseits erzählt hatte, während er sie davon überzeugen wollte, ihn im schnellsten Verkehrsmittel, das die Menschheit bisher hervorgebracht hatte, nach Afrika zurück zu begleiten. Nun sah er aus wie eine Illustration aus einem ethnologischen Textbuch, eine Pappfigur zum Ausschneiden aus einem Seminar über Afrikanische Studien an der Universität Georgetown, die plötzlich zum Leben erwacht war.

Doch dieser Mbatian Oldoinyo Olkeloki war schon wirklich genug, was immer er auch sein mochte. So wirklich wie diese Klapperkiste von einem Taxi, die gerade über die ausgetrockneten Ebenen Ostafrikas jagte. So wirklich wie das Giraffenpaar, das sie hatte vorbeisausen sehen, ohne ihnen kaum mehr als einen Blick zu gewähren, während es seiner täglichen Beschäftigung nachging, Akazien zu entlauben.

»Vorsicht, *Vorsicht!*« Merry stürzte sich über den Vordersitz und riß an dem Lenkrad.

Fünf Sekunden lang herrschte im Inneren des Taxis das reine Chaos. Oak hatte kaum Zeit, um einen erschrockenen Fluch auszustoßen, Olkeloki versteifte sich sichtbar, und der Fahrer schrie irgend etwas in hysterischem Suaheli, während er versuchte, wieder die Kontrolle über sein Fahrzeug zu erlangen. Bei einer Geschwindigkeit, die irgendwo zwischen achtzig Meilen in der Stunde und der des Lichts lag, strapazierte das Taxi hart seine nichtexistenten Stoßdämpfer. Reifen quietschten, und Gummi verdampfte, als der Wagen auf die glücklicherweise leere Gegenspur schlingerte. Es quietschte ein zweites Mal, als der Fahrer heftig mit dem Lenkrad rang. Sie schlitterten wieder auf die Südspur, hinein in den sandigen Seitenstreifen, und warfen hinter sich einen Staubschweif auf, auf den jedes Wasserflugzeug stolz gewesen wäre, um schließlich wieder auf die Fahrbahn zu gelangen. Wie es dem Fahrer gelungen war, der Akazie zur Rechten auszuweichen, blieb Oak ein Rätsel, doch war er mehr als bereit, die Sache ohne zusätzliche Erklärungen hinzunehmen.

Irgendwie hielt die rostige Karosserie zusammen, auch die vier völlig plattgefahrenen Reifen blieben dran. Es war ein Wunder, daß sie sich nicht überschlugen. Der alte Ford war kein Land Rover, und Oak bezweifelte keine Sekunde, daß sie alle zu Tode gequetscht worden wären, wenn sich das Fahrzeug überschlagen hätte. Plötzlich hellwach und völlig nüchtern geworden, hielt sich der Fahrer an seinem Lenkrad fest wie ein Politiker an seinem Amt, während er den Blick abwechselnd auf die vor ihnen liegende Straße und die verrückten Böstreffs auf dem Rücksitz richtete.

Merry kauerte auf den Knien und blickte durch das Rückfenster hinaus. Oak verkniff sich seine instinktive Reaktion und wartete ab. Schließlich drehte sie sich um und nahm wieder Platz, um zu blinzeln, als würde ihr jetzt erst bewußt, daß sie etwas Ungewöhnliches getan hatte.

»Ich... es tut mir leid. Auf der Straße lag ein Stück Gummi von einem Lastwagenreifen, und ich dachte, ich hätte gesehen, wie es sich bewegt. Ein großes Stück. Und draußen weht kein Wind.« Der Fahrer hörte es mit an und beugte sich vor, bis sein Kinn praktisch das Lenkrad berührte.

Oak legte ihr eine Hand auf die Schulter. »Sind Sie sicher, daß Sie gesehen haben, wie es sich bewegt?«

Sie erwiderte seinen Blick nicht. »Ich meinte, ich hätte es gesehen.«

Er sah sie noch einen Augenblick an, bevor er zu Olkeloki hinüberblickte. »Was meinen Sie?«

»Ich weiß es nicht, Joshua Oak. Ich bin so froh, wieder in meinem eigenen Land zu sein, daß ich unserer Umgebung wohl nicht so viel Aufmerksamkeit gewidmet habe, wie ich es hätte tun müssen. So gesehen könnte es sein, daß sie uns allen das Leben gerettet hat.«

»Indem sie uns fast umgebracht hat«, murmelte Oak.

»Hören Sie, ich habe schon gesagt, daß es mir leid tut«, erwiderte Merry kämpferisch. »Aber verdammt, Josh, ich schwöre, daß ich gesehen habe, wie sich das Ding *bewegte.* Ich *muß* es gesehen haben.«

»Ist schon okay. Wenn es um diese Shetani geht, würde ich auch lieber erst reagieren und hinterher argumentieren.«

»Shetani?« Der Fahrer blickte zu ihm hinüber.

»Nichts.« Oak schenkte ihm ein beruhigendes Lächeln. »Nur eine alte Geschichte. Die Dame hatte einen Tagtraum, das ist alles.«

»Verrückte Muzungu«, knurrte er leise.

Den Rest der Fahrt sprach er nicht mehr, klammerte sich nur an sein Lenkrad und starrte geradeaus. Das einzige Opfer der Aktion Merrys war die lockere Kameradschaft, die zuvor in dem Matatu geherrscht hatte.

Oak war sich nicht sicher, was geschehen war. Er hatte

zwar nichts gesehen, was sich bewegte, andererseits hatte er aber auch gerade aus dem Seitenfenster geblickt und nicht nach vorn. Beunruhigender war die Tatsache, daß Olkeloki auch nichts bemerkt hatte. Bisher hatte er sich nur um die geistige Gesundheit des alten Mannes Sorgen machen müssen. Von nun an sah es so aus, als müßte er auch Merry Sharrow sorgfältig im Auge behalten. Nicht daß er glaubte, daß sie verrückt geworden wäre. Nur vielleicht ein bißchen... gefühlsbetont.

Wir sind hier alle verrückt, außer dir und mir, dachte er schweigend, und bei dir bin ich mir auch nicht ganz sicher.

16

Gstaad, Schweiz – 23. Juni

Alexis Bostow war der neue Komet am Sowjethimmel. Im unerhörten Alter von nur vierunddreißig Jahren bereits Mitglied des Politbüros, war er zugleich Inhaber des wichtigen Postens eines Stellvertretenden Rüstungsministers. Aufgrund seiner militärischen Ausbildung und seiner Beziehungen verstand er nicht nur die Bedürfnisse des riesigen sowjetischen Militärkomplexes, sondern kannte auch seine operativen Kriegslisten. In dieser Hinsicht war er einzigartig.

Er war auch brillant, redegewandt und gutaussehend genug, um auch Chancen als Filmstar im russischen Kino zu haben. Es war zwar übereilt, in ihm bereits den Nachfolger des immer noch jungen Dorowskoj zu sehen, doch ein entsprechendes Geraune hatte bereits angefangen. Er war ein junger Mann, der den Westen eines Tages vielleicht für eine vernünftige Abrüstung gewinnen konnte, ohne dabei sein eigenes Vaterland zu schwächen, ein Mann, der sowohl die Partei als auch die Generäle bei Laune zu halten wußte. Seiner Arbeit widmete er sich mit voller Hingabe. Am wichtigsten aber war, daß er gut mit Dorowskoj selbst auskam. Der Premier schätzte den Rat des jungen Stellvertretenden Ministers. Jedermann war überrascht darüber, daß Bostow kein Opfer jener Krankheit geworden war, die schon so vielen ähnlichen vielversprechenden Karrieren ein Ende gesetzt hatte: der Krankheit des voreiligen Ehrgeizes.

Dies war sein erster Besuch im Westen, und er machte sich sofort daran, sowohl seine Schweizer Gastgeber als auch die Medien für sich einzunehmen. Der Anblick eines russischen Rüstungsministers, der zusammen mit den aalglattesten Beautiful People Ski fuhr, war eine Neuigkeit, auf die die Presse sich mit Begeisterung stürzte. Für Bostow, der im nördlichen Ural aufgewachsen war, war das nichts Ungewöhnliches. Er hatte schon im frühen Alter das Skifahren lernen müssen, um in den Tiefen des russischen Winters zur Schule zu kommen. Er war bis ins Erwachsenenalter hinein Ski gefahren, sowohl als Körperertüchtigung wie auch als Freizeitvergnügen. Vielleicht ließ ihn dies auch aus einem Haufen typischerweise übergewichtiger Beamter stets herausragen.

Am Anfang der Woche hatte er in Bern bewiesen, daß er sich auf Pressekonferenzen ebenso zu Hause fühlte wie auf den Pisten. Als einer der Reporter ihn gefragt hatte, ob er irgendwelche persönlichen Probleme habe, hatte er geantwortet, daß manche Menschen unter einem Verfolgungskomplex litten, andere unter einem Minderwertigkeitskomplex, daß er aber von einem militärischen Industriekomplex belastet würde. Ab diesem Punkt änderte sich die Einstellung der Presse zu ihm vom Feindseligen zum Wohlwollenden. Er wurde nicht einmal nach Afghanistan gefragt.

Die Konferenz selbst war besser verlaufen, als jeder in der sowjetischen Delegation gehofft hatte, sicherlich nicht zuletzt aufgrund seiner eigenen aggressiven Analyse der Weltwirtschaftsordnung. Er war sehr mit sich zufrieden, als er die mittelschwere Piste hinunterjagte, der darunterliegenden Stadt entgegen. Zudem genoß er einen seltenen Morgen der Einsamkeit, weil keiner der ihm zugeteilten KGB-Leute Ski fahren konnte. Sie konnten nur grollend zusehen, wie er ohne Begleitung oben am Lift losfuhr. Er wußte, daß andere unten auf ihn warteten und seine Abfahrt von Zeit zu Zeit mit starken Feldstechern im Auge behielten. Doch auf der Loipe selbst war er frei.

Alle Urlaube mußten einmal enden, auch die Arbeitsausflüge. Schon bald würde er wieder an seinem Schreibtisch in Moskau sitzen. Es gab soviel zu tun. Wahre Abrüstung war nur aus einer Position der Stärke und des Gleichgewichts möglich. Das Problem bestand darin, daß man dem Westen erst erklären mußte, weshalb er seine Definition des Gleichgewichts umformulieren sollte. Das würde nicht einfach sein, doch wenn es irgend jemanden gab, dem dies gelingen konnte, so war er selbst es, wußte Bostow. Er war davon überzeugt, daß er einen Fortschritt in Richtung eines echten Friedens zwischen den Großmächten herbeiführen könnte. Auf seiner Seite waren die Energie und die Begeisterung der Jugend, eine andere Sicht der Abrüstung und genügend Macht, um die Extremisten innerhalb des Kreml abzuwehren. Es mußte ein Durchbruch geschafft werden, und da durfte er durchaus derjenige sein, der ihn vollbrachte.

Er bog das linke Knie ab und glitt geschmeidig über die nächste Piste. Als er dies tat, erblickte er zu seinem Erstaunen einen großen schwarzen Stein, der aus der ansonsten makellos gepflegten Abfahrtsstrecke hervorragte. Er hätte eigentlich nicht hier sein dürfen. Die Schweizer hielten ihre Skibahnen ebenso besessen und methodisch in Ordnung wie ihre Straßen. Ein derartiges Hindernis hätte man niemals in einer Kurve geduldet. Man hätte es sofort mit schweren Maschinen oder durch Sprengung beseitigt.

Es sah aus wie ein großer Block Basalt. Bostow mußte sich sofort entscheiden. Der Abhang zur Rechten war sehr steil, und wenngleich er auch ein annehmbarer Skifahrer war, war er doch kein Jean-Claude Killy. Zudem hatte er weder genug Platz noch Zeit, um abbremsen zu können.

Doch zwischen dem Stein und dem Oberhang war gerade noch genug Platz, um sich hindurchzuquetschen. Er pflanzte den rechten Stock hart in den Pulverschnee und winkelte nach oben anstatt nach unten ab. Es würde schon klappen; er würde genau durch die Lücke hindurchschießen. Und wenn er unten angekommen war, würde er mit den zuständigen Behörden dieses Skiorts ein paar warme Worte wechseln.

Knapp schoß er gerade an dem Hindernis vorbei, als etwas aus dem Fels hervorpeitschte; es sah aus wie ein Stück schwarzer Schlauch. Der Schlauch mündete in fünf lange, gebogene Finger. Die legten sich knirschend um sein rechtes Knie, mit einer gewaltigen Kraft, die gleichzeitig seine Kniescheibe zerschmetterte und sein Gleichgewicht zerstörte. Er kippte nach vorn, und der Schmerz zuckte sein Bein empor, während er sich fragte, was ihn da getroffen hatte. Er wußte, daß irgend etwas gebrochen war, wie er auch wußte, daß die immer wachsamen Sicherheitsleute unten im Tal ihn binnen weniger Minuten erreichen würden. Große Skiorte wie Gstaad unterhielten Ärzteteams, die vierundzwanzig Stunden in Bereitschaft waren. Es gab keinen Grund zur Panik.

Diese ruhige Zuversicht hielt so lange an, bis er das Gleichgewicht verlor und nach vorn stürzte. Seine Stirn prallte auf etwas Festes und Unnachgiebiges, das dicht unter der weißen Pulverschicht verborgen lag.

Die erste Reaktion des schweizerischen Ärzteteams, das den reglosen Körper des russischen Ministers begutachtete, war Unglauben. Die gesamte rechte Seite des Schädels war eingedrückt wie von einem stumpfen Gegenstand. Doch es war nichts da, nichts unter ihm bis auf eine vier Fuß hohe Schneeschicht, und nichts in der Nähe, was angezeigt hätte, wie er sich die Kniescheibe gebrochen hatte. Jedermann wunderte sich, wieso er überhaupt gestürzt war. Die Abfahrt, von der er abgebogen war, war glatt und einfach. Selbst ein Anfänger hätte damit mühelos zurechtkommen müssen.

In den Köpfen der KGB-Leute spulten sich wilde Spekulationen ab. Es gab keine natürlichen, wahrnehmbaren Hindernisse, die den tödlichen Sturz hätten verursachen können, andererseits gab es aber auch keinerlei Anzeichen für einen Mord. Daher mußte, was immer den Unfall verursacht hatte, irgendwie beseitigt worden sein, bevor das Ärzteteam eingetroffen war.

Beweisen konnten sie zwar nichts, aber vorstellen konnten sie sich eine ganze Menge.

Namanga, an der Grenze zwischen Kenia und Tansania — 23. Juni

Die staubige kleine Stadt mit ihrer einzigen Straße und ihrer Sammlung improvisierter Gebäude war eine Laune der Geschichte. Bis zur Aufteilung von Britisch Ostafrika hatte es keinen Grund für ihre Existenz gegeben. Inzwischen stellte sie den einzigen offiziellen Grenzübergang im Umkreis von vielen Meilen dar.

Keines der festen Gebäude aus Holz, Stuck oder Betonblöcken war höher als ein Stockwerk. Dazu gehörte auch das Regierungsgebäude am nördlichen Ende der Straße. Hinter den festeren Gebäuden lag wie Spitzenklöppeleien auf einem Damenfächer die undisziplinierte Vielzahl von Schuppen und Hütten, die aus weggeworfenen Masten, Holzresten und Wellblech angefertigt worden waren. Umrahmt wurde dieser städtische Waise der Unabhängigkeit von einem fahlblauen Himmel, der völlig wolkenfrei war, von braunen Hügelketten, die sich gen Süden erstreckten, und von der gelegentlichen Federbesensilhouette einer Akazie.

Nichts von der hochentwickelten Zivilisation Nairobis hier. Horden von Händlern und Nomaden, Reisenden und

Landbesitzern wirbelten vor den Geschäften zu beiden Seiten der Mittelstraße eine Staubwolke auf. Andere, die nichts zu tun und nirgendwohin zu gehen hatten, saßen auf hölzernen Treppen und Verandas herum und sahen zu, wie die Minuten ihres Lebens vorbeitickten. Sie waren nach Namanga gekommen, weil es ein Ziel war, und jedes Ziel war immer noch besser als die ausgetrockneten, kahlen Ebenen. Die kleine Stadt war zwar arm, aber wenigstens nicht langweilig.

Außerdem war sie das Sprungbrett nach Amboseli, einer von Kenias kleineren, aber berühmteren Wildparks. Während sie vor dem Regierungsbüro parkten, sah Oak, wie ein Polizeibeamter in einer ordentlichen dunkelbraunen und khakifarbenen Uniform einen Volkswagenbus voller viel zu üppig bekleideter Touristen nach Norden winkte.

Ihr eigener Fahrer war offensichtlich froh, sie loszuwerden. Er wirkte jedoch ehrlich überrascht, als Olkeloki ihm ein großzügiges Trinkgeld gewährte, und nun, da er seiner Verpflichtung nachgekommen war, kehrte ein bißchen von seiner ursprünglichen guten Laune zurück.

»Viel Glück euch allen. Ji hadari, seid vorsichtig.«

»Uns wird es schon gut ergehen.« Noch während sie dies sagte, fragte sich Merry, ob sie tatsächlich selbst daran glaubte.

Gemeinsam mit Oak betrat sie das Regierungsgebäude, während Olkeloki draußen wartete, und man führte sie in ein Büro, wo ein Mann in einem dunklen Anzug hinter einem Schreibtisch saß und Ausweise abstempelte.

Ganz erstaunlich, überlegte Oak, wie austauschbar Bürokraten doch aussahen. Den Zwillingsbruder dieses Mannes hatte er in Washington zahllose Male zu Gesicht bekommen. Hätte man den Anzug gegen eine Uniform getauscht, so würde er sich im Pentagon sofort zu Hause fühlen. Das ist die Spezies, die *wirklich* die Welt regiert. *Buerocratis papierhengstis internationalis.*

In einer gegenüberliegenden Ecke standen zwei Männer

in arabischer Kleidung und mit schmalen, spitzen Bärten; sie stritten sich mit einem Polizeibeamten. Der eine trug eine Muslimkappe aus bestickter weißer Baumwolle, die ihm beim Sprechen ständig vom Kopf rutschte. Der Beamte lehnte gegen die Wand und hörte mit verschränkten Armen und halbgeschlossenen Augen geduldig zu. Soweit Oak es verstehen konnte, versuchten die beiden Männer gerade, aus Kenia nach Tansania mit Visa einzureisen, die etwas weniger als in Ordnung waren.

Der Beamte, der ihre eigenen Pässe inspizierte, bemerkte Oaks Blick. »Sehen Sie, Sir, der größte Teil des Verkehrs hier verläuft in eine Richtung. In Tansania gibt es nichts zu kaufen, also versuchen die Leute immer dann, wenn sie irgendeine harte Währung oder Keniashillinge besitzen, über die Grenze zu kommen, um hier in Namanga einzukaufen. Erst müssen sie ihre eigenen Beamten bestechen, damit sie sie herauslassen, und dann müssen sie sie noch einmal bestechen, damit sie wieder hineindürfen.« Taktvoll überging er die Frage, welche Bestechungsgelder wohl am kenianischen Ende solcher Einkaufsausflüge gezahlt werden mußten, falls überhaupt, und reichte ihnen die Pässe zurück.

»Danke für Ihren Besuch in Kenia.«

»Wir hoffen, in wenigen Tagen zurück zu sein«, erklärte Merry.

»Sie haben verlängerte Visa. Es wird uns eine Freude sein, Sie wieder willkommen zu heißen, wenn Sie Ihre Safari in Tansania beendet haben.« Plötzlich blickte er scharf auf ihren Begleiter, und Oak erinnerte sich sofort an einige seiner Kollegen im FBI. Die Hauptaufgabe des Mannes mochte vielleicht darin bestehen, Pässe zu überprüfen und abzustempeln, doch es war offensichtlich, daß er nebenbei auch noch ein wenig Spitzeldienste leistete.

»Sie gehen doch nur auf Safari, oder?«

Zu den verschiedenen Tarnungen, die Oak im Laufe der Jahre vervollkommnet hatte, um seine wirklichen Gefühle und Absichten zu verbergen, gehörte auch ein leeres Lächeln von unübertroffener Offenheit. »Wir sind Touristen. Wir reisen gerne allein. Ich finde, daß man sehr viel mehr zu sehen bekommt und dazulernen kann, wenn man nicht mit einer organisierten Gruppe reist.«

Der Beamte war noch nicht mit ihnen fertig. »Aber Sie sind nicht verheiratet.«

»Müssen Paare in Tansania verheiratet sein, um gemeinsam reisen zu können?«

»Nein, aber ich rate Ihnen, sich so weit wie möglich von den Provinzialbehörden fernzuhalten. Normalerweise belästigen die keine gutorganisierten Touristengruppen, die mit professionellen Führern reisen, aber ein oder zwei Ausländer wie Sie, die allein reisen, werden höchstwahrscheinlich ihr Interesse erregen. Dort drüben ist man sehr mißtrauisch. Die Tansanier glauben, daß alle Ausländer südafrikanische Spione sind.«

»Gibt es denn irgend etwas, was man dort ausspionieren könnte?«

Der Mann grinste zu ihm hinauf. »Natürlich nicht. Und sollten die Südafrikaner Tansania ausspionieren wollen, so ist es nur logisch, daß sie sich Leute aussuchen würden, die unauffällig sind und sich ganz unbemerkt unter die Einheimischen mischen könnten, beispielsweise einen weißen Mann und eine weiße Frau mit amerikanischem Akzent. Aber so ist Tansania heute eben.«

Dieser Sarkasmus weckte in Oak Heimweh nach den Amtsstuben Washingtons. Er schob seinen Paß wieder in den Rucksack. Im gleichen Augenblick trat eine indische Familie vor, und der Vater ließ ein Dutzend Pässe auf den leeren Schreibtisch des Beamten fallen. Der seufzte und öffnete den obersten Paß des Stapels.

Als sie wieder nach draußen kamen, erschraken sie einen Augenblick, weil Olkeloki sie dort nicht erwartete. Schließlich entdeckte Merry ihn auf der gegenüberliegenden Straßenseite, auf einem Bein stehend und sein Gleichgewicht mit dem Gehstock haltend. Sein uralter Koffer sah äußerst deplaziert aus. Er winkte und bedeutete ihnen, sie sollten sich ihm anschließen. Oak nahm seinen Rucksack auf.

Als sie die Straße überquerten, war sich Merry der vielen Blicke bewußt, die ihnen folgten. Sie waren die einzigen Weißen in der Stadt, und es war ein merkwürdiges Gefühl, zur Abwechslung mal zu einer Minderheit zu gehören. Wahrscheinlich machten die Touristen, die auf ihrem Weg von Nairobi nach Amboseli hier anhielten, sich nicht die Mühe, ihre klimagekühlten Busse zu verlassen. Mit Sicherheit aber schritten sie nicht mitten auf der Hauptstraße mit ihrem eigenen Gepäck daher.

»Müssen Sie Ihren Paß nicht auch überprüfen lassen?« fragte sie Olkeloki.

Er schmunzelte. »Nicht im Massailand, Merry Sharrow.«

»Das hier ist immer noch Kenia.« Sie zeigte die Straße entlang. »Dort drüben ist Tansania. Alle haben im Büro ihre Pässe überprüfen lassen.«

»Es ist Zeit zu gehen. Sie werden schon sehen.« Er nahm seinen Koffer auf und setzte sich in Bewegung. Die Ladenbesitzer hörten mit dem Feilschen auf, um das einzigartige Schauspiel mitanzusehen, wie zwei Muzungu einem Laibon mit einem Koffer folgten.

Von Zeit zu Zeit kamen sie an Massai-Hirten vorbei, die zum Handeln in die Stadt gekommen waren. In ihren Stimmen klang unverkennbare Ehrfurcht mit, wenn sie mit Olkeloki sprachen. Wahrscheinlich wollen sie seinen Segen empfangen, dachte Oak. Seine Meinung von dem alten Mann wuchs ein Stück. Die Bantu sprachen nicht mit ihm, machten ihm aber den Weg frei. Diese unausgesprochene Ehrfurcht erstreckte sich sogar auf eine Schar halbnackter Kinder. Die unterbrachen ihr Fußballspiel, um ernst zuzusehen, wie der Laibon an ihnen vorbeischritt.

Auf der Straße gab es keinen Fahrzeugverkehr. Alle Wagen und Matatus wurden von den Verkehrssperren hinten am Regierungsgebäude aufgehalten. Im Umkreis von hundert Metern durfte sich der Grenze nichts nähern, was Räder hatte.

Sie schritten auf einen hohen Stacheldrahtzaun zu. Zunächst wirkte er sehr beeindruckend, bis man sah, daß er sich in beide Richtungen nur fünfzig Fuß weit erstreckte. Fast hätte Oak laut losgelacht. Jedermann hätte mühelos den Zaun an einem der beiden Enden umfahren können. Und was das betraf, so mieden Schmuggler die Stadt wahrscheinlich sowieso völlig und überquerten die Grenze einfach über Land. Doch dies war der offizielle Grenzübergang, daher mußte er auch offiziell aussehen. Der Zaun war keine Barriere, sondern eine Verzierung.

Und dann verließen sie Kenia und betraten Tansania. Immer noch dieselbe Erde, dieselbe Sonne, doch ansonsten war alles anders.

Hier gab es keine Menschenmengen und keine Geschäfte, nur ein paar blasse Bauten zur Linken. Das Regierungsgebäude stammte noch aus der Kolonialzeit. Daneben befand sich eine improvisierte Werkstatt, vor der ein paar Zapfsäulen standen. Einige Lastwagen und kleinere Fahrzeuge standen dort in der Gegend herum, wo ihre Besitzer sie zurückgelassen hatten. Hier gab es keinerlei Handel, weil die Menschen von Tansania, wie der kenianische Beamte gemeint hatte, nichts besaßen, was sie nach Kenia hätten verkaufen können. Jene Handelsverbindungen, die tatsächlich existierten, beispielsweise der Verkauf von verbotenem Elfenbein, würden nicht über die Regierung laufen.

Olkeloki führte sie zu dem Regierungsbau. Anstelle des Kenianers in der gepflegten Uniform, der sie zu seinem Paßbüro geführt hatte, winkte sie hier nur ein müde wirkender, übergewichtiger Polizist in einem kurzärmeligen Hemd und einer Hose gelangweilt hinein.

Das Gebäude bestand aus einem einzigen Raum mit ein paar Schreibtischen und Aktenschränken. Träge drehte sich ein Ventilator an der Decke und machte den Fliegen das Leben schwer. Der Beamte war gereizt und beschäftigt. Beschäftigt? Womit beschäftigt? dachte Oak, als sie ruhig dastanden und warteten. Er ließ sie eine ganze Stunde warten, bevor er sich dazu herabließ, ihnen durch eine Geste zu bedeuten, sie sollten vortreten. Dann folgten weitere dreißig Minuten sinnloser Fragerei, bis Merry nervös zu werden begann und Oak sein Verlangen beherrschen mußte, den Mann aus dem nächstbesten Fenster zu schmeißen.

Als Oak aus dem Fenster blickte, während der Mann Merry verhörte, sah er Olkeloki, der vor den Augen des Polizisten auf der Veranda stand. Mit Sicherheit hatte der doch gesehen, wie sie die Grenze überschritten hatten. Doch er machte keinerlei Anstalten, den alten Mann anzusprechen oder mit Fragen zu befeuern.

Ein Blick in die Richtung des Zauns offenbarte eine Reihe von Männern, die gerade nach Tansania zurückkehrten. Sie würdigten das Regierungsgebäude nicht einmal eines Blickes. Sie trugen Togas in hellroter und gelber Farbe und hatten keine Decken umgehängt. Anstelle von Gehstöcken führten sie lange Speere mit sich, deren Spitzen von unterschiedlicher Länge waren. Oak zuckte zusammen: Es sah so aus, als würden sie lange gemusterte Strümpfe tragen.

Bei näherem Hinsehen zeigte sich, daß die verschiedenen Muster aus Streifen und Pfeilen, Punkten und Kreisen aufgemalt waren. Das Haar hatten sie mit einem kordelähnlichen Material zu Zöpfen geflochten, die dichter aneinanderlagen als die dichtesten Maisreihen auf einem Kolben, und das Resultat war hell mit Ocker gefärbt worden. Manche trugen lange, gerade Zöpfe, andere bevorzugten eine geflochtene Haarmatte, die in einem kurzen Pferdeschwanz endete. Schweigend schritten sie im Gänsemarsch dahin. Einige von ihnen trugen Kalebassen ähnlich der Olkelokis, wenn auch nicht so reich verziert.

Als sie an dem alten Mann vorbeikamen, grüßte ihn jeder der Marschierenden.

Endlich ließ sich der unerträgliche, beleidigende Zollbeamte dazu herab, ihre Pässe zu stempeln, und sie durften gehen. Sobald sie sich wieder zu Olkeloki gesellt hatten, fragte Oak ihn nach den Männern.

»Ilmoran. Jung- und Altkrieger.«

»Mir ist aufgefallen, daß die sich auch nicht bei unserem widerlichen Zollfritzen gemeldet haben.«

»Im Massailand brauchen die Massai keine Pässe. Das wissen die Regierungen von Tansania und Kenia auch.«

»Und die nehmen das einfach hin?«

»Das ist sicherer. Wenn sie auf unvernünftigen Vorschriften bestünden, würde das die Massai erzürnen. Keine Regierung will die Massai erzürnen.«

»Die haben Sie alle irgendwie gegrüßt.«

»Ja.« Olkeloki ging auf die Werkstatt zu. »Das ist auch gut so. Es geziemt einem Moran nicht, sich gegenüber einem Laibon respektlos zu verhalten. Die meisten von ihnen sind gute Jungen. Ein bißchen ausgelassen, aber so sind die Ilmoran eben.«

»Sie müssen wohl selbst ein Moran gewesen sein, als Sie noch jünger waren«, meinte Merry.

»Ja. Das ist eine wunderbare Zeit, voller Kraft und Aufregung. Jetzt können wir es etwas gemächlicher angehen lassen. Wir befinden uns im Massailand, und da wird es immer Ilmoran geben, auf die wir uns verlassen können, falls wir Hilfe brauchen. Wenn die Krieger da sind, verlassen die Löwen den Ort.«

»Und was ist mit den Shetani?«

Er blickte nachdenklich drein. »Das, Merry Sharrow, werden wir möglicherweise noch herausfinden. Ah, hier werden wir eine Transportmöglichkeit bekommen.« Er zeigte auf die in der Nähe geparkten Fahrzeuge.

Die Fahrer saßen im Schatten ihrer Wagen, plaudernd oder Karten spielend, doch als die beiden Muzungu erschienen, waren Gespräch und Spiel sofort vergessen. Vielleicht würden die Reisenden ja in Dollars oder in Pfund Sterling bezahlen.

Oak musterte die Versammlung mit Draht zusammengehaltener Karosserien und bremsenloser Wunderwerke mit skeptischem Blick. »Gegen diese Kisten war der Wagen, mit dem wir von Nairobi gekommen sind, der reinste Rolls.«

»Außerordentlich beeindruckend«, stimmte Olkeloki ihm zu. »Und doch müssen wir entweder einen davon anmieten oder zu Fuß gehen.«

»Wie weit ist denn unser Ziel entfernt?« wollte Merry wissen.

»Vielleicht neunzig Kilometer. Sechzig Meilen. Aber die Strecke wird nicht so problemlos sein wie die auf unserer Reise von Nairobi hierher.« Sie schritten gerade um einen alten, verlassenen Bus, von bittenden Fahrern verfolgt, als ein Wunder geschah. Das Wunder hatte die Gestalt eines beinahe neuen Subaru Kombis. Er war weiß, ohne jede Verzierung und sonstige persönliche Hinzufügungen, wirkte aber inmitten seiner klobigen, älteren Verwandten wie ein geflügelter Streitwagen. Es war nicht nur ein richtiges Auto, es besaß sogar Allradantrieb.

»Für einen exorbitanten Preis von irgendeinem Entwicklungshelfer gekauft, als der Tansania verließ«, erklärte Olkeloki. Als sie näherkamen, gab der Miniwaggon anscheinend die halbe Bevölkerung Kalkuttas frei: Mutter, Vater, Großmutter, Schwiegermutter und einen endlosen Strom von Kindern mit leuchtenden Augen. Jedes von ihnen, sogar der kleinste Säugling, hielt eine leere Einkaufstasche in den Händen.

»Die wollen über die Grenze«, erklärte Olkeloki unnötigerweise. »Eine Großexpedition. Vielleicht sogar bis Nairobi.«

Der Fahrer saß bei geöffneter Tür hinter dem Lenkrad und zählte gerade sein Geld, als sie näher traten. Olkeloki schien nichts dagegen zu haben, daß Oak die Sache übernahm. »Wir brauchen Transport.«

Der Fahrer, dem es wirtschaftlich anscheinend gutging, sah unter seiner Mütze zu ihm hinauf. Er trug ausgewaschene Jeans, die nur über dem linken Knie ein einziges Loch hatten, und ein Mickymaus-T-Shirt. Mickys kurze Hose mit den beiden Knöpfen hatte durch endloses Waschen eine blaßrosa Farbe anstelle ihres ursprünglichen Rots angenommen.

»Gewiß, Bwana. Wo wollen Sie hin?«

Nun ergriff Olkeloki das Wort. »Nach Westen.«

Der Fahrer musterte ihn von oben bis unten, sehr modern und sehr unbeeindruckt von diesem Musterexemplar traditioneller afrikanischer Macht. Dann wandte er sich wieder gelassen dem Ausländer zu.

»Ich bringe Sie bis Kitumbeine nach Osten. Bis dahin ist die Straße in Ordnung, aber danach wird sie sehr schlecht. An manchen Stellen ist die Piste weggeschwemmt worden. Warum wollen Sie auch nach Westen? Wenn Sie nach Ngorngoro wollen, bringe ich Sie dorthin, aber es ist besser, nach Süden bis Arusha zu fahren, um dann die Hauptstraße zu den Parks zu nehmen. Wollen Sie in die Serengeti? Ich bringe Sie in die Serengeti.«

»Nein«, sagte Olkeloki energisch. »Mein Kraal müßte jetzt in der Nähe von Engaruka sein. Dort müssen wir hin.«

Wieder dieser abschätzende Seitenblick, bevor der Fahrer zu Oak hinauflächelte. »Ich bringe Sie und die Mama überallhin, wo Sie hinwollen, aber den da nicht.«

»Tut mir leid. Entweder kommt der alte Mann mit, oder wir fahren nicht. Er ist unser Führer.«

»Dann lassen Sie sich doch von ihm führen. In meinem Wagen nehme ich ihn jedenfalls nicht mit.« Er zog die Beine ein und wollte die Tür schließen.

Olkeloki trat an Oak vorbei und sprach ganz leise. »Dein Fahrzeug läßt sich leicht beschreiben. Ich kenne dein Kennzeichen und die Fahrzeugnummer, sie steht ja dort oben auf dem Schild am Armaturenbrett.« Er gestikulierte knapp mit dem Gehstock. »Ich habe Freunde in Dodoma.«

»Na und? Was geht mich das an?« fragte der Fahrer, zögerte aber und ließ die Tür halboffen stehen.

»Wie bist du überhaupt an ein so prächtiges Automobil gekommen?«

»Ich habe es gekauft«, lautete die stolze Antwort. »Von meinem eigenen Geld und vom Geld, das meine Familie zugeschossen hat.«

»Ja, aber von wem hast du es gekauft und wie?« Olkeloki sah zu Oak und Merry zurück. »Sie müssen nämlich wissen, daß kein gewöhnlicher Afrikaner in Tansania ein derartiges Fahrzeug kaufen kann, und außerdem ist es den Ausländern verboten, bei ihrer Abreise ihre Wagen an Einheimische zu verkaufen.«

»Ich habe es in Nairobi gekauft.« Der Fahrer biß sich auf die Unterlippe und sah verlegen aus.

»Hältst du mich für einen Narren? Du und deine ganze Familie, ihr könntet euch nicht einmal die Zollgebühren leisten, die ihr bezahlen müßtet, um das Ding ins Land zu bringen. Du hast eine Schwarzmarktlizenz. Der Wagen besitzt Papiere, weil der Muzungu, der ihn dir verkauft hat, sie dir gegeben hat, und weil du die örtliche Polizei bestochen hast. Das mag in kleinen Städten noch durchgehen, aber nicht in der Hauptstadt. Dort gibt es einige Leute, die alles unternehmen würden, um dir den Wagen wieder wegzunehmen.«

Der Faher wirkte resigniert. »Also gut. Aber der alte Mann sitzt hinten. Ich will nicht, daß mich seine Fliegen hier vorne belästigen.« Ganz offensichtlich hoffte er darauf, daß Merry sich neben ihn setzen würde. Diese Hoffnung machte Oak schnell zunichte, indem er den Vordersitz einnahm, während Merry und Olkeloki hinten das Gepäck einluden. Olkeloki und der mürrische Fahrer wechselten ein paar Worte auf Suaheli, dann stand der Preis fest. Der Subaru verließ das Werkstattgelände, während die anderen Fahrer ihm neidisch hinterherblickten.

Auf der Straße von Nairobi nach Namanga waren sie nur wenig Verkehr begegnet. Nun gab es überhaupt keinen. Wie die Straße auf der kenianischen Seite, war auch diese, auf der sie nach Süden fuhren, gepflastert, doch damit hörte die Ähnlichkeit auch schon auf. Die tansanische Straße zeigte die Auswirkungen mangelnder Pflege und Reparaturen. Doch das ließ sie nicht langsamer fahren. Ihr Fahrer schien jeden Riß und jedes Schlagloch zu kennen, und er fuhr, als sei er begierig, sie möglichst bald wieder loszuwerden.

Einige Meilen südlich der Grenze fuhr er an den Straßenrand und blieb stehen. »Ich will einhundert US-Dollar, um euch nach Kitumbeine zu bringen, oder ihr könnt aussteigen und zu Fuß weitergehen.«

»Wir haben bereits einen festen Preis ausgemacht.« Es war deutlich, daß Olkeloki sich beherrschte. Sie hatten den alten Mann noch nie wütend erlebt. Oak war sich auch nicht sicher, ob er in diesen Genuß gelangen wollte. »Und du hast gesagt, daß du uns bis Engaruka bringst. Das ist zu weit von Kitumbeine, um zu Fuß zu gehen.«

»In der Gegend von Engaruka sind merkwürdige Dinge passiert. Ich habe sie zwar selbst nicht gesehen, aber ich habe davon gehört. Einhundert US-Dollar bis Kitumbeine.«

»Du fährst diesen neuen Wagen mit seinen ganzen modernen Geräten und bist trotzdem noch abergläubisch?« zog Olkeloki ihn auf.

Der Fahrer schob seine Mütze ein Stück höher und wandte sich zu Oak um. »Wo haben Sie nur diesen Laibon mit der giftigen Zunge aufgetrieben, und was haben Sie überhaupt mit ihm zu schaffen? Was wollen Sie an einem Ort wie Engaruka, wo nichts los ist?«

»Es ist unser Führer. Er zeigt uns die Gegend.«

»Pah.« Der Fahrer blickte in den Rückspiegel. »Das ist kein Touristenführer. Wenn Sie nach Engaruka wollen, müssen Sie auch einen fairen Preis bezahlen. Dabei kann mein Wagen kaputtgehen. Zwischen Kitumbeine und Engaruka ist die Straße miserabel.«

An Olkelokis Gürtel hing ein kleiner Lederbeutel. Nun löste er den Knopf aus Knochen, mit dem die Lasche befestigt war, und holte eine Rolle aus grünem Papier hervor. Dem Fahrer fielen fast die Augen aus dem Kopf, als der alte Mann zehn amerikanische Fünfzigdollarnoten abzählte.

»Ich habe keine Zeit, mich mit einem Dieb zu streiten. Bring uns nach Engaruka.«

»N'dio, Laibon! Sofort! Aber wenn dem Wagen etwas zustößt, kostet es mehr.«

»Wenn du uns mit einem Minimum an Verzögerung nach Engaruka bringst, werde ich dir noch zwei amerikanische Fünfziger geben. Wenn du versuchst, uns zu betrügen, bekommst du die Schneideseite meines Messers zu spüren.«

Der Fahrer sah nicht furchtsam aus. »Versuch nicht, mir Angst einzujagen, alter Mann. Ich bringe euch auch ohne Drohungen hin. Ich bin keiner von diesen einfältigen Landbewohnern.«

Oak meinte zwar, daß die Antwort des Mannes nur nach gespieltem Mut klang, doch was wußte er schon von den örtlichen Sitten? Übrigens, örtliche Sitten...

»Sie haben gesagt, daß dort, wo wir hinwollen, merkwürdige Dinge passiert sind. Was meinen Sie mit ›merkwürdigen Dingen‹?«

»Wie ich schon sagte«, erwiderte der Mann, während er den Wagen wieder auf die Straße lenkte, »selbst habe ich nichts gesehen, ich habe nur davon gehört. Viele Gewitter. Jetzt ist Trockenzeit, und der Rest des Landes ist völlig ausgedörrt, aber in den Bergen oberhalb von Engaruka soll es die ganze Zeit donnern und regnen. Andere behaupten, sie hätten Stimmen am Himmel gehört und daß diese Stimmen nicht von Menschen seien. Ich glaube all das natürlich nicht. Ich bin ja nicht rückständig.«

»Richtig. Deshalb wollten Sie uns auch nicht dorthin bringen.«

»Ein kluger Mann meidet die Panik anderer, ob es einen Grund dafür gibt oder nicht. Ein Elefant kann ebensoleicht absichtlich wie zufällig auf einen trampeln. Das Ergebnis bleibt dasselbe. Und außerdem sind da diese ganzen Moran. Es ist besser, Orte zu meiden, wo so viele von denen sind. Wenn die sich in großer Menge zusammenscharen, suchen sie auch Streit. Ilmoran sind verrückt.«

Olkeloki beugte sich mit angespannter Miene vor. »Was ist mit den Ilmoran?«

»Sie kommen von überallher, von allen sechzehn Stämmen der Massai, bis hinauf in den hohen Norden aus dem Land der Samburu. Warum die sich in einer so verlassenen Stadt im Busch sammeln, weiß ich auch nicht. Manche Leute behaupten, daß es mit irgendeiner ganz besonderen Feier zu tun hat. Die Regierung läßt sie in Ruhe, weil sie keinen Ärger will.« Er lachte. »Die Regierung hat viel zuviel Angst, um auch nur nachzufragen. Ich glaube nicht, daß es eine Feier geben wird. Es gibt bessere Orte, um zu feiern. Das wissen sogar die Massai.

Aber aus irgendeinem Grund gehen sie dorthin. Ich habe selbst Hunderte von Ilmoran in diese Richtung wandern sehen. Sie kommen schon seit vielen Tagen und sagen, daß Engaruka von Manyattas umringt ist.« Wieder warf er einen verstohlenen Blick in den Rückspiegel. »Es heißt, daß sie von einem Ältestenrat nach Engaruka gerufen wurden.«

Olkelokis Miene war zu einer undurchdringlichen Maske geworden, die sich unmöglich deuten ließ.

An einem Ort namens Logindo hielten sie an, damit der Fahrer auftanken konnte, und gingen abwechselnd auf die Toilette, damit immer zwei von ihnen am Fahrzeug blieben. Dann fuhren sie einige Kilometer zurück, bevor sie schließlich gen Westen in Richtung der fernen Berge abbogen. Inzwischen hatte Oak schon etwas mehr Mitgefühl für ihren Fahrer entwickelt. Die ›Straße‹ war kaum mehr als eine Jeepspur, obgleich er genau zu wissen schien, wohin sie fuhren. Er sprach nur wenig und fuhr konzentriert, was seinen Passagieren durchaus lieb war.

Nur einmal wurden sie aufgehalten, und zwar durch einen platten Reifen. »Sehen Sie? Akazien«, sagte der Fahrer, während er einen drei Zoll langen Dorn aus dem vorderen rechten Stahlgürtelreifen zog. Oak sah interessiert zu, wie er den Schlauch in dem schlauchlosen Reifen ersetzte. Wo es keine Werkstätten und keinen Automobilclub gab, den man anrufen konnte, war es vernünftiger, einen Vorrat von Ersatzschläuchen mitzuführen, um einen beschädigten Schlauch durch einen neuen auszutauschen, ihn aufzupumpen und dann mit dem durchbohrten Reifen weiterzufahren, anstatt Zeit damit zu vergeuden, ihn flikken zu wollen. Der Schlauch ließ sich viel einfacher und billiger flicken als der Reifen selbst.

Sie fuhren weiter, während der Nachmittag langsam dem Abend wich.

17

Engaruka – am Abend des 23.

Es war noch immer hell, als sie schließlich in das Dorf einfuhren. Wären sie weitergefahren und hätten sie unterwegs nur zweimal kurz geblinzelt, so hätten sie es sicherlich verpaßt. Die Häuser waren tatsächlich aus Lehm und Stroh gebaut. Eines davon, es war etwas größer als die anderen, besaß ein Blechdach. Der Laden-für-alles konnte sich einer Holzveranda rühmen. Als Oak aus dem Wagen stieg, blickte er durch eines der glaslosen Fenster. Man brauchte sich keine Sorgen zu machen, daß sich hier Diebe einschleichen könnten, denn es gab nichts zu stehlen. Die Regale waren leer.

Wie von Zauberhand erschienen plötzlich ein Dutzend nackter Kinder neben dem Wagen, dem sie ebensoviel Aufmerksamkeit schenkten wie seinen Passagieren. Das Dorf lag in einer kleinen Talmulde, und an der tiefsten Stelle gab es einen Gemeinschaftsbrunnen. Eine junge Frau füllte dort gerade einen angeschlagenen Holzeimer und versuchte, sie gleichzeitig im Auge zu behalten.

Die Landschaft hatte sich stark verändert. Inzwischen gab es mehr Bäume, die meisten davon waren Akazien. Ein Stück vor ihnen deuteten einige Palmen die Existenz eines offenen Gewässers an, wahrscheinlich die Austrittsstelle irgendeines unterirdischen Flusses.

Olkeloki reichte dem Fahrer den Rest seiner Bezahlung. Der verwahrte das Geld sorgfältig und ging zu seinem Fahrzeug zurück. Bevor er einstieg, sah er noch einmal zu Oak und Merry hinüber.

»Kommen Sie mit mir. Ich bringe Sie nach Arusha. Ohne Bezahlung. Ich muß sowieso dorthin. Dort wohne ich. Sie sollten nicht hier draußen bleiben. Das ist nichts für Touristen. Wenn Sie mit dem da gehen«, er zeigte auf Olkeloki, der ruhig danebenstand, »wird man Sie vielleicht niemals wiedersehen.«

»Wir werden es riskieren«, erwiderte Oak.

»Er ist unser Freund«, fügte Merry hinzu.

»Ihr Freund? Kein Freund bringt Leute an diesen Ort.« Er schnaubte verächtlich und stieg in den Subaru. Der Staub, den das Fahrzeug aufwirbelte, hing noch lange in der Luft, nachdem der Wagen selbst bereits aus dem Blickfeld verschwunden war.

Oak nahm seinen Rucksack auf. »Nun, was jetzt?« Inzwischen hatten sich ein paar Erwachsene um die Besucher geschart, um sie anzugaffen. Die Erde schien unentwegt neue Kinder auszuspein.

»Wir gehen zu Fuß.« Der alte Mann zeigte mit seinem Stock nach Westen. »Dorthin. Nicht allzu weit.«

»Das ist wohl auch besser so.« Merry blickte mit zusammengekniffenen Augen zum Himmel empor. »Es wird langsam dunkel.«

»Keine Sorge«, meinte Oak sarkastisch, »allzu weit können wir nicht gehen. Wir haben ja kein Wasser dabei.«

»Dort, wo wir hingehen, gibt es Wasser. Wasser und Nahrung und gute Gesellschaft.« Wieder zeigte der Laibon nach links. »Mein Kraal und mein Volk erwarten uns dort drüben.«

Oak hatte sich geistig schon auf einen anstrengenden Fußmarsch eingestellt, doch nach kaum zwei Meilen hatten sie bereits den Gipfel des dritten Hügels erklommen, und Olkeloki blickte stolz auf die darunterliegende weite Ebene. Merry hatte mit einem einzigen Massai-Lager gerechnet, dessen Schlamm- und Dunghütten von Dornensträuchern umringt waren.

Doch unter ihnen erstreckte sich im warmen Leuchten der verblassenden Äquatorsonne eine kleine provisorische Stadt.

»So viele«, murmelte sie und zog an einem ihrer Trageriemen.

Olkeloki war offensichtlich zufrieden. »Ilmoran, von allen sechzehn Stämmen der Massai.«

An beiden Ufern des kleinen Stroms, der parallel zu dem Hügel, auf dem sie standen, durch die Ebene verlief, hatte man Dutzende von Manyattas oder Kriegslagern errichtet. Jedes davon beherbergte fünfzehn bis dreißig Krieger. Oak versuchte erst sie zu zählen, doch dann begnügte er sich mit der groben Schätzung, die mehr als tausend ergab.

Aus dem nächstgelegenen Kraal kamen Kinder herbei gelaufen, um die drei Reisenden zu begrüßen, als diese sich dem Durchgang näherten, den man in die Dornenstrauchmauer geschlagen hatte. Sie waren größer und glutäugiger als die Kinder des ›modernen‹ Dorfs. Auch waren sie kein bißchen scheu, zupften an Oaks Hosenbeinen und kicherten entzückt, als sie Merrys blonde Zöpfe erblickten. Oak fiel auf, daß keines der Kinder den alten Mann umtanzte oder an seiner Kleidung zerrte. Sie musterten ihn zwar, hielten jedoch respektvoll Abstand.

»Heute abend wird es ein Olkiama geben, eine Beratung der Ältesten. Ich muß in Erfahrung bringen, was während meiner Abwesenheit geschah.« Plötzlich erschienen vier junge Krieger wie braune Gespenster aus einer Ansammlung hohen Grases und umringten die Reisenden. Sie trugen Speere und Wurfkeulen und versuchten, allerdings ohne allzu großen Erfolg, Merry möglichst nicht anzugaffen.

»Womit drehen die ihr Haar zu Zöpfen?« fragte sie Olkeloki.

»Mit Sisal. Das war einmal eines der Hauptexportgüter Tansanias, bis die Regierung die Plantagen verstaatlicht hat. Inzwischen geben sie sie wieder an private Besitzer zurück. Sie sind offenbar ziemlich kleinlaut geworden, wie ich so höre. Die Massai haben es schon immer verwendet.« Dann sprach er kurz mit den beiden Kriegern vor ihnen. Die antworteten mit Nicken und wenigen Worten und setzten sich in Bewegung.

»Sie werden unser Eintreffen ankündigen, damit man es uns gemütlich macht und wir etwas zu essen und Milch zu trinken bekommen.«

»Wenn es niemanden beleidigt«, sagte Oak, »bleibe ich lieber bei Wasser. Ich bin kein großer Milchtrinker.« Vor allem dann nicht, wenn die auch nur annähernd so wie das Zeug riecht, das du seit Tagen in dieser Kürbisflasche mit dir herumschleppst, dachte er. Olkeloki pflegte regelmäßig an seiner Kalebasse zu nippen, deren Inhalt tatsächlich eher an dünnen Joghurt als an Milch erinnerte.

»Ich kenne die Bedürfnisse derBöstreffs«, sagte Olkeloki verständnisvoll. »Wir werden ein Schaf oder eine Ziege schlachten. Ich werde mein Bestes tun, damit man Ihren Bedürfnissen entgegenkommt und Sie sich wie zu Hause fühlen können.«

»Wie lange wird es dauern, bevor wir zu diesem Ruaha aufbrechen?« Inzwischen hatten sie sich dem Kraal ein gutes Stück genähert, und überall war der strenge, stechende Geruch von Menschen und Tieren wahrzunehmen.

»Sobald ich festgestellt habe, was hier los ist. Für gewöhnlich versammeln sich Krieger nur dann in solcher Zahl, wenn sie auch benötigt werden.« Das klang unheilverkündend, dachte Merry. »Möglicherweise können wir vorläufig nicht weiter.«

»Wollen Sie damit sagen, daß die nicht hier sind, um irgendein Jahresfest oder so etwas zu feiern?« fragte Oak ihn.

Olkeloki schüttelte den Kopf. »Krieger fühlen sich von der Gefahr angezogen. Ich glaube, daß schon bald etwas geschehen wird. Jedenfalls ist der Ort hier sehr bedeutungsvoll.« Er deutete mit seinem Stock über das Lager.

Am Horizont war ein einzelner Berg zu erkennen. Er war nicht so hoch wie der Kilimandscharo, der viele Meilen gen Osten lag, auch nicht so tief zerklüftet wie die Gipfel der Sierras oder der Alpen. Wie der Fujijama bildete er einen vollkommenen Kegel, doch anstelle des Mantels aus Nadelbäumen und Schnee, wie ihn der japanische Berg aufwies, war er von Regenfällen tief ausgeschwemmt und trug keine Gewächse, die höher gewesen wären als Dornensträucher. Es war ein uralter Berg, der jahrhundertelang trotz aller tropischen Regenfälle und schmirgelnden Winde seine Gestalt beibehalten hatte. An seinen Flanken wuchs hohes Gras, das sich gerade und ungebrochen von der darunterliegenden Ebene abhob. Es gab keine anderen Berge, die ihm den Platz streitig gemacht hätten. Wie ein alter Mann mit runzliger Haut saß er allein in der Wüste.

Als das scharfe Licht des Sonnenuntergangs die umgebende Ebene golden und braun färbte, nahm der Berg eine unerwartete Purpurtönung an, deren Anblick Oak eine Gänsehaut einflößte. Sein Gipfel wurde immer schneller von sich verdichtenden schwarzen Wolken umhüllt.

»Ol Doinyo Lengai.« Die Ehrfurcht in Olkelokis Stimme war unverkennbar. »Der Berg Gottes. Er ist allen Menschen dieser Gegend heilig, nicht nur den Massai. Ein Ort der Macht.«

»Guter oder böser Macht?« fragte Merry.

»Das hängt davon ab, ob Engai Narok, der gute schwarze Gott, oder Engai Na-nyokie, der böse rote Gott, den Berg gerade beherrscht. Ich glaube, das werden wir heute nacht erfahren. Sehen Sie!«

Ein Blitz zuckte aus einer drohenden Gewitterwolke über dem inzwischen verborgenen Gipfel. Sekunden später erreichte sie auch das Donnergrollen.

»Sie kämpfen um die Vorherrschaft; Engai Narok mit Blitzen und Engai Na-nyokie mit dem Donner.«

»Das ist doch nur ein gewöhnliches Gewitter«, warf Oak höflich ein.

Der alte Mann blickte zu ihm zurück. »Ich hoffe, daß

Sie recht behalten, Freund Joshua. Während des Olkiama werden wir es feststellen. Ich habe das Gefühl, daß wir gerade noch rechtzeitig zurückgekehrt sind.«

Das Innere des Engang oder Kraal war ebenso primitiv, wie Oak es erwartet hatte. Je genauer er hinsah, um so mehr gewann er den Eindruck, daß es sich hier um ein primitives halbnomadisches Volk handelte, dem es immerhin gelungen war, seine eigenen Traditionen zu erhalten, während es sich zugleich an das 20. Jahrhundert angepaßt hatte. Die Menschen bewiesen in allem, was sie taten, Gelassenheit und Selbstsicherheit, und wie selbstverständlich trugen sie ihre Rolex- und Seiko-Uhren, während draußen vor der Hütte ein silbriger Dröhnkasten von Hitachi stand und Musik und Suaheligerede zum besten gab.

Eine weitere Bestätigung für diesen Eindruck erhielt er von recht unerwarteter Seite. Olkeloki war in einer großen Hütte verschwunden und ließ Oak und Merry zurück, die draußen umherschlenderten. Da baute sich ein hochgewachsener speerbewaffneter Krieger vor ihnen auf, der Oak in perfektem Englisch ansprach: »Ich weiß, daß Sie die Leute sind, die mit dem alten Laibon aus Amerika gekommen sind. Bitte, können Sie mir vielleicht sagen, wie die Celtics dieses Jahr abgeschnitten haben?«

»Die Celtics?« Oak starrte den jungen Mann fassungslos an. In seiner safranfarbenen Toga, mit dem Speer, den bemalten Beinen und dem ockergefärbten Haar sah er wie ein Mensch des siebzehnten Jahrhunderts aus. Doch er sprach wie ein Zeitgenosse des zwanzigsten.

»Mein Name ist Asembili. Ich bin erst seit einem halben Jahr wieder zu Hause. Davor studierte ich auf der Harvard Boys Academy in Boston. Nächstes Jahr hoffe ich, nach Harvard selbst zu können, oder wenigstens nach Princeton, wenn es sein muß.«

»Harvard oder Princeton?« Merry musterte ihn von oben bis unten. »Aber wie können Sie dann...?«

»... in diesem Aufzug herumlaufen? Ich bin ein Massai. Ich kleide mich, wie sich Massai-Krieger kleiden.« Oak dachte an Olkeloki und seinen uralten, aber gutsitzenden Dreiteiler. »Alle paar Jahre bestimmt ein Stamm oder Klan einen seiner intelligentesten Jungen und bezahlt ihm die Reise nach England oder Amerika, damit er dort zur Schule gehen kann. Dies tun wir, damit er den Massai nach seiner Rückkehr bei den Verhandlungen und Auseinandersetzungen mit den modernen Regierungen von Kenia und Tansania behilflich sein kann. Auf diese Weise sorgen wir ›Wandernomaden‹, wie die Leute von der Regierung uns nennen, dafür, daß man uns nicht zu sehr betrügt.« Sein gewinnendes Lächeln verschwand, und er deutete mit der Spitze seines tödlich wirkenden Speers zu dem wolkenverhangenen Berg hinüber.

»Sie sind gekommen, um den Illaibon zu helfen?«

»Ich weiß nicht... ja, ich schätze, deshalb sind wir wohl hier.« Oak beobachtete die Blitze, die den Kegel des alten Vulkans umzuckten. »Olkeloki scheint zu glauben, es sei wichtig, zwei Ausländer auf dem Weg nach Süden dabeizuhaben.«

Asembili sah ihn feierlich an. »Wir werden heute nacht auf den Berg hinaufgehen. Um zu kämpfen.«

»Um gegen was zu kämpfen?« fragte Merry.

»Gegen alles, was sich wehrt.«

»Das klingt aber ziemlich vage«, meinte Oak.

»Die Ilmoran tun, was die Ältesten raten. Sind Sie ein Krieger?«

»Ich habe schon meinen Teil zum Kämpfen beigetragen.« Er merkte, daß Merry ihn anstarrte.

»Werden Sie mit uns kommen? Ich lasse Sie an meiner Seite kämpfen.«

»Nein danke. Wenn Sie am Ende tatsächlich gegen das kämpfen müssen, was ich befürchte, dann wäre ich Ihnen nur im Weg. Außerdem mußte ich meine eigenen Waffen zu Hause zurücklassen. Sie kennen sicherlich die Sicherheitskontrollen auf Flughäfen heutzutage.«

»Manchmal ist die ehrlichste Waffe eine, die keinen Abzugshahn hat.« Asembili zog einen zwei Fuß langen Ebenholzstock aus seinem Gürtel. Er glich dem Stock Olkelokis. Oak hatte geglaubt, daß der Stab irgendein Amtszeichen sei. Wie der junge Moran jedoch vorführte, war er noch einiges mehr als das.

Er packte die oberen sechs Zoll des Holzes und trennte den geschnitzten Griff von seiner Ebenholzscheide. Am Griff war eine achtzehn Zoll lange dreieckige Klinge befestigt.

»Kämpfen Sie mit Asembilis Messer. Mein Klan wird stolz darauf sein.« Oaks Protest ignorierend, reichte er ihm die Waffe. Dann sagte er in aller Offenheit zu Merry: »Schon ein bißchen alt, aber immer noch einige Rinder wert.«

»He, das ist ja wohl die...«

Lachend wich er ihr mit einem Satz aus. »In Amerika hätte ich das nicht sagen können. Vielleicht sehen wir uns auf dem Berg.« Er drehte sich um und rannte leichtfüßig auf den Eingang zu.

»Ziemlich dreist«, murrte sie. »Ich bin alt genug, seine Schwester zu sein. Manieren hat er in Boston jedenfalls nicht gelernt.«

»Das hier ist nicht Boston. Sie sollten sich geschmeichelt fühlen.«

»Ich liebe es ein bißchen feinfühliger. Diese Leute sind nicht subtil. Und nicht nur die Männer. Haben Sie denn nicht gemerkt, wie viele der jungen Mädchen Ihnen schöne Augen gemacht haben?«

»*Wie?*«

Sie schüttelte den Kopf. »Manchmal sind Männer ziemlich naiv! Wo waren Sie denn in der letzten Stunde? Die Hälfte der Frauen hier haben so gut wie alles getan, außer Ihnen gleich einen Antrag zu machen. Ich schätze, das sind wohl ›Massai-Sitten‹.«

»Ich weiß nicht einmal, wo ich die letzten beiden Tage gewesen bin, von der letzten Stunde ganz zu schweigen. Sie wollen mich doch nur aufziehen.«

»Na klar.« Mit einem Nicken zeigte sie an ihm vorbei.

»Sehen Sie die beiden dort drüben? Die mit den Armreifen und Perlenketten?«

»Wo?« Oak drehte sich um und erblickte zwei Mädchen, die in den späten Teens zu sein schienen und gerade auf eine Hütte zugingen. Sobald sich ihre Blicke trafen, legten beide den Kopf schräg und lächelten ihn verführerisch an. Das erste Mädchen beugte sich vor und schlüpfte in die Hütte. Das zweite fuhr sich mit der Zunge langsam über die Oberlippe, bevor sie ihrer Freundin folgte.

»Hoppla!« Oak drehte sich wieder zu Merry um. »Und das soll schon die ganze Zeit so gegangen sein, seit wir hier sind?«

»Ich sollte wohl besser ein Auge auf Sie werfen. Wenn ich Sie hier allein lasse, wird man Sie möglicherweise nie wiedersehen.«

»Ich schätze, die Massai sind bloß ein bißchen, äh, promiskuös.«

»Aber Josh, ich glaube, daß Sie jetzt wirklich erröten! Obwohl man es in dieser Dunkelheit nicht sicher feststellen kann.« Ein alter Mann mit einem Butangasfeuerzeug ging umher und entzündete Fackeln, die oben auf Pfählen befestigt waren.

Da sie nichts zu tun hatten, als auf Olkeloki zu warten, schlenderten sie nach draußen vor die Dornenstrauchhekke. Hunderte Lichter der Ilmoranfackeln ließen die Ebene und den unteren Hang von Ol Doinyo Lengai fleckig erscheinen. Noch immer erhellten Blitze die Wolken, und Donner grollte vom Berg herab.

»Ich kann mir noch immer nicht vorstellen, daß sich die örtlichen Behörden nicht für eine Armee von dieser Größe interessieren sollten, auch wenn die Ilmoran nur mit Speeren und Keulen bewaffnet sind.«

»Vergessen Sie nicht, was der Fahrer uns erzählt hat«, erinnerte Merry ihn. »Die Beamten vor Ort haben nicht nur Scheu, die Massai zu verärgern, die Verständigung klappt hier auch nicht besonders. Bis die irgend jemanden benachrichtigt haben, der dazu in der Lage wäre, etwas dagegen zu unternehmen, wären die Ilmoran höchstwahrscheinlich schon wieder verschwunden. Also wozu Staub aufwirbeln?«

»Sie haben recht. Gehen wir wieder hinein.«

»Angst vor Löwen?« zog sie ihn auf.

»Nicht in Gegenwart so vieler Krieger. Ich kaufe denen zwar nicht diese ganzen Geschichten ab, daß die Löwen den Ilmoran aus dem Weg gingen, aber wenn ich eine große Katze wäre, würde ich mich auch nicht einem Lager von solchen Ausmaßen nähern.«

Schafe und Ziegen wurden geschlachtet, das zerteilte Fleisch wurde an Stöcken über offenem Feuer gebraten. Während sie dabei zusahen, brachte man eine Kuh, die jedoch nicht geschlachtet wurde. Statt dessen durchstieß ein Krieger mit einem spitzen Stock die Halsschlagader, während ein anderer den steten Blutstrom in einer leeren Kalebasse auffing. Ein dritter Moran hielt den Kopf des Tieres fest. Es schien keinen Schmerz zu verspüren.

Als sie genug Blut gesammelt hatten, wurde die Wunde mit einem Gemisch aus Wasser, Blättern und Dung versiegelt. Dann brachte man eine zweite Kalebasse herbei, in der das frische Blut mit Milch vermischt wurde. Der Krieger, der das Blut gesammelt hatte, bot das Gemisch Oak zum Trinken an. Der lehnte ab. Man versicherte ihnen, daß die Kuh gesund würde, ohne Schaden zu nehmen. Kein Massai würde das Leben seiner Rinder aufs Spiel setzen, nur um ein wenig Blut zu erhalten. Oak blieb draußen vor der Hütte stehen, in der Olkeloki verschwunden war. »Haben Sie jemals das Gefühl verspürt, beobachtet zu werden? Und damit meine ich nicht etwa von jungen Männern oder Frauen.«

Sie musterte ihn fragend. »Sie spüren es also auch. Shetani?«

Er schnitt eine Grimasse. »Kann ich nicht sagen. Nur... irgendwas, da draußen, das uns beobachtet.« Abrupt drehte er sich um. Nichts als flackernder Fackelschein, Frauen, die ihrer Abendarbeit nachgingen, und Ilmoran, die auf und ab schritten. Und doch war dort draußen irgend etwas, das ihn beobachtete. Er spürte die Blicke auf seinem Rücken. Er wußte genau, wann er gejagt wurde. Er hatte es schon früher zweimal gespürt, einmal in Alabama und dann wieder in Idaho. Es war ein unangenehmes Gefühl.

Dann stand plötzlich Olkeloki neben ihnen. Im matten Licht wirkte er düster und makaber. Die Schatten unterstrichen das Hagere seiner Gesichtszüge und verstärkten die Höhlen um seine Augen. Dies war ein anderer Mann als jener, der auf dem Flug von D.C. gelächelt und mit ihnen gescherzt hatte. Er hatte im Inneren der Hütte etwas geschaut, das ihm furchtbare Angst eingejagt hatte. Olkeloki sah aus wie ein Gespenst.

»Es ist Zeit«, sagte er leise. »Kommen Sie.« Sein Blick traf auf Merrys und etwas von dem lebhaften alten Gentleman kehrte zurück. »Sie werden auch mitkommen, Merry Sharrow. Ich habe mich dafür eingesetzt. Es ist sonst nicht üblich, daß eine Frau zusammen mit den Ältesten und Ilmoran marschiert, aber ich habe sie daran erinnert, daß wir uns im zwanzigsten Jahrhundert befinden.«

»Wohin gehen wir denn?«

»Nach oben! Nach oben mit den Ilmoran.« Mit seinem Stock zeigte er zum Ol Doinyo Lengai hinüber, der darauf mit einem Donnergrollen antwortete.

Mit an der Spitze der Ältestenprozession folgten sie ihm aus dem Kraal. Es waren über zwanzig Laibon, die sich nur durch ihre unterschiedlich gefärbten und gemusterten Dekken unterschieden. Sie plauderten miteinander im Gehen, manchmal waren sie sich einig, oft stritten sie sich, selten blieben sie für längere Zeit still.

Auf der vom Mondlicht beschienenen Ebene zur Linken bildeten sich Fackelreihen, als die Ilmoran mit ihrem Aufstieg begannen. Wie die Ältesten bewegten sich auch die Krieger im Gänsemarsch vorwärts. Nach und nach verschmolzen die Reihen miteinander, bis es schließlich so aussah, als würde eine einzige Feuerlinie den Berg hinaufkriechen. In der Stille der afrikanischen Nacht konnte man Männer hören, die zwar miteinander sprachen, jedoch keinerlei Anweisungen oder Befehle. Oak sprach Olkeloki auf dieses anscheinende Fehlen eines Befehlshabers an.

»Die Massai haben Führer, aber keine Könige, ältere Krieger, aber keine Generäle. Wir besitzen eine Hierarchie der Weisheit ohne Parlament oder Kongreß.«

»Sind Sie dann nicht hier der Anführer?« wollte Merry von ihm wissen.

»Man fragt mich zwar um Rat, aber ich erteile keine Befehle. Ich bin nur einer der geistigen und vorübergehenden Führer der Massai.« Er zeigte auf die alten Männer, die hinter ihnen gingen. Oak meinte, durch den größten von ihnen hindurchblicken zu können. Im nächsten Augenblick merkte er, daß das nur eine Täuschung der Fackeln gewesen war. Der Mann lächelte ihm zu, als wüßte er etwas, was Oak unbekannt war. Das war Oak unangenehm, und er wandte sich wieder von den Marschierern ab.

Bis auf die sanften, fernen Gesänge der Ilmoran beim Aufstieg und das Geplapper der Ältesten war die Nacht totenstill. Sogar die Zikaden blieben stumm, hatten ihre winzigen Luftalarmsirenen abgestellt. Irgendwo zirpte einsam ein Vogel.

»Die Dinge entwickeln sich noch sehr viel schneller, als ich befürchtet habe«, erklärte Olkeloki, ohne die Blicke von dem Gewitter abzuwenden, das um den Gipfel des Bergs tobte.

»Die Shetani«, flüsterte Merry, und er nickte.

»Die Ältesten wissen es. Sie sagen, daß der erste Vorstoß hier erfolgen wird, weil dies ein Ort der Macht ist und weil der Berg die Mauern der Wirklichkeit schwächt. Wir müssen versuchen, sie aufzuhalten. Gelingt uns das, werden sie zögern. Hier müssen wir Zeit gewinnen, bis wir den Hauptdurchbruch in Ruaha versiegeln können.«

Das ist ja wirklich wahnsinnig, dachte Oak, während seine Finger den Knauf des langen Messers umklammerten, das der junge Krieger ihm gegeben hatte. »Was werden das für welche sein? Solche wie das Ding, das in Washington auf unsere Windschutzscheibe geklettert ist?«

»So wie dieses — und wie andere. Vergessen Sie nicht, es gibt viele verschiedene Arten von Shetani. Sie haben Vergeltung für das gefordert, was uns im Fahrstuhl geschehen ist, Joshua Oak. Heute nacht haben Sie soviel Gelegenheit zur Vergeltung, wie Sie sich nur wünschen können.«

»Prima, aber ich hätte lieber meine Pistole dabei.« Olkeloki antwortete nicht.

Am Rande eines Steilabhangs blieben sie stehen. Von diesem bescheidenen Vorberg aus hatten sie einen guten Blick auf den eigentlichen Gipfel und auf die Berge zur Linken sowie auf die darunterliegenden Ebenen. Laute Schreie hallten von den Felsen zurück, als die Ilmoran einander Mut zuriefen. Das Gelände vor ihnen war absolut leer; Mungo und Fuchs, Klippdachs und Hyäne waren schon lange vom Getrampel so vieler Beine in ihre Höhlen vertrieben worden. Donner überrollte die Massai.

»Engai Na-nyokie«, erklärte Olkeloki. »Eine Nacht des Bösen. Wir müssen auf alles gefaßt sein. Wir müssen uns vorbereiten. Entschuldigen Sie mich.« Er ließ Oak und Merry stehen und schritt zu der Reihe wartender Ältester zurück.

»Ich muß mich auch vorbereiten«, sagte Merry. Sie drehte sich um und ging auf einen hohen Gesteinshaufen zu, auf der Suche nach einem geeigneten Busch.

Oak, der inzwischen zu nervös war, um allein zu bleiben, folgte Olkeloki und wartete geduldig ab, während der alte Mann sich mit seinen Kollegen beriet.

»Sie haben uns mal gesagt, daß Pistolen gegen diese Shetani nicht viel nützen.«

Olkeloki sah zu ihm zurück. »Tapferkeit und Entschlossenheit haben auch dort Erfolg, wo Gewehre und Bomben versagen, Joshua Oak. Ein bißchen Magie kann auch schon einen Unterschied machen. Beobachten Sie und lernen Sie.«

Oak wollte noch mehr fragen, doch der alte Mann kehrte ihm den Rücken zu. Er fühlte sich ebenso nutzlos wie töricht, als er dabei zusah, wie die Laibon an den Rand des Steilabhangs traten und die Gehstöcke hoben, dem Berg entgegen. Die Ältesten begannen einen gemeinsamen leisen Singsang. Oak beobachtete interessiert und wünschte sich zu verstehen, worüber sie sangen. Dann blickte er zufällig zum Berg hinüber. Der Atem stockte ihm.

Die Fackeln der Ilmoran schlängelten sich weiterhin den Berg hinauf, doch nun wurde ihr Leuchten von dem fahlblauen Schimmern überstrahlt, das die Schneiden von tausend Speerspitzen umrahmte. Jede einzelne Stahlklinge war von etwas geküßt worden, das wie ein Elmsfeuer aussah. Das blaue Glühen war unstet und veränderte sich ständig, jeder Speer pulsierte, und die Intensität seines Lichts variierte mit der Lautstärke seines Eigentümers.

Die tausend Krieger begannen zu singen, ihre Köpfe gingen vor und zurück, während sie den Berg bestiegen. Nach und nach wurden ihr Grunzen und das Licht ihrer Speere synchron. Sie bewegten sich immer schneller. Oak begann wieder, zu atmen.

Über den beinahe hypnotischen Singsang der Laibon hinweg vernahm er ein ersticktes Geräusch. Shetani — oder etwas weniger Ätherisches? Olkeloki senkte den Stab und kam näher.

»Was bekümmert Sie, Joshua Oak?«

»Ich dachte, ich hätte etwas gehört. Werde wohl langsam etwas nervös.«

»Nun ist auch Zeit für Nervosität.« Gemeinsam blickten sie über das Meer aus Fackeln und glühenden Speeren.

»Merry läßt sich aber Zeit.«

»Es entspricht dem Wesen der Frauen, sich für ihr Inneres Zeit zu lassen. Weshalb, glauben Sie, leben sie länger als wir Männer?«

Anstatt eine Antwort zu geben, stellte er lieber die Frage, die er bisher nicht äußern konnte.

»Ich weiß, daß ich die ganze Zeit ziemlich ungläubig gewesen bin, alter Mann. Es sieht so aus, als würde sich etwas Entscheidendes zusammenbrauen. Wer wird siegen?«

Olkeloki zuckte die Schultern. »Die Massai sorgen sich nicht um das Ergebnis eines Kampfs. Wie die Ilmoran sagen, der Krieg wird von unserer Seite gewonnen oder von ihrer. Sie beschäftigen sich dafür eher mit dem Kämpfen!«

»Fatalismus.«

»Bestimmung.«

Beide Männer schwiegen einen Augenblick, lauschten dem rhythmischen Singsang der Tausend. Dann blickte Oak zu dem Gesteinshaufen zurück und furchte die Stirn. »Ich möchte zwar ungern etwas verpassen, aber ich glaube, ich sehe besser mal nach, was sie aufhält.«

»Die Ungeduld der Böstreffs. Sie werden sie in Verlegenheit bringen.«

»Zum Teufel mit der Verlegenheit. Vielleicht hat irgendeine Schlange sie gebissen oder so etwas.«

Die Stimme des alten Mannes klang belustigt. »Wenn dem so gewesen wäre, dann wäre sie jetzt wohl hier, um sie uns zu beschreiben, egal wie gefährlich die Schlange gewesen sein mag. Aber gehen Sie nur, wenn Sie müssen. Ich muß meinen Brüdern helfen.« Er nahm seinen Stab und schloß sich erneut der Laibonreihe an.

Oak bahnte sich seinen Weg durch das Gestrüpp um die Felsen. Er rief nicht nach Merry. Wenn Olkeloki recht haben sollte und sie sich für ihr Geschäft einfach nur viel Zeit nahm, wollte er das lieber feststellen, ohne sich dabei gleich zum Narren zu machen. Und wenn sie in irgendwelchen Schwierigkeiten stecken sollte, vielleicht in die Ecke getrieben oder vor Furcht gelähmt durch den Anblick irgendeines giftigen Reptils oder einer Meute wilder Hunde oder so, wollte er sich lieber unbemerkt nähern und einen Überraschungseffekt behalten.

Mit der mühelosen Geschmeidigkeit langer Übung glitt er lautlos zwischen Felsen und kleinen Bäumen dahin, bis er vor sich eine Bewegung bemerkte. Er bremste ab, schlich leise nach vorn, bis er Merry erblickte, die mit dem Rücken an einem niedrigen Steinbogen lehnte. Sie steckte tatsächlich in Schwierigkeiten, doch die Bedrohung war nicht dem afrikanischen Buschland entsprungen. Sie war noch sehr viel gefährlicher.

Das Ungeheuer besaß einen Kopf, der doppelt so lang war wie sein Körper. Dieser Kopf bestand hauptsächlich aus Maul und Zähnen, abgesehen von zwei Kugelaugen, die lose an langen Stengeln herabbaumelten. An der linken Seite des Schädels hing ein kurzes Ohr wie ein Blutegel, während das zweite Hörorgan bei jeder Bewegung der Bestie auf und ab klatschte. Dunkler Geifer troff ihm vom Unterkiefer, als es mit langen, dünnen Armen nach der geduckten Merry griff.

Oak blickte auf seinen winzigen Speer, dann bückte er sich und ergriff den größten Stein, den er finden konnte, um ihn mit aller Macht zu schleudern. In der Schule hatte man ihn beim Football immer auf der Linie eingesetzt, und sein Arm war immer noch recht kräftig. Der Stein traf das Monstrum am Hinterkopf und prallte ab. Es wirbelte herum, und plötzlich blickte er in Augen, die kein Produkt einer normalen Evolution waren. Sie schockierten und lähmten ihn nicht, weil er sie schon einmal gesehen hatte.

Er hatte sie gesehen, als er in einem Bürogebäude in Washington, D.C. durch das Loch im Dach eines Fahrstuhls gespäht hatte.

Das Wesen drehte sich um, wobei es die Arme kurz über den Boden schleifen ließ, und griff nach ihm, um ihn in den unheiligen Schlund seines Mauls zu zerren. Er zückte das Messer, überlegte kurz, wo er einen Stich plazieren konnte, als plötzlich aus der nahegelegenen Baumgruppe ein weiterer Speer hervorsauste, ein dünner Schaft aus fluoreszierendem Blau, der sich vor dem Nachthimmel abhob. Das Geschoß traf den Likutu-Shetani mitten in seine schmale, knochige Brust. Der Shetani stieß ein Geräusch aus, eine Mischung aus Lachen und Gurgeln. Dicht hinter dem ersten Speer folgte ein zweiter, dann ein dritter und ein vierter. Schwarzer Saft begann von den Lippen des Shetani herabzutriefen, und er schwankte wie ein Baum im Sturm.

Hinter Merry erschien eine rennende Silhouette oben auf den Felsen. Sie sprang dem Monster auf den Rücken, und Oak sah, wie das Mondlicht sich blitzend auf einem zwei Fuß langen Messer brach, das immer und immer wieder auf den muskulösen Nacken einstach. Nun erschienen weitere Ilmoran aus dem Gebüsch, um auf den taumelnden Likutu einzuhacken. Der griff nach einem seiner Gegner, doch der Krieger wich den grabschenden Krallen leichtfüßig aus. Dann stolperte der Shetani und stürzte zu Boden. Wie eine Armee von Ameisen, die sich über eine Raupe hermacht, stürzten sich die Ilmoran auf ihn. Als die Kreatur in Stücke gerissen wurde, explodierten diese und verdampften wie schwarze Gasblasen in der warmen Nachtluft. Merry lief zu Oak hinüber, der sie mit beiden Händen an den Schultern packte.

»Sind Sie in Ordnung?« Hinter ihnen erhob sich eine Wolke aus unirdischem Gestank.

Sie nickte. »Das Ding hat mich einfach angesprungen. Ich konnte nicht einmal mehr schreien. Es... es hat versucht, mich umzubringen, Josh.«

»Vielleicht wollte es nur Hallo sagen, eben nach Shetani-Art.«

Sie atmete tief durch. »Ich glaube, das ist dasselbe.« Dann blickte sie auf. »Wir sollten wohl besser zu Olkeloki und den anderen zurückkehren.« Er nickte. Also machten sie kehrt und überließen die Ilmoran ihrem Gemetzel.

Die versammelten Laibon standen auf einem Felsvorsprung mit Blick auf den heiligen Berg und führten ihre Beschwörung aus. Eine warme Brise wehte von den Flanken des Ol Doinyo Lengai heran und blähte die Decken der alten Männer. Einige von ihnen stachen zornig mit ihren Gehstöcken nach dem Berg. Andere spuckten in ihre Kalebassen und schütteten den Inhalt gegen die fernen Abhänge. Olkeloki stand an der höchsten Stelle, etwas abseits von den anderen. Als Oak und Merry aus dem Gebüsch hervortraten, kam Oak der Gedanke, daß dieser Singsang und das Gestikulieren lediglich das Vorspiel zu etwas weitaus Wichtigerem war. Er blieb stehen, weil er instinktiv spürte, daß jetzt nicht die Zeit war, den alten Mann zu belästigen. Merry lehnte sich gegen ihn, sie war noch immer von der Begegnung mit dem Likutu geschockt.

Olkeloki drehte sich zu seinen Brüdern um und hob den Stab über den Kopf, während er einen Befehl rief. Der wurde von den anderen Laibon wiederholt. Kalebassen wurden beiseite gestellt. Jeder Mann hob seinen eigenen Gehstock hoch über den Kopf, packte ihn fest mit beiden Händen und hielt ihn parallel zum Boden. Zwanzig Stöcke bildeten eine Linie über zwanzig felsenfest dastehenden alten Gestalten.

»Was machen die da?« Merry rieb sich das linke Auge.

Oak blinzelte gegen den Wind, der vom Berg herabwehte, versuchte, die Dunkelheit zu durchdringen. »Genau weiß ich das auch nicht, aber *irgend etwas* passiert hier. Man kann es spüren.«

Dreimal heulten sie auf, dreimal wiederholten die am Bergeshang zusammengeballten Krieger die Worte. Dann brachen die dunklen Wolken, die den Gipfel des heiligen Berges einhüllten, auseinander, und auf unmenschlichen Beinen stürzte sich plötzlich die Hölle selbst den Hang hinab.

Springend und sich überschlagend, gehend und kriechend, auf vier Armen oder vier Beinen oder nur auf zwei Gliedmaßen sich voranbewegend, ergoß sich die Horde von Shetani wie ein mutierter Zoo auf die versammelten Ilmoran zu. Manche von ihnen waren dünn, spindeldürre Riesen wie die Likutu. Um die langen Beine der Likutu herum krochen gestutzte Monstrositäten ohne Arme oder Beine, die nur aus Kinnladen und Zähnen und langen, muskulösen Ohren bestanden. Oak und Merry hörten sie zwitschern und kichern, als sie sich mit den kugelförmigen Hautlappen ihrer Hörorgane bergabwärts stießen.

Da gab es etwas, das auf drei Fuß langen Beinen daher rannte, die von einem acht Zoll großen Körper herabhingen. Auf diesem winzigen Torso schaukelte ein riesiger, schmaler Schädel, der in einer abgeplatteten, knochigen Klinge endete. Das Ungeheuer lächelte grausig, während es lief. Daneben rannten zwei sehr menschlich aussehende Gestalten, die kein Gesicht besaßen. Anstelle eines Kopfes besaßen sie etwas, das wie eine zerklüftete Stimmgabel aussah. Es gab Goliaths mit Schädeln von der Form schmaler Pfeilspitzen. Winzige runde Münder saugten unter einem einzigen Auge die Luft ein.

Es waren Shetani mit eingefallenen Wangenknochen zu sehen, die nicht etwa hohl vom Nahrungsmangel waren, sondern wirklich hohl: Hinter dem Nasenrücken konnte man deutlich ins Innere des Schädels hineinblicken. Ein Shetani galoppierte auf acht Fuß langen Beinen dahin, die nicht dicker waren als ein Männerdaumen. Zwei riesige Ohren ragten seitlich am Schädel auf, während grellorangefarbene Augen unter dicken Knochenwülsten hervorfunkelten. Die Nase war nur ein langer Streifen, der vorn am Gesicht herunterlief. Darunter befanden sich zwei versetzte Kiefer, zuckende, waagerechte Fänge.

Die Zähne eines anderen Wesens stießen durch seine Unterlippe hervor, während das Gesicht seines Begleiters beim Laufen in Klumpen und Streifen herabzufallen schien, die mit der Erde verschmolzen. Einige Shetani trugen Speere und Keulen mit sich, doch die meisten jagten unbewaffnet den Abhang hinunter.

Ein donnernder Kriegsschrei erschütterte den Boden, als die Ilmoran die Speere senkten und sich in Bewegung setzten, um sich der Armee der Aliens zu stellen. Nun konnten die Shetani in den vorderen Reihen erkennen, daß der Vulkanabhang, den sie herunterkamen, bereits besetzt war. Einige von ihnen verlangsamten das Tempo und wurden beinahe von den nachfolgenden Ungeheuern überrannt. In den Reihen der Shetani breitete sich Verwirrung aus.

Manche von ihnen wechselten die Richtung und versuchten, den näherkommenden Kriegern seitlich auszuweichen, doch die Ilmoran waren inzwischen auseinandergefächert und bildeten eine waagerechte Reihe, die den ganzen unteren Berghang abschirmte. Und es gab auch keine Lücken, durch die die Shetani hätten schlüpfen können. Die Ilmoran marschierten Schulter an Schulter bergauf.

»Schauen Sie!« Aufgeregt packte Merry Oaks Arm. »Sie sind verwirrt. Sie haben gedacht, sie könnten ungehindert und unbeschadet hier durchkommen. Sie wissen nicht, wie sie reagieren sollen.«

Ein paar Shetani wichen wieder zurück. Doch der größte Teil der Masse hatte inzwischen eine solche Schubkraft entwickelt, daß ihnen nichts anderes mehr übrigblieb, als sich auf die Krieger zu stürzen.

Die Massai stampften in sie hinein, mit ihren Speeren stechend und hauend, von denen manche drei Fuß lange Stahlspitzen hatten. Solche Klingen waren dazu geschaffen, bis ins Herz eines Löwen vorzustoßen. Im Rhythmus des fahlen Lichts pulsierend, das eine sichtbare Manifestation der Magie der Laibon war, erledigten die Krieger einen Angreifer nach dem anderen. Mit jedem erfolgreichen Speerstoß explodierten die in Stücke gehauenen Scheusale zischend und krachend zu nichts. Die Nachtluft war vom Gestank der verdampfenden Shetani erfüllt.

Dann geschah etwas, das bewies, daß es sich bei den Shetani nicht nur um blinde, dumme Wesen handelte. Eine Gruppe löste sich aus dem Hauptgetümmel, umging das rechte Ende der Ilmoranreihe und wandte sich dem Standort der singenden Laibon zu. Sie hatten die Quelle der Kriegsmagie geortet und wollten dieser nun ein Ende setzen. Sobald klar wurde, was sie vorhatten, beauftragten die ältesten Krieger einen Trupp Ilmoran damit, die kletternden Shetani abzufangen.

Doch auch die Laibon selbst bemerkten, was auf sie zukam. Einige von ihnen legten die Stöcke beiseite und bereiteten sich darauf vor, sich zu verteidigen. Irgend jemand drückte dem erschrockenen Oak einen glühenden Speer in die Hand. Holz und Metall der Lanze fühlten sich kalt an.

»Können Sie mit diesem Ding umgehen?« fragte Merry ihn. Inzwischen war der Lärm um sie herum, der Singsang der Laibon, die Schlachtrufe der Ilmoran und das höllische Geplapper der Shetani so ohrenbetäubend geworden, daß sie schreien mußte, um sich Gehör zu verschaffen.

»Ich weiß es nicht«, erwiderte er brüllend, »aber ich werde es auf jeden Fall versuchen.« Eine .38er in der Hand wäre ihm lieber gewesen, doch war er froh, überhaupt eine Waffe zu besitzen.

Mehrere Shetani schafften den Durchbruch und erreichten die Gruppe der Ältesten. Ihrem Alter Hohn sprechend, begann ein Trio der alten Herren damit, voller Begeisterung die Stöcke zu schwingen. Jeder von ihnen war in seiner Jugend ein Krieger gewesen und zeigte nun gerne, daß alte Fertigkeiten nicht unbedingt der Vergessenheit anheimfallen mußten. Die Shetani trugen einige Risse und Kratzer davon, allerdings keine ernsthaften Verletzungen.

Einer von ihnen stürzte auf Oak zu. Er war ungefähr vier Fuß groß. Aus jedem Ellenbogen traten lange Knochenklingen hervor, die das Wesen als Waffen benutzte, indem es damit nach den Beinen des Menschen stach und dabei höhnisch grinste. Mit dem langen Speer war es Oak ein leichtes, das Scheusal abzuwehren.

Da landete etwas auf seinem Rücken. Merry stieß einen Fluch aus und suchte verzweifelt nach irgend etwas, das sie als Waffe verwenden konnte. Die Shetani waren dunkelbraun bis pechschwarz, und es war schwierig, sie bei Nacht genau zu erkennen. Als Oak unter dem Gewicht zusammenbrach, drehte er sich im Sturz herum und blickte in ein nur wenige Zoll entferntes Gesicht von versteinerter Häßlichkeit. Das Wesen grinste ihn an, hob den rechten

Arm, der mit einer rasiermesserscharfen Knochenklinge bewehrt war, und hieb damit nach seinem Gesicht.

Plötzlich löste sich der Kopf des Shetani von seinem Hals. Schwarze Flüssigkeit verspritzend, brach der Körper zusammen. Während Oak unter dem Fleisch hervorkroch, fing dieses an sich schäumend aufzulösen.

Über der liegenden Gestalt stand eine Figur, die aus massivem Obsidian geschnitzt schien, eine Gestalt, die sich immer höher und höher in den Nachthimmel emporstreckte, bis ihr geflochtener Kopfteil den Mond streifte. Sie lächelte weder, noch blickte sie mürrisch drein. Oak rollte herum und zuckte zusammen, als der Schmerz ihm die Schultern dort durchstach, wo der Shetani seine krallenbewehrten Füße eingeschlagen hatte. Kaum hatte er sich davon überzeugt, daß dem Böstreff nichts geschehen war, wirbelte der Moran herum und stürzte sich wieder in das Hauptgetümmel. Oak schätzte seinen Retter kaum kleiner als sieben Fuß ein. Sein Speer war fast ebensolang gewesen.

Dann stand plötzlich noch jemand neben ihm, eine lange Klinge haltend. »Josh, ich habe Ihr Messer gefunden.« Er lächelte sie an.

»Sieht so aus, als wollten Sie es gerade benutzen.«

Sie musterte ihn eindringlich. »Dieses scheußliche Ding hat versucht, Ihnen den Schädel einzuschlagen. Ich... ich konnte nichts finden, womit ich hätte zuschlagen können.«

»Die Kavallerie der Massai war schneller als Sie. Keine Angst, manche Leute bekommen nie Nasenbluten, andere erkälten sich nicht. Und was mich betrifft, so habe ich einen Dickschädel.«

Eine weitere Gestalt gesellte sich zu ihnen. Diese war ihnen vertraut und fragte nicht weniger besorgt als Merry. »Wie geht es Ihnen, Freund Oak?«

Er lächelte Olkeloki beruhigend an. »Ich habe mich schon mal besser gefühlt. Wie geht's dem Krieg?«

»Die Shetani sind keine guten Kämpfer. Für offene

Schlachten haben sie nicht viel übrig. Sie ziehen es vor, immer nur ein oder zwei Leute zu überrumpeln und aus dem Hinterhalt anzugreifen oder Schwierigkeiten zu machen und die Leute dazu zu bringen, sich gegenseitig zu töten. Daß sie von den Ilmoran erwartet wurden, hat sie überrascht. Doch dieser Überraschungseffekt läßt jetzt nach.« Er sah ernst aus. »Die Laibon haben sich beraten. Die Ilmoran können die Shetani zwar schlagen, doch würden dabei viele sterben. Daher haben die alten Männer beschlossen, etwas zu ändern.

Wir müssen jetzt gehen.«

»Gehen? Aber der Kampf ist doch noch nicht zu Ende.« Er nahm seinen Speer auf. »Irgend jemand hat meine Haut gerettet. Da werde ich nicht wegrennen, solange ich noch helfen kann.«

»Ich bin sicher, daß Sie ein tapferer Kämpfer sind, Joshua Oak.« Olkeloki schenkte ihm ein Lächeln, das ebenso ein Kompliment hätte sein können wie auch ein Ausdruck herablassenden Wohlwollens. »Doch die Zeit des Kämpfens neigt sich dem Ende zu. Die Laibon haben entschieden, wie wir dies hier am besten beenden. Wir hätten es lieber gleich zu Beginn getan, doch solche Dinge brauchen Zeit und sehr viel Vorbereitung.«

Oaks Erwiderung wurde durch eine neue Art von Donnergrollen verschluckt, wie er es noch nie gehört hatte. Merry Sharrow jedoch erkannte es sofort.

»Mount St. Helens!« schrie sie über den immer stärker werdenden Lärm hinweg. »Ich war zu Hause im Bett, als er explodiert ist. Das hat mich aus dem Bett geschleudert. Seattle ist nicht sehr weit von dort entfernt und ...«

Bevor sie ihren Satz beenden konnte, leuchteten der Himmel und die Gewitterwolken über dem Berg Gottes von unzähligen roten Lichtblitzen auf. Ein Schwall heißer Luft fegte vom Berg herab, um die Zuschauer taumeln zu lassen. Merry klammerte sich an Oak, um nicht niedergerissen zu werden, während Olkeloki sich hart gegen seinen Gehstock lehnte.

Tief im Inneren des Bergs ertönten Explosionen geringerer Intensität. Als sie durch den heißen Sturm hinüberspähten, sahen sie, wie die Shetani zurückzuweichen begannen, wie sie wieder den Wolken entgegenkletterten und -krochen. Zur gleichen Zeit machten die Ilmoran kehrt und begannen mit dem Abstieg. Also kein Sieg, dachte Oak. Nur ein Patt.

Irgend etwas brannte auf seinem rechten Handrücken, doch er schüttelte es ab. Nun fing es an, Glut und Asche zu regnen, so daß Olkeloki sie nach unten in den Schutz der Bäume führte.

»Wir müssen zurück zum Kraal«, teilte er ihnen mit. »Ich glaube zwar nicht, daß dieses Eruptionsstadium lange andauern wird, dennoch sollten wir Schutz suchen.«

»Woher wollen Sie das wissen?« Oak griff nach der Decke des alten Mannes. »Das hier ist doch kein alter Vulkan. Das sieht sogar ein Laie wie ich.«

Olkeloki nickte. »Ol Doinyo ist das letzte Mal im Jahre Neunzehnhundertsiebenundsechzig ausgebrochen.«

»Okay.« Oak ließ die Decke aus. »Jetzt versuchen Sie bloß nicht, mir zu sagen, daß ein Haufen alter Männer irgend etwas mit dem heutigen Vulkanausbruch zu tun hat. Sie haben lediglich ein gutes Timing gewählt, das ist alles.«

»Ich würde überhaupt nicht versuchen, Ihnen irgend etwas einzureden, Joshua Oak.« Lächelte der alte Mann ihn nun an oder nicht? »Was zählt, ist die Tatsache, daß wir die Shetani zurückgedrängt haben. Die werden es sich jetzt gründlich überlegen, bevor sie versuchen, wieder in solchen Scharen herunterzukommen. Sie werden warten, bis die Öffnung aus dem Dorther größer und stabiler geworden ist. Dann werden sie sie dazu benutzen, um an Stellen hervorzukommen, wo die Leute sie nicht hindern können. Es sei denn, es gelingt uns, die Schwachstelle vorher zu versiegeln.

»Aua!« Merry schlug nach ihrem Arm, auf den heiße Asche niedergerieselt war. »Sie meinen damit also, daß der

Riß im Dorther dazu benutzt werden könnte, an anderer Stelle herauszuquellen, so wie hier?«

»Ja. Oder auch in Manhattan oder am Piccadilly Circus in London.«

Während sie sich unter den Bäumen zusammenkauerten, versuchte Oak sich den Alptraum vorzustellen, der ausgelöst würde, wenn plötzlich in einem dichtbesiedelten Stadtgebiet Shetani hervorträten. Es war schon angsteinflößend genug, sich einer Armee solcher Scheusale hier im offenen Gelände zu stellen. Man brauchte sich nur einmal vorzustellen, wie sich Tausende von ihnen plötzlich mitten in Washington auf der Mall oder in New Yorks Central Park materialisierten. Er sah es förmlich vor seinem geistigen Auge, wie sowohl die Stadtverwaltung als auch die Bundesregierung versuchten, sich einer Invasion übernatürlicher Mächte zu stellen, während die tobenden Shetani inzwischen eine ganze Stadt auseinandernehmen würden.

Washington erschien ihm unglaublich weit entfernt, als er in Begleitung Hunderter stummer Massai-Krieger vom eruptierenden Berg Gottes zurückkehrte. Moderne Waffen mochten den Shetani schon den Garaus machen. Vielleicht nicht die Gewehre und Bomben, über die sich Olkeloki so verächtlich geäußert hatte, so doch Laser und Flammenwerfer. Dennoch würden Tausende von Menschen dabei umkommen, und ganze Zivilisationen würden ins Wanken geraten. Und hatte der alte Mann nicht von Milliarden von Scheusalen gesprochen, die aus dem Dorther einströmen würden? Da alles aus dem Dorther stammte, war es nur einleuchtend, daß es sehr viel größer sein mußte als die wirkliche Welt. Unter den Angriffen der Shetani würde die Zivilisation sich in etwas verwandeln, das direkt aus Dantes Inferno entsprungen war.

Er dachte an all die Shetani, die bereits herübergeschlüpft waren, die seit Jahren eingedrungen waren, in einem ständigen Zustrom die wirkliche Welt infiltrierend, die sich als Fetzen und Klumpen aus Reifengummi verkleideten, neben den Autobahnen und Zubringern der Industrieländer liegend. Nun bereiteten sie sich darauf vor, in Aktion zu treten, auf den letzten Angriff gegen eine nichtsahnende Menschheit. Es gab keine Möglichkeit für eine Bürokratie, damit zurechtzukommen. Und wenn die letzten Überreste einer versklavten Menschheit schließlich ausgelöscht worden waren, würden die Shetani sich aufeinander stürzen, mordend und metzelnd, bis die Erde zu einer leblosen Kugel geworden war.

Natürlich, so sagte er sich selbst, brauchte nichts von diesem entsetzlichen Szenario wahr zu werden. Alles, was sie tun mußten, um die Welt davor zu bewahren, in ein Gebeinhaus verwandelt zu werden, bestand darin, von den Shetani unbemerkt zur Quelle des Hauptdurchbruchs vorzustoßen und diese für ewige Zeiten zu versiegeln.

»Hier entlang«, rief Olkeloki und zeigte nach links. »Wenn alles so gelaufen ist wie geplant, brauchen wir nicht die ganze Strecke bis Ruaha zu Fuß gehen.«

Sie folgten dem Laibon ins Gebüsch und prallten fast gegen einen brandneuen Land Rover. Ein äußerst junger Moran stand vor dem Fahrzeug. Er hob den Speer, bis er den Laibon erkannte, dann grinste er und richtete die Waffe nach oben. Der alte und der junge Krieger umarmten sich.

»Muani«, stellte Olkeloki den Mann vor. Der Teenager nickte, erhellte die Nacht mit seinem Lächeln. Um sie herum regnete noch immer Asche herab. »Einer meiner Enkel. Als wir im Manyatta ankamen, habe ich mir wegen unserer mangelnden Transportmöglichkeiten Sorgen gemacht. Muani ist zur Schule gegangen. Ich glaube, daß er eines Tages einen sehr guten Mechaniker abgeben wird.« Er sprach den Jüngling auf Massai an, und der junge Moran lächelte voller Stolz.

»Sie können ein solches Fahrzeug lenken, Joshua Oak? Ich würde es ja selbst tun, aber meine Augen sind nicht mehr das, was sie einmal waren.«

»Und ob ich das kann«, erwiderte Oak.

Zu dritt bestiegen sie das große Geländefahrzeug mit

dem Allradantrieb. Ein etwa fünf Pfund schwerer Klumpen heißer Lava krachte in einen nahegelegenen Dornenbusch und entzündete ihn. Ol Doinyo Lengai brüllte noch immer hinter ihnen und spie Feuer.

Der Motor sprang sofort an. Oak stellte die Scheinwerfer an, und mächtige Halogenkegel durchschnitten die Dunkelheit. Eine weitere Lavabombe ging auf das Wagendach nieder, sie hörte sich größer an als sie war. Oaks Laune hob sich, als er sah, daß der Benzintank fast voll war.

»Welche Richtung?« Sogar im Inneren des Rover machte das Grollen des berstenden Berges jede Kommunikation schwer.

Olkeloki murmelte dem jungen Krieger ein paar Abschiedsworte zu. Die beiden umarmten sich erneut, und der Jüngling hetzte ins Gestrüpp hinaus, um sich wieder seinen Ilmoran-Kameraden anzuschließen. Dann stieg der Laibon neben Oak ein. Lange Zeit saß er da, blickte durch die Windschutzscheibe, als würde er irgendeinen eingebauten Kompaß ausrichten, dann deutete er.

»In diese Richtung dort. Ich muß mich mit den anderen Ältesten beraten. Danach müssen wir nach Süden, zum Manyara See. Da ist noch jemand, mit dem ich reden muß. Von dort fahren wir nach Dodoma, dann nach Iringa, das nur wenige Stunden von Ruaha entfernt ist.«

Oak legte den Gang ein und begann, den Abhang hinunterzurollen. »Wo hat Ihr Enkel denn überhaupt so einen Wagen angemietet?«

»Angemietet?« Olkeloki wirkte belustigt. »Das ist ein Land Rover der CCM. Erinnern Sie sich nicht, wie unser Matatu-Fahrer uns auf dem Weg zur Grenze erzählte, daß vor Ort immer nur die Partei vernünftige Transportmöglichkeiten hat? Aber da dies hier ein sozialistisches Land ist, wo alles dem Volk gehört, weiß Muani auch, daß die Land Rover der CCM auch ihm gehören. Das wird einigen Politikern nicht sonderlich schaden, wenn sie eine Weile zu Fuß gehen müssen, weil wir uns ihr Transportmittel vorübergehend ausgeliehen haben.«

Oak grinste. »Hätte auch nicht geschadet, wenn er das Ding in Washington ausgeliehen hätte.«

Merry stieß einen Schrei aus, als plötzlich neben dem Rover eine riesige Gestalt erschien. Es war kein Shetani, wie Oak sofort erkannte. Olkeloki drehte seine Scheibe herunter und sprach mit dem Neuankömmling, während Oak noch immer mit stattlichen fünf Meilen pro Stunde von dem Berg fortfuhr.

»Kein Grund zur Sorge, Merry«, rief er ihr zu. »Ich kenne den Burschen. Der hat mir oben auf dem Berg das Leben gerettet.«

Olkeloki warf Oak einen scharfen Blick zu. »Damit ist die Sache entschieden. Er ist gezeichnet.«

Der Krieger und der alte Mann wechselten einige knappe Worte, die sie brüllen mußten. Ohne langsamer zu werden, zerlegte der Riese seinen gewaltigen Speer. Dann sprang er in den Land Rover, während Olkeloki ihm die Tür aufhielt. Merry machte ihm Platz, als er nach hinten kroch. Er mußte sich nach vorn beugen, damit er mit dem Kopf nicht am Wagendach anstieß.

»Das ist Kakombe. Er ist ein Alaunoni oder Anführer unter den älteren Kriegern.«

Oak wechselte den Gang, er genoß es, die Kraft des Land Rover zu spüren. Der Wagen wirkte brandneu. Darauf konnte man sich bei einer Regierung ohne Geldmittel immer verlassen, daß sie ihre Vertreter an der Basis mit der besten (und teuersten) Ausrüstung versorgte, die es nur gab.

»Das Vergnügen liegt auf meiner Seite. Da oben hatte ich keine Gelegenheit, Ihnen zu danken. Sie waren schon verschwunden, ehe ich meine Zunge wieder in der Gewalt hatte.«

»Die Shetani hätten Sie zerrissen«, erwiderte er auf englisch, das er mit leichtem Akzent sprach. Er grinste Merry an. »Hallo. Tut mir leid, wenn es hier hinten ein bißchen eng wird. Mir macht es nichts aus, wenn es Ihnen auch nichts ausmacht.«

»Habe ich denn eine andere Wahl?« Sie erwiderte sein Lächeln. »Ich bin Merry Sharrow, das ist Joshua Oak.«

Er nickte. »Ja, die beiden Bö-... die beiden Amerikaner, die mit dem Laibon zurückgekehrt sind, um uns gegen die Shetani zu helfen.«

»Wir helfen damit auch unserem eigenen Volk. Das schwebt in ebensolcher Gefahr wie Sie. Wahrscheinlich sogar noch mehr.«

Kakombes Miene wurde ernst, dann sprach er leise mit Olkeloki. Der alte Mann übersetzte.

»Er sagt, daß er sich freut, Sie beide kennenzulernen. Daß Sie tapfer gekämpft haben, Joshua Oak, wenn auch nicht so gut wie ein Massai, und daß er tiefen Respekt für Sie beide empfindet, weil Sie diesen ganzen Weg gekommen sind, um gegen ein solch großes Übel zu kämpfen.«

Oak warf einen Blick zurück. »Warum hat er uns das denn nicht selbst gesagt? Er spricht doch ausgezeichnet Englisch.«

»Kakombe ist ein Alaunoni. Als solcher erwartet man von ihm, daß er in allen Dingen vollkommen ist. Er wird dann Englisch sprechen, wenn er sich der Worte sicher ist. Aber er ist zu stolz, um einen Fehler zu machen. Das rührt daher, daß er als Kind einen Sprachfehler hatte. Die anderen Kinder haben ihn damals immer aufgezogen.«

Merry musterte das kraftvolle Muskelpaket, das zusammengekauert den anderen Teil der Sitzbank für sich in Anspruch nahm. »Ich wette, das haben die immer nur einmal gemacht. Wir freuen uns, Sie bei uns zu haben, Kakombe.«

»Seien Sie vorsichtig mit dem, was Sie sagen und wie Sie es sagen, Merry Sharrow«, warf Olkeloki ein.

Plötzlich klang sie besorgt. »Habe ich etwas Falsches gesagt?«

»Nein, aber Sie müssen auch achtgeben, wie Sie die Dinge ausdrücken.« Der alte Mann sprach in entschiedenem Ton mit dem Riesen, und Kakombe antwortete gereizt.

»Vergessen Sie nicht«, erklärte Olkeloki, »daß Kakombe ein Alaunoni ist. Wenn eine Frau ihn gewinnend anlächelt und Worte des Lobs ausspricht, ist es für ihn nur natürlich zu glauben, daß sie es auf mehr abgesehen hat als auf ein beiläufiges Gespräch. Kakombe kennt zwar Ihre Sprache, aber nicht Ihre Sitten, und Sie sind noch nicht vertraut genug mit seinen.«

»Oh. Ich wollte keinen falschen Eindruck bei ihm erwekken. Wie soll ich das berichtigen?«

»Zum Beispiel, indem Sie aufhören, ihn so anzulächeln.«

»Ich weiß aber nicht, wie ich sonst lächeln soll.«

»Hmph.« Olkeloki sah aus wie ein verwirrter Vater.

»Wollen Sie uns erzählen, daß dieser Riese dort, nachdem er mit ein paar Tausend Alptraumgestalten um sein Leben gekämpft hat, jetzt an Sex denken kann?« erkundigte sich Oak.

»Josh!« Merrys Unterkiefer klappte herunter.

»Nun werden Sie mal erwachsen, Merry. Manche Männer regt das Kämpfen eben an. Übrigens auch viele Frauen.«

Sie sah so aus, als wollte sie irgend etwas sagen und würde nur nicht die richtigen Worte finden.

»Aufgabe eines älteren Kriegers ist es«, verkündete Olkeloki, »nur an drei Dinge zu denken: Kämpfen, Rinder und Frauen.«

Oak nickte verständnisvoll. »Dort, wo ich arbeite, habe ich Freunde, die dem in zwei Punkten völlig zustimmen würden.« Er blinzelte in die Nacht hinaus. »He, ist da nicht die Straße?«

»Ja.« Olkeloki mußte nicht blinzeln. »Fahren Sie hier nach rechts. Bald sind wir wieder im Kraal. Dort erwarten uns Essen und Ruhe. Am Morgen werden wir früh aufstehen und in Richtung Süden aufbrechen.«

Oak sah nachdenklich drein. »Wen müssen Sie denn in diesem Manyara treffen?«

»Am Manyara See. Dort ist jemand, der schon lange

lebt und sehr viel weiß. Seine Wahrnehmung ist besser als unsere, er ist sensibler für die Verbindungspunkte zwischen der wirklichen Welt und der anderen. Zwischen den Welten liegt ein Hohlraum, wie zwischen den beiden Scheiben eines Isolierfensters. Ich kann dort nicht hineinschauen, aber der Patriarch kann es.«

»Klingt nach einem interessanten Mann«, meinte Merry.

»Höchst interessant. Ich habe schon oft mit ihm gesprochen und war danach immer klüger als vorher. Niemand kennt das Alter des Patriarchen, aber Sie werden sehen, daß sich die Jahre in seine Haut und seine Zähne eingegraben haben.«

»Die hat er wohl schon alle verloren, wie?« Merry klang mitfühlend. »Mein Großvater mütterlicherseits hat das auch durchmachen müssen.«

»Nein, er besitzt seine Zähne noch. Das Zeichen des Alters ist es nicht, daß sie verschwunden sind, sondern daß sie sich kreuzen. Und nun lassen Sie mich ausruhen. Es war ein anstrengender Tag, und ich bin müde.« Merry spürte, daß er heute nacht keine Fragen mehr beantworten würde.

18

Am Manyara See – 24. Juni

Die riesige Wasserfläche schimmerte in der Morgensonne, ein Tal aus Quecksilber zwischen zwei Böschungen. Als sie näherkamen, konnten Oak und Merry die wahre Ausdehnung abschätzen. Und dabei war der Manyara, Olkeloki zufolge, nur einer der *kleineren* Seen des Rift Valley.

Im Laufe des Morgens hatten sie zweimal haltgemacht, einmal, um etwas Kaltes zu trinken, und dann wieder, um die Wasserschläuche des Landrovers zu füllen. Beide Male hatten sie Touristen zugehört, die über den kurzen, aber heftigen Ausbruch des Ol Doinyo Lengai in der Nacht zuvor gesprochen hatten.

Oak, der immer Sinn für Ironie hatte, beschwor vor seinem geistigen Auge das Bild ganzer Wagenladungen von Touristen, wie diese auf dem Laibon-Hügel standen und mit ihren kleinen automatischen Kameras eine Aufnahme nach der anderen machten und sich über die schlechte Beleuchtung beklagten, während die Ilmoran mit den Shetani kämpften. Viele von ihnen würden in einem Überlebenskampf nichts anderes erkennen als eine weitere Sehenswürdigkeit, die zu ihrer Belustigung stattfand. Mehr war Afrika für die meisten Amerikaner und Europäer nicht: eine gigantische, exotische Touristenattraktion, ein Disneyland mit echten Tieren anstatt elektronischer Imitationen. Zweifellos empfanden solche Leute die kleinen Orte, durch die Oak und seine Gefährten den ganzen Morgen gefahren waren, als ›malerisch‹. Zu Hause würde man so etwas Slums nennen. Der Blickwinkel war eben alles.

Während sich die einspurige Straße die Böschung hinunter schlängelte, kamen sie in einen richtigen Wald, den ersten, den sie seit Virginia zu sehen bekommen hatten. Vögel zwitscherten versteckt im Laubdach. Der Wald schmiegte sich an den gutbewässerten Abhang der Böschung. Dahinter lagen die offene Ebene und der See. Gnus und Thompsongazellen scharten sich in unzählbaren Mengen am Ufer, hier und dort war ein vereinzeltes Zebra zu erkennen. Am gegenüberliegenden Ufer des Hauptflusses, der den See speiste, standen Flußpferde, die aussahen wie vom Wasser glattgespülte braune Felsen. Ihr gewaltiges Grunzen hallte über die Ufer, ein Stück unverdorbener Natur.

Nach seinem überraschend tiefen Schlaf auf dem blanken Fußboden einer Laibonhütte war Oak heute voller Zuversicht und guter Laune. Die Shetani waren zurückgeworfen worden, wie das finstere Loch, aus dem sie gekommen waren, auch heißen mochte. Und er befand sich mit Merry, Olkeloki und Kakombe auf dem Weg nach Süden, um dafür zu sorgen, daß eine solche Invasion niemals wieder vorkommen konnte.

Merry wischte sich den Schweiß von Stirn und Wangen. »Hier ist es heißer.«

»Im Süden wird es noch heißer werden«, warnte Olkeloki sie. »Aber es ist noch nicht heiß genug, um die Klimaanlage zu benutzen. Wir müssen Benzin sparen.«

Sie studierte das Schiebedach. »Warum öffnen wir denn nicht das Dach?«

»Das wäre hier keine gute Idee.«

»Warum nicht?«

»Ja, warum eigentlich nicht?« fügte Oak hinzu. »Ich könnte auch ein wenig Frischluft vertragen. Diese Fenster lassen ja nicht viel Wind herein.«

»Weil der Wald von Manyara«, erklärte der alte Mann, während sie den schmalen Feldweg entlangholperten, »der einzige Ort in Afrika ist, wo es Löwen gibt, die auf Bäumen leben. Wenn sich einer von denen träge von einem Ast herabrollen sollte, während wir unter ihm vorbeifahren, würde es hier drin zu voll werden. Und dann würde sich der Löwe, der ja immerhin der Gast wäre, sofort daran machen, die Sitzordnung nach seinen eigenen Vorstellungen zu ändern.«

Das war das letzte Mal, daß Merry oder Oak den Vorschlag machten, das Schiebedach zu öffnen. Oak, der während der Fahrt den Ellenbogen aus dem Fenster gehalten hatte, zog ihn unauffällig wieder ein.

»Wie weit noch?«

»Es gibt da einen kleinen Strom, Maji Moto. Auf Suaheli heißt das ›das heiße Wasser‹. Dort lagert der Patriarch öfter. Wenn er nicht da sein sollte, werden wir ihn suchen müssen.«

»Ich bin nicht allzu scharf auf einen Fußmarsch durch den Dschungel«, wandte Merry ein.

»Sie können am Wagen bleiben, Merry Sharrow. Der Patriarch wird nicht weit entfernt sein. Er ist alt und reist nicht mehr so weit umher wie in seiner Jugend. Und außerdem«, konnte er sich nicht beherrschen hinzuzufügen, »ist das hier ein Wald und kein Dschungel.«

»Was ist er denn für ein Mensch?«

»Sie werden sehen. Ich persönlich finde seine Gesellschaft bezaubernd.«

Ja, aber du sprichst ja auch mit Gespenstern und Geistern, sagte sie sich. Olkeloki verstand sei einfach nicht. Vielleicht kam Oak ganz gut mit der Hitze zurecht — der Sommer im östlichen Teil der USA war kein Picknick. Doch sie stammte aus dem Nordwesten, das war etwas völlig anderes! In dem überfüllten Landrover war es heiß wie in einem Backofen, obwohl alle Seitenfenster geöffnet waren.

Los, beschwer dich doch, sagte sie sich. Und dann schau dir ihre Mienen an: Wir hätten keine Frau mitschleppen sollen. Sie konnte sich Kakombes Antwort lebhaft vorstellen. Nein, lieber würde sie aus ihren Wanderschuhen kippen, als um das Einschalten der Klimaanlage zu bitten. Wenn der riesige Mann es ertrug, stundenlang zusammengeklappt Auto zu fahren, würde sie wohl das bißchen Schwitzen ertragen können. Außerdem würde es ihr gewiß nicht schaden, dabei ein paar Pfunde zu verlieren.

Zwischen den Bäumen und dem See erblickten sie riesige Herden panzerähnlicher Kapbüffel. Dahinter war das Wasser an einigen Stellen von gewaltigen Flamingoscharen rosa gefärbt. Schließlich befahl Olkeloki anzuhalten, als ein kleiner Bach ihre Fahrbahn kreuzte. Er war ziemlich unscheinbar und stank nach Schwefel und Salzwasser.

»Hier können wir uns ausruhen und etwas essen. Wenn der Patriarch nicht bald kommt, werden wir ihn suchen gehen.«

Während Maji Moto eine lauwarme Enttäuschung war, bot das Waldstück, in dem sie den Land Rover parkten, dafür kühlen, schattigen Ausgleich. Hohes grünes Gras wuchs zwischen den Bäumen. In der Nähe äste eine Herde Impalas, denen die Neuankömmlinge scheinbar gleichgültig waren, die die Menschen jedoch äußerst wachsam im

Auge behielten. Von Zeit zu Zeit hob ein Männchen seinen fahlen Kopf, um mit matten braunen Augen Ausschau nach Junggesellen zu halten, die sich mit einem oder mehreren Mitgliedern seines Harems davonmachen könnten.

Da er im tiefen Süden der Staaten allzu vielen Kupferköpfen und Wassermokassinschlangen begegnet war, machte Oak sich Sorgen, daß er im hohen Gras auf Schlangen treten könnte. Olkeloki versicherte ihm, daß die beste Methode, auf keine Schlange zu stoßen, darin bestehe, nach einer zu suchen. Der alte Mann und Kakombe teilten sich Milch und Joghurt, während Merry und Oak sich an das Trockenfleisch und das Obst hielten, das die Frauen des Kraals ihnen eingepackt hatten.

Unter diesem wogenden grünen Himmel vergaß man leicht, weshalb man in diesen Teil der Welt gekommen war. Die Zeit selbst schien Siesta zu halten. Hohe Bäume schirmten die Sonne ab. Bis auf das Zwitschern der Vögel und den gelegentlichen schrillen Schrei eines Nashornvogels war es hier ebenso still und ruhig wie an einem Werktagmorgen am guten alten Burke Lake. Wären die Impalas Rehe gewesen, Oak hätte sich vorstellen können, zu Hause zu sein.

Er war ein kurzes Stück von den anderen fortgeschlendert, hatte die Bäume inspiziert und versuchte, ein bißchen näher an die Herde heranzukommen, als er ein Rascheln im Gras zu hören vermeinte. Wenn das eine Schlange sein sollte, war sie jedenfalls zu groß, um zu den örtlichen Giftschlangen zu gehören. Vorsichtig lugte er vor, um einen günstigeren Blick zu erhalten.

Da wurden ihm die Füße weggerissen. Irgend etwas Feuchtes und Klebriges klatschte auf seinen Mund, als er versuchte, einen Schrei auszustoßen. Hart prallte er zu Boden und spürte, daß er ins Gestrüpp gezerrt wurde. Als er sich mit wild schlagenden Armen herumrollte, sah er seine Gefährten, die nichtsahnend hinten am Landrover standen. Niemand hatte gesehen, wie er zu Boden gegangen war. Kakombe stand auf einem Bein und trank Milch.

Olkeloki saß im Gras und betrachtete irgend etwas, das Oak nicht erkennen konnte, während Merry am Wagen lehnte und auf einem Streifen Ziegenfleisch herumkaute. Es waren Figuren auf einem winzigen Bildschirm, der immer kleiner und kleiner wurde, während er rückwärts durch das hohe Gras gezerrt wurde.

Noch wenige Minuten, und er würde im Busch verschwinden. Heftig zerrte er an dem feuchten, tentakelähnlichen Ding, das sich um seinen Kopf gewickelt hatte. Hätte es nicht nur seinen Mund sondern auch die Nase bedeckt, so würde er sich jetzt nicht mehr wehren.

Der plötzliche Anblick dessen, was ihn in seiner Gewalt hatte, lähmte ihn. Der erste Shetani, den er sah, war ein kleiner, dunkler Homunculus mit langen Zähnen, die zu vier Seiten aus seinem Mund hervortraten. Direkt darüber ragte eine lange Nase vor, die zwei leuchtende, hervorstehende Augen voneinander trennte, die ihn neugierig musterten.

Das Wesen ritt auf einem schwarzen Chamäleon von der Größe eines Shetlandponys. Die Augen des Chamäleons waren unabhängig voneinander bewegliche Feuerpfützen.

Es gab mindestens drei dieser Alptraumpaare. Die Zunge des ersten Shetani hatte sich ihm um Kopf und Mund gewickelt. Zwei weitere hielten mit ihren Zungen seine Beine fest. In diesem Augenblick wußte er, daß seine Freunde ihn allenfalls als Skelett wiederfinden würden, wenn es den Wesen gelang, ihn in das Unterholz zu zerren.

Er grub Fingernägel und Zähne in das schwarze, fleischige Organ über seinem Mund und riß mit aller Macht daran. Doch das zeigte keinerlei Auswirkungen auf die gedrungene Reptiliengestalt, die ihn dem Verderben immer mehr entgegen zog. Die Chamäleons arbeiteten leise und unerbittlich, doch er hörte, wie die humanoiden Shetani auf ihren Rücken zu lachen begannen. Oaks Nackenhaare stellten sich auf. Das war ein Geräusch, das er schon einmal gehört hatte. In einem Restaurant in Washington.

Dann hörte er weitere Geräusche, gedämpft und unerwartet, ein rumpelndes Stöhnen, gefolgt von einem gehauchten *chuf*. Alle drei Shetani drehten sich auf ihren Reittieren um. Da erstarb ihr teuflisches Gelächter, und ihr gieriges Grinsen erstarrte. Die langen feuchten Zungen ließen Oaks Kopf und Beine fahren, als die Chamäleons herumwirbelten, um im Gebüsch zu verschwinden. Während er schwer atmend auf dem Bauch dalag, hörte er, wie sie durch das Unterholz krachten.

Er rollte sich zur Seite ab und wollte gerade aufstehen, als etwas, das so aussah wie ein grauer Telefonmast, nur wenige Zoll neben seiner rechten Hand auf den Boden stampfte, dabei Äste und Gras und Insekten platt trampelnd. Einen halben Fuß weiter nach rechts, und das Wesen hätte auch Oaks Finger zermalmt. Die Erde bebte von dem Aufprall. Der Mast warf einen Schatten, der so groß war wie ein Güterwagen. Als der Schatten an ihm vorbeizog, erschien ein weiteres Bein. Zugleich nahm seine Nase einen alles übertönenden, stechenden, aber nicht unangenehmen Geruch wahr.

Als er sich nach links drehte, erblickte er eine weitere riesige Gestalt, die ihn hoch überragte. Aus der Ferne hörte er Merrys Ruf. Ihm folgte ein lauter Gruß Olkelokis.

Die Schattengestalten blieben stehen. Langsam stand Oak auf und schritt rückwärts zu den anderen zurück.

»Josh!« rief Merry, als sie sein Gesicht erblickte.

»Shetani«, berichtete er und wischte sich den unnatürlichen Speichel von der Stirn und aus dem Haar. »Berittene Chamäleon-Shetani. Fast hätten sie mich erwischt.«

»Die lieben die dunklen Orte«, erinnerte ihn Olkeloki. »Der Patriarch und seine Freunde sind gerade noch rechtzeitig eingetroffen.«

»Der Patriarch? Wo denn?«

»Ich schätze, er meint die da, Josh.« Merry zeigte auf die Baumgruppe und die Elefanten, die dort standen und ihre Blicke erwiderten, mit baumelnden Rüsseln und Ohren, die heftig wedelten, um die gewaltigen Körper abzukühlen.

»Sie können sich wieder beruhigen, Joshua Oak. Die Shetani fliehen vor dem Elefanten, wie es alles und jeder in Afrika tut. Und jetzt muß ich mich mit dem Patriarchen unterhalten.« Er schritt an dem immer noch benommenen Oak vorbei, ging selbstsicher auf die wartende Herde der Behemoths zu. Es waren mindestens dreißig, obwohl es schwerfiel, sie auseinanderzuhalten. Mit der Mühelosigkeit weitaus kleinerer Tiere verschmolzen sie völlig mit den Bäumen.

»Von Elefanten gerettet. Ich dachte immer, sowas würde nur in alten Tarzan-Filmen passieren.«

»Ich glaube, das war ein Zufall«, meinte Merry. »Sie sind gekommen, um sich mit Olkeloki zu treffen, und sind gerade noch rechtzeitig eingetroffen.«

Oak erinnerte sich an den schweren Fuß, der nur wenige Zoll neben seinen Fingern den Boden berührt hatte, und flüsterte leise: »Da bin ich mir nicht so sicher, Merry. Da bin ich mir gar nicht sicher.«

Keiner der beiden verstand etwas von Elefanten, doch brauchte man keinen Abschluß in Zoologie, um zu erkennen, daß der wandelnde Berg, der nun aus dem Wald hervortrat, um auf den wartenden Olkeloki zuzuschreiten, uralt war. Die Haut des alten männlichen Elefanten war zu tiefen Falten verzerrt und gefurcht, die den größten Teil des Körpers bedeckten. Es sah aus, als sei sein noch viel größerer Rumpf im Lauf der Jahrzehnte zusammengeschrumpft, so daß die Haut nun weniger Körpermasse bedecken mußte als vorher. Unter den zusammengewachsenen, überhängenden Brauen blickte eine traurige Weisheit hervor, und das spärliche Haar war so weiß wie das Salz, das die Ufer des Maji Moto färbte.

»Denken Sie daran, was Olkeloki über die Zähne des Patriarchen gesagt hat«, sagte Merry voller unbewußter Ehrfurcht.

Gekreuzt. Er hatte gesagt, daß die Zähne des Patriarchen sich kreuzten, erinnerte sich Oak. Und das taten sie tatsächlich, die beiden riesigen Stoßzähne schienen beinahe den Erdboden zu berühren, wo sie sich in sanfter Kurvenlinie kreuzten. Die unglaubliche Länge dieses Elfenbeins war ein kühner Hinweis auf das Alter des Elefanten. Der Patriarch trug seine Stoßzähne mit Würde. Wie alt war er wohl? fragte sich Oak. Wie lange lebten Elefanten? Der Eindruck außerordentlich hohen Alters war überwältigend.

»Er geht sogar wie ein alter Mann«, flüsterte Merry.

Tatsächlich. Obwohl er von vier massigen Beinen getragen wurde, setzte er jeden Schritt sorgfältig. Während sie zusahen, hob der Patriarch seinen Kopf ein wenig, gerade hoch genug, um die riesigen Stoßzähne vom Boden zu heben. Der sieht aus wie ein Bulldozer mit heruntergelassener Schaufel, dachte Oak. Der Rüssel hob sich ein weiteres kleines Stück hinauf, und seine sanfte Spitze streichelte Olkelokis abwartende Hand. Dann machten die beiden Alten kehrt und schlenderten zusammen davon in den Wald.

Oak merkte, daß er die Luft angehalten hatte. Nun atmete er aus und saugte die frische Luft ein. Der alte Mann unterhielt sich also mit einem Elefanten. In den letzten Tagen hatte er zu viele unwahrscheinliche Dinge erlebt, um dem Zeugnis seiner eigenen Augen jetzt nicht mehr zu trauen. Etwas schwerer fiel es ihm, die ebenso offensichtliche Tatsache hinzunehmen, daß der Elefant ihm anscheinend antwortete. Olkeloki sprach in sanftem Massai, und der Patriarch antwortete mit Geräuschen wie ein alter Dampfkessel.

Wie alt? Hundert Jahre? Zweihundert? Wie lange wanderte dieser Ur-Elefant schon durch die Wälder und Ebenen von Ostafrika? Ob er sich wohl an Verwandte erinnerte, die nur behaart gewesen waren und auf ihren Schultern hohe Höcker besessen hatten?

»Die sprechen miteinander, nicht wahr?« fragte Merry.

Oak gelang ein schwaches Achselzucken. »Na klar doch. Hat der alte Mann doch gesagt, daß er das vorhat, nicht?«

»Wissen Sie, das ist komisch. Da sieht man sie in Zoos

und Zirkussen, und immer hat man das Gefühl, daß sie jederzeit reden könnten, wenn sie wollten, aber daß sie nicht zu glauben scheinen, daß die Menschen ihnen viel zu sagen haben.«

»Vielleicht haben sie recht, aber wahrscheinlich hat Olkeloki nur mehr zu sagen als wir.«

»Sie sprechen nach Art der Alten miteinander.« Kakombes Tonfall zeugte von grenzenlosem Respekt. Neugierig blickte der hochgewachsene Mann auf Merry hinunter. »Sie haben keine Angst?«

»Jetzt nicht. Wenn man erst einmal miterlebt hat, wie ein Haufen Shetani versucht, einen zu vergewaltigen, gibt es nicht mehr viel, was einem noch Angst einjagen kann.«

Er musterte Oak neugierig. »Das ist geschehen und sie hat überlebt?«

Oak bemerkte, daß ihn Merry anblickte. »Ich glaube schon, ja.«

Kakombe sah wieder zu Merry hinüber. »Eine ungewöhnliche Frau.« Dann richtete er seine Aufmerksamkeit erneut auf die Herde.

Oak sah noch ein paar Minuten zu, dann durchwühlte er die Vorräte im hinteren Teil des Landrovers, bis er ein sauberes Handtuch gefunden hatte. Er hatte Chamäleonschleim im Nacken, in den Ohren und überall auf seiner Kleidung. Nicht genug, daß sie mit mörderischen Geistern zu kämpfen hatten, es mußten auch noch schleimige sein. Merry half ihm dabei sich zu säubern.

»Elefanten würden gute Jäger abgeben, aber sie jagen nicht«, erzählte Kakombe im Plauderton. »Ich habe sie nicht kommen hören. Trotz ihrer Größe bewegen sie sich ebenso leise wie jeder Löwe. Es gibt Laibon, die behaupten, daß Elefanten, wenn sie sich leise bewegen, mit den Füßen die Erde nicht mehr berühren.« Er hielt Daumen und Zeigefinger ein winziges Stück auseinander. »Dann gehen sie so dicht über dem Boden.«

Oak sagte nichts. In Washington hätte er eine solche Behauptung mit der Verachtung behandelt, die sie verdiente.

Hier in Afrika jedoch schien alles möglich. Woher sollte man wissen, ob Kakombe die Wahrheit sagte oder nur irgendein Märchen erzählte? Oak hatte nicht vor, die Geschichte zu überprüfen.

Eine Stunde verging, bis Olkeloki sich wieder zu ihnen gesellte. Während er auf den Landrover zuging, drehte die Herde ab, wobei die anderen Elefanten einen Schutzgürtel um den Patriarchen legten wie Zerstörer, die einen Flugzeugträger begleiteten. Oak sah zu, wie sie wieder im Wald verschwanden, sogar von hinten besehen war ihre außergewöhnliche Anmut unverkennbar. Dann wurden sie langsam zu grauen Schatten, die allmählich wieder eins mit dem Grün wurden.

Oak erkannte kaum seine eigene Stimme, die ruhige, pragmatische Stimme des Joshua Burton Oak, die aufgeregt die Frage stellte.

»Was hat er gesagt?«

Olkeloki sah beunruhigt aus. »Die Herren des Graslands sind besorgt. Sie werden zwar von den Shetani nicht unmittelbar bedroht, aber sie sorgen sich wegen der Schwierigkeiten, die sie unter den Menschen auslösen könnten. Shetani fürchten sie nicht, aber die Gifte und Waffen des Menschen ängstigen sie sehr. Sie befürchten, daß die Shetani die Menschen veranlassen könnten, solche Gifte auf die ganze Welt loszulassen.« Er richtete sich auf. »Wir können nicht den Weg nach Süden nehmen. Dort erwarten uns die Shetani, sagt der Patriarch. Deshalb müssen wir einen Umweg machen.«

»Wird uns das nicht zuviel Zeit kosten?« fragte Merry besorgt.

»Hoffentlich nicht. Der Weg ist zwar länger, dafür ist die Straße besser. Wir müssen zur Hauptstraße zurück, dann nach Osten durch Arusha und Moshi, bevor wir wieder beruhigt nach Süden fahren können. Wir fahren bis Chalinze am Meer entlang, dort müßten wir tanken können. Sodann fahren wir einen Bogen nach Westen in Richtung Iringa und Ruaha. Die Shetani werden nicht damit rechnen, daß wir aus dieser Richtung kommen. Wenn sie uns jetzt beobachten sollten, wird es so aussehen, als würden wir aufgeben und nach Nairobi zurückkehren. Wenn sie unsere Witterung verfolgen sollten, wird ihnen das in den Wäldern an der Küste schwererfallen, und mit diesem guten Fahrzeug können wir sie auf den besseren Straßenabschnitten abhängen.« Er sah nachdenklich aus. »Vielleicht ist es besser so. In jenem Teil des Landes ist jemand, den ich noch aufsuchen müßte.« Er lächelte Oak an. »Diesmal ist es ein Mensch.«

»Klingt wie ein guter Plan. Aber verraten Sie mir doch bitte eins.« Oak nickte zum Wald hinüber. »Wie alt ist dieser Elefant eigentlich?«

»Niemand kennt das Alter des Patriarchen. Er weiß es selbst nicht. Elefanten messen die Zeit anders als Menschen. Einmal hat er mir erzählt, daß er sich dunkel an jene Zeit erinnern kann, als die Menschen noch mit gebeugtem Rücken gingen und ihre Fingerknöchel knapp über den Erdboden schleiften, als sie noch Insekten aßen und Früchte sammelten, anstatt Viehherden zu hüten wie die Massai. Sie fragen mich, wie alt der Patriarch ist. Wie alt ist Afrika?«

»Man hätte meinen sollen, daß ein derartig alter Elefant doch inzwischen unzählige Male fotografiert worden wäre«, bemerkte Merry.

»Der Patriarch bleibt gerne ungestört. Wenn er nicht gesehen werden will, stellt er sich auf eine bestimmte Weise hin, bis die Touristen und die Kameras verschwunden sind. Elefanten können so etwas. Sie können so still stehen, daß sie unsichtbar sind.«

19

Moskau, UdSSR — 24. Juni

Als erstes war da die unerklärliche Zugentgleisung außerhalb von Cheljabinsk. Dreiundvierzig Tote, mehrere hundert Verletzte, viele Ausreden, keine Erklärungen. Wenn der Lokomotivführer und seine Mannschaft etwas gewußt haben sollten, so hatten sie ihr Wissen mit ins Grab genommen. Der Bahnhofsvorsteher hatte darauf bestanden, daß die Ursache außerhalb seines Kompetenzbereichs gelegen habe. Dennoch ließen ihn einige örtliche Beamte, darin etwas überstürzt handelnd, erschießen.

Die Techniker im Kernkraftwerk von Nowosibirsk erwartete ein solches Schicksal nicht, entweder weil die örtlichen Vertreter sowjetischer Gerechtigkeit etwas umsichtiger im Umgang mit der Macht waren, oder weil die Verdächtigen zu wertvoll gewesen waren, um sie auf Kavaliersweise zu beseitigen.

Trotz aller Sicherheitsmaßnahmen, trotz der Erfahrung der Überwachungsmannschaft kam es zur Katastrophe. Hastig evakuierte man die vorstädtischen Gebiete in der unmittelbaren Umgebung des Kraftwerks. Der Verlust der Anlage für das regionale Stromnetz war sofort zu spüren, und die Beamten sagten für die Folgemonate periodische Stromausfälle voraus. Die Industrie würde ebenso zu leiden haben wie die Bevölkerung. Die ersten, schwer abgesicherten Experten, die sich die Anlage anschauten, berichteten, daß der Meiler die nächsten zwanzig bis dreißig Jahre nicht mehr unbeschadet betreten werden könnte. Ein Stück Rußland war total unzugänglich gemacht worden.

Es war schieres Glück gewesen, daß niemand zum Zeitpunkt des Unfalls im Reaktorgebäude eingeschlossen gewesen war. Die meisten Fachleute glaubten, daß die Ursache der Katastrophe irgendwo unter den Tonnen hochradioaktiven Gerölls verborgen lag, doch einige wenige hatten andere Vorstellungen. Es hätte nicht so ablaufen können, wie es geschehen war, behaupteten sie heftig. Es gab viel zu viele Sicherungssysteme, viel zu viele eingebaute Sicherheitssperren, als daß eine derart komplexe Anlage ohne Eingriff von außen so gründlich hätte versagen können. Das Kernkraftwerk hatte zwei Jahrzehnte lang sicher und zuverlässig gearbeitet. Seine Unfallstatistik war eher noch besser als die ähnlicher Anlagen.

Nein, so beharrten sie, das Versagen hatte nichts mit der Konstruktion, der Bauweise oder dem Betrieb der Anlage selbst zu tun. Es mußte künstlich herbeigeführt worden sein.

Der Reaktorunfall war unbedeutend, verglichen mit dem, was zehn Zeitzonen entfernt vor der Stadt Aldan in der Nähe der Ebene von Aldanskoje Nagorje beinahe geschehen wäre. Es war nur dem Eingreifen eines tapferen und außerordentlich schnell denkenden Hauptmanns der Raketenstreitkräfte zu verdanken gewesen, daß der theoretisch völlig unmögliche, unbeabsichtigte Abschuß der großen, auf ein festes Ziel programmierten SS-18-Rakete im letzten Augenblick verhindert worden war. Das war alles so knapp gegangen, daß es nicht sofort gemeldet werden konnte. Nicht weil irgend jemand den Vorfall hätte vertuschen wollen, was ohnehin unmöglich gewesen wäre, sondern weil jedermann in der Basis, der dabei war, viel zu ausgepumpt gewesen war, um noch irgend etwas anderes zu unternehmen, als zu versuchen, seine verlorene Fassung wiederzugewinnen. Ja, der Kommandant der Raketenbasis wurde sogar in aller Eile in das städtische Krankenhaus gebracht, und zwar mit einem, wie sich später herausstellte, tödlichen Herzanfall.

Aber die Rakete wurde nicht gestartet.

Es gab noch reichlich andere Ärgernisse und Katastrophen, wenngleich keine davon derart potentiell endgültig gewesen war wie jene vor Aldan. Der Absturz einer kleinen Militärmaschine in der Nähe von Omsk, die Zerstörung des großen Fernsehturms in Pskow, die unerklärliche Explosion und der darauf folgende Großbrand, der die größte Wodkadestillerie der Welt zerstörte (was der Regierung keine sonderlichen Kopfschmerzen bereitet hätte, wäre der in dieser Fabrik produzierte Wodka nicht zum größten Teil für den Export bestimmt gewesen) und so weiter und so fort, eine schier endlose und immer rätselhafter werdende Serie von größeren und kleineren Katastrophen.

In einem Punkt waren sich Statistiker und Experten einig: In mindestens der Hälfte aller Fälle mußten die Katastrophen äußeren Einflüssen zugeschrieben werden. Durch bloßen Unfall oder menschliches Versagen waren sie nicht zu erklären. Doch in jedem Fall fehlte das Motiv. Man konnte zwar Motive erfinden, aber warum sollte jemand eine Alkoholdestille sabotieren oder mit den gelagerten Rindfleischvorräten eines halben Jahres ein riesiges Grillfest veranstalten wollen?

Die Vernichtung wies keinerlei erkennbares Muster auf, keinen Sinn und kein Ziel. Es war einfach nur Zerstörung in großem und immer häufiger werdendem Maßstab. Doch traf es immerhin genügend, stategisch wichtige, Anlagen, um manche Leute auf den Gedanken zu bringen, ob die Explosionen von Fleischlagerhallen und Touristenanlagen und Strandhäusern möglicherweise nichts anderes waren als bloße Ablenkungsmanöver, mit deren Hilfe die Vernichtungsstatistik insgesamt aufgebläht und die Aufmerksamkeit von irgendeinem finsteren, noch nicht erkennbaren Plan abgelenkt werden sollte.

Diesen Weltuntergangspropheten und Apokalyptikern pflegten rational denkende Zeitgenossen zu entgegnen, daß die Vereinigten Staaten und, wenn man schon dabei war, auch Westeuropa und Japan von ähnlichen, unerklärbaren Katastrophen heimgesucht wurden. Als Beispiel brauchte man nur den seltsamen Zusammenstoß von zwei Jumbojets betrachten, von denen einer zweihundertunddreiundfünfzig Passagiere an Bord hatte, einen US-Senator eingeschlossen, der andere dreihundertundvier, die bei völlig klarem Wetter nur fünfzig Meilen nördlich vom

Luftfahrtkontrollzentrum Minneapolis-St. Paul aufeinandergeprallt waren. Ein solcher Luftunfall widersprach jeglicher Vernunft, dennoch war er geschehen. Mehrere ähnlich tödliche ›Unfälle‹ hatten einen normalerweise unbeweglichen US-Kongreß bis zur Weißglut getrieben. Es wurden Erklärungen verlangt, und als keine erfolgten, überschlugen sich Rechtsradikale und Fundamentalisten mit ihren eigenen Vermutungen als Erklärungen für die schrecklichen Ereignisse.

Das war das Problem der Amerikaner, überlegte Dorowskoj, während er den Stapel Berichte auf seinem Schreibtisch anstierte. Der war im Laufe des Morgens immer größer geworden und drohte noch sehr viel mehr zu ruinieren als nur seinen Tag.

Während er versuchte, eine Entscheidung zu treffen, was er als nächstes tun sollte, stürzte einer seiner Sekretäre, ein ernster junger Mann namens Nicholas in den Raum, ohne vorher den Summer zu betätigen, damit ihm der Zugang überhaupt gestattet wurde. Ein derartiger Verstoß gegen das Protokoll war unglaublich. Sollte Karnowsky davon erfahren, würde er toben. Doch Dorowskoj hing nicht so stark an den Formalitäten wie seine Vorgänger, und außerdem war er ohnehin zu müde und zu sorgenerfüllt, um Zeit und Energie darauf zu vergeuden, dem besorgten jungen Mann eine Zigarre zu verpassen.

»Was ist, Nicholas? Bitte, nicht schon wieder eine Zugentgleisung. Heute morgen hatten wir bereits drei, davon zwei auf derselben Strecke.«

»Genosse, wir...« Der Jüngling hatte Schwierigkeiten, die rechten Worte zu finden, doch seine Miene ließ sich ebenso leicht deuten wie die einer Kabuki-Puppe. Er war aufgewühlt; unfähig zu sprechen, trat er an den Schreibtisch des Generalsekretärs und ließ einen Ausdruck auf den Berichtestapel fallen. Zu Dorowskojs Überraschung standen dem jungen Mann Tränen in den Augen. Welche Katastrophe konnte eine derartige Reaktion bei einem so soliden und stabilen jugendlichen Helfer provozieren? Er nahm den Ausdruck auf und begann darin zu lesen.

Als Dorowskojs Blick hastig die Seite überflog, begannen seine Hände zu zittern. Nicht vor Furcht oder Trauer, sondern vor Zorn. Als er fertig war, konnte er sich kaum noch beherrschen.

»Wie können die so etwas wagen!« Er wiederholte es immer und immer wieder. »Wie *können* die so etwas wagen.« Alles, nur nicht das, dachte er. Das Politbüro konnte alles verkraften, nur nicht das.

»Man weiß noch nicht, wer dafür verantwortlich ist, Genosse«, sagte Nicholas. »Aber man wird es herausfinden. Der Polizeichef und jeder Agent, der zu erreichen war, überprüfen den Ort und die Beweismittel Zentimeter um Zentimeter. Die Schuldigen können nicht entkommen. Das einzige Problem sind die Untersuchungsbeamten selbst, die in ihren Ermittlungen von ihrem eigenen Zorn behindert werden könnten.«

»Das kann ich nachempfinden.« Dorowskoj gab sich große Mühe, um sich zu beherrschen. »Wie können sie so etwas wagen«, murmelte er immer wieder, als würde er durch Wiederholung dieses Satzes die undenkbare Blasphemie irgendwie bannen können. Er wollte den Bericht erneut lesen und merkte erst jetzt, daß er ihn mit beiden Händen zerknüllt hatte. Der Text brannte sich in sein Gehirn ein.

Von allen Denkmälern, die an den Wahnsinn und die Opfer des Krieges in der Union der Sowjetischen Sozialistischen Republiken erinnerten, war keines auf seine schlichte Weise beeindruckender und wurde mehr verehrt als der Piskarjuskoje Friedhof vor Leningrad. Dort lagen vier Millionen Menschen begraben, die meisten von ihnen Zivilisten, die während der langen Belagerung durch die Nazis verhungert waren. Man konnte die stumme Reihe grasbedeckter Hügel entlanggehen und an jedem Ende die schlichten, in den Boden eingelassenen Inschriften lesen:

Weiter und weiter, Inschrift um Inschrift, Reihe um Reihe, Hügel um Hügel, die Gebeine der Helden enthaltend, die gemeinsam gestorben waren und nun Seite an Seite in der Erde lagen, ihr Tod ein unvergeßliches Monument jener Stadt, die sie geliebt hatten und des Triumphes über die Faschisten.

Und nun war jemand oder genauer, waren viele Jemande, berichtigte Dorowskoj sich selbst, denn eine Schändung in solchem Ausmaß war nicht von einem einzelnen Menschen durchzuführen, in der Nacht in den Friedhof eingedrungen und hatten Grab um Grab geöffnet. Man hatte die Gebeine der Tapferen, der Männer, Frauen und Kinder, die lieber verhungert waren, als sich den Invasoren zu ergeben, ausgegraben und mit ihnen Obszönitäten auf die heilige Erde geschmiert. Das roch nach dem Gebrauch behandelter Menschenhaut zur Herstellung von Lampenschirmen durch die Nazis. Im sprachgewaltigen Vokabular des Generalsekretärs gab es kein passendes Wort, die Empörung und die Trauer auszudrücken, die er empfand. Das würde bei keinem Russen anders sein, ob er ein Kriegshetzer oder ein Friedensfanatiker war.

Man hatte keinerlei Indizien gefunden, nichts außer einer Menge merkwürdiger Tierspuren, die zweifellos von den Schändern angebracht worden waren, um ihr eigenes Tun zu verschleiern. Es war ihnen nicht schwergefallen, sich auf dem Gelände frei zu bewegen. Es gab keinen Grund, am Piskarjuskoje rund um die Uhr eine Friedhofswache aufzustellen, aus dem einfachen Grund, weil kein Sowjetbürger es wagen würde, auf dem Gelände auch nur eine einzige wildwachsende Blume oder einen Grashalm zu stören.

Kein *Sowjetbürger.*

Wer war dann verantwortlich? Leningrad war jene russische Stadt, die dem Westen am nächsten war. Wenn man die Grenzposten umgehen konnte, war es sogar möglich, von Finnland aus zu Fuß dort einzudringen. Doch wer würde etwas so Schreckliches tun, und mit welchem Ziel? Es ergab einfach keinen Sinn. Daher, entschied Dorowskoj, konnten die Leute, die diese Schändung vollzogen hatten, nur Wahnsinnige sein. Ihr Wahnsinn wurde durch ihre Tat ausgedrückt. Mit solchen Leuten konnte man weder vernünftig reden noch verhandeln.

Einflüsterungen und Gerüchte, die er anfänglich als haltlos abgetan hatte, kehrten nun in sein Gedächtnis zurück. Die Vermutungen seiner radikaleren Berater. Der immer noch unerklärliche Tod des brillanten, jungen Bostow in der Schweiz. Die Unterminierung des Tsimljansk Damms. Der unerklärliche und erst im letzten Augenblick verhinderte Start der ICBM bei Aldan. Zufall? Oder vielleicht Teil eines sorgfältig getarnten Plans der Sabotage und Zersetzung, mit der man das Land tödlich schwächen wollte? Dorowskoj war ein Experte darin, Zusammenhänge zu erkennen.

Gewiß, wenn die Amerikaner dafür verantwortlich sein sollten, wie einige seiner Radikalen beharrlich behaupteten, so hatten sie bisher nie dagewesene Maßnahmen getroffen, um ihre Aktivitäten zu verschleiern. Es sah ihnen nicht ähnlich, ihre eigenen Leute zu töten und ihre eigene Infrastruktur zu vernichten, nur um den Verdacht von sich zu weisen. Verrückt. Das Wort war unvermeidlich. Dorowskoj hatte sich in den vergangenen drei Jahren zweimal mit Präsident Weaver und seinen Chefberatern getroffen und schätzte sie alle als vernünftige Männer ein.

Doch was war mit der heimlichen amerikanischen Regierung, mit den internationalen Bankern und Militaristen? Zu welcher Verrücktheit mochten die in ihrem skrupellosen Streben nach der Weltherrschaft fähig sein? Würden die sogar ihre eigenen Bürger angreifen? In früheren Zeiten war dergleichen häufig genug vorgekommen, doch in der jüngeren Geschichte war so etwas relativ unbekannt. Aber es gab solche Präzedenzfälle, vor allem wenn die Händler der Macht glaubten, daß sie damit ungeschoren davonkommen konnten.

Er mußte Entscheidungen treffen. Das Volk erwartete es, das Politbüro würde es verlangen. Wenn er im Angesicht ständiger Katastrophen weiterhin untätig war, würde er schnell und nachhaltig durch einen anderen ersetzt werden.

»Genosse Generalsekretär?« Er sah in das besorgte Gesicht seines Sekretärs. »Alles in Ordnung, Genosse?«

»Ja, es ist alles in Ordnung mit mir, junger Mann. Ich bin sicher, daß die Polizei in Leningrad ihr Bestes tut. In der Zwischenzeit möchte ich, daß du Kontakt mit dem Verteidigungsministerium aufnimmst und die Genossen informierst, daß ich in einer Viertelstunde dort eintreffen werde. Es müssen Entscheidungen gefällt werden, schwierige Entscheidungen. Ich erwarte Feldmarschall Kusnetzow, Admiral Bezinski und Luftmarschall Dzirgatal, wenn ich dort ankomme, außerdem die Vertreter des Rüstungsministeriums und des Ministeriums für Schwerindustrie.«

»Jawohl, ich werde mich sofort darum kümmern.« Der Sekretär wandte sich ab, um zu gehen, dann zögerte er, unsicher geworden. »Entschuldigung, Genosse Generalsekretär, aber es wird doch hoffentlich nur geredet, nicht wahr? Ich bin nämlich verheiratet und wir haben gerade unser erstes Kind bekommen.«

Dorowskoj gefiel es, daß der junge Mann so offen war. »Du kannst meine Nachricht unbesorgt weiterleiten, Nicholas.« Trotz des Schmerzes, der noch immer sein Herz umklammert hielt, gelang ihm ein Lächeln. »Dies ist nur die Zeit des Redens.«

Der Sekretär wirkte erheblich erleichtert. »Danke, Genosse Generalsekretär.« Dann eilte er aus dem Büro.

Dorowskoj saß an seinem Schreibtisch und dachte angestrengt nach. Heute reden, ja; aber was ist mit morgen? Noch so ein Vorfall wie Piskarjuskoje, dann würde es für ihn wie für jeden anderen unmöglich werden, den Deckel auf den Topf zu halten. Wenn die Sache überkochte, würden sich alle verbrennen. Es gibt Zeiten, da die Menschen vor Wut kaum noch zuhören.

Doch er benötigte erst unwiderlegbare Beweise, bevor er irgendwelche nicht mehr rückgängig zu machende Direktiven erlassen konnte. Das mußten ihm selbst die Extremisten zubilligen. Zuerst mußte unmittelbare Komplizenschaft, wenn schon nicht Verantwortlichkeit nachgewiesen werden. Man konnte nicht aufgrund irgendwelcher Vermutungen mit Krieg drohen. Das war nur vernünftig. Das war nur logisch.

Wie er so allein in seinem Büro im Kreml saß, überfiel Arkadij Dorowskoj, Premierminister und Generalsekretär aller Sowjetischen Sozialistischen Republiken, das unangenehme Gefühl, daß die Ereignisse trotz seiner angestrengtesten und bestgemeinten Bemühungen immer schneller aus seiner Kontrolle gerieten und sich dem Zugriff von Logik und Vernunft entzogen.

20

Arusha, Tansania – 24. Juni

Während sie langsam durch die Stadtmitte fuhren, machte Oak sich Sorgen, daß irgendein neugieriger Polizist vielleicht merken könnte, daß der Landrover dem örtlichen Parteibüro gehörte. Unwahrscheinlich, versuchte er sich einzureden. Das hier war schließlich nicht das ländliche Mississippi oder Idaho. Er teilte Olkeloki seine Befürchtungen mit, doch der beruhigte ihn schnell wieder.

»Es würde keinen Unterschied machen, wenn jemand das Fahrzeug tatsächlich wiedererkennt, Joshua Oak. Tansania ist so arm, daß es sich keine Streifenwagen für die Polizei leisten kann. Nur einige Polizisten besitzen Fahrräder. Da das gleiche für die meisten der Kriminellen gilt, spielt es keine Rolle. Dann fängt eben der Polizist zu Fuß den Dieb zu Fuß.«

Trotzdem war Oak erleichtert, als sie die Stadt endlich hinter sich gebracht hatten. Im Schatten des Berges Meru, dem in den Medien weniger oft erwähnten, darum aber nicht weniger schönen Schwesterberg des Kilimandscharo, tankten sie den Land Rover randvoll auf. Olkeloki zufolge war es unwahrscheinlich, daß sie auf der Straße zwischen Moshi und Chalinze irgendwo Benzin erwerben könnten. Sie zogen zahlreiche Blicke auf sich, doch hätte Kakombe überall die Blicke auf sich gelenkt. Oak war froh darüber. Dadurch wurde die Aufmerksamkeit ein wenig von ihm selbst und von Merry abgelenkt.

»Von hier sind es fast zweihundert Meilen bis Korogwe, und dann noch etwas weniger bis Chalinze«, informierte Olkeloki sie.

»Keine Bange«, erwiderte Oak. »Nach den letzten beiden Fahrten freue ich mich darauf, selbst am Steuer sitzen zu können.«

Nachdem sie Moshi hinter sich gelassen hatten und in Richtung Süden durch die riesigen Sisalplantagen fuhren, gab es kaum noch nennenswerten Verkehr. Als aber die Plantagen erst einmal hinter ihnen lagen, gab es überhaupt keinen mehr. Oak gab dem Land Rover soviel Gas wie möglich, während er geschickt Schlaglöcher umfuhr, die groß genug gewesen wären, um ein ausgewachsenes Nilpferd zu verbergen. Zu ihrer Linken ragte das hochaufragende, grünbewachsene Pare-Gebirge in den Himmel, während zur Rechten die endlosen braunen Ebenen, die als Massai-Steppe bekannt waren, sich ununterbrochen bis Tabora erstreckten. Zu beiden Seiten der Straße lagen abgewrackte und verrostete Busse wie Skelette toter Dinosaurier.

»In den letzten zwanzig Jahren ist der Mangel an Ersatzteilen zur Epidemie geworden«, erklärte Olkeloki. »Diese alten Wracks liegen hier, weil die Regierung es sich nicht leisten kann, sie abzuschleppen. Die Einheimischen plündern, was sie benötigen, und der Rest bleibt liegen, ein Opfer der Insekten und des Regens.«

»Versucht man denn nie, sie wieder zu reparieren?« fragte Merry.

»Warum sollte man, wenn es doch viel leichter ist, Schweden oder Ungarn zu bitten, fünfzig neue zu liefern, und wenn es ohnehin kaum Mechaniker gibt, um die defekten Fahrzeuge zu reparieren?«

Merry, die in einer für ihre Sparsamkeit bekannten Familie aufgewachsen war, fand diese Vorstellung entsetzlich. »Das erscheint mir aber keine sehr praktische Methode zu sein, ein Land zu verwalten.«

»Die Methoden der Massai sind besser«, warf Kakombe mit einem Grunzen ein.

»Nicht immer, Alaunoni, nicht immer.« Olkeloki musterte die Berge mit ungewöhnlicher Intensität, während er sprach. »Ein Teil des Problems besteht darin, daß Tansania kein Land der ›Dritten Welt‹ mehr ist. Die Vierte oder die Fünfte Welt, das wäre die genauere Bezeichnung. Seine ganze Infrastruktur bricht zusammen. Diese Straße ist ein ausgezeichnetes Beispiel dafür.« Er wies auf die monströse Kraterlandschaft, die sich vor ihnen erstreckte.

»Das war einmal eine ebene, moderne Straße. Nun meldet die Regierung, daß sie kein Geld für Reparaturen hat. Das stimmt. Sie hat auch weder die dazu erforderlichen Werkzeuge noch die Fachkräfte. Das einzige, was die Regierung tut, ist, ab und zu eine Lastwagenladung Kies vorbeizuschicken. Man braucht keine besonders ausgebildeten Leute, um Kies in ein Loch zu schaufeln. Doch dann kommt der Regen und spült den Kies weg, der von den Einheimischen noch nicht gestohlen wurde, um damit ihre eigenen Höfe zu ebnen.«

»Von ausgespülten Straßen brauchen Sie mir nichts zu erzählen«, meinte Merry.

Kakombe blickte an seinen angezogenen Knien vorbei zu ihr hinüber. »Regnet es oft dort, wo Sie herkommen, Mama?«

»Ich bin keine ›Mama‹.«

Der Riese nahm diese Neuigkeit mit Interesse auf. »Ich wollte Sie nicht beleidigen. Hier bei uns bezeichnet man jede reife Frau so.«

»Es wäre mir lieber, wenn Sie mich Merry nennten.«

»Also gut – Merry, regnet es viel dort, wo Sie leben?«

»Die ganze Zeit. Sehr viel öfter als hier. Und kälter ist es auch, sehr viel kälter.«

»Wir müssen beten, damit es regnet. Wenn der Regen nicht kommt, bedeutet das ein hartes Jahr. Dann stirbt das Vieh, und die Kinder weinen.«

»Unterstützt die Regierung Sie denn nicht in schweren Zeiten?«

»Wir nehmen keine Hilfe der Regierung an«, teilte Kakombe ihr stolz mit. »Wer das tut, wird abhängig. Warum arbeiten, wenn man weiß, daß die Regierung einen ohnehin mit ausländischem Getreide ernähren wird? Und dann kommt ein Tag, da es kein Getreide mehr gibt und die Menschen verhungern, weil sie vergessen haben, wie sie selbst für sich sorgen können. Eine solche Hilfe ist wie eine Droge. Ist man erst einmal...« Er zögerte, suchte nach dem passenden Wort. »...süchtig geworden, gibt es keine Heilung mehr. Die Massai würden lieber als freie Menschen verhungern, als wie Sklaven um Nahrung betteln.«

»Nur daß die Massai sehr selten verhungern«, warf Olkeloki ein. »Solange der Regen kommt, haben wir mehr als genug. Das Erfolgsgeheimnis der Massai ist das Vieh. Rinder geben Milch, Blut, Fleisch und Leder. Rinder sind besser als Ackerbau. Die Erde ist sehr launisch in ihrer Großzügigkeit. Das Vieh ist unsere Konstante.«

Kakombe beugte sich zu Oak vor. »Wieviel Vieh besitzen Sie, Freund Joshua?«

»Keins, fürchte ich. In meinem Beruf muß ich sehr viel reisen und bin nur selten zu Hause. Da würde es mir schwerfallen, Vieh zu halten.« Er verkniff es sich, einem Krieger das Konzept reglementierter Flächennutzung zu erklären, der sein Vieh stets überallhin mitnahm.

»Es ist unziemlich, für Lohn zu arbeiten. Können Sie sich nicht selbständig machen?«

»In meinem Beruf nicht.« Oak wollte das Thema wechseln, und als er bemerkte, daß Olkeloki unentwegt aus dem Fenster spähte, fragte er: »Suchen Sie irgend etwas, alter Mann?«

»Nicht irgend etwas. Jemanden. Es ist wichtig zu wissen, ob er lächelt, wenn wir vorbeifahren. Solche Omen sind bedeutungsvoll.«

Oak runzelte die Stirn. »Ob wer uns anlächelt?«

»Der alte Mzee.« Er zeigte nach links hinüber. »Dort drüben.«

Oak musterte den Straßenrand, das danebenliegende Gestrüpp. Nichts.

»Sie müssen höher schauen.« Oak hatte das Gefühl, daß Olkeloki ihn aufzog. »Sehr viel höher.«

Oh!« Merrys Kieferlade klappte herunter. Oak sah es gleichzeitig.

»Das ist eine natürliche Felsformation. Diesen Trick ziehen Sie wohl mit jedem ab, der hier vorbeikommt, stimmt's?«

Olkeloki lächelte nicht. »Das ist kein Trick, Joshua Oak.« Er deutete auf das Gesicht an der Steilklippe, das auf sie herabsah.

»Das ist der größte Laibon der Massai. Als Oti zweitausend Jahre alt geworden war, nahm er alle seine Kleider und seine gesamte weltliche Habe und verbrannte sie. Dann betete er zu Engai Narok, dem guten schwarzen Gott. Engai Narok belohnte Oti für die vielen Dienste, die er den Menschen Afrikas geleistet hatte und dafür, daß er eine sanfte und weise Seele war, mit der Unsterblichkeit, indem er ihn in einen Berg verwandelte.«

»Ach so, natürlich, klar.« Resolut richtete Oak den Blick wieder auf die Straße, um zu verhindern, daß der Landrover in irgendeinem Riesenschlagloch verschwand. Nur weil diese Shetani sich als Tatsache herausgestellt hatten, brauchte er noch lange nicht jede haarsträubende Geschichte zu glauben, die der alte Mann erfand. Merry dagegen preßte das Gesicht fest gegen die Scheibe. Wie sie die Straße entlangdonnerten und das hundert Meter hohe Gesicht im Berg hinter ihnen immer kleiner wurde, meinte sie ganz deutlich zu sehen, wie sich sein Ausdruck von einer zornigen Grimasse in ein schwaches Lächeln veränderte.

Sie ließen die Steilklippen und die staubige Ebene hinter sich, als die Straße eine Wendung nach Süden machte und in dichten Miombowald hineinführte. Nun waren sie keine achtzig Meilen mehr von der Küste entfernt. Die zunehmende Luftfeuchtigkeit war ein Hinweis auf die Meeresnähe. Zerborstener Asphalt begann nun, langen Abschnitten zu weichen, die aus mit Erdreich vermischtem Kies bestanden.

»Wir dürfen uns hier nicht festfahren«, warnte Olkeloki sie.

Eine Stunde später begann es zu regnen. Zwar nicht sehr heftig, aber beständig und ununterbrochen, als hätte jemand einen unsichtbaren Wasserhahn geöffnet. Oak schnitt eine Grimasse, als sie durch einen tiefen Krater holperten. Wenn es mit Wasser gefüllt war, ließ sich die Tiefe eines Schlaglochs kaum abschätzen. Er merkte, wie er plötzlich den Fahrbahnrand entlangfuhr. Große Lastwagen hatten den mittleren Teil der Straße völlig zerklüftet und zerfurcht. Wo sie nicht mit Wasser bedeckt war, sah sie aus, als wäre sie das Opfer eines schweren Bombenangriffs geworden.

Das ständige Schütteln, Beben und Holpern schien ihm fast das Fleisch von den Knochen zu schütteln. Für Merry war es noch sehr viel belastender, doch sie biß auf die Zähne und beschwerte sich nicht. Um den Landrover sorgte er sich nicht. Der war für solches Gelände konstruiert worden, sie hingegen nicht.

Schweiß troff ihm in den Nacken. Seine Kleider waren schon völlig durchtränkt. »Wie lange haben wir denn noch vor uns?« Sie hatten das Dorf Korogwe schon lange hinter sich gelassen, so daß Chalinze nicht mehr allzu weit entfernt sein konnte.

»Vielleicht hundert Meilen«, erwiderte der alte Mann.

Oak stöhnte. Er war total erschöpft, ständig raten zu müssen, welche wassergefüllten Schlaglöcher seicht und durchfahrbar waren und welche bis in die Tiefen der Kontinentalplatte hinabreichten.

»Wenn das weiter so regnet, brauchen wir ein Boot.«

»Wir haben kein Boot, und wir dürfen auch nicht anhalten. Wir haben das Schlimmste noch vor uns, Joshua Oak. Manchmal kommen selbst Fahrzeuge mit Allradantrieb hier nicht mehr durch. In diesen Wäldern verschwinden selbst Lastwagen. Keine Bierwagen – Bierwagen gehen nie verloren. Aber Achtzehnräder, wie Sie sie nennen würden, und ganze Busladungen von Leuten, die versuchen, diese Straße bei Regen zu passieren, verschwinden und werden nie wieder gesehen.

Die Leute behaupten, daß Banditen die Passagiere und Fahrer töten und die Fahrzeuge dann in verborgene Werkstätten im Wald bringen, damit sie sie zerlegen und die Ersatzteile verkaufen können, doch wir Weisen wissen es besser. Sie versinken entweder im Schlamm oder...«

»Oder?« fragte Merry besorgt.

»Oder die Shetani holen sie. Vergessen Sie nicht, daß sie dunkle Orte lieben. Und was wäre bei Tag schon dunkler als ein Regenwald?«

»Was zum Teufel tun wir dann hier?« platzte Oak heraus. Er wich einem großen Loch in der Straße aus, und beinahe wäre das Fahrzeug im Gestrüpp gelandet.

»Wir sind hier, weil wir keine Zeit verlieren dürfen. Wir müssen heute abend in Chalinze sein. Wenn wir hier draußen in der Dunkelheit steckenbleiben, wird es gefährlich.«

»Verdammt, ich fahre doch schon so schnell es geht! Es wird noch gottverdammt viel gefährlicher werden, wenn ich in das falsche Schlagloch knalle und wir uns einen Achsenbruch einfangen.« Er wischte sich den Schweiß vom Gesicht. Seine Augen brannten. »Ich bin schließlich kein Berufsfahrer.«

»Aber Sie haben doch gesagt...«, fiel Kakombe ein.

»Ich habe gesagt, daß ich gerne fahre, aber auf Straßen und nicht durch Sümpfe! Nur weil ich es gerne tue, heißt das noch lange nicht, daß ich auch gut bin.«

»Wenn Sie müde sind, dann fahre ich.« Kakombe begann sich zu entknoten.

»Nein, nein, das ist schon in Ordnung, Alaunoni«, sagte Olkeloki hastig. »Wenn nötig, werde ich fahren. Ich habe mehr Erfahrung mit Automobilen als du.«

Merry hatte ihnen zugehört; nun unterbrach sie. »He, ich habe Ihnen doch erzählt, daß es dort, wo ich herkomme, die ganze Zeit regnet. Ich habe ein eigenes Fahrzeug mit Allradantrieb und weiß, wie man... Einen Augenblick mal, jetzt weiß ich, was hier gespielt wird! Keiner von Ihnen hat mich dazu aufgefordert zu fahren, wohl weil ich eine Frau bin. Das ist es doch, nicht wahr?« Sie legte die Hände auf den Rücken des Fahrersitzes und stemmte sich daran nach vorn. »Um Gottes willen, Josh, haben Sie sich etwa deshalb mit dem Fahren geschunden, bis Sie mit den Nerven fertig waren? Weil Sie mich nicht um Hilfe bitten wollten?« Er erwiderte nichts, leckte sich beschämt den Schweiß von den Lippen.

Sie ließ sich in ihren Sitz zurückfallen und verschränkte wütend die Arme. »Das ist ja wunderbar! Da reise ich um die halbe Welt und wehre die ganze Zeit irgendwelche Geister ab, nur damit ich mit drei männlich chauvinistischen Schweinen zusammen durch ein Gewitter rasen darf.«

Kakombe runzelte die Stirn und sah Olkeloki an. »Was meint sie damit?«

»*Das* hier meint sie!«Oak ließ den Landrover am Straßenrand ausrollen. Vor ihnen zog sich die Straße wie ein fahlgrauer Tunnel durch den Wald. Er drehte sich nach hinten. »Merry, ich bin während dieser ganzen phantastischen Geschichte immer ehrlich zu Ihnen gewesen. Einer der Hauptgründe, weshalb ich überhaupt hier bin, ist der, daß ich mir Sorgen machte, Sie könnten sich zu unüberlegt in diese Sache stürzen. Ich dachte immer, das sei Ritterlichkeit und nicht Chauvinismus.«

»Sie sind gekommen, weil Sie hoffen, dadurch reich zu werden!« bellte sie.

»Ja, das auch. Ich habe ja auch gesagt, daß es nur einer der Gründe war. Aber es war ein ehrlicher!«

»Großartig! Warum darf ich dann nicht fahren?«

Er zögerte nur kurz. »Weil ich dachte, ich könnte den Supermann spielen und alle hier wahnsinnig beeindrukken, indem ich die ganze Strecke alleine fahre. Aber ich habe nicht damit gerechnet, daß sich die Straße irgendwann in einen Nebenfluß des Kongo verwandeln würde. Also kommen Sie gefälligst nach vorn.« Er schob seine Tür auf und trat erschöpft in den Regen hinaus.

Merry sah erst zu Kakombe hinüber, dann auf Olkeloki. Beide Afrikaner musterten sie erwartungsvoll, wollten wissen, was sie tun würde. So kroch sie durch die Lücke zwischen den beiden Vordersitzen nach vorn und nahm Oaks Platz hinter dem Lenkrad ein. Zur gleichen Zeit schwang Oak sich auf den Rücksitz und setzte sich neben Kakombe. Er hatte das Gefühl, als würde das Wasser langsam seine Knochen aufweichen.

»Jetzt gehört die Kiste Ihnen, Merry. Bringen Sie uns weg von hier.«

»Das habe ich auch vor. Ruhen Sie sich aus, Josh.« Sie warf Olkeloki einen Blick zu. »Ich nehme an, ich muß mir wohl keine großen Sorgen machen, daß ich in nächster Zeit die falsche Abbiegung nehmen könnte?«

»Die nächsten hundert Meilen nicht«, erwiderte der Laibon.

»Na prima.« Mit einem Ruck legte sie den Gang ein und bespritzte die nahegelegenen Bäume mit Schlamm, als sie zügig auf die Straße hinausfuhr.

Sobald sie sich an das große, kastenförmige Fahrzeug gewöhnt hatte, sah sie in den Rückspiegel. »Na, Josh? Bisher habe ich uns noch nicht umgebracht. Was sagen Sie jetzt?«

Er blickte in den Spiegel. »Dieser männliche Chauvinist sagt, daß Sie die schönsten Augen haben, die er je gesehen hat.«

»Jetzt weichen Sie meiner Frage aus.«

»Darauf können Sie wetten, daß ich das tue.« Er drehte sich zur Seite. »Wecken Sie mich, wenn wir in Chalinze sind oder wenn der Regen aufhört, was immer zuerst der Fall sein mag.« Weil er sich umdrehte, verpaßte er den Blick, den sie ihm durch den Spiegel zuwarf. Das war schade, denn er hätte ihm sehr gefallen.

Bis zum späten Nachmittag hatte sich der sanfte Regenschauer in einen Tropenguß verwandelt, was ihr Vorankommen noch stärker behinderte. Jede Pfütze mit stehendem Wasser war ein Hindernis, das es zu vermeiden galt. Einmal mußte Merry sich sogar einen Pfad durch den Wald bahnen, um einen kleinen See zu umfahren.

Das Donnergrollen weckte Oak, aber es beunruhigte ihn nicht. Es war ein Wunder, daß er bei dem Regenlärm und dem Holpern des Landrover überhaupt hatte schlafen können. Merrys Augen blitzten ihn im Rückspiegel an.

»Sie sind schon wieder wach.«

Er sah auf die Uhr und richtete sich auf. »Zwei Stunden. Sind wir immer noch nicht da?« Der Landrover holperte und drohte, ihm den Magen in den Hals hochzustoßen.

»Machen Sie Witze? Schauen Sie mal, was draußen los ist.«

Oak konnte kaum durch das Fenster blicken. »Sind Sie etwa die ganze Zeit gefahren?«

»Kakombe hat sich zwar angeboten, aber ich dachte, ich bleibe dabei, bis Sie wieder aufwachen.«

»Ich hätte fahren können«, knurrte der Riese.

»Vom Viehtreiben verstehst du mehr.« Olkeloki wies mit einem wackelnden Zeigefinger auf den Krieger. »Wenn du eines Tages Ältester oder Laibon werden willst, mußt du erst einmal deine eigenen Grenzen erkennen.«

Kakombe nahm die Belehrung mit einem Grunzen hin. »Ich hätte fahren können.«

»Soll ich jetzt wieder übernehmen?« Das Rucken ließ Oak schnell wieder wachwerden.

»Ist schon in Ordnung. Olkeloki sagt, daß wir keine

dreißig Meilen mehr von Chalinze entfernt sind. Solange halte ich noch durch.«

»Okay, aber wenn Sie müde werden, sagen Sie mir Bescheid. Ich habe ein gutes Nickerchen hinter mir.«

»Machen Sie noch eins, wenn Ihnen danach ist. Ich — *Scheiße!*« Sie riß das Lenkrad hart herum und der Rover schlitterte durch den Schlamm, während Oak und die anderen sich hastig an allem festhielten, was sie zu packen bekamen.

Nicht nur der Straßenbelag, auch die darunterliegende Kiesschicht war von den tosenden Wassern fortgespült worden. Statt dessen befand sich vor ihnen nun ein schlammiger Sumpf von zehn Fuß Breite, in den sie trotz Merrys angestrengtester Bemühungen, ihm auszuweichen, prompt hineinrutschten. Als der Landrover sich zu setzen begann, versuchte sie einen Gang nach dem anderen. Der Motor brüllte zwar gehorsam auf, doch der Rover war kein Wasserfahrzeug. Das Gefährt sackte immer tiefer, bis das Wasser und der Schlamm nur noch einen Zoll vom Fahrzeugboden entfernt waren, als die Räder schließlich auf dem Boden aufsetzten.

Sechs lumpige Fuß vor der vorderen Stoßstange erhob sich die Straße aus dem Schlamm wie ein Regenbogen aus einer Wolke. Es war sogar richtiger Asphaltbelag zu erkennen. Merry versuchte es noch einige Minuten lang, doch die Räder drehten nur durch und ließen Schlammfontänen in die Höhe spritzen. Dann sackte sie auf dem Fahrersitz zusammen und rieb sich die Augen.

»Das war's, ich gebe auf. Wollen Sie es versuchen, Josh?«

»Was soll ich da noch versuchen?« Er legte ihr mitfühlend die Hand auf die Schulter. »Ich kann auch nichts tun, was Sie nicht schon versucht hätten.«

Sie klang verbittert, wütend auf sich selbst. »Ich hätte es sehen müssen. Ich hätte es umfahren müssen.«

»Wie denn?« Mit einem Nicken wies er nach vorn. »Die Straße wird von einem ganzen gottverdammten Fluß überspült. Wir müssen den Wagen rausziehen.«

Sie sah ihn mit bedauerndem Lächeln an. »Tut mir leid. Wenigstens fahren wir mit Allradantrieb. Sie brauchen also nicht erst im Taucheranzug runter, um die Radnaben zu lösen.«

Olkeloki versuchte durch die herabprasselnden Wassermassen etwas zu erkennen. »Wir müssen vor der Finsternis hier weg. Wir können hier nicht bleiben. Das ist ein schlechter Ort, um steckenzubleiben.«

»Wem sagen Sie das«, seufzte Oak. Er blickte Kakombe an. Der Krieger sah kräftig genug aus, um den Landrover allein aus dem Sumpf herauszuheben – sofern sie nur festen Boden unter die Füße bekamen. »Kommen Sie, Großer, lösen wir die Winde und suchen wir uns einen Baum. Die Winde ist das Ding, das...«

»Ich weiß *selbst*, was eine Winde ist, Böstreff«, unterbrach Kakombe ihn barsch.

Oak nickte, dann beugte er sich zwischen die Vordersitze, bis er den richtigen Schalter am Armaturenbrett gefunden hatte. »Wenn die Kiste am Tau hängt, rufen wir.«

»Gut. Ich lasse den Motor laufen. Ich will nicht, daß er hier absäuft.« Und nicht nur der Motor, dachte sie besorgt, während sie den Blick über die Bäume schweifen ließ.

Es war ein Gefühl, als würde er in eine gleichmäßig strömende, lauwarme Dusche hinaustreten, dachte Oak, wie er aus dem Landrover stieg und prompt bis zur Hüfte in dünnem Schlamm versank. Er beneidete Kakombe, dem der Dreck kaum bis zu den Knien reichte.

Gemeinsam stapften sie voran, bis der Boden unter ihnen wieder anstieg. Die vor ihnen liegende Straße war in besserem Zustand als alles, was sie seit dreihundert Meilen zu sehen bekommen hatten. Sie brauchten den Landrover lediglich aus dem Sumpfloch zu ziehen, dann würden sie in vierzig Minuten in Chalinze sein, sofern der Straßenbelag vorhielt und der Regen nicht noch schlimmer wurde.

Wie sollte der noch schlimmer werden? fragte er sich. Man sah ja den Wald vor Regen nicht.

Am Straßenrand fand er einen geeigneten Baum, der fest verwurzelt zu sein schien. Auf der Kabeltrommel war mehr als genug Kabel vorhanden, um ihn zu erreichen.

»Ich hole sie«, sagte Kakombe. Oak widersprach dem Riesen nicht. Für Kakombe stellte der Schlamm ein viel geringeres Hindernis dar. Während der Krieger zum Rover zurückwatete, fiel Oak ein, daß er Kakombe zum erstenmal ohne seinen Speer sah. Sein gewaltiger Körper sah aus wie ein Baum, der durch das Wasser trieb.

Merry löste von innen die Kabelverriegelung. Kakombe nickte ihr zu, schlang sich das Kabelende zweimal um die Hüfte und stapfte zu Oak zurück. Gemeinsam wickelten sie das Kabel mehrmals um den Baumstamm, bevor sie den großen, gebogenen Stahlhaken in eine Schlaufe schlugen. Oak schritt an den Rand des Sumpflochs zurück und wedelte mit beiden Armen.

Er konnte Merry zwar nicht durch die regennasse Windschutzscheibe erkennen, doch der Motor des Rover heulte auf, und das Gefährt machte deutlich einen Satz nach vorn. Es bewegte sich etwa drei Fuß, bis die Räder wieder ihren haltlosen Tanz begannen. Rauch stieg von der strapazierten Winde auf.

»Das muß ja noch glatter als eingefettete Eulenscheiße unter diesen Rädern sein«, murrte Oak. Wassertropfen stoben von dem angespannten Kabel, doch die Winde konnte das schwere Vehikel nicht aus eigener Kraft aus dem Schlamm ziehen. Was sie brauchten, war ein fester Halt für die Räder, doch würden Steine, die sie darunter verkeilten, wahrscheinlich bloß tiefer in den Schlamm gedrückt werden.

»Kommen Sie«, sagte Oak. Kakombe folgte ihm wieder in den Schlamm. Während er sich fühlte, als würde er nie in seinem Leben wieder trocken werden, durchwühlte Oak eine der beiden Stahlkisten, die auf das Dach des Rover genietet waren. Schließlich fand er das Notseil, nach dem er suchte, in der zweiten Kiste, legte sich die schweren Nylonschlaufen um die Schultern und sprang wieder ins Wasser.

Während Kakombe zusah, befestigte er das Seil am rechten Ende der vorderen Stoßstange.

»Wenn wir den Wagen ein Stück herumrücken«, schrie er und spuckte dabei Wasser und Schlamm, »kann Merry ihn vielleicht aus den Furchen herauskriegen, die die Räder gegraben haben!«

Kakombe nickte und stellte sich vor ihn. Gemeinsam rissen die beiden Männer an dem Nylonseil. Von zwei Männern, der Winde und allen vier Rädern gezogen, begann der Landrover sich zu drehen. Auf Oaks Stirn vermischten sich Regenwasser und Schweiß. Das Gemisch drang ihm in Augen und Nase, und er dachte hysterisch, daß gleich eine Flutwelle sein Gehirn ersäufen würde.

Da hörte er eine schwache Stimme. Er blickte über die Schulter und sah Olkeloki, der sich aus dem offenen Seitenfenster des Rover lehnte. Das ist doch Blödsinn, dachte Oak. Damit überflutet er nur das Wageninnere. Der alte Mann gestikulierte mit seinem Stab heftig in Richtung Wald, während Merry der Maschine Gas gab.

Oak wandte den Blick um und versuchte zu erkennen, worauf der Laibon zeigte. Nichts als Regen; Regen und Dschungel. Kein einziger Shetani in Sicht.

Dann gestikulierte auch Kakombe, und die Bewegung, auf die Olkeloki ihre Aufmerksamkeit hatte richten wollen, ließ sich nicht mehr übersehen.

Ein Teil des Waldes war zum Leben erwacht und kam auf sie zugeglitten.

Zuerst sah es so aus, als wären die Äste der Bäume abgefallen und würden sich gräßlich zappelnd und schlängelnd auf das Sumpfloch zubewegen. Dann erkannte Oak, daß es eine ganze Armee vier Fuß langer Würmer war, jeder davon so grün wie das Bouquet eines Iren am St. Patricks Tag, ein leuchtendes, spiegelndes Fahlgrün, das irgendwie beunruhigend aussah. Jedenfalls wenn es sich mit sehniger Zielstrebigkeit auf einen zubewegte.

Natürlich waren es ebensowenig Riesenwürmer wie lebende Baumäste.

Während er mit aller Kraft am Nylonseil zog, brüllte Oak Kakombe zu: »Die Schlangen da – sind die giftig?«

Der Riese zögerte, bis er die nahende, beinlose Horde eindringlich gemustert hatte. »Nein, aber sie können beißen. Alle Schlangen beißen. Mit denen sollten wir lieber nicht zusammen im Wasser sein.«

Wahrhaftig nicht, murmelte Oak bei sich. Er hatte zwar keine Schlangenphobie, andererseits waren Schlangen auch nicht gerade seine Lieblingstiere. Mit Sicherheit wollte er jedenfalls nicht ein paar Dutzend exotischer Exemplare um die Beine geschlungen haben. Sie glitten zu Hunderten durch das Unterholz auf das Schlammloch zu. Ein Blick nach links zeigte ihm, daß auch die andere Waldseite mit raschelnden Sträuchern und Blättern belebt war. Aber warum waren sie plötzlich erschienen, noch dazu in solchen Unmengen?

Während er sich in das Seil hängte, versuchte er sich zu erinnern, was Olkeloki ihnen über die Shetani erzählt hatte. Da gab es eine Art, die Mbilika, die sich ausschließlich von Schlangen ernährten. Vielleicht wurden diese hellgrünen Schönheiten von etwas in den Sumpf getrieben, das noch tiefer zwischen den Bäumen war, von einem bisher unsichtbaren Grauen. Anscheinend waren den Shetani einfache taktische Manöver nicht ganz unbekannt. Die Schlangen würden ihre Beute angreifen und verwirren, und wenn die Insassen des Landrover dann schließlich entsprechend ausgelaugt und geschwächt waren...

»Kommen Sie schon, ziehen Sie, verdammt!«

Kakombe wirbelte herum und sah ihn böse an. »Ziehen Sie gefälligst selbst, Böstreff!« Da sah er, daß Oak ihn angrinste, und nach kurzem Zögern begann der Riese ebenfalls zu grinsen.

Ein neues Geräusch, ein wunderbar wohlklingendes, absolut exquisites Geräusch: eine Gummiarie auf Kies, als die Räder des Landrover endlich festen Halt unter dem Schlamm fanden. Während die beiden Männer wegsprangen, steuerte Merry den Landrover halb aus dem Wasser, schlug das Lenkrad wieder nach links und hatte ihn Sekunden später auf den zerrissenen Straßenbelag über dem Sumpfloch bugsiert. Olkeloki lehnte sich aus seinem Fenster und gestikulierte besorgt.

»Schnell, schnell!«

Oak löste das Notseil und warf es auf das Wagendach, während Kakombe das Zugkabel am Baum loshakte. Oak spürte etwas auf seinem Stiefel. Als er herabsah, blickte er in winzige dunkle Augen, die ihn aus einem dreieckigen grünen Kopf heraus anstarrten. Die Natter versuchte gerade, das Leder zu durchbeißen. Er stampfte mit dem Absatz seines zweiten Stiefels darauf und stieß sie zurück in den Schlamm.

Dann drehte er sich zu dem Wagen um — und erstarrte. Ein zweiter, stromlinienförmiger Schädel starrte ihm direkt ins Gesicht. Die Schlange mußte seinen Rücken emporgekrochen sein. Nun hing sie auf seiner Schulter und überlegte sich, in welchen Teil seines Gesichts sie die Zähne vergraben sollte.

Plötzlich verschwand der Kopf, und Schlangenblut spritzte ihm ins Auge. Es war wärmer als der Schweiß und das Regenwasser. Ein schneller Blick zeigte ihm Kakombe, der ihm bedeutete, ihm zum Landrover zu folgen. In der Hand des Riesen lag eines jener übergroßen Massai-Messer. Der Regen spülte das Blut bereits von der Klinge.

Oak zitterte ebenso vor Erschöpfung wie als Reaktion auf die jüngste Begebenheit, er stolperte den Hang empor und ließ sich neben den ebenso erschöpften Krieger fallen. An der Schnauze des Fahrzeugs rollte die Winde gerade den Rest des Stahlkabels ein wie ein dicker Mann, der Spaghetti aufsaugte,

»Fahren Sie, Merry Sharrow, fahren Sie!« hörte er Olkeloki sagen.

»Sobald wir das ganze Kabel eingeholt haben, sonst windet es sich noch um die Achse — so!« Der Landrover ruckte vor — und begann auf dem glatten Straßenbelag wieder zurückzurutschen. Oak drehte sich um und blickte durch die Rückscheibe. Die Oberfläche des Sumpfs pulsierte von peitschenden, sich windenden Schlangen, die sich zu Hunderten ineinander verkeilten und in Steine, zerbrochene Äste sowie aufeinander einbissen, eben auf alles, was in Bißweite war.

Das Getriebe dröhnte, als die Reifen Halt fanden. Der Rover hielt stand, er zitterte und bewegte sich schließlich vorwärts: erst einen Zoll, dann einen Fuß, schließlich eine entscheidende Elle. Unter dem Fahrzeug ertönten leise, knackende Geräusche, als sie Dutzende von beinlosen Körpern überfuhren. Die Nadel des Tachos stieg langsam, und schließlich verschwand das Sumpfloch hinter ihnen wie ein Alptraum.

Sie entspannten sich erst wieder, als sie die Außenbezirke von Chalinze erreicht hatten. Hier hatte man ein kleines Stück Urwald zurückgedrängt und für menschliche Besiedelung gerodet. Es war dunkel, und wegen des Regens hatten sie nur eine Sichtweite von wenigen Fuß. Doch Olkeloki schien sich auszukennen und wußte, wohin er wollte. Merry war es mehr als zufrieden, einfach nur seinen Anweisungen zu folgen.

Der alte Mann deutete nach links. »Dort drüben kenne ich eine gute Werkstatt. Dort werden wir auch übernachten. Da ist es sauberer als im Rasthaus.«

Der Besitzer der Werkstatt war ein Sikh namens Jana Singh. Er begrüßte Olkeloki überschwenglich, was in Oak die Vermutung aufkeimen ließ, daß der Werkstattbesitzer und das Gold der Massai alte Freunde waren. Er führte sie in ein Hinterzimmer der Werkstatt, das wie eine wahrgewordene Vision vom Paradies aussah: trockene Pritschen, mit sauberem Bettzeug und richtigen Kopfkissen. Eine halbe Stunde später erschienen Singhs Frau und zwei seiner ältesten Töchter mit Brot und einem Currygericht, das nach Ambrosia roch. Oak ließ sich von der Tatsache, daß der Hauptbestandteil des Currys Ziegenfleisch war, nicht im geringsten in seinem Appetit beeinträchtigen. Merry verputzte zwei volle Schüsseln und bat noch um eine dritte.

»Wahrscheinlich bekommen wir jetzt alle einen flotten Otto.« Sie kicherte. Ihr Gesicht war schlamm- und schmutzverschmiert. »Wissen Sie was, das macht mir überhaupt nichts. Diese Werkstatt besitzt ein richtiges Badezimmer mit einem richtigen Lokus. Ich werde mich eine Weile daraufsetzen, nur um das Gefühl zu genießen.«

Merry Befürchtungen waren zwar realistisch, aber voreilig. Das Currygericht wärmte mitsamt seinen Gewürzen ihre Bäuche und blieb unten. Ja es ließ sich nicht einmal auf eine Auseinandersetzung mit den Salzkräckern und der rumänischen Pastete vom Mittagessen ein.

Plötzlich fühlte Oak sich müder als jemals zuvor in seinem Leben. Olkeloki und Kakombe verweigerten die Pritschen und zogen es vor, auf Strohmatten am Boden zu schlafen. Als sie gerade das Licht ausmachen wollten, kam der Werkstattbesitzer herein, um ihnen gute Nacht zu wünschen. Er lächelte sie durch seinen sauber gestutzten Bart mitfühlend an.

»Mein alter Freund Mbatian sagt, daß Sie morgen nach Morogoro fahren werden.«

»Das stimmt«, erwiderte Merry.

»Sie sind Touristen?« Die Art, wie er die Frage stellte, wies darauf hin, daß er ihrer Antwort ohnehin keinen Glauben schenken würde, doch akzeptierte er Merrys bejahendes Nicken höflich und drängte nicht darauf, Einzelheiten zu erfahren.

Danach lag sie auf dem Rücken und blickte zur Decke empor. Der Regen, der unentwegt auf das Wellblechdach prasselte, klang wie japanische Trommeln. »Das hier ist ganz schön weit von Seattle weg«, flüsterte sie.

»Was?« murmelte Oak schläfrig. »Sind Sie immer noch wach?«

»Ich lausche dem Regen, Josh. Klingt es nicht schön?«

Er stieß ein unhöfliches Geräusch aus.

»Sie waren sehr tapfer heute, da draußen.«

Für Oak klang ihre körperlose Stimme im Dunkeln wunderschön. Gleichzeitig wünschte er sich auch, daß sie endlich den Mund halten würde.

»Ich hätte niemals dort hinausgehen können, mit all den Schlangen.«

»Ich auch nicht. Kakombe und ich standen bereits bis zum Arsch im Schlamm, als sie aus dem Wald hervorströmten. Es gab nur zwei Möglichkeiten, entweder dort draußen bleiben und den Wagen rausziehen, oder die Nacht in dem Sumpf verbringen. Mit Tapferkeit hatte das nichts zu tun. Tapferkeit und Selbsterhaltungstrieb sind nicht dasselbe. Es war immer noch besser, ein paar Bisse zu riskieren, als dort zu bleiben.«

»O nein.« In der Dunkelheit der Werkstatt klang sie überrascht. »Ein einziger Biß hätte Sie umbringen können, Josh.«

Seine Bauchmuskeln verkrampften sich und er spürte, wie seine Waden plötzlich eiskalt wurden. »Wie bitte? Kakombe hat mir doch versichert, daß die nicht giftig wären!«

»Ich weiß nicht, was Kakombe Ihnen erzählt hat, aber auf dem Flug von London habe ich in der Maschine zwei Ostafrika-Führer gelesen. Das waren Mambas. Sie sind völlig unverwechselbar. Grüne Mambas. Wenn die Sie gebissen hätten, wären Sie ohne entsprechendes Serum dreißig Minuten später gestorben. Wenn drei oder vier Sie gebissen hätten, dann hätte Ihnen nichts auf der Welt mehr das Leben retten können. Nein, Sie waren schon sehr tapfer, Josh. Gute Nacht.«

»Gute Nacht, Merry.« Er hörte, wie sie sich auf ihrer Pritsche umdrehte.

Anstatt die Augen zu schließen, drehte er sich nach links und blickte über den Boden zu Olkeloki und Kakombe hinüber, die bereits fest schliefen. Hatte der Krieger nicht gewußt, um was für Schlangen es sich in Wirklichkeit gehandelt hatte? Sehr unwahrscheinlich. Das hier war sein Land. Da schien es wirklich unwahrscheinlich, daß ein erfahrener Hirte Hunderte von grünen Mambas mit harmlosen Waldschlangen verwechseln sollte. Das war eine absichtliche Lüge gewesen.

Weshalb? Damit Oak nicht in Panik geriet und schutzsuchend zu dem feststeckenden Landrover zurückrannte. Wäre er tatsächlich in Panik geraten? Das war etwas, was keiner von ihnen jemals erfahren würde. Besser beleidigt und lebendig als unbeleidigt und tot. Raffinierter Hund.

Unter anderen Umständen hätte Oak den Mann vielleicht wachgerüttelt und eine Entschuldigung gefordert. Doch er tat es nicht. Weil Kakombe draußen im Schlamm geblieben und mit am Seil gezogen hatte, obwohl er nur Sandalen und eine dünne Toga trug, keine dicken Stiefel und widerstandsfähige Levi's.

Er schloß die Augen und lauschte dem Regen auf dem Dach. Gleich würde er leicht und mühelos entschlummern. Er meinte, in der Ferne im Gewitterlärm etwas zu hören, das auch das gelegentliche Donnergrollen übertönte. Es klang entfernt nach einem Knurren.

Wir haben alle unsere Löwen, hatte Olkeloki ihnen mehr als einmal gesagt.

Zum Teufel damit. Nachdem sie mit einigen hundert Giftschlangen eine Schwimmpartie unternommen haben, würde jeder Löwe, dem sie noch begegnen sollten, für sie das reinste Picknick sein.

21

Ubenazomozi, Tansania — 25. Juni

»Biegen Sie hier ab!«

Oak sah den alten Mann an, der durch die Windschutzscheibe lugte. »Wie, etwa hier? Da gibt es doch gar keine Straße.«

»Doch, hinter dem großen Tamarindenbaum.«

Vorsichtig lenkte Oak das Fahrzeug von der Straße. Ja,

zwischen der riesigen Tamarinde und einem danebenstehenden Baum gab es eine kaum sichtbare Lücke. Gestern nacht im Regen hätten sie sie verpaßt, und wenn Olkeloki ihnen nicht den Weg gezeigt hätte, wären sie auch jetzt trotz der hellen Morgensonne daran vorbeigerast. Ohnehin war die ›Straße‹ kaum breiter als eine Wildfährte.

»Meinen Sie, daß wir da durchkommen?« Äste brachen sich an den Seiten des Landrovers.

»Wenn nicht, müssen wir zu Fuß gehen.«

»Wohin?« fragte Merry auf dem Rücksitz.

»Zu Nafasis Haus.«

»Ist das wieder so ein Freund wie Jana?«

»Nein. Nafasi ist«, der alte Mann schien einen Augenblick zu zögern, »er ist wie ein Laibon, nur daß die Makonde keine Laibon haben, wie die Massai das verstehen. Die Makonde haben überhaupt nicht besonders viel, bis auf eine ganz besondere Fertigkeit.«

Sie erinnerte sich an das Gespräch mit dem Ladenbesitzer in ihrem Hotel in Nairobi. »Holzschnitzen.«

Olkeloki nickte. Oak umfuhr einen kleinen Baum und überrollte dafür einen anderen. »Ja. Das und die Tatsache, daß sie die Shetani besser kennen, als irgend jemand sonst in Afrika.«

Die Vegetation drängte sich ungemütlich eng an den Wagen. Es war, als würden sie einen grünen Tunnel durchfahren. Oak mußte einige schwierige Manöver durchführen. Er rechnete damit, am Ende der Fahrspur irgendeine Art Buschdorf vorzufinden.

Es gab kein Dorf. Der Landrover fuhr auf eine Lichtung, die nur um weniges baumärmer war als der sie umgebende Wald. Hühner pickten und scharrten nach Tausendfüßlern und anderen Happen. In der Nähe graste still eine Milchziege und machte sich kaum die Mühe aufzublicken, als das schwere Fahrzeug zum Stehen kam.

Im Gegensatz zu dem kahlen Hof wirkte das Haus beachtlich. Es hatte Betonmauern, Glas in den Fenstern und ein Schindeldach. Treppen führten zu einer überdachten

Veranda empor. Nun erschienen vier gesund wirkende Kinder, um die Besucher aus tiefen, dunklen Augen stumm anzublicken. Entweder waren sie sehr gut erzogen, oder sie waren an Gesellschaft gewöhnt.

Natürlich gab es keine Hunde. Oak und Merry hatten bereits in Erfahrung gebracht, daß die Afrikaner Hunde haßten. Ein streunender Hund konnte schnell irgendwo im Familienkochtopf enden.

Das prächtige Haus dokumentierte Reichtum nach einheimischem Maßstab, doch der eigentliche Beweis für den wirtschaftlichen Erfolg seines Besitzers stand auf einem danebenliegenden Parkplatz, wo nicht etwa nur eins, sondern gleich zwei Honda Geländemotorräder neuester Bauart zu sehen waren. Eines davon besaß eine automatische Gangschaltung und ein Radio-Kassetten-Gerät.

Sie stiegen aus dem Rover und begaben sich neben Olkeloki. »Was jetzt?« fragte Merry ihn.

»Wir werden warten. Es ist besser, Nafasi nicht bei der Arbeit zu stören. Er wird uns begrüßen und empfangen, wenn er bereit ist.«

»Ist er ein Holzschnitzer?«

»Ja, ein Holzschnitzer. Ein besonderer Holzschnitzer. Man könnte sogar so weit gehen und sagen, daß er ein ganz einzigartiger Holzschnitzer ist. Die Schnitzer der Makonde legen Herz und Seele in ihre Arbeiten hinein. Nafasi gibt noch etwas mehr hinzu.«

So standen die vier wartend da, während die Kinder zu ihnen hinaufblickten und die Hühner zu ihren Füßen nach Ungeziefer pickten, das sie vielleicht aufgescheucht haben mochten. Die Ziege gestattete sich ein einziges, mürrisches *bäääh*.

Es war noch früh genug, um kühl zu sein, obwohl es eine feuchte und klebrige Kühle war. Oak merkte, wie er nervös den dichten Wald musterte, obwohl es eigentlich keinen Grund gab, unruhig zu sein, solange Olkeloki entspannt wirkte. Dennoch fühlte er sich hier im Freien irgendwie ausgeliefert.

Endlich trat ein schmächtig gebauter alter Mann aus dem Haus. Er ignorierte die anderen, während er Olkeloki anblinzelte. Dann teilte ein wunderbar jugendliches Lächeln sein Gesicht oberhalb des krausen weißen Barts. Vorsichtig kam er die Stufen herunter, und die beiden alten Männer umarmten sich. Neben Olkeloki wirkte der Holzschnitzer wie ein Zwerg.

»Habari«, sagte Nafasi.

»Habari aku.« Olkeloki sprach eine Weile auf Suaheli mit ihm. Dann bedeutete er ihnen, ihm ins Haus zu folgen.

Das Haus war ziemlich groß. Innen gab es keine Türen. Aus der Küche blickte eine alte Frau auf sie. Nafasi führte sie durch ein spärlich möbliertes Wohnzimmer auf eine große, umgebaute Veranda, die als Werkstatt diente. Zwei jüngere Männer, der eine stämmig, der andere hochgewachsen und schlank, sahen von ihrer Arbeit auf. Nafasi stellte sie auf Suaheli vor.

»Das sind seine Söhne«, erklärte Olkeloki. »Die kleinen Kinder vor dem Haus waren seine Enkel. Er heißt uns in seinem Haus willkommen.«

Nafasi schüttelte jedem die Hand und lächelte zum Schluß Merry an. »Si kitu. Nafurahi sana kukuona. Mama wazuri.«

»Er sagt, daß Sie ihm willkommen sind und daß er sich freut, die Bekanntschaft einer so gutaussehenden Frau zu machen.«

Merry grinste den kleinen Holzschnitzer an. »Hat er deshalb seine Frau in der Küche gelassen?« Olkeloki dolmetschte es und Nafasi lachte entzückt.

Oak besichtigte inzwischen die große Werkstatt. An einer Wand standen frisch gefällte Bäume, ihrer Äste beraubt. Auf grobgehauenen Holztischen standen halbfertige Skulpturen, und in einer hinteren Ecke war auf einem Tisch aus massivem Ebenholz eine Reihe fertiger, hochpolierter Arbeiten zu erkennen, die der Betrachtung möglicher Käufer harrten. Oak erkannte in einer davon das Wesen, das er einmal über den Boden eines gewissen Restaurants in Washington hatte huschen sehen; ach, das schien doch mindestens schon einhundert Jahre her.

Shetani. Mit absoluter Genauigkeit wiedergegeben, wenn auch nicht lebensgroß. Wie Nafasi später erklärte, war es fast unmöglich, einen Shetani wirklich lebensgroß zu schnitzen, weil die Eben- und Schwarzholzbäume nur selten mehr als einen Fuß Durchmesser erreichten. Die Mehrzahl der Schnitzereien, von denen viele aus mehreren, miteinander verschlungenen Gestalten bestanden, waren fünf oder sechs Zoll dick und ein bis zwei Fuß hoch.

Die Ausnahme bildete ein Einzelstück, das alles andere im Raum beherrschte. Es stand etwas abseits auf einem eigenen Podest, war drei Fuß hoch und hatte einen Durchmesser von annähernd einem Fuß. Es hatte einmal das Fußteil eines Ebenholzbaumes abgegeben, denn oben verzweigte es sich zu einer riesigen schwarzen Wurzel. Die Wurzel hatte das Aussehen eines monströsen, zahnbewehrten Gesichts mit Kinnladen bekommen, die jedem Krokodil zur Ehre gereicht hätten. Hundeähnliche Ohren hingen von einem Schädel herab, der eigentlich zu schmal aussah, um derart kräftige Kinnladen zu tragen, während an beiden Seiten des Kopfs kugelförmige Augen herausquollen. Die Kiefer waren viermal so groß wie der Kopf, der wiederum doppelt so groß war wie der bucklige Körper. Aus den beiden Nüstern am Ende des Oberkiefers traten geschnitztes Feuer und Rauch hervor, während dazwischen eine dritte Nüster klaffte.

Oak stellte fest, daß diese hervortretenden Augen ihn überallhin verfolgten, wo immer er sich auch im Raum befand. Wenn dieses Riesenungeheuer unter den Shetaniplastiken das gleiche Größenverhältnis zu den Originalen aufwies wie die anderen, wie groß mochte dieses dann erst sein?

Einer von Nafasis Söhnen bemerkte, in welche Richtung Oak blickte, und sagte in recht gutem Englisch: »Geister der Erde. Den da hat Vater ganz allein gemacht. Er hat niemanden herangelassen. Mehrere Jahre lang hat er immer wieder daran gearbeitet und ihn erst letzten Monat fertiggestellt.«

»Er ist schön. Grotesk wie ein Gemälde von Giger, aber schön. Aber ich würde ihn nie bei mir zu Hause aufstellen.«

»Das macht nichts. Vater verkauft ihn nicht. Wie Sie sehen können, sind alle anderen Schnitzereien gerade. Es ist sehr selten, daß man eine so große Ebenholzwurzel findet wie diese, die noch am Hauptstamm befestigt ist. Vater sagt, daß sie voller Kraft und Macht ist. Er behält sie, um das Haus damit zu schützen.«

»Interessant. Und was meinen Sie?«

Der junge Mann lächelte sanft. »Ich meine, daß ich auf diesem Gebiet noch sehr viel lernen muß.« Mit einem Nikken wies er zu Olkeloki und Nafasi hinüber, die in ein angeregtes Gespräch vertieft waren.

»Wir erzählen den Ausländern, die hierher kommen, um Holzschnitzereien zu kaufen, daß das die Geister des Meeres oder des Waldes, der Tiere oder des Himmels sind. Aber Sie haben sie gesehen, genau wie einige von uns, und zwar so, wie sie wirklich sind.«

»Das stimmt«, meinte Merry. »Wir haben sie nicht nur gesehen, wir haben auch mit ihnen gekämpft.«

»Das hat der Laibon erzählt. Wir haben von der Schlacht an den Hängen des Ol Doinyo Lengai gehört. Die Massai sind ein großes Volk.«

»Die Makonde auch, wie die Qualität der Arbeiten hier im Raum beweist.«

Er zuckte die Achseln. »Die Massai kämpfen, wir schnitzen. Niemand außer den Makonde kann die Shetani richtig schnitzen. Ich heiße übrigens Paul. Mein Bruder heißt Samuel. Wir sind Christen, obwohl Vater keiner ist.«

»Sind denn die meisten der Makonde Christen?« fragte Merry ihn.

Paul schüttelte den Kopf. »In diesem Land ist es schwierig, Christ zu sein. Viele sind Muslim oder Animisten.«

»Sie sind bekehrt, und trotzdem schnitzen Sie noch diese Dinger?« wollte Oak wissen.

»Wir schnitzen, was wir als wirklich kennen.« Er nahm einen wehmütigen Gesichtsausdruck an. »Eines Tages würde ich unsere Schnitzereien gerne nach Amerika bringen. Der Laibon sagt, daß wir dort viel Erfolg hätten, aber Vater will nicht gehen. Er meint, daß nur Muzungu wie Sie diese Schnitzereien aus Afrika herausbringen können. Wir stehen den Shetani zu nahe, so daß sie uns daran hindern würden.«

»Vielleicht ändert sich ja alles, wenn Olkeloki mit seinem Werk fertig ist«, warf Merry ein.

Pauls Miene wurde sehr ernst. »Es *muß* sich etwas ändern! Wenn der Laibon scheitert, wird es keine Plastiken mehr geben, kein Schnitzen. Die Shetani mögen es nicht, entlarvt zu werden.«

»Es ist Zeit zu gehen.« Olkeloki gab ein Zeichen, und alle folgten Nafasi in den hinteren Teil der Werkstatt.

Merry hielt die Luft an, als der alte Holzschnitzer ein Tuch von einem großen verhüllten Gegenstand zog. Es war eine riesige und sehr alte Holztruhe aus Ebenholzbrettern, die zu hart waren, um von Termiten oder Waldameisen angegriffen zu werden. Jeder Zoll des Holzes war mit feinen, komplizierten Mustern und Spiralen verziert. Intarsienarbeiten aus Elfenbein und Messing glitzerten durch die Staubschicht. Der Deckel war mit einem uralten Vorhängeschloß gesichert.

»Eine Sansibartruhe«, erklärte Kakombe. »Eine sehr alte Bauweise, aber sie glänzt noch wie neu.«

Sie tat noch mehr als das, überlegte Oak. Das schwarze Holz schien zu glühen, als wäre es von schwachen, elektrischen Strömen durchzogen. Obwohl er es nicht erkennen konnte, war dies die Aura der Geschichte.

Nafasi hieß sie alle ein Stück zurückzuweichen. Dann holte er einen Schlüssel hervor, der die Größe eines Eisenbahnbolzens hatte, und steckte ihn in das Vorhängeschloß. Als er den Schlüssel herumdrehte, erzeugte dies ein melodisches Geräusch, und im Zimmer schien es dunkler zu werden. Unbewußt rückte Merry etwas näher an Oak heran.

Der alte Holzschnitzer hob den Deckel. Dies löste im Inneren ein leises Rieseln aus. Holzsplitter oder winzige Dinger mit Armen und Beinen. Ein Glühen drang aus der Truhe hervor und ließ die Gesichtszüge des Schnitzers wie ein scharfes Relief aufleuchten. Wie er sich so in dem abgedunkelten Raum über die pulsierende Truhe beugte, sah er mehr denn je wie eine seiner eigenen Ebenholzschnitzereien aus.

Bevor irgend jemand ihn daran hindern konnte, war Oak schon vorgetreten und hatte in die Truhe hineingespäht. Die Augen traten ihm fast aus dem Schädel.

Die Truhe besaß keinen Boden. Er schien durch die rechteckige Sichtscheibe eines Raumschiffs in die Leere des Abgrunds selbst hineinzublicken. Weit unten leuchteten Sonnen und Sternennebel. Ein dünner Vakuumhauch traf ihn mit solcher Kälte, daß ihm der Speichel im Mund gefror. Er spürte, wie er fiel, immer weiter fiel, nicht in die Tiefe, sondern hinaus, spürte einen Anflug von Schwerelosigkeit, als er begann, wie in Trance in die geöffnete Truhe hineinzustolpern.

Hände packten ihn an den Armen und rissen ihn zurück. Die Kälte ließ nach. In seiner Kehle und um die Lippen herum war alles vereist. Mühsam blinzelte er Samuel an.

»Vater bewahrt alles in dieser Truhe auf. *Alles.* Für jemanden, der es nicht gewohnt ist, mit allem umzugehen, ist es gefährlich, dort hineinzublicken.«

Alles? fragte sich Oak benommen. Er blickte wieder auf die geöffnete Truhe. Aber diese Truhe besaß gar keinen Boden. Sie war voller Vakuum. Voller Leere und gefüllt mit einem ganzen Universum.

Nebel und wirbelnde Partikel verhüllten den Holzschnitzer mit seinem Singsang. Oak fürchtete, daß das, was er in der Truhe geschaut hatte, herauskommen könnte, um sie zu verschlingen, doch es blieb an seinem Ort. Dafür trat jedoch etwas anderes aus der Truhe hervor.

Nafasi richtete sich auf, im Arm hielt er einige Schnitzarbeiten. Diese legte er nacheinander auf dem Arbeitstisch aus, während Paul die Truhe wieder absicherte. Oak bemerkte, daß der junge Mann dabei den Kopf abwandte, um nicht in die Truhe hineinzublicken.

Nun kehrte das Licht in der Werkstatt wieder. Die Partikel, die den alten Schnitzer umhüllt hatten, fielen zu Boden. Oak fuhr mit einem Schuh darüber. Sägemehl aus Ebenholz.

Samuel reichte seinem Vater ein Handtuch, und der alte Schnitzer machte sich daran, sich den Schweiß von Gesicht und Oberkörper zu wischen. Dann sortierte er die Gegenstände, die er der Truhe entnommen hatte. Vier Holzmesser lagen Seite an Seite, zusammen mit einem Trio langklingiger Schwarzholzspeere. Die Messer waren kürzer und dicker als jene, wie sie die Massai trugen. Das Holz glänzte stärker als alle anderen Schnitzarbeiten in der Werkstatt. Und das war weniger auf Politur zurückzuführen als vielmehr auf ein inneres Glühen, das aus dem Holz zu strahlen schien. Oak beugte sich schon wieder vor, um eines davon aufzunehmen.

Doch Nafasi hinderte ihn mit ausgestrecktem Arm daran. Der Schnitzer schien binnen weniger Minuten um mehrere Jahre gealtert zu sein. Warnend schüttelte er den Kopf.

»Ji hadari.«

»Er bittet Sie, vorsichtig zu sein«, erklärte Olkeloki. »Fassen Sie sie nur am Griff an.«

Der Meisterschnitzer nahm einen der Holzspeere auf und streichelte ihn liebevoll. Dann zeigte er auf eine Arbeitsplatte, die aus kleinen rechteckigen Stücken von zweimal vier Zoll Größe zusammengesetzt war und hochkant an der gegenüberliegenden Wand lehnte. Er legte den Arm zurück und schleuderte den Speer mit überraschender, aber nicht außergewöhnlicher Kraft. Oak erwartete fast, daß der Schaft an der Arbeitsplatte zersplittern würde, bestenfalls würde die Spitze ein paar Zoll in das weichere Holz eindringen.

Doch die Klinge durchstieß mühelos eines der Holzrechtecke und grub sich bis zur Hälfte ihrer Länge in die gegenüberliegende Wand ein. Zufrieden zog Nafasi die Waffe wieder heraus und reichte sie Oak — mit dem Griff nach vorn.

Voller Ehrfurcht hielt Oak sie gegen das Licht, doch so sehr er auch die Augen zusammenkneifen mochte, er konnte nicht genau ausmachen, wo die Klinge endete und die sie umgebende Luft anfing. Ein schwaches Glimmern umgab die Klingenkante, wie Hitzeflimmern über einer Straße an einem besonders heißen Tag. Sehr langsam und sehr vorsichtig berührte er die scharfe Kante mit seinem linken Mittelfinger und zog ihn wieder zurück. Er hatte keinerlei Schmerz oder auch nur Kontakt verspürt, doch als er den Finger betrachtete, zeigte sich darauf eine dünne rote Linie. Es war wie der Schnitt einer Papierkante, nur daß es keinen Schmerz gab. Ein sauberer, fast magischer Schnitt. Ebensogut hätte er die Haut vor ein chirurgisches Laserskalpell halten können.

»Wie zum Teufel«, flüsterte er ungläubig, »kann er ein Stück Holz so schärfen?«

Olkeloki räusperte sich. »Nafasi meint, daß Sie jetzt wohl vorsichtiger sein werden und den Speer nicht mehr an der Klinge aufnehmen werden.«

»Sagen Sie ihm, daß ich damit umgehen werde wie mit dem Zünder einer Bombe.«

Nafasi hörte sich die gedolmetschte Antwort an und wirkte zufrieden. Dann verteilte er den Rest der Waffen; jeder erhielt Messer und Speer, nur Merry bekam lediglich ein Messer. Während er dies tat, strich er leise murmelnd mit den Händen über die Klingen. Dann brachte Paul Holzscheiden aus dünnem Ebenholz, die über jede Waffe gestreift wurden. Als er ihm bei der Arbeit zusah, fühlte Oak sich an einen Falkner erinnert, der seinen Lieblingsvögeln Hauben überstreifte. Oder auch an einen indischen Schlangenbeschwörer, der den Kopf seiner Kobra bedeckte.

»Die können doch nicht aus gewöhnlichem Holz sein«, murmelte Merry.

»Sie sind aus Holz, aber sie sind auch äußerst ungewöhnlich. Nirgendwo auf der ganzen Welt gibt es vergleichbare Waffen. Sie bestehen aus Schwarzholz und Geschichte, Schwarzholz und ein wenig von jeder Waffe, die es jemals gegeben hat. Jede Schneide hat etwas von den Speeren der großen Zulu Impis, von der Macht der Horden des Tamerlan, von der Stroßkraft der Legionen Cäsars. Auf jeder Schneide sind Dinge, die man nicht sehen, sondern nur als Kreise großer Magneten vermuten kann, die die Grundbestandteile aller Existenz auf Bahnen jagen, von denen Anfang und Ende des Universums abhängen. Sie enthalten Waffen, die es noch nie gegeben hat, und Waffen, die es nie geben wird. Sie sind aus Schwarzholz plus alledem plus Nafasi. In sie hat er sein Herz und seine Seele und sehr viel mehr hineingelegt. Sie werden sehr gut schneiden. Ich glaube, sie werden sogar einen Shetani vernichten können.«

»Waffen von unschätzbarem Wert«, fügte Kakombe hinzu.

Bevor sie weggingen, schritt Nafasi von einem zum anderen, ihre Hände ergreifend.

»Er vertraut Ihnen seine Könnerschaft an und hofft, daß Sie das, was Ihnen gegeben wurde, gut einsetzen. Er würde mit uns kommen, aber er ist ein Schöpfer und kein Kämpfer.«

»Teilen Sie ihm unseren Dank mit und sagen Sie ihm, daß wir versuchen werden, seine Speerspitzen so einzusetzen, daß er stolz wäre«, erwiderte Oak.

Die Miene des alten Holzschnitzers zeigte, daß er hochzufrieden war.

Nafasi und seine Söhne standen auf der Veranda des Hauses und sahen zu, wie die beiden Massai und die zwei Böstreffs abfuhren. Um sie herum wirbelten Hühner und Kinder. Oak spähte in den Rückspiegel und meinte für einen Augenblick anstelle des einfachen Blechdachbaus eine stattliche Kuppel aus behauenem Granit und Stahl zu sehen, doch als er über die Schulter blickte, war da nur das flache Gebäude, umringt von Bäumen und Strauchwerk. Kein Burggraben, keine glitzernden Türme, keine exotischen Kanonen, die ihre Mündungen durch Schießscharten in den Mauern zwängten.

Das war wohl nur das Sonnenlicht im Spiegel, dachte er und konzentrierte sich auf den schmalen Weg, der vor ihnen lag.

Sie waren auf der Hauptstraße nach Westen abgebogen, als es Oak einfiel, den alten Mann neben ihm scharf zu mustern. »Diese Waffen haben auf uns gewartet.«

»Nafasi bewahrt sie schon seit vielen Jahren auf. Sie haben selbst gesehen, wie alt die Truhe war, in der sie lagerten, Joshua Oak. Glauben Sie etwa, daß man solche Gegenstände an einem oder zwei Tagen herstellen kann, in einer Woche oder in einem Monat? Dazu wurde viel zuviel in jede Klinge investiert. Das sind keine Spielzeugspeere, wie man sie in den Touristenläden sieht und wie sie jeder den durchreisenden Böstreffs andrehen möchte.«

Doch Oak ließ sich nicht abwimmeln. »Verdammt, er hat genau gewußt, daß wir kommen. Wie konnte er das wissen?«

Olkeloki richtete seine Aufmerksamkeit auf die Straße vor ihnen. »Passen Sie beim Fahren auf, Joshua Oak. Die Straße wird jetzt immer unsicherer werden.«

Merry drehte die scheidengeschützte Klinge immer wieder in ihren Händen herum. »Was soll ich damit anfangen? Ich habe schon sehr viele Messer gekauft: Jagdmesser, Fischermesser, Schweizer Armeemesser, aber ich habe damit noch nie etwas Größeres als eine Forelle zerlegt.«

»Wenn ein Shetani Sie anspringt, mit seinen langen Armen rudernd und von schwarzem Geifer triefend, werden Sie schon wissen, was Sie mit dem Messer anfangen sollen, Merry. Das wird Ihnen niemand erst beibringen müssen.« Kakombe hatte seine eigenen Waffen zu seinen Füßen auf dem Boden des Fahrzeugs deponiert.

»Ich fühle mich ungut damit. Vielleicht sollten Sie es nehmen, Kakombe.«

»Ich besitze bereits ein Messer. Und einen Speer.«

»Das tun wir alle«, sagte Oak. »Der alte Knabe hat es Ihnen gegeben, Merry. Also halten Sie es auch fest. Und sollte es zu Hause nur ein interessantes Konversationsthema abgeben, so können Sie damit in drei Minuten einen gegrillten Truthahn tranchieren.«

»Okay, ich behalte es, sofern Sie aufhören, über richtiges Essen zu reden. Langsam reicht mir diese ständige Milch und das Trockenfleisch und die Curryziege.«

»Wenn wir fertig sind, werden wir ein großes Fest feiern.« Kakombes Augen leuchteten. »Dann werden wir sehr viele Rinder schlachten. Das wird ein Fest, das man einst besingen wird.«

»Ich hoffe nur, daß wir auch einen Grund zum Feiern haben werden.« Oak zeigte auf die hochaufragenden, grünschimmernden Berge, die nun den Horizont beherrschten. »Müssen wir da etwa durchfahren?« fragte er zweifelnd.

»Die Ulugurus«, sagte Olkeloki. »Nein, die Straße dreht nach Westen ab. Es wird noch viele Stunden dauern, ehe wir bergauf müssen.«

»Ich wünschte, Sie hätten nicht diesen verdammten gegrillten Truthahn erwähnt«, knurrte Merry.

McFARLAND, Kansas (AP)

Heute entgleiste ein mit binärer Nervengasmunition beladener Zug der Union Pacific östlich der kleinen Farmgemeinde. Dabei wurden Behälter mit potentiell tödlichem Gas Hunderte von Fuß rechts und links der Fahrbahn davongeschleudert. Armeevertretern gelang es, die Komponenten voneinander zu trennen, bevor starke Winde den Inhalt beschädigter Behälter miteinander vermischen und das dadurch entstandene Nervengas gen Osten wehen konnten. Major Nathaniel Davis äußerte sich dazu: »Wäre die Dekontaminationsmannschaft nur zehn Minuten zu spät gekommen, so hätten wir möglicherweise den Tod der halben Bevölkerung von Topeka zu beklagen.«

ELECTRIC CITY, Washington (UPI)

Bei Reparaturarbeiten an spinnwebengroßen Rissen in der Mauer des riesigen Grand Coulee Damms wurde heute eine der hydroelektrischen Hauptturbinen auseinandergerissen. Die Anlage mußte daraufhin gänzlich abgeschaltet werden. Dies führte in sechs Staaten des Nordwestens zu Strommangel. »Es war, als hätte jemand einen Stahlträger zwischen die Turbinenschaufeln geschleudert«, berichtete ein Techniker des Wasserkraftwerks. Zwar konnte der fragliche Gegenstand bisher nicht gefunden werden, doch meint der Gouverneur Washingtons, Shackelford, daß Sabotage durch eine unbekannte Gruppe von Subversiven nicht auszuschließen sei.

MERRITT, West Virginia (TNN)

Das Feuer, das unter dieser kleinen Bergbaustadt in West Virginia seit fünfzig Jahren in verlassenen Kohleflözen glüht, wurde plötzlich gewalttätig, als es auf eine schmale und bis dahin nicht entdeckte Anthrazitader unmittelbar unter der Erdoberfläche übergriff. Mehr als hundert Menschen, darunter Frauen und Kinder, fanden den Tod, Hunderte weitere wurden verletzt. Die Stadt Merritt selbst ist vom Flammenmeer völlig eingeschlossen. Langjährige Bewohner dieses Gebiets äußerten Unverständnis darüber, daß den Bergbaugesellschaften eine derart reichhaltige Kohleader, die zudem sehr dicht unter der Oberfläche verläuft, solange entgehen konnte.

LONG BEACH, Kalifornien (UPI)

Ein unter liberianischer Flagge fahrender Öltanker lief heute morgen aus unerklärlichen Gründen im Hafen von Long Beach auf Grund und brach auseinander. Die darauf folgende Explosion war noch im nördlichen Santa Barbara und südlich des Kernkraftwerks von San Onofre zu hören, wo die Ingenieure mit einigen Problemen zu kämpfen haben, seit das Kraftwerk völlig stillgelegt wurde, um einer gründlichen Sicherheitsüberprüfung unterzogen zu werden. Glücklicherweise wurden nur das Dock, gegen welches der Tanker prallte, sowie zwei in der Nähe befindliche Lagerhäuser ein Opfer der Flammen, doch hätte man die Ausbreitung des Feuers auf eine nahegelegene Raffinerie der Standard Oil nicht verhindert, so wäre behördlichen Aussagen zufolge möglicherweise die gesamte Hafenanlage verwüstet worden. Über die Hälfte der Tanks, so berichteten Vertreter der Standard Oil, waren mit hochexplosivem Flugzeugtreibstoff gefüllt.

WASHINGTON, D.C. (CNN)

Gewöhnlich gut unterrichteten Kreisen der Hauptstadt zufolge drängen extrem konservative Senatoren und Unterhausmitglieder den Präsidenten, sich öffentlich zu einer Theorie zu bekennen, die von bestimmten Mitgliedern der hiesigen Intelligenz propagiert wird: Dieser Theorie zufolge soll die jüngste Serie scheinbar willkürlicher und naturbedingter Katastrophen tatsächlich Teil eines raffinierten Plans sein, das Land als Vorbereitung auf militärische Operationen von Übersee zu schwächen, die von einer noch nicht identifizierten Nation von Aggressoren geplant sei. Während die Mehrheit der Kongreßmitglieder einer solchen Theorie skeptisch gegenübersteht, kann zahlreichen Meldungen zufolge die Fortsetzung dieser Katastrophenserien nur zu einer Stärkung extremistischer Gruppen führen. In jüngster Zeit wurde eine geheime Zusammenkunft des Präsidenten mit dem Chef der CIA, Michael Suffern, beobachtet.

WOLBACH, Nebraska (AP)

Bei einer Explosion dreier Getreidespeicher kamen heute...

SHORT, Utah (UPI)

Bei einem Wassereinbruch in einer Molybdänmine fanden heute...

CHARLESTON, South Carolina (UPI)

Heute abend kam es zu einem Zusammenstoß zweier Sattelschlepper außerhalb der Stadt. Der Fahrer des mit giftigen Chemikalien beladenen, in Richtung Süden fahrenden Schleppers kam dabei sofort ums Leben, ebenso...

22

Östlich von Morogoro, Tansania — 25. Juni

»Sagen Sie mal«, fragte Merry Olkeloki, während der Landrover die Hauptfernstraße entlangbrummte, »wenn wir erst einmal in dieses Dorther hineingelangt sind und erledigt haben, was zu tun ist, um die Shetani daran zu hindern, in unsere Welt einzudringen, wie kommen denn *wir* dann wieder zurück?«

»Das wird nicht einfach sein«, erwiderte der alte Mann. »Aber schließlich war bisher noch nichts zu einfach.«

»Was passiert, wenn wir nicht auf demselben Weg zurückkönnen? Wenn wir irgendwo noch eine weitere Schwachstelle entdecken?«

»Es gibt keine weitere Schwachstelle. Wir müssen diese eine versiegeln und auf demselben Weg zurückkehren. Sonst sind wir im Dorther gefangen.«

»Und das hat wahrscheinlich noch nie jemand versucht, stimmt's?« Oak versuchte gar nicht erst, seine Besorgnis zu verbergen.

»Tatsächlich, Joshua Oak, weiß man von zwei Männern, die schon einmal ins Dorther gereist und wieder zurückgekehrt sind. Der eine war der große Laibon, dessen

Gesicht Sie in der Bergwand gesehen haben, der andere... der andere war mein Vater.«

»Was ist mit ihm geschehen?« fragte Merry sanft.

»Ich war damals zu jung, um es zu verstehen. Später, als ich älter war, hat man mir erzählt, daß er an einer anderen Stelle herausgekommen war als jener, durch die er eingetreten war. Das war aber leider inmitten des Victoria Sees, der, wie Sie sicher wissen, die Größe eines kleinen Meeres hat. Mein Vater, der Laibon Taikoisia, war wirklich ein sehr großer Laibon, aber auch ein sehr erbärmlicher Schwimmer. Irgendwie gelang es ihm zwar, das Ostufer in der Nähe des Dorfs Bukima zu erreichen, doch die Leute, die ihn dort fanden, erkannten schnell, daß er nicht mehr lange leben würde. Keuchend erzählte er den Dorfbewohnern, was er noch berichten konnte, und dieses wiederum gaben die Geschichte an mein Volk weiter. Dann ließen sie ihn allein am Ufer zurück, damit er dort seinem Löwen begegnen konnte. Das war vor sehr langer Zeit.«

»Schade«, murmelte Oak. »Wenn Sie ihn vielleicht zu einem Arzt hätten bringen können...«

»Nein, mein Freund. Wie ich sagte, das war vor sehr langer Zeit. Es hätte keinen Unterschied gemacht. Sein Herz und sein Körper waren beide von der Reise überstrapaziert.«

Nicht zum ersten Mal überlegte Oak, wie alt Olkeloki eigentlich sein mochte. Gerade wollte er ihn danach fragen, als etwas Lautes und Leuchtendes in Baumwipfelhöhe über die Straße hinwegschoß, um irgendwo waldeinwärts zu explodieren. Heftig fluchend brachte er mit Mühe das Fahrzeug wieder unter seine Kontrolle.

»Was zum Teufel war das denn?« Schließlich brachte er den Wagen im Straßengraben zum Stehen.

Kakombe nahm seinen Speer vom Wagenboden auf. »Shetani!«

»Ich glaube nicht.« Wie die anderen blickte auch Olkeloki angestrengt durch die Windschutzscheibe und versuchte, im Wald etwas zu erkennen. »Die sind doch bestimmt noch nicht stark genug, um sich bei hellem Tageslicht so kühn herauszuwagen. Wenn dem so sein sollte, bedeutet dies, daß wir bereits zu spät kommen.«

Doch es waren keine Shetani, die sie erschreckt hatten, sondern Geister einer völlig anderen und weitaus zeitgenössischeren Art.

Der verängstigte Mann, der auf den Wagen zugelaufen kam, wich ein Stück zurück, als er die merkwürdige Ansammlung von Muzungu und Massai erblickte. Doch eine zweite Explosion, die eine Viertelmeile wegaufwärts den Boden zerriß, ließ seine Angst verschwinden. Er bedeutete ihnen mit einer Geste, daß sie ihm folgen sollten, und schlüpfte prompt unter den stehenden Landrover. Olkeloki und die anderen begnügten sich damit auszusteigen und sich auf der Schattenseite des Fahrzeugs niederzukauern.

Oak beugte sich vor, um unter den Wagen zu spähen. »Sprechen Sie Englisch? Und wenn Sie es tun, können Sie uns vielleicht sagen, was hier los ist?«

Eine dritte Explosion ließ ihn zusammenzucken, doch nur ganz kurz. Sie war mindestens eine Meile entfernt.

Der Mann drehte den Kopf herum, um Oak anzublikken. »Woher kommt ihr, daß ihr das nicht wißt?«

»Aus dem Norden«, teilte Olkeloki dem Mann mit. »Was ist hier im Gange?«

»Das ist die Regierung. Das Militär, um genau zu sein. Jedes Jahr um diese Zeit testen die ihr Geheimprojekt. Davon weiß doch jeder. Heute ist der Tag, da sie ihre neuen Waffen testen. Anstatt sie von anderen zu kaufen, versuchen sie, eigene zu bauen.«

»Was zu bauen?« frage Merry. Aus der Richtung der Stadt, die wegaufwärts lag, ertönte ein Tosen, dann dröhnte es über sie hinweg, einen weißen Kondensstreifen nach sich ziehend. Das stromlinienförmige Gebilde stand einen Augenblick lang in der Luft, bevor es eine scharfe Linkskurve flog. Dann ein fernes *krumpp*, und das Objekt schlug in den Boden.

»Es müßte bald aufhören«, meinte der Bauer.

»Raketen.« Oak erhob sich und musterte den Himmel. »Boden-Boden-Raketen.«

»Raketen, ja, das ist es.« Der Bauer begann, unter dem Rover hervorzukriechen. »Jedes Jahr um diese Zeit versuchen die, sie zum Funktionieren zu bringen. Aber unsere Militärs sind nicht besonders geschickt, denn alles, was sie abschießen, landet in allen Himmelsrichtungen.« Er warf einen Blick an den Himmel, dann ergriff er Kakombes helfend ausgestreckte Hand. »Ich glaube, für dieses Jahr sind sie wieder fertig.«

Oak lehnte sich mit dem Rücken gegen den Wagen, langsam wich die Spannung wieder von ihm. »Und wir haben geglaubt, es wären Shetani. Scheiße.«

Der Bauer sah sie mit einem schrägen Blick an. »Shetani? Das ist ein Makondewort. Geisterdinger. Es gibt keine Shetani. Das ist nur der Name, den sie ihren häßlichen Schnitzereien geben. Ihr Muzungu glaubt doch wohl nicht daran?«

»Ganz bestimmt nicht«, meinte Oak. »Ich habe nur Spaß gemacht. Nur ein völliger Narr würde an so etwas Absurdes wie Geister glauben.« Er blickte zu Merry zurück. »Nicht wahr?«

»O ja, absolut. Dazu müßte man schon ein völliger Idiot sein.« Dann fing sie an zu lachen. Oak erwiderte ihr Lachen, und auch Olkeloki gelang es nicht, ein ehrwürdiges Glucksen zu unterdrücken. Sogar der gnadenlos ernste Kakombe lächelte.

Der Farmer blickte sie an, sich fragend, ob es nicht vernünftiger gewesen wäre, es lieber mit den verirrten Raketen aufzunehmen. »Worüber lacht ihr alle?«

Die ernste Frage bewirkte bei Oak nur, daß er vor Lachen am Wagen hinabglitt. Tränen strömten ihm über die Wangen. Merry lehnte gegen die Kühlerhaube und konnte nur mühsam ihr Gleichgewicht halten.

»Verrückte Muzungu, das verstehe ich ja«, brummte der Farmer, »aber Massai lachen nicht. Das ist gar nicht komisch.« In der Stimme des Mannes klang Zorn mit, was Oak nur noch um so heftiger lachen ließ. »Mein Nachbar Liliwa hat letztes Jahr zehn Hühner und eine Kuh verloren, als eine der Raketen in der Nähe seines Hauses eingeschlagen ist!«

Nun konnte Merry sich nicht mehr auf den Beinen halten und mußte sich prustend neben den hysterischen Oak auf den Boden werfen. Kakombe wandte sich ab. Sie sahen, wie seine massigen Schultern sich hoben und senkten, während er verzweifelt versuchte, das Gelächter zu unterdrücken, das ihm hochkam.

Als sie sich schließlich wieder in der Gewalt hatten, boten sie dem verärgerten Bauern an, ihn in die Stadt mitzunehmen. Da der jüngste Versuch der tansanischen Streitkräfte, unabhängig in das 20. Jahrhundert einzutreten, inzwischen anscheinend eingestellt war, nahm der Mann ihr Angebot zögernd an. Als sie sich Morogoro näherten, erblickten sie Soldaten, die gerade gelangweilt Straßensperren beseitigten, und Möchtegernballistiker, die auf der Suche nach ihren verirrten Kindern über die Maisfelder ausschwärmten.

Allem Augenschein nach war die Stadt, durch die sie fuhren, von allen Versuchen verschont geblieben. In der Ferne befleckten ein paar Rauchwolken den vollkommen blauen Himmel wie braune Wasserfarben. Händler waren damit beschäftigt, schwere Bretter von Fenstern und Türöffnungen zu entfernen. Die Straßen waren schon wieder voll von Leuten, die in aller Eile irgendwo hingingen. Merry war es schon öfter aufgefallen, daß dieser Anschein sinnloser Hast für das städtische Tansania typisch zu sein schien.

Die Stadt selbst bestand aus einer mißlungenen Ansammlung alter kolonialer Stuckgebäude und aus einigen schwachbrüstigen Modernisierungsversuchen. Vor einer chaotischen Baustelle verkündete ein Schild, daß hier ein sechsstöckiges modernes Hotel gebaut werde. Wie bei ähnlichen unter kommunistischer Leitung stehenden Projekten begannen auch hier schon Teile des Gebäudes, die bereits fertig waren, auseinanderzufallen.

Langsam fuhren sie am Hauptmarkt vorbei. Der offene Platz, der eigentlich ein wahrer Bienenkorb örtlicher Aktivität hätte sein müssen, war leer, bis auf ein paar alte Männer und Frauen, die jene bescheidenen Reste eigener Erzeugnisse verkauften, die sie vor den raffgierigen Regierungsinspektoren hatten retten können. Merry machte ein paar Bündel stummeliger Bananen aus, einige Ananas, etwas stinkenden Fisch. Der einzige Verkäufer, der wirklich Geschäfte machte, hatte einen Stand mit gebrauchten Kleidern, hauptsächlich ausgebeulte und -gefärbte Blue Jeans und T-Shirts, die er irgendwo erworben hatte. Merry sah ein Sweatshirt, das die Aufschrift ›New York University‹ trug. Es war voller Löcher. Sie fragte sich, was der Händler dafür wohl verlangen mochte.

Und immer mehr Leute, inzwischen überall, in kurzen Hosen und Sandalen und alte Hemden gekleidet. Dann durch den westlichen Teil der Stadt, vorbei an der Universität mit ihren kahlen weißen Gebäuden und einem verschlafenen Torwächter. Fahrräder anstelle von Autos.

»Ich wünschte, ich hätte eine Kamera dabei«, überlegte Merry laut, als sie daran vorbeifuhren.

»Hier dürfen Sie keine Aufnahmen machen«, teilte der Bauer ihr mit. »Regierungsgebäude, sehr gefährlich.«

Merry glaubte ihm nicht. »Was — eine Schule?«

»Letztes Jahr«, erklärte der Bauer feierlich, »wurde ein Muzungu-Besucher festgenommen, weil er auf dem Universitätsgelände Fotos gemacht hat. Die Polizei hat ihn zehn Tage lang eingesperrt. Vor dem Verwaltungsgebäude steht ein großer Tamarindenbaum. Den hat der Muzungu aufgenommen. Aber die Polizei hat ihm nicht geglaubt. Die können sich einfach nicht vorstellen, daß irgend jemand einen Baum fotografieren will.« Er schneuzte sich abfällig. »Die Schule taugt sowieso nichts. Landwirtschaft ist besser.«

»Bei dieser Einstellung werden Ihre Kinder nie weiterkommen.« Merry besaß viele Tugenden, wie Oak bereits bemerkt hatte, doch die Diplomatie gehörte nicht dazu.

»Die kommen auch nicht weiter, wenn sie dort hingehen«, schoß der Bauer zurück. »Ich will Ihnen sagen, was für eine Schule das ist. Vor sechs Monaten hat die Regierung Sonderzuschüsse beschlossen. Die Universität Morogoro bekam einhunderttausend Schillinge, die sie beliebig verwenden konnte. Also haben die Lehrer sich wochenlang in den Haaren gelegen, wie das Geld auszugeben sei. Wollen Sie wissen, wofür sie es schließlich verwendet haben?«

»Für Bücher?« riet Merry.

»Bier. Einhunderttausend Schillinge in Bier.«

»Das ist ja grauenhaft!«

»Das halten Sie für grauenhaft? Die haben alles in drei Tagen weggesoffen. Das kann ich meinen Kindern auch selbst beibringen. Nein, ich bleibe bei meinem Ackerbau. Ich habe Mais und ein paar Papayas, und ich züchte auch Schweine für die Nicht-Muslims. Vielleicht wird ja alles eines Tages mal besser.«

Bis ihr Fahrgast sie schließlich bat, ihn abzusetzen, war er zu einem richtigen Freund geworden. Sie hatten Mühe, sein Angebot auszuschlagen, bei ihm und seiner Familie zu übernachten.

»Wir sind in einer wichtigen Mission unterwegs und haben einfach keine Zeit«, teilte Oak ihm mit, wobei er sich aus dem Fahrerfenster lehnte. »Vielleicht kommen wir auf dem Rückweg vorbei.«

»Eine Mission.« Der Bauer nickte wissend. »Das habe ich mir schon gedacht. Ich wußte doch, daß Sie keine reinen Touristen sein können. Nicht, wenn Sie mit Massai zusammen reisen.« Verwundert schüttelte er bei diesem Anblick den Kopf. »Zwei Muzungu, ein Laibon und ein Alaunoni, alle gemeinsam auf Reisen. Ich will Sie nicht nach dem Ziel Ihrer Mission fragen, denn ich bin mir nicht sicher, ob ich es überhaupt wissen will, aber viel Glück will ich Ihnen doch wünschen.«

Alle gaben ihm die Hand, und Merry überwältigte den Mann vollends, indem sie ihm einen ihrer Wegwerfrasierer schenkte. Der Mann winkte noch immer, als Oak ein paar Minuten später in den Rückspiegel blickte.

»Da stehen nun Herz, Seele und Zukunft dieses Landes, wenn seine Regierung es nur erkennen könnte. Typisch Dritte Welt. Die wollen immer nur Stahlwerke und neue Hauptstädte und Riesendämme bauen. Inzwischen gehen die Kleinbauern und Kleinunternehmer bankrott und werden vergessen. War nicht persönlich gemeint, alter Mann.«

»Ich bin nicht beleidigt«, erwiderte Olkeloki. »Den Massai macht das alles nichts aus. Wir haben Gras und Vieh. Wir brauchen keine Stahlwerke, Dämme oder Bauern und Geschäftsleute. Wir haben sie nie gebraucht und werden sie auch nie brauchen.«

»Verändern müssen Sie sich aber trotzdem«, meinte Merry. »Vielleicht nicht sofort, aber früher oder später wird das zwanzigste Jahrhundert auch in das Massailand einziehen. Sie können es nicht ignorieren, und Sie können es sich auf Dauer auch nicht leisten, immer nur Ihre intelligentesten Kinder auf die Schule zu schicken.«

»Wir werden versuchen, uns anzupassen und zugleich unsere Tradition zu bewahren. Mehr können wir nicht tun.«

Eigentlich wollte Oak die unvermeidliche nächste Frage gar nicht stellen, doch es war ihm unmöglich. »Was passiert denn, wenn die Regierungen von Kenia und Tansania beschließen, das offene Grasland zu bebauen und aus den Massai Arbeiter und Beamte und Bauern zu machen?«

»Dann werden wir Widerstand leisten. Wenn es nicht anders geht, werden wir Arbeiter und Beamte. Aber wir werden immer Massai bleiben, und niemals werden wir Bauern werden. Die Erde aufzubrechen, das wäre, als würden wir unseren eigenen Körper aufschneiden. Wenn die alten Überlieferungen verlorengehen, werden wir neue erschaffen. Niemals werden die Massai zu einer bloßen Fußnote der Völkergeschichte verkommen.

Ich weiß, daß dies eines Tages passieren wird, und die Trauer, die es mit sich bringt, wird viele Herzen schwer werden lassen. Aber nicht meins. Ich werde dann fortgegangen sein. Ich werde nicht lange genug leben, um mitansehen zu müssen, wie die weiten Ebenen und das umherziehende Wild verschwinden. Das wird ein Problem für neue Laibon und jüngere Ilmoran sein, mit dem die sich auseinandersetzen müssen.«

»Wie denn?« fragte Kakombe zornig. »Wie kann ein Mann noch Krieger bleiben und für seine Lebensart kämpfen, wenn man ihm seinen Speer und sein Land wegnimmt?«

Darauf wußte Olkeloki auch keine einfache Antwort. Lange Zeit herrschte Schweigen im Fahrzeug.

»Nun«, meinte Merry schließlich, »es gibt ja immer noch Fußball.«

»Eine Fußballmannschaft aus Massai. Also um mir die anzusehen, würde ich auch noch Eintritt zahlen«, lachte Oak, und er fühlte sich schon ein wenig besser.

»Eine interessante Idee, meine Freunde.« Die Vorstellung schien dem alten Mann zu gefallen. »Neue Traditionen. Er spricht vom amerikanischen Fußball, Kakombe, nicht von dem Fußball, wie ihn die Dorfkinder spielen. Dazu gehört viel Prügelei, außerdem Laufen und Treten. Und Werfen auch.«

»Speere?« fragte der Krieger hoffnungsfroh. »Keulen?«

»Ich fürchte nicht. Statt dessen verwendet man einen länglichen Ball.«

»Können wir unsere Messer bei diesem Spiel tragen?«

»Nein«, klärte Oak ihn auf, »aber da machen Sie sich mal keine Sorgen. Wenn Sie noch ein paar weitere Spieler auftreiben, die so sind wie Sie, werden Sie auch keine benötigen.«

Sie mußten durch den Mikumi-Nationalpark fahren. Oak machte sich Sorgen, was sie den örtlichen Behörden erzählen würden, doch nicht sehr lang. Denn es gab keine örtlichen Behörden. Nur ein paar Wildhüter, die nicht einmal den Blick hoben, als der Landrover an ihrer Station vorbeifuhr. Es gab auch keine Tore, nur Schilder. Tore wären sinnlos gewesen, erklärte Olkeloki, weil die Elefanten sie entweder niedertrampeln oder wegreißen würden.

Tatsächlich sahen sie auch keine Touristen aus Kenia. Nur ein paar ortsansässige Inder, die in einem offenen Parkgasthaus Tee nippten. Nachdem sie die Stadt hinter sich gelassen hatten, wurde auch der Verkehr geringer. Nur gelegentlich überholten sie einen Lastwagen, als sie zur Flußschlucht emporfuhren, die das Rubeho-Gebirge teilte.

»Der Ruaha«, teilte Olkeloki ihnen mit und zeigte auf den Fluß, der weit unterhalb der gewundenen Straße dahinströmte. »Er fließt vom Kipengere-Gebirge nach Osten, an der Stelle vorbei, die wir suchen, um schließlich in den Rufiji zu münden. Gemeinsam fließen sie in der Nähe der Insel Mafia ins Meer.«

Endlich wurde die Straße wieder eben und führte schnurgerade durch eine Hochebene. Am Straßenrand saßen Dörfler und verkauften Körbe voller Tomaten, wie Merry sie noch nie so prall gesehen hatte. Dann weiter bis Iringa, der ersten Stadt seit Arusha, die sich einer Anzahl Gebäude erfreuen konnte, die nicht kurz vor dem Einsturz zu stehen schienen.

In einer kleinen Werkstatt füllten sie die Tanks und die Kanister des Rovers. Müßige, unbeschäftigte Männer schlenderten herbei, um Oak und Kakombe ungeniert anzustarren. Sie mieden die Berührung von Kakombes Schatten und scheiterten erbärmlich bei dem Versuch, Merry Sharrow nicht anzublicken. Es war nichts Feindseliges in diesen Blicken, nur eine gewaltige und unbefriedigte Neugier.

Gegen eine Mauer der Werkstatt gelehnt saßen fünf Männer und versuchten, einen Reifen zu flicken. Dabei ließen sie sich reichlich Zeit und machten aus dem Ganzen einen halben Staatsakt.

»Sie werden zwei, vielleicht drei Stunden dafür brauchen«, meinte Olkeloki. »Wozu sich auch beeilen? Sie könnten es auch schneller erledigen, aber dann hätten sie nichts mehr zu tun. Also ziehen sie es in die Länge. Sie haben keine Arbeit. Sie haben kein Vieh. Ihre Regierung gibt ihnen nichts zu tun. Eine scheußliche Vergeudung.«

Hinter Iringa bogen sie auf einen Feldweg ab, der in Richtung Norden führte. Sie gelangten erst durch eine kleine Stadt, dann durch eine weitere, und schließlich war nichts mehr: kein Gebäude, keine Menschen, keine Tiere, endlose Meilen lang. Nur Dornensträucher und Akazienwälder und roter Staub. Schließlich mußte Oak die Klimaanlage des Rovers anschalten. Olkeloki schien dies zwar als eine schreckliche Verschwendung von Treibstoff, doch er sagte nichts.

In diesem trostlosen, leeren Gelände begegneten sie endlich Afrikas zähesten Bewohnern. Diese Geißel der Savanne war weder Krokodil noch Rhinozeros, weder Elefant noch Kapbüffel, sie war vielmehr nur einen halben Zoll lang, in stahlgrauen Panzer gehüllt und praktisch unverwundbar.

Eines der Wesen entdeckte Merry, die daraufhin beinahe vor Schreck durch das Wagendach geschossen wäre. Schließlich zerquetschte Kakombe es mit dem Knauf seines Messers.

»Tsetsefliege.« Olkeloki brauchte die Überreste nicht erst zu inspizieren, um den Angreifer zu bestimmen. »Diese hier übertragen zwar nicht die Schlafkrankheit, die dem Menschen so zu schaffen macht, aber für das Vieh sind sie tödlich. Deshalb gibt es hier auch keine Massai. Schauen Sie mal.« Er fuhr mit dem Finger an der Innenseite der Scheibe entlang. Winzige, geschoßartige Gestalten prallten vom Glas ab. »Auf ihrer Suche nach Blut greifen sie alles an, was sich bewegt. Sie glauben, daß der Wagen ein Lebewesen ist. Aber wenn man stehenbleibt, lassen sie einen meistens in Frieden.«

Es war, als würden sie durch einen Geschoßhagel fahren. Schließlich gaben die Fliegen auf und flogen davon, auf der Suche nach dünnhäutigeren Opfern. Doch Merry mußte feststellen, daß die Quälgeister die unangenehme Eigenschaft hatten, sich so lange zu verstecken, nachdem sie sich Zutritt zum Fahrzeuginneren verschafft hatten, bis die Insassen sich entspannten. Dann schossen sie sofort auf das nackte Fleisch zu, wie Pfeile, die von einem winzigen Bogen abgeschossen wurden. Sie vergeudeten auch keine Zeit, wie es Pferdebremsen taten, indem sie etwa nach der besten Stelle zum Zustechen suchten. Der Erstkontakt wurde stets mit den skalpellartigen Stacheln geschlossen. Das einzige, was man zu ihren Gunsten sagen konnte, war, daß der Schmerz schnell nachließ und daß keine Schwellung zurückblieb.

Sie zu töten, war jedoch etwas völlig anderes. Ihre Körper besaßen die Konsistenz und Nachgiebigkeit von Reifengummi. Fliegenklatschen waren nutzlos. Das galt überhaupt für alles, was kleiner war als ein Wörterbuch oder ein Hammer. Die beste Methode, sie auszumerzen, bestand darin, ein Exemplar auf dem Fensterglas zu erwischen und mit einer Schuhsohle, einem Wagenheber oder irgendeinem anderen, nichtnachgiebigen Gegenstand dagegen zu drücken. Das Ergebnis war zwar eine verschmierte Scheibe, dafür aber auch Ruhe vor Stichen.

Der Feldweg schien im zunehmenden Zwielicht mehrere Male zwischen den Bäumen zu verschwinden, doch Olkeloki wählte immer die richtige Strecke. Als die Sonne sich anschickte unterzugehen, wich der Wald abrupt einem Steilhang, an dessen Fuß ein munterer Fluß dahinströmte. Hier war der Große Ruaha-Fluß nicht mehr als hundert Yards breit. Von einer Brücke war nichts zu sehen.

Dafür gab es aber ein paar neugierige Wildhüter, die in runden Blechhütten wohnten, metallenen Duplikaten traditioneller afrikanischer Bomas. Einer von ihnen forderte sie dazu auf, sich in einem Buch einzutragen, während er sie mißtrauisch beäugte. Nur äußerst zögerlich akzeptierte er Oaks Behauptung, daß Olkeloki ihr Führer und Kakombe sein Sohn sei. Doch wozu sich mit zwei Muzungu über den Zweck ihres Besuchs zanken? Zwar sahen sie nicht wie typische Touristen aus – aber auch nicht wie Wilderer.

Gegen eine kleine Gebühr kam eine Zugfähre vom anderen Flußufer zu ihnen herüber. Zwei Männer saßen darin auf einer Seite und zogen sie mit Hilfe eines dicken Stahlseils und eines Flaschenzugsystems über das Wasser. Vorsichtig fuhr Oak den Land Rover auf die Fähre, die gerade groß genug war, um das Fahrzeug aufzunehmen,und dann sahen sie zu, wie die beiden Männer damit begannen, sie wieder über das Wasser zu ziehen.

Augen starrten sie von der Wasseroberfläche an. Nach einer kurzen Inspektion versanken die Krokodile wieder außer Sichtweite und machten sich auf die Jagd nach den riesigen Tigerfischen, die gelegentlich die Wasseroberfläche durchbrachen und die Fähre mit Wassertropfen überschütteten. Kakombe saß ungeduldig hinter den beiden Fährmännern und schlang die riesigen Hände um das Stahlseil. Kaum hatte der Krieger seine Kräfte mit ins Spiel gebracht, als sie auch schon sehr viel schneller über das Wasser glitten.

Als sie schließlich am Nordufer in Sicherheit waren, nahm Oak sich einen Augenblick Zeit, um den Sonnenuntergang zu bewundern, einen Himmel voller rosa- und hellblauer Töne, von niedrigen Bergen umrahmt. Dann sprach er mit Olkeloki.

»Wohin jetzt?«

»Flußaufwärts. Ich glaube, Sie werden überrascht sein, Joshua Oak. Und erfreut.«

Das Ruaha River Camp war eine Oase mitten in Ostafrika. Der gesamte Komplex war mit Hilfe einheimischer Materialien von einer zielbewußten englischen Familie namens Wolf aus dem Boden gestampft worden. Um das Camp herum parkten einige weitere Fahrzeuge, die, wie sie schon bald erfuhren, den Mitgliedern verschiedener ausländischer Hilfsorganisationen gehörten. Die pflegten von ihren Projekten Hunderte von Meilen hierher zu fahren, weil hier der einzige Ort in diesem Teil Afrikas war, wo man vernünftig essen gehen konnte.

An einem Felsvorsprung aus Granit, der auf den Fluß hinunterblickte, klebten einzelne Hütten oder Bomas, aus einheimischem Flußgestein erbaut, sie sahen aus wie fette Vogelnester in einem Baobab. Merry meinte, daß sie im ganzen Leben noch nie einen schöneren Ort gesehen habe. Die Katarakte, die unterhalb des Lagers dröhnten, erzeugten eine kühle Brise, die die Temperatur nicht nur erträglicher machte, sondern zugleich auch den größten Teil der Tsetsefliegen abhielt. An dem seichten Wasser flußaufwärts, wo sich der Strom in langsamerem Tempo um grasbewachsene Inselchen wand, konnte man Elefanten und Giraffen grasen sehen.

Die mit Maschendraht gegen Insekten geschützten Zimmer besaßen Betten mit Schaumstoffmatratzen und Stoffbettwäsche, Stühle und Petroleumlampen. Die Ruhe vor dem Sturm, dachte Oak.

Olkeloki bestätigte seinen Verdacht. »Wir sind jetzt ganz in der Nähe des Dorther, Joshua Oak. Kein Tourist würde es jemals finden, so wie auch nur wenige diesen Park gefunden haben. Morgen werden wir versuchen, die Schwachstelle zu versiegeln, an der das Gewebe der Realität zu reißen droht. Heute nacht... heute nacht werden wir gut essen. Die Leute, die dieses Camp führen, wissen sowohl für Muzungu als auch für Afrikaner gut zu kochen, obwohl es ein ebenso großes Mysterium wie die Natur der Shetani ist, woher sie in diesem Teil des Landes einige ihrer Lebensmittel auftreiben. Manchmal glaube ich, daß sie sie aus dem Dorther holen müssen.«

Bald saßen sie in dem Freiluftrestaurant auf dem glatten Felsen und genossen den Blick flußwärts. »Ich dachte, daß alle Hotels in diesem Land verstaatlicht seien.«

»Dieses Camp hier nicht. Es ist zu klein und abgelegen, um sich damit abzugeben.«

»Dann gibt es hier überhaupt keine Regierungsleute?«

»Nein.« Olkeloki blickte ihn von der Seite an. »Eine merkwürdige Frage.«

Oak zuckte die Schultern. »War nur neugierig.«

»Wissen Sie, was ich glaube, Joshua Oak? Ich glaube, daß das Leben Sie zum Teil verbittert hat. Ich glaube, daß es Ihnen gelegentlich sogar unangenehm ist und daß Sie nicht die Schönheit all dessen wahrnehmen, was Sie umgibt. Ein Stück von Ihnen schläft. Vielleicht wird es eines Tages erwachen.«

»Hören Sie, alter Mann, versuchen Sie nicht, mir zu sagen, wie ich mich im Leben fühle. Bleiben Sie mal lieber bei Ihren bösen Geistern und Ihrer Weltretterei und lassen Sie mich in Frieden, okay?«

»Ah, da kommt Merry. Dann wird Kakombe wohl auch bald da sein, nehme ich an.«

Während sie eine erstaunlich schmackhafte Abendmahlzeit zu sich nahmen, beobachteten sie helltürkisfarbene Agamaechsen, die über die Steinmauern huschten und nach Insekten suchten, die vom Licht angezogen wurden. In das Felsgestein hatte man eine kleine Bar mit Tischen und Stühlen eingelassen. Von unten ertönte das Rauschen der Nyamakumufälle. Irgendwo trompetete ein Elefant nach seinem Weibchen. Lautlose Kellner servierten Kaffee und Drinks.

»Das ist wunderbar.« Merry nippte an einer Tasse mit reichlich gezuckertem einheimischen Kaffee. Es gab keine Sahne dazu. Draußen huschten kleine, pelzige Gestalten über die Felsen. »Da drüben ist irgend etwas.«

»Klippdachse«, informierte Olkeloki sie. »Sehr schmackhaft, obwohl ich glaube, daß sie ein wenig zu sehr wie Nager aussehen, um Ihrem Muzungugaumen zu behagen.«

Eines der Tierchen kam vorsichtig hinaus ins Licht. Aus herausfordernden dunklen Augen blickte es sie an. Oak mußte an ein übergewichtiges schwanzloses Eichhörnchen denken. Da wirbelte es schon herum und jagte zurück in eine Felsritze, mit winzigen Krallen über kahlen Stein scharrend. Oak lehnte sich in seinen Sessel zurück und lauschte dem Fluß. Der Zauber dieses Ortes war unaufdringlich und unwiderstehlich. Die von den Stromschnellen emporsteigende Brise hielt nachts die Moskitos ebenso ab, wie sie es tagsüber mit den Tsetsefliegen tat. Eine wohlige Trägheit durchflutete seinen Körper.

Der Zauber wurde durch eine Frage in Englisch mit starkem Akzent unterbrochen.

23

»Und wo kommen Sie her, schöne Dame?«

Oak kannte den Sprecher und seine drei Gefährten vom Mittagessen. Italienische Ingenieure, die in der Nähe der Stadt Mbeya an einem Bewässerungsprojekt arbeiteten. Sie hatten sich vor dem Essen kurz mit ihnen unterhalten. Er bemerkte, daß er sie besser leiden konnte, bevor sie in die Bar gekommen waren. Nicht daß man es ihnen verübeln konnte, wenn sie sich etwas gehenließen. Sie waren fern der Heimat, lebten unter Menschen, die sie nicht schätzten, und ihre Arbeit wurde immer wieder durch die tansanische Regierung behindert, die für jeden Schritt nach vorn zwei zurück machte.

Sie hatten versucht, ihre Enttäuschung in einem kleinen Bierozean zu ertränken. Der Mann, der sie angesprochen hatte, beugte sich zu Merry hinüber — genauer: er taumelte auf sie zu und legte ihr besitzergreifend eine Hand auf die Schulter. Sie zuckte leicht zurück. Der Mann entfernte die Hand nicht, und Oak richtete sich unmerklich in seinem Sessel ein Stück auf. Plötzlich war ihm außerordentlich klar, daß sich das, was man hierzulande örtliche Behörden nannte, über hundert Meilen weiter südlich befand.

»Wir sind auf Besuch. Touristen«, erwiderte sie.

»Touristen?« Der stämmige Ingenieur schien das unglaublich komisch zu finden. »Kommen keine Touristen hierher, an diesen Ort. Fahren Sie nach Hause. Wir müssen alle bleiben. Müssen hier arbeiten, obwohl man in diesem stinkenden Land nichts auf die Beine stellen kann.« Die Miene des Barkeepers hinter der Theke verdüsterte sich, doch er mischte sich nicht ein. Trotzdem hatte es einer der Begleiter des Ingenieurs bemerkt.

»Du da, was schaust du so, he?«

»Nichts, Bwana.« Der Mann achtete sorgfältig darauf, daß seine Stimme neutral klang, doch konnte Oak den Ekel in seiner Miene bemerken, als er sich wieder seinem spärlichen Flaschenvorrat zuwandte. Der erste Ingenieur war schon viel zu betrunken, um Feinheiten des Gesichtsausdrucks zu bemerken. Die Hand auf Merrys Schulter begann sich langsam zu drehen.

»Wir bekommen hier nicht oft weiße Frauen zu sehen. Die schwarzen Nutten sind zwar nett, aber nach einer Weile wird man sie leid.« Er flüsterte seinen Gefährten etwas auf italienisch zu, und die vier Männer lachten hämisch über einen Insiderwitz.

Oak lächelte zu ihm auf. Es war ein Lächeln, das er auch schon an anderen Orten eingesetzt hatte. Abgesehen von möglichen Verständigungsschwierigkeiten wußte er, wie er mit dieser Situation umgehen mußte. Nur daß er diesmal keine Unterstützung im Rücken hatte. Er war ganz auf sich allein gestellt.

»Warum entspannt ihr Burschen euch nicht ein wenig, dann können wir zusammen ein Bier trinken. Wie ich höre, soll das einheimische Gebräu gar nicht so schlecht sein.«

»Gar nicht so schlecht?« Der Mann, der ihn ansprach, sah aus wie ein Athlet. Es war ein großer, stämmiger Rotschopf in den Vierzigern, der eine Flasche mit dem fraglichen Gebräu in der Rechten hielt. »Nein, es ist nicht gar nicht so schlecht. Es ist noch viel schlimmer. Es schmeckt wie Elefantenpisse. Aber es ist alles, was wir haben.« Er spülte den Rest des Flascheninhalts hinunter, ehe er die leere Flasche über die Steinmauer schleuderte. Oak hörte, wie sie tief unten zerschellte. Einer der Freunde des Mannes knuffte ihn feixend. Lachend öffneten sie zwei weitere Flaschen.

»Wenn es so schlimm ist«, meinte Oak ruhig, »dann sollten Sie vielleicht lieber nichts mehr davon trinken.«

Eisiges Schweigen und plötzliche wütende Blicke waren die Folge, als sei ein Pistolenschuß gefallen.

»Natürlich haben wir genug.« Der erste Sprecher wischte sich den Schaum von den Lippen. »Wir haben genug von diesem Land, genug von diesen faulen, dummen Menschen, und vielleicht auch genug von lärmenden Amerikanern.« Er packte seine Flasche am Hals und zertrümmerte sie an der Steinmauer, wobei er den übriggebliebenen, abgebrochenen Hals fest umklammert hielt.

»Josh.« Merry versuchte aufzustehen, doch der Athlet legte ihr beide Hände auf die Schultern und drückte sie wieder in den Sessel.

»Bleiben Sie mal da, schöne Dame. Ludovico weiß schon, wann er aufhören muß. Er ist Ingenieur. Und ich weiß auch, wann ich aufhören muß.« Er beugte sich vor und preßte seinen Mund gegen ihren, zwang ihren Kopf und Oberkörper zurück, bis ihr Sessel nur noch auf den beiden Hinterbeinen stand. Hilflos strampelte sie mit den Beinen.

Inzwischen fand sich Oak mit dem Rücken an der Mauer wieder, hinter ihm ein Steilabhang und vor ihm zwei Italiener, die näher kamen. Der dritte schwenkte gerade nach rechts, um ihm den Weg zur Treppe abzuschneiden.

Der Stuhl, den Oak aufhob, war schwer, einfach gezimmert, aus einheimischem Holz. Wenn er auf den Schädel eines Menschen krachte, würde es der Knochen sein, der zerbrach. Ein Blick nach links zeigte ihm, daß der Barkeeper sich hastig verzogen hatte. Wollte er sich in Sicherheit bringen oder Hilfe holen? Oak hatte keine Zeit zum Spekulieren, denn er mußte seinen drei grinsenden Gegnern die volle Aufmerksamkeit widmen.

Da erschien plötzlich ein Schatten hinter dem Ingenieur, der gerade Merry belästigte. Der Schatten hob den Mann auf, als wäre er ein Kind. Einen Augenblick später legte Kakombe den bewußtlosen Mann sanft ab und bewegte sich lautlos vorwärts, um dem großen Ingenieur mit der abgebrochenen Flasche einen Arm um den Hals zu legen. Die andere Hand legte er um das rechte Handgelenk des Mannes und drückte zu. Der zerbrochene Flaschenhals fiel zu Boden und zerbarst, ohne weiteren Schaden anzurichten.

Inzwischen hatten sich die beiden anderen umgedreht, um den Neuankömmling argwöhnisch zu mustern. Kakombe wartete, bis der Ingenieur aufgehört hatte, um sich zu treten, bevor er ihn zu Boden legte. Dann wandte er sich den beiden anderen zu, die sofort Messer zogen; kurze Waffen mit schweren Klingen. Den Stuhl vor sich haltend, trat Oak auf den nächsten zu. Nun waren die beiden Italiener an der Reihe, langsam zurückzuweichen.

»Du hast ihn umgebracht«, knurrte einer von ihnen zornig. Er hielt das Messer locker in der Hand, als dächte er daran, es zu werfen. Oak machte einen weiteren Schritt auf ihn zu, und der Mann stach mit der Klinge nach ihm. Doch die prallte von einem Stuhlbein ab.

»Er schläft nur«, sagte Kakombe. »Es ist besser, solche Dinge zu überschlafen als sie auszukämpfen. Ich habe gelegentlich auch mal zuviel Honigbier getrunken.«

Der andere Ingenieur hob sein Messer, und Oak sah, wie er auf den Riesen zielte. Er würde mit dem Stuhl angreifen müssen und konnte nur hoffen, daß die beiden nicht verstanden, als Team zu kämpfen. Wenn Kakombe den anderen zu packen bekäme...

»Das genügt!« Nun huschten die Blicke zum oberen Treppenabsatz empor. Dort stand der Barkeeper mit einer Petroleumlaterne. Neben ihm war Axel Wolf, der die größte Büchse in den Händen hielt, die Oak jemals gesehen hatte. Er blickte kühl zwischen den beiden bewaffneten Italienern hin und her.

»Gentlemen, das hier ist eine Chesterton Express. Damit kann man auf zweihundert Yards einen Elefantenbullen erlegen. Ich hoffe, daß mich niemand dazu zwingt, vorzuführen, was diese Waffe erst einem Menschen antun kann.«

Die Ingenieure wechselten schnelle Blicke. Langsam glitten die Messer wieder in ihre ledernen Scheiden. Wolf nickte.

»Schon besser. Und nun nehmen Sie Ihre Freunde auf und verschwinden. Sie sind hier nicht mehr willkommen. Seien Sie brave Jungen, dann werde ich es das nächste Mal, wenn ich in Mbeya bin, vielleicht nicht für erforderlich halten, mit Ihrem Projektleiter über diesen Vorfall zu sprechen, verstanden?«

Böse funkelnd luden die beiden Männer ihre Gefährten auf die Schultern und machten sich an den Abstieg. Einer von ihnen wollte Kakombe anspucken, überlegte es sich jedoch wieder und begnügte sich damit, unverständliche Obszönitäten zu murmeln.

In der Bar lauschten alle auf das Geräusch eines startenden Geländewagens, der schließlich den Parkplatz verließ. Erst dann legte Wolf das große Gewehr beiseite. Er sprach auf Swahili mit seinen wartenden Männern, die die Waffen aufnahmen und die Treppe hinab verschwanden.

»Meine Askaris werden dafür sorgen, daß unsere betrunkenen Freunde sich nachher nicht wieder anschleichen, um Ärger zu machen. Ich glaube allerdings nicht, daß das sehr wahrscheinlich ist. Bei ihrem Bierkonsum können sie wahrscheinlich von Glück reden, wenn sie in einer Stunde überhaupt noch ihre Hosen wiederfinden. Ich hoffe nur, daß sie noch nüchtern genug sind, um über den Fluß zu kommen. Sonst werden die Krokos sie kriegen. Das würde mir gar nicht gefallen. Wäre schlechte Publicity, müssen Sie wissen. Sind Sie in Ordnung?«

Merry war gerade dabei, ihr Haar zu richten. »Ist schon lange her, daß ich das letzte Mal eine Prügelei in einer Bar erlebt habe. Wenn ich von der Arbeit komme, sind die meisten Bars schon geschlossen.« Sie rieb sich den Mund. »Ich bin okay. Kakombe?«

»Feiglinge. Muzungu sind nichts ohne ihre Gewehre. Einige Muzungu«, fügte er hastig hinzu und lächelte Oak an.

»Ich möchte mich für den Vorfall entschuldigen. Die nächste Runde geht auf meine Rechnung.« Wolf schob einen Sessel heran. Er war genauso alt wie Oak, doch die Furchen in seinem Gesicht deuteten auf ein hartes Leben hin. Der größte Teil seiner Haare war vorzeitig ergraut. »Manche Leute kommen mit MMGA besser zurecht als andere. Ist nicht leicht, hier draußen in der Fremde zu leben, wenn man keine, Madam, Sie müssen schon entschuldigen, Frauen der eigenen Rasse zur Verfügung hat. Manche Leute drehen dann ein bißchen durch und müssen mit ein paar Ohrfeigen wieder zur Vernunft gebracht werden. Manche drehen noch sehr viel mehr durch und müssen in weißen Jacken nach Hause geschickt werden.« Mit einem Nicken zeigte er zum Fluß hinüber.

»Dieser Haufen wird höchstwahrscheinlich am Morgen mit schlimmen Kopfschmerzen, schlechten Erinnerungen und mit Mägen aufwachen, die sie am liebsten an jemand anders weitergeben würden. Wenn sie wieder nüchtern geworden sind, wird ihnen die ganze Sache wahrscheinlich außerordentlich peinlich sein. Die ausländischen Arbeiter hier sind ziemlich gemischt. Die Skandinavier sind die besten, die Bulgaren die schlimmsten, und die Chinesen sind undurchsichtig. Die Italiener und die Brasilianer liegen irgendwo in der Mitte.«

»Danke für die Hilfe«, erwiderte Oak, »obwohl ich glaube, daß Kakombe und ich damit schon allein fertiggeworden wären.«

»Daran zweifle ich nicht, alter Knabe, aber ich dulde hier bei mir kein Blutvergießen. Nicht daß sich die Regierung auch nur ein bißchen dafür interessiert, wenn sich ein paar betrunkene Muzungus gegenseitig die Eingeweide rausholen wollen, aber sie duldet nichts, was eines ihrer

Lieblingsentwicklungsprojekte bremsen könnte. Einen ausländischen Ingenieur krankenhausreif zu schlagen, das wäre hierzulande etwa dasselbe, als würde man einen Traktor in die Luft jagen. Nur daß der Traktor die anständigere Beerdigung bekäme. Bier?«

»Ich glaube, ich bleibe bei Doppelcola oder wie immer dieser einheimische Softdrink heißt.«

»Gut.« Wolf erhob sich und lächelte Merry an. »Möchte mich noch einmal entschuldigen. Prüfen Sie nach, ob in Ihrem Soda Insekten sind. Wir tun hier zwar unser Bestes, aber ich kann nicht jeden Kasten persönlich überprüfen. Das hier ist nicht Hyde Park, wissen Sie. Gute Nacht.«

Merry nippte an ihrem Glas, schnitt eine Grimasse und schob es beiseite. »Warm. Danke, Josh.« Sie hob den Blick und sah nach links. »Und danke auch Ihnen, Kakombe.«

Er zuckte die Schultern und ließ seine gewaltige Gestalt neben ihr in den Sessel sinken. Sorgfältig musterte er ihr Gesicht, während er ihr Glas aufnahm. »Ich werde das austrinken. Meine Kehle ist trocken, und ich bin warmes Bier gewöhnt.«

Sie lächelte ihn an. »Bedienen Sie sich.«

Zufrieden, daß wenigstens die nächste *halbe* Stunde lang alles in Ordnung sein würde, drehte Oak sich um und spähte über den dunklen Fluß hinaus, während er an das dachte, was Wolf ihnen erzählt hatte. »MMGA.« Sie hatten den Ausdruck in Nairobi gehört. Er bedeutete ›Meilen und Meilen gottverdammtes Afrika‹. Weniger eine abwertende Bezeichnung als vielmehr eine resignierende. Hätte er es nicht besser gewußt, so hätte er sich vorstellen können, daß der Wald dort unten die Fichtenhaine von Georgia oder der Hartholzwald am Rande seines geliebten Burke Lake zu Hause in Virginia war.

Doch die Geräusche, die von unten kamen, legten anderes nahe. Exotisches Geschrei und Gezwitscher, schrilles Gekreische und dumpfes Summen ließen die Umgebung alles andere als vertraut erscheinen. Plötzlich blickte er noch angestrengter in das matte Licht hinaus. Nicht allzu weit entfernt kauerte eine große Gestalt auf einem runden Felsen unter ihnen. Wolf hatte sie bei ihrer Ankunft gewarnt, daß es zwar selten sei, immerhin aber doch vorkomme, daß Leoparden durch das Camp strichen. Oak hatte geglaubt, daß dies nur ein Vorwand sei, um sicherzustellen, daß die Gäste die beschränkten Sanitäranlagen im Freien nicht unnötig benutzten, doch jetzt war er sich dessen nicht mehr so sicher.

Dann beruhigte er sich wieder. Die Gestalt veränderte ihre Haltung ein wenig und erwies sich als die eines Menschen. Er meinte auch die Umrisse wiederzuerkennen.

»Mbatian Olkeloki?«

Ein Kopf drehte sich um und Mondlicht brach sich blitzend auf den nach oben gewandten Augen. »Was ist, Freund Joshua?«

»Wie lange sitzen Sie schon da, alter Mann?«

»Sehr lange. Ich mag die Kühle des glatten Steins an meinem Gesäß, und die Neigung dieses Hangs behagt meiner Wirbelsäule. Die Klippdachse kommen, um an meinen Zehen zu nagen. Sie schauen mich fragend an, doch ich habe weder Nahrung noch Antworten für sie.«

Oak wies mit einem Kopfnicken auf das ferne Leuchten der Bar. »Haben Sie denn nicht mitbekommen, was hier los war?«

»Sie waren da. Merry Sharrow war da. Kakombe war in der Nähe. Da bestand kaum Grund für mich, einzugreifen. Ich hegte keinerlei Zweifel daran, daß Sie drei schon mit vier betrunkenen Böstreffs zurechtkommen würden. Wären Sie dazu nicht in der Lage gewesen, so hätte ich erkennen müssen, daß ich einen Fehler begangen habe, als ich sie ausgewählt habe. Außerdem bin ich ein alter Mann. Für mich ist die Zeit des Kämpfens vorbei. Wissen und Weisheit können zwar gegen Geister und Shetani etwas ausrichten, gegen Betrunkene aber nützen sie nur wenig.« Er wandte sich wieder ab, um über die gischtenden Stromschnellen und den dunklen Wald hinauszublicken. Dann legte er den Kopf zurück, um die

Sterne zu mustern. Oak fragte sich, was er dort wohl erblicken mochte.

»Die Zeit der Krise naht, Joshua Oak.« Wie er so stumm dasaß, die Arme um die angezogenen Knie gelegt, sah er aus wie eine von Nafasis Schwarzholzskulpturen. Er hatte nichts dagegen, daß Oak, ein sehr viel jüngerer Mann aus einer anderen Zeit und Kultur, sich neben ihn setzte. Eine Weile saßen sie stumm da, teilten miteinander die Stille und noch etwas anderes – eine allesdurchdringende Gewißheit. Obwohl keiner von beiden es wußte, war dieses Gefühl ähnlich dem, das Oppenheimer und Szilard und die anderen in Trinity Site an jenem bewußten Abend des Jahres 1945 empfunden hatten, als die Welt sich heftig strampelnd dagegen wehrte, in eine neue und nicht immer ruhige Epoche gezerrt zu werden.

»Mbatian? Was ist auf der anderen Seite? Außer den Shetani, natürlich.«

Der alte Mann drehte sich im Schatten nach ihm um. In seinen Augen spiegelte sich das Sternenlicht. Irgendwie wirkten sie größer als bei Tag.

»Alles. Darum geht es beim Dorther, mein junger Freund. Alles, was nicht hier ist, ist dort. Alles, was wirklich ist, wird erst wirklich, wenn es von dort in unsere Welt gelangt, und alles, was nicht wirklich ist, sondern nur eingebildet, bleibt auf der anderen Seite. Wenn man sich überlegt, wie es um vieles von dem, was nicht wirklich ist, steht, scheint das auch besser so zu sein. Die wirkliche Welt ist schon verwirrend genug. Ab und an schlüpft ein kleines, unwirkliches Etwas durch einen vorübergehenden Schwachpunkt oder ein Loch im Gewebe des Wirklichen, und schwebt um unsere Welt herum. Dann sehen die Menschen Geister und Kobolde, haben Träume und Halluzinationen.

Es sind also nicht nur die Shetani, die wir fürchten müssen. Im Dorther gilt es noch sehr viel mehr zu vermeiden. Je länger wir dort bleiben, um so wahrscheinlicher ist es, daß solche Dinge uns aufspüren werden. Bestimmte Unwirklichkeiten fühlen sich zu bestimmten Menschen hingezogen. So ist es beispielsweise unwahrscheinlich, daß ich Ihrem Alptraum begegnen werde. Denn der würde sich auf Sie zubewegen.«

»Alptraum?«

»Ihrer und meiner, Kakombes und Merry Sharrows; die sind alle dort drüben, schweben ziellos umher, lauern auf eine Schwachstelle, die sie durchläßt, um unseren Schlaf zu rauben. Wenn wir ins Dorther hinübergehen, wird es für sie viel leichter sein, uns ausfindig zu machen. Dann werden wir uns möglicherweise noch mit anderen Dingen als den Shetani auseinandersetzen müssen. Sie haben mir gezeigt, daß Sie mit den Shetani und betrunkenen Böstreffs umgehen können, Joshua Oak. Aber sind Sie auch bereit, sich Ihren eigenen Alpträumen zu stellen?«

Oak spähte in die Dunkelheit hinaus. Kleine, pelzige Gestalten kauerten um die Wurzel eines Baums, der aus einer Felsritze hervorwuchs. Er fühlte, daß sie lauschten und beobachteten. Wem oder was mochte ein Klippdachs im Dorther begegnen? Vielleicht seinem fehlenden Schwanz?

»Ich weiß es nicht«, sagte er schließlich. »Kann ein Mensch diese Frage wirklich ehrlich beantworten? Ich kann nur sagen, daß ich schon mein ganzes Leben mit bestimmten Alpträumen zu tun hatte. Einer davon hat mir das hier angetan.« Er berührte sein rechtes Auge und Olkeloki sah ihn mitfühlend an. »Es war meine eigene Schuld. Ich war faul geworden. Der Alptraum, der mir dies antat, lächelte, als er es tat. Vertraue niemals einem lächelnden Alptraum. Soviel weiß ich.« Sehr vorsichtig entfernte er das Glasauge und legte es in seine offene Handfläche, er wußte, daß die Dunkelheit die leere Augenhöhle beinahe unsichtbar machen würde.

»Ich habe es sofort bemerkt«, erklärte der alte Mann.

Oak war überrascht. »Ach ja? Interessant. Die meisten Leute bemerken den Unterschied überhaupt nicht, es sei denn, die Beleuchtung ist gerade richtig und sie kommen ziemlich nahe heran. Meine Familie hat sich immer einen

Spaß daraus gemacht, den Leuten zu erzählen, daß dieselbe Firma, die die Augen für ET gemacht hat, auch eins für mich hergestellt hat.« Aus einer Tasche holte er eine kleine Flasche Spezialflüssigkeit und reinigte das Glas sanft, bevor er es wieder einsetzte. Die Augenmuskeln schlossen sich im Reflex darum und hielten es fest. »Früher habe ich es immer in der Öffentlichkeit gereinigt und befeuchtet, bis ich bemerkte, wie das auf manche Leute wirkte. Seitdem kümmere ich mich lieber darum, wenn ich allein bin.«

»Wie ist das passiert?«

Oak hatte nichts dagegen, dem alten Mann die Geschichte zu erzählen. Er hatte das damit verbundene Trauma schon längst überwunden. »Es war an einem Ort namens Boise. Nicht so schlimm wie manche Städte, in denen ich gearbeitet habe. Kein Ort, wo man mit so etwas rechnen würde. Ich war einer von mehreren Leuten, die einen alten Mann festnahmen. Er war wütend auf das, was ich ihm und seinen Freunden angetan hatte. Er war kein sehr netter alter Mann, und seine Freunde waren auch keine Waisenknaben. Meine Freunde und ich glaubten, daß wir alles unter Kontrolle hätten; es war einfach Routine für uns, verstehen Sie? Wir durchsuchten ihn und seine Freunde nach Waffen und brachten sie gerade zur örtlichen Polizeiwache, als er plötzlich einen Schlüsselbund aus der Hose hervorholte und damit auf mich einschlug. Er war nicht nur sehr viel heimtückischer sondern auch sehr viel schneller, als ich geglaubt hatte. Meine Freunde und ich hatten uns schon ein wenig entspannt.«

Mit einem Fingernagel klopfte er gegen das Glasauge. »Er hat mich genau hier mit einem Schlüssel getroffen. Wäre es ein Schraubenzieher oder ein Messer oder irgend etwas Längeres gewesen, dann säße ich jetzt nicht hier, um Ihnen die Geschichte zu erzählen.« Er zwinkerte und zeigte damit, wie gut er die Augenmuskeln beherrschte.

»Manchmal wache ich mitten in der Nacht in heißen Schweiß gebadet auf – ich kann nie begreifen, was die Leute meinen, wenn sie von kaltem Schweiß reden –, und dann sehe ich, wie dieser Schlüssel auf mich zukommt, und ich weiß, daß ich ihn nicht aufhalten kann. Es ist nur ein messingfarbener, verschwommener Streifen. Dann spüre ich den Schmerz wieder und muß mein Gesicht betasten, um sicherzugehen, daß ich nicht blute. Es heißt, daß ich sehr viel geblutet habe. Sehen Sie, alter Mann, ich bin es also gewöhnt, mit Alpträumen umzugehen.«

»Das hatte ich schon vermutet. Vergessen Sie nicht, Joshua Oak, daß Sie mir offenbart wurden.«

Auf dem glatten Felsen unter dem ruhigen Mantel einer afrikanischen Nacht verließen Oak die letzten Reste Skepsis und Unglauben. »Also gut, ich bin fast bereit zuzugeben, daß hier Kräfte am Werk sind, die ich nicht begreife, die vielleicht niemand begreift. Ich kann auch verstehen, wieso jemand mit meiner Ausbildung und Erfahrung Ihnen dabei eine große Hilfe sein könnte.« Er zeigte hügelaufwärts.

»Was ich aber nicht begreife, ist, inwieweit Merry in dieses Bild paßt. Sie ist eine Telefonverkäuferin. Schön, sie arbeitet bei Nacht und fürchtet sich daher auch nicht vor dem Dunkeln. Vielleicht kommt sie auch mit ihren Alpträumen gut zurecht. Aber sie hat keinerlei Kampfsport- oder militärische Ausbildung. Sie ist es nicht gewohnt zu kämpfen. Wenn sie eine Polizistin oder so etwas wäre, dann würde ich es verstehen, das würde mir einleuchten. Also erklären Sie mir, was sie hier zu suchen hat, warum Sie sie ausgewählt haben.«

»Manche Dinge darf ich Ihnen noch nicht sagen, Freund Joshua. Ich kann Ihnen nur sagen, daß sie mir offenbart wurde, genau wie Sie. Wenn wir ins Dorther eintreten, müssen Sie zu meiner Rechten sein, so wie sie zu meiner Linken sein muß. Sie ist ebenso entscheidend für den Erfolg des Ganzen wie Sie oder ich.«

»Schön, wenn Sie das meinen. Aber verstehen tue ich es immer noch nicht.«

»Wer versteht schon das Dorther? Ich kann Ihnen nur sagen, daß es so sein muß. Im Dorther gibt es sehr viel

Dunkelheit und nur wenig Licht. Das ist kein Ort der Helligkeit. Wie Sie schon sagten, Merry Sharrow fürchtet sich nicht im Dunkeln. Das mag schon Grund genug sein, sie als Begleiterin dabeizuhaben. Vielleicht ist sie aber auch nur hier, um dafür zu sorgen, daß Sie hier bleiben.«

»He, jetzt machen Sie aber mal halblang! Ich bin aus eigenem, freiem Willen mit Ihnen gekommen. Klar, die Tatsache, daß Merry darauf bestand, mit Ihnen zu gehen, hat meine Entscheidung beeinflußt, aber trotzdem...« Er stockte, als er spürte, daß der alte Mann ihn auslachte. War er etwa rot geworden? Er war froh über die Dunkelheit.

»Morgen werden wir schon feststellen, warum jeder von uns hier ist, mein junger Freund, wenn nämlich die Zeit gekommen ist, ins Dorther einzutreten.«

Oak akzeptierte den Themenwechsel. »Sie haben gesagt, daß wir diesen Bruch zwischen der wirklichen Welt und dem Dorther versiegeln müssen. Wie soll das geschehen? Mit Dynamit? Oder mit irgendeiner Art Zauber?«

»Etwas in dieser Art.« Oak wünschte sich, daß der alte Mann ein wenig zuversichtlicher klänge. »Da das Dorther ein Ort der Dunkelheit ist, müssen wir es mit Licht versiegeln.«

»Ein paar Pfund Dynamit würden für eine Menge Licht sorgen.«

Der alte Mann klang enttäuscht. »Ihr Böstreffs denkt doch alle gleich. Immer denkt ihr an explosive Stoffe. Eure Physik besitzt keine Seele. Ich werde das Licht beschaffen. Das ist meine Aufgabe. Sie und Kakombe und Merry Sharrow müssen mir die Zeit verschaffen, zu tun, was ich tun muß. Das ist *Ihre* Aufgabe. Mich solange am Leben zu halten, bis ich meine Arbeit beendet habe.« Er deutete zum Nachthimmel empor. »Das kann eine Weile dauern. Die Vorzeichen sind nicht gut.«

Einen Augenblick lang begriff Oak nicht, was der alte Mann meinte. Doch dann musterte er mit gerunzelter Stirn den Halbmond. An dem fehlte ein kleines Stück.

»Verdammt! Eine Finsternis!«

»Ja. Bei den Massai ein Vorzeichen des Todes. Meinen Deutungen zufolge werden mindestens zwei sterben, während wir versuchen, ins Dorther einzudringen, und sehr viele mehr, wenn es uns nicht gelingen sollte. Viel zu viele, um darüber nachzudenken. Aber das wissen Sie ja bereits.«

Oak senkte den Blick auf den glatten, im Schatten liegenden Fels unter seinen Füßen. Er schluckte. »Welche beiden?«

»Das hat die Deutung nicht offenbart.« Olkeloki zuckte die Achseln, doch nicht, um die Sache leichtfertig abzutun. »Möglicherweise habe ich die Zeichen auch falsch gedeutet. In einer Nacht, da der Mond ausgeht, mag sich selbst der Tod nicht vernünftig benehmen. Vergessen Sie nicht, es war nur eine Deutung, und Deutungen sind nicht mehr als Ahnungen. Es sind keine Vorhersagen, die so zuverlässig sind, daß man sie in Stein meißeln könnte.«

Oak dachte eine Weile darüber nach, bevor er leise fragte: »Was ist mit der anderen Sache? Was geschieht, wenn wir Erfolg haben? Sind Sie sicher, daß dieses Licht, das Sie schaffen werden, uns wieder zurückläßt?«

»Das sollte es.«

»Und wenn es das nicht tut oder wenn irgend etwas im letzten Augenblick schiefgeht?«

»Dann werden wir für ewige Zeiten in der Welt des Dorther gefangen sein, zusammen mit den gefangenen Shetani und unseren eigenen schlimmsten Alpträumen. Ich glaube, dann würden wir sehr schnell verrückt werden. Aber machen Sie sich deswegen keine Sorgen. Ich bin sicher, daß man sich im Dorther ebensoschnell das Leben nehmen kann wie in der wirklichen Welt.«

Oak trat mit seinem Stiefelabsatz gegen den glatten Stein. »Sie sind mir ein wirklicher Trost, Mbatian Olkeloki.« Der alte Mann erhob sich und Oak musterte ihn neugierig. »Gehen Sie nach oben auf einen Drink?«

»Nein. Um zu schlafen, mein junger Freund, aber vorher

muß ich noch ein Telefonat führen. Es ist sehr gut, daß es hier ein Telefon gibt.«

»Letzter Anruf bei Ihrer Frau?«

»Nein. Um mein Gewissen zu entlasten und vielleicht auch, um ein paar andere aufzustacheln.«

24

Moskau, UdSSR – 26. Juni

Heute morgen war der Generalsekretär ernster als sonst, überlegte der Minister. Tatsächlich war Dorowskoj regelrecht wütend. Ohne Zweifel hatte er allen Grund dazu. Er war der Mann, der die harten Entscheidungen treffen mußte. Die Fragen, die er den Männern um den großen, ovalen Tisch stellte, waren so präzise und scharf wie das Skalpell eines Chirurgen. Die Antworten fielen vergleichsweise kurz aus. Schließlich kam der Transportminister an die Reihe.

»Seroff, sind Sie sicher, daß die Dnjeprbrücke durch Sabotage zerstört wurde? Ist es völlig ausgeschlossen, daß es andere Ursachen hatte?«

»Mein Ministerium hat den Vorfall zusammen mit Spezialisten der Armee gründlich untersucht, Genosse Generalsekretär. Obwohl am Ort des Geschehens bisher keine physischen Beweismittel gefunden wurden, zwingt uns doch das Fehlen jeder anderen, vernünftigen Erklärung dazu, an die Sabotagetheorie zu glauben.«

Dorowskojs Miene veränderte sich nicht, doch innerlich kochte er vor Wut. Die Zerstörung der Wolgabrücke bei Volzhskij war ein weiteres Glied in einer Kette sich immer schneller häufender, dramatischer ›Unfälle‹, die ihn, seine Minister, ja das ganze Land an den Rand des Verfolgungswahns trieben. Es war, als wenn die Verantwortlichen (und wer hätte schon leugnen können, daß irgendeine

Macht dafür verantwortlich war?) mit jedem neuen Vorfall Kraft und Selbstvertrauen gewännen. Als würden sie sich in der Sicherheit des Wissens wiegen, daß sie ohne eindeutige Identifizierung straffrei operieren konnten. Um ihn herum wurde das Gewebe des sowjetischen Lebens in Stükke gerissen. Dorowskoj durfte es nicht zulassen, daß dies ungestraft so weiterging. Hier stand mehr als nur seine eigene Zukunft auf dem Spiel.

»Genossen, so kann das nicht weitergehen. Die meisten von euch kennen mich ziemlich gut. Durch eure Unterstützung bin ich Generalsekretär geworden, und mit eurer Unterstützung regiere ich seither. Mein ganzes Leben lang habe ich Ultimaten verabscheut. Ich habe sie nicht gemocht, wenn mein Vater sie mir stellte. Ich mochte auch die nicht, die man mir in der Schule stellte, und ganz besonders haßte ich sie in der Armee. Doch manchmal, wenn alles andere versagt hat, bleibt einem nichts anderes mehr übrig. Meinen Vater würde es amüsieren, daß ich nun mein erstes Ultimatum stellen muß.

Ich wünschte mir verzweifelt, daß es eine andere Möglichkeit gäbe, aber ich habe keine andere Wahl. Jene Gegner, die das Amt für Staatssicherheit für die Katastrophen der vergangenen Tage verantwortlich hält, leugnen nach wie vor jegliches Wissen um die Ursachen. Zwar fehlen uns konkrete Beweise, doch da es keine andere vernünftige Erklärung dafür gibt, erscheinen uns die Indizien überwältigend. Wir sind uns also einig.«

Es geschah einstimmig. Alle Minister willigten ein, wenn auch etwas zögernd. Sogar jene, die mit der Entscheidung nicht ganz einverstanden waren, begriffen, daß der Generalsekretär seine Möglichkeiten ausgeschöpft hatte. Die Einmütigkeit brachte jedoch keinerlei Lächeln hervor. Es handelte sich um alles andere als eine angenehme Situation.

Selbst jene, die überzeugte Atheisten waren, beteten darum, daß die Amerikaner vernünftig sein würden.

Washington, D.C. – 26. Juni

Der Flur vor dem Kabinettsaal hallte nicht vom üblichen Geplauder und Gelächter wider, als die Mitglieder des Nationalen Sicherheitsrats nacheinander herauskamen und sich in Richtung ihrer wartenden Limousinen begaben. Präsident Weaver verabschiedete sich von jedem einzelnen. Alle wußten sie, was sie zu tun hatten, und nicht einer von ihnen freute sich darauf. Der Präsident sah auf die Uhr. In einer halben Stunde würde er mit dem Kabinett im Prinzip die gleiche Reihe von Ereignissen durchgehen müssen. Danach würde man die Presse informieren müssen. Die Pressekonferenz war für 11.55 Uhr anberaumt worden, damit so viele Menschen wie möglich in der Mittagszeit davon erfuhren, die sie höchstwahrscheinlich vor einem Fernsehgerät verbrachten.

Er benutzte die nächsten dreißig Minuten damit, seine Frau zu informieren. Sie versuchte, einen Grund zu finden, aus dem man die Erklärung hätte absagen können, doch war sie schon zu viele Jahre in der Politik, war viel zu logisch und methodisch geworden, um noch zu versuchen ihn abzuhalten. Für sie war es ohnehin schwierig, objektiv zu sein. Einer ihrer Schwäger war Kontrolleur in der Raffinerie Baton Rouge gewesen, die explodiert war. Doch es war Weaver ein Trost, mit ihr zu reden.

Es half ihm ebensosehr wie all die nutzlosen Nachrichten und Forderungen und Beinahe-Anschuldigungen, die sie via Satellit übersandt hatten. Da Worte es nicht vermocht hatten, die Welle unerklärlicher Tragödien zu stoppen, würde man es nun mit etwas anderem versuchen müssen. Weaver graute vor der bevorstehenden Pressekonferenz. Er machte sich keine Sorgen, daß er für die Entscheidung nicht genügend Unterstützung in der Öffentlichkeit finden könnte. Im Gegenteil, Meinungsumfragen hatten ergeben, daß die Extremisten die öffentliche Meinung bis zum Siedepunkt aufgepeitscht hatten. Sorgen bereitete ihm vielmehr das Fehlen einer starken Opposition, sowohl in der allgemeinen Bevölkerung als auch im Kongreß. Eigentlich hätte es ihn nicht überraschen dürfen. Eine aufgewühlte, zornige amerikanische Öffentlichkeit konnte nicht unbegrenzt alles ertragen, ohne zurückzuschlagen. Auch wenn sie sich nicht ganz sicher sein mochte, daß sie tatsächlich auf den richtigen Feind einschlug.

Am schlimmsten aber war, daß die Sowjets ganz genauso zu empfinden schienen.

In fünf Minuten war Kabinettsitzung. Er küßte seine Frau, heftiger, als er es seit langem getan hatte, und setzte sich ans Tischende, um darauf zu warten, daß die Minister hereinkamen. Zwei von ihnen, Harkins und Thierry, waren auch Mitglieder des Nationalen Sicherheitsrats. Sie würden gerade ihre neugierigen Kollegen draußen im Gang informieren. Das würde die Sache ein kleines bißchen leichter machen, doch nur ein wenig.

Das leuchtendrote Telefon unter dem Schreibtisch klingelte. Er legte die Stirn in Falten, ließ es ein zweites Mal klingeln, bis er schließlich den Hörer aufnahm.

Die beiden Männer hatten sich schon früher miteinander unterhalten, Dorowskoj war der erste sowjetische Generalsekretär der Geschichte, der fließend Englisch sprach, während Weaver nur ein paar Brocken Russisch beherrschte. Dennoch war der Einsatz von Simultandolmetschern für eine korrekte Verständigung von lebenswichtiger Bedeutung. Besonders heute morgen.

Was dabei geschah, war so außergewöhnlich und rätselhaft und löste in beiden Hemisphären des Planeten soviel Diskussionen aus, daß es nicht nur jedermanns Aufmerksamkeit, sondern auch die Neugier und die Empörung aufs äußerste anstachelte. Vielleicht war es auch nur einer jener unerklärlichen und glücklichen Zufälle, auf denen ein unendlich großer Teil der Geschichte beruhte. Jedenfalls geschah folgendes:

Dorowskoj behauptete, daß er Weaver nicht angerufen habe. Der Präsident der Vereinigten Staaten bestand ebenfalls darauf, daß er den Generalsekretär der Union der Sowjetischen Sozialistischen Republiken nicht angerufen hatte. Weder in Washington noch in Moskau hatte das Telefon geklickt. Beide hatten exakt im selben Augenblick die Hörer abgenommen, als das Gespräch durchgestellt wurde, was zwar nicht völlig, aber doch ziemlich unwahrscheinlich war, wenn man bedachte, wieviel vorbereitende Maßnahmen bis zur Herstellung einer solchen Verbindung normalerweise nötig waren.

Dieses außergewöhnliche Zusammentreffen zufälliger Ereignisse wurde sofort bemerkt. Man gelangte gemeinsam zu dem Schluß, daß wohl doch eine *dritte* Partei die Hand im Spiel haben mußte. Nachdem man sich darüber einig war, warfen beide Seiten ein, daß diese immer noch unbekannte dritte Macht möglicherweise auch für die lange Reihe gleichermaßen unerklärlicher Ereignisse auf beiden Kontinenten verantwortlich sein könnte. Man zog geplante Drohungen zurück, um es kühleren Köpfen zu überlassen, ihre Vorschläge einzubringen, ohne sich davor fürchten zu müssen, als Feiglinge und Ausverkaufspolitiker angeprangert zu werden. Zwar vertraute keine Seite der anderen genug, um völlig beruhigt zu sein, doch vertagte man erst einmal alle Gespräche über Ultimaten, um diesen neuen Möglichkeiten nachzugehen. Trotz dieses mysteriösen Zustandekommens eines Telefonanrufs mochte sich keine der beiden Seiten mehr als nur ein Minimum an Optimismus erlauben. Dennoch taten alle erst einmal einen Schritt zurück.

Was konnte es schon schaden, noch ein paar Tage zu verhandeln?

Ruaha, Tansania – 26. Juni

Während die Repräsentanten der beiden Weltmächte miteinander sprachen und der Rest der Welt erzitterte, holperte ein zerbeulter Landrover mit vier müden, aber entschlossenen Menschen über eine unbefestigte Straße, die im südlichen Zentraltansania den Mdonya Sandfluß entlangführte. Nicht einmal Mbatian Oldoinyo Olkeloki wußte, wieviel Zeit ihnen noch blieb. Er konnte ihnen lediglich mitteilen, daß sie keine Zeit vergeuden durften und daß es keine zweite Chance geben würde.

Olkeloki hatte sie noch vor fünf geweckt, als es draußen noch dunkel war. Mit verschlafenen Augen, innerlich aber aufgewühlt vor Erregung, hatte Oak sich etwas Wasser ins Gesicht gespritzt, hatte sich angezogen und den Land Rover warmlaufen lassen, während sie auf Merry gewartet hatten. Niemand riß Witze über die typische Unpünktlichkeit der Frauen. Heute morgen nicht.

Gerade stieg die Sonne hinter den wogenden Hügeln empor, die von dem Sandfluß durchschnitten wurden. Schon bald würde es wärmer werden, und die Tsetsefliegen würden ihre schützenden Sträucher auf der Suche nach Blut verlassen. Im Camp fragte sie niemand, warum sie so früh aufbrachen. Die besten Zeiten, um Wild zu beobachten, waren der Morgen und der Abend.

Nur daß wir etwas weitaus Gefährlicheres zu sehen bekommen werden als Löwen oder Leoparden, dachte Oak.

Seit sie das Lager verlassen hatten, waren sie keiner Menschenseele begegnet. Sie hätten ebensogut die Wüsten des Mars durchqueren können, so wenig hatte der Mensch diesem Teil Afrikas seinen Stempel aufgedrückt. Ihr untrüglicher Führer und Begleiter, der Sandfluß, bestand aus einem reinen Strom gelbweißen Sandes, wie er Oaks Lieblingsstrand in Carolina hätte bedecken können. Olkelokis Anweisungen folgend, hielten sie sich links vom Fluß und folgten ihm in Richtung Nordwesten.

Nicht allzu tief unter der sandigen Oberfläche floß tatsächlich Wasser, erklärte der alte Mann. Gelegentlich fuhren sie an seichten Löchern vorbei, die von Elefanten gegraben worden waren. Wenn die Dickhäuter genug gesoffen hatten, pflegten andere Tiere aus den Wäldern hervorzukommen, um die vorübergehenden Brunnen zu nutzen.

»*Aua*, verdammt!« Eine schnelle Suche förderte den Übeltäter zutage, und Merry zerquetschte ihn an ihrer Wagentür. Dann schlossen sie die Fenster, und Oak schaltete die Klimaanlage ein. Olkeloki erzählte ihnen von seiner eigenen Theorie, daß die Tsetsefliegen tatsächlich Abkömmlinge gewisser Shetanis seien. Das würde nicht nur ihre unnatürliche Zähigkeit erklären, sondern auch ihre Beharrlichkeit und ihr bösartiges Wesen.

Inzwischen fuhren sie eine langgezogene, niedrige Hügelkette aus dunklem Gestein entlang, der einem auf der Erde liegenden grauen Wal ähnelte. Zwanzig Meilen später entdeckten sie die Quelle des Mdonya: eine kleine Spalte, die von den Wasserfluten in die Basaltklippen gegraben worden war.

»Dort müssen wir hoch«, teilte Olkeloki ihnen mit. »Ganz oben dringt das Wasser des Mdonya bis zur Oberfläche vor und bildet den Matopotopo-Sumpf. Verglichen mit dem Amazonasbecken oder Ihrem Mississippi-Delta ist er nicht sehr groß, aber er ist immer noch wild und abgelegen genug, um unberührt zu sein. Dort oben, im Schatten eines Berges namens Kibiriti, müßten wir die Stelle finden, nach der wir suchen.«

Oak musterte den feuchten, vegetationsbedeckten Abhang und fürchtete schon, sie würden zu Fuß gehen müssen, doch gab es immer noch genug trockenen Boden für den Rover, und der Fluß neigte sich nur langsam der tieferliegenden Ebene entgegen. Als sie den Gipfel des Vorsprungs erreicht hatten, konnte er wieder ein bißchen lokker lassen.

Es wird Zeit für eine Pause, überlegte er.

Auch Olkeloki war erfreut. »Wir werden hineinfahren können. Das wird wesentlich besser sein, als zu Fuß zu gehen.«

Oak blickte zu ihm hinüber. »Wie, ins Dorther? In diesem Ding?«

»Ich wüßte nicht, warum nicht. Die Shetani leben dort. Warum sollte diese Maschine denn nicht dort leben?« Er trommelte mit seinen langen Fingern auf dem Armaturenbrett herum. Merry erinnerten sie an die Finger eines Pianisten. Welche stumme Melodie mochte er gerade spielen, in der sie und Joshua Oak lediglich Töne waren, die man dem Ganzen als Würze beigegeben hatte?

»Und außerdem behauptet die englische Firma, die dieses Fahrzeug herstellt, daß man damit überallhin fahren kann.«

»Wenn nicht, werden wir jedenfalls verdammte Schwierigkeiten damit bekommen, die Garantie einzulösen.«

»Fürchten Sie sich nicht, Joshua Oak. Die Magie wird uns nicht aufhalten. Shetani werden uns nicht aufhalten. Nicht jetzt, nicht hier, nicht so dicht am Ziel. Wenn der Riß in der Wirklichkeit tatsächlich breit genug ist, um so viele Shetani hindurchzulassen, ist er mit Sicherheit auch breit genug für einen Landrover.« Oak bemerkte, daß er nichts von der Möglichkeit erwähnte, daß zwei von ihnen dabei sterben könnten.

Mehrere Meilen vor ihnen verschwand der Fluß in den Sumpfausläufern. Oak lehnte den Rover mühsam um vereinzelte Baobabs und Felsbrocken, wobei er den breiten Sandstreifen immer rechts behielt.

»Laibon«, fragte Kakombe, »wenn wir schon so nahe sind, warum greifen die Shetani dann nicht an?«

»Vielleicht fürchten sie sich vor uns, vielleicht sind sie auch mit etwas anderem beschäftigt. Wir sind schnell von der Stelle gekommen, noch dazu auf unerwartete Weise. Möglicherweise begreifen sie noch gar nicht, daß wir so nahe sind. Eigentlich dürften wir noch nicht hier sein, nicht an diesem Ort und zu dieser Zeit. Das dürfte kein Mensch. Die Shetani sind zwar schlau und gefährlich, aber sie sind nicht durchorganisiert. Und sie sind viel zu ungestüm, um gut Spuren verfolgen zu können.«

»Wieviel Zeit haben wir noch zur Verfügung?« fragte Merry ihn.

Der alte Mann blickte durchs Fenster auf die letzten verblassenden Sterne. »Das kann ich nicht mit Sicherheit sagen, Merry Sharrow. Ich habe schon oft erklärt, daß wir nur sehr wenig Zeit haben. Und jetzt haben wir weniger als wenig Zeit. Mit Sicherheit müssen wir jedenfalls bis Nachteinbruch fertig sein.«

Das Gelände veränderte sich, als sie sich dem Sumpf näherten. Baobabs wichen dichtem Wald. Das Getriebe des Rover gab klagende Laute von sich, doch hatten sie keine Zeit für eine Überprüfung der Mechanik. Es spielte ohnehin keine Rolle mehr. Sie würden einfach weiterfahren, bis der Wagen seinen Geist aufgab. Danach würden sie zu Fuß gehen müssen.

Eine Meile östlich des ersten offenen Gewässers war der Wald bereits zu dicht, als daß Oak hätte hindurchfahren können. Besorgt wies Olkeloki mit einer Geste nach rechts.

»Hier abbiegen.«

»Wie, in den Fluß hinein?«

»Wir müssen jetzt in Richtung Westen. Wir gehen nur dann zu Fuß, wenn uns keine andere Wahl mehr bleibt.« Inzwischen stand die Sonne hoch am Himmel, hell und beruhigend.

Zweifelnd musterte Oak den Sandfluß. »Sie sind der Boß, aber kein Mensch weiß, wie weich der Boden unter diesem Sand ist.«

So fuhren sie die steile Böschung hinunter. Oak lenkte den Wagen flußaufwärts, wobei die Hinterreifen gelbe Fontänen aufwirbelten. Noch weitere hundert Yards, dann steckte der Wagen fest. Niemand sagte etwas, als sie ausstiegen. Aus den Bäumen brüllten Turacus sie an. Mit heiserem Gekrächze glitt ein Trio Nashornvögel über sie hinweg, mit ihren gewaltigen Schnäbeln sahen sie viel zu kopflastig aus, um fliegen zu können. Noch höher flog ein Balateuradler, der mit seinen Teleskopaugen Ausschau nach Reptilien und Nagern hielt. Eine vereinzelte Tsetsefliege näherte sich summend Merry, die daraufhin stocksteif stehenblieb, bis die Fliege es aufgab und sich ein bewegliches Ziel suchte.

Ein typischer Junimorgen in Ostafrika, überlegte Oak, während das Schicksal der Welt einem nicht eben leicht auf den Schultern lastet. Er kniete neben dem linken Hinterrad nieder, das sich völlig im warmen, feinen Sand eingegraben hatte.

»Was ist mit der Winde?« Kakombe sah über seine Schulter. Oak blickte zum Flußufer hinüber. »Ich glaube nicht, daß das Kabel lang genug ist, nicht einmal, wenn wir das Notseil daran befestigen. Das Zeug, das am Ufer wächst, hält nicht, und die großen Bäume sind zu weit entfernt.«

»Dann müssen wir versuchen, ihn herauszuziehen, wie wir es in der Nähe von Chalinze getan haben.«

»Ich glaube, das werden nicht einmal Sie schaffen, Kakombe.« Merry war auf allen vieren und grub in den Sand hinein. »Der reicht bis zum Bodenblech. Wir stecken zu tief drin.« Sie richtete sich auf, schirmte die Augen mit der Hand ab und sah zu Olkeloki hinüber. »Wie weit noch?«

Der alte Mann musterte das leere Flußbett. »Wir sind ganz nahe. Ich spüre es. Ich würde zwar lieber fahren, aber wenn wir schon zu Fuß gehen müssen, dann sollten wir jetzt aufbrechen.«

Sie holten Rucksäcke und Speere aus dem hinteren Teil des Rover. Kaum hatten sie alles, als Oak heftig in die Richtung herumwirbelte, aus der sie gekommen waren.

»Was ist los, Josh?« Merry trat dichter an ihn heran und blickte mit ihm zusammen flußabwärts. »Shetani?«

»Nein, obwohl man doch meinen müßte, daß wir so nahe bei der Schwachstelle inzwischen einige hätten zu Gesicht bekommen müssen.«

»Sie kommen nur nachts durch«, klärte Olkeloki ihn auf. »Sie sind noch nicht frech genug, um sich in großen Scharen bei Tag zu bewegen. Eine kleine Weile noch sind sie darauf beschränkt, sich nur an dunklen Orten zu bewegen.«

»Ein Fahrzeug«, sagte Kakombe abrupt.

»Das darf doch nicht wahr sein.« Jetzt erkannte Oak, was auf sie zukam. »Was hat das hier zu suchen?«

Es war ein Suzuki mit Allradantrieb, viel kleiner als der massige Landrover. Das Fahrzeug wog kaum tausend Pfund und jagte über den Sand wie ein Wasserfloh, ohne einzusinken. Während sie zusahen, rollte es aus und blieb mitten im Fluß stehen.

»He!« Merry winkte ihm zu. »Können Sie uns helfen?«

Der Fahrer schien mit jemandem darüber zu sprechen, ob er umkehren oder flußaufwärts weiterfahren sollte. Oak flüsterte mit Olkeloki.

»Was meinen Sie?«

»Es ist zwar ungewöhnlich, hier auf Touristen zu stoßen, aber nicht ganz unmöglich. Wir befinden uns immer noch innerhalb der Parkgrenzen, auch wenn die meisten Böstreffs sich davor fürchten, die beschilderten Straßen zu verlassen.«

Der Motor des Suzuki sprang wieder an, und er kam auf sie zu.

»Sie haben uns gesehen«, meinte Merry.

Was außerdem bedeutete, daß die Leute im Geländewagen wußten, daß sie ihrerseits gesehen worden waren, überlegte Oak. Da er daraus keinerlei Schlüsse zu ziehen vermochte, war es auch sinnlos, sich deswegen Sorgen zu machen. Und doch.

In wenigen Yards Entfernung blieb der Suzuki wieder stehen. Zwei Männer stiegen aus. Der Fahrer kniete nieder, um den festgefahrenen Rover zu inspizieren. »Sitzt aber ordentlich fest. Wenn Sie sich alle wieder hineinsetzen, versuchen wir, Sie herauszuschleppen.« Sein Ton war kühl, vorsichtig neutral, dachte Oak, das Englische hatte einen leichten Akzent. »Sie müssen sich vor dem grauen Sand hüten. Das sind die nachgiebigen Stellen.«

»Wir werden es uns merken.« Mit einem Nicken wies er zur Frontpartie des Suzuki hinüber. »Brauchen Sie Hilfe mit der Winde?«

»Wir kommen schon klar.« Der Mann brachte ein dünnes Lächeln hervor. »Steigen Sie einfach nur wieder ein.«

»Wir müssen uns beeilen.« Olkeloki wirkte nervös. Oak

hatte ihn zwar schon besorgt erlebt, aber noch nie nervös. Und wenn Mbatian Olkeloki schon Grund hatte, nervös zu sein, dann müßten eigentlich alle anderen in seiner unmittelbaren Umgebung vor Angst gleich zu schlottern beginnen. »Es ist gefährlich, längere Zeit an einem Ort zu bleiben, der so nahe am Dorther ist. Wir müssen schnell fort.«

Der Fahrer richtete sich auf und furchte die Stirn. »Wovon redet der da?«

Oak versuchte, die Bemerkungen des Laibon herunterzuspielen. »Wer weiß? Ich meine, woher soll irgend jemand wissen, wovon die reden? Wir sind auf diese beiden gestoßen, als sie durch den Park marschierten, und haben eingewilligt, sie ein Stück mitzunehmen.«

»Hm. Klar.« Der Mann runzelte noch immer die Stirn, während er zu seinem Fahrzeug zurückging.

Jäh blieb er stehen. Sein Assistent, ein hochgewachsener Bantu mit kurzer Hose und einem abgeschnittenen T-Shirt, versuchte gerade verzweifelt, Merry daran zu hindern, sich dem Suzuki zu nähern.

»Was für ein süßer kleiner Geländewagen«, sagte sie gerade. »Zu Hause haben wir gar keine...« Mitten im Satz brach sie ab und starrte fassungslos ins Wageninnere.

Da geschahen mehrere Dinge gleichzeitig in rasendem Tempo. Der Bantu riß ein Gewehr aus dem Fahrzeug und richtete es auf Merry. Der Fahrer rannte hin, griff hinein und holte eine automatische Waffe hervor, die er nun seinerseits auf Oak richtete.

»Das hätten Sie nicht tun sollen, Miß. Haben Sie denn nie gehört, was mit der Katze passiert ist?«

»Der Katze?« Mit aufgesperrtem Mund musterte sie das Gewehr. »Welcher Katze?«

»Die, deren Tod die Neugier war.« Der Mann sah sehr unglücklich aus.

»Was ist denn los?« Oak versuchte, an dem Mann vorbeizusehen. »Was haben die Gewehre zu bedeuten?«

Kakombe nickte bei sich. »Diese Art von Böstreffs

kenne ich. Das ist kein Tourist, der da. Er ist wie die Hyäne, die sich heimlich ins Dorf schleicht, um die Sahne aus dem oberen Teil des Milcheimers zu stehlen und in das zu pissen, was sie zurückläßt.«

»Ganz schön frech, Ihr großer Freund«, meinte der Fahrer. Er machte einen Schritt beiseite und zeigte matt auf sein Fahrzeug. »Jetzt können Sie ruhig hineinsehen. Spielt ohnehin keine Rolle mehr.«

Vorsichtig trat Oak ein paar Schritte näher, bis er ins Innere des Suzuki schauen konnte. Die Ladefläche war voller Tierhäute. Er erkannte Zebras und Wildebeests, doch was sofort seine Aufmerksamkeit erregte, waren die Felle von zahlreichen großen Katzen. Leoparden und Geparden. Nach allem, was er über die Gesetze gegen das Töten bedrohter Tierarten wußte, lagen auf der Ladefläche des Suzuki genügend Felle, um den Mann und seinen Assistenten für den Rest ihres Lebens hinter Gitter zu bringen.

Und ausgerechnet Merry, die neugierige, fröhliche Merry, mußte unbedingt dorthin gehen, um sie zu sehen.

»Wilderer«, murmelte Olkeloki. »Läuse auf der Haut Afrikas.«

»Frech und blumig.« Der Jäger gestikulierte mit seinem Gewehr. Oak nickte.

»Kalashnikov. Sehr sportlich.«

»Mit Sport habe ich nichts am Hut, Freund. Gehen Sie dort drüben hin. Sie auch, Miß.«

Die ungläubige Merry taumelte durch den Sand zurück, um sich neben Oak zu stellen. »Sie... sie wollen uns doch wohl nicht erschießen?«

Der Mann murmelte seinem Assistenten etwas auf Swahili zu, woraufhin dieser von der anderen Seite des Suzuki mit erhobener Waffe herbeikam.

»Ich fürchte, das werde ich wohl tun müssen, Miß. Ich kann es ja wohl kaum zulassen, daß Sie alle Ihre Besichtigungstour abziehen und dann zurückfahren, um dem Wildhüter zu melden, daß ich gerade in seinem Gebiet gearbeitet habe, oder?«

»Wir werden niemandem etwas sagen, ehrlich. Und außerdem sind wir nicht auf Besichtigungstour. Wir sind in einer wichtigen Mission unterwegs.«

Der Wilderer legte eine ungläubige Miene an. »Mission? Zwei Weiße und zwei Massai hier draußen in einer wichtigen Mission?« Er sah sich in dem leeren Flußbett um und ließ seinen Blick über die dahinterliegende Savanne schweifen. »Was kann denn das für eine Mission hier draußen sein, Miß?«

Völlig ungerührt von dem Gedanken, daß sie gleich erschossen werden könnten, blickte Olkeloki zum Himmel empor. »Diese Narretei muß jetzt aufhören. Die Sonne zieht weiter.«

»Sie müssen uns gehen lassen«, teilte Merry dem Wilderer mit, »denn wenn Sie es nicht tun, dann werden Milliarden von Wesen, die Shetani heißen, von einem Ort, den man das Dorther nennt, in diese Welt eindringen, und dann müssen alle auf schrecklichste Weise sterben.«

Der Wilderer musterte sie einen Augenblick schräg, dann gluckste er. »Das ist sehr gut, wirklich sehr gut, Miß. Vielleicht sind Sie ja alle aus irgendeiner Anstalt entkommen, aber das spielt keine Rolle. Wissen Sie, in meinem Geschäft darf man kein Risiko eingehen, und man darf auch keine halben Sachen machen. Es tut mir aufrichtig leid, aber Zeugen für das, was ich tue, sind das einzige, was ich mir nicht leisten kann.«

Oak kniete nieder, nahm eine Handvoll Sand auf und ließ ihn durch die Finger rieseln, er genoß seine Wärme und seine Konsistenz. Das Leben war also doch ein Witz, und Ironie war die Pointe. Es hätte den Wilderern auch egal sein können, was sie hier in diesem obskuren Sandfluß taten. Es spielte keine Rolle. Alles, was eine Rolle spielte, war die Tatsache, daß sie im Laderaum des Wagens die verbotenen Felle gesehen hatten. Das genügte, um vier Menschen zu ermorden. Sie waren die ganze Strecke aus den Vereinigten Staaten hierhergekommen, hatten dabei geholfen, an den Hängen eines heiligen Berges eine

Invasionsarmee der Shetani abzuwehren, hatten sich ihren Weg vorbei an Schlangen und verrückten Italienern gebahnt und an allem anderen, um an diesen Ort unmittelbar am Rande des Dorther zu gelangen, nur damit hier alles endete, wegen einer operettenhaften Begegnung mit einem paranoiden Wilderer, der zufällig zur falschen Zeit am falschen Ort war. Oder waren sie es, die zur falschen Zeit am falschen Ort waren? Das würde nicht einmal Olkeloki wissen.

Unter ihm verschob sich der Boden ein Stück. Der Wilderer runzelte die Stirn und blickte zu seinem Gefährten zurück. Während er das tat, schleuderte Oak ihm eine Handvoll Sand voll in die Augen. Im nächsten Augenblick hatte Oak ihn auch schon angesprungen und sie wälzten sich im Sand herum, während der Assistent des Wilderers versuchte, eine freie Schußlinie zu bekommen, um Oak zu erschießen, ohne zugleich seinen Boß in Stücke zu reißen. Oak, der sich dieses Risikos voll bewußt war, versuchte, den Mann, den er angesprungen hatte, immer wieder zwischen sich selbst und den anderen zu bringen. Wenn er doch nur mit einer Hand das Gewehr seines Gegners zu fassen bekäme...

Da explodierte die Erde, und er spürte, wie er ins Bodenlose stürzte.

Er wußte, daß er noch nicht tot war, weil er hören konnte, wie Merry kreischte und Kakombe irgend etwas auf Massai brüllte. Dann lag er auch schon auf dem Rücken und starrte nach oben, von dem Anblick vor ihm gelähmt.

Zu beiden Seiten des Wilderergehilfen schossen riesige schwarze Säulen aus dem Boden. Ihr Inneres war von tiefen Rillen durchbrochen. Der Mann war von den Füßen gerissen worden und kämpfte sich nun wieder hoch, während sein Chef versuchte, die Beherrschung über seine Waffe wiederzuerlangen. Mit einem explosiven *Knirsch!* klatschten die beiden Säulen zusammen. Dazwischen ertönte ein matter Schrei, dem eine Blutfontäne folgte.

Oak wischte sich den Sand aus den Augen. Die Rillen, die er im Innern der Säulen erblickt hatte, waren Zähne gewesen, die Säulen selbst enorme, massive Kieferladen, die aus dem Sand emporgestiegen waren. Sie schluckten zukkend, ließen den Boden wieder erbeben und traten immer weiter aus dem Sandfluß hervor.

Da hob sich weniger als einen Yard von Oaks um sich schlagenden Beinen ein Auge von der Größe einer großen Badewanne aus dem Sand. Olkeloki riß Merry gerade in Sicherheit, während Kakombe sich abmühte, auf den Beinen zu bleiben. Torkelnd wich der Wilderer zurück und versuchte, das Ungeheuer zu umgehen, das sich zwischen ihm und seinem Fahrzeug aus den Tiefen erhob.

Inzwischen war der größte Teil des Wesens aus dem Sand erschienen. Der Körper war so groß wie der eines Elefanten, die Kiefer so groß wie die eines Wals. Tief im Inneren seines Brustkorbs ertönte ein dröhnendes Geräusch wie das Fauchen einer lauernden Dampfmaschine.

Der Wilderer setzte die Kalashnikov ein. Projektile prallten ohne sichtbaren Effekt von dem dunklen, gummiartigen Fleisch ab. Eigentlich war es unmöglich, daß dieser vergleichsweise kleine Körper solch riesige, krokodilähnliche Kinnladen stützen konnte, doch irgendwie gelang es dem Monstrum, allen Gesetzen des gesunden Menschenverstands und der Gravitation zum Trotz genug Hebelkraft aufzubringen, um sie mühelos hin und her zu schwingen. Wie die Spitze eines drei Stockwerke hohen Baukrans.

»Schnell!« Olkeloki rannte auf den Suzuki zu, während der Koloß den hysterischen Wilderer verfolgte. Der Mann rannte inzwischen davon, feuerte blindlings über die Schulter und plapperte dabei unzusammenhängendes Zeug. Lange Finger fuhren durch den Sand, während der Shetani eher vorschnellte, als zu gehen.

Dann holte er mit seinen zwanzig Fuß langen Armen aus und stieß ein Geräusch aus, das bei Merry Gänsehaut hervorrief. Sie merkte, daß sie sich in die Hose gemacht hatte, aber das spielte keine Rolle. Nichts spielte eine Rolle mehr, nur noch die Frage, wie sie davonkommen konnten, weg von diesem entsetzlichen Riesen, der aus dem Boden unter ihren Füßen hervorgebrochen war. Zwischen diesen gewaltigen Kiefern traten Rauch und Feuer hervor. In diesem Augenblick erkannten sie den Mutanten der Anderswelt. Denn sie hatten ihn schon einmal gesehen.

»Geist der Erde!« Olkeloki war bereits dabei, Ausrüstungsgegenstände und Waffen in den Laderaum des Suzuki zu schleudern. Er nutzte den Vorteil, daß der Shetani gerade mit dem glücklosen Wilderer beschäftigt war. »Beeilt euch, meine Freunde, beeilt euch!«

Inzwischen war aus dem Wilderer ein wirr plappernder Irrer geworden, der auf das waldbewachsene Flußufer zurannte.

»Der war hinter uns her.« Olkeloki riß den Vordersitz vor, damit Merry und Kakombe sich hinten hineinzwängen konnten. Der angewiderte Krieger begann sofort damit, die immer noch streng riechenden Felle aus dem Seitenfenster zu schleudern. »Er hatte es auf uns abgesehen und ist auf andere getroffen, die bewaffnet waren und ihn ablenkten. Aber er wird sich nicht auf Dauer ablenken lassen.«

Oak hatte sich inzwischen in den Fahrersitz geworfen und studierte das Armaturenbrett mit einer Intensität, die er nicht für möglich gehalten hätte. Das Fahrzeug besaß weniger Meßinstrumente und Skalen als der Landrover, doch darunter waren nur ein oder zwei, deren Funktion nicht sofort offensichtlich war. Er drehte den Schlüssel im Schloß um und warf den Gang ein.

Der Suzuki ließ Sand hochwirbeln. Einen schrecklichen Augenblick lang befürchtete Oak, daß ihr zusätzliches Gewicht dazu führen würde, daß das Fahrzeug sich ebenso festfuhr wie der Rover, doch als Kakombe immer mehr Pelze ins Freie warf, bekamen die Reifen endlich Halt. Das kleine Fahrzeug begann zur Seite zu drehen. Oak rang mit dem Lenkrad und schaffte es, den Wagen wieder gerade auszurichten.

»Wohin?« brüllte er Olkeloki zu.

»Immer geradeaus, Joshua Oak!« Der alte Mann hatte sich aus dem Fenster gelehnt und blickte nach hinten. »Immer geradeaus und auf keinen Fall abbiegen, und wenn uns die Hölle selbst dazu zwingen wollte! Wir sind ganz nahe am Ziel.«

Merry hatte sich über die Mittelkonsole gebeugt und versuchte angestrengt, nach vorn zu blicken. »Da ist nichts. Ich meine, nichts Ungewöhnliches.« Endlos erstreckte sich der Sandfluß vor ihnen.

Weit hinter ihnen duckte sich der Wilderer und rollte sich ab, als höhlengroße Kiefer sich über seinem Kopf donnernd schlossen und ihn nur um wenige Zoll verfehlten. Da er das steile Ufer nicht emporklettern konnte, lief er wieder auf die Flußmitte hinaus und rannte dem davonfahrenden Suzuki nach.

»Wartet, bitte, o Gott, wartet!« Als seine Worte keine Wirkung zeigten, setzte er wieder die Kalashnikov ein. Es gelang ihm, ein paar Feuerstöße abzugeben, bevor die riesigen Kieferladen auf ihn herabfuhren und ihn säuberlich an der Hüfte in zwei Teile teilten. Der Geist der Erde schlang Fleisch und Knochen mit einem einzigen, vogelähnlichen Schnappen hinunter, während die untere Hälfte des Männerkörpers noch einen Augenblick aufrecht stehenblieb, nach allen Richtungen Blut verspritzend. Es dauerte noch einige Sekunden, bis der Blutdruck nachließ. Dann kippten Hüften und Beine in den Sand.

Das Ungeheuer stieß einen weiteren Rauch- und Flammenstoß hervor und hob dabei seinen riesigen Schädel, um mit dreißig Fuß großen Schritten das fliehende Geländefahrzeug zu verfolgen.

»Schneller, Josh«, flehte Merry, die gerade durch die Heckscheibe blickte. »Um Gottes willen, schneller!«

»Ich tue schon, was ich kann!« In dem glatten Sand rutschte der Suzuki für jeden Fuß, den er vorwärts fuhr, zwei Fuß zur Seite. »Soll ich etwa Purzelbäume schlagen?«

Der feuerspeiende Shetani holte auf. Viel zu schnell. Als

er sich zu ihnen vorbeugte, fegten lodernde Flammen aus seinen Nüstern hervor. Merry schrie auf, als das Feuer den hinteren Teil des Wagens bestrich und duckte sich zu Boden, während Kakombe ein stilles Gebet sprach.

Der Feueratem traf das Heck des Suzuki wie Napalm. Oak spürte, wie die Hitze ihm das Haar im Nacken versengte, als der Feuerstoß die armselige Heckscheibe eindrückte. Um ihn herum explodierte Glas. Instinktiv schloß er die Augen.

So wird die Welt also enden, dachte er. Nicht im Eis, sondern im Feuer, noch dazu in dämonischem. Noch während sie die Grenze überschritten, würden sie geröstet werden. Er spürte, wie die Flamme an seiner Haut leckte, seine Wangen kitzelte, unglaublich heiß und von intensivstem Rotorange.

Nur ... daß das Feuer kühl war und nicht heiß, und daß die Flammen Flügel besaßen. Er riß die Augen wieder auf. Die entsetzliche Hitze, die sie zu verglühen gedroht hatte, sie war auf der Stelle verschwunden.

Aus den Flammen war ein Schneesturm bunter Schmetterlinge geworden.

Sie waren ins Dorther eingetreten.

25

Ins Dorther — sonstwann

Das Tageslicht war nur noch ein schwacher Abglanz dessen, was es vorher gewesen war, schwach und matt. Der Himmel erinnerte an Fäulnis und roch auch so, die Luft war säuerlich von stets erneuertem Verfall. Um den langsamer werdenden Suzuki strich eine faulige Brise durch krebswüchsige Bäume. Eine zusammengeschrumpfte, kranke Sonne hing unsicher am Himmel. Während ihre Position der des Himmelskörpers entsprach, den sie hinter sich gelassen hatten, war ihr Licht unebenmäßig und kränklich.

Von dem sie verfolgenden Geist der Erde war keine Spur zu sehen.

Sie fuhren durch das matte purpurne Zwielicht weiter. Obwohl am Himmel nur eine einzige Sonne zu erkennen war, warfen viele der verzerrten knorrigen Gewächse am Flußufer gleich mehrere Schatten auf den darunterliegenden Sand. Einige davon deuteten unangenehme Gestalten an, die sich unsichtbar zwischen dem zerfallenen Holz bewegten.

Hier und dort streckten junge Pflanzen ihre Stengel gen Himmel, nur um zu erkennen und zu erschlaffen, als sie durch unsichtbare Gifte in der Luft und der Erde heranreiften. Es gab keine Wolken, doch Merry glaubte dünne, leicht phosphoreszierende grüne Umrisse vor ihnen zu erkennen. Irgendein unnatürliches auroraähnliches Glühen, das viel zu nahe am Boden war. Die tote Kälte des Raums wirkte erdrückend.

Der Boden war von toten Schmetterlingen übersät. Ihre bunten Flügel zerfielen zu grauer Asche, als sie an dem Kontakt mit derselben Atmosphäre starben, die sie aus Flammen in Lebewesen verwandelt hatte.

»Fahren Sie aus dem Fluß heraus«, sagte Olkeloki schließlich und brach damit das Schweigen. »Es gibt viele Erdgeister. Das, was in der wirklichen Welt nach uns gesucht hat, kann uns möglicherweise auch hier noch verfolgen.«

Oak blickte in den Rückspiegel, während er auf die linke Böschung zufuhr. Immer noch kein Anzeichen des Ungeheuers, das sie beinahe eingeäschert hätte. Nur das purpurne Zwielicht und ein mattes, rötliches Leuchten, das wie lebender Pilzbewuchs über den Sand kroch.

Sie fanden eine Stelle, wo das lose Erdreich der Böschung erst kürzlich zerbröckelt war. Selbst das freigelegte Felsgestein sah krank aus. Zwar brauchte er dazu zwei Anläufe, doch immerhin brachte Oak den Suzuki aus dem

Fluß und ließ ihn oben auf der Böschung halten. Wieder waren sie von Wald umgeben, doch war dies nicht das vertraute Miombowaldland, an das sie sich gewöhnt hatten.

Hier bestand der Wald aus all jenen Bäumen und Sträuchern und Pflanzen, die den Test der Evolution nicht bestanden hatten, bevor sie auch nur einen einzigen Samen hatten keimen lassen können. Hier wuchsen ungesunde Arten, die nur als gebrochene DNS-Stränge existierten, die im Protoplasma eines krebskranken Gens schwebten. Manche davon wiesen lepröse, warzige Stämme auf. An anderen war die dünne Borke angeschält und gab darunter etwas frei, das wie blutige Haut aussah. Überall wuchsen Schimmel und Pilze, nährten sich von den anderen Pflanzen und den Wurzeln der absterbenden Bäume. Oak zögerte, den Motor abzuschalten, weil sich ihm plötzlich vor Angst der Magen bei dem Gedanken umdrehte, daß das Gefährt möglicherweise nicht wieder anspringen könnte. Doch Olkeloki beeilte sich, ihn zu beruhigen.

»Es ist nur eine Maschine. Ihnen und mir nicht unähnlich. Solange unsere Herzen noch funktionieren, wird es dieses Fahrzeug auch tun.« Plötzlich verzog er vor Schmerzen die Miene.

»He, sind Sie in Ordnung?«

Der alte Mann nickte langsam. »Das war der Streß.«

»Was für Streß? Ich habe nicht gesehen, daß Sie irgend etwas getan hätten.«

»Es kam und ging schnell, wie es auch sein soll. In einem Augenblick ist der Weg ins Dorther so formbar wie Gold, im nächsten wird er so unnachgiebig wie Stahl.« Er lächelte schwach. »Seien Sie frohgemut, Joshua Oak. Jetzt wird alles wieder gut. Wir waren erfolgreich. Ich werde jetzt mit den Vorbereitungen beginnen, um die Bruchstelle zu versiegeln, bevor sie noch schwächer wird.« Trotz des matten Lichts und der wesentlich kühleren Temperatur konnte Oak sehen, daß der alte Mann heftig schwitzte. »Ein schwieriger Übergang, schnell vollzogen. Es ist eine Sache, ins Dorther einzudringen, eine gänzlich andere jedoch, es in Gesellschaft von drei Freunden zu tun.«

Er ließ sich von Kakombe seine Kalebasse geben und einen kleinen Ledersack, der sich unter ihren Vorräten befand, dann öffnete er die Beifahrertür und stieg aus. Merry hielt den Atem an, doch nichts schoß aus dem Wald hervor, um den alten Mann vom Erdboden wegzupusten.

»Warten Sie im Wagen, wenn Sie wollen, aber die Vorbereitungen werden etwas dauern.«

Während sie argwöhnisch ihre Umgebung im Auge behielten, gesellten sie sich zu ihm. Oak entdeckte, daß er direkt in die matte Sonne hineinblicken konnte. Doch mußte das noch nicht bedeuten, daß sie seinem verbliebenen Auge keinen Schaden zufügen konnte, also wandte er sich wieder von ihr ab. Außerdem sah der matte, vollkommen runde Kreis allzusehr wie die dunkle Mündung des Maschinengewehrs aus, die seinem Leben beinahe ein Ende gesetzt hätte.

Es war nicht das erste Mal, daß er und der Tod einander näher begegnet waren. Da war die Sache in Idaho gewesen, als der Schlüssel in seinem Auge explodierte; ein regnerischer Abend in den Sümpfen von Louisiana; einmal im Ghetto von Chicago. Jedesmal mußte er mitansehen, wie der Tod ihn anblickte, und jedesmal hatte der ihn durchgewinkt. So wie er auch hinter der Kalashnikov nur gewinkt hatte.

Wie lange würde es noch dauern, bis aus dieser flüchtigen Bekanntschaft eine dauerhafte Umarmung wurde? Während er in die Tiefen des kranken Walds hineinspähte, rechnete er fast damit, seinen alten Freund im Schatten wiederzuerkennen. Hier gab es keine Gehsteige voller Menschen, keinen Lebensstrom, der beide voneinander getrennt hätte. Dies war das Dorther und er wußte mit Sicherheit, daß der dunkle Schatten, sollte er ihm hier begegnen, nicht mehr winken, sondern vielmehr mit grimmigem Lächeln auf ihn zukommen würde, um ihn fest an der Hand zu packen.

»Hier.« Kakombe reichte ihm sein Makonde-Messer und den Speer. Oak ließ den Lederriemen, der durch den Messergriff gezogen war, über seinen Gürtel gleiten. Das Messer baumelte gegen sein rechtes Bein, doch es war nicht unangenehm. Das hochpolierte schwarze Holz schien eine schwache Kühle auszustrahlen.

Kakombe nahm die einbeinige Hirtenhaltung ein, wobei er sich mit dem Speer ausbalancierte. Unruhig wechselte Oak ständig die Griffhand. Wie immer er den Speer auch halten mochte, stets fühlte er sich wie ein Gartenrechen an. Zweifellos war es eine einzigartig gute Waffe, die sogar Shetani zu töten vermochte, dennoch wünschte er sich, den massiven Griff einer 38er in der Hand zu spüren.

»Ich muß mal«, verkündete Merry.

»Gehen Sie hinter den Wagen. Ich werde schon nicht hinschauen, und Kakombe auch nicht.«

»Niemals! Da drüben steht Olkeloki und brummt vor sich hin und zeichnet Bilder in die Erde.«

»Na ja, wenn er was in die Erde malt, wird er Ihnen wohl kaum was abgucken«, erwiderte Oak gereizt.

»Ich war schon immer davon überzeugt, daß Männer und Frauen unter ›privat‹ etwas völlig anderes verstehen. Vielleicht kommt es daher, daß sie andere Hirnhälften benutzen.« Sie deutete auf einen großen, fahlgrauen Busch. Von den herabsackenden Ästen hingen schlaffe blaue Blumen bis auf den Boden, als würde das ganze Gewächs unter einem Herzinfarkt leiden. »Ich gehe dort hinter. Und daß mir keiner zuguckt!«

Wobei schon, dachte Oak, als sie davonging. Seine erste Frau war auch so gewesen. Es hatte nicht etwa genügt, daß man nicht ins Bad schaute, wenn sie gerade drin war. Man durfte nicht einmal in Richtung Bad schauen. Er blickte zum Himmel empor. Die Sonne hatte sich ein Stück nach Westen bewegt, zugleich aber auch ein bißchen nach Norden. Vielleicht wanderte sie hier nur völlig willkürlich über den Himmel und ging nie unter. Das Zwielicht war schon schlimm genug.

Dann bemerkte er die beiden Ausbeulungen, die sich zu beiden Seiten in die Sonne fraßen. Zwei Monde? Oder ein einzelner Mond, der sich in zwei entgegengesetzte Richtungen zugleich bewegte, bis er sich selbst begegnete? Was würde geschehen, wenn ersteres der Fall sein sollte und die beiden vor der Sonne kollidierten? Ob es dann ein Feuerwerk gab? Ein beunruhigender Gedanke.

Er ließ den wie ein Storch dastehenden Kakombe hinter sich und schritt um den Suzuki herum. Olkeloki hatte ein kleines Stück Erde von Unkraut und großen Steinen gesäubert. Nun kauerte der Laibon mitten im Kreis und zeichnete mit dem Griffende von einem von Nafasis Speeren Symbole und Worte ins Erdreich. Er widmete Oak kaum einen Blick.

»Das Siegel muß gleich beim ersten Versuch richtig sein, Joshua Oak.«

»Wie können Sie etwas versiegeln, was wir noch nicht einmal gesehen haben?«

»*Sie* haben es nicht gesehen. Das bedeutet nicht, daß es nicht gesehen wurde. Sehnen Sie sich immer noch nach Ihrem Dynamit?«

»Ich wünschte, ich hätte ein paar Stangen dabei. Die Luft hier stinkt. Da kriege ich Gänsehaut.«

»Im Dorther kriecht alles herum, sogar die Elektronen. Zellen kriechen, Zellkerne kriechen. Alles hier ist krank, sonst wäre es nicht hier. Sonst wäre es in unserer Welt. Hier ist sogar die starke Wechselwirkung schwach, und die Partikel haben ein schlechtes Aroma und eine schwache Farbe.«

»Aus Ihnen werde ich nicht schlau, alter Mann. Schon seit dem Tag, da wir uns begegnet sind, nicht. Kaum habe ich Sie als reinen Hexendoktor ausgemacht, da hauen Sie mir solche Begriffe um die Ohren.«

Der Laibon lächelte, während er weiterhin das Erdreich bearbeitete. Nun legte er sorgfältig ausgesuchte Steine aus einem Ledersack in kleine Löcher, die er in den Boden gegraben hatte. Als alle Löcher gefüllt waren, begann er sie zuzuschaufeln.

»Die Wissenschaft von heute ist die Magie von gestern, Freund Oak. Die Magie von heute ist die Wissenschaft von morgen. Alle Disziplinen berühren einander, und die Unterschiede zwischen ihnen sind oft nicht viel substantieller als pure Semantik. Wissenschaftler oder Laibon, die Schlußfolgerungen von vorneherein verwerfen, weil sie sich der zu ihnen führenden Methodologie nicht stellen mögen, sind ihres Namens nicht mehr wert. Energie entsteht durch Lernen und nicht durch Verachtung.«

»Ist es das, was Sie hier zu produzieren versuchen? Irgendeine Art Energie?«

Olkeloki lachte leise. »Ihr kultureller Hintergrund läßt es nicht zu, daß Sie sich von dem Konzept der Explosion als Erlöser freimachen. Nun ja. Was ich hier zu produzieren versuche, ist etwas, das noch nie produziert wurde. Verschiedene Gesetze, um ein ähnliches Ziel zu erlangen.«

»Magie?«

»Magie, Wissenschaft — was wir wollen, das sind Resultate und nicht Definitionen.«

Magie. Erstaunlich, wie natürlich und unbedrohlich es sich anhörte. Man brauchte es nur auszusprechen. Wie ›Liebe‹. Aber warum war ihm jetzt diese Analogie eingefallen?

Olkeloki bearbeitete seine kleine Lichtung, ohne jemals dabei seine Kauerstellung aufzugeben. Er muß eiserne Muskeln in diesen dünnen Oberschenkeln haben, dachte Oak bewundernd. Und was dieser alte Mann bereits alles geleistet hatte: nicht nur, daß er ins Dorther eingedrungen war, er hatte sogar noch drei andere dazu überredet, mit ihm zu gehen. Und das trotz seines hohen Alters.

»Ich habe Sie gefragt, wie alt Sie sind. Sie haben es mir nie gesagt.«

»Ich sehe jünger aus, als ich in Wirklichkeit bin, Joshua Oak.« Er sprach, ohne den Blick von seiner Arbeit abzuwenden. »Für wie alt schätzen Sie mich denn?«

»Ich war noch nie gut darin, das Alter eines Menschen zu schätzen. Fünfundsiebzig vielleicht? Achtzig?

Olkeloki gluckste, während er verschiedene vergrabene Steine mit drei Linien verband. »Ich bin siebenhundertsechsundsiebzig Jahre alt, mein Freund. Wie ich Ihnen schon erzählt habe, war mein Vater ein großer Laibon. Meine Mutter war ein Therasi, ein Wassergeist. Ich wurde im Jahre 1210 während eines Gewitters auf einer Insel im Victoria See geboren. Mein Vater war zwar ein erbärmlicher Schwimmer, aber ein großartiger Liebhaber.«

Oak starrte ihn einen Augenblick fassungslos an. Dann hoben sich seine Mundwinkel etwas an. »Ich dachte, Sie wären in England zur Schule gegangen. In Oxford, nicht wahr?«

»Das stimmt.« Ganz kurz blickte der alte Mann wehmütig drein. »Wie gut ich mich doch noch an die Vorlesungen und an die aufregenden Diskussionen erinnern kann, bei denen ich der einzige ›Mohr‹ unter den Studenten war. Besonders gut kann ich mich noch an die Zeiten erinnern, als Roger Bacon uns Vorlesungen hielt, wobei er oft aus seinem *Opus major* oder *Opus tertium* vorlas. Er hatte prophetische Gaben, dieser Roger, und ich versuchte, ihm etwas von der Zukunftsschau der Massai beizubringen. Was Sterne und Steine anging, war er sehr gut, aber Milch verabscheute er. Seine Voraussagen waren recht erfolgreich: Flugzeuge und Fernrohre, Dampfmaschinen.« Traurig schüttelte Olkeloki den Kopf. »Natürlich hat niemand ihm geglaubt. Ich wollte ihn dazu überreden, die Franziskaner zu verlassen, doch er zog es vor zu bleiben und Streitgespräche zu führen. Er war großartig bei Streitgesprächen, aber stur.«

»Also schön, dann sagen Sie mir eben nicht, wie alt Sie sind. Aber wenn ich es zufällig richtig errate, werden Sie es mich dann wissen lassen?«

Der Laibon lächelte wieder. »Ja, Joshua Oak, wenn Sie es erraten, werde ich es Ihnen sagen.«

Gerade wollte Oak dreiundachtzig sagen, als ihm etwas Schweres in den Rücken schlug und ihn beinahe umstieß.

»Ich habe es nicht gesehen«, krächzte eine Stimme, als er sich umdrehte.

»Jesus.« Oak mußte Kakombe auffangen, damit der Krieger nicht stürzte. Trotzdem fiel er auf ein Knie. Blut troff aus seinem Kranz ockerfarbener Zöpfe hervor. Ein Blick genügte, um festzustellen, daß es sich um eine Wunde am Hinterkopf handelte.

»Ich habe es nicht gesehen«, murmelte er wieder.

Oak sah an ihm vorbei, vorbei an dem Wagen. »Wo ist Merry?«

Olkeloki unterbrach seine Vorbereitungen und erhob sich, um in dieselbe Richtung zu blicken. »Ich fürchte, die haben sie mitgenommen.«

Oak merkte, daß er das Wort kaum aussprechen konnte. An diesem Ort klang es doppelt obszön. »Shetani?«

»Nicht unbedingt. Das Dorther wird von vielen Alpträumen bewohnt, nicht nur von Shetani.«

»Sie hat versucht zu schreien, es mir mitzuteilen.« Kakombe schluckte und richtete sich schwankend zu seiner vollen Größe auf. »Ich habe ein ersticktes Geräusch hinter dem Busch gehört, hinter den sie gegangen war. Als ich Nachschauen ging, hat mich etwas von hinten getroffen. Ich habe es nicht kommen hören. Ich schäme mich.«

»Wahrscheinlich hat es dich vom Baum aus angesprungen.« Streng hielt Olkeloki dem Krieger auf Massai einen Vortrag, bevor er zu Oaks Gunsten wieder ins Englische überwechselte. »Hast du denn nicht an diese Möglichkeit gedacht, als du nachschauen gingst?«

»Ich konnte ja nicht überall gleichzeitig hinschauen. Ich habe nur zwei Augen.« Sein Ton war knurrig, doch er war nur wütend auf sich selbst und nicht auf den alten Mann.

Oak drehte sich um, um in den Wald hineinzuspähen, in die fauligen Tiefen und den Lavendelschatten. Merry war also fort. Was wußte er denn schon wirklich von ihr? Klar, in den vergangenen paar Tagen hatten sie einige schlimme Zeiten zusammen durchgemacht, aber das hatte er mit vielen weiblichen Agenten auch schon mal getan.

Das wichtigste, das einzige, was jetzt noch eine Rolle spielte, war, daß er dafür sorgen mußte, daß Olkeloki seine Arbeit beenden konnte. Merry Sharrow war ein halbwegs vernünftiges Mädchen gewesen. Sie würde diese Meinung teilen. Außerdem spielte es keine Rolle. Es war unmöglich, sie in diesen Alptraumwäldern zu finden. Jeder, der töricht genug war, sich dort blindlings hineinzuwagen, würde niemals wieder daraus hervorkommen. Ritterlichkeit war eine Sache, Dummheit eine andere.

»Ich gehe ihr nach«, hörte er sich sagen. Zumindest hörte es sich wie seine Stimme an. »Ich muß es einfach versuchen.«

Einen Augenblick schwieg Olkeloki. Dann nickte er beifällig. »Ja, natürlich müssen Sie nach ihr suchen.«

»Kakombe, Sie bleiben hier bei dem Laibon.«

»Der Laibon kann auf sich selbst aufpassen«, erwiderte Kakombe scharf. »Ich war für sie verantwortlich. Ich habe auf sie aufgepaßt, und das habe ich nicht gut genug getan. Ich komme auch mit.«

»He, Mann, ich sagte, Sie sollen hierbleiben. Und das meine ich auch!«

Kakombe blickte auf ihn herab. »Böstreff, wenn wir beide uns jetzt streiten, wird das nur den Shetani nutzen. Außerdem will ich Ihnen nicht wehtun müssen.«

Oak wich einige Schritte zurück und duckte sich etwas. »Ich habe schon größere Bäume als Sie gefällt, Kakombe. Zwingen Sie mich nicht dazu, es Ihnen zu beweisen.«

»Ihr geht beide.« Olkeloki klang angewidert, und Oak fühlte sich plötzlich nicht mehr wie ein Macho, sondern reichlich dämlich. »Lenkt die Aufmerksamkeit der Shetani auf euch, wenn ihr wollt, dann bin ich hier schon in Sicherheit. Ihr müßt versuchen, Merry Sharrow zu finden und sie zurückzubringen. Sie muß hiersein, wenn die Zeit gekommen ist. Sie ist Teil des Ganzen.« Er blickte auf Kakombe. »Verachte den Böstreff nicht. Er ist trügerisch und raffiniert.« Dann wandte er seinen Blick Oak zu. »Sie werden Kakombe für das Fährtenlesen brauchen. Nach allem, was ich über Ihr Land weiß, ist das eine Fertigkeit, von der die meisten Böstreffs nicht viel verstehen.«

Steppenmassai und Stadtmensch funkelten einander böse an. Dann schnitt Oak eine Grimasse und zeigte mit seinem Speer zum Wald hinüber. »Mit Streiterei verlieren wir nur Zeit.«

»Darüber werde ich mich nicht streiten.« Kakombe holte seine Waffen wieder, und gemeinsam schritten sie in den Wald.

Vielleicht war der Krieger ja der bessere Fährtenleser, andererseits waren Oak Wälder nicht unbedingt fremd. Aber man mußte ohnehin kein Experte sein, um die Fährte der Entführer Merrys verfolgen zu können. Der Boden war mit abgerissenen Ästen übersät, das Gras und die Pilze waren niedergetrampelt worden. Es gab zahlreiche Fährten. Nicht eine von ihnen war auch nur annähernd menschlich.

»Selbst ein Kind kann eine solche Spur verfolgen.« In Kakombes Stimme klang Verachtung mit.

»Olkeloki hat nie behauptet, daß die Shetani sehr subtil seien. Das brauchen sie hier auch gar nicht zu sein. Das ist schließlich ihr Reich.«

»Wenn die Shetani sie entführt haben. Kommen Sie.«

Oak hatte stets dafür gesorgt, daß er in guter Kondition blieb, doch Kakombe legte ein gnadenloses Tempo vor, und der kleinere Mann mußte seine ganze Kraft aufwenden, um mit ihm Schritt zu halten. Schließlich blieb er abrupt stehen und schlug sich in den Nacken. Ungeduldig drehte Kakombe sich um.

»Gibt es hier auch Tsetsefliegen? Das überrascht mich nicht.«

Oak stand da und inspizierte die Hand, mit der er zugeschlagen hatte. Da war kein Blut zu erkennen, auch kein zermalmter Chitinkadaver. Er atmete schwer, und das Herz schlug gegen seine Rippen.

»Hat sich nicht wie eine Tsetsefliege angefühlt. Sie müssen ein bißchen langsamer gehen, großer Bruder, sonst...

Aua, verdammt!« Diesmal klatschte er gegen seine Wange. Kakombe grinste ihn an, doch nur sehr kurz. Dann schlug er auf seine eigenen Schultern ein.

Als Oak die Hand wieder fortnahm, war sie feucht, doch nicht von Insektenblut. Er legte den Kopf zurück und etwas Heißes, Spitzes tropfte ihm auf die Nase.

Kochender Regen.

Unter den großen Blättern eines Gewächses, das wie ein Schraubenbaum mit Talgfluß aussah, suchten sie Schutz. Die dampfenden Tropfen zischten, wenn sie den Boden berührten, und doch schien es keinem der kranken Gewächse etwas auszumachen. Manche Pflanzen streckten ihre zerstörten Blüten aus, um den heißen Regen aufzusaugen.

»Gott, was für ein schrecklicher Ort.«

»Kein Grund, Gott dafür verantwortlich zu machen«, meinte Kakombe. »Der wird Sie hier nicht herausholen. Ich vielleicht.«

»Wenn Sie genauso gut kämpfen, wie Sie angeben, haben wir vielleicht eine wirkliche Chance. Ich habe in meinem Leben schon schlimmere Situationen erlebt, von denen Sie noch nicht einmal geträumt haben. Also ziehen Sie jetzt bitte nicht die Ich-bin-viel-zäher-als-du-Nummer ab, ja? Wo ich herkomme, da trägt die Jagdbeute nämlich Kanonen und schießt zurück.«

»Das ist nicht dasselbe, wie einen Löwen mit dem Speer zu töten.«

Äpfel und Birnen, Löwen und Radikale — man konnte die beiden nicht miteinander vergleichen, und Oak sah keinen Sinn darin, das Gespräch fortzusetzen. So verharrten sie schweigend unter den schützenden Blättern, bis das Gewitter sich verzogen hatte. Dampfwolken stiegen vom Waldboden auf.

»Bevor wir weitergehen, muß ich Sie um einen Gefallen bitten«, meinte Kakombe ruhig.

Oak zuckte die Schultern. »Nur zu.«

»Wenn wir damit fertig sind, wenn der Laibon seine Magie beendet hat und wir wieder in der Wirklichkeit in

Sicherheit sind, werden Sie dann mit meiner ersten Frau schlafen?«

Oak zuckte zusammen und blickte sich scharf um. »Wie bitte?«

»Es ist wegen Ihrer Haare, wissen Sie. Massai Frauen haben kurzes Haar und rasieren sich die Schädel, aber ich hätte sehr gern mal eine Tochter mit langem Haar. Wenn Sie mit meiner ersten Frau schlafen und uns das Kind überlassen, werde ich Sie in Rindern bezahlen. Oder wenn Sie auf unanständiger Bezahlung bestehen, auch in Gold. Der Laibon ist nicht der einzige, der weiß, wo man im Massailand Gold findet. Meine erste Frau, Eseyo, ist sehr reizvoll und voller Begeisterungsfähigkeit. Sie wird Ihnen gefallen.

Aus meiner Zeit in Ihrem Land weiß ich, daß amerikanische Ehefrauen für solche Vereinigungen nichts übrig haben, daher würde ich dafür Merrys Erlaubnis einholen.«

»Merry und ich sind nicht verheiratet.«

Kakombe musterte ihn überrascht. »Sind Sie nicht? Sie ist nicht Ihre Asanja?«

»Nein. Wir sind nur Freunde. Wir sind bloß deshalb zusammen hier, weil der alte Mann uns beide zur gleichen Zeit eingefangen hat.«

Kakombe stieß einen Massairuf aus, eine Kreuzung zwischen Pfeifen und Japsen, und erhob sich, um sich von den Blättern zu lösen. Der Regen hatte fast aufgehört. »Das ist ja eine wunderbare Nachricht! Dann brauche ich Sie nicht, um mit Eseyo zu schlafen. Dann können Merry und ich ein eigenes Kind haben.«

»He, hoppla, einen Augenblick mal.« Oak sprang auf die Beine. »Nur weil wir beide nicht verheiratet sind, heißt das noch lange nicht, daß Sie mit ihr schlafen können.«

Kakombe blickte zu ihm hinunter. »Haben Sie denn mit ihr geschlafen?«

»Nein, aber ich...«

»Ist sie mit Ihnen verheiratet?«

»Nicht genau, aber wir...«

»Dann sagen Sie mir nicht, was ich zu tun und zu lassen habe.« Er setzte sich wieder in Bewegung.

Oak eilte vor, um ihm den Weg abzuschneiden. »Nun warten Sie mal einen verdammten Augenblick! Lassen Sie die Finger von Merry! Sie hat in letzter Zeit ziemlich viel durchgemacht, und da braucht sie keine weiteren Komplikationen in ihrem Leben.«

»Wir werden sie selbst entscheiden lassen, ob mein Antrag eine Komplikation ist.« Der Krieger trat einen Schritt vor, und wieder stellte Oak sich ihm in den Weg.

»Ich warne Sie. Lassen Sie die Finger von ihr.«

»Wenn Sie sich dafür interessieren, mit ihr zu schlafen oder sie zu heiraten, können Sie ihr ja den gleichen Antrag machen. Dann lassen wir sie entscheiden. Wenn Sie sich aber nicht so sehr dafür interessieren, sollten Sie lieber den Mund halten. Und jetzt gehen Sie mir aus dem Weg,Böstreff.«

»Sie verstehen mich nicht. Dort, wo wir herkommen, da... da gehen wir nicht... da kann man nicht einfach zu einer Frau gehen und...«

»Haben Sie nun Interesse an ihr oder nicht?«

Oak dachte über die Frage nach, eingehüllt in den Gestank verfaulender Vegetation und in ein andersweltliches purpurnes Zwielicht. War er nicht ebensosehr auf diese verrückte Odyssee ausgezogen, um auf die unschuldige, naive Merry Sharrow aus Seattle aufzupassen, wie um damit Gold und Edelsteine zu verdienen? Hatte er sie nicht vom ersten Augenblick an ausführen wollen, als er sie in Washington zu Gesicht bekommen hatte? Sie hatten gemeinsam sehr viel durchgemacht, und das war nicht gelogen, nicht wahr? Zählte das denn nicht? Seitdem sie Heathrow verlassen hatten, war er seinen Gefühlen für Merry Sharrow immer aus dem Weg gegangen. Und nun zwang ihn dieser afrikanische Hirte mit seiner Bostoner Ausbildung dazu, sich ihnen zu stellen.

Also — wie empfand er *tatsächlich* für Merry? War sein Gefühl ehrlich und kam es aus dem Herzen, oder war es nur ein reines Machoverhalten? Wollte er sie haben oder wollte er sie lediglich Kakombe vorenthalten? Und hatte der Massai gerade Absichten formuliert, die er, Oak, nicht in Worte zu kleiden gewagt hatte?

Zehn Jahre Telefonanrufe mitten in der Nacht. Zehn Jahre des Sichversteckens und Sich-für-Leute-ausgebens, alles Lüge im Rahmen seiner Pflichten. War es denn möglich, sich in eine Frau zu verlieben, *bevor* man mit ihr ins Bett stieg? War es möglich, daß er sich in die albern-starke Merry Sharrow verliebt hatte, als er gerade mal nicht hinsah? Verdammt sollte Kakombe sein! Verdammt wegen seiner offenen Art und seiner unkomplizierten Einstellung, und verdammt, weil er ihn zu einer Überprüfung von Gefühlen zwang, die er lieber unbeachtet gelassen hätte.

Also gut, dann würde er sich eben zur Abwechslung einmal selbst ins Gesicht sehen. Er würde es Merry sagen, sobald der geeignete Augenblick gekommen war. Es war noch nicht zu spät. Eigentlich sollte er Kakombe dafür dankbar sein, daß er ihn zur Wahrheit gezwungen hatte.

»Darauf können Sie Ihren Arsch verwetten, daß ich mich für sie interessiere«, sagte er schließlich. »Und sobald ich Gelegenheit dazu bekomme, werde ich sie bitten, mich zu heiraten.«

»Ausgezeichnet. Und ich werde sie um das gleiche bitten, dann kann sie zwischen uns entscheiden.« Oak wollte loslachen, beherrschte sich aber. Es war ja nicht Kakombes Schuld. Der verstand die Sache einfach nicht. Merry würde nichts mit ihm zu tun haben wollen. Natürlich, sie waren Freunde und so. Schließlich ließ man sich nicht tagelang in einem Geländewagen durchrütteln, ohne sich dabei mit seinem Nachbarn anzufreunden. Doch der Krieger-Hirt war Mitglied eines primitiven, von Tradition beherrschten afrikanischen Stammes. Gut, er konnte zwar Englisch und hatte eine gewisse westliche Ausbildung, doch in anderen Dingen war er völlig ungebildet. Er hatte Merry Sharrow nichts zu bieten, ihr, die ein behütetes Mittelklasseleben in Seattle, Washington, geführt hatte. Nur weil er fast sieben Fuß groß war und muskulös und ziemlich gutaussehend und redegewandt und tapfer und fürsorglich und aufmerksam und exotisch und...

Plötzlich mußte Oak sich gar nicht mehr anstrengen, um sein Lachen zu zügeln.

Kakombe hatte ihn aufmerksam beobachtet. »Seltsam. Erst sind Sie wütend, dann verwirrt, dann amüsiert. Und jetzt sehen Sie wieder verunsichert aus. Universität hin, Universität her, ich werde die Böstreffs nie begreifen.«

Das ließ Oak wieder lächeln. Erst begann er zu kichern, dann lachte er leise.

»Und jetzt sind Sie wieder amüsiert. Was finden Sie an diesem ungesunden Ort nur so komisch?«

»Mich. Sie. Uns. Uns beide, wie wir tagelang um die Tatsache herumgetänzelt sind, daß ein Mitglied unserer Gruppe eine attraktive Dame ist.«

»Ich dachte, Merry wäre Ihre Frau. Sonst wäre ich nicht so getänzelt.«

»Elefantenmist! Das kaufe ich Ihnen nicht ab. Sie wußten nur nicht, wie Sie die Sache angehen sollten, und ich auch nicht. Ist wirklich verdammt ironisch. Eigentlich sollten wir uns hier vor Angst in die Hosen machen. Statt dessen stehen wir da und streiten uns wegen einer Frau.«

»Um sich wegen einer Frau zu streiten, dafür gibt es keine besonders vorgeschriebene Zeit und auch keinen besonderen vorgeschriebenen Ort, Joshua Oak. Das kann man immer und überall tun. So etwas lernt man als junger Krieger.« Er stieß mit dem Fuß gegen einen Erdklumpen und spähte in den Wald hinein. »Ich habe die Fährte für Sie zu schnell verfolgt. Das war Absicht. Indem ich Sie kleiner machen wollte, wollte ich mich selbst zu einem größeren Mann machen. So darf ein Alaunoni nicht handeln. Übernehmen Sie jetzt die Führung, Freund Oak, und ich werde folgen. Wenn Sie falsch abbiegen, kann ich das immer noch von hinten berichtigen. Auf diese Weise können Sie Ihr eigenes Tempo wählen und werden nicht zu sehr ermüden.«

»Wer behauptet denn, daß ich müde bin?« Wütend drehte Oak sich um und zeigte zwischen zwei Bäume. »Dort entlang, verdammt!«

Kakombe war einverstanden. »Sie haben schon einige Erfahrung im Fährtenlesen. Ich bin noch nie einem Böstreff begegnet, der Fährten lesen konnte.« Dann gingen sie den Weg entlang, den Oak ausgewählt hatte. »Welche Tiere haben Sie denn verfolgt, mein Freund?«

»Nur die zweibeinige Sorte.«

Darüber dachte Kakombe nach, dann nickte er feierlich.

Um sie herum wurde der Wald immer dichter und bremste ihr Vorankommen; unnatürliche Töne drangen zwischen Bäumen hervor; Vogelschreie, die nicht von Vögeln stammten, und kleine, zerbrochene Dinger, die sich voller Furcht an den Boden preßten. Winzige Augen sahen sie zwischen Blattwerk und Geäst an. Sie leuchteten rotorange und gelegentlich auch in einem matten, galligen Grün.

Einmal gerieten sie in einen Schwarm silbriger Fische, die durch die feuchte Luft schwebten. Alle zeigten sie die Spuren einer unbekannten Wasserkrankheit. Sie jagten nach Süden davon, flogen unter dem Laubwerk gemarterter Bäume dahin. Von einem hervorstehenden Ast herab wurden sie von einem halben Dutzend spatzengroßer Vögel attackiert. Die Vögel gaben, während sie zuschlugen rauhe, schnarrende Töne von sich. Ihre übergroßen Augen fielen ihnen fast aus den Höhlen. Bis auf ihre unregelmäßig gefiederten Flügel waren ihre kleinen Körper nackt und rosafarben, und sie hackten mit winzigen, nadelähnlichen Zähnen auf die Fische ein. Die ziellos umherirrende Sonne ging zwar nicht unter, senkte sich aber dem Horizont entgegen. In der dichter werdenden Dunkelheit fraß ein Schwarm winziger weißleuchtender Gestalten den Kadaver eines dreibeinigen Quagga auf. Die Streifen des Quagga waren ebenso ungleichmäßig und zerbrochen wie sein Körper, eine mutierte Version seines erst kürzlich verblichenen Selbstes. Oak und Kakombe machten einen Bogen um den aufgeblähten Kadaver, dessen Gestank sogar die faulende Atmosphäre noch übertraf. Während sie den Bogen schlugen, hielten sämtliche leuchtenden Aasfresser inne. Sie richteten sich auf ihren Hinterläufen auf und begannen gemeinsam, vor und zurück zu schwingen, wobei ihre winzigen schwarzen Kieferladen phosphoreszierende Spuren in der Luft hinterließen. Aus ihren Kehlen ertönte ein mattes, gehauchtes Pfeifen. Oak spürte, wie ihm die Magensäfte heiß und säuerlich in die Kehle stiegen, und er war froh, als sie den Madenschwarm endlich hinter sich gelassen hatten.

Was nun geschah, hätte ihn weder schockieren noch überraschen dürfen, dennoch tat es das. Olkeloki hatte vergessen ihn zu warnen, daß ihnen im Dorther auch noch andere Dinge als Shetani, tanzende Maden und fleischfressende Spatzen begegnen könnten. Dort konnten sich jederzeit und ohne jede Vorwarnung blasphemische Schrecken manifestieren.

Benommen drehte er sich hilfesuchend nach seinem kräftigen Gefährten um, doch Kakombe war verschwunden. Der Krieger war nirgends zu sehen. Krampfhaft umklammerte Oak den Ebenholzspeer und taumelte zurück, bis er einen unnachgiebigen Baumstamm im Kreuz spürte. Seine Kehle war ausgetrocknet und seine Beine zitterten. Er war allein gegen sie alle, diesmal ganz allein, ohne jede Hilfe. Seit Jahren hatten sie ihm nachgeschnüffelt, und nun war ihre Zeit endlich gekommen. Jetzt würden sie ihn kriegen. Hier gab es keine Flucht für ihn, nicht an diesem dunklen, fremden Ort. Und es waren ihrer so *viele!* Irgendwie hatte er nicht geglaubt, daß sie so viele sein würden, wenn sie endlich kommen sollten, um ihn zu holen. Sein schlimmster Alptraum war dicht bevölkert.

26

An vorderster Front marschierte die Schar bleichgesichtiger Männer in den weißen Kutten. Blutige Kreuze befleckten ihre Kapuzen und Brustteile. Einige von ihnen streckten kleine, brennende Kreuze aus, als wäre Oak ein Vampir, den sie exorzieren wollten. Die Flammen machten ihnen nichts aus, weil kein Fleisch auf ihren Knochen war. Weiße Skeletthände hingen an Skelettarmen, die in weißen Ärmeln verschwanden. Unter den Kapuzen grinsten ihn augenlose Schädel an.

Er stieß sich von dem Baumstamm ab und versuchte davonzulaufen, doch er mußte feststellen, daß ihm einige sehnige, gekrümmte Gestalten den Weg versperrten. Ihre Augen flackerten wild vor Gier auf die bevorstehende Vernichtung. Zwei von ihnen trugen Feuerwaffen, der dritte ein Bündel Dynamit, an dem die Lunte schnell niederbrannte. Oak wich zurück und wäre fast gegen einen Haufen von Männern und Frauen geprallt, die ordentliche Uniformen in Rot, Weiß und Blau trugen. Alle hatten sie ein schwarzes Hakenkreuz auf die Brust genäht.

Sie kamen auf ihn zu. Alle Extremisten und Mörder und politischen und religiösen Fanatiker, alle Möchtegernusurpatoren und -führer und -kaiser. Er kannte sie alle in- und auswendig. Sie waren bereit zu töten und zu zerstören, weil es ihnen nicht zusagte, wie der Staat das Gesetz deutete, *ihr* Gesetz. Sie waren bereit, zuzuschlagen und zu verstümmeln, weil ihnen die Hautfarbe ihres Nächsten mißbehagte oder sein Glauben oder das Land, aus dem seine Großeltern einst ausgewandert waren. Sie waren alle da, all die bigotten Fanatiker und Versager, denen er dazu verholfen hatte, daß sie von der Wahrheit zermalmt oder gedemütigt wurden oder daß sie hinter Gitter kamen. Abgestorbene Geister, abgestorbene Körper — endlich waren sie gekommen.

Es spielte keine Rolle, daß er alles nur getan hatte, um das Recht aufrechtzuerhalten und die Hilflosen zu schützen. An diesem Ort gab es kein Recht, keine Wahrheit der Gerechtigkeit, das einzige Gesetz war das Gesetz der Manisch-Irrwitzigen. Zur Hälfte Gesichter, zur Hälfte Schädel, alle ihn angrinsend, während sie schale Slogans und Flüche murmelten und, vor allem, immer wieder einen Namen: *seinen* Namen. Hier konnte er seine Identität nicht verbergen, konnte sich nicht hinter einer raffiniert ausgeklügelten falschen Persönlichkeit verstecken. Denn das hier war *sein* Alptraum, der erst enden würde, nachdem sie ihm das Fleisch von den Knochen gerissen hatten, um an die weiche, pulsierende Seele heranzugelangen, die in seinem Inneren verborgen war.

Es gab keinen Rückzug. Er senkte den Speer und suchte nach einer Öffnung, und sei es nur eine winzige Lücke, durch die er hätte hindurchjagen können, bevor sie sich auf ihn stürzten. Eine der in weiße Kutten gekleideten Gestalten kam zu nahe an ihn heran, so stieß er mit dem Speer danach. Die lange Klinge durchschnitt Stoff und Knochen, doch genau wie bei echten Bigotten, dessen Schatten die alptraumhafte Figur war, gab es weder Blut noch Schweiß, überhaupt keinen wirklichen Saft. Die Gestalt brach zusammen und Oak sah, daß sie kein Rückgrat besaß.

Ein Schrei, der eine Mischung aus Pfeifen und Japsen war, durchschnitt die Luft, als Kakombe sich von hinten auf sie stürzte, mit dem Ebenholzspeer um sich stechend. Neonaziphantome zersplitterten unter der Wucht des Ansturms. Seelenlose Fundamentalisten verbrannten in dem Höllenfeuer, das sie für all jene reserviert hatten, die nicht ihrer Meinung waren.

Oak schlug mit seiner Waffe zu, bahnte dem Freund einen Weg. Sein Alptraum versuchte, ihm auf den Pelz zu rücken. Ein schwächerer Mann, einer der nicht über Oaks Erfahrung und Entschlossenheit verfügte, wäre unter dem Zugriff dieser grabschenden, krallenden Finger zusammengebrochen. Eine kichernde, mundlose Gestalt des Grauens schlang lange Arme um seine Hüfte. Er schnitt sie ab. Da riß ihn erst ein starker Arm davon, drückte ihn in den Wald hinein und er lief, lief hart und saugte die dicke, klebrige Luft ein als wäre es eine reine, salzige Atlantikbrise. Mit jedem Schritt, den er sich von dem Alptraum entfernte, schienen seine Beine neue Kraft zu schöpfen.

Erst als sie schließlich tief im Wald stehenblieben, bemerkte er, wie schwach er tatsächlich war. Er mußte sich setzen, weil er nicht mehr aufrechtstehen konnte. Während er auf dem Rücken lag und zum purpurnen Himmel emporblickte, erkannte er, daß es nicht die Skeletthände oder die Flammen oder die gespenstischen Waffen gewesen waren, die ihn bedroht hatten. Das war vielmehr die Anwesenheit von soviel geballter Bösartigkeit gewesen, von soviel geistlosem Haß. Das hatte ihm das Leben aus dem Leib gesaugt, und er hatte es nicht einmal bemerkt.

Doch Kakombe schien es nichts ausgemacht zu haben.

»Nicht mein Alptraum.« Unten vom Boden aus betrachtet, glich der Krieger eher einem der großen Bäume als einem Menschen. »Die Böstreffs haben sehr seltsame Träume. Mir hat es nichts bedeutet, aber ich habe erkannt, daß es das beste war, von hinten anzugreifen. Also habe ich abgewartet und habe mich dann von einem Baum herab auf den Alptraum gestürzt.« Er trug die zufriedene Miene eines Menschen, dem es endlich gelungen war, eine langjährige Schuld abzutragen.

»Mich hat auch etwas aus einem Baum herab angefallen, und ich dachte, es wäre eine gute Gelegenheit für Vergeltung.«

Oak setzte sich auf, schlang die Arme um die Knie. »War verdammt gut, daß Sie das getan haben.«

»Wer waren diese Leute überhaupt? Manche von ihnen sahen aus wie Geister, aber sie waren zu seltsam, um daran glauben zu können. Sie waren alle tot.«

»Viele von ihnen sehen auch nicht viel anders aus oder verhalten sich nicht anders, wenn sie lebendig sind.« Er streckte die rechte Hand vor und ließ sich von Kakombe aufhelfen. »Also schön, ich weiß nicht, wo wir sind. Wo geht es lang, Fährtenleser?«

Der Krieger musterte die Mauer aus verfaulender Vegetation und deutete schließlich. Er machte einen Schritt in die angezeigte Richtung, doch Oak hielt ihn auf.

»Warten Sie mal. Haben Sie das nicht gehört?«

»Was gehört? Wenn es irgend etwas zu hören gäbe, mein Freund, hätte ich es vor Ihnen gehört. Meine Ohren sind geschult, Waldgeräusche zu vernehmen, und Ihre sind es nicht. Kommen Sie, wir müssen...«

Er brach ab, lauschte angestrengt. Hatte er das Geräusch beim ersten Mal tatsächlich überhört? Jetzt gab es keinen Zweifel mehr: Zu Anfang klang es noch undeutlich, doch je mehr sie lauschten, um so tiefer und durchdringender wurde es.

Oak spürte, wie die Armmuskeln des Massai zitterten und er fragte sich, welches Geräusch einem Riesen wie Kakombe wohl Angst einjagen konnte. Gleichzeitig wurde ihm klar, wie oft er sich in den vergangenen paar Tagen auf den gesunden Menschenverstand und die Stärke des Kriegers verlassen hatte.

Das Geräusch wurde lauter, bis sogar Oak es erkannte. Dann wich er zurück, als plötzlich etwas Riesiges und Gelbes von links aus den Bäumen hervorbrach. Beide Männer reagierten instinktiv, Oak griff nach der Pistole, die sich nicht in seinem Halfter unter dem linken Arm befand, Kakombe ging auf ein Knie nieder und rammte das Ende seines Speers in den Boden.

Oak hörte den Krieger grunzen, als dieser die gesamte Wucht des Aufpralls der Löwin zu spüren bekam, die in seinen Speer stürzte. Als er sich endlich abgerollt hatte und mit seiner eigenen Waffe aufgesprungen war, lagen Mann und Tier bereits am Boden. Die tote Bestie schien seinen Gefährten einzukeilen.

Er legte seinen eigenen Speer beiseite, um Kakombe zu helfen. Der Ebenholzspeer des Kriegers hatte den immer noch zuckenden Körper voll durchstoßen, die Klinge hatte das Herz durchbohrt und war zwischen den Schulterblättern wieder hervorgekommen. Gemeinsam hievten sie den sandfarbenen Fleischberg beiseite. Dann war Oak damit an der Reihe, dem Massai beim Aufstehen behilflich zu sein.

Schwer atmend wischte sich Kakombe Erde und Schlamm von der linken Schulter und von den drei parallel verlaufenden blutigen Rißwunden, die ihm die langen Krallen in die Haut geschlagen hatten. Lange Zeit musterte er die tote Löwin. Dann packte er das Ende seines Speers und riß hart daran. Der glitt geschmeidig aus dem Kadaver hervor. Als die Spitze den breiten Brustkorb verließ, verspürte Oak plötzlich einen eiskalten Hauch, als der Kadaver explodierte und beide Männer umwarf. Gelbweiße Fellfetzen trafen ihn im Gesicht. Als er sie aus Augen und Nasenlöchern zupfte, bemerkte er, daß von dem muskulösen Katzenkörper nichts übriggeblieben war: keine Knochen, kein Blut, kein Fleisch. Nur Fellbüschel, die wie gelber Schnee durch das lavendelfarbene Licht schwebten.

Nun, da er darüber nachdachte, fiel ihm auf, daß Kakombes Speer den mächtigen Körper zwar durchbohrt hatte, daß aber kein Blut geflossen war. Er nahm seinen eigenen Speer wieder auf und gesellte sich zu dem Krieger, um die Stelle zu kontrollieren, an der die Löwin zu Boden gestürzt war.

Kakombe hob den Blick, um den sie umgebenden Wald zu mustern. Oak lauschte mit ihm zusammen dem lauter werdenden Chor aus Hust- und Grunzlauten. Sie vernahmen auch den unverkennbar klagenden Ruf, der für Löwen typisch war, ein trauriges und dennoch bedrohliches Geräusch.

Die Miene des Kriegers zeugte von ruhiger Resignation, als er auf eine Lücke in der Vegetation zeigte. »Folgen Sie diesem Weg, mein Freund. Suchen Sie Merry. Mein Schicksal ist nun besiegelt, aber das muß nicht für Sie beide gelten. Ich bleibe hier und nehme sie, wie sie kommen. Wenn ich tot bin, werden die sich mit meiner Leiche beschäftigen. Das sollte ihnen genug Zeit geben, um daran vorbeizukommen.« Er lächelte traurig. »Es tut mir leid, daß ich nun keine Gelegenheit mehr bekommen werde, festzustellen, für wen von uns beiden sie sich entschieden hätte.«

Oaks Augen huschten von Strauch zu Baum und suchten nach pirschenden Löwengestalten. »Wovon zum Teufel reden Sie? Wenn wir Rücken an Rücken gegen die kämpfen, können wir sie vielleicht abwehren. Wenn man sie mit dem Speer aufspießt, explodieren sie, und das hier sind keine gewöhnlichen Speere. Vielleicht entmutigt es die anderen, wenn wir ein paar weitere umbringen. Es klingt eigentlich nicht so, als wären da draußen noch sehr viele.« Letzteres fügte er hinzu, um nicht nur Kakombe sondern auch sich selbst Mut zu machen.

»Diese Herde läßt sich nicht entmutigen. Ich weiß, woher sie kommen und auf wen sie es abgesehen haben. Sie wollen mich, Freund Oak, und sie werden solange kommen, bis sie mich haben. Denn dies ist die Herde des Löwen, den ich tötete.«

Oak sah ihn überrascht an. »Ich dachte, Sie hätten nur Witze gemacht. Olkeloki hat uns doch mitgeteilt, daß die Löwenjagd von beiden Regierungen verboten worden ist.«

»Das stimmt auch. Ein junger Krieger kann inzwischen von Glück sagen, wenn er Gelegenheit hat, seine Mannbarkeit nach alter Sitte unter Beweis zu stellen. Doch immerhin dürfen wir uns selbst und unser Vieh noch immer gegen Angriffe verteidigen.« Er hatte sich abgewandt, und Oak mußte um ihn herumgehen, um ihm ins Gesicht blikken zu können. Was er darin erkannte, schockierte ihn beinahe so wie der Angriff der ätherischen großen Katze.

Der erfahrene Krieger, der Alaunoni, schämte sich.

»Sagen Sie mir, worum es geht, Kakombe. Ich werde es niemandem erzählen. Darauf haben Sie mein Wort. Und außerdem bin ich sowieso kein Massai.«

Beide Männer behielten weiterhin die Bäume im Auge, während der zögernde Kakombe es ihm erklärte.

»Ob man gegen das Gesetz hinauszieht, um einen Löwen aufzuspüren, oder ob man ihn tötet, um eine Rinderherde zu schützen, spielt keine Rolle. Wichtig ist nur das Töten. Das Vorführen der Tapferkeit, die einen nach alter Massaiüberlieferung als wahren Krieger auszeichnet. Dies wird heutzutage um so höher geachtet, weil die Gelegenheit dazu so selten geworden ist.

All dies geschah vor vielen Jahren. Ich war gerade zum jungen Krieger geworden, half dabei, die Herde meines Onkels zu hüten, als ich das Stöhnen eines Löwen vernahm, der unter Schmerzen litt. Eigentlich hätte ich sofort Hilfe holen müssen, doch das tat ich nicht. Statt dessen folgte ich dem Geräusch. Das war mein erstes Vergehen, denn ein Hirte darf sein Vieh nicht verlassen, es sei denn, ihm bleibt keine andere Wahl.

Ich mußte nicht weit gehen, um ihn zu finden. Es war in der Nähe des Wasserlochs. Es war ein alter männlicher Löwe, sehr groß, doch sein Bein steckte in einer Falle, die die Wilderer ausgelegt hatten, um Elenantilopen zu fangen. Dicht neben ihm lag eine tote Impala, die durch eine weitere Falle ums Leben gekommen war. Nur die Aussicht auf eine derart leicht zu erbeutenden Mahlzeit hatte einen alten, weisen männlichen Löwen so dicht an das Dorf heranlocken können. Nun steckte er neben seiner vermeintlichen Beute ebenfalls in der Falle.

Alles, was ich sehen konnte, als ich ihn erblickte, war der Ruhm, der nun mir und meinem Klan zuteil werden würde. Ich sah mich schon, wie ich den Kopfschmuck des Kriegers trug, der aus der Löwenmähne gefertigt wird. Also tötete ich ihn. Er war immer noch gefährlich und kämpfte hart, aber ich hatte drei Speere dabei. Mit einem Bein, das in einer Falle steckte, hatte er nicht die geringste Chance.« Inzwischen zitterte der Krieger am ganzen Leib, und Tränen liefen ihm die Wangen herab. »Ich werde nie vergessen, wie er mich angeschaut hat.«

Er atmete tief, unregelmäßig. »Als er tot war, befreite ich sein Bein und schleuderte die Falle weit hinaus ins Wasser. Dann schnitt ich mit dem Messer mehrmals tief ins Bein hinein, damit es so aussah, als wäre es eine Speerwunde. Nachdem ich ins Dorf zurückgekehrt war, prahlte ich mit meinen Ruhmestaten. Die erfahrenen Krieger und die Ältesten glaubten mir nicht, bis sie den Kadaver sahen. Als Zeichen meiner Tapferkeit gewährte man mir den Schwanz und die Mähne. Alle priesen mich als großen Krieger und Jäger. Zu meiner Überraschung merkte ich bald, daß ich mich um so kleiner fühlte, je mehr sie mich priesen. Doch ich hatte nicht den Mut, die Täuschung einzugestehen. Bis zum heutigen Tage habe ich nie jemandem davon erzählt. Und jetzt habe ich es Ihnen gesagt.

In jener Nacht konnte niemand im Dorf schlafen, wegen der Löwen. Die stöhnten und klagten bis zum Morgengrauen, dann gingen sie fort. Wie alle anderen lag auch ich hellwach auf meinem Lager und fürchtete mich — ich, der große Krieger! Als ich den Dorfältesten fragte, meinte er, daß das Gebrüll von der Herde des toten Löwen stammte, von seinem Harem. Seine Weibchen seien die Nacht geblieben, um seinen Tod zu betrauern.«

Nun hörte man zu beiden Seiten lautes Stöhnen. Sie hätten weitergehen oder sich zurückziehen können, doch Oak hegte den Verdacht, daß die Löwinnen sich sofort auf sie stürzen würden, sobald sie sich in Bewegung setzten und losliefen.

»Am nächsten Tag kehrte ich zum Wasserloch zurück, um sicherzugehen, daß es keine Spuren mehr gab, die auf die Falle hinwiesen. Zufällig blickte ich zu einer kleinen Anhöhe hinüber, es war eine Aufhäufung großer Felsbrokken, die sich auf der gegenüberliegenden Seite des Wassers befanden. Dort waren sechs Löwenweibchen, alle erwachsen und gesund. Manche von ihnen saßen aufrecht auf den Felsen, andere flegelten sich über die Steine. Sie blickten nicht zu mir herüber, sondern zu der tiefen Stelle des Wasserlochs, in die ich die Falle geworfen hatte. Ich wußte, daß es die Weibchen des alten Männchens waren, das ich umgebracht hatte. Anders, als der Älteste prophezeit hatte, waren sie nicht verschwunden.

Ich war viel zu fasziniert, um mich noch bewegen zu können. Schließlich hoben sie den Blick vom Wasser, eines nach dem anderen, bis alle sechs mich anstarrten. Freund Oak, auf der ganzen Welt gibt es kein vergleichbares Gefühl. Löwen haben zwei besondere Blicke. Der eine ist der Blick des totalen Desinteresses. Den anderen haben sie, wenn sie sich an Beute heranpirschen. Der ist so kalt wie der Blick einer Schlange und so entschlossen wie der einer Maschine.

Lange Zeit verharrten wir so, ich und die sechs Löwinnen. Dann erhoben sie sich einzeln und gingen der Reihe nach davon. Ich habe sie nie wiedergesehen, aber ich habe auch nie aufgehört, nach ihnen zu suchen.« Er packte seinen Speer und drehte sich langsam im Kreis, den Blick auf die Bäume geheftet. »Jetzt sind sie gekommen, um mich zu holen, mit so vielen ihrer Schwestern, wie erforderlich sein werden. Ich muß mich ihnen stellen. Diesmal wird es wenigstens ein fairer Kampf sein.«

»Jetzt hören Sie mir mal zu, Sie verrückter Afrikaner! Zwischen einem Mann ohne Gewehr und einem Löwen gibt es keinen fairen Kampf, und da ist es mir scheißegal, was die Überlieferung der Massai dazu meint. Der Löwe hat alle Vorteile. Vielleicht standen die Chancen endlich einmal annähernd gleich. Dieser Löwe hätte Sie angesprungen, ein jeder hätte es getan, wenn Sie sich unbewaffnet genähert hätten, um an diesem Wasserloch zu trinken. Außerdem haben Sie gesagt, daß der Löwe alt war und in einer Falle steckte. Wenn Sie weggegangen wären, um ihn sich selbst zu überlassen, wäre er dort ohnehin gestorben; an einer Infektion, vor Hunger, oder auch von der Hand der Wilderer, die die Fallen dort aufgestellt hatten. Selbst wenn Sie in der Lage gewesen wären, ihn zu befreien, dann hätte ihm ein jüngeres Männchen, bei seinem Alter und noch dazu mit seinem verkrüppelten Bein, sein Rudel ohnehin weggenommen. Verdammt noch mal, wahrscheinlich war er Ihnen für seinen schnellen Tod sogar dankbar. Für mich hört sich die Sache wie ein Gnadentod an.«

»Ja, ich hätte versuchen sollen, ihn zu befreien. Dann wäre es ein Kampf unter Ebenbürtigen gewesen. Aber ich habe ihn getötet, als er noch in der Falle steckte, und das war nicht fair. Das ist die Art, wie die Böstreffs töten, mit ihren Hochleistungsgewehren und Zielfernrohren. Das ist keine Jagd, das ist kein fairer Kampf. Ebensogut könnte man aus einem Flugzeug Bomben abwerfen.«

Noch während er den Satz beendete, sprang eine weitere Löwin sie an. Sie brach aus dem Strauchwerk zu ihrer Rechten hervor, wo sie gelauert hatte, während Kakombe erzählte. Oak erblickte riesige weiße Zähne, die direkt auf seinen Hals zusprangen.

Diesmal durchbohrten zwei Speere die Angreiferin. Noch bevor sie den Boden berührt hatte, explodierte sie und erfüllte die Luft mit umherfliegenden Fellteilen und dem sich schnell verflüchtigenden Geruch, den Oak auf alle Zeiten als ›Katzenessenz‹ bezeichnen würde.

»Das sind keine wirklichen Löwen. Sie bestehen nur aus Gas, Fell und Gestank. Es sind Gespensterlöwen, Kakombe. Das kann nicht Ihre Herde sein. Das ist *Ihr* Alptraum, es sind Ihre alten Ängste, die zurückgekehrt sind, um Sie heimzusuchen. Die wirklichen Löwinnen sind, sofern sie überhaupt noch leben, in der wirklichen Welt. Keiner meiner alten Feinde hier war real, und das gilt für Ihre ebensowenig.«

»Das mögen zwar Geister sein, dennoch können sie töten. Gehen Sie, Joshua. Suchen Sie Merry, und ich werde sie hier aufhalten, bis ich sterbe.«

»Einen Teufel werden Sie tun. Sie fühlen sich schuldig wegen nichts und wieder nichts. Als Sie diesen verkrüppelten alten Löwen von seinen Schmerzen befreiten, haben Sie ihm einen Gefallen getan. Ganz zu schweigen davon, daß Sie Ihr Volk vor ihm gerettet haben. Werden denn verwundete Löwen nicht zu Menschenfressern?«

Kakombe schien zu zögern. »Manchmal.«

Im Gestrüpp zu ihrer Linken begann es zu rascheln. Nun war keine Zeit mehr für Unterhaltungen. Nachdem es zwei von ihnen einzeln nicht gelungen war, die Beute zu erlegen, hatten sich die Löwengeister zu einer neuen Taktik entschieden. Vier, ein Dutzend, mindestens zwanzig der mächtigen, muskulösen Körper pirschten sich an die beiden Männer heran. Im Gehen wiegten sie ihre Köpfe von einer Seite zur anderen, im Takt einer geheimen Löwenmusik. Oak meinte, das *Tapp-tapp* schwerer Tatzen zu vernehmen. Über ihnen schwebte eine Wolke aus Löwenhaaren, als wären sie in der Mauser. Es ließ die sich gnadenlos nähernde Herde aussehen, als würde sie lichterloh brennen.

Dann brüllten sie nicht mehr, ja sie stöhnten nicht einmal. Bis auf das Getrampel Dutzender von Pfoten gaben sie kein Geräusch mehr von sich. Nicht einmal seine Pistole könnte gegen so viele etwas ausrichten, wußte Oak. Dafür würde man mindestens ein Maschinengewehr brauchen oder...

Er mußte erst beide Taschen durchwühlen, bevor sich seine Finger endlich um das Feuerzeug schlossen. Das Feuerzeug, das seine Kumpels vom FBI ihm zum Geburtstag geschenkt hatten, und das er aus Höflichkeit nicht abgelehnt hatte. Es war ein gutaussehendes vergoldetes Ding, glatt, elegant und raffiniert. Charles Boyer oder Louis Jourdan hätten es benutzen können, um Bette Davis damit Feuer zu geben. Oak war es bei Zeltausflügen und Grillparties nützlich erschienen. Von welcher Qualität war es wohl? Gut genug, daß das Butangas noch nicht verdunstet war?

Er ließ die Kappe aufschnappen und betätigte den Zünder. Das Ergebnis war eine ein Zoll lange Flamme, die in dem diffusen Licht gleichmäßig brannte. Indem er das winzige, verborgene Rad drehte, gelang es ihm, die Flamme auf fast einen Fuß zu verlängern. Bei diesem Gasverbrauch würde sie allerdings bald wieder verlöschen.

Ob die kranke Vegetation brennbar war? Er fuhr mit der

Flamme über das Gras und die Pilze am Boden. Das meiste fühlte sich eher fettig als feucht an.

Es dauerte, bis es Feuer fing. Die Flammen, die nach oben schlugen, waren nicht rotorange sondern blau und indigo. Aus dem Umfeld des immer stärker werdenden Brandes stieg eisige Kälte empor. Während er zwischen sich und den sich nähernden Löwinnen eine Flammenmauer errichtete, sicherte Kakombe ihm den Rücken. Er rümpfte die Nase über den Gestank, den die brennende Vegetation von sich gab: Es roch nach faulem Fleisch. Dort, wo das indigoblaue Lodern zuschlug, hinterließ es Gras und Gestrüpp, das starrgefroren war.

Er hatte die leichte Brise richtig eingeschätzt; sie trieb das Feuer den Löwinnen entgegen, fort von ihm und Kakombe. Fasziniert berührte er ein hohes Schilfrohr, das von der blauen Flamme geküßt worden war, und zog sofort seine verbrannten Finger wieder zurück. Die Haut war im Augenblick des Kontakts gefroren, während das Schilfrohr zerstob wie Pulver. Es besaß die Kälte des absoluten Nullpunkts.

Von der indigoblauen Sperre frustriert, machte eine der Löwinnen einen Anlauf und sprang. Kakombe erhob seinen Speer, doch die Erscheinung kam gar nicht mehr aus den Flammen hervor. Als sie sie berührten, explodierte sie und überschüttete den sich zurückziehenden Oak und den Krieger mit blauen und gelben Eiskristallen.

Kakombe war wie starr und Oak packte seinen Arm, um ihn mit sich zu reißen. Ebensogut hätte er versuchen können, einen Bus abzuschleppen. Der Krieger starrte zu der Flammenmauer zurück. Auf der anderen Seite waren die Löwinnen und knurrten und spuckten, frustriert bissen sie aufeinander ein.

»Kommen Sie, Mann, Bewegung! Wollen Sie etwa hier warten, bis das Feuer niedergebrannt ist?«

»Aber die sind doch gekommen, um mich zu holen«, murmelte er benommen, »um den alten Löwen zu rächen, den ich getötet habe.«

»Wenn der alte Knabe jetzt hier wäre, wäre er dankbar dafür. Schalten Sie doch mal endlich Ihr Gehirn ein!«

»Das ist... Bestimmung.« Oak merkte, daß es tatsächlich zögernd klang.

»Nichts ist Bestimmung, verdammt, nur, daß wir beide hier sterben werden, wenn Sie nicht endlich den Arsch bewegen.«

Kakombe blinzelte ihn an. »Vielleicht... ja. Vielleicht ist es Zeit, daß entomito ilmoran tooengejek.« Sein abwesender Blick wich einem breiten Grinsen. »Das bedeutet, daß es Zeit ist, die Krieger mit ihren Füßen zu retten.« Schnell erhöhte er sein Tempo. Oak mußte sich anstrengen, um mit ihm Schritt zu halten, doch es machte ihm nichts aus. Es machte ihm nicht das geringste aus.

Hinter ihnen brüllten die Löwinnen wütend, weil sie von der simplen Magie eines Böstreffs besiegt wurden.

27

Das enttäuschte Fauchen der Löwinnen war schon lange hinter ihnen verklungen, als Kakombe sich vorbeugte und Halt befahl. Er sah verunsichert aus.

»Ich höre schon wieder Brüllen, diesmal vor uns.«

Oak furchte die Stirn. »Noch ein Rudel? Oder haben die uns etwa schon umrundet? Ich kann nichts hören.«

Vorsichtig schlich der Krieger weiter und flüsterte im Gehen. »Es hört sich nicht wie Löwengebrüll an. Irgendwie müßte ich es eigentlich wiedererkennen, und doch kann ich es nicht. Das Schreien eines Leoparden ist schriller, und das hier ist kein Gelände, wie es Geparden bevorzugen. Es könnte sich fast um eine Herde Flußpferde handeln.«

Vor seinem geistigen Auge hatte Oak das Bild einer Herde der großen, trägen Tiere, wie sie sich an einem Flußufer zusammenscharten. »Dann ist es doch kein Problem.«

»Sprechen Sie nur über Dinge, von denen Sie etwas verstehen, mein Freund. In Afrika werden jedes Jahr mehr Menschen von Flußpferden getötet als von irgendeinem anderen Tier. Die unwissenden Böstreffs glauben, daß sie nahe an sie herantreten und sie sogar tätscheln können, weil sie dick und freundlich aussehen. Flußpferde sind zwar dick, aber sie sind alles andere als freundlich, und auf ihre Zähne kann selbst ein Löwe neidisch werden.« Angestrengt lauschte er. »Mit Sicherheit sind es mehr als zwei, was immer es auch sein mag.«

Während sie durch den kränkelnden Wald weiterschritten, vernahm Oak endlich auch das Geräusch. Rumpeln und Brummen, mal scharf und klar, dann wieder einander übertönend. Er lauschte noch eine Weile, bis er sich sicher war.

»Ich weiß, was es ist.« Kakombe sah ihn überrascht an. »Das sind keine brüllenden Tiere. Es sind Motorräder, und zwar große. Wahrscheinlich sehr viel größer als jene, die Sie normalerweise zu sehen bekommen, deshalb haben Sie das Geräusch auch nicht sofort erkannt.«

Als der Lärm laut genug war, um ihnen anzuzeigen, daß sie sich bereits sehr nahe an seinem Ursprung befanden, ließen sie sich zu Boden sinken und krochen auf allen vieren weiter. Sie schlüpften unter eine Reihe von Sträuchern, deren Blätter von irgendeiner Art rostfarbener Tardescantie zerfressen worden waren, und wären beinahe einen steilen Abgrund hinabgestürzt. Inzwischen war das Dröhnen der großen Motorräder geradezu ohrenbetäubend.

Unten in der Senke lag Merry am Boden, die Handgelenke an Pflöcke gefesselt, die in die Erde eingelassen worden waren. Ihre Kleidung war zerfetzt. Die Motorradfahrer umfuhren sie im Kreis wie Filmindianer den bekannten Siedlerwagen. Gelegentlich brach einer aus dem Kreis aus und fuhr direkt auf sie zu, nur um im letzten Augenblick scharf abzudrehen und ihren gefesselten Körper mit Dreck zu bespritzen, den sein Hinterrad aufwühlte.

Bei den Motorrädern handelte es sich natürlich um Harleys, die meisten von ihnen waren viel zu brutal aufgemotzt, als daß noch irgendein Mensch bequem darauf hätte sitzen können. Das spielte aber auch keine Rolle, weil Merry der einzige Mensch in der Senke war. Die Dämonen und Wasserspeier auf den Motorrädern sahen aus, als wären sie direkt von den Zinnen der Kathedrale von Notre Dame herabgestiegen.

Da gab es Geister mit verzerrten, lechzenden Gesichtern; Homunkuli mit fledermausartigen Ohren und langen, gespaltenen Zungen. Manche von ihnen besaßen keine Nasen, andere starrten durch Pupillen in die Welt, die nicht rund waren, sondern senkrecht. Alle trugen sie die übliche Kleidung der Motorradgang: Jeansjacken, die an den Schultern abgeschnitten worden waren und die mit Hakenkreuzen und Totenköpfen verziert waren, Westen mit pelzgefütterten Armlöchern, schwere Stiefel, verziert mit Nieten und Dornen. Einige von ihnen trugen keine Hüte, andere dafür Nazihelme und Ledermützen. Von Gürteln und Schultern hingen schwere Ketten herab.

Eine dieser krummbeinigen, gelbgesichtigen Parodien auf die Menschheit stieg von der Maschine, um Merrys Körper zu betatschen. Die gackernden Gefährten des Wesens verjagten es mit ihren Motorrädern. Einer fuhr dabei über ihr rechtes Bein, und Oak hörte sie schreien. Er mußte sich auf die Lippe beißen, bis er Blut schmeckte, um nicht nach ihr zu rufen. Wenn er und Kakombe jetzt voller Zorn den Abhang hinuntergestürmt wären, hätte Merrys Alptraum sie ebenso sicher erledigt, wie er es mit ihr zu tun drohte.

Ein dunkler Dämon fuhr auf Merry zu. Sein Motorrad schlug gegen einen Felsen, und er wurde in eine Richtung davongeschleudert, während seine Maschine in hohem Bogen in die andere flog, sehr zum Vergnügen der anderen Kreaturen.

Plötzlich spürte Oak etwas, das stärker war als die Angst um sich selbst oder die Sorge um Merry: Die Sache war ihm peinlich. Das war ihr Alptraum. Er fühlte sich wie ein Eindringling, wie ein Voyeur, der ihre geheimsten Gefühle ausspionierte.

»Wir müssen sie dort rausholen«, sagte er heiser zu Kakombe. »Das nächste Mal, wenn sie von einem dieser Dinger überfahren wird, könnte sie einen Arm oder auch ein paar Rippen dabei verlieren.« Er wollte sich erheben. Kakombe hielt ihn zurück.

»Jetzt bin ich an der Reihe, Sie dazu aufzufordern, Ihr Gehirn einzuschalten, mein Freund. Es sind zu viele. Ich kann zwar keine Pistolen erkennen, aber sie haben viele Messer, ganz zu schweigen von ihren Klauen und Zähnen.«

»Was wollen wir sonst tun? Ich gehe lieber ein Risiko ein, als hier liegenzubleiben und zuzusehen, wie sie sie in Stücke reißen.«

Kakombe wirkte nachdenklich. Als er wieder sprach, klang er fast schalkhaft. »Meinen Sie, daß Sie so schnell laufen können wie ein Massai Moran?«

»Das hängst von den Umständen ab. Ich bin schneller, als ich aussehe.«

»Angenommen, Sie werden gejagt und rennen um Ihr Leben?«

Oak nickte. »Klar, das würde mir schon dabei helfen, ein ziemlich scharfes Tempo vorzulegen. Woran denken Sie?«

Kakombe wandte sich um. »Wir müssen an einen früheren Ort zurückkehren, in einen früheren Alptraum. Wir müssen dorthin zurück, wo wir herkommen.«

»Zurück?« In Oaks Miene spiegelte sich seine Verwirrtheit wider. »Meinen Sie etwa die Löwen? Das Feuer dort wird inzwischen wohl niederbrennen. Was, wenn die immer noch dort sind?«

»Genau darauf hoffe ich.«

Oak begriff, was dem Krieger durch den Sinn ging. Nur daß es ihm nicht sonderlich vielversprechend erschien. »Sind Sie sicher, daß Sie das versuchen wollen? Immerhin ist es Ihr Alptraum, in den wir zurückkehren. Wenn sie einen Alptraum erst einmal abgeschüttelt haben, dann wollen die meisten Menschen alles andere, als ihn noch einmal durchleben zu müssen.«

»Es ist die einzige Möglichkeit, mein Freund. Ja, er jagt mir Angst ein, aber etwas anderes fällt mir nicht ein. Und Zeit haben wir auch nicht.« Er wies mit einer Geste in die Senke. Dort parkten bereits einige der dämonischen Motorradfahrer ihre Maschinen. Jene, die bereits abgesessen waren, zankten sich und scherzten miteinander, während sie auf die hilflose Merry deuteten.

Wahrscheinlich gab es doch einen besseren Weg, aber Oak fiel keiner ein, während er Kakombe in den Wald zurück folgte, denselben Weg nehmend, auf dem sie zuvor geflohen waren. Es war nicht schwierig, den Ort wiederzufinden: ein breiter Streifen im Dschungel war zu eisigem Pulver geworden. Hier und dort flackerten indigoblaue Flammen an isolierten kalten, heißen Flecken. Die Luft über dem Brand war arktisch.

Der Riese klang verzweifelt. »Sie sind fort!«

»Nein, dort drüben!« Oak zeigte mit seiner Speerspitze zu einem immer noch aufrecht stehenden Hochgrasbüschel. Darin waren sandfarbene Umrisse zu erkennen. Er begann auf und ab zu hüpfen und zu schreien. »He, ihr da, Löwen! Hierher! Kommt und freßt mich, wenn ihr könnt!«

Das ist mit Sicherheit das Verrückteste, das ich jemals im Leben getan habe, dachte er. Doch er hüpfte weiterhin auf und ab und schrie. Neben ihm tat es Kakombe ihm gleich, stieß laute, jubelnde Geräusche aus und pfiff schrill.

Die Köpfe der beiden Löwinnen hoben sich gleichzeitig. Kaum hatten sie die Ursache der Störung ausgemacht, als die Neugier in ihren Augen einem Blick wich, der so kalt war wie die Flammen, die noch immer die Vegetation umzüngelten. Während sie gemächlich aufstanden, erkannte Oak noch weitere gelbe Schatten, die hinter ihnen aus dem Wald kamen. Besonders eine Löwin starrte ihn geradewegs an, ließ ihren Blick weder nach links noch nach rechts schweifen, während sie auf ihn zukam. Wie ein Bombenwerfer, der ein Ziel fixiert hatte.

Da klopfte etwas hart auf seine Schulter: Kakombes Hand. Der Riese hatte mit dem Rückzug begonnen. Oak schloß sich ihm an, den Speer bereithaltend. Kaum hatten sie die aufrechtstehende Vegetation zwischen sich und die Herde gebracht, als sie sich umdrehten und davonrannten.

Stell dir einfach vor, du wärst in der Schule und würdest die vierhundert Yards laufen, sagte er sich. Blick dich nicht nach den anderen Läufern um, dann verlierst du auch nicht die Nerven. Damals hat keiner geglaubt, daß du schnell bist, bis du es ihnen bewiesen hast; so wie keiner geglaubt hat, daß du intelligent bist, bis du es im Unterricht unter Beweis gestellt hast.

Wenn du so intelligent bist, warum tust du dann das hier?

Kakombe rannte neben ihm, mit Riesenschritten wie eine Giraffe. Oak wußte, daß der Riese ihn abhängen konnte, war froh, daß er es nicht tat. Sie würden gemeinsam laufen, sie würden gemeinsam kämpfen, und sie würden die Sache auch gemeinsam über die Bühne bringen. Er betete.

Sie glitten durch Gestrüpp und schossen an Bäumen vorbei. Im dichter bewachsenen Gelände hatte Oak den Vorteil, Kakombe bahnte sich zwar einfach mit roher Gewalt seinen Weg durch die Hindernisse, doch jedesmal, wenn er etwas umrennen mußte, kostete es ihn etwas Kraft.

Etwas Kraft, dachte Oak. Sein eigenes Herz hämmerte im Brustkasten, versuchte ihn zu sprengen. Seine Kehle war ausgetrocknet, und die Lungen drohten ihm zu platzen. Seine Bronchien wurden immer wunder, doch er wurde nicht langsamer. Es war einfach, er brauchte nur diese Knie zu heben und diese Füße zu senken und darauf hoffen, daß Kakombe keine falsche Abzweigung nahm. Denn wenn das geschehen sollte, würden sie aus der Puste geraten und in einem Knäuel großer Katzen verschwinden.

Im Wald war es gespenstisch ruhig, bis auf das Keuchen der beiden rennenden Männer. Die sie verfolgenden Löwen machten kein Geräusch. Sie sparten ihre Kräfte für das bevorstehende Erlegen der Beute auf. Nur gelegentlich wurde die Stille von dem Geräusch eines Strauchs durchbrochen, der niedergetrampelt wurde, und von schweren Körpermassen, die auf dem Boden aufsetzten.

Gemeinsam sprangen sie über den Rand des Steilhangs, mit rudernden Armen, um das Gleichgewicht zu halten. Sie wurden sogar noch schneller, als sie halb stürzend, halb laufend den Hügel hinabjagten. So plötzlich tauchten sie dort auf und so konzentriert waren die Dämonen auf ihr Vergnügen, daß die beiden Männer schon mitten in der Staubwolke waren, bevor irgend jemand sie bemerkt hatte. Einer der Wasserspeier, dem der Bauch über den Gürtel hing, wollte Merry gerade seine Aufmerksamkeit widmen, als Oak ihm das Ende seines Speers ins Maul rammte. Splitternde Zähne und Blut spritzten umher. Das fette Monstrum taumelte zurück und riß zwei seiner Begleiter mit sich zu Boden.

Merry wollte etwas sagen, doch ihre Kehle war von Staub und Tränen wie zugeschnürt. So konnte sie nur schluchzen und ein paar Worte stammeln, während Oak mit Nafasis wunderbarer rasiermesserscharfen Klinge ihre Fesseln einschnitt. Kakombe baute sich auf, um etwaige Angreifer abzuwehren. Die Mehrzahl der Dämonen war so betrunken und mit den Maschinen beschäftigt, daß sie noch immer nicht die Eindringlinge in ihrer Mitte bemerkt hatten.

Merry war zwar am ganzen Körper zerkratzt, doch Oak konnte keine schwere Verletzung erkennen. Die schlimmsten Wunden, die sie sich zugezogen hatte, waren hauptsächlich geistiger Art.

»Sie werden nie von hier wegkommen«, gelang es ihr schließlich zu keuchen, »es sind zu viele. Sie werden Sie und mich und auch Kakombe töten.«

»Vielleicht auch nicht«, zischte er, während seine Augen nach einem Ausweg suchten.

Ein kleines Monster mit grüner Visage, spitzen Ohren, hervorstehenden Zähnen und der eingestickten Aufschrift

›Der Heimsucher‹ auf seinem zerfetzten Jeanshemd drang in das Revier des Kriegers ein. Kakombes Klinge durchbohrte den Torso des Dämonen und schlug ihm den rechten Arm am Ellenbogen ab. Grünes Blut spritzte hervor, und der schaurige Amputierte vollführte einen wilden, kreischenden Tanz, während er alles, was in Reichweite war, mit seinen widerlichen Säften bespritzte.

Das erregte schließlich auch die Aufmerksamkeit der anderen Motorradfahrer. Sie lenkten ihre Maschinen kreiseinwärts, um damit auf die Eindringlinge zuzufahren. Kakombe machte sich kampfbereit, und Oak stellte sich zwischen die dämonische Horde und Merry. Mit höllischem Tempo rasten die Maschinen los.

Das maschinelle Dröhnen wurde von einem markerschütternden Gebrüll übertönt, das den größten Teil des Dorther zum Beben brachte. Dreißig oder noch mehr kräftige muskulöse Gestalten ergossen sich in einer einzigen Löwenwelle den Abhang hinunter, um mit der Wucht eines vollbeladenen Lastwagens auf die nichtsahnenden Dämonen zu prallen. Arme und Beine, Hörner und Köpfe flogen in alle Richtungen, als die Meute ihre aufgestaute Wut an den benommenen Dämonen ausließ. Ein ganzer Eimer voll von Dämonenblut ergoß sich über Merrys Gesicht. Zu früheren Zeiten hätte sie sich vielleicht die Lunge aus dem Leib gebrüllt. Doch inzwischen konnte sie keinen Ton mehr herausbringen.

Oak trennte die letzten Fesseln, schob einen Arm unter sie und half ihr auf die Beine. Sie versuchte zu gehen, stolperte.

»Kommen Sie, Merry, versuchen Sie es!«

Sie sackte zusammen und griff an ihre Waden. »Josh, ich habe einen Krampf. Ich bin schon zu lange gefesselt – es tut weh!«

Doch er ließ nicht zu, daß sie stehenblieb. »Ein Bein vor das andere setzen. So, genau. Immer erst das Gehirn benutzen. Fuß vor, Bein senken, kommen Sie – Bewegung!«

Es war nicht einfach, sich in dem Gekreische und Geschrei der Dämonen und dem Gebrüll der Löwen Gehör zu verschaffen. Kakombe blieb dicht bei ihnen, um etwaige Gegner abzuwehren, die sich zu nahe heranwagten. Doch sein Speer bekam nur wenig Arbeit. Die Dämonen interessierten sich nicht für sie. Sie stoben in wüster Panik auseinander, als ein Alptraum auf den anderen stieß.

Oak sah, wie ein dürrer Wasserspeier versuchte, einen steilen Hang emporzukriechen. Eine Löwin packte ihn am Bein und zerrte das heulende und schreiende Wesen wieder hinab in die Senke. Kaum war es unten angekommen, ließ sie das Bein los, stemmte dem Dämon beide Pranken auf die Brust und schloß die riesigen Kiefern um seinen Hals. Es dauerte nicht lange, bis er erstickte. Das letzte, was Oak sah, war die Löwin mit dem toten Dämon im Maul, den Leib über den Boden schleifend und den Kopf schlaff herabbaumelnd.

»Es wird schon besser, Josh. Ich spüre, wie die Muskeln sich lösen, und langsam kriege ich auch wieder etwas Gefühl.« Er nahm seinen Arm weg und ließ sie aus eigener Kraft gehen. Als sie am Rand der niedrigen Steilklippe angekommen war, hatte sie schon einen kleinen Dauerlauf begonnen.

»Eine zähe Rasse, die Leute aus den North Woods«, sagte Oak und lächelte sie ermutigend an. Sie antwortete mit einem matten Grinsen, das durch den Schmutz und das strähnige Haar schimmerte, die ihr Gesicht bedeckten. Sie war erschöpft und litt unter Schmerzen, dennoch bat sie um keine Rast. Nicht in diesem Augenblick, da die Hölle nur wenige Yards hinter ihnen lag.

Der Wald schloß sich um sie und dämpfte den Lärm des Blutbads in der Senke. Beide Männer hielten die Augen offen, um etwaige verirrte Löwinnen rechtzeitig aufzuspüren, deren Wut durch den Genuß von Dämonenfleisch noch nicht hinreichend gesättigt worden war. Mit jedem Schritt, der sie von ihren Peinigern fortführte, gewann Merry an Zuversicht und Kraft. Schließlich hatte sie sich genug erholt, um zu berichten, was mit ihr geschehen war, während sie im Dauerlauf zum Fluß zurückrannten.

»Vor ungefähr zehn Jahren saß ich einmal in einer kleinen Stadt südlich von Tacoma fest. Ich war gerade von der High School gekommen. Ich saß in einem kleinen Café und frühstückte, als eine ganze Horde von echten Motorradfahrern draußen hielt. Das waren keine Typen aus dem Film; nicht von der Sorte, die von zu Hause weggelaufene Mädchen verkaufen und den Kindern auf dem Schulplatz Drogen anbieten. Sie lachten und machten Witze, als sie hereinkamen. Die alte Kellnerin und ich waren die einzigen Frauen in diesem Lokal. Sie bestellten Kaffee und Brötchen und solche Sachen, und sahen mich immer an, während sie miteinander flüsterten. Ich war viel zu verängstigt, um aufzustehen und zu gehen, denn ich hätte direkt an ihnen vorbeigehen müssen.

Doch nichts geschah. Nur ein Haufen gieriger Blicke und Kommentare. Niemand hat mich angesprochen und niemand hat mich berührt. Sind Alpträume nicht immer schlimmer als die Realität, auf der sie basieren?«

Oak erinnerte sich an seinen eigenen. »Nicht immer.«

Es war schon eine Weile her, seit sie in der Ferne zum letzten Mal ein Kreischen oder ein gedämpftes Brüllen gehört hatten. Verdammt noch einmal, dachte er aufgeregt, möglicherweise kommen wir tatsächlich noch lebend aus dieser Sache heraus.

Na klar. Heraus – und wo hinein? Sie waren noch immer im Dorther gefangen.

Olkeloki sollte besser seinen Zauber beenden, überlegte Oak, denn er war drauf und dran, den Wagen zu schnappen und mit qualmenden Reifen die Strecke zurückzufahren, die sie gekommen waren. Im Augenblick hätte er seine halbe Rente für ein Stück reinen, blauen Himmel hergegeben.

Merry erzählte immer noch. »Ich dachte, ich hätte es vergessen. Ich schätze, es gibt Dinge, die der Geist an geheimen Stellen speichert und erst wieder hervorholt, wenn man am wenigsten damit rechnet.«

»Klar. Sind wir denn rechtzeitig gekommen? Es sah zumindest so aus, als wären wir rechtzeitig gekommen.«

»Gerade noch rechtzeitig, glaube ich, obwohl ich schon so fertig war, als Sie beide auftauchten, daß ich nicht weiß, ob ich überhaupt noch etwas gespürt hätte. Aber ich bin mir sicher, daß es schlimmer geworden wäre als im Flugzeug. Mein Gott, ich fühle mich, als würde ich nie wieder sauber werden!«

Wenn Kakombe nicht gewesen wäre, wären sie einfach müde und verschwitzt auf die Lichtung hinausgetreten, wo sie den Geländewagen geparkt hatten. Und wenn sie das getan hätten, wäre alles, was sie bisher erreicht hatten, alles, wofür sie gekämpft und was sie erstritten hatten, um Ruaha zu erreichen – das Eindringen ins Dorther, das Abwehren der Alpträume – verloren gewesen und der Rest der Welt dazu.

Die Sinne des Massai funktionierten mit Höchstleistung. Kakombe hörte es gerade noch rechtzeitig und befahl ihnen, sich sofort fallenzulassen. Einen langen Moment blieben sie regungslos liegen. Dann bedeutete er ihnen mit einer Geste, vorwärts zu kriechen.

Der kleine Suzuki stand immer noch dort, wo sie ihn zurückgelassen hatten. Mbatian Olkeloki stand daneben, er wirkte ruhig und gefaßt.

Ein Dutzend hämischer Shetani umtanzte ihn im Kreis.

28

Während Oak und Kakombe damit beschäftigt waren, Merry zu retten, hatten die Shetani den einzigen Menschen aufgespürt und umzingelt, der eine echte Bedrohung für ihre Pläne darstellte. Den Kreis bildeten sie mit ihren Körpern und miteinander verschränkten Armen. Von Zeit zu Zeit ließ einer die Arme sinken und lud Olkeloki höhnisch ein, doch zu versuchen, aus dem Kreis zu treten. Reglos stand der inmitten der frohlockenden Scheusale und ignorierte ihre Neckereien.

Fünfzehn Fuß vor dem Geländewagen hatte Olkeloki einen Steinhügel errichtet, auf dem ein Tonkrug ruhte. Seine Wände waren mit unentzifferbaren Inschriften verziert, und im Inneren dieses einzigartigen Gefäßes brannte ein kleines, gleichmäßiges Feuer. Der Steinhaufen befand sich in der Mitte des in den Boden gezogenen Kreises, in dem der alte Mann gearbeitet hatte, als Oak und Kakombe losgegangen waren, um Merry zu suchen.

Zuerst war Oak überrascht, daß die Shetani den Steinhaufen nicht zerstört, die sorgfältig angeordneten Steine nicht fortgeschleudert und den Feuertopf nicht zerschmettert hatten. Doch dann begriff er, daß es von ihrem Standpunkt aus so viel besser war, denn so konnten sie den Menschen verhöhnen, der es gewagt hatte, sie bis in ihr Heiligstes zu verfolgen.

Kakombe bedeutete ihnen mit einer Geste, daß sie aufstehen und angreifen sollten, doch Oak schüttelte verneinend den Kopf. Erregt flüsterte der Krieger ihm zu: »Denken Sie doch daran, wie es am Hang des Ol Doinyo Lengai war. Wir werden sie wieder angreifen, und sie werden wieder fliehen.«

»Vielleicht werden sie das — vielleicht drehen sie sich aber auch um und reißen uns in Stücke. Das hier ist ihre Welt und nicht unsere, und diesmal ist keine halbe Kompanie Laibon da, um Ihnen Unterstützung zu geben. Wir sind nur zu zweit.« Kakombe sah ihn lange an, dann nickte er reumütig. Ein hirnloser Ansturm war die letzte Zuflucht der taktischen Ignoranten.

Die meisten Shetani waren menschengroß oder kleiner, doch ein Riese ragte gute zehn Fuß in die Höhe, der etwas abseits stand und den wilden Tanz beobachtete. Seine Fingerknöchel hingen bis zum Boden, und seine Kinnlade hing lose herab. Ausdruckslose hervortretende Augen blickten auf den grausigen Reigen seiner hüpfenden, triumphierenden Vettern hinunter. Oak konnte sich nicht vorstellen, daß dieses Wesen vor zwei schwachen speerschwingenden Menschen in Panik geraten würde.

»Diesmal werden wir ein bißchen Böstreffstrategie einsetzen. Wissen Sie, wozu eine Ablenkung gedacht ist?«

Kakombe fauchte ihn an: »Die Böstreffs glauben wohl, sie hätten alles erfunden.«

»Ich sehe mich berichtigt. Versuchen Sie, sich von hinten an sie heranzuschleichen, und halten Sie sich von dem Großen dort fern. Merry und ich werden versuchen, den Wagen zu ergattern. Sobald Sie eine Stelle gefunden haben, die Ihnen zusagt, versuchen Sie, ihre Aufmerksamkeit auf sich zu lenken. Vielleicht gelingt es Ihnen, sich von ihnen verfolgen zu lassen.«

Der Alaunoni dachte über diesen Vorschlag nach. »Ich habe eine bessere Idee. Warum schleichen Sie nicht dorthin, um ihre Aufmerksamkeit auf sich zu lenken, während Merry und ich zum Wagen laufen?«

»Weil Sie im Wald besser sind als ich, und weil ich hinter dem Steuer besser bin als Sie.«

Zögernd willigte Kakombe ein. »Ich verstehe, worauf Sie hinauswollen. Es ist ein guter Plan, aber einer, der gleich beim ersten Mal funktionieren muß, denn eine zweite Gelegenheit werden wir nicht bekommen.«

Die beiden Männer gaben sich die Hand. Dann sahen Oak und Merry zu, wie der Krieger im dichten Unterholz verschwand, das sie umgab. Oak nahm ihre Hand und ging geduckt in die entgegengesetzte Richtung.

»Ich bin froh, daß Kakombe das für einen guten Plan hält«, flüsterte er ihr zu, »denn ich bin mir da gar nicht so sicher. Aber etwas anderes ist mir nicht eingefallen.«

»Natürlich ist es ein guter Plan, Josh. Er wird schon funktionieren. Er muß funktionieren. Wir müssen diese Kreaturen von Olkeloki fortlocken, damit er tun kann, was er vorhat.« Sie versuchte sich aus seinem Griff zu lösen. »He, immer mit der Ruhe. Ich komme schon mit.«

»Entschuldigung.« Er gab ihre Hand frei. Als er das tat, musterte er sie lange und ausgiebig. Ihre Haut war schmutzig. Das, was von ihrem Make-up übrig war, war über das ganze Gesicht verschmiert, das wiederum zerkratzt und aufgerissen war. An ihrer Oberlippe klebte getrocknetes Blut, und auf ihrer Stirn war eine grünblaue Beule zu erkennen, wo einer der Dämonen sie geschlagen hatte. Ihr Haar glich dem Astwerk eines Dornbuschs. Schweiß troff ihr von den Schläfen den Hals hinunter und befleckte das, was von der Bluse noch übrig war.

Oak sah aus wie jemand, der plötzlich in seinem Briefkasten einen Rubin von der Größe eines Hühnereis gefunden hatte.

Sie schnitt eine Grimasse. »Was ist denn los mit Ihnen? Worauf starren Sie gerade?«

»Auf Sie. Sie sind schön.«

»Und Sie sind ein verdammter Lügner, aber ich finde, daß Sie auch schön sind.«

»Ich liebe dich, Merry.«

»Ich dich auch. Ich frage mich nur, wann das wohl passiert sein mag?« Sie grinste ihn entzückt an. »Wir sprechen später noch darüber.«

»Möglicherweise gibt es kein Später. Wenn es etwas gibt, was ich auf den Tod nicht ausstehen kann, dann ist es, mein Büro oder mein Leben unaufgeräumt zu verlassen. Ich glaube, Kakombe liebt dich auch.«

»Ich weiß, aber ich bevorzuge einen anderen Lebensstil. Meinst du, daß er sich einen gesicherten Job in der Stadt zulegen und sich in Seattle niederlassen würde?«

»Unwahrscheinlich.«

Sie nickte. »Das denke ich auch. Wir werden unseren ersten Sohn nach ihm nennen müssen. Kakombe Oak. Da werden die in der Schule aber gucken, nicht wahr?«

»He, was ist denn das für ein Gerede über Kinder? Ich kann mich nicht erinnern, daß ich dir einen Antrag gemacht hätte.«

»War wohl ein voreiliger Schluß. Was für eine Zeit, um sich in ein Streitgespräch zu verwickeln.«

»Ich habe mich nicht gestritten, ich wollte nur... Ist dir

eigentlich klar, daß wir in ein paar Minuten möglicherweise tot sein werden?«

»Dann ist es besser, wenn man vorher die wichtigsten Dinge erledigt hat.« Diesmal war sie es, die *seine* Hand nahm.

Sie hatten schon fast das Ufer des Sandflusses erreicht. »Komisch, wie sich das Leben an einen heranschleicht, wenn man gerade mal nicht aufpaßt«, flüsterte er ihr zu. Sie hielten sich immer noch an den Händen. »Ich bin mitgekommen, um auf dich aufzupassen. Hätte nicht geglaubt, daß daraus mal etwas Dauerhaftes werden könnte.«

»Pech gehabt. Dann solltest du dich mal besser mit dem Gedanken anfreunden. Wie auch mit dem Gedanken daran, in den North Woods zu leben. Ich ziehe in keine Stadt im Osten.«

»Und was passiert, wenn mir deine Heimatstadt nicht gefällt?«

»Oh, die wird dir gefallen. Sie ist ruhig und friedlich und grün. Du wirst dich noch wundern, wie schnell man sich an so etwas gewöhnen kann.«

»Vielleicht hast du recht, aber das Aussuchen der Möbel und Tapeten sollten wir wohl erst ein wenig verschieben, bis wir herausgefunden haben, ob wir tatsächlich hier herauskommen, ohne daß man uns vorher die Herzen aus dem Leib reißt.«

Aus dem Wald, der sich genau auf der entgegengesetzten Seite des Shetanikreises befand, ertönte plötzlich ein markerschütterndes Geheul. Der Tanz verlangsamte sich. Ein faustgroßer Stein flog zwischen den Bäumen hervor und traf eine der mannsgroßen Erscheinungen am hinteren Teil dessen, was ihren Kopf darstellte. Das Wesen geriet ins Taumeln, dann biß es zornig auf seinen friedlichen Nachbarn ein. Einen Augenblick lang kämpften die beiden heftig miteinander, bis ein dritter sie wieder trennte. Nun fingen die drei an, aufeinander einzuschnattern.

Am Rande der Lichtung erschien Kakombe. Mehrere

der zankenden Shetani bemerkten ihn. Kaum hatte er ihre Aufmerksamkeit auf sich gezogen, als der Krieger sich vorbeugte, und seine Toga hochhob, um auf beleidigende Weise mit seinem Hinterteil zu wackeln.

»Kommt schon!« brüllte er zwischen seinen Beinen hindurch. »Kommt schon und seht, wie ein Massai laufen kann!« Er ließ die Toga fallen und huschte zurück in den Wald.

Aus unmenschlichen Kehlen stieg ein schauderhaftes Wimmern, als die Shetani hinter ihm herstürzten. Während sie in den Wald hineinrannten und hüpften und stolperten, stapfte der zehn Fuß große Riese vorwärts, um Olkeloki sanft aber fest in die Arme zu nehmen und festzuhalten.

Lauf schnell, großer Bruder, lauf schnell, dachte Oak ernst. »Gehen wir«, sagte er zu Merry.

Geduckt bewegten sie sich in Richtung Wagen. Der Riesenshetani sah immer noch ausdruckslos in den Wald hinein. Die Sache war fast zu einfach. Leise öffnete Oak die Wagentür und spähte hinein. Der Schlüssel steckte noch im Schloß. Er schlüpfte auf den Fahrersitz und beugte sich vor, um den Motor zu starten. Dabei blickte er zufällig gerade noch rechtzeitig in den Rückspiegel, um den scharfen Krallen auszuweichen, die nach seinem Hals griffen. Sie bekamen nur sein Hemd zu packen, während er zur Seite stürzte und sich abrollte. Über die Rückenlehne seines Sitzes starrte ihn ein bizarres, schrägliegendes Shetanigesicht an. Es oder genauer sie trug Merrys zweite Bluse. Lange, dünne Brüste drückten wackelnd gegen den Stoff. Von dem dürren Hals hing Merrys einzige Halskette herab. Zwei Ohrringe baumelten an einem kaninchenähnlichen Ohr, und der Rest hing von der hinunterhängenden Nase. Das Shetaniweibchen war gerade damit beschäftigt gewesen, Merrys Rucksack zu plündern, als Oak in den Wagen geschlüpft war, und um ein Haar hätte sie ihm die Halsschlagader herausgerissen.

Gelähmt vor Schreck lag er da. Plötzlich griffen die

Klauen erneut nach ihm, und der Schock trieb ihn zum Handeln. Sie bohrten sich in den Sitz, wo noch einen Augenblick zuvor sein Kopf war, drangen tief in das dicke, zähe Polster ein. Wie in einer Karrikatur zerrend und hüpfend, versuchte das Shetaniweibchen mit Gewalt die Klauen wieder freizubekommen.

Oaks rechte Hand lag auf dem Wagenboden. Er berührte etwas Hartes: den Werkzeugkasten im Wageninneren. Er hob den Deckel auf und griff nach dem allerersten Gegenstand, den seine Finger zu fassen bekamen. Während das Shetaniweibchen noch mit dem Polster rang, schwang er den Schraubenschlüssel und schlug ihn gegen die beiden feststeckenden Arme. Beide brachen unter der Wucht des Hiebs.

Mit einem Schmerzensschrei riß das Shetaniweibchen beide unbrauchbar gewordenen Gliedmaßen fort. Eine dicke, klebrige Flüssigkeit, die wie Jauche stank, troff von den beiden zerborstenen Gelenken. Das Wesen kroch über die Rückenlehne und versuchte, ihn mit seinem aufklaffenden Maul zu schnappen. Spitze Zähne glitzerten bedrohlich, kamen näher. Voller Ekel und Entsetzen schwang er den Schraubenschlüssel heftig herum. Wieder spritzte es schwarzen Sirup, und das entsetzliche Wesen sackte hinter dem Sitz zusammen.

Lang und heftig keuchend beugte er sich nach hinten und schlug auf das stumme Monstrum ein, bis es zu Brei geworden war. Der Geländewagen hallte von lautem Krachen und dumpfen Hieben, als der Schraubenschlüssel immer und immer wieder auf den inzwischen nicht mehr zu erkennenden Körper einhämmerte. Auch nachdem er das Wesen völlig bewegungslos geschlagen hatte, starrten ihn die rotorangefarbenen Augen immer noch bösartig an. Erst nachdem er sicher war, daß es tot war, und nachdem das Glühen aus den Augen verschwunden war, zwang er sich dazu, nach hinten zu fassen und es mit den bloßen Händen zu berühren.

Er ignorierte den schwarzen Schleim, der über seine Finger troff, während er den zerschundenen Leichnam hinten aus dem Wagen zwängte. Noch lange nachdem der Kadaver auf dem Boden aufgeprallt war, zuckte eines der Beine in einer gräßlichen Parodie auf das Leben.

Die Tür auf der Beifahrerseite ging auf, und er hob erneut den Schraubenschlüssel, um ihn wieder sinken zu lassen als er Merry erblickte. Ihre Augen traten hervor, und sie riß eine Hand vor den Mund. »Jesus, womit bist du denn voll? Ich habe gesehen, wie du das Ding da hinausgeworfen hast. Sieht so deren Blut aus?«

»Ich weiß nicht, was es ist«, erwiderte er grimmig. »Vielleicht funktionieren die ja auch mit Getriebeöl.«

Sie suchte einen Lumpen und wollte damit seine Arme abwischen. »Mein Gott, das stinkt vielleicht!«

»Warte mal, bis du deinen Rucksack gesehen hast.« Er drehte den Zündschlüssel. Das Geräusch der säuberlich anspringenden Vier-Zylinder-Maschine war ihm eine himmlische Melodie. Er legte den Gang des Suzuki ein, tippte auf das Gaspedal und jagte den Wagen auf den hochaufragenden Shetani zu, der Olkeloki festhielt. Das Ungeheuer blieb so lange stehen, wie es nur ging. Im letzten Augenblick schleuderte es den alten Mann beiseite und hämmerte mit beiden Fäusten auf den heranbrausenden Wagen ein. Der schwere Hieb beulte zwar das Dach des Geländefahrzeugs ein, durchstieß es aber nicht. Gesegnet seien die Stahlkocher aus dem Land der aufsteigenden Sonne, dachte Oak inbrünstig.

Der Wagen rammte das linke Bein des Riesen und glitt seitwärts davon ab, als wären sie gegen einen Baum gefahren. Als sie schließlich zum Stehen kamen, merkte Oak, daß seine Nase blutete, er war damit auf das Lenkrad aufgeschlagen. Er biß die Zähne zusammen und bearbeitete Kupplung und Gangschaltung, um ein zweites Mal auf den Gegner loszujagen. Durch das Seitenfenster sah er, wie Olkeloki auf den Gesteinshaufen und seinen noch immer rauchenden Tontopf zuhinkte.

Als sie diesmal das Bein trafen, war es der Shetani, der nach hinten fiel.

Er blieb am Boden liegen, stützte sich auf einem Arm ab, während er den anderen brutal in Richtung des beweglichen kleinen Fahrzeuges stieß. Merry behielt den Wald im Auge, doch war noch immer nichts von den Shetani zu sehen, die Olkeloki umtanzt hatten. Kakombe mußte ihnen eine teuflische Jagd liefern. Da fiel ihr ein, daß sie den großen Massai vielleicht niemals wiedersehen würden.

Oak riß das Geländefahrzeug herum und fuhr damit über die Körpermitte des Shetani. Das Wesen schlug matt nach ihnen, doch der Hieb verfehlte kläglich sein Ziel. Als Oak den Kopf überfuhr, hörte es auf sich zu wehren, obgleich einzelne Körperteile noch immer krampfhaft zuckten wie eine Uhrfeder, die nicht ablaufen wollte.

Atmung und Herzschlag verlangsamten sich, als er schließlich neben Olkeloki hielt. Der alte Mann ignorierte den Wagen, während er mit den Handflächen wiederholte Male über den rauchenden Topf strich. Er sprach, ohne sich dabei umzublicken.

»Es ist schön, Sie wiederzusehen, Joshua Oak. Und Sie auch, Merry Sharrow. Leider wurden meine Vorbereitungen gestört, Sie haben ja gesehen, wodurch. Noch ist nicht alles bereit. Kommen Sie beide zu mir.«

Obwohl sie nur ungern die relative Sicherheit des Wagens verließen, stiegen Oak und Merry dennoch aus und schritten auf den Steinhaufen zu. Ohne Kakombe würden sie sowieso nirgendwo hinfahren, sagte Oak sich.

Olkeloki murmelte und sang etwas in einer Sprache, die älter war als Massai. Der Rauch aus dem Tontopf wurde dichter. Dann wandte der Alte sich Oak zu und streckte die Hand vor.

»Wir sind beinahe fertig. Nun ist das Dreieck zu seiner Vervollkommnung bereit.« Oak bemerkte, daß dem Massai das Stehen schwerfiel. Im blauen Tuch seiner Toga war eine Träne zu erkennen, und darunter blitzte es rot auf. »Dem Siegel fehlen nur noch die letzten Zutaten.«

Besorgt musterte Oak den Wald und hielt Ausschau nach dem Krieger. »Was für Zutaten? Ich habe nichts dabei.«

»Natürlich die drei wichtigsten. Die Spitzen des Dreiecks. Warum, meinen Sie, habe ich darauf bestanden, Sie mitzunehmen, Joshua Oak? Wegen Ihrer Kraft und Ihrer Gerissenheit? Wegen Ihres guten Aussehens? Warum, meinen Sie, wurden Sie mir offenbart?« Seine Stimme hatte sich ein wenig verändert, dachte Oak. Es war nicht das erste Mal, daß ihm Mbatian Olkeloki wie eine Mischung aus Mensch und Gott erschien.

Verdammt, vielleicht war er *tatsächlich* fast achthundert Jahre alt.

»Geben Sie mir Ihr Auge, Joshua Oak. Das falsche Auge, das Sie zu einem Teil Ihrer selbst gemacht haben, das Auge aus Glas, das Sie mir in jener Nacht zeigten, als wir am Ufer des Großen Ruaha saßen und uns unterhielten. Es ist durchdrungen von allem, was Sie gesehen haben, von dem Wissen um all die Tage, da Sie bemüht waren, Ihren Mitmenschen zu helfen. Von der strahlenden Helligkeit des Tages, denn nur die rechte Art von Licht kann das Dorther versiegeln.« Er streckte die Finger.

Ohne zu zögern griff Oak in sein Gesicht und entfernte vorsichtig das rechte Auge. Hatte der alte Mann nicht einmal gesagt, daß Oak an seiner rechten Seite stehen würde, wenn er ihn brauchte? Er spürte, wie die kalte Luft in die leere Augenhöhle drang, und er fragte sich, was Merry wohl denken mochte, wie sie innerlich darauf reagierte. Sobald es ging, würde er eine improvisierte Augenklappe herstellen, und zu Hause besaß er ja Ersatzaugen.

»Ich weiß zwar nicht, wovon zum Teufel Sie da reden, alter Mann, aber bitte – hier.«

In diesem Augenblick sah Mbatian Oldoinyo Olkeloki Oak direkt ins Auge. Schon einmal hatte er ihn so angesehen. Ein einziges Mal auf der E-Street, nach dem Krawall. Hatte in Oaks rechtes Auge geblickt, als Oak sich gerade vorgestellt hatte, wie er aus diesem heraussah. Er hatte es gewußt, erkannte Oak plötzlich. Schon damals hatte er es gewußt!

Während Oak stumm zusah, nahm der alte Mann die Glaskugel und rieb sie zwischen den Handflächen, murmelte sanft vor sich hin und hielt dabei die Augen geschlossen. Dann ließ er es in den qualmenden Topf fallen. Oak hörte, wie es am Boden des Gefäßes zerschmetterte, und zuckte instinktiv zusammen.

Doch wenn die erste Bitte des alten Mannes schon unerwartet gewesen war, so war sie doch nicht mit seiner zweiten zu vergleichen. Langsam drehte er sich zu Merry um. Die starrte gerade Oak und seine leere Augenhöhle an. Das war auch verständlich. Doch bisher hatte es für ihn keinen Grund gegeben, die Sache zu erwähnen.

Ebensowenig wie für sie. Während er dastand und sie benommen anblickte, hob sie die rechte Hand und zupfte in aller Gelassenheit ihr wunderschönes linkes Auge aus dem Gesicht.

Wortlos reichte sie es Olkeloki. »Er hat es gewußt«, murmelte sie, nicht an Oak gewandt, dennoch konnte er es hören, »er hat die Sache mit meinem Auge gewußt, und er wußte auch von deinem. Ich habe einen Shetani auf der Straße gesehen. Er hat sich zwar verkleidet, um so auszusehen wie ein Hund, doch ich habe ihn so gesehen, wie er wirklich war. Er hat versucht, mich von der Straße abzubringen, versucht, mich umzubringen.« Sie drehte sich zu ihm um. »Weil er wußte, daß ich etwas hatte, Josh. Genau wie Mbatian es wußte. Er hat versucht mich aufzuhalten, aber es ist ihm nicht gelungen.« Sie blickte zu dem alten Mann zurück. »Und dann«, murmelte sie voller Staunen, »habe ich beschlossen, nach Washington zu reisen.«

Der alte Mann lächelte sie nur an. Er mußte den Reibezauber wiederholt und das zweite Glasauge auf das erste geworfen haben, doch Oak hatte es nicht gesehen. Er war viel zu beschäftigt damit, Merry anzublicken, der Mann mit dem gesunden linken Auge blickte die Frau mit dem gesunden rechten Auge an, und keiner von beiden wußte, ob er lachen oder weinen sollte.

»Danke, Merry Sharrow«, sagte Olkeloki gerade leise, »für Ihr falsches Auge, das Auge aus Glas, das ich auf der Straße draußen vor dem Haus Ihres Häuptlings schaute. Es ist durchdrungen von allem, was Sie gesehen haben, um Ihren Mitmenschen zu helfen. Von dem Wissen um die Dunkelheit, in der zu leben Sie gewählt haben, denn nur die rechte Art von Licht kann das Dorther versiegeln.«

Merry ignorierte ihn. Sie sprach mit Oak, gab Antwort auf die Frage, die nicht gestellt zu werden brauchte. »Ich war fünf Jahre alt. Wir machten Urlaub in den Cascades. Ich bin gestolpert und mit dem Gesicht auf einen Holzscheit gestürzt, aus dem noch ein Ast hervorstach. Das war alles. Ich kann die Muskeln um das Glasauge herum so gut bewegen, daß die Leute es nicht von meinem richtigen Auge unterscheiden können, aber ich glaube, das ist wohl doch einer der Gründe, warum ich immer so schüchtern gewesen bin.« Ihre Stimme wurde etwas lauter. »Aber *du* – du hast mir nie...«

»Nein, ich habe es dir nie erzählt. So wie du es mir auch nicht erzählt hast.« Dann brachte ein neuer Gedanke ihn dazu, sich von ihr abzuwenden, um Olkeloki anzusprechen. »Einen Augenblick mal – ein Dreieck hat aber doch *drei* Spitzen.«

Der alte Mann nickte. »Eines stammt von Ihnen, Joshua Oak und das zweite von Merry Sharrow. Nun muß nur noch das letzte hinzugefügt werden.« Indem er dies sagte, fuhr er schnell mit ausgestreckten Fingern empor.

»Nein!« Beide Augen des alten Mannes waren echt – dessen war er sich ganz sicher. Doch noch während er den Laibon ansprang, wurde ihm klar, daß er ihn nicht rechtzeitig mehr würde erreichen können. Mbatian Oldoinyo Olkelokis Finger berührten nicht sein gesundes rechtes Auge. Sie berührten auch nicht sein gesundes linkes Auge. Statt dessen legten sie sich zwischen die Augen, ein kleines Stück höher als diese. Während Oak und Merry zusahen, drangen diese langen, geschmeidigen Finger einen Zoll, zwei Zoll, volle drei Zoll in die Stirn des alten Mannes ein.

Als er sie wieder hervorholte, umklammerten sie ein drittes Auge. Das dritte Auge, das mehr Sage als Wirklichkeit war, jenes dritte Auge, das manche Leute angeblich besaßen, das aber niemals jemand zu sehen bekam. Er hielt es locker in der Hand, und als Oak es ansah, hätte er schwören können, daß es ihm zuzwinkerte, obwohl es gar kein Augenlid besaß.

29

Das erste, was Oak nach dem Erwachen sah, waren Flammen, doch anders, als er zunächst glaubte, war es nicht etwa die Welt, die brannte. Er versuchte sich aufzusetzen, doch dann gelangte er zu dem Schluß, daß es wohl besser wäre, noch einige Augenblicke still liegenzubleiben. Da war keine endlose Woge kichernder, höhnender Shetani, die ihn zertrampelte. Kein sabberndes, halbgesichtiges Scheusal kaute an seinen Füßen.

Zudem waren die Flammen von einem beruhigenden Rotorange und nicht Indigoblau. Sie gaben Wärme anstatt Kälte ab. Rauch stieg in einen fahlblauen Himmel empor, und die herabscheinende Sonne war ein alter, wiedergewonnener Freund.

Schließlich beschloß er, es mit dem Aufsetzen zu versuchen. Es gelang ihm zwar, kostete ihn aber auch einiges an Kraft. Er hatte das Gefühl, als hätten irgendwelche Schläger ihn während seiner Bewußtlosigkeit von Kopf bis Fuß bearbeitet. Jeder Muskel, jede Sehne und jeder Nervenstrang in seinem Körper schienen zu Brei geschlagen zu sein. Der Schmerz erschien ihm so greifbar und konkret, daß er das Gefühl hatte, er könnte ihn ausspucken. Seine Knochen waren durchgeknetet worden wie Hefeteig.

Das Feuer, das er erblickt hatte, stieg aus dem Wrack

des Geländefahrzeugs empor. Es lag zwanzig Yards entfernt in der Mitte des Sandflusses, die Windschutzscheibe war verschwunden, die Karosserie verbeult und zerbrochen, eine rußige ausgebrannte Hülse von derselben Farbe wie die Reifen. Der Teil ihrer Vorräte, der nicht eingeäschert worden war, lag über den ganzen Fluß verteilt. Was war geschehen? Er versuchte sich zu erinnern.

Der Löwe. Der große Löwe mit der schwarzen Mähne. Olkelokis Löwe, wie der alte Mann behauptet hatte. Und das Licht, ein wunderbares, unvergleichlich helles Licht von einer Farbschattierung wie... wie... Er konnte sich nicht im geringsten erinnern. Olkeloki hatte es in Massai irgendwie benannt.

Nun streunte kein Koloß mit Riesenpranken mehr über das Gelände und das einzige Licht, das zu sehen war, war das sanfte Licht der wirklichen Sonne. Er befand sich allein an der Uferböschung, nur der qualmende Suzuki, angekohlte Reste ihrer persönlichen Habe und Afrika bildeten seine Gesellschaft. Kein Shetani. Wo waren die Shetani? Im Dorther.

Was immer dieser verrückte, wunderbare alte Mann getan hatte, es hatte funktioniert.

Unter großen Schmerzen stand er auf und wischte sich den Schmutz von der Hose. Eine lange Rinne im Sand führte vom brennenden Skelett des Geländefahrzeugs zu der Stelle, an der er stand. Ihm kam der Gedanke, daß sein Körper als Geschoß diese Furche eingegraben hatte. Irgend etwas hatte ihn mit enormer und doch sorgfältig berechneter Gewalt aus dem Wagen geschleudert und gegen die Böschung geworfen. Mehrere kleine Sträucher hatten den Aufprall wohl abgefedert.

Neben seinem linken Fuß lag etwas. Die Proteste seines wunden Rückens ignorierend, beugte er sich danach. Es war eine braune Plastikflasche mit einem weißen Deckel und einer vertrauten Aufschrift.

Zu müde zum Lachen, schleuderte er sie ins Gestrüpp. Am gegenüberliegenden Ufer grasten zwei junge, männliche Impalas, zupften an dem frischen grünen Gras, das im Schatten der Bäume wuchs. Gesundes Gras, gesunde Bäume. Am liebsten hätte er den Baum neben sich geküßt. Während er zusah, hob einer der Impalas den zartgeformten rehähnlichen Kopf, um ihn von oben bis unten zu mustern, bevor er sich wieder ans Äsen machte. Das brennende Geländefahrzeug ignorierten sie. Oak sah ihnen zu, bis sie schließlich im Wald verschwanden.

Eigentlich müßte es eine Totenwache für den Wagen geben, überlegte er. Er hatte sie sicher an Orte gebracht, von denen seine Erbauer nicht einmal geträumt hatten. Sein Tod bedeutete einen langen, anstrengenden Fußmarsch zurück ins Lager am Fluß.

Er sollte wohl besser mal die anderen suchen. Ob er gehen konnte? Er setzte ein Bein vor das andere, ohne zu stürzen. Nicht schlecht. Er versuchte es wieder, hielt sich dabei an einem niedrigen Ast fest, der über den Fluß ragte. Auf dem Ast befand sich ein Agama, eine helltürkisfarbene, blaurote Echse von einem Fuß Länge. Ihr Kopf zuckte einige Male in seine Richtung, ehe sie zwischen dem Laubwerk verschwand. Ihre bevorzugte Beute bestand aus Insekten, und nicht aus Menschen.

Gerade überlegte Oak sich, ob er versuchen sollte, die sandige Böschung hinabzugleiten, als es im Gebüsch zu seiner Rechten raschelte und etwas Großes auf ihn zukam. Ihm blieb nichts anderes übrig, als abzuwarten, mochte es nun ein Löwe sein, ein Leopard, ein Shetani oder irgendein anderer grimmiger Gegner. Er war zu müde, um wegzulaufen und zu schwach, um irgendwelchen Widerstand zu leisten.

»Wir haben es geschafft«, jubelte Merry, als sie ihn erblickte. Vor Erleichterung wäre er beinahe bewußtlos geworden. »Wir sind durchgekommen und die Shetani nicht. He, du siehst ja grauenhaft aus.«

»Dann sehe ich genauso aus, wie ich mich fühle.« Kakombe folgte ihr auf dem Fuß. In der Hand trug er nur den Schaft von Nafasis Wunderspeer. Oak fragte sich, was wohl mit der Klinge geschehen war. Sein eigenes Messer und sein Speer verbrannten höchstwahrscheinlich in den Flammen des Suzuki.

Merry setzte sich auf einen umgestürzten Baumstamm. »Ich fühle mich, als wäre ich bis Vancouver und zurück geschwommen.« Mit einer Hand strich sie sich unentwegt das Haar aus den Augen. Doch das fiel immer wieder herab. »Schon mal das Gefühl gehabt, daß du gestorben bist und beerdigt wurdest, und daß dich gerade eine Hundemeute wieder ausgegraben hat?«

Oak blickte zu ihrem zerstörten Fahrzeug hinüber. »Hat jemand Olkeloki gesehen?«

»Wir hatten gehofft, ihn bei dir zu finden.« Merry folgte seinem Blick mit ihren Augen. »Vielleicht ... vielleicht hat er es nicht geschafft.«

Kakombe schnitt eine Grimasse und spie ein blutiges Stück Zahn aus. »Der Laibon hat gesagt, es sei sein Löwe.«

»Ja. Das habe ich ihn auch sagen hören.« Zu seiner großen Überraschung merkte Oak, wie sich ihm die Kehle zuschnürte. Ein furchtbarer Gedanke drohte, ihm die Tränen in die Augen zu treiben. Und dabei hatte er nicht einmal geweint, als sein Vater vor wenigen Jahren gestorben war.

»Er hat immer gesagt, daß jeder seinen Löwen hat. Ich schätze, die Größe des Löwen hängt wohl von der Größe des Individuums ab.«

Merry schniefte. »Ich kann keine Shetani erblicken.«

»Es ist vollbracht«, sagte Kakombe mit Endgültigkeit in der Stimme. »Der Laibon hat getan, was getan werden mußte. Paasai Leleshwa. Er war der Weiseste der Massai. Man wird ihn im Rat vermissen.«

Oak unterdrückte seine eigenen Tränen, während Merry die ihren vergoß. Kakombe blickte tadelnd auf sie herab. »Der Laibon würde es nicht mögen, daß Sie seinetwegen weinen.«

»Woher zum Teufel wollen Sie das wissen?« Zornig stand sie auf, sah ihn böse an, während sie sich das Auge wischte. Sie reichte ihm kaum bis an die Rippen. »Meine Tränen sind eine Angelegenheit zwischen mir und dem, dessentwegen ich heule.« Sie wandte sich von ihm ab und lief zu Oak, um sich an seiner Brust auszuweinen.

Als der den Blick hob, sah er, wie Kakombe ihn ansah. Für einen kurzen Moment kreuzten sich ihre Blicke. Das war genug, ein einziger Blick. So war, ohne ein Wort zu wechseln, eine wichtige Angelegenheit erledigt worden. Kakombe nickte unmerklich, ein dünnes Lächeln im Gesicht, dann wandte er sich ab, um über den Sandfluß zu blicken.

»Es macht nichts«, murmelte er vor sich hin. »Es wäre sowieso nicht gegangen. Die meisten Böstreff-Frauen können den Geruch von Vieh nicht ausstehen.«

Oak und der Krieger begannen den Sand zu mustern. »Ich schätze, wir sollten mal nachsehen, ob es außer uns hier noch irgend etwas gibt, das sich zu retten lohnt. Es wäre nett, eine intakte Feldflasche oder Kalebasse zu finden.«

»Ja«, stimmte Kakombe ihm zu. Er deutete flußabwärts. »Der mag zwar trocken aussehen, aber wir werden schon eine Stelle finden, wo die Elefanten ein Wasserloch gegraben haben. Wir werden dem Sandfluß bis an die Stelle folgen, wo er sich mit dem strömenden Ruaha vereint, danach folgen wir dem Wasser bis zum Camp.«

Der größte Teil des Wracks war inzwischen abgekühlt genug, um eine Durchsuchung zu gestatten, doch fanden sie weder Kalebasse noch Feldflasche, und die großen Wasserkanister, die sie auf dem Dachgepäckträger verzurrt hatten, waren nur noch Trümmer und Splitter. Immerhin stolperten sie über Merrys Rucksack. Der enthielt zwar nicht mehr viel, seitdem das beutegierige Shetaniweibchen, das versucht hatte, Oak die Kehle durchzuschneiden, darüber hergefallen war.

Halb im Sand vergraben, entdeckten sie eine Kiste mit Motoröl. Die Pappe war zwar verbrannt, doch die Dosen waren wie durch ein Wunder heilgeblieben. Mit seinem

Nafasimesser bohrte Kakombe Löcher in den Deckel der Dosen, und sie ließen das Öl im Sand versickern. Jede Dose würde einen halben Liter Wasser fassen, wenn sie welches fanden. Kakombes Protesten zum Trotz, nahm Oak auch den zerfetzten, aber immer noch brauchbaren Rucksack mit. In diesem verstauten sie die Dosen und einige weitere nützliche, unversehrte Gegenstände und machten sich auf den Fußmarsch.

Der erste Elefantenbrunnen war nur wenige hundert Yards von dem brennenden Auto entfernt, er befand sich hinter einer Flußbiegung. Dort war bereits jemand, der aus der lauwarmen Pfütze trank. Mbatian Olkeloki hob die Blicke und grinste sie an.

Merry rannte hin und schlang die Arme um den alten Mann, ihn fast zu Boden reißend. Sie schluchzte schon wieder, doch diesmal waren es Tränen der Freude. Er versuchte sich von ihr zu lösen.

»Bitte, Merry Sharrow, ich bin ja auch froh, Sie wiederzusehen, aber ich bin sehr müde und kann uns nicht beide stützen.« Sie machte einen Schritt zurück.

»Tut mir leid. Es ist nur, daß ich...« Sie ließ den Satz ausklingen. Dann veränderte sich ihre Miene. Vorsichtig streckte sie ihre Hand vor und berührte die Stirn des alten Mannes. Die Haut war straff und fühlte sich kühl an, und ihre Finger versanken auch nicht darin. Er lächelte sie an.

»Jetzt wird es zwar schwieriger sein, zu erkennen, was die Zeichen und Sterne uns voraussagen, doch wenigstens wird es überhaupt etwas zu sehen geben.«

»Ich habe gesehen, was Sie getan haben«, erklärte Oak, »aber ich kann es immer noch nicht glauben.« Er richtete sich auf, während Kakombe die Öldosen aus dem Rucksack holte, um sie auszuwaschen. »Warum nicht? Jedermann besitzt diese zusätzliche Sinneswahrnehmung, die Sie als das dritte Auge gesehen haben, mein Freund. Doch nur wenige Menschen vermögen es mental zu erreichen, noch weniger aber körperlich.«

»Sie haben es gewußt.« Oak sah ihn an und kam sich

vor wie ein völliger Narr. »Sie müssen es von Anfang an gewußt haben, daß ich nur noch ein gutes linkes Auge besitze und Merry nur ein gutes rechtes. Warum haben Sie nicht irgend etwas gesagt? Warum haben Sie es denn nie erwähnt?«

»Jetzt denken Sie doch einmal nach, Joshua Oak. Wenn wir zusammengestanden hätten, Sie und ich, in Ihrer Heimatstadt Washington, D.C., und wenn ich gesagt hätte, daß ich nicht nur wollte, daß Sie mich nach Afrika begleiten, sondern daß ich zudem auch Ihr künstliches Auge benötigen würde, um einem bestimmten Massaizauber zu vervollständigen, wie hätten Sie da wohl reagiert? Ich glaube kaum, daß Sie bereit gewesen wären, mir zu helfen.«

»Und der Löwe«, fragte Merry, »was war mit dem Löwen?«

Der alte Mann lachte lauthals los. Als er ihn ansah, wußte Oak, daß er nicht älter als achtzig Jahre sein konnte. Vielleicht nicht einmal ganz so alt. Alles anders war doch Unsinn, purer Unsinn!

»Ich fürchte, da habe ich wohl einen Fehler gemacht, Merry Sharrow. Ich schätze, das war doch nicht mein Löwe. Wäre er es gewesen, würde ich jetzt hier nicht mit ihnen dieses köstliche schmutzige Wasser teilen. Bist du fertig, Krieger?«

Kakombe verstaute die letzte Wasserdose in Oaks Rucksack und nickte.

»Dann kommen Sie, meine Freunde. Dies ist ein gelungenes erinnerungswürdiges Tagewerk, das wohlvollbracht ist. Jedoch vor uns liegt noch ein langer Fußmarsch.« Er machte einen Schritt vor.

Plötzlich schoß ein dürrer schwarzer Arm unmittelbar rechts vom Wasserloch aus dem Sand, und die Finger schlossen sich fest um Merrys Knöchel. Sie stieß einen schrillen Schrei aus, während Oak sie um die Hüfte packte. Der Arm schnellte zurück und riß sie mit sich in den Dreck. Dann stürzten sie beide rücklings zu Boden, Merry über ihn.

Während sie schwer keuchend dalagen, beugte Kakombe sich vor und riß den Arm aus dem Boden. Von der Schnittstelle troff keine dunkle Flüssigkeit. Das Glied war so säuberlich abgetrennt und verätzt wie von einem chirurgischen Laserstrahl.

»Der letzte der Alpträume.« Olkeloki nahm Kakombe den amputierten Arm ab und musterte ihn interessiert, während Oak Merry wieder auf die Beine half. »Manchmal bleiben einige winzige Stellen, die sich nur sehr schwer versiegeln lassen. So schlüpfen auch die anderen Shetani nacheinander in unsere Welt. Aber diese Stelle hier war nur groß genug, um einen Arm durchzulassen, und sie hat sich schnell wieder geschlossen. Paasai Leleshwa.« Er zuckte die Schultern.

»Was heißt das überhaupt?« fragte Oak ihn.

»Es läßt sich nicht wörtlich aus dem Massai übersetzen. Am nächsten kommt ihm ›die unbeschreibliche Farbe‹.«

»Was ist denn mit all den Shetani, die bereits in unserer Welt sind?« wollte Merry wissen. »Werden die jetzt keine Schwierigkeiten machen?«

»Ich glaube kaum. Zumindest nicht mehr, als sie es schon getan haben. Die meisten werden sich verteilen und verstecken, viele werden sterben. Das ist wie bei den Robben, die unter dem Polareis leben. Je enger ihre Luftlöcher werden, um so dichter bleiben sie bei ihnen. Mit Paasai Leleshwa haben wir das Hauptluftloch der Shetani versiegelt. Wir haben das unterbunden, was ihre Seelen erneuert.« Er streckte den abgetrennten Arm vor. »Wollen Sie ihn behalten? Immerhin hat er ja nach Ihnen gegriffen.«

Sie wich einen Schritt zurück. »Machen Sie Witze?« Olkeloki wandte sich an Oak und bot ihm den Arm an.

»Freund Joshua?«

»Danke, aber der beißt sich mit meiner Innendekoration.«

»Ich werde ihn nehmen, Laibon.« Olkeloki reichte ihn dem Krieger, der ihn in einer Falte seiner zerfetzten Toga verstaute.

»Meinen Sie, daß dieses Wasser den ganzen Marsch zurück zum Fluß reichen wird?« Merry deutete auf die Ausbeulungen, die die Wasserdosen in den Überresten ihres Rucksacks verursachten.

»Wenn nicht, werden wir schon ein weiteres Wasserloch finden. Ich mache mir mehr Sorgen wegen der Nahrung, denn wir brauchen schließlich auch genug Kraft, um zu dem Wasser zu gelangen.« Er musterte die nahegelegene Uferböschung. »Vielleicht können wir ein paar Nüsse und Früchte finden.«

»Nüsse und Früchte«, spottete sie. »Gott, ich glaube, ich könnte ganz allein einen ganzen Impala verputzen. Samt Hörnern.«

»Ich würde Ausschau nach Affenbrotbäumen halten«, meinte Kakombe, »aber die Jahreszeit ist schon fast vorbei, und ich fürchte, daß die Affen alles aufgefressen haben.«

Eine halbe Stunde später mußten sie schon Rast machen, um zu trinken. Wenn das so weiterging, dachte Oak, würden sie schon bald das nächste Wasserloch brauchen. Gerade nahm er eine der Dosen von den Lippen, als er das leise Rumpeln vernahm. Es hallte ihnen flußabwärts entgegen. Während sie wartend dastanden, bog ein Landrover mit ausgebautem Innenteil um die nächste Biegung und hielt direkt auf sie zu. Seine Muskeln spannten sich an, und er fragte sich, ob die Freunde der beiden glücklosen Wilderer möglicherweise gekommen waren, um sie zu jagen. Doch dann entspannte er sich und setzte sich erleichtert in den Sand.

Es war Axel Wolf mit einem Haufen Touristen aus dem Camp.

Der Landrover kam quietschend in wenigen Yards Entfernung zum Stehen. Wolf stieg aus, um sie anzustarren, wozu er sich den Hut aus der Stirn schob. »Was zum Teufel ist denn mit Ihnen passiert?«

»Wir hatten einen Unfall.« Oak deutete flußaufwärts zurück. »Haben den Wagen überschlagen. Müssen wohl auf einen Stein geprallt sein. Der Tank ist explodiert.«

»Sieht mir schwer danach aus, als wären Sie alle dabei fast draufgegangen.« Er musterte Oak durchdringend. »Komisch, aber ich hätte nicht gedacht, daß Sie der Typ wären, der unvorsichtig fährt.« Oak gewährte ihm ein ausdrucksloses Lächeln.

»Wie wäre es mit einer Mitfahrgelegenheit?«

»Wir sind ziemlich voll.« Wolf deutete auf die Meute Touristen, die inzwischen aus dem großen Geländefahrzeug gestiegen waren. »Ich schätze, die Lady und der alte Mann haben wohl noch Platz, aber Sie und der Moran müssen schon oben auf dem Dach mitfahren.«

»Kein Problem.«

»Sobald wir uns in Bewegung setzen, werden die Tsetses sich auf Sie stürzen. Ich werde zwar so schnell fahren, wie ich kann, aber ein paar Bisse werden Sie sicher abbekommen.«

»Aus irgendeinem Grund glaube ich, daß ein paar Tsetsebisse uns kaum viel ausmachen werden.«

Er hob seine Öldose. »Prost.«

»Schau mal, Sherry. Sieht er nicht gut aus?«

Oak erhob sich wieder mühsam. Doch die Frauen blickten gar nicht in seine Richtung. Alle Augen hatten sich auf Kakombe geheftet. Die Frau, die gesprochen hatte, trug kurze Hosen, die ihrem birnenförmigen Unterleib nicht eben schmeichelten. Ihre Freundin trug eine Khakiuniform im Jägerstil, komplett mit falschem Buschhut. Sie kam auf Oak zu und zuckte zusammen, als sie sein Gesicht zu sehen bekam.

»Was ist denn mit Ihrem Auge passiert?«

»Eine alte Verwundung. Machen Sie sich nichts draus.« Er sah zwar, daß sie es doch tat, war aber nicht in der Stimmung, irgend jemanden zu trösten.

Sie sprach weiter, kam aber nicht näher, als es unbedingt notwendig war. »Spricht er Englisch?« Mit einem Nicken wies sie auf Kakombe. »Meinen Sie, er hat etwas dagegen, wenn wir ihn fotografieren?«

»Ich bin sicher, daß er davon entzückt sein wird. Aber hüten Sie sich vor seinem Speer.«

Sie kicherte. Eine weitere Frau gesellte sich dazu. Oak war der festen Überzeugung, daß mit Ziermünzen besetzte Sonnenbrillen nicht zur Safarikleidung paßten. Er sah zu, wie sie sich um den Krieger scharten, der seinerseits Olkeloki anblickte und finster irgend etwas auf Massai sagte. Der alte Mann erwiderte etwas, das sich in Oaks Ohren wie eine strenge Belehrung anhörte. Gelegentlich blickten die Frauen zu Oak zurück und wandten sofort wieder die Augen ab, wenn sie merkten, daß er ihre Blicke erwiderte. Kameras begannen zu klicken. Wieder murmelte Kakombe vor sich hin.

»Was hat er gesagt?« fragte die erste Frau den Laibon.

»Er sagt, daß Sie so viele Aufnahmen machen können, wie Sie möchten.« Der alte Mann kam zu Oak und flüsterte ihm etwas zu. »In Wirklichkeit wollte er wissen, ob er der großen weißen Dame einen Tritt in den Hintern verpassen könnte. Er meint, daß er noch nie solch unhöflichen Frauen begegnet ist, nicht einmal in Amerika. Ich habe ihm gesagt, daß so etwas unsere Situation unnötig erschweren würde, und außerdem wäre es für einen Alaunoni unschicklich. Wir haben schon genug Komplikationen, die völlig ausreichen.«

»Bis auf eine.« Merry trat zwischen sie, mit ihrem gesunden Auge blickte sie erst Oak und dann Olkeloki an. »Können Sie uns trauen? Ich wette, Sie können doch auch Hochzeitszeremonien durchführen.«

Olkeloki war eindeutig überrascht. »Es stimmt, das gehört zu den angenehmeren Aufgaben eines Laibon, aber würden Sie es denn nicht vorziehen, nach der Sitte Ihres eigenen Landes getraut zu werden?«

»Darum können wir uns später noch kümmern. Was meinst du, Josh?«

Er trank den letzten Rest des öligen Wassers und warf die leere Dose beiseite. »Ich kann mich immer noch nicht daran erinnern, dir einen Antrag gemacht zu haben.«

»Es ist besser, wenn du ja sagst, und zwar schnell.« Sie deutete auf ihren Gürtel. »Ich habe immer noch mein Messer dabei.«

»Da ich keine andere Wahl habe...« Er nahm ihre Hand.

»Wie seltsam.« Die Frauen hatten aufgehört, Kakombe zu fotografieren, sehr zur Erleichterung des Kriegers. Nun musterten sie das Trio, das dicht beieinander im Sandfluß stand. Die Frau in dem Safarihut beugte sich vor, um ihrer Gefährtin zuzuflüstern: »Da fehlt jedem ein Auge. Ich frage mich nur, was wohl passiert ist?«

Ihre Freundin spähte über den Rand ihrer verzierten Sonnenbrille. »Vielleicht gehören sie irgendeinem afrikanischen Kult an.«

»Schaut nur, wie sie Händchen halten«, meinte die dritte Frau. »Was immer sie tun mögen, eindeutig ist jedenfalls, daß sie sich lieben.«

Die erste Frau zuckte die Schultern und drehte sich langsam herum. »Das kann ich gut verstehen. Kann man sich einen schöneren, friedlicheren Ort auf Erden vorstellen?«

Erster Epilog

Arkadij Dorowskoj entließ den General und wandte sich um, sah aus dem Fenster hinüber in Richtung St. Basilikus. Aus seinem Büro konnte er über die Mauer des Kreml in die dahinterliegende Stadt blicken. Seit mehreren Wochen war alles ruhig geblieben. Keine nervenzerrüttenden Vorfälle mehr, keine weitere Sabotage — sofern es überhaupt wirklich Sabotage gewesen war und nicht irgend etwas bisher noch Ungeklärtes. Man brauchte nur diese, noch nie dagewesene, Telefonverbindung zu bedenken. Er war sich sicher, daß er eine dritte Stimme vernommen hatte, die in der Leitung flüsterte. Er zuckte die Schultern. Unmöglich, absurd. Spielte auch keine Rolle. Wichtig war nur, daß alle Menschen wieder aufatmen konnten.

In Kasachstan gab es zwar Schwierigkeiten im Landwirtschaftssektor, aber in Kasachstan gab es schließlich *immer*

Schwierigkeiten im Landwirtschaftssektor. Nichts, wofür man Kräften von außen die Schuld hätte geben müssen. Problematischer war da schon das geheime Computernetzwerk, das von Studenten an den Universitäten in Pskow und Kiew errichtet worden war.

Wir brauchen ein gutes russisches Wort für ›Hacker‹, sagte er sich ernst. Damit sie im Bereich der Computertechnologie den Vorsprung des Westens aufholen konnten, würde man Studenten und Technikern ein gewisses Maß an Freiheiten zugestehen müssen. Natürlich nur, solange alles streng überwacht wurde.

Es spielte keine Rolle. Nichts konnte ihn jetzt noch aus der Fassung bringen. Nicht nachdem die schlimmste Krise seiner Amtszeit entschärft worden war. Es würde noch mehr als genug Zeit bleiben, um sich mit gewöhnlichen, weltlichen Problemen zu befassen. Einige Extremisten im Politbüro verlangten noch immer irgendwelche Vergeltungsmaßnahmen gegen die Amerikaner, die jedoch beharrlich ihre Unschuld beteuerten. Dorowskoj hatte sich prompt darum gekümmert. *Ohne harte Beweise für Komplizenschaft keine Vergeltungsmaßnahmen.* Daran sollten die Fanatiker ruhig noch eine Weile kauen.

Zum Teufel mit der Landwirtschaft. Was er brauchte, was Moskau brauchte, das war ein wenig Farbe. Zum Beispiel dieses langweilige, graue Gebäude dort drüben: Warum nicht ein paar Regenbögen auf das alte Gestein malen? Kaum eine Verfügung wert, aber vielleicht war die Zeit für ein paar Veränderungen gekommen. *Die letzten paar Tage haben uns allen unsere eigene Sterblichkeit bewußt gemacht. Wir machen das beste Vanilleeis auf der ganzen Welt. Warum können wir da diese uralte Stadt nicht ein wenig aufhellen?*

Weitaus zuversichtlicher, was den Zustand der Welt und seiner Person anging, trat der Generalsekretär vom Fenster zurück und machte sich wieder an die Arbeit.

Zweiter Epilog

Von sich selbst enttäuscht, entknotete der Präsident der Vereinigten Staaten seine Krawatte und machte sich daran, sie noch einmal zu binden. Wenn er nicht einmal eine lausige Krawatte binden konnte, wie zum Teufel sollte er dann dieses neue Bildungsgesetz durch den Kongreß bringen?

Er freute sich auf das Fest auf dem Potomac heute abend. Da würde es Feuerwerk geben und Musik, und wenn der Geheimdienst nicht alle voller Sprengstoff glaubte, würde er sich vielleicht sogar einen Hot Dog kaufen können. Zum ersten Mal seit Wochen würde er sich entspannen können.

Kennedy hatte die Raketen auf Kuba, ich habe das jetzt gehabt, dachte er. Geary und der Rest der Falken im Kabinett waren ziemlich stolz auf sich, sie waren davon überzeugt, daß sie ein hochkompliziertes sowjetisches Spionage- und Sabotagenetz zerschlagen hatten, indem sie bei ihren Drohungen geblieben waren. Weaver wußte es besser. Als schließlich der Augenblick der Krise gekommen war, hatten beide Seiten aus gegenseitigem Respekt einen Rückzieher gemacht – und aus Angst voreinander. Die Informationsquellen wiesen darauf hin, daß die Sowjetführung fast davon überzeugt war, daß eine dritte Partei für all den Ärger verantwortlich gewesen war. Das deckte sich recht gut mit den jüngsten Berichten des CIA. Zusammen würde es den beiden Regierungen schon gelingen, festzustellen, wer für das Ganze verantwortlich war. Die ersten Hinweise deuteten nach Albanien. Das leuchtete beiden Seiten ein. Jeder wußte, daß die Albaner verrückter waren als die extremsten Stalinisten.

Wichtig war nur, daß der Punkt ohne Rückkehr nicht erreicht worden war. Die Kooperation auf dem Gebiet der Ursachenfindung versprach auch Kooperation auf anderen Gebieten, trotz Geary und seiner Clique tollwütiger Kommunistenhasser. Und bis dahin konnte er sich wieder daran machen, das Land zu regieren. Dieses neue Ausbildungsgesetz würde oben im Capitol ganz schön für Wirbel sorgen. Ganz zu schweigen von der Frage erneuter Subventionen für die Getreidefarmer im Mittleren Westen.

Wir verkaufen den Ägyptern Getreideüberschüsse, indem wir Exporte aus Kansas subventionieren, was es den Ägyptern wiederum ermöglicht, den Preis ihres eigenen Getreides auf dem Weltmarkt zu senken, was uns wiederum dazu zwingt, unsere Farmer noch stärker zu subventionieren, damit sie wettbewerbsfähig bleiben – gegen sich selbst. Was für eine Welt! Wer die Nationalökonomie jemals als Wissenschaft bezeichnet hatte, der hatte es verdient, mit einer Pferdegerte bearbeitet zu werden. Genausogut hätte man einen Hexendoktor oder etwas ähnliches zum Chef der Zentralbank machen können.

»Paul?« Er blickte nach links, inzwischen hatte er die widerspenstige Krawatte beinahe im Griff. Jennine stand in der Tür des Ankleidezimmers. Seine Frau sah bezaubernd aus, was ihn nicht überraschte. Sie war so hübsch wie an jenem Tag, da er ihr erstmals begegnet war. Und trotz der Strapazen des öffentlichen Lebens in Washington war es ihr gelungen, immer so zu bleiben. Es gab keine Gastgeberin in der Stadt, die die First Lady nicht beneidete.

»Ich bin gleich fertig«, sagte er zu ihr.

»Könntest du mir erst einmal etwas helfen, Lieber?«

Er seufzte und wandte sich vom Spiegel ab, überließ der Krawatte für mindestens eine weitere Minute den Sieg. »Was ist los? Probleme mit den Knöpfen am Kleid?« Er folgte ihr ins Schlafzimmer.

»Nein. Wahrscheinlich ist es gar nichts.« Sie lächelte verlegen. »Mach dir keine Sorgen. Colonel Sherwood wird uns rechtzeitig ins Parlament bringen, damit du deine Rede halten kannst.«

Jedes Mal, wenn sie ihn so anlächelte, wurde er gleich zwanzig Jahre jünger. »Was ist denn los?«

»Na ja, ich bin mir nicht sicher, Paul.« Sie klang eine Spur weniger selbstsicher als sonst. »Wie ich schon sagte, wahrscheinlich ist es überhaupt nichts. Vermutlich bilde ich mir nur irgend etwas Albernes ein.« Sie kniete nieder und hob den handgesponnenen Baumwollüberwurf hoch. »Aber ich hätte schwören können, daß ich gesehen habe, wie sich unter dem Bett etwas bewegt hat.«

Der Autor möchte folgenden Personen seinen Dank aussprechen:

Rashidi aus Morogoro für seine Hinweise.

Dem Manager des Hotels in Ngorngoro, der uns mit zusätzlichen Decken versorgte.

Den ugandischen Studenten, die Kampala regieren sollten – mindestens.

Kalalumbe für den Kakao, das Gespräch und das Kapbüffelfilet.

Thomas Nafasi aus Lindi in Tansania für seine außergewöhnliche Plastik.

Den Füchsen von Ruaha.

Den Löwinnen von Ngorngoro, die sich erhoben und für uns Spalier standen.

Allen Menschen Ostafrikas: den schwarzen, den braunen, den weißen und denen, die dazwischen liegen, ganz besonders aber den Massai und vor allem den Massai von Mayer's Ranch Manyatta. Ich hoffe, daß ihr Alaunoni Freude an seinem Frisbee hat.